U1053938

清浅斋遗稿影印集

王扶汉 著

图书在版编目（CIP）数据

清浅斋遗稿影印集 / 王扶汉著 . -- 北京 : 研究出版社 , 2021.8

ISBN 978-7-5199-0975-8

Ⅰ . ①清… Ⅱ . ①王… Ⅲ . ①中国文学－现代文学－作品综合集 Ⅳ . ① I216.2

中国版本图书馆 CIP 数据核字 (2021) 第 053396 号

清浅斋遗稿影印集

王扶汉　著

责任编辑：寇颖丹

执行编辑：朱唯唯

研究出版社 出版发行

（100011　北京朝阳区安华里 504 号 A 座）

北京旺都印务有限公司　新华书店经销

2021 年 8 月第 1 版　2021 年 8 月第 1 次印刷

开本：889 × 1194 毫米　1/16　印张：125.75

字数：1572 千字

ISBN 978-7-5199-0975-8　定价：2000.00 元（全四册）

邮购地址 100011　北京市朝阳区安华里 504 号 A 座

电话（010）64217619　64217612（发行中心）

版权所以 · 侵权必究

凡购买本社图书，如有印制质量问题，我社负责调换。

本书编委会

（按姓氏笔画排列）

王　卉　王东元　尹虎彬　李红雨　杨瑞雪
和　龑　郑泽平　凌舒昉　高　峰　戴佩丽

王焱号扶
生于甲子年九月初二
卒于乙酉年七月初三
学生敬立

倒下也是一座山

编辑说明

本书根据王扶汉先生在中央民族大学、北京大学、国际政治学院、解放军艺术学院等高校为不同年级学生授课的讲义稿及专著未刊稿汇辑整理而成。

王扶汉先生（1924.9.30–2005.8.7），本名王焱，字扶汉，以字行。曾自署“浅斋”，晚年更号“清浅斋老人”。经学家，教授。在北京师范大学研究院语文教材教法研究组读硕士研究生时，师从黎锦熙、罗常培、叶圣陶三位先生。1953年调入中央民族学院语文系。后被划为右派，身陷缧绁之厄，离开大学讲台21年。

1978年平反走出囹圄回到中央民族学院，在民族语文系讲授古代汉语等课程；1979年一个偶然的机遇，历史系78级诚恳邀请王先生讲授《史记》专题，首开院内跨系专题讲座，随后汉语系、政治系、艺术系、预科、干训部都不时邀请先生开设专题讲座；1982年，王先生在中央民族学院开跨系选修课，主讲先秦文学史专题、两汉文学史专题。此后至90年代初，先后为汉语言文学系本科生、研究生授课，为历史系、民族学研究院本硕博学生开设专题讲座；同时应邀到国际政治学院及解放军艺术学院文化工作系、文学系讲学；两次受邀到北京大学为中文系古典文献专业研究生讲课；还曾到海军老干部大学讲授古代诗文。

本书所辑讲义稿，即王先生在各高校为不同年级、不同专业学生授课或开讲座的手稿，内容包括中国文学史、先秦文学史、两汉文学史、中国诗歌史、《诗经》研究、《周易》研究、《左传》研究、群经治要、中国古文化史专题等。

本书收录手稿四十余种，根据书稿及讲义内容，手稿分为三部分，共四册，即：《清浅斋周易说》上、下两册；《清浅斋毛诗说》一册；《清浅斋杂说》一册（凡《周易》《诗经》外之讲稿，均归入“杂说”）。

《清浅斋周易说》是王先生学术成果最主要的部分，其中，三部专著未刊稿《春秋周易筮法考》《春秋筮例解说》《易筮卦变占断图表》，是本书最重要、最完整的内容。《周易》是先生的世传家学，根柢厚重，先生用力最勤，成就也最大，——经数十年繁难计算，使失传两千余年的春秋周易筮法完全恢复原貌，并完成了书稿《春秋周易筮法考》《周易经传通说》《周易经传通解》。这部分内容基本按照《周易》总说及“象、数、卦、爻、筮、理、文”编排。

《清浅斋毛诗说》基本按照《诗经》总说、内容分析、篇章法探析、个案解析（《〈淇奥〉解》）的顺序编排。

《清浅斋杂说》基本以文学史的发展脉络为顺序编排，“群经治要”五种列于最后。

上述三部分手稿正文之外，本书辑录弟子追怀先生之文若干，辑为“附录：追忆·缅怀”，缀于《清浅斋杂说》手稿之后。

数十年来，王先生讲授文学史、《诗经》和《周易》等课程，形成了自己的学术主张：治文学史，主张扎扎实实以作品、史料为基础，溯源析流，究传承脉络，明发荣轨迹；治《诗》，主张从经学、史学、文学、语言学、博物学等多角度通治，综合研究——于先秦以诗治史，于汉以后参诗治史，尤倡以《诗经》治周史之说；治《易》，主张经、传通治，象、数、理、文通治。

王先生晚年曾言：“以不愿抱憾一生，……冀释重负，飘然了此一生。重负者何？即五十余年之教学实践与经验。”

年逾古稀、疾病缠身之人，心心念念者，不是自己的身体，而是“五十余年之教学实践与经验”没有传之后学，甚至因此有“抱憾一生”之叹。此情此意，令人不胜感慨。

现在，呈现在读者面前的这套《清浅斋遗稿影印集》，可说是王先生“五十余年之教学实践与经验”另一种方式的总结，不止是值得“流传之些许记录”，更是宝贵的精神遗产。通过本书，可以管窥王先生的学术主张、学术成就。

愿借本书告慰先生在天之灵，并向先生表达无限崇仰之情。

愿先生燃起的薪火，借本书得以广传。

想来，先生若有知，当十分欣慰吧。

凌舒昉

二〇二一年三月三十一日

倒下也是一座山

——先师王先生传略

凌舒昉

“先生”之称，时下往往泛称成年男士。然余之大学有二师，群弟子自始至终不称“老师”而称“先生”，则与此泛泛而称者异。盖“老师”不足以表达吾辈后学弟子崇仰之情，唯“先生”之称足以当之也。先师王先生，即二位“先生”之一，且居其首者也。然吾辈多直称“先生”而不称姓者，则唯王先生一人而已。

先生讳焱，字扶汉，以字行。自署书斋曰“浅斋”，晚年复改为“清浅斋”，自号曰“清浅斋闲人”。民国十三年九月初二日生于北京，居府右街。六岁入家塾，师从宛平县秀才徐彤森，习《四书集注》；二十一年，从顺天府举人任修如习《毛诗》《礼记》，并承家学，从易学大师、父仲华公治《周易》《尚书》，从光绪癸卯进士高毓浵翰林治《春秋左氏传》；二十六年，年甫十三，五经成诵。三十二年，考入国立北京师范大学国学系，为魁首，始从开原马氏治经堂第五世传人马宗芗先生治《诗经》；从夏仁虎、傅岳棻二先生治目录学、校勘学；从赵荫棠、俞静安、刘盼遂诸先生治声韵学、文字学、训诂学，三十六年毕业。翌年被保送入师大研究院中国语文教材教法研究组，为黎锦熙、罗常培、叶圣陶诸先生硕士研究生；后改入文史组，导师叶埸先生。毕业之际，已革故鼎新矣，时在一九五〇年。

先生以家学渊源，加之一生勤奋，终至古今贯通之境界，终成学识淹博之大师——

夏商周秦，两汉三国，西晋东晋，宋齐梁陈，隋唐五代，宋元明清，二十六史尽在胸中，腹中学问，岂止五车？

诗书礼易，春秋左传，诸子骚赋，文论诗词，传奇散曲，杂剧小说，数千年文无不涉猎，笔下易诗，自成一家；

治《周易》，主张经、传通治，象、数、筮、理、文通治，经大量繁难计算，使失传二千余年之春秋《周易》筮法完全恢复原貌；

治《诗经》，主张从经学、史学、文学、博物学多角度通治，于先秦以《诗》治史，于汉后参《诗》治史，尤倡以《诗经》治周史之说；

治文学史，主张溯源析流，究传承传绪，明发展迹象。

先生一生以教书授徒为业，初执教于光华女中（今北京市第三十九中学前身）、中央民族学院附中，一九五三年调入中央民族学院。一九五七年，划为右派，身陷缧绁凡二十一载。其后，复返中央民族学院，于民族语言系教授蒙藏学子；未几，转至汉语言文学系，先后为本科、硕士学子讲授中国文学史、中国诗歌史、《诗经》研究、《周易》研究、《左传》研究、中国传统文化等课程。晚年先后收入室弟子二人。

先生授课之际，斯须不离者三物：清茶一杯、红塔山香烟一盒、粉笔一支也。至若讲义，每课虽皆有手稿若干页，然几不一瞥。课上，先生每先以粉笔默书古文于黑板，繁体行书，洋洋洒洒，一挥而就；讲授之时，复旁征博引，“经史子集”常似决堤之水，汩汩汤汤，酣畅泻出。弟子无论男女少长，莫不惊叹先生之博闻强记者。以是学院内外学子争往受教，以室小而旁听者众，动辄人满为患，教室桌椅间隙乃至室外走廊时为之堵，仍不敷用，至乃有一课而三换教室事。其时，先生声誉日隆，并应邀于北京大学、解放军艺术学院等多所院校讲学。或曰，先生为北大中文系古典文献专业授课，盛况过于本院。或闻亲聆受教者曰："鲁迅、朱自清后，未见此景矣！"噫，亦盛矣哉！

先生品端方而性耿介，慷慨有节士风。不媚世，不随俗，不虚美，不隐恶，不屈己，不违心，一生淡泊，一世清白，不受名利驱，不为物质役。

先生虽满腹经纶，于传统文化亦多有创见卓识，且笔耕不辍（先生双肘褐色厚茧乃长期伏案之见证）、手稿等身，然付梓者寥寥无几，专著唯《诗经新论》一册，另有《文白对照全译战国策》一册，仅此而已——以其不汲汲于虚名浮利，只孜孜于传道授业也。

先生家中除满架图书，别无长物，真可谓为"寒舍"。先生所常服蓝色中山装褪色已久，仍不忍弃；其家居所着毛衣，肘上皆补丁累累。

言及补丁，犹记与先生一夕谈。

那日，余往见先生。言谈中，先生笑问："汝知欧阳文忠公自号否？"

"然。"余答曰，"'六一居士'也。"

"然则汝知'六丁居士'否？"先生复问。

余一时懵然，搜索枯肠，未果，赧然曰："否。请教先生：'六丁居士'为谁？'六丁'何谓也？"

先生以双手交指己之双肘，复指双膝，且笑且言曰："双肘二补丁，双膝二补丁"，继曰，"臀上复有二补丁——岂不为'六丁'乎？"言毕，朗声大笑。

余闻此言，亦忍俊不禁，追问先生："然则'六丁居士'为谁？先生自谓欤？"

先生笑而不答。其笑也，浑如赤子。

余终不知“六丁居士”是否先生自称，然先生居寒舍、衣敝衣而不改其乐，诚如颜子“一箪食，一瓢饮，居陋巷”而“不改其乐”，先生亦近复圣矣！

时光荏苒，乌飞兔走已三十年，彼时情景犹在目前。

先生虽一生迍邅，命途多舛，然与弟子游，每每如是——平易温和，笑语不辍，蔼然可亲，弟子皆如沐春风中。

先生教学之余，治《易》、研《诗》、吟诗、度曲以自娱。

先生嗜烟，爱酒，喜茶，乐美食，好京昆，尝自言，早岁粉墨登场，扮小生周瑜，英姿勃发，惊倒众人。每言及此，先生不仅喜笑颜开。与友人弟子聚谈，兴之所至，先生或亲操胡琴，或唱上一段，亦一乐也。

一杯茶，一支烟，一截粉笔舞黑板，讲坛上声如洪钟，一堂大课铿铿然，说不完诗书易传；

一盏酒，一箸肉，一餐粗饭赛神仙，斗室内字正腔圆，一曲京昆咿咿呀，唱不尽离合悲欢。

此乃先生教学生活之常景。

先生身材高大魁伟，声音爽朗，神采飞扬，然晚年缠绵病榻数载，二〇〇五年七月初三日，节逢立秋，先生与世长辞，享年八十有一岁。先生逝后，骨灰暂厝旧居；十有三载后，二〇一八年夏历七月廿二日，先生弟子十数人，葬先生于京北昌平兴寿象房之龙泉公墓。诸弟子于先生墓碑上，镌刻有七个大字：

倒下也是一座山

诚哉斯言！——先生人品重如山，先生学问高如山。先生即使倒下，仍是一座山，高不可攀！

“云山苍苍，江水泱泱。先生之风，山高水长。”范希文赞严子陵先生此语，正先生风神气节之写照。

“《诗》有之曰：‘高山仰止，景行行止。’”先生之高度，吾辈此生“虽不能至”，然“心向往之”——为此，吾辈将不懈努力，上下求索。

先生已归道山，却给吾辈留下一座山，即如吉光片羽般宝贵之讲义手稿。群弟子不忍先生精神遗产就此湮灭，醵金欲梓行之，以光先生遗业，以继往圣绝学。执事者和学长龚命余作先生小传，以冠于书稿。

余固不敏，焉敢为先生作传？余纵有生花妙笔，焉能写出先生风神之一二？况无此妙笔乎？然记下先生事略，俾世人知当世有怀才抱器、卓荦不群、敢怒敢爱真诤士，博见洽闻、纯正无邪、通古通今真鸿儒如先生者，实余之幸，亦弟子不可推卸之责也，何可以不肖辞焉？故不揣谫陋，记述先生事略如右，以此纪念先生。

弟子舒昉谨记

戊戌中秋前夜，二〇一八年九月廿三日，初稿

己亥二月初三、初四、十八日，据先生自撰简历草稿再改

庚子十月廿八、廿九日，三稿

目录

清浅斋周易说（上）

清浅斋周易说（下）

清浅斋毛诗说

清浅斋杂说

附录：追忆·缅怀

清浅斋周易说

（上）

周易是流傳至今最古老保存
原貌最完整的一部古典文獻

周易是历經二十幾个世紀流傳至今的最古老也可能是保存原貌最完整的一部古代文献。

、唐孔穎達本周易王弼韓康伯注奉勅撰周易正义，为千余年来影响至为深遠之注疏本。清嘉慶廿一年贛撫阮元據宋刊本校刻之十三經注疏本周易正义号称善本。又为百六十餘年来治易諸家多所推許。宋朱熹周易本义余嘗於明湛我初須之學宮，治易宗學者，多宗之。疏證諸家，畧疏為說者有軒輊，然經傳文字縱或多有舛訛，而絕大部分，固無歧異也。

周易經文亦稱本經、古經，其中包括六十の卦之卦符、卦題、卦辭及三百八十の爻之爻題與爻辭，皆經文也。

周易傳文亦稱大傳，包括彖辭、象辭、繫辭、文言、說卦、序卦、雜卦，皆傳文也。

易之經文、傳文於群經經、傳中皆為流傳至今最為古老者。

（一）、周易經文於群經中為成書最早者

此為最早，秦火未燹，代有傳人，至今猶存原貌

關于易經自画卦、重卦至作卦、文辭、傳說紛紜，多不可信，而經文寫定成書年代每殊不可確考。但仅以其書作筮占之實際使用觀之，已足以

2

謂易經是我國古代文獻中最古老（與其後百年前後所成諸經比較）最完整之一部。左傳記筮占十四次，皆以易占也。能其中有五次又特別申（明）以周易筮之。五次中最早之一次則在莊公二十二年。陳厲公（蔡出也，故蔡人殺五父而立之。）生敬仲（名完，謚敬仲，奔齊後改姓田氏，不敢稱本國故是也），其少也，周史有以周易見陳侯者。陳侯使筮之，遇觀䷓之否䷋（四爻變）曰：是謂

厲公名躍，史記誤認厲公佗，非是

五父，陳桓公佗也，與厲公異母，桓

魯桓公六年

觀國之光，利用賓于王。此其代陳有國乎？不在此，其在異國；非此其身，在其子孫？光，遠而自他有耀者也。坤，土也。巽，風也。乾，天也。風為天（圜）於土上，山也。有山之材，而照之以天光，於是乎居土上，故曰觀國之光，利用賓于王。庭（陳禮於庭。艮有門庭之象）實旅（陳其百品）百，奉之以玉帛（乾為玉，坤為布），天地之美具焉，故曰利用賓于王。猶有觀焉，故曰其在後乎？風行而著於土，故曰其在異國乎？

3

若在齐国，必姜姓也。姜，大岳之后也。山岳则配天，物莫能两大，陈衰，此其昌乎？

及陈之初亡也，（昭八楚灭陈）陈桓子始大于齐，（田桓子（无宇）有力事齐庄公，甚有宠（史记田敬仲完世家））其后（哀十七楚复灭陈）亡也，成子得政。（田常弑简公立平公，封邑大于平公之所食，其曾孙田和（齐太公）迁齐康公于海上，和立为齐侯，列于周室）

庄公二十二年，周惠王五年，公元前六七二年也。此左氏所记筮占例之最早者。[illegible]

[illegible]

此真例明確記載周史以周易見陳侯，且以周易筮，而此筮之卦爻、卦名、文辭皆與今本同。謂至晚此時周易已能成書，且以之筮，當係最保守之估計（判斷）。實際上，易之成書絕不晚於此時也。觀周史之占斷，依卦辭，析卦象，條理清晰，亦絕非初始以易筮之時可能。顧易之成書具體年代迄今文

4

獻識不足徵，不得不徵於是儀字之論斷耳。但以此最儀字之斷限言，易之成書，每早於諸經也。即以此次第上之年代言：

早於尚書最後一篇，即秦誓之產生的十五年（秦誓僖公三十三年前六二七也）

孔穎達尚書正義以"秦穆公使孟明視、西乞術、白乙丙之帥師伐鄭，未至鄭而還"，晉襄公帥師敗之于殽，囚其三帥。後，晉舍三帥，得還于秦，秦穆公自悔己過，誓戒群臣，史錄其誓辭，作秦誓。

早於詩最後一篇陳風株林之產生

小序：株林，刺靈公也。淫乎夏姬，驅馳而往，朝夕不休息焉。

七十二年。（株林左傳在宣公九年前六〇〇年也）早於吳公子札觀周樂一二八年（季子札觀周樂在襄公廿九年前五四四也）早於孔子絕筆於獲麟（哀十四前四八一也）一九一年。依此最保守之論斷，易非諸經中成書之最早者耶？秦始皇三十四年焚天詩書，而

5

秦宋史
未及晓、

"所不去者，医药、卜筮、种树之书"（史记·始皇本纪）

"及秦焚书，而易为卜筮之事，传者不绝。"（汉书·艺文志）

始皇焚书，诗以讽诵存，易以卜筮而未及，是二书者，不似他书之含古文真伪之疑，造而千餘年来今不可解也。

史记·仲尼弟子列传：商瞿，鲁人，字子木，少孔子二十九岁。孔子传易于瞿，瞿传楚人馯臂子弘（汉书·儒林传、荀子皆作子弓。史记索隐云：应劭云，子弓是子夏门人。）弘传江东人矫子庸疵（儒林传作矫疵，字子庸），疵传燕人周子家竖，竖传淳于人光子乘羽，羽传齐人田子庄何，何传东武人王子中同，同传菑川人杨何。何元朔中以治易为汉中大夫。

代有传人

汉书艺文志云：

"汉兴，田何（齐人）传之。讫于宣、元，有施、孟、梁丘、京氏列于学官，而民间有费（费直，长于卦筮）、高（高相，与张夫嘉二家无章句，均皆在西汉末也。详见汉书儒林传）二家之说。刘向以中古文易经校施、孟、梁丘经，或脱去无咎、悔亡，唯费氏经与古文同。"

田何传王同，王同传杨何，何以治易为中大夫，太史公谈曾受学焉。何授田王孙，王孙授施雠、孟喜、梁丘贺，盖已宣元之时也。

此语极为重要。费言易之传，自春秋末以迄西汉末未尝绝绪。且易今古文或小有讹脱，甚或尽同。是易经西汉末尚

6

能存战国时之原貌也。费氏易虽未立学官，而在东汉传授较盛。马融、郑玄、王弼皆宗费氏经，以东汉服经崇尚古文故也。亦以此，王弼注易乃更多存原貌。孔颖达正义又以之为本，以传在今，统绪晓然。诚与它经不同也。

阮元《周易注疏校勘记·叙》：“而不可俗书妄改经文，以还王弼孔颖达陆德明之旧。”

（二）易傳爲諸家傳注之最古老者

Ⓐ文言曰：大哉乾乎！剛健中正，純粹精也。六爻發揮，旁通情也。時乘六龍，以御天也。雲行雨施，天下平也。

上下彖、上下象、上下繫、文言、說卦、序卦、雜卦，名稱十翼。古傳孔子所作，因屬僞書，殆謂戰國時之儒家所爲無疑。

一、彖傳、象傳、繫辭傳最早
二、文言傳次之，殆皆成於戰國之前。文言傳有釋Ⓐ乾彖傳辭之外，其在彖傳之後也。
三、說、序、雜後人輯多增益，可能成於長久口頭流傳之後，有人整其在兩漢之間，非一元成也。

史記·太史公自叙

陸賈新語·道基引易繫辭傳曰：

太史公曰：先人有言，自周公卒五百歲而

7

有孔子，孔子卒後至於今五百歲，有
能紹明世，正易傳，繼春秋，本詩、
書、禮、樂之際？意在斯乎！意在斯
乎！小子何敢讓焉！
其後司馬談論六家要指，則折

孔子世家
孔子晚而喜易，序彖、繫、象、說卦、文言。此篇即云：

漢書藝文志：孔氏為之彖、象、繫辭、文言、序卦之屬十篇。

易大傳「天下一致而百慮，同歸而
殊塗」
乃直引繫辭！

由是以觀，易傳自不能成於孔門焉。漢之後，抑其受之於楊何者歟？其實，易傳自戰國以降，代有傳人。楊何西漢治易之大家耳。此十翼非孔子作。繫辭稱子曰二十四處，乾文言稱子曰者亦然。由此可知矣。夫子著述，固不能自稱子曰也。

②王充論衡正說篇云：至孝宣皇帝之時，河內女子發老屋，得逸易禮尚書各一篇，奏之。宣帝下示博士，然後易禮尚書各益一篇。

③隋書經籍志：及秦焚書，周易獨以卜筮得存，唯失說卦三篇，後河內女子得之。

①楊雄法言問神：或曰：易損其一也，雖惷知闕焉。

或曰：經可損益歟？曰：易始八卦，而文王六十四，其益可知也。詩書禮春秋，或因或作，而成於仲尼，其益可知也。故夫道非天然，應時而造者，損益可知也。或曰易損其一，雖惷知闕焉。至書之不備，過半矣，而習者不知，惜乎書序之不如易也。

周易補疏焦循

④清道光間彭申甫周易史記附易信編云：易家謂說卦本非說卦……

說卦出宣，序卦、雜卦出劉歆偽作

序卦：晉者進也，進必有所傷，故受之以明夷。夷者傷也。傷於外者必反於家，故受之以家人。

8

由繫辭、文言之多稱"子曰"，可以為易傳殆出孔子弟子以及再傳弟子之手。即使十翼非一人作，至少繫辭、文言當出程量。即使易十翼非一人作，亦為五經諸傳流傳至今之最古老、最完整、最可信而最少爭議者。

十月六日此文修至此。

李學勤四男、王星賢先生武之第、黃暉先生及向獻之德、崔暉先生魯晨王緣尚书孔安国传系魏王肃之伪托，古人辨之详矣，无复置疑。史载伏生传今文尚书二十九篇、传四十一篇。然经并存而犹不免文字异同之争，四十一篇之传，乃久佚焉。

适其体也

蓋参之汉志：鲁申公为诗训故，而齐辕固燕韩生皆为之传。或取春秋，采杂说，咸非其本义，与不得已，鲁最为近之。三家皆列于学官。又有毛公之学，自谓子夏所传，而河间献王好之，未得立。

三家诗皆汉代说诗者自称受诸先儒。然自东汉至魏亡佚殆尽，今仅存韩诗外传十卷。（三十家传实散之学，自不成书矣、）毛传并保存较完好，然毛亦了已当战国

9

末季、秦汉之间，而毛傳之寫定成帙，乃已迄於東汉矣。傳詩者多言子夏，於子夏即使傳詩，其時則遠無詩傳之寫定本也。又有謂毛傳係東汉衛宏之作，春秋公、穀二傳，其皆師承有序，能其寫定皆在西汉之時。其文猶多經師口授讀之者：公羊傳、隱公元年夏五月，鄭伯克段于鄢。克之者何？殺之也。殺之則曷為謂之克？大鄭伯之惡也。曷為大鄭伯之惡？母欲立之，己殺之，如勿與而已矣。段者何？鄭伯之弟也。何以不稱弟？當國也。其地何？當國也。齊人殺無知何以不地？在內也。在內，雖當國不地也。不當國，雖在外亦不地也。

穀梁傳出為是，役兩而賛，反復論辯，

10

以闡明文理也。

唐徐彦春秋公羊傳疏引戴宏序曰：子夏傳與公羊高，高傳與其子平，平傳與其子地，地傳與其子敢，敢傳與其子壽，至漢景帝時，壽乃與弟子胡毋子都著於竹帛。

此説至爲明白，而穀梁傳亦寫定於漢代，名穀梁傳者，不忘先師之文也。

左氏傳爭議殊多，而其最早者厥為其書是否為傳春秋者。至於左氏其人、或其年世，說尤紛紜。三禮本皆晚出，傳注蓋晚，殊非易傳之可擬者。故無論自經以言，自傳以言，周易皆為五經中流傳至今最古，保存原貌最完整、最真切者。

11

我國古籍寫定成書之最早者莫過於易、書、詩、而易又最早，其傳之成書亦最早。故吾謂周易爲流傳至今最古老、保存最最完整、最真切的一部古代文獻。

八七年九月廿五日

民覽

誦完

秋分後一日

十月十三日

誦完

夏曆丁卯年乙亥巳正 八月朔

八月初二也

此古誦完、

辛卯月日館

关于探索《周易》哲学内涵的几点想法

王扶汉

自《易经》成编以来，对其哲学内涵的探索历代有之。其荦荦大者首先是《易传》。魏晋时，王弼、韩康伯作《周易注》，对《周易》经传的哲学内涵，在注释中作了不少进一步的探索。宋儒治《易》，如苏轼、程颐等继续多所贡献。本世纪五十至七十年代，《周易》研究更多从哲学角度上进行。八十年代以来，兴起一股《周易》热。出版了不少从不同角度讲说《周易》的书，在报刊和一些学术会议上发表了不少论文和讲演。出现了一些地方性、全国性，甚至国际性学会。形成了学《周易》、讲《周易》、研究《周易》的新高潮。取得了不少新成果。其中也不乏对《周易》哲学内涵进行新的探索的好文章。同时，也有些不如人意的情况。甚至有的以《易》、或《周易》标目的书不能不被强制禁售。探索《周易》哲学内涵的问题不能不说是个十分複杂的问题。两千多年来研究者所多，各家所见，各派传承歧异纷纭，自不免各是所是，各非所非。因而难于全面比较，形成科学性较强的是非观以辨各家之是与非。故本文在严肃尊重各家之说的基础上谈个人的一些想法。想法与古今诸家或有不同，为阐明自己的想法也可能涉及到一些同行的著作，甚至有所辩难，犹友朋谈心，坦率地各抒所见。深信必会从这样的辩难中获得教益。

《易经》本筮书。《易传》原为解经而作，其哲学观点的探索、阐发，很像《论语》讲仁，《孟子》说义，《老子》论道，随遇而发。并不像《荀子》论礼、论乐那样各具篇章，专题论证。虽然如此，但条分缕析，归纳以观，《周易》的哲学观点还是很清楚、很明确，既可以见，也可以言的。

关于探索《周易》的哲学内涵，我有以下几点想法：

一、必须排除神秘化和

不可知论的干扰

《易·系辞传》说：

"古者包牺氏之王天下也，仰则观象于天，俯则观法于地，观鸟兽之文与地之宜，近取诸身，远取诸物，于是始作八卦，以通神明之德，以类万物之情。"

又说：

"圣人设卦、观象，系辞焉而明吉凶。"

包牺氏是人，圣人是人。由此，我们清楚地看到《易传》解《易经》中的这个根本问题，特别强调：八卦是人作的。六十四卦是人重的。作为筮占重要根据而且深蕴哲理的八经卦、六十四别卦卦象是从仰观俯察中"圣人有以见天下之赜而拟诸其形容，象其物宜"而确定的。卦、爻辞是人撰拟的。占问吉凶的是人。所问的事是人事。占断者是人。所断的是人事的吉凶。是与宗教无关。八卦、六十四卦并不是神或什么"外星人"从天上或任何天体带入华夏的。当然更无任何"密码"待人"破译"。古往今来，任何把《周易》神秘化的奇谈怪论都是为对《周易》哲学内涵的探索设置的障碍物。把八卦、六十四卦神秘化也就是从根本上把《周易》神秘化，这样，一方面阻障对《周易》所进行的科学的研究、探索。另一方面给《周易》研究笼罩上浓厚的不可知论的迷雾。在神秘化和不可知论的迷雾中各式各样的邪说奇谈都便能在《周易》研究领域中活跃起来，在社会上形成对《周易》认识上的混乱。真知与臆说混淆，真科学与假科学难辨。显然，不廓清神秘化与不可知论的迷雾，探索《周易》哲学内涵不可能不受到严重的干扰。

二、必须从爻、卦、象、数、辞、理全面考察

探究《周易》的哲学内涵必须从爻、卦、象、数、辞、理全面考察。从《左传》、《国语》所记筮占来看，筮人多从爻、卦、象、数、辞进行筮占以断吉凶，这是他们的职司。《左传·襄公九年》记穆姜始往东宫之筮、《昭公·

十二年》记南蒯将叛之枚筮，则穆姜、子服惠伯对吉凶的占断都更就卦德、易理作出自己的解释。主要产生于战国时期的《彖传》、《象传》、《文言传》、《系辞传》等更在解说卦、爻辞，讲明筮法及占断所由的同时，据爻、卦、象、数、辞探究易理，提出了很多极其珍贵的观点，尤其在哲学方面贡献之大，影响之深远更是诸子百家所无法比拟的。汉代孟喜、京房、焦赣等治《易》流于方术禨祥，颇不利于易理的研究。产生于清谈玄理始盛之时的魏王弼、晋韩康伯的《周易注》力矫以孟、京、焦为代表的汉代治《易》每或流于徒言休咎之弊，务求阐明易理，发抒己见。其继承《易传》发展易学研究中探究易理的传统之功诚不可泯。但其“扫象数”的主张则未免使易理研究中一些重要的、不可或缺的根据也被“扫”掉。而当时广泛流传于知识阶层的老庄学说却又过分地被王弼用来解说《周易》。因而招致后世对《周易注》“崇尚虚无，入于老庄”的讥评。近几十年的《周易》研究中，有些人强调：“从易经》是占筮书”，“《易传》是哲学书”，并特别强调必须把二者的性质划分开来。因而其研究《周易》的哲学内涵便实际上摈弃了爻、卦、象、数与卦、爻辞。李镜池先生《周易探源·关于周易的性质和它的哲学思想》乃全根据“引而伸之，触类而长之，天下之能事毕矣”这句话是讲筮占变遇之卦之法的话断定：“很清楚，《易传》是哲学书”。这就很清楚地显示了不明象数，又不去明白象数，却要摈弃象数探求《周易》的哲学思想会给易理研究带来多么大的谬误。不错，《易经》是占筮书。但说：“《易传》是哲学书”而且把经与传从性质上严格地划分开来，则不能不考虑这样的事实：衰称，《易经》解说经文，广泛、深刻地阐发了爻、卦、卦、爻辞、以及得卦所不可或离的数、占断所不可或离的象中的哲学内涵而且有不少关于易理的直接表述。但《易传》实包括《彖》、《象》、《文言》、《系辞》、《说卦》、《序卦》、《杂卦》诸传。其中说爻者有之，说卦者有之，说卦、爻辞者有之，

说筮法，说卦、爻象，说道德修养，说政、教、
刑、法、军、旅、农、田、商……者皆有之。谓之
为"哲学书"概言以定其性质，不论就《易传》
内容言，还是就"哲学"一词的基本概念言，
是言要者，自然明白。而且李镜池先生据以断
定"很清楚，易传是哲学书"的那句至关重要
的话却正是《系辞传》集中讲揲蓍成卦及变通
之卦法章中概言变通之卦方法的极重要的一句，
是欲识通晓筮占方法必须理解的一句。这句话
所在的一章是流传至今讲筮占最宝贵的，也是
最具关键性的文献，而这句话也正是这一章的
关键。弄不清这一章，尤其是这一句，首纵《易 以
经》，也是无法揲蓍得卦、变通之卦以占断吉
凶的。因此，这句话足以证实《易传》实实在
在地讲了占筮中特别重要的东西。用以强行从
性质上割离经传，并断言："很清楚，易传是
哲学书"，说明了什么呢？其实，探究《周易》
的哲学内涵是离不开爻、卦、象、数、辞、理
的。言《周易》对共性的表述，其根本就在于
阴阳；言《周易》对个性的表述，其根本就在

於八卦。言《周易》变动观、消息观、顺天应人观、天人合一观等等就更离不开数、象、辞、理了。这不是最清楚不过的呢！

三、经传通治始能即易穷理见《周易》的哲学内涵

十分清楚明白的事实是：无《易经》则《易传》无由作，无《易传》则《易经》难以解。故治《易》必须经传通读，经传通治，始能即易穷理，见《周易》的哲学内涵，始能实实在在地研究《周易》各个方面的问题，不论是占筮方面的、哲学方面的，还是其他别的。前文谈到李镜池先生严格把《周易》经传从性质上分成"占筮书"与"哲学书"，其断然肯定《易传》是哲学书的根据却正是讲占筮关键章节中的关键语句。二千多年以来一直赫然存在於《系辞传》中。产生这种情况的多种因素中最主要的恐怕还是李先生在他的《周易通义前言》中所说的："今天我们研究《周易》，首

先要把经与传分开。”这种“分开”，不仅造成上述情况，在李先生把这种“分开”作为三原则之一而写的《周义通义》中还产生了与上述情况类似的情况。

《周易通义》是李镜池按照著者自订的原则写成的。按照“分开”原则，去解经文，《易传》悉删不录。著者又认为《易传》“就对经文的解释而言，是没有多少可取的。”故解经不取传意。如该书解《乾·初九》：“潜龙，勿用”的“潜龙”，说：“龙，龙星。《说文》：‘龙，春分而登天，秋分而潜渊。’潜龙，即秋分的龙星。”按：《说文》解“龙”字，谓：“龙，鳞虫之长。能幽能明，能细能巨，能短能长，春分而登天，秋分而潜渊。从肉飞之形，童省声。”显然，《说文》解的是“龙”，而未及“龙星”。《周易通义》引文略去“鳞虫之长”等内容而亦未加删节号。无论从此处还是从别处也找不到《说文》中说“龙”就是“龙星”的根据。在此处也没有对“龙星”的解说。至于“春分而登天，秋分而潜渊”更说的是“龙”

而不是"龙星"。龙星本在天上，何以春分而再登天？秋分又怎样潜於哪里的渊呢？且《史记·天官书》云："仲秋秋分，夕出郊角、亢、氐、房东四舍。"角、亢、氐、房，东宫苍龙七宿之四也。倘如《周易通义》所云"龙星"秋分而潜渊，"仲秋秋分，夕出"还"郊"什么呢？不仅如此，其释《乾·九五》的"飞龙在天"说："飞龙在天：指龙星'春分而登天'"。试问：根据什么说乾之初九指秋分，乾之九五指春分呢？而其释《乾·九二》"见龙在田"说："田，天田，龙星左角的一个星。""见龙在田"是"龙星在天田星那里出现。"李先生所说的龙星，就其在对《乾·上九》"亢龙有悔"的解说来看，指的是东宫苍龙。此东宫苍龙角、亢、氐、房、心、尾、箕七宿三十颗星，固是偌大的一片，其角宿与右摄提之间三星横陈二星，是为天田，若苍龙七宿的左右角。故《史记正义》引《汉旧仪》说："龙星左角为天田，右角为天庭。"天田不过若龙星之角，偌大的东宫苍龙如何在其角那里出现呢？《周易通义》

解说《乾·上九》"亢龙，有悔"一则谓："亢龙，闻一多解为直龙。亢有直义。龙欲曲不欲直。……直龙也；……"有悔，说明是不吉之占。"不错，亢，确有直义。如《三国志·魏志·杜恕传》云："恕在朝八年，其论议亢直，皆此类也。"韩愈《送穷文》："其名曰智穷，矫矫亢亢，恶圆喜方，羞为奸欺，不忍害伤。"亢，于此皆有直义。但都就内在的性格、气质、风度而言。倘就外在的形貌、势、位而言，则亢字便多用来表高、举、极、强、抗、庇、盈、穷等诸义。就《乾·上九》而言实就爻位自初爻逆数，顺势而言。初九，以"潜龙"喻断，最下爻也。九二、九四以"在田"、"跃在渊"喻断。龙自"潜"而见、而跃于渊矣。九五乃飞而在天，上九亢龙，则自天而再上，是以过高，过极，才"有悔"。即使全不管《易传》所云，经文也分明如此。怎么能以亢从表形貌角度上训直，又直言"直龙也"呢？李先生在解说这条爻辞时引《史记·天官书》为据。其文曰："东宫苍龙，房、心。心为明堂，大星天王，前后星子属。不欲直，直则天王失计。”不错，这里倒是提到了苍龙，提到了直，也提到了直则天王失计。但一点也没提亢，更没提亢即直或直即亢，也更没提到亢龙即直直也苍龙。与《乾·上九》的“亢龙”毫无关涉。怎能据以解“亢龙”即“直龙”呢？而且，《易经》的断占辞中，吉、凶、悔、吝、厉、咎是有差别的。《周易通义》解此爻辞称：“有悔，说明是不吉之占。”怎么不吉呢？则前文已言“亢龙，有悔”即“直龙凶”。不吉岂唯止凶乎？《易经》又何必在程度、性质上分不吉为悔、吝、厉、凶、咎呢？还不仅如此。该书在解说《乾·九四》“或跃在渊”时说：“跃在渊，跳进深渊，投河自杀”。爻辞分明写的是“在渊”而不是“进渊”，是本在渊中而不是从外跳进。“跃在渊”也分明是“在渊中跃”。在渊中跃的怎么能都说成是“跳进深渊，投河自杀”的呢？高亨先生《周易古经今注》虽然也“专解经文，《十翼》悉删不录”，但对这条爻辞讲得还是很通脱的。说：“此承上文龙言。

20×20=400　　开明出版社稿纸

龙本是水中动物，龙跃於渊，得其所之象。人得其所，可以无咎，故曰：'或跃在渊，无咎'"。但《周易通义》坚执把龙讲成龙星，而且已把初九爻辞中的潜龙解作"秋分而潜渊"的龙星，这里又遇到"渊"字，既不好再提"龙星"，又根本不提"龙"，恰恰经文此处承初九、九二顺势而言，未提"龙"字，於是便把"跃在渊"讲成"跳进深渊，投河自杀"。既讲作"投河自杀"，又不是"龙"或"龙星"，就只能是人了。於是又滥义出："作者处於贵族激烈的斗争中，他是同情那些被排挤、被迫害者方面的。这里用'无咎'，说明投河者自己无罪，是被人逼死的。"这些，除"无咎"二字外，从这条爻辞及乾卦卦、爻辞中丝毫找不出任何有关因由，故称之为"滥义"。《周易通义》之解说乾卦卦、爻辞，实据闻一多先生《周易义证类纂》而有所发挥。因而不仅全弃《易传》，且去经义益远。甚至把以揲蓍成卦、爻遇之卦以占的筮占卦、爻辞整理成编的《易经》第一卦—乾总括而称其"主要谈星占"。果然如此，乾之卦、爻又何必揲蓍以得？这种论断实际上已然远离《周易》。李先生于此所作的解释称："《左传》、《国语》都记录了一些《易》筮。其中有《易》筮和龟卜并用的、有梦占而又《易》筮的。《周易》中有星占、梦占、鸟占、蛇占、谣占等，取象占和蓍筮参验之意。"《左》、《国》共记筮占十六例。其中六例兼记龟卜、梦占、星占、物占等，互相参验。但卜归卜，筮归筮，梦归梦，星归星，物归物，各记其占，各记其断。或有彼此相合，则称之曰"偕"或"协"、"袭"。如《左传·昭公七年》孔成子、史朝筮立灵公，二人又都称梦康叔之命。史朝说："康叔命之，二卦告之。筮袭于梦，……"《诗经·小雅·杕杜》称："卜筮偕止，会言近止，征夫迩止。"之类。但绝无一例掺混占断的。《易经》不是一部占卜术的大杂烩。另外，高亨先生也是主张《周易》经传割离的。但其《周易大传今注》实未弃经言传。其《周易古经今注》则亦特别申明："专解经文，《十翼》悉删不录，其说偶有可采者则采之。"但

第15页共　页

也颇有借文确得经义确实可采而不采以致解说牵强殊乏说服力者。如其注《乾·上九》云："亢，疑借为沆……亢龙者，谓池泽中之龙也。池泽水浅而幅员或小，草多而沆漭或深。龙处其中，为境所困之象也。人为境所困，是为有悔。故曰：'亢龙，有悔。'"如此解说的理由就是"亢，疑借为沆。"曰"疑"，是注者尚无充分自信。何以缺乏自信？观注文引据诸书可知。其最主要根据即王念孙《读书杂志》辨《淮南子·坠形训》之"亢泽"谓："亢泽当为沆泽，字之误也。亢与沆同。《初学记·地部上》、《太平御览·地部》一引此并作沆泽，是其证也。"王氏辨《淮南子》"亢"字之讹，确实精当。但其实就借字而言，既未及"亢"字本义及引申义，亦未涉及《周易》经文。其他引据《说文》之释"沆"、《楚辞章句》、《楚辞补注》之释"沆"、《玉篇》释"阬"、《庄子·天运篇》、《汉书·赵充国传》、《后汉书·马融传》、《文选·西京赋》之用"阬"，《广雅·释地》之释"阬"，全无一字及于"亢"，亦全无一字及于《易》，

20×20=400　　开明出版社稿纸

乃断言："沆、坑、阬、吭并从亢声，古书通用，古时字少，故《周易》但作亢也。"遗憾的是这些引文绝无一例言及"亢"字，绝无一例言及沆、坑、阬、吭与亢字通用者。《说文·亢部》："亢，人颈也。从大省，象颈脉形。"《段注》："引申为高也，举也，当也。"按"亢"字在先秦古籍中，除《易》以外，确实不少。如《左传·宣公三年》："先纳之，可以亢宠。"《杜注》："亢，极也。"《素问·六微旨大论》："亢则害。"王冰《注》："亢过极也。物恶甚极。"此"亢"之训"极"者。《庄子·人间世》："故解之以牛之白颡者与豚之亢鼻者。"陆德明《经典释文》引司马彪云："亢，高也。"《银雀山汉墓竹简·孙膑兵法·雄牝城》："城在渒泽之中，无亢山名谷。"等皆"亢"之训"高"者也。《楚辞·卜居》："宁与骐骥亢轭乎？"《楚辞章句》："亢，一作抗。"《文选·五臣注》："骐骥抗轭，谓与贤才齐列也。抗，举也。"是"亢"与"抗"通者也。《左传·宣公十三年》："我则为政，而亢大国之讨，将以谁任？"《宣公十五年》："魏颗见老人结草以抗杜回，杜回踬而颠，故获之。"《杜注》并云："亢，御也。"此又"亢"与"抗"通而训"御"者也。故《广雅·释诂》训"亢"，极也，高也，强也。……而"亢"字与沆、坑、阬、䀛通或亢与沆同，以及"亢"训泚者，於先秦古籍，我则尚未查到。恐怕高亨先生也没查到，否则就不必举那么一大堆与"亢"字全无关涉的证据了。而且，这条注文，首先引据《说文》："沆，大泽也。"而避开《说文》对"亢"字的解说。又经艰难徵引考辨后，说："亢龙者，泚泽中之龙也。泚泽水浅而幅员或小，草多而泥泞或深。龙处其中，有困穷之象也"云云。这就不但把《说文》明明白白地说的"大泽"说成水浅、幅员小、草多、泥泞的泚泽，而且也没考虑《说文》所说的龙是"能幽能明，能细能巨，能短能长"的了。也没考虑到《乾·九二》还说："见龙在田，利见大人。"甚至也没考虑到自己的注文还举例而称："可证龙本陆栖动物。"又云：

"龙在田经指乘云腾升"。难道龙在田都可以在大泽反为水浅、泽小、草多、泥深所困？其实，没有任何合理的理由说这条爻辞中的"亢"字不用高、极、举、满、穷等通义解而必"借为沆"。再看《易传》：《象曰》"'亢龙有悔'盈不可久也。"《文言》曰："贵而无位，高而无民，贤人在下位而无辅，是以动而有悔也。""'亢龙有悔'，穷之灾也。""'亢龙有悔'，与时偕极。""亢之为言也，知进而不知退，知存而不知亡，知得而不知丧。"是《易传》释此爻辞。从训诂角度言，全就亢字之义为高、为极、为满、为穷……而言。就经解经，解明解透。为什么有取也不取，正确也不用，唯《易传》之务去呢？而且，《乾》之五条以龙为喻的爻辞是自下而上顺势相承的前文以概略言之。高先生的注文实际上已注意到这一点。故《乾·九四》爻辞注解通晓、明确。为什么在未明提龙字的九四爻辞中能指明"此承上文龙言。"而明提龙字，且分明承"九五：飞龙在天，利见大人"而来的"上九：亢龙，有悔”却偏偏不承上文初、二、四、五爻爻辞顺势而言呢？明摆着的缘故就是要弃传说经。《周易古经今注》弃传标奇，贯彻如此，却离经文更远，甚至自我矛盾重重，不能自圆其说，何苦呢？

就《易经》之六十四卦言，六十四卦由八经卦自重、相重而来。八经卦则纯阳者乾，纯阴者坤。阳与阴交相配合而有震、巽、坎、离、艮、兑。故《易·系辞传》云：“子曰：‘乾坤，其易之门邪？乾，阳物也。坤，阴物也。阴阳合德而刚柔有体，以体天地之撰，以通神明之德。’”又云：“乾坤，其易之缊邪？乾坤成列而易立乎其中矣。乾坤毁，则无以见易；易不可见，则乾坤或几乎息矣。”是见乾、坤二卦在《周易》研究中的重要地位。而乾卦之《彖传》、《象传》、《文言传》中确有不少从根本上反映《周易》的宇宙观、人生观极其重要的论述。首先《彖传》通过释元、亨、利、贞，概括以言万物本原及其与民生的关系。《象传》之“天行健，君子以自强不息。”更深刻也体现了《周易》明乎天之道，察乎民之故紧密结合的基本观点。《文言传》中引孔子语："上下无常，非为邪也；进退无恒，非离群也"。"同声相应，同气相求。水流湿，火就燥。云从龙，风从虎。"等等深富哲理的论说。仅就《乾卦》来说，全弃《易传》对经文的理解深度将会受多大的影响？不仅如此，若非唯《易传》之务去，又怎能把《乾卦》说成"主要谈星占"？又怎能把"亢龙"解作"沈龙"，艰难引据而不能自圆其说呢？就全部六十四卦言，乾、坤二卦，之本者也。而乾"乃统天"，坤"乃顺承天"。对乾之曲解、误解，既不能得易之旨，甚至也不可窥易之门，更遑论探索《周易》的哲学内涵了。这里还不可不指出弃传说经，形成对经文的误解、曲解，淆乱认识，贻误后学，对读易、治易影响是不可低估的。

　　这里所说的经传通读，经传通治，绝非强调必遵《易传》去理解《易经》。此种态度本身就违背易道变化日新的重要观点。但《易传》中诚不乏富有强大生命力的，理解《易经》不可或缺的见解、观点。而且，这些见解、观点、学说在我国哲学史、文化史、科学史等诸多方面的影响不能不说是极其深远的。其生命力迄今仍然是强大、旺盛的。

这里所说的"即易穷理"，首先是"即易"。当然，既然研治《周易》，岂能离开《周易》？其实，有时望之似没离开，实际上已远离了《周易》。《易经》本为筮书，《左传》、《国语》也分明记载了以《周易》筮的实例。《易传》原为解经而作，也确实帮助读《易》、治《易》者解决了不少的疑难问题。但称《周易》"上经是草昧时代至殷末之史，下经是周初文、武、成之史……"把卦、爻辞讲作自远古蒙昧时期到周王朝建立全国政权，教化殷顽的历史的描述。或因卦、爻辞引用一些历史典故而喻断，便把卦、爻辞讲成是远古的传说、故事。或断然肯定："其实《周易》本来就是作者用来表述自己的哲学思想和政治思想的著作。"等等，不仅离开了《周易》的象、数、理，而且对卦、爻辞的解释也尽一切可能抛开筮占。甚至认为

"《周易》问世不久，到春秋初年，就被当时的史官们通过变卦，把它用于占筮。变卦在《周易》毫无根据，因为书中始终没有提到，只能说是外加的。"姑不问《周易》问世不久就到了春秋初年，也不问是否春秋初年才把《周易》用于占筮。但《左传》、《国语》所记筮例实并非全"通过变卦。"至少有僖公十五年韩原之战、成公十六年鄢陵之战两次临战前之筮就没"通过变卦"。而且这两次筮占所遇卦及所据以断占的卦象根据显然也都是《周易》的，而无任何站得住的理由说是《连山》、《归藏》或其它的。更重要的是《周易》三八四爻本来就是六十四卦各卦的变卦。只是《左》、《国》所记与《周易》爻题称法不同罢了。《左传》、《国语》所记的观䷓之否䷋、归妹䷵之睽䷥、困䷮之大过䷛……就是《周易》爻题中的观之六四、归妹之上六、困之六三……。除此之外还有其它的变卦法以及本卦不变即以本卦断筮之，这都是由揲蓍成卦遇之卦时所决定的。其法在《系辞传》中全都讲到了。《周易》经文中三八四个爻题实际上都是变卦的题目，爻辞都是变卦的占断之辞。恐怕说《周易》书中没提到变卦也许是忽略了这些的缘故。《易经》中确实有不少史料，也在爻卦、辞中使用了不少历史典故，从中可以窥见一些古代传说、故事的梗概。在卦、爻辞、卦、爻、揲蓍成卦、变遇之卦以及占断中注数、注象、注理等方面更深寓丰富的哲学内涵。但《易经》不是历史书、不是故事书，也不是哲学书，是占筮书。同时也正因为它有那么丰富的哲学内涵，她与"各神神祠佛寺的灵签符咒"是不可同日而语的。显然，这些，不仅离开了《周易》中的象、数、理，而且对卦、爻辞的解说，从主观上就尽力抛开筮占。所以，可以说这些实际上是远离《周易》经传的。这样，当然同样谈不到探究《周易》的哲学内涵。"即易"是穷理的首要前提。"即易"愈深，"穷理"也愈透彻。"即易"愈深也愈能摆脱各种条条框框的束缚而深入"穷理"。任何一种条条一是，框框一套，标签一贴便算已得《周易》哲学之实的治《易》方法，望之似最省事、最便捷、付出最少、收效最大的。其实这样治《易》既深没入经传，更根本谈不到“穷理”，而曲解经传则首先是不可避免的。对于《周易》的哲学内涵，甚至也可能给扭曲得尽失原貌。

触微索隐，综括思辨至为重要

探索《周易》的哲学内涵倘不作深入的微观考察则无法进行综括思辨。若无综括思辨则无以得《周易》深刻丰富的哲学内涵。当然，对《周易》的误解、曲解甚至对《周易》经传从根本上持不实事求是的主观偏见，则纵能触微索隐，综括思辨也不可能得《周易》哲学之实。因此，这里所言的触微索隐，综括思辨是以实事求是地准确理解《周易》经传为前提的。

《易·卦爻辞》中确实有不少深富哲理之处，而且有时是一望而知的。如泰之九三爻辞中所云：“无平不陂，无往不复。”《周易集解》引宋衷云：“地平极则险陂，天行极则还复。"讲得很对。但只讲出了相对立的两个侧面的互相转化的关系，其实平与陂、往与复，阴与阳以及一切相对的两个侧面之间还有着相互依存、相互包容等诸多关系。这条爻辞可以说是直接谈到了这些关系。又如坤之初六爻辞云："履霜，坚冰至。"《坤文言》讲解说："积善之家，必有余庆；积不善之家，必有余殃。臣弑其君，子弑其父，非一朝一夕之故，其所由来者渐矣，由辩之不早辩也。"此解中强调了"积"、"渐"二字。实际上这条爻辞正是以喻断辞谈事物由量变到质变的问题，也是在谈偶然性与必然性的关系问题。这些，几乎都可以说是一望可知的。但有些卦、爻辞则不尽如此，须经过一番思考始能见其内蕴。如解之六三云："负且乘，致寇至。贞吝"。《系辞传》云："子曰：'为易者其知盗乎？……负也者，小人之事也；乘也者，君子之器也。小人而乘君子之器，盗思夺之矣。上慢下暴，盗思伐之矣。慢藏诲盗，冶容诲淫。《易》曰："负且乘，致寇至。"盗之招也。'"此爻所称的君子谓有德有才、任当权重的人，所称的小人谓德、才、权、位全无的人。在当时社会车是君子乘的，负是小人从事的。小人负而乘明摆着是要招致盗寇的。盗不仅将夺其所负之物而且还将夺其所乘之车。故夺了小人与故夺了君子虽然是不一样的。从小人的角度上说，其主观意望与主观条件，主观意望和条件与客观现实都是不协调的，其哲学内涵即在于此。试问，在这种情况下，有什么事能办好呢？故此爻断之为"灾害"，"吝"者，难也。又如中孚之上九云："翰音登于天，贞凶。"翰音者，鸡也。《周易本义》曰："鸡非登天之物而欲登天，信非所信而不知变，亦犹是也。"爻辞以此喻本无才德之人凭父功、祖荫、权势关系、财富、谗谄等而登高位，既不知己，又不知居高位之艰难，更不知自己本身与所做位置之弱，且不知世事之循般变化，其结也实若鸡登于天，必由天坠地，跌死而已。故《象》曰："翰音登于天，何可长也。"朱熹说："信非所信而不知变，亦犹是也。"这正是读这条爻辞的哲理。言所有信人，用人不当而又"不知变"的都是这样。变，尤其重要。变是《周易》哲学中特别重要的观点。鸡本栖于埘，饮啄于地者，"登于天"则非常之变。岂能适应，得不凶乎？卦、爻辞中类乎此者尚多，不暇枚举。于六十四条卦辞、三八四条爻辞、《易传》各篇、各章、各节，条条必须逐一仔细考索始可逐步触及《周易》的哲学内涵。于此际，实已开始进行这方面的综括思辨。如此依序反复通读数遍，宏观分析亦即不断深化。在这样的不断深化中，对《周易》哲学的认识也在渐渐明晰，渐渐条理化，一个一个题目的专题研究乃可以先后逐个进行。

《周易》经文中，绝大部分是爻辞。这些爻辞按初、二、三、四、五、上排列，并加上老阳九、老阴六的阴阳标识而形成爻题。（乾、坤两卦还各有用爻）我们读《周易》反复遇见这些爻题及其下面的爻辞。因而我们也就基本上没离开一个"变"字。从筮法上说，《周易》各爻基本上都是变来的。而且基本上都是筮得本卦后，其卦中一个老阳爻—九或一个老阴爻—六变化而来的。六十四卦都是由内、外两个卦、六个爻构成的。一个爻变即内、外两卦中有一个卦变，因而本卦乃变而为之卦。春秋时筮占所称的坤之比就是坤䷁之五爻由老阴爻—六变为阳爻而成比䷇。因五爻变，外卦由☷变成☵，本卦坤也就变成之卦比了。这就是经文上的坤之六五。又如春秋筮占所称的屯之比就是屯䷂之初爻由老阳爻—九变为阴爻，内卦由震☳变为坤☷，本卦屯也就变成了之卦比䷇，亦即经文中的屯之初九。由此，我们清楚地看到几乎每一条爻辞都在变的统摄之下。作为占筮之书的《易经》，其绝大部分从占筮言，都是在变的主导下产生的。我们逐条读爻辞，也一直接触这一系列的“变”。这也正如《易·系辞传》所云：“参伍以变，错综其数。通其变，遂成天下之文；极其数，遂定天下之象。非天下之至变，其孰能与於此？”这还是全从占筮角度以言。而这种天下之至变主宰在哪里呢？《系辞传》说得特别简明、干脆，“刚柔相推，变在其中矣。”由此乃产生那么多条文辞。这仍是就占筮角度而言。但《系辞传》所云：“定天下之吉凶，成天下之亹亹者，是故变化云为。”这就从占筮延伸到人事、社会。“易之为书也，不可远。为道也屡迁。变动不居，周流六虚，上下无常，刚柔相易，不可为典要，唯变所适。”这就提到了易道的高度，作为宇宙、社会、人事的基本规律而言，而深入到《周易》的哲学内涵。唐孔颖达《周易正义》更就此而发挥称：“夫易者，变化之总名，改换之殊称。自天地开辟，阴阳运行，寒暑迭来，日月更出，孚萌庶类，亭毒群品，新新不停，生生相续，莫非资变化之力、换代之功。”语虽简约，甚有哲学角度概言变作为基本规律在宇宙、社会以及人事中的存在则是深刻而全面的。

我们读《周易》，更离不开的则是阴阳二爻，六十四卦，除乾卦纯阳、坤卦纯阴外，六十二卦又都是阴阳二爻。阴阳也称刚柔。这阴阳、刚柔的变化从筮占到宇宙、社会、人事可以说是无所不在的。这又是一个基本规律的问题。其它如太极说、八卦说、消息说等《周易》哲学观点莫不由此而逐渐被人们探索明晰。反过来，再以此指导更进一步的微观考察，再在进一步的微观考察的基础综括思辨。其不断深入，不断明晰、不断发展岂非必然。

以上概略谈了我对探索《周易》哲学内涵的几点想法。这些想法应该说是浅薄的，甚至也可能是荒诞不经的。易道本是新新不停、生生相续的。对于《周易》，我永远是一个初学者。谈谈想法，无非求同行们和广大读者指教而已。

王扶汉

一九九三年九月于北京西郊之清浅斋

此稿由为九〇年中科院世界科学技术会九〇年年会上的学术报告而写，由我校撰修。未经讲，定拟在其年会学术论文集上发表，其论文集尚未出版，故乃留手稿。

1995.5.18.记.

说義理

说义理

易义理最难言。盖自汉以来治易者多，且家各为说，见仁见智固不免。各好所好，各用所用，各是所是，各非所非。其纷繁胶葛殊远甚于诸经也。本世纪以来，国际上易经之研治，更流派臻繁盛，故文译本亦复渐多，但本世纪中，国内的治易究诂训者少，综义理者多。诂训是研

1

舊譯本難免失真，以為持論所據，
而難免毫釐之差。近三十餘年國
人治易之文理，多以歐美近代哲學
原理為立足點。章、張附會，或所不免。
大量外學，除去訓詁確據以外，最多
者厥為經傳之不分，論說圖像之不
辨，顛倒時序，妄估臆斷。故吾謂
方今治易無識，雜說益紛紜，惑益繁。
惑之繁，治之難，首先論在乎義理。

冯友兰中国哲学史新编云：
"天地为父母，生出来六个子女，分别代表殷周之际的人所认为是自然界六种重要的自然现象。照这样的理解，包括天、地在内的自然界成了一个血肉相连的大家庭。这种神话式的对于自然界的理解，就是唯物主义世界观的胚胎。"

任继愈主编的中国哲学史简编云：
"易经从人们日常生活经常接触的自然界中，选取了八种东西作为说明世界上其它

2

更多东西的根源，这是一种十分朴素的万物生成的唯物主义观念。姑不论易经是否为二者所云是唯物主义的胚胎或一种十分朴素的万物生成的唯物主义观念，写着谓殷周之际的人云云，任何谓易经从人们日常生活经常接触的日用器中选取了八种东西云云，皆以易传所云强加于作卦之始，此论蔽数千年以来之谬误观易经卦文辞，除以三为震，而卦文辞皆就雷之义以为喻，断之辞也，何云谓天为天。

编者注：『天为天』当为『乾为天』之误。

坤為地，巽為風，坎為水，离為火，艮為山，兑

為澤。邪？段懋堂注說文云：

說卦傳曰：坤也者，地也，萬物皆致養焉，故曰

致役乎坤。坤古作中住，自倉頡造字已然。

或曰：向伏羲畫八卦，即有乾、坤、震、巽等名乎？

不曰有之。伏羲三奇謂之乾，三耦謂之坤，而未有

乾字、坤字，傳至倉頡乃後有其字。故文字

之始作也，有文而後有音，有音而後有形，名之曰

乾、坤者，伏羲也；字之者，倉頡也。畫卦者，造

字之先聲也。是以不得不以☷即坤字。

觀易諸經卦自立者之卦文辭乃益明矣。

3

䷳ 艮下艮上 艮其背，不獲其身；行其庭，不見其人，无咎。

初六：艮其趾，无咎，利永貞。

六二：艮其腓，不拯其隨，其心不快。

九三：艮其限，列其夤，厲薰心。

六四：艮其身，无咎。

六五：艮其輔，言有序，悔亡。

上九：敦艮，吉。

是卦之卦文辭皆以艮言，皆頤之义。而通觀卦文辭，何嘗有一字一处言及山耶？何嘗有一处以艮喻山象山也哉！艮卦為此，巽卦又何嘗有一句談風耶？為卦又何尝讳取火耶？乾卦有"飞龙在天"之一"天"字，然其卦中爻辞自初九至用九分明有六条伏龙，或曰潜，或曰在田，在曰在渊，偏着一字谓为所象，则乾与于象田、象渊矣。其它诸卦无须一一论矣。

高亨《周易古经今注》重订自序云：

我认为《易经》作于周初，《易传》作于晚周，其间相去已数百年。《传》的论述者既不会完全符合《经》的原意，而况《易传》作者往往借用《经》文来发挥他们的世界观，使《经》由筮书领域跨入哲学新领域……我们生在科学昌明的今天，若以遂

4

循古人的故轍，一味信從十翼，拿古人的金扣在自己的头上，用古人的繩捆在自己的手上，就難于考見易經的原意。

此言甚是。但馮、任二氏之智識已以十翼所云為畫卦觀象設辭之所本，非囿於舊說而不可自拔者也！

左國所記敘，如前穆姜、子服惠伯，於筮占已論及卦之象與德矣；荀息、王子伯廖、游吉、醫和、史墨引易論政，頗言乎德矣。韓起在魯見易象而云"始知周公之德"，則易經至少於人之言德可以有所啓迪，或可以引以爲據。（從意亦免有附會牽強）

是故易之義理不可不探究，且不可不究明也。然探究易之易理，必須分清經傳，明辨先後，察其發展逐象，析其干支源流，傳以繇經，非以清紀經文，藉繇經以發揮闡述所見。惡乎不可妄測臆繇於二三千年之前，殊不可免求全責備，殊不情。要在自漢以來，仍先說經顛倒經傳，淆世俗之乃久，惑而不可繇焉。

明張居正答胡劍西太史書（張太岳集卷三十五）云：

守甚喜楊誠齋易傳，座中置一帙，常玩之。竊以為六經所載，無非格言，至聖人涉世妙用，全在此書。自起居言動之微，至經綸天下之大，無一事不有

經文五言德字。
益九五有孚惠心，勿問元吉，有孚惠我德。
訟六三食舊德，貞厲，終吉，或從王事无成。
小畜上九既雨既處，尚德載。
恆九三不恆其德，或承之羞，貞吝。
恆六五恆其德，貞，婦人吉，夫子凶。

微极妙用無一事不可至命窮神乃其妙即
白首不可殫也即聖人不能盡也誠得一二無可
以超世拔俗矣
窮玩易之義理竟有如斯之妙用況窮之者乎
故宣子適魯見易象與魯春秋曰周禮盡在魯矣
綜觀易卦爻辭祿帝祿王祿公侯祿官祿
士祿君子小人祿民祿封疆建國開國承家祿
享祀用兵（國之大事惟祀與戎）祿禮樂政教周禮所（以及農事畜牧百工商旅）
云殆乎遍矣而君臣父子夫婦昆弟朋友之倫靡不
畢言不待卦象從文中已皆具人之德又矣

不啟周代紀公輸鄭子見旦周政教之推崇無莫可繫焉

孔子言礼云：

殷因于夏礼，所损益可知也；周因于殷礼，所损益可知也。其或继周者，虽百世可知也。为政

周监于二代，郁郁乎文哉，吾从周。（八佾）

仆家之斋山祖师于周礼赞美如斯，后继者奉周礼为圭臬，视周易为经典，以俟阅其文理，岂非势所必然！

天命

6

言乎經之文理其最要者即天命觀

大有上九 自天佑之吉无不利

仰上天之祐乃無論其人其地其事其境其占其卜无所不吉无所不利

師上九 大君有命开國承家小人勿用

此命字為書西伯戡黎王曰我生不有命在天之命謂天命也

大畜上九 何天之衢（道也）亨

天命觀是易經中文理之最要者是以易

升六四 王用亨于岐山 吉无咎

多言享祭祈昊天上帝也多言乎祀祈

益六二 王用亨于帝

先祖能降之受之天命也

易经之论理，观与天命观是分不开的。大君有天命可以开国承家，而小人则勿用。勿用维何？勿用天命也。天命惟降诸大君，不临诸小人。小人妄用天命，则不惟乱，受戮，故小人勿用也。故易文辞中乃每断大人吉，小人否，小人否，君子吉。大人君子与小人之界限极明。

绝弃圣智之书，自属唯心论之先验论。从（从认识论角度观之）方法论角度观之，则此推量然也是独断论

7

否：泰，小往大來；否，則大往小來。大小往來，反復復而行矣。

泰之九三：「无平不陂，无往不復。」則益明其循環往復之觀點矣。古人見日月之運行，四時之迭復，莫不往復循環，謂此爲天之道，而以萬物萬事之理亦天，奉爲真理，豈不可能！

易傳之言文理，承經文而發揮，以因時弃勢近而襲取文，以固根其自能者。

一、其實易傳所承經文多言天命神明，其所以為宇宙之主宰，所是天帝、神，伏羲氏依八卦即以通神明之德，無占之工具。後世贊於神明以生之蓍。系辭云：

易無思也，無為也，寂然不動，感而遂通天下之故。非天下之至神，孰能與於此。

是故聖人以（易）通天下之志，以定天下之業，以斷天下之疑。

子曰：夫易何為者也？夫易開物成務（包也），冒天下之道，如斯而已者也。

8

二、变动日新　辩证法不断探索

系辞　富有之谓大业　日新之谓盛德

三、大小象　小象

贵贱之位

系辞　天地之大德曰生　圣人之大宝曰位

天尊地卑　乾坤定矣　卑高以陈　贵贱位矣

是故列贵贱者存乎位

四、易本卦象不能不说是自然界现象以卦体代

之始自何时不确　非以之认识宇宙而以之总结

又现自然

五　啟發

數學　牛頓　萊布尼茲同時發明微積分　係由獲陰陽一張八卦圖（法國傳教士鮑避特常經歐洲者）啟迪所致

繫辭

幾者動之微　吉之先見者也　君子見幾而作　不俟終日　易曰　介于石　不終日　貞吉　介如石焉　寧用終日　斷可識矣　君子知微知彰　知柔知剛　萬夫之望

第（一）、易象释名

第（二）、春秋并见及引易例所言及之易象。

第（三）、易传言卦象与爻象。

（一）、卦象。

一、八经卦之基本卦象，自春秋而来。

二、八经卦之引伸卦象。（有自春秋而来者有与春秋时不同者）

三、六十四别卦之卦象。（大象、彖、说、序、杂卦）

（二）、爻象。爻位实与爻象。

说象一

1

說象

先秦易筮，合數則無以得卦，合象則無以占斷。然自易傳以至秦汉以來言易者，於画卦重卦之人，每以精傳闡而為臆斷。惟於以數得卦以象斷占辭於何說，則無所推測。捨左、國筮占引易，編易例，觀之春秋之時，其法盖已完备。以數得卦前言之矣，兹乃說象。

周礼·春官所云筮占，既事，系幣以比其命，歲終計其中否，而不言卦、爻辭。春官

1.

言筮有三易之法，而不言周易之书，卦爻之辞。

命，命筮之辞也。

系辞以何名此其命乎？曰以占断之辞也。

命者，告也、

释命为告，言于系辞有据，不然亦有解为命筮之辞也

占断之辞何以产生？以何为据？其最要者不能不是卦象。易系辞云：

（一）象与卦

② "八卦以象告。"

卦象先于卦爻辞，

③ "彖者，言乎象者也。"

（系辞又："彖者，材也"，言裁断也。此爻彖指裁断之辞，即卦爻辞。）

④ "圣人设卦观象系辞焉而明吉凶。"

此语正为明白。君惠（系辞所）言不谬。彼卦为本根数

⑤

以占，據象而斷，系辭以告象而明吉凶。是故系辭文進一步具體詳明云：“是故吉凶者，得失之象也；悔吝者，憂虞之象也；變化者，進退之象也；剛柔者，晝夜之象也。”乃又明言卦辭中所言吉凶是占以得失之象，言悔吝則占以憂虞之象云云。設若無象，或不得其象，則無以占。既象不明，則卦爻辭之所告乃不免有誤而吉凶不明矣。是以吾謂易占斷之所據，其最要者象也。

系辭極強調象，是其謂“是故，易者，象也。”又云：“聖人有以見天下之賾，而擬諸其形容，象其物宜，是故謂之象。”

2

作卦原于象。

①是舍象乃不可言乎易矣。孔子所謂："古者包犧氏之王天下也，仰則觀象於天，俯則觀法於地，觀鳥獸之文與地之宜，近取諸身，遠取諸物，於是始作八卦，以通神明之德，以類萬物之情。"

系辭作者認為則八卦本以象天地萬物而作。象固先於卦，卦本以擬象而生。若斷依象，識指天地万物之自然，及其自然之理以為斷。是系辭言象，其所推崇，無以復加矣。

易傳言象，既言卦象，又言爻象。春秋筮占及引易例，則只言卦象，易傳乃言爻象焉。

（二）、左國言卦象：

（二）、

卦象

系辭言卦象，概括之，則謂聖人擬天地万物之象而作卦，又因觀卦之所象以示吉凶，卦與象之辭關係殆如是也。然卦象之說于古文獻乃始見於左、國所記筮占及引易諸例。茲二書之所記，八經卦之所象如下：

先舉例 总括而

乾　天　君　父　玉　天子

坤　地　土　母　安　帛　马　安　順

震　雷　车　禎　足　長男　兄　長　殺

巽　風

一、八經卦之基本卦象

坎水川泉源夫衆芳

離火日牛鳥公侯

艮山言庭

兑澤妻接弱

以上八經卦之所象，是否即韓宣子於昭公二年在魯觀於太史氏所見易象之所載，固不可确考。但乾之象天，坤之象土地，震之象雷，巽之象風，坎之象水、川、泉、源，離之象火，艮之象山，兑之象澤，即彼在左、國、筮占及引易例中皆非僅見。故天、地、山、澤、水、火、風、雷爲八

基本卦象

此處言左、國引伸卦象，共易廿，皆舉出。及別卦卦象。

易傳所言有據

闡釋

經卦之卦象至春秋時誠不知已使用多少年矣。故可以稱之曰八卦之基本卦象。而易傳、大象乃准此而釋六十四卦之卦象。易傳之以天、地、雷、風、火、水、山、澤爲八經卦基本卦象[illegible]自春秋以前、春秋及戰國之時學易用易之實踐概括而來者。大象甚本准以爲說。說卦以之爲根本，從後引而伸之，觸類而長之，乃複雜繁。漢以後學易、治易、用易、推易傳、釋左國所言卦象，每予人以錯覺，即衍繹易傳所言皆非卦者之意，誤矣。

4

余从松师、治师（高毓彤字松岑晚号松岑老人老先生甲辰科进士，马宗湘字治卿老先生开泉马氏治经堂七世传毛诗，为鲁中文系主任、师大教授）治经，颇守师承，但不囿于家数。师大研究院毕业以后，尤主以诗证诗、以经解经、以诗证史、以经证文，经传先后之序绝不可以淆乱。最不言易之以图说经传，以传强释经。传说不先于经，篇从远后，于传首篇于此最先，且以传之所云为经之所本，极为妄诞奇衍，展剥析吸句断，不可缀浮偏讹舛，所故元福复毛诗、发左氏、发周易，皆严格恪守此原则。易之经、传、篇先后之序，绩比之迹昭然，因有周易说体系之核心也。故吾景仰前贤之古代大家，吾不敢让分毫。

其后乃发展为以"诗治周史"、"以经证周史"，于此颇受陈梦家先生之启迪。

（丁卯十月初七附识）

二、

甲　言基本卦象

易傳言卦象

說卦則先以八經卦之基本卦象之本云：「天地定位，山澤通氣，雷風相薄，水火不相射，八卦相錯」；然後引而伸之，至最後總括，則又皆先之以天、地、雷、風（巽為木為風，風故第二，它七卦所象天地等皆第一）、水、火、山、澤，八基本卦象。八卦所引伸而得之卦象，各與基本卦象或直接或間接或牽強，多有關係，每有妄誕附加者，今不可解矣。

此言基卦而皆以所象以代八經卦之名。

疏：「各動而相薄」

疏：「不相入而相資」

大象除經六十四卦卦象解釋中對八經卦之基

5

雷电噬嗑，丰
电雷噬嗑
明入地中明夷
明出地上晋
明两作离

本卦象，除称坎水一次谓云，一次谓雨，称离火二次谓日，二次谓电，以其绝无引伸滋蔓，能水然而上为云，云比水而下为雨，固皆水也。日，火之至大者也，有火之光，有火之热，而光至强，热至烈。电，火光之强而骤，每引起山林之火者，实亦皆火之属耳。云、雨，水之另种殊于形式也。日、电，火之两种殊化形式也。究其实，大象之于坎离所象，固未离水火，未尝引伸也。

三次谓明
明两作离
云雷屯
雷雨作解

八经卦之基本卦象，左周所记，与传所云一致。一以说明左周所记不妄，一以说明为传所云有所自焉。

（十二月八日改大讲至此）

乙、八經卦之引伸卦象

一、引伸自春秋之前已有之。

八經卦除八純基本卦象外，無論在左、國所記、易繫所云者，有引伸卦象。如左傳閔公二年卜楚丘之父筮成季之生，遇大有之乾，曰：同復于父，敬如君所。純以卦象斷也。

二、純易皆卦象，象皆有之說。卦引伸不能（至是純此）。

以乾象君、父。閔公元年，畢萬筮仕于晉，遇屯之比，辛廖占之，曰：震為土，車從馬，足居之，兄長之，母覆之，眾歸之，六體不易，安而能殺，公侯之卦也。知震乃引伸而為車、為足、為長兄、為刑殺；坤乃引伸而為馬、為母、為安；坎乃引伸而為眾。前所條列者，除天、地、雷、風、水、火、山、澤外，皆引

三、引伸卦象有易傳與左國聯繫者，有易傳之而無聯繫者。

四、引伸卦象有屢變而不絕者。

伸之卦象也。

說卦言卦象，則除八卦基本卦象而外，引伸者猶多也。

乾為天、為圜、為君、為父、為玉、為金、為寒、為冰、為大赤、為良馬、為老馬、為瘠馬、為駁馬、為木果。（為健、為馬、為首）

坤為地、為母、為布、為釜、為吝嗇、為均、為子母牛、為大輿、為文、為衆、為柄，其於地也為黑。（順也、為牛、為腹）

其說卦象，定基本卦象之後，擬其象之用，乃云：

"雷以動之，風以散之，雨以潤之，日以烜之，艮以止之，兌以說之，乾以君之，坤以藏之。

八經卦象說 方位：

兌以說之，乾以君之，坤以藏之。

說後以帝之行萬物之行，明八卦之方位，即後世言文王八卦，稱後天八卦之方位也。

帝出乎震，齊乎巽，相見乎離，致役乎坤，說言乎兌，戰乎乾，勞乎坎，成言乎艮。以震為東方，離為南方，兌為正秋，坎為北方，巽為東南，乾為西北，艮為東北，則後天八卦之圖之所本也。

帝出萬物也，下萬物出乎震，震東方也。齊乎巽，巽東南也。齊也者，言萬物之絜齊也。離也者，明也，萬物皆相見，南方之卦也。……致役乎坤……兌，正秋也……戰乎乾，乾西北之卦也，言陰陽相薄也。坎者水也，正北方之卦也，勞卦也……艮，東北之卦也，萬物之所成終而所成始也，故曰成言乎艮。

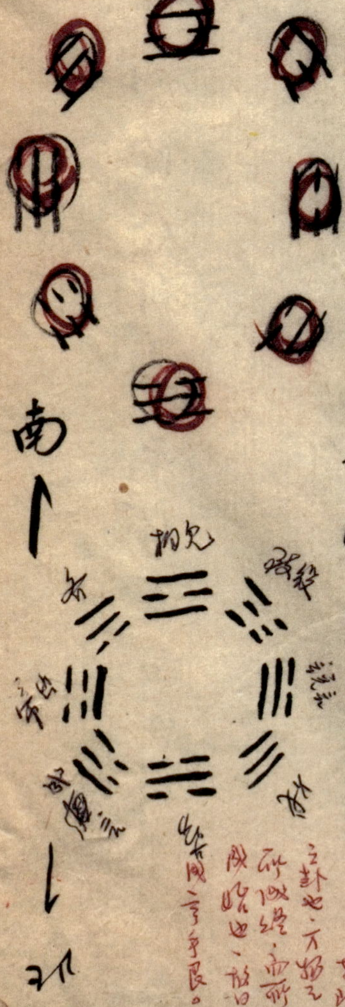

7

常用者。

此後言八卦之作用於萬物，繼而言八卦所象之性行，本文稱性情即：乾，健也，坤，順也，震，動也，巽，入也，坎，陷也，離，麗也，艮，止也，兌，說也。繼而言八卦象動物，象身體部位，象家族，最後綜括而雜陳焉。

三、六十の別卦或雜言卦象

甲左國言別卦卦象、

一.春秋已言、

左國所記春秋筮占及引易例者，昭公

二.九筮卦所云、

元年醫和論晉平公疾云：

a.就卦象、b.通依、

在周易，女惑男，風落山，謂之蠱。

三.象、象言 別卦卦象

則言乎蠱之卦象者也。昭公三十二年史墨

論昭公死於乾侯云：

社名卦

雷乘乾曰大壯，天之道也。

則言乎大壯之卦象者也。它如

屯固，比入。屯，厚也。豫，樂也。隨，其出也。明夷，

8

乙易傳言則卦卦象（九十卦）。

從星從象遂傳來

日也。不行之謂臨。等等，或以為釋卦之名，或以為言卦之象，易傳象卦每復有是，如

乾剛坤柔，比樂師憂。

彖言比吉也，比輔也。左氏言比入。

彖：師，眾也。地中有水，師。君子以容民畜眾。

姤，遇也，柔遇剛也。

損、益，盛衰之始也。

夬，決也，剛決柔也。

易上而決下也。

是皆言乎卦象者。而

恒，久也。渙，離也。節，止也。解，緩也。蹇，難也。

又皆以通詁釋卦名，似擬以象言。

或兼說卦象言。

自春秋筮占至易傳言卦象，八基本卦象一脈相承，引伸而衍生者，如乾為君、為父，坤為母，震為長男等，亦皆傳承而不變。然亦有易傳所云與左、國所記卦之所象不同者。有易傳之中象、彖、說卦、序卦、雜卦之間有不同者。如左、國所記以坎為眾之象者三例，而傳則謂坤為眾，坎之所象則無眾義。春秋筮占以震為車者三例，而易傳說卦乃以坤為大輿，而震乃無車之象。此易傳之說異乎左、國所記者也。序卦以不妄釋无妄，而雜卦乃云无妄災也。

師象
地中有水師
君子以容民
畜眾。坎其
有眾之義哉。

軒輊益甚。彖、象以乾象朝廷，坤象風教，震象刑獄，而說卦、序卦、雜卦皆無。故卦象之傳承各有參差，傳抄所本或生歧異，皆所不免。晉書·束皙傳云：

"汲冢竹書有卦下易經一篇，似說卦而異。"

乃在十翼之後，而另有傳承，家數，除汲冢竹書出魏安釐王墓後，尚有何說，久已失傳，亦無從考見矣。況十翼（及左國筮例）言卦象，又甚本卦象，固皆同，略能證今矣。

易傳言卦象，說、序、雜卦粃糠較多，每
有欲生繁瑣、偏頗、怪戾，令人不解者。如：
乾為良馬、為老馬、為瘠馬、為駁馬，皆直以
為……而震則謂"其于馬也，為善鳴、為馵
足、（膝以上皆白，以下為白足）為作足（踏足發腫行也，腫衰也）
為的顙（的，白，顙，額，廣額也）"坎，則謂"其于馬也，
為美脊，為亟心（亟，敏疾也。心敏疾乃狡黠偷懶矣）
為下首（垂头）為薄蹄（蹄薄足易痛乃不良於行）三卦
象馬，何其細碎？直以相馬經入傳矣。當時馬
固社会生產、生活中所不可或缺者，然三卦皆

10

象之为无乃太繁细也。

卦象 一、基本卦象 二、引伸卦象、三、别卦卦象 四、卦位、

9、

卦位

卦位之為卦象之組成部分

易傳之彖、象皆言卦位，象多言之，大象之六十四彖必以卦位言，然易傳誠非无据。左傳、莊公二十二年周史釋觀之否上卦自貞變體，曰：風為天於土上，即於言爻卦之時以卦象代卦名而言卦位也。國語、晉語四胥臣言屯卦云：主雷與車，而尚水與衆。安然，昭公元年醫和論

六七

删

「昭公卅二年

晉平公之疾而釋蠱云云

以女惑男，風落山，謂之蠱曰

蠱 ䷑ 少男 長女

限、根、恩、吞、昏、焞、惇、

跟、銀、硍、痕、垠、純、

史墨論昭公薨于乾侯云云

坤

在易卦雷乘乾曰大壯」

足以見春秋筮法及引易已多言卦位。惟古例仍多以上下言之，至易傳專以卦位則更从多种角度言卦位。主要在彖象及大象之中。

十二月五日至此（民隱）

一、承春秋之緒，仍以卦位之上下爲主。如：

左傳、昭公三十二年史墨論昭公薨于乾侯云「在易卦，雷乘乾曰大壯」。識与風、蠱山之雷与車而与水与衆等具就上下言也。于大象則云「雷在天上，大壯」。具又一也。大象云象象相同。十の象以上下言者三十五象，乃过半矣。象傳每不定此例。如上剛下險，險而健，訟。山下有險，險而止，蒙。皆就上下言也。

二、就内外言。大象乃有此例。如地中有水，師。地中有山，謙。澤中有雷，隨。等是。而大象与象傳或有相同者。如晋、明夷二者皆

晋、彖曰：晋，進也。明出地上，順而麗乎大明，柔進而上行，是以康侯用錫馬蕃庶，晝日三接。晋、象曰：明出地上，晋。君子以自昭明德。

象曰：大壯，大者壯也。剛以動，故壯。

君子以非礼勿履。

如晋皆云「明出地上」，明夷皆曰「明入地中」。

明夷、彖曰：明入地中，明夷。内文明而外柔順，以蒙大難，文王以之。……明夷、象曰：明入地中，明夷。君子以莅衆，用晦而明。

云明入地中。（明出地上）每有極近似者，如家人大象云：風自火出。象云：女正位乎內，男正位乎外。實皆就內外言也。

䷄

二、就卦体言。例如象傳釋需䷄之一条云：需，須也。險在前也。剛健而不陷，其義不困窮矣。

四、凡經卦自重者，乃（就）合，再，重，兼，繼，附而言。（合）天行健，地勢坤，合而言也。再，水洊至，洊雷，再而言也。重，明兩作，重而言也。

兼：艮，兼山，兼而言也。

继：随，风相继也。

附：丽，泽相附也。

五就二经卦爻互作用而言。程大象中为

泰：天地交，泰；天地不交，否。程象传则云

泰：是则天地交而万物通也。上下交而其志同也。内阳而外阴，内健而外顺，内君子而外小人，君子道长，小人道消也。

否：则是天地不交而万物不通也。上下不交而天下无邦也。内阴而外阳，内柔而外刚，内小人而外君子，小人道长，君子道消也。

只就上下、内外、以发挥、然其最要者似为"一变"字耳。又如大象"天与水违行，讼"，日月升于东而西坠，水自西而东流，坂违，天与水之违，大违矣，得无讼乎？又如"山附于地，剥"，"泽灭木，大过"，"雷出地奋，豫"，皆然。六似并列而言，而实分上下，涉及震卦者多，如"雷风，恒"，"风雷，益"，"电雷，噬嗑"，"雷雨作"，"雷电皆至"，实则皆有上下也。

視象

（二）

16

爻象

左、國所記筮占及引易例，每言卦象，未云（甚少）言爻象也。至易傳乃頌以爻象釋經文。繫辭總括以言，象傳每以爻象，爻位釋卦辭。以象之釋爻辭，爻不可不言爻之象，位矣。

以爻之象，位、經，就其方法而言，識為以對全部經文之全面考察而來者。

繫辭云：

以出國語·晉語の記董因記泰之八，史謂乃爻無為也。非言爻象，只言卦无變爻，故不能以作何一爻之爻辭斷耶！

國語·晉語の"閉而不通，爻无為也"。

14

易之为书也，原始要终，以为质也。

六爻相杂，唯其时物也。

其初难知，其上易知，本末也。

初辞拟之，卒成之终。

若夫杂物撰德，辨是与非，则非其中爻不备。

噫！亦要存亡吉凶，则居可知矣。

知者观其彖辞，则思过半矣。

二与四同功而异位，其善不同。

二多誉，四多惧，近也。柔之为道，不利远者。

其要无咎，其用柔中也？二爻居下卦之中时。

三与五同功而异位，

三多凶，五多功，贵贱之等也。

其柔危，其刚胜邪？

此係易传总括论爻之象、位者也。其所论及者有阴阳、刚柔、初、二、三、四、五、上之爻位，其中、观其彖辞则思过半矣一语确为极其重要。

爻统，孔子世家称：孔子晚而喜易，读易韦编三绝。易经书备简策，绝其韦编。自初至上六十四卦之爻辞分九、六，以系辞之，以六十四卦每卦含之

经（下经）

阴位居中　加柔　同郑

阴爻

同阳功也

五为君位居上卦之中　三非君位居下卦之上

孔疏：三五阳位，柔非其位，处之则危，居以刚健，胜其任也。

盖言三爻

盖言五爻

不危，六五最多吉而少凶，柔不不必危，刚亦不必胜也。

十二月十五　止于此

15

以分以合，反复辨析，自如也。推之无可以分合，

盖只不过略举数例，写出其思路。吾素常如

是之分合辨析矣。三八の文之文辞甚断吉凶，概

可表

		吉	平（无咎）	凶
初	九	13	12	7
	六	11	5	16
二	九	19	8	5
	六	21	2	9
三	九	5	4	23
	六	4	9	19
四	九	13	7	12
	六	12	12	8
五	九	21	7	4
	六	23	5	9
上	九	13	7	12
	六	9	2	21

总吉凶

24 17 23

多凶 31 40 14 10 焉

9 13 42 多凶

25 19 20 多填

多凶 44 12 8

22 9 33

十一月十二日民陵记此

由此以見，对於文象的研究，應該承認易傳之說基本上以対經文的全面察考、剖析而來，並非憑空元稽，妄為臆解。而易傳之說文象，實不可不就二基本方面去理解認識，即<u>文象的基本</u>內容與文象的特定內容（参阅下面）。

文象的基本內容很簡單，即剛柔、陰陽。一一為陰、為柔，及陰柔所象徵之諸般事物；一為陽、為剛，及陽剛所

16

象徵之諸般事物。

系辭云：

一陰一陽之謂道，剛柔者立本者也。

道有變動故曰爻。說卦云：

發揮於剛柔而生爻。

系辭云：

夫乾確然示人易矣，夫坤隤然示人簡矣。

開頭引

爻也者，效此者也；象也者，象此者也。爻象

此言爻象

動乎内，吉凶見乎外，功業見乎變，聖人之情

見乎辭。

爻為卦之基本組成單位，積並三爻而成一爻，十有八變而成之一卦。但一卦之中有一爻變，其卦即變。每爻之變化皆關係全卦之變化。每爻之獨變及與任何一爻或二三四五爻齊變，其卦即變為他卦，而就卦象亦變而不同。而爻之變也，無非一變一或一變陰，陰陽互易，剛柔相推而變。一陰一陽互變，柔剛其非立本者歟！其非爻象動乎內，吉凶見乎外耶？一陰一陽之變，易矣，簡矣。乾坤所稱確然隤然以示人者。

17

言文象之是本内容诚易矣，简矣。言文象之特定内容则非易、简也。斯以其不可不审文在卦中所居之位，而其居位察变，说也乃纷繁。或直以此等说为文位说、文数说，其实一也。者以文断居位之特定象件下言文象也。故吾称之曰文象在特定象件下之件下之内容。宜另以下数论以言。

二、
一、易逆数

系辞云：

"数往者顺，知来者逆，故易逆数也。"

自初而上逆數之，乃合爲六。

繫辭云：

易之爲書也，广大悉备。有天道焉，有人道焉，有地道焉。兼三才而兩之，故六。六者，非它也，三才之道也。

說卦云：

昔者聖人之作易也，將以順性命之理。是以立天之道曰陰與陽，立地之道曰柔與剛，立人之道曰仁與義。兼三才而兩之，

18

故易六画而成卦，分陰分陽，迭用柔剛，故易六位而成章。

六画者，居六位也。六位者，六爻位也。爻居初至上之六位，其爻象乃有諸般特定条件之制約矣。

二、爻命位

推初、二、三、四、五、上六爻乃有以下諸般命位。

甲、初、三、五為陽位，二、四、上為陰位。陽爻居陽位，陰爻居陰位，為得位，為當位。

陽位
陰位

蹇六四當位
臨六四
晉九四位不當
睽六三

反之为位不当也。

蹇六四 ✓

䷦蹇。六四往蹇来连。

象曰往蹇来连当位实也。

蹇，难也。集解引虞翻曰连，辇也。说文辇，

富也。象传谓去时蹇难而来时乘辇。以六

四阴处阴位当位之甚之故也。又如

临六四

䷒临。六四至临，无咎。

象曰至临无咎位当也。

临，临民也。至，君亲至也。位当，孔疏曰至临

以柔不失正故无咎也。又如

晋九四
19

䷢

晋九四、晋如鼫鼠、貞厲。

象曰、鼫鼠貞厲、位不當也。

晋、進也。鼫石鼠、蔡邕勸学篇、鼫鼠五能不成一技、五技者、（或係鼫二字之誤）能飛不能上屋、能緣不能窮木、能泅不能渡瀆、能走不能絶人、能藏不能覆身是也。鼠多疑多畏、鼫鼠又五能而不成一技。故進攻必敗、苟進必陷、其貞吝。向遇此象、必有厲。推爻象、以九為陽爻而居陰位、能无有乎。故小象云位不當也。又如

睽六三

䷥睽，六三見輿曳，其牛掣，其人天且劓，无初有終。

象曰：見輿曳，位不當也。无初有終，遇剛也。

曳，倒拽也。掣，拴也。天，傷額也。劓，傷鼻也。見有人自車後拽車使退，而其牛則拴車向前，其人跌倒而傷額傷鼻。何以為此？以陰爻居陽位，位不當也。但以六三上下為九二九四皆陽爻，六三以柔遇剛，上下同剛之助，雖无初，但有終也。初雖傷額傷鼻，終尚吉利。

中位

离六二、

讼九五

20

乙、二、五為中位，二居内卦之中，五居外卦之中。系辭云：若夫雜物撰德，辨是與非，則非其中爻不备。是易傳之言爻位，頌重中爻也。

䷝

离六二：黄离，元吉。

象曰：黄离元吉，得中道也。

黄色指周代以至整个封建社會為高貴之色。至高至美。离，附麗也。至高至美附麗其身，乃大吉焉。何以如此？以六二居内卦之中，得中道也。又如：

䷅

訟，九五，訟，元吉。

象曰：訟元吉，以中正也。

蓋謂九五居正乾卦之中位也。無或有陰爻居九五，陽爻處二，無以得中而吉者歟！

䷧

解，九二，田獲三狐，得黃矢，貞吉。

象曰：九二貞吉，得中道也。

䷊

泰，六五，帝乙歸妹以祉，元吉。

象曰：以祉元吉，中以行願也。

蓋陰爻居五，無以中乃行其志而元吉。

21

五為上卦之中為君位，二為下卦之中為臣位。

丙　五、上爻為天位，三、四爻為人位，初、二爻為地位。五爻居天之下人之上，乃（天子）君臨萬民之象，故以五為君位。二爻居地之上，以應九五，為君臨萬民所用，故以二為臣位。三、四則民位也。四近於君，君怒必逢殃（君戰君據），故四（三）多懼。四爻在臣位之上，以民凌官之象，凶。不多凶？初爻在地之下，故有潛伏勿用之爻。上爻凌乎君上，高亢於窮，故上窮者多也。凶

初爻

乾初九

初

☰乾。初九，潛龍勿用。

象曰：潛龍勿用，陽在下也。即以初九處乎下位，

因有潛伏勿用之象。而

乾文言則云：潛龍勿用，陽气潛藏。（潛龍勿用，下也。）其義一也。

經六十四上爻，爻辭斷之者三十四，三以過半

矣。而上六爻辭斷吉者九，元吉者二，而斷凶

者則二十一。故小象每以上窮、道窮，不可

久、不可長釋之。

上

上爻

上窮

巽上九

☴巽上九，巽在牀下，喪其資斧，貞凶。

斧：商旅攜斧在途，以斫除榛荊也。

後世以資斧為資財。

22

象曰：巽在牀下，上窮也。喪其資斧，正乎凶也。

上窮之窮，謂至尖，上至窮途，故以身為人伏牀下，以免殺身，而資財喪失，正其凶之所在。蓋商旅遇盜賊，資財喪失，無以為生，且無以為生，豈伏牀下而免殺身之禍，但商人至此，豈非途窮乎！又凶。

䷁

坤上六：龍戰于野，其血玄黃。

象曰：龍戰于野，其道窮也。

☰

乾上九，亢龍有悔。

象曰：亢龍有悔，盈不可久也。

文言曰：亢龍有悔，与时偕極。

子曰：貴而无位，高而无民，賢人在下位而无輔，是以動而有悔也。

䷼

中孚上九，翰音登于天，貞凶。

象曰：翰音登于天，何可長也。

諸般解釋多不高乎「窮」「極」「不久」「不長」立說。

能以此列上爻皆可斷不吉乎？經文本非

23

皆如此，尚须察其它诸因素也。如坤、乾、中孚之上九，尚有不当位，且皆有与它爻有不相应之情况在。

二、四同功而异位，三、五同功而异位，全以从对三八四爻之统计中得出。而五为君位二为臣位之学说，更是据由此概括乃产生者。五为上卦之中爻，是上卦之主爻。二为下卦之中爻，是下卦之主爻。三、四爻皆象庶民。君临天下，临民而总统从之权，居

贵位
居位
尊位

4 3 2 2 14 7
初二三四五上
共32、
家人九五、
临六五、
泰九五、
归妹六五、

上天之下，在位民之上，揆礼、乐、征伐、黜陟生杀之柄，故乃多功。故五爻六十四爻辞中断吉者四十有四，无咎者十二，而断凶者仅八条焉。此一卦中各爻断吉最多而断凶最少者。

综观三八四象爻辞，明白称帝、称王、称大君、称南面、称公、言朝廷、言王事者共三十四例。其中在初爻者四例，在二爻者三例，在三四爻者各二例，在上爻者七例，而在五爻者乃十四例。

24

九、六各写焉。按诸以上情况，初、二爻与七例，三、四爻与四例，而五、上爻与十三例，过半矣。天、地、人三才之划分，岂无故哉？而其中五爻独多，缘易者以为君位，宁非从易象而来也？有两种情况：一为自春秋以前甚至易成书之前，即为是占筮，以历春秋战国而易传从而注焉。一为易传全本经文剖析规律，从此见体会此例，唯有毫无意义之记编，毫无根

家人

损之妄言矣。

五为君位，言王事且断吉者也。

䷤ 家人九五：王假有家，勿恤，吉。

象曰：王假有家，交相爱也。

集解引陆绩曰：假，大也。五得尊位，据四应二，以天下为家，故曰王大有家。天下正之，故无所忧则吉。

临

䷒ 临六五：知临，大君之宜，吉。

不谓大君以阴爻以居尊位，故云大君之宜也。

象曰：大君之宜，行中之谓也。

王弼解文释云：处在尊位，之履得其中

25

孔疏云：

所以得宜者，止由六五處中，行此中和之行，

致得大君之宜，故言行中之謂也。

䷊

泰九五（六五）：帝乙歸妹以祉，元吉。（以其陰爻居尊位）

象曰：以祉元吉，中以行願也。（所以其陽爻居尊位）

䷵

歸妹六五：帝乙歸妹，其君之袂不如其

娣之袂良，月幾望，吉。

象曰：帝乙歸妹，不如其娣之袂良也。其位在

中，以貴行也。

繫辭云：天地之大德曰生，聖人之大寶曰位。

經文引

彖上傳廿八篇即云：天尊地卑，乾坤定矣；卑高以陳，貴賤位矣。易傳之言位每集貴賤，而小象與彖辭於此則絕無矛盾抵牾。泰與歸妹之五爻，爻則象不同，但皆言帝乙歸妹事，以喻斷而斷占之辭皆云吉，无咎，以見易傳言尊位、君位非無據也。

五爻皆尊貴之位，而多言王事，故以為君位也。

如歸妹之主、大有家傳所云是。

小注

26

三多凶。師言三。履言三。

系辞言、三多凶、信哉。繇逸三八の爻中三爻六十の爻辞、九三断吉者五、无咎者の断凶者二十三、六三断吉者の无咎者七、断凶者十九。总三爻六十の爻辞断吉者共九、為六爻中之最少者、断凶者の十二、為六爻中断凶之最多者也。

䷆ 師六三、師或輿尸、凶。

䷉ 履六三、眇能視、跛能履、履虎尾、咥人、凶。武人為于大君。等、是。

[四多懼 夬九四、震九四、 二多譽 復六二 師九二]

四多懼无能者。

䷪ 夬九四 臀无膚，其行次且。牽羊悔亡，聞言不信。

䷲ 震九四 震遂泥。

皆懼也。此例而多。

二多譽无能。二爻六十四爻辭斷吉者四十，无咎者十，斷凶者四。其中六二吉廿一，无咎二，凶九，九二吉十九，无咎八，凶五。

䷎ 謙六二 鳴（名也）謙，貞吉。

27

䷆

师九二 在师中吉，无咎，王三锡命。等皆然。

三、文位相关

自汉以来对此问题説是纷繁，条分缕析不厭纖细不辞烦琐，但易传文位相关之說本之文辞每多臆断，因無通例，故仅概略介绍其数端可耳。

大有

甲、应：此例於象传中最多见：

䷍

大有：元亨。

彖曰：大有，柔得尊位大中而上下应之，曰大有。

䷌ 同人：同人于野，亨。利涉大川，利君子貞。

彖曰：同人，柔得位得中而應乎乾（純陽之卦）曰同人……文明以健，中正而應，君子正也。……

順

彖傳遜坤者稱順，非指乎此也。

順乃指柔順剛，下順上也。小象每多言之者。

彖：重巽以申命，剛巽乎中正而志行，柔皆順乎剛也。以小亨，利有攸往，利見大人。

巽：小亨，利有攸往，利見大人。

䷚ 頤：六五，拂經，居貞吉，不可涉大川。

象曰：居貞之吉，順以從上也。

而乘左傳即有雷乘乾曰大壯之謂○乘為謂陵駕乎之上也於小象每言乘剛即謂柔陵駕乎剛上也者。

䷂屯六二 象曰六二之難乘剛也十年乃字反常也○

豫六五象曰六五貞疾乘剛也恒不死中未亡也

䷮困六三 象曰據于蒺藜乘剛也

丁 胜

䷪夬

象曰夬決也剛決柔也○

九五封西記

29

䷖ 剝，彖曰：剝，剝也，柔變剛也。不利有攸往，小人長也。

一剛勢甚微，五柔從以變之也。

彖言柔居二，需彖：需有孚光亨，貞吉，位乎天位，以正中也。

訟，彖：訟有孚窒惕中吉，剛來而得中也……利見大人，尚中正也……

（彖傳言文，卦變以解經。）

師，彖：……剛中而應，行險而順（下坤卦辭。）

䷆

九二，（居下卦中位）有五爻應之，故應。坤能順上，故行險而順也。

䷇

比，彖：比，吉也，比，輔也，下順從也。原筮元永貞无咎，以剛中也（五爻）。不寧方來，上下應也（陰爻上下皆應九五）。後夫凶，其道窮也（上六乘陽爻而其道窮）。

說數

說數

左傳・僖公十五年韓簡語晉惠公曰：「龜，象也。筮，數也。」以一「數」字而概言筮，可乎？吾曰：是不能盡括，實已得其根本。韓簡之言猶云：龜卜求其兆象以斷吉凶；筮占必據其數始得卦爻，以言休咎也。推此，春秋卜筮之要，摘示本根矣。

1

繫辭云：

極數知來之謂占，通變之謂事。

十有八變而成卦，八卦而小成，引而伸之，觸類而長之，天下之能事畢矣。

又云：

三，參奇也；兩，耦也（以揲分而為二以象兩，天地也。四營成易作七八九六也。）七九陽數，六八陰數。孔疏：倚，立也。既因蓍於卦，其揲蓍所得，取奇數於天，取耦數於地，而立七、八、九、六之數，故曰參天兩地而倚數也。

參伍以變，錯綜其數，通其變，遂成天下之文；極其數，遂定天下之象。非天下之至變，其孰能與於此？

說卦云：

昔者聖人之作易也，幽贊于神明而

生蓍，參天兩地而倚數，觀變於陰陽而立卦，發揮於剛柔而生爻，和順於道德而理於義，窮理盡性以至於命。

筮者之占，極數知來也。不離乎象數，則不可以言占矣。

說卦云參天兩地而倚數，乃又具筮言所用之工具為此蓍於神明所生之蓍。蓍既備矣，則占之法首先在於數，必參

此說乃繫辭「大衍之數……」章，故二語縱非出一人之手，而彼此之道可見。命者生之極，理則至其極矣。

分而為二以象兩天地也，而蓍成易定七八九六之數

以參天兩地而倚數。

位以變、錯綜其數，可以觀變於陰陽而立卦，發揮於剛柔而生爻也。至於極其數、生爻、立卦，乃可以定天下之象，通變、知來、稽疑，亦道矣。但如何以參伍以變、錯綜其數，倚數至極而立卦生爻乎？

繫辭言之詳且明矣。云：

天一、地二、天三、地四、天五、地六、天七、地八、天九，地十，天數五，地數五，五位相得而各有合，天數二十有五，地數三十，凡天地之數五十有五，此所以成變化而行鬼神也。

極數知來，極此五十有五之數也。

變化以成，神鬼可驅而使矣。

參伍以變，錯綜其數，發揮於剛柔，觀變於陰陽，

大衍之數五十有五，其用四十有九，分而為二以象兩，掛一以象三，揲之以四以象四時，歸奇於扐以象閏，五歲再閏，故再扐而後掛。

扐二指之間也

每爻九揲36策，六爻則216也

乾之策二百一十有六，坤之策百四十有四，凡

每爻六揲24策，六爻則144

11520

只算九、六，不算七、八。七以九論，八以六論。蓋當時筮法如此。

三百有六十，當朞之數日。二篇之策

萬有一千五百二十，當萬物之數也。

陽爻192，每爻九揲36策，合得6912策；陰爻192，每爻六揲24策，合得4608策，合為11520策也。

是故四營而成易，十有八變而成卦。

引而伸之，觸類而長之，天下之能事

畢矣。

此即揲蓍之法，為易繫列於卦

之宗，歷代占卦多由此而衍化而來。

為我國最早言以筮法之最具體最

明白清楚者，實以系辭言數之語完全一段。茲進一步詮釋其下：

大衍之數五十有五，是則反復論闡述。故言揲蓍絕不可忽略此諸段五十五之數。說自漢以來，經文或作五十，諸家不敢破經，遂強以五十推其理，窒滯塞不通，怪誕迂強，膚淺無聊之說不一而足矣。

5

孔疏頤筆者家所云者撮其數端可也。（隋志、周易八卷、漢曲台長孟喜章句、殘缺。梁十卷。又有漢單父長費直注周易四卷亡。）

（隋書經籍志、周易十卷、漢魏郡太守京房章句、舊唐書直載。又十卷董遇注。又十卷姚信注、）

（青）東蒼龍角……
北玄武斗……
西白虎奎
南朱雀井

京房云：五十者，謂十日、十二辰、二十八宿也，凡五十。

馬季長（融）曰：易有太極，謂北辰也。太極生兩儀，兩儀生日月，日月生四時，四時生五行，五行生十二月，十二月生二十四氣。北辰居位不動，其余四十九，轉運而用也。

荀爽云：卦各有六爻，六八四十八，加乾坤二用，凡有五十。乾初九潛龍勿用，故用四十九也。

以上三家不破緯之誤，張璋以姚誤脫說之緯文者也。

鄭康成云：天地之數五十有五，以五行氣通，凡五行減五，大衍又減一，故四十

6

九也。

隋书·经籍志载，梁有魏太司农卿董遇注周易十卷、周易十卷，吴太常姚信注，

新唐书艺文志载易有董遇注十卷、姚信注十卷。孙魏晋时人，孔氏疑见其书，故引。

姚信、董遇云：天地之数五十有五者，其六以象六画之数，故减之而用四十九。

以上则就其所见者而言五十五者。

盖筭与高所见本作五十而累成筭所见本为五十五也。

王弼所见并据以作注者作五十。

故王氏云：演天地之數所稍者五十也。其用四十有九，則其一不用也。朱熹同易本文本安作五十，本文云：大衍之數五十，蓋以河圖中宮天五乘地十而得之。至用以筮，則又止用四十有九，蓋皆出於理勢之自然，而非人之知力所能損益也。

显然受易图影响越发强辞夺理了。

（朱批）[illegible]由由 演所稍者字，而不效天地之數之十有五，故云變，亦二句蓋是脫誤。朱子讀上句絕，後附会河圖，下句脫之於理勢之自然上句從下句空。

（朱批）所落

其實大衍之數五十有五繫上所言
云天一地二……五位各有合天數二十
有五地數三十凡天地之數五十有
五此所以成變化而行鬼神也
天地之數豈不大哉成變化行鬼神
之功用豈不大哉極數通變成天
下之文定天下之象是天下之至變
豈非大衍

云所以成變化者。蓋謂筮占之變化也。不自此大衍之數五十有五以揲蓍求變，乃不可以占矣。其實自大衍之數五十有五以下所云皆揲蓍之具、算方法。具算數字。其用四十有九，去六策而不用者，示人易意六爻而成卦也。分而為二以象兩者，故任自然遍合以求揲數

8

每揲之策而定九七八六陰陽可變不可變也。所以挂一者之十九難得十二揲之域數，恐餘其一策而无法安置耳，乃挂一以象三，三者三揲皆以一爻耳。所謂天地人三才之説，亦臆附会，徒增揲蓍之神秘化而已。一為京房易融貫與之以五行二十八宿日月節气之釋五十也。

三變餘三十六策則九揲也，為陽爻，稱老陽，可變；餘廿八策則七揲也，亦為陽爻，稱少陽，不可變；餘廿四策則六揲為陰爻，稱老陰，可變；餘三十二策則八揲為陰爻，稱少陰，不可變。

皆揲的爻像記其揲數於爻所得之旁。

歸奇掛扐，減四揲之餘，以成九七八六之揲數也。以象閏，則屬附會。五年之五，蓋揲之以四之所餘也。再閏自無說，以成之附會。再扐而後掛，則一爻成矣。（或謂九七八六爲四營）四營成易，謂分二、掛一、揲四、歸奇也。（每營成一爻）十有八變而成卦，言三揲則三變而成一爻，（十八變即六爻之營也。）每卦六爻，故十有八變乃成卦也。至此卦乃成，此春秋戰國時成卦法也。

9

八卦而小成，言因蓍而成三爻之一經卦也。

引而伸之，觸類而長之，則再三蓍而自

外卦因蓍全成卦，而天下之能事畢矣。

此謂占筮之變，故上下兩卦有八變而

成卦也。

既例此固成卦法也，而左圖並例

皆每以之卦斷，此例言未及之也。故

吾謂成卦法須知之局而變卦法則知

成卦也

內卦

言變卦矣

交一經卦

變卦亦可得之

程

述

詳而變卦之法略而置

補言

而未及矣

之难也。（但仅知成卦之法不精于变卦之法，其何以断占耶？）

变卦之法说有多端，要审其是者为最重要之题。方法莫过（以检验其是否可通用）于经传左、国之诸筮占例也。

事实上只知成卦不知变卦犹不可以占。左、国多以之卦断也。既使不以之卦而以本卦断者亦非不考虑变卦也。只是以变卦法论，其卦不变而已。

觀化條爻辭法。

左傳·閔公元年畢萬筮仕於晉遇屯䷂之比䷇·（初爻變）

僖公十五年記·初晉獻公筮嫁伯姬於秦遇歸妹䷵之睽䷥（上爻變）

昭公十二年南蒯將叛·枚筮之·遇坤䷁之比䷇·（五爻變）

一、55-48之7少　数起5爻变八下
二、55-44之11　数起二爻遇八　三例

國语·晋语の重耳筮向尚得晋國得
貞屯䷂悔豫䷏（初、四、五爻变）
左傳·襄公九年記穆姜卜居东宫，遇
艮䷳之隨䷐（初、三、四、五、上爻皆变）
而且又先提出遇艮之八，又曰是谓艮
隨之為什么艮之八就是艮之隨呢？
國语·晋语の重耳亲筮曰尚有晋

三、55-48之7　数起上爻变八、
由此三例可见
一、八为不可变之爻，
二、五五减策数之余数依次数而遇八，则卦中九、六
揲之爻皆阴阳互变。
三、三例皆来
二七。

國得貞屯☳悔豫☷（初五の爻变）

这里皆八也，爻辞如何解释呢？而

董因迎重耳时筮之得泰☷

之八，曰是谓天地配亨，小往大来，

今反之矣。

此处之泰之八，而且以泰卦卦辞断

爻辞如何解释呢？

从左傳、國语中三次筮時遇八，我們不能不注意到卦的變化与揲數的关係。八揲之文為少陰，不變之文。故七、八、九、六之說非無所自也。然仅七、八、九、六變卦仍不可求得。

大衍之數之五十有五，實為求之卦之最要者。觀乎求變卦之方繇可知矣。

以錢代蓍，蓋出火珠林（陳振孫書錄解題十五卷：火珠林一卷，无名氏。）朱子語類云火珠林猶是漢人遺法。

背背背	重	九	三少	老陽
面面面	交	六	三多	老陰
背背面	拆	八	兩少一多	少陰
面面背	單	七	兩多一少	少陽

六次已成卦

每次於揲蓍之一營也

術以為六爻者以是為一爻故每於揲之。

以其接六回即得卦也。

面曰多。

背曰少

九 七 七 八 七

家人 之 賁

遇家人之賁也，以家人之九五

爻辭斷之曰

王假有家，勿恤，吉。

繫辭所云筮法實即春秋筮法之
流傳至於戰國者，其象辭言成卦之
法詳而述變卦之法略，但參以左
國所記筮占諸例亦可以得此筮法
變卦之具體方法，其緣亦且不謬也。
本卦已成據以求變卦之具體方法
與其緣如下：

乾　上上
困龙何北斗运变、
难内官贵贱分宵。
已攀玉石落腾宫柱
极黯照宫之不朝.

乾　上上
潜龙经刻不同时、
伏

依朱子启蒙例归纳得至详，录如下。

第一步 看六爻全为不可变之爻或全为可变之爻之别，复得之卦主得占断之所根据。

（元亨，利涉大川。先甲三日，后甲三日。）

遇蛊 八八八七七八 依十五、泰损否，蛊，不变。

成十六云：遇艮 八八八八八七，后，每不变。

左国凡称遇某卦而不云之卦者皆如此。

一、本卦六爻只有七有八而无九无六，全为不可变之爻，则此卦不变，直以本卦卦辞断（称其卦，遇大有；或称遇大有而不称之卦）。

如遇 七八七七七七 本卦为大有，即以大有之卦辞"元亨"断（后世则以彖、象）。

彖曰：大有，柔得尊位，大中而上下应之，曰大有。其德刚健而文明，应乎天而时行，是以元亨。

象曰：火在天上，大有。君子以遏恶扬善，顺天休命。

（复：亨，出入无疾，朋来无咎。反复其道，七日来复，利有攸往。）

63 31 31

皆九用九斷（乾之）

皆六坤之用六斷

皆七乾之卦辭斷

皆八坤之卦辭斷

皆九六互變以二卦辭斷

皆七八卦辭斷

倘六爻皆七，則為乾卦（筮其卦遇乾，或筮遇乾），則以乾卦卦辭

元亨利貞斷。六爻皆為八，則為坤卦，即

以坤之卦辭「元亨，利牝馬之貞。君子有攸往，

先迷後得主，利西南得朋，東北喪朋。安

貞吉」斷。

二、六爻之有九有六，而無七無八，全為可變（本卦）

之爻，則六爻陰陽互變為遇（九九九六九九）之履，則

象為謙，稱遇之履之謙，則以二卦

卦辭「履虎尾，不咥人，亨」「謙亨，君子有終」斷。

倘本卦六爻皆九，則為乾 ䷀（九九九九九九）稱遇乾之用九，乃以乾卦第七爻用九爻辭見群龍無首吉斷。

倘本卦六爻皆六，則為坤。䷁（六六六六六六）稱遇坤之用六，乃以乾（坤）卦第七爻用（六）爻辭永貞吉斷。

乾之用九，與九五可變之爻六爻全變則為坤卦，與六爻皆八之坤卦以坤之彖辭斷全同，故設用九一爻也。坤之用六亦然。所以易著者思考是很周詳的。

第二界

本卦六爻中兼有可變之爻（九或六兼有九與六）不可變之爻（七或八或兼

有七至八）則按以下步驟復得之卦。

從第一步把本卦六爻之揲數相加，其合至多爲五十三揲（五爻九揲一爻八揲），至少三十七揲（五爻六揲一爻七揲）。

從第二步以五十五之策數減第一步所得六爻揲數之合，其余數必爲二至十八。每穩成卦之分而爲二以象兩，十八變而成卦之二至十八之數。

不可能爲一，因五十五之能減五十四的餘數爲一，而五十四的六爻皆九，以超乎用九[illegible]用其六爻之余數以五十五減之餘數。

15

第三步以本卦之二爻為二，三爻為三，四爻為四，依次往上爻數，則上爻為六。再以上爻為七，五爻為八，依次往下數，至初爻為十二。再以初爻為十三，二爻為十四，依次往上數，至上爻為十八，極其數矣。數至何爻而值第二步五十五所減之爻揲數合之餘數，即止。倘該爻為可變之爻，則九六陰

甲

陽互變。如本卦爲困䷮（六七九六九八），其揲數之合爲四十五，五十五減四十五，餘十。依上法數之至十則爲三爻，三爻爲六，可變之爻也，變而爲陽，則卦乃成爲大過䷛。稱遇困之大過，以困六三爻辭斷。即左傳之襄公二十五年崔杼筮娶棠姜所遇者也。又如本卦遇觀䷓（九九六八六八），爻數之合爲四十六，五十五減

歸妹䷵之睽䷥
僖十五

四十六揲乃得九。依次數之，至四之爻適至九。四之爻為六，老陰可變之爻也，即變六為九，而為陽爻。因得之卦為晉䷢，稱遇觀之晉，以觀之四爻六之斷（文辭）乃云：觀國之光，利用賓于王。此則莊公二十二年陳厲公為敬仲使周史以周易占（筮）之所得也。

襄九穆姜之筮變五爻1
閔[illegible]三以筮皆變三爻3
一以筮不變
无之卦2

左氏筮占十四例中，十例皆以此說備，或有卦爻辭可與今本不同者，蓋當時周易亦猶非一家也。

乙、倘該爻遇七八為不可變之爻，則依以下各

神情況分別占斷。

兩爻歸於一爻

春秋無例。

子、本卦中有一爻或兩爻為可變之爻（亦即

四爻或五爻為不可變之爻）可變之爻少於

不可變之爻，則本卦不變，直以本卦之卦辭

泰

小往大來，吉，亨

斷。如本卦遇泰 ䷊ 八八八七七九 只初爻九揲為可

變之爻，其它五爻或七或八，皆為不可變之

爻。六爻揲數之合為四十七，以五十五減之，

余八，由初爻上數至五爻而八，至遇八揲不

䷊ 八八八七七九

可變之爻一

不可變之爻4

遇此，乃不皆

變而以卦辭斷。

17

可變之陰爻則稱遇泰之八，而以泰之卦辭"小往大來，吉，亨"斷。《國語·晉語》董因迎重耳而筮，得泰之八，即如此也。

又如，本卦得既濟（八七八七六九），有兩爻（初二）為可變之爻，三、四、五、上四爻為不可變之爻，六爻揲數之合為四十五，以五十五減之，余十，依法數至三爻而十盡，而三爻為不可變（九六之）少陽爻七，則稱遇既濟之七，直以既濟之卦辭"亨小，利貞。初吉，終亂"斷之。

丑　本卦中可變之爻不可變之爻各有三个。

則三个可變之爻九六互變而得之卦，就

後以本卦之卦兩卦詳為斷。如國語

（以二卦卦辭斷）

晉語的重耳親筮得屯貞悔豫皆八也

本卦屯 ䷂ 八九六八八九　初、四、五爻為可變之爻，

三、上爻為不可變之爻。六爻揲數之合

為四十八，以五十五減之，余七，依法數

之至上爻而止。逢不可變之少陽（阴）爻

八，且二、三爻亦皆不可變之八，揲之爻故

單襄公問之　晉國公筮遇乾之否　七七七九九九

䷀ 乾　䷋ 否

原本不清　是三的為（以卦象斷）是否未記的問題。

18

三爻可变之爻皆九、六互变，得之卦为豫䷏，故祿貞（本卦屯悔之卦豫），皆八也，乃以二卦之卦辞断。胥臣之言是也。吉，是乃周易皆利建侯（屯：元亨，利贞，勿用有攸往，利建侯。豫：利建侯行师），是也。

左 皆可变之说或皆为不可变之说

(一)、一望可知而不变。

皆九 一同九；皆六 一同六；皆七 皆八 一（乾卦辞 坤卦辞）

皆九六，互变以二卦辞，后之读者[illegible]

（二）、皆七八，不变以卦辞变，岂

（二）、一望可知而互变。

（四）第二、兼有可变之爻与不可变之爻。

（一）揲数、六爻相加，55—37。（二）五十五减相加数，得余数。（三）就本卦而数之，二—十八。

一、数而可变之爻，即阴阳互变。

如 ䷫ 六七九六九八 ㊺ 揲数45数而三爻六变九，困之大过。

如 九九六八六八 ㊻ 余如的爻变，欧之说。

二、数而不可变之爻，乃分以下三种情况：

甲、本卦之爻可变（不可变之爻），八八七七九 ㊼ 不变，以本卦卦辞断，泰之八。

乙、本卦不变不可变之爻皆三，八九六八八九 ㊽ 可变之爻互变。

丙、本卦二爻不可变，即贞屯悔豫，以二卦卦辞断。九六六九八六 ㊹ 变 艮之随，以之卦卦辞断。

四爻但於五爻
右說見例姑揩
則之五爻、
則得其全部矣。
以之卦卦辭斷

寅　本卦之中有四五爻，曰可變，一二爻不可變，因可變之爻多於不可變之爻，則可變之爻皆九、六互變而得之卦，以之卦之卦辭斷。如本卦為[illegible]遇蠱，

⚊ 九
⚋ 六
⚋ 六
⚊ 七
⚊ 九
⚋ 八

二、四、五、上爻皆為可變之爻，初爻、三爻為不可變之爻，六爻揲數之合為四十五，以五十五減之，余十，依法數之至三爻而十足，三爻適值不可變之少陽爻七，[illegible]卦中可變之爻乃皆九、六互變

而得之卦咸䷞，謂稱遇蠱之七，或稱蠱之咸。即以咸之卦辭"亨，利貞，取女吉"斷。又為本卦遇艮䷳九六六九八六，初、三、四、五、上爻皆可變之爻，仅二爻為八不可變。但六爻揲數之合為四十四，以五十五減之，余十一。依法數之，恰逢二爻而十一定，而二爻又恰逢八不可變，乃初、三、四、五上爻皆九六互變得之卦隨䷐，是謂遇艮之八，亦稱遇艮之隨，乃以隨之

只一爻未變，恰為陰爻八，且稱遇艮之八

卦辞随元亨利贞，无咎。断此则左氏襄公九年所记穆姜娩往东宫时之所占也

至此春秋战国时筮占成卦发卦之法毕矣。能左国所记繇辞或与今本不同，殆当时以周易占者师承自殊，传授有异也。最能筮法则大致不离乎上述矣

由天使组成的人民不需要政府，
由政府组成的政府不需要权利
天使

20

李镜池《左国中易筮之研究》

"周易本来是一种占书，这一点已无疑义，左传、国语可做证据。但周易是怎样占的，这可是一个难以详考的问题。因为占法早已失传，左、国所载不过是所占之结果，而不是揲蓍的方法。后人所根据的，多半本之系辞传。系辞后出，不敢说它所载的就是春秋前后的方法，何况它又是一些紊乱模糊的话呢。（引钱大昕潜研堂文集卷四答问语，故他撰周易揲略，附筮宗，

"我从左传、国语中找占筮的原则已是找不到了。然而他们——春秋时代的卜官之流所占又那么灵验，难道他们竟是信口开河，适逢巧合吗？这当然不是的。他们当时一定有他们的方法，不过我们不知道罢了。他们的方法或许有好些，我们现在考究不出来罢了。……

二、

汉按：该文（一）占法部分根本没说出"占法"二、

该文"综计左国所载约有下列几种：二中坤元地。

"国语晋语司空季子的话与此相类，但又可以读作

"乾元，亨，利贞。"再看文言传，就有这个说法。文言说

"乾元者，始而亨者也。利贞者，性情也。"

從叢 二

八九の十七 於邢同志逝世後二日

說數

左氏僖公十五年韓簡語晉惠公曰：

龜，象也；筮，數也。

以一數字而概括筮得其根本矣。

系辭云：

參伍以變，錯綜其數，通其變，遂成天下之文；極其數，遂定天下之象。非天下之至變，其孰能與于此！

說卦云：

1

参天两地而倚数，观变于阴阳而立卦，发挥于刚柔而生爻。

是故系辞谓：

极数知来之谓占，通变之谓事。

是春秋战国之筮占，以卦生爻，通变断占，其最要者在于数也。不明乎数则无以占，既明乎数则不占矣。

孔子曰：不占而已矣。（论语·子路第十三）

孔子固精于数而精于易者矣。

子曰：南人有言曰：人而无恒，不可以作巫医。善夫！不恒其德，或承之羞。子曰：不占而已矣。

說卦云：參天兩地而倚數者，非但言數，且言蓍所倚者乃天地之數也。豈云不极！故繫辭謂极數知來之謂占也。天地之數何哉？

繫辭云：

天一，地二，天三，地四，天五，地六，天七，地八，天九，地十。天數五，地數五，五位相得而各有合。天數二十有五，地數三十，凡天地之數五十有五，此所以成變化而行鬼神也。

兩參天地之數，則此五十五推之，識所不見矣。故吾謂五十五為筮占中最重要之數字。

2

分二
挂三
四營
揲四
歸奇

系辭傳之曰"大衍之數，以成變化，以行鬼
神"，合五十五不可。是故
系辭云：
大衍之數五十有五，其用四十有九。
分而為二以象兩。"是故四營而成易，十有
挂一以象三，八變而成卦，引而伸之，
揲之以四以象四時，觸類而長之，天下之能
歸奇於扐以象閏，事畢矣。"
五歲再閏，再扐而後挂。

东汉末时或谓大衍之数五十此正义引
京房章句云：
五十者，谓十日、十二辰、二十八宿也。凡五十。
荀爽云：
卦各有六爻，六八四十八，加乾坤二用，凡有
五十。乾初九潜龙勿用，故用四十九也。
但郑玄、姚信、董遇则云五十五此正义引
郑康成云：天地之数五十有五，以五行
气通。凡五行减五，大衍又减一，故四十九也。
孙吴有魏大司农卿董遇注周易十卷·周易十卷
姚信吴太常姚信注 隋书经籍志载
董遇云：

天地之數五十有五者，其六以象六畫之數，故減之而用四十九。蓋所見者不同也。既拘於緯，則諸家皆不免穿鑿，又蒙以神秘色彩。

王弼所見本作五十。且云：演天地之數所賴者五十也。其用四十有九，則其一不用也。

朱熹本又亦作五十，且云：

大衍之數五十，蓋以河圖中宮天五乘地十而得之。至用以筮，則又止用四十有九，蓋出于理勢之自然，而非人之知力所能損益也。

王弼已是強經，云：演天地之數所賴者五十，則天地之數氣詳明。云五十有五，何以僅賴五十？云其用四十有九，則其一不用也。何以不用？王注此語又未能傳文。王氏言易不主象數，有如此强釋，固不免矣。至于朱夫子先強經，何啻本末之倒置，須當謂從程理勢之自然而非人之知力所能損益，更無説服力矣。吾謂唯此語上的謬，下的空。程傳集傳の書集注無此説象，凡論易之艱難矣。

4

此種成卦法言之簡明而具體，便引而伸之，觸類而觸長之，如何引而伸？怎樣觸類而長？則未言，則天下之能事惡乎畢哉！

故揲蓍成卦不難，變卦乃精詳煩了。而左國所記筮占，多以之卦斷，不知變卦之法則之卦，全不可得其來歷筮也。

茲復略述筮法：

第一、四營三變而得一爻，依其揲數分為九、八、七、六。每次准余九、八、七、六揲，不可能出現五或五以下、十或十以上之揲數，因每一變或四減一揲，或減二揲，三變則共減或三揲，或四揲，或五揲。或六揲。以四十八策適十二揲也，減三則餘九，減四則餘八，減五則餘七，減六則餘六也。根是乃畫出所得之一爻。根并注明爲九揲，七九畫陽爻，以其爲少陽與老阳也，八六爲少阴與老阴，乃畫阴爻，爲中。以變則得爻，皆三變得一爻，依先後之序自下向上遞增，乃得初、二、三、四、五、上六爻。十有八變六爻备矣，每爻之旁揲數注明矣，根是乃求之卦。變卦之法於爲用之。

5

第二、爻卦，即求之卦○

(一)、皆（六爻）為可爻之爻，或皆為不可爻之爻，

一、皆為九，以乾之用九斷○（見羣龍无首，吉）；皆為六，以坤之用六斷（利永貞）；皆為七，以乾之卦辭斷○；皆為八，以坤之卦辭斷○

二、皆為七八，不爻，直以所成卦之卦辭斷○如䷑（七六六七七八）蠱，加求之卦○元亨，利涉大川，先甲三日（辛），後甲三日（丁）。

中蠱

三、皆為九六，乃互爻，以本卦與之卦二卦之卦辭綜斷，如䷉（九九九六九九）履（履虎尾，不咥人，亨○）爻謙䷎（謙，亨，君子有終）求之卦也

謙之履

困（八七九六九六）

（二）

六爻兼有可变之爻与不可变之爻（七八九六皆有，有七九六，有八九六，有七八九，有七八六，有七六，有八九）

一　六爻揲数相加必得三七—五三。

二　以五十五减六爻揲数之合，必得二—十八（余数数至於最后一数所遇之爻）。

三　就本卦（以二之余数）以二爻为二，依次向上数之至上爻为六，（如余数不足）再以上爻为七，而下数至初爻为十二，（如余数不足）再以初爻为十三，上数至上爻为十八。

甲、余数所遇之爻为可变之爻，乃九六互变。如

困（六七九六九八）揲数合为四五，以大衍之数五十五减之余十。依余数至二爻逢六，变九，则得之卦大过，称遇困之大过，以困卦六三之爻辞断。

左 襄廿五

齐棠公之妻，东郭偃之姊也。东郭偃臣崔
武子。棠公死，偃御武子以吊焉。见棠姜而
美之，使偃取之。偃曰：男女辨姓，今君出自
丁，臣出自桓，不可。武子筮之，遇困之大过。史
皆曰吉。示陈文子，文子曰：夫从风，风陨妻，不
可娶也。且其繇曰：困于石，据于蒺藜，入于其
宫，不见其妻，凶。困于石，往不济也。据于蒺
藜，所恃伤也。入于其宫，不见其妻，凶，无所归
也。崔子曰：嫠也何害？先夫当之矣。遂取之。

又如、

归妹

䷵ 六八九八九九

归妹揲数之合为四九、五五减四九余六、数至上爻是遇六揲之爻乃变为䷥睽、

称遇归妹之睽、以归妹之上爻断之。

左氏僖公十五年

初晋献公筮嫁伯姬于秦、遇归妹䷵之睽、

䷥ 史苏占之、曰不吉。贞辞曰：士刲羊亦

无衁也、女承筐亦无贶也、西邻责言不可

偿也。归妹之睽、犹无相也。震之离亦离之

震、为雷为火、为嬴败姬、车说其輹、火焚〔其旗〕

☳为车 ☳为輹 ☳变为☲

脱輹 焚旗 英

其旗不利行師，敗于宗丘。歸妹睽孤，寇張之弧，姪從其姑，六年其逋，逃歸其國，而棄其家，明年其死於高梁之墟。及惠公在秦，曰：先君若從史蘇之占，吾不及此夫。韓簡侍，曰：龜，象也；筮，數也。物生而後有象，象而後有滋，滋而後有數。先君之敗德，及可數乎？史蘇之占，勿從何益？詩曰：下民之孽，匪降自天，僔沓背憎，職競由人。

䷊

乙　余数遇不可变之爻七或八

子　本卦中有可变之爻少於不可变之爻则卦不变，以本卦卦辞断之。

✓ ䷊ 八八八七七九　揲数合为四七，以五五减之余八，数至五爻八尽，遇不可变之爻八，此卦仅一可变之初爻九，以本卦卦辞断。

✓ ䷊ 八八八七九九　揲数合为四九，以五五减之余七，数至上爻而七尽，遇不可变之爻八，此卦有二可变之爻，以本卦卦辞断。

× ䷊ 六八八七七九　揲数合为四五，以五五减之余十，数至四三爻而尽遇七，卦中虽有六九仅二爻，少於不可变之爻，以本卦卦辞断。

× ䷊ 六八八九七七　遇不可变之爻，乃变为 ䷒，乃是遇泰之临。

此则国语晋语四董因迎重耳时之所以筮云：臣筮之，得泰之八，曰是谓天地配亨，小往大（卦辞：小往大来吉亨）来，今得之矣。

8

丑

本卦中可變之爻与不可變之爻相等者則可變之爻全變矣（以本之卦卦辭斷）

屯

䷂ 八九六八八九

豫

䷏

可變之爻齊之，揲數合為四八，減之餘七，過上爻八

不可變之爻

可變之爻乃皆九六互變而成

於貞屯（本卦）悔豫（之卦）皆八也 不可變之爻无七 皆為八揲之爻

矣

國語 晉語四 公子筮之曰尚有晉國 得貞屯悔豫皆八也 司空季子曰吉是在周易皆利建侯（屯元亨利貞勿用有攸往利建侯 豫利建侯行師）不有

晋國以輔周室，安能建侯？我命筮曰：尚有晋國。筮者我曰：初建侯得國之象也，吉孰大焉！

艮 ䷳　䷐ 隨 [illegible]

寘　不可變之爻少於可變之爻，則可變之爻

䷳（九六六九八六）八全變，而以之卦卦辭斷也，艮之隨 ䷐ 此則左氏襄九穆姜娼往東宮之占也。隨元亨利貞无咎。

忠壹憂民，功勳不朽；
嘉言懿行，典範長存。
挽疑郭同志

易象数说

己巳霜降後二月

象数说

易经原为筮书，易传解经无不可以离象数。易学研究既不可离乎经、传，无即不可以不明象数。言象数则又不可不自筮书始，溯其源也。

国语、晋语の

公子亲筮之曰："尚有晋国。"得贞屯悔豫，皆八也。筮史占之，皆曰"不吉"，闭而不通，爻无为也。"司空季子曰："吉。是在周易，皆利建侯。不有晋国以辅王室，安能建侯？"我命筮曰："尚有晋国，"筮告我曰："利建侯，"得国之务也，吉孰大焉？"

〇 48

䷂ 八九六八八六

䷏ 八△八△八△

可参之文全篇以二卦之卦辞断

故兼言二卦卦象。

廿年守寡，豈知衣食未足。
老婦再嫁，
諒必家貧子不孝。
老夫奔波無好子。
兒衣香活有良妻。

震，車也。坎，水也。坤，土也。屯，厚也。豫，樂也。車班內外，順以訓之，泉源以資之，土厚而樂其實，不有晉國，何以當之？震，雷也，車也。坎，勞也，水也，眾也。主雷与車而尚水与眾。車有震，武也。眾而順，文也。文武具，厚之至也。故曰屯。其繇曰：元亨利貞，勿用有攸往，利建侯。主震雷，長也，故曰元，眾而順，嘉也，故曰亨。內有震雷，故曰利貞。車上水下，必伯。小事不濟，壅也。故曰，勿用有攸往。一夫之行也。眾順而有武威，故曰：利建侯。坤，母也。震，長男也。母老子彊，故曰豫。其繇曰：利建侯行師。居樂、出威之謂也。是二者，得國之卦也。

由此次筮例可以見以下諸端：

一、筮者時倘專向一事，則須由向筮人命筮。其命筮之辭則尚……以祈請焉。倘涉向吉凶，則謂之枚筮。

左傳、昭公十二年 南蒯之將叛也……南蒯枚筮之。杜注云：不指其事，泛卜吉凶。

此次筮占例且云：

我命筮曰……筮告我曰……

是足以爲證矣。

二 國語所云 得貞屯悔豫皆八也，而筮史所以謂爲不吉之理由，乃閉而不通，爻無爲也。

所云之貞屯 ䷂ 悔豫 ䷏ 皆八也。

韋昭云：內曰貞，外曰悔。震下坎上，屯。坤下震上，豫。得此兩卦，震在屯曰貞，在豫爲悔。八，謂震兩陰爻在貞在悔皆不動，故曰皆八，謂爻無爲也。

仔細觀察，自屯變豫，初、四、五爻變，二、三、六爻未變。

2

二、三爻之未變，依韋氏所云，為震兩陰爻皆不動。除此之外，上爻亦未動。其何以不動？此例中已明言皆八也。八則不動，而六、七、九動否？八、六、七、九又何所指耶？此皆數也。皆為易數問題。

三、此次筮例中大談易象。

震則象車、雷、长、長男。

坎則象勞、水、众、原泉。

坤則象土、順、母。

屯則象厚。

豫則象乐。

在此例中已可以明白見到易象在占斷中之重要作用。

四、卦爻辭已為占斷之重要根據，且與今本全然无

綜覽蓍例。而此次筮例亦皆明且明白提

示周易者利達候。以周易筮爲誤矣。

以上の端之中最要者則爲數與象也。

茲先言數象

傳說庖犧仰觀俯察，近取諸身，遠取諸物，

以取象而作八卦，以通神明之德，以類萬物

之情。

八卦之作本以象萬物。作八卦後首先是象。

故筮者之占必首先以象占。

筮者本係繼龜卜而出之占卜術。龜卜本視所

灼龜腹甲坼裂之文，觀其形之所象以爲

吉斷。

易之立象實自其繼龜卜而象生之占卜法之

3

周礼、春官、太卜

太卜掌三兆之法：一曰玉兆，二曰瓦兆，三曰原兆。……

尚书、周书、洪范

七、稽疑，择建立卜筮人，乃命卜筮。曰雨（衍文为雨 其兆为水），曰霁（兆形似雨霁 其兆为火），曰蒙（似阴闇 兆为木），曰驿（络绎，兆为金），曰克（交错兆为土），曰贞（内卦），曰悔（外卦），凡七，卜五，占用二，衍忒（衍其变 极其变）。

易筮始兴，承龟卜之法，自以象占。依六十四卦贞悔所象及六爻文位所象以为占断。故可以既筮乃系辞以比其命，占终而计其占之中否。为此，乃构成易之本经，而（遍断）增加以系文辞断的情况。

左傳、昭公二年

二年春，晉侯使韓宣子來聘，且告為政而來見，禮也。觀書於太史氏。見易象与魯春秋。曰：「周禮盡在魯矣。吾乃今知周公之德与周之所以王也。」

韓起於魯所見之易象乃筮占專言乎象之書也。既非易經亦非易傳中之大小象，以易經固無須必在魯始可以見。今本易傳大小象有可能依宣子所見之易象傳授而為作，但非該易象。一以今本大小象頗有據彖傳而發揮者，其成編應已在彖傳成編之後；二則大象體例与內容

4

必有所循，而秦策之第二均皆言德教，故可以断言其与宦子所见之易象必有渊源。今之所见左、国所记筮占例但多依象断，甚至有些例全以象断，如周语下：吾闻晋之筮也，遇乾之否，曰配而不终，君三出焉。即是。左传，闵公元年毕万筮仕于晋，遇屯之比，闵公二年成季将生，筮遇大有之乾，曰同复于父，敬如君所等多例皆全以象断者。

今本易传言易象者，则大象言卦象六十四条，彖传亦或言卦象，小象言爻象，说卦专讲八经卦卦象，杂、序卦言卦，序、杂言卦象，杂卦组卦名并及卦象。

卦象

如上所云，天地萬物皆各有其象。卦本以擬象而作，占斷依象，誠故據天地萬物之自然及其自然之理以爲斷。是系辭言象甚所推崇，無以復加矣。

是故系辭云：聖人有以見天下之賾，而擬諸其形容，象其物宜，是故謂之象。八卦以象告。象者，言乎象者也。聖人設卦觀象，系辭焉而明吉凶。甚至謂［是故］易者，象也。

由是以見系傳認爲設若無象，或不得其象，則無以告；觀象不明，則辭之所告乃不免有誤，而吉凶不明矣。故易以爲占斷之所據其最要者，象也。

5

言易象必言卦象与文象。卦象則大象所括八純卦卦象卦位（以言六十四卦之卦象）說卦所云八純卦之諸般卦象以及象傳所云之卦象及序卦、雜卦所云六十四卦之卦象。文象則主要見於小象及彖辭中焉。

先言卦象

一、八純卦之基本卦象

說卦云：

天地定位，山澤通氣，雷風相薄，水火不相射，八卦相錯。

此固言卦象而先立本者也。然後說卦引而伸之，觸類而長之，擬以筮占之需要，數紛頤繁。其實於易傳成編之前已早用易象以以筮。其所用易象乃以卦象為主。左、國所記春秋筮例是其証也。

且分别言八經卦

於人体則：

乾為首，坤為腹，震為足，巽為股，坎為耳，

離為目，艮為首，兌為口。

於畜：

乾為馬，坤為牛，震為龍，巽為雞，坎為豕，

離為雉，艮為狗，兌為羊

於動作：

乾，健也。坤，順也。震，動也。巽，入也。

坎，陷也。離，麗也。艮，止也。兌，說也。

於方位：

萬物出乎震，震，東方也。齊乎巽，巽，東南也。

齊也者，萬物之絜齊也。離也者，明也，萬物皆相見，南方之卦也。

6

聖人南面而聽天下，嚮明而治，蓋取諸此也。坤也者，地也。萬物皆致養焉，故曰致役乎坤。兑，正秋也，萬物之所說也，故曰說言乎兑。戰乎乾，乾，西北之卦也，言陰陽相薄也。坎者水也，正北方之卦也，勞卦也，萬物之所歸也。故曰：勞乎坎。艮，東北之卦也，萬物之所成終而所成始也。故曰成言乎艮。

而大象中則又依上下卦釋八純卦自重之六爻以見之別卦焉。

於此而多之卦象踵陸續孳衍。象愈多而占者回旋之餘地愈大，所象愈多而筮占乃愈趨詭譎。愈足以駭人而惑眾矣。

北大
補充　十二月廿一日
卦位

318

卦象之由來久矣。筮占繼龜卜而興，原無易書經，無由据現成之卦、爻辭以為占斷，唯全依卦象。春秋筮占尚頗有如是者。如：

左傳、閔公二年

成季之將生也，桓公使卜楚丘之父卜之，曰："男也，其名曰友，在公之右。間于兩社，為公室輔。季氏亡，則魯不昌。"又筮之，遇大有䷍之乾䷀，曰："同復于父，敬如君所。"（言其筮與父同，國人敬之如君之所也。）及生，有文在其手曰友，遂以命之。

此次筮占乃全以卦象斷。乾為父，為君。大有五爻由陰變陽，上卦離變為乾，下卦乾未變。離變於乾，是"同復於父，敬如君所"也。至於是否亦依爻象，則所言及者尠，難得其詳矣（國語、晉語之重耳筮尚有晉國，筮史皆云不吉，緣閉而不通，爻無為也。似自爻象言。然他例則若此者亦無故，所言及者尠焉。）

7

再说爻象。

易传中小象全言爻象。彖辞每以爻之变化以释卦象之变化，其它部分则乾、坤文言皆分别以释卦中各爻爻辞或及于爻象。系辞言及爻象之一些基本准则，而大象、说卦、序卦、杂卦概不言及爻象也。

爻象中最要者为爻位。故亦或径称爻象为爻位。

说卦云：

数往者顺，知来者逆，是故易逆数也。

易筮本为知来，故爻乃自下而上，得六爻以成卦，每自下而上依初、二、三、四、五、上为序而数之也。

一卦六爻，初、三、五为阳爻，阳爻居之谓之得位，阴爻居之曰不当位。筮占中得位多吉，不当位多不吉者。

一卦六爻，二、四、上为阴爻，阴爻居之谓之得位，阳爻居之曰不当位。

二爻、五爻为下卦、上卦之中爻。阴爻居二位，柔得中是谓之得中，每得中得位也。

說易 數

左傳、僖公十五年載韓簡語晉惠公曰：

龜，象也；筮，數也。

以"數"字概括易筮，得其本根矣。繫辭、說卦言筮占亦必以數爲根本。

繫辭云：

參伍以變，錯綜其數。通其變，遂成天下之文；極其數，遂定天下之象。非天下之至變，其孰能與於此！

說卦云：

參天兩地而倚數，觀變於陰陽而立卦，發揮於剛柔而生爻

所云皆筮法也。然固皆不可離乎"數"。是故，

《系辞》云：

"极数知来之谓占，通变之谓事。"

是《春秋》筮占、择占，《国》所记诸例观之，得卦、生爻、通变、断占其最要者莫不在"极"数也。不明手数，则无以占；既明手数，则不占矣。是以孔子曰："不占而已矣。"（《论语·子路》）孔子盖精极数而精极易者矣。

《系辞》所言所"倚"之数，所"极"之数，谓何哉？天地之数也。天地之数何哉？

《系辞》云：

天一、地二、天三、地四、天五、地六、天七、地八、天九、地十。天数五，地数五，五位相得而各有合。天数二十有五，地数三十，凡天地之数五十有五，此所以成变化而行鬼神也。

成卦法

筮者成卦以易、系辞有明白记载，乃流传至今，无甚问题。朱熹周易本义首载筮仪，敷衍铺张，颇恢弘其神秘化。究其实，无非系辞中数语而已。

系辞云：

大衍之数五十有五，其用四十有九。

分而为二以象两，

掛一以象三，

揲之以四以象四时，

歸奇于扐以象闰，

五岁再闰，再扐而后掛。

分二掛一揲四歸奇谓之四營，三變而得一爻，十八變而成卦，故系辞云之：是故四營而成易，十有八變而成卦。引而伸之，触类而长之，天下之能事毕矣。

今本五十五多作五十，孔疏附记郑玄传作五十五而

9

三國魏大司農卿董遇（注易十卷）、吳太常姚信（注易十卷，皆見隋書經籍志）諸氏之（今佚）。

天地之數五十有五者，其亦以象言畫之數，故減之而用四十九。

此言成卦法簡明而具體，更予如何引而伸之、觸類而長之，則易傳未言。而自唐、宋以來無爲明白論述。朱熹卦變篇完全不能解釋左、國筮占。高亨曾據左、國筮占例探索春秋筮法，基本得其概要。惟高氏惟探索筮法殊不解其探究意義，且粗糙而未確切。吾在七六年尚未見高氏文，在董村農場學易時，實以幼年背誦之左傳與周易進行探索，終數易其稿，奈總角背誦之遺忘甚多。七九年在京後，立即整理，乃悉以左、國例所用之筮法，且據此过程中深感研究易经方法与易之哲理、易与数学、律、度量、衡等诸方面之重要作用与影响。按：八五年贱见高氏周易古经今注所载文，今高氏已作古，故即使其文尚有细微缺陷，亦为前人之所未发而难能可贵矣。

箴言

系辞传子曰：知变化之道者，其知神之所为乎？

变卦法

左国筮占例中本卦到之卦有变一爻者，即以本卦变爻之爻辞断；有本卦不变者，即以本卦卦辞断；有变三爻者，以两卦卦辞断；有变四爻者，以之卦卦辞断……

10

揲之多般，并例复文情况，乃得其要概略，

（纯阳，则天德也。柔物之始，莫能先之。不可为首，先之者凶，随之者吉，故曰无首吉。）

言之于下所述。

第一类 本卦六爻皆为可复之爻，或皆为不可复之爻。

（一）a 六爻皆为九，以乾之用九断。

（集解引宋衷曰：用九，六位皆九，故曰见群龙。纯阳则无首。）

（集解引刘瓛曰：总六爻纯阳之义，故曰用九也。）

（正义：九，天之德者，言六爻俱九，乃共成天德，非是一爻之九则为天德也。）

b 六爻皆为六，以坤之用六断。

（正义曰：用六利永贞者，此坤之六爻总辞也。言坤之所用，此六爻之六。）

（成卦时此种情况只能有一种可能性）

（二）a 六爻皆为七，以乾之卦辞断。

b 六爻皆为八，以坤之卦辞断。

（全部）

（三）c 六爻有七有八，皆为不可复之爻，以本卦断为：

䷑ 七六六七七八 蛊：元亨，利涉大川，先甲三日，后甲三日

（一）六爻皆为不可复之爻，以本卦卦辞断

（二）六爻皆为可复之爻

c b a

(三)、六爻皆為九或六，無七、八，乃九、六陰陽互變，以本、之二卦卦辭斷之：

履：履虎尾，不咥人，亨。

謙：亨，君子有終。

第二类 本卦六爻兼有可變之爻与不可變之爻。

凡此种情况乃先作以下三事：

首先，把六爻揲數相加，必得三七—五三。然後，以五十五大衍之數減六爻揲數之合，必得二—十八。然後以此余數自本卦之二爻作為二而上數，倘由初爻數至上爻而未足，再以上爻為七而下數，

11

8 7 9 6 6 6 (a'_1)
8 9 7 6 9 6 (a'_2)
8 9 9 6 7 6 (a'_3)

6 7 9 6 9 8 (a_1)
6 9 9 6 7 8 (a_2)
6 9 7 6 9 8 (a_3)

8 7 9 6 7 8 (b_1)
8 9 7 6 7 8 (b_2)
8 7 7 6 9 8 (b_3)

六七九六九八

困

排列九之

組合二

倘數在初爻例來尽，再以初爻為十三而上數，

數多再至上爻，數至十八必可以尽。

數完後必有以下兩种情况：

（一）、全數數完恰值可變之爻，九或六，該爻陰

陽互變。即以本卦之後爻变辞斷之。

（二）、擺數合為四五，以五五減之，得十，以二爻

為二上，數至上爻為六，再以上爻為七下數至三

爻為十，乃即以困之六三斷，移過困之大過。

此左傳襄公廿五年崔杼所取棠姜時所得

之筮也。又如：

左國筮例發微、

一、本卦之卦之爻斷 某之某爻 某之某爻

二、八字

三、變爻數之不同。

六八九八九九

䷵ 歸妹

9+9+8+9+8+6
=49
55-49=6

之 ䷥

本卦揲蓍之合爲四九，以五五減之，得六。以余數六數至上爻而盡，适逢可變之陰爻六，乃复爲陽爻九。稱遇歸妹之睽，以歸妹之上爻爻辭斷。此左傳、僖公十五年（逆叙）晉獻公筮嫁伯姬之所占也。

初，晉獻公筮嫁伯姬於秦，遇歸妹䷵之睽䷥。史蘇占之，曰："不吉。其繇曰：'士刲羊，亦无衁也；女承筐，亦无貺也。'（今本作"士刲羊，无血；女承筐，无實"）西鄰責言，不可償也。歸妹之睽，猶无相也。震之离，亦离之震，爲雷，爲火，爲嬴敗姬。車脫其輹，火焚其旗。

參：承筐是將。承，猶奉也。禮記·孔子閒居："[illegible]敢不承事。"鄭注："承，奉。"承衣[illegible]也。

12

不利行师，败于宗丘。归妹睽孤，寇张之弧。侄从其姑，六年其逋，逃归其国，而弃其家。明年，其死于高梁之墟。……

（二）、合数遇不可变之爻——七或八

一、本卦中可变之爻少於不可变之爻，则本卦不变

以本卦卦辞断之：

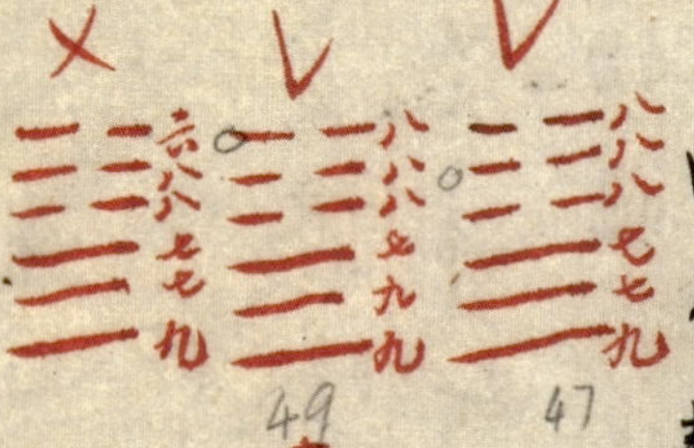

揲数合為四七，合八，数至上爻再往下至五爻為不可变之爻八。卦中不可变之爻五，可变之爻一，以本卦卦辞断。

揲数六為四九，合数六，数至上爻為八，以本卦卦辞断。

泰

揲数六為四五，合数十一，数至二爻遇七，仍初上爻為可变之爻，以本卦卦辞断。

此例国语晋语四董因迎重耳时之所筮云：臣筮之得泰之八，曰：是谓天地配亨，小往大来，今及之矣。

泰之卦辞
小往大来，吉，亨。

变一爻

左氏十例
庄22 观之否
闵元 屯之比
闵二 大有之乾
僖十五 归妹之睽
僖廿五 大有之睽
襄廿五 困之大过
昭五 明夷之谦
昭七 屯之比
昭十二 坤之比
哀九 泰之需

爻多不变，以本卦断

国语一例 晋语四。
泰之八
爻多不变，以卦断

左传襄九 艮之八 即艮之随

本卦变爻 不可变 可变

国语：周语下 乾之否。晋语四，贞屯悔豫 皆八。

左、国十四例中

二、本卦中可變之爻多於不可變之爻，則

可變之爻全變，而以之卦卦辭斷。如：

九六六九八六

艮

揲數合為〇〇、五五減之，得十一數

之至二爻层，二爻為不可變之爻八，

其餘五爻皆為可變之爻，乃除二爻

餘五爻皆陰陽互變，而成：

隨

乃以隨：元、亨、利、貞，无咎。卦辭斷。

此則左傳、襄公九年穆姜薨於東

宮時追敘之占也。

三、本卦中可變之爻與不可變之爻相等，則

可變之爻全變，而以本卦、之卦兩卦之

卦辭合斷。如：

13

55-48=7

屯（八、九、六、八、八、九）

豫（八、〇六、〇九、八、八、〇六）

揲數之合爲四八，以五五減之，余七。數至上爻爲八，而六爻中可變與不可變之爻各三，乃變爲之，稱遇屯之豫（皆八），或稱貞屯悔豫皆八也（皆八、六爻三不可變之爻皆爲八揲之文），而以屯之元亨利貞，勿用有攸往，及豫之利建侯行師二卦卦辭斷也。

此則重耳在秦親筮所得卦也

國語、晉語四

公子親筮之，曰："尚有晉國。"得貞屯悔豫皆八也。筮史占之，皆曰："不吉。閉而不通，爻無爲也。"司空季子曰："吉。是在周易，皆利建侯。不有晉國，以輔王室，安能建侯？我命筮曰：尚

卦象

彖辞

八卦以象告。

象者，言乎象者也。

（彖辞之彖者，材也，材，裁也，裁，断也，指卦、爻辞）

圣人设卦，观象，系辞焉而明吉凶。

物生而有形有性，庖羲氏作八卦以象之，后以易卜筮则依卦之所象以占吉凶，原未有辞也。逮史积累依象断占，例辞计其中占中者留之，否者去之，多次选录，始于西周成易古经，既已成易古经，其时亦不忽略象，一以求其缜密，亦以求多迴旋之余地也

14

左傳·昭公二年

二年春，晉侯使韓宣子來聘，且告為政，而來見，禮也。觀書於太史氏，見易象與魯春秋。曰：「周禮盡在魯矣。吾乃今知周公之德與周之所以王也。」

此所言易象即處所言卦象暨文象之筮占。周書由左國所記公卿大夫論政引易例觀之，此書每不免言及卦德。是亟多言卦德，故韓起有是語也。周學記禮以為非言易之象，并引周禮為據，寧叢失實矣。

䷄ 乾下坎上 需：有孚，光亨，貞吉。利涉大川。

彖曰：需，須也，險在前也。剛健而不陷，其義不困窮矣。需，有孚，光亨，貞吉，位乎天位，以正中也。利涉大川，往有功也。

象曰：雲上于天，需。君子以飲食宴樂。

初九：需于郊，利用恆，无咎。

象曰："需于郊"，不犯難行也。"利用恆，无咎"，未失常也。

九二：需于沙，小有言，終吉。

象曰：需于沙，衍在中也。雖小有言，以吉終也。

15

九三：需于泥，致寇至。

象曰："需于泥"，灾在外也。自我致寇，敬慎不败也。

六四：需于血，出自穴。

象曰："需于血"，顺以听也。

九五：需于酒食，贞吉。

象曰："酒食贞吉"，以中正也。

上六：入于穴，有不速之客三人来，敬之，终吉。

象曰："不速之客来，敬之，终吉"，虽不当位，未大失也。

揆左國所記八經卦所象如下：

乾　天、君、父、玉、天子。

坤　地、土、母、帛、馬、安、順。（缶地也，合而為土地，則5矣）

震　雷、車、旗、足、長、長男、殺。

巽　風

坎　水、川、泉、源、夫、众、勞。

離（艮）　山、言、庭。

離　火、日、牛、鳥、公侯。

兌　澤、妻、護、弱。

是乾、天、地、風、雷、水、火、山、澤為八經卦之基本卦象，而其它是引伸而得。如乾之象天蓋其基本，以天為高無上，乃引伸而有天下國家至高無上者天子、君；家庭至高無上者父；石之最上者則玉也。

16

蓋然，左、國所記筮占僅春秋時期筮占之小小一部分，故吾名之曰筮占例。左、國所記僅十四例，已可以見八經卦之基本卦象。易傳以之為基本卦象，殆自春秋以前至春秋及戰國之時學易、用易之實踐概括而來者。

二 八經卦之引伸卦象

於左、國所記筮占例中已見若干引伸卦象。易傳之擬編乃更引而信之，八經卦之所象乃益繁。如說卦所云乾之卦象云：

乾為天、為圜、為君、為父、為玉、為金、為寒、為冰、為大赤、為良馬、為老馬、為瘠馬、為駁馬、為木果。

坤為地、為母、為布、為釜、為吝嗇、為均、為子母牛、為大轝、為文、為眾、為柄、其於地也為黑。

八經卦分別羅列甚多般所象，殆尚不僅於此。

陽爻居五位，謂之剛得中，是得中而得位也。

一卦六爻，有天道焉，五上二爻是也；有人道焉，三四二爻是也；有地道焉，初二二爻是也。

一卦之中，五爻為君位，獨尊。二爻居內卦之中，為臣位，以陰應五爻之陽為吉。六爻之中，初四、二五、三上，宜陰陽相應。

陰爻居陽爻之上，或稱柔乘剛，乘者凌也，多為不吉。以陰不可凌駕乎陽上，地不可凌天，臣子不可以凌君父也。

陰爻居陽爻之下，稱柔從剛，或稱柔順剛，多吉，猶臣民子女之順從君父，地之順承天，坤之順承乾也。

各爻位置次不同，而各有吉凶之等差，細察分析經文全部卦爻辭，詳加剖析比較，則此理昭然。

系辭所言"知者觀其彖辭，則思過半矣"，甚是。

以下系辭所云固極其重要者。

17

易·系辞云：

易之为书也，原始要终以为质也。六爻相杂，
唯其时物也。其初难知，其上易知，本末也。
初辞拟之，卒成之终。
若夫杂物撰德，辨是与非，则非其中爻不
备。噫！亦要存亡吉凶，则居可知矣。
智者观其彖辞，则思过半矣。
二与四同功而异位，其善不同。二多誉，四
多惧，近也。柔之为道不利远者，其要无咎，
其用柔中也。
三与五同功而异位，三多凶，五多功，贵贱之
等也。其柔危，其刚胜邪？

吾尝对系辞此语作全面剖析憶孔子读易韦编三绝乃对全部爻辞与小象逐条作卡比较研究一如韦编陈竹简以比较研究也乃得数表其中之一例三六の爻断吉凶简表也

易爻辞断吉凶统计简表

断／爻		吉	中	凶	吉	中	凶	备注
初	九	13	12	7	24	17	23	
	六	11	5	16				
二	九	19	8	5	40	10	14	
	六	21	2	9				
三	九	5	4	23	9	13	42	
	六	4	9	19				
四	九	13	7	12	25	19	20	
	六	12	12	8				
五	九	21	7	4	44	12	8	
	六	23	5	4				
上	九	13	7	12	22	9	33	
	六	9	2	21				
总		164	80	140	164	80	140	
			384爻			384爻		

18

从此表中我们分明可以看出二与四同功而异位，二多誉，四多惧；三与五同功而异位，三多凶，五多功。内外卦之中爻多誉、多功，三与四之爻乃多惧、多凶。是易之系辞作者确曾对三八四爻作过精密的分析。所云"智者观其彖辞则思过半矣"，洵不诬也。其何以如是耶？

综观三八四条爻辞，明白称帝、称王、称大君、称后、称公、言朝廷、言王事者共三十四条，其中初爻四条，二爻三条，三四爻各二条，上爻七条，五爻乃达十四条之多。据之以上情况，初二爻共七条，三四爻共四条，而五上爻则共廿三条，过半矣。天地人三才之判分，岂无故哉！而其中五爻又独多，修易者以为君位，宁非从易象而来？

易象与易画

八八、四、十二、

易象与易画

易·系辞云：

圣人有以见天下之赜而拟诸其形容，象其物宜，是故谓之象。

古者包牺氏之王天下也，仰则观象于天，俯则观法于地，观鸟兽之文与地之宜，近取诸身，远取诸物，于是始作八卦，以通神明之德，以类万物之情。

是八卦之作，易传以为原为拟天地万物之形容，类万物之情，而且通神明之德也。故云：

"圣人设卦观象，系辞焉而明吉凶。"其旨在也，则云观象玩。八卦本以拟象而作，自其作成之后，各有所象，故以卦筮乃"观象而明吉凶"，文之择其占验。"既事系辞，以比其命。"占验终什其中否，而择其合中者系辞焉。

天下之頤原是寄巔於形於容者乎
乃是諸擬色相擬八卦以象其情狀
固古聖人若包犧氏之所為者是象
者先乎卦也天下之頤者品類何止
萬千故其本卦象概括為乾坤震
巽坎離艮兌八者以象天地雷風
水火山澤蓋高度概括以言耳重
而為六十四別卦八者其條各異大象乃
悉為八經卦之基本卦象上下內外相
互其條而為辭即六十四卦之六十四象

2

辞也如：

睽：上火下泽，睽；君子以同综其同也而异析其异也。

就上下言也。

师：地中有水，师；君子以容民畜众。

就内外言也。

震：洊雷，震；君子以恐惧修省。

就相重而言也。

兑：丽泽，兑；君子以朋友讲习。

就相附而言也。

噬嗑 电雷噬嗑 君子以明罚敕法

就并发而言也

易筮之中层以八经卦之基本卦象及

其相互关系以断成首加确 筮人乃随

義延会增為引伸卦象则乾乃象

天 君天子父玉首健马日等等 坤乃

象地母腹土顺牛等等 能八卦之所象（亦依物之性）

质归类 因于概括之中亦超越具体 同

时就易传言则构成似家之宇宙观的

阐述其宇宙观，非藉以一些引伸卦象不可。推筮占八经卦，乃有八基本卦象及引伸卦象，此则说卦传之所云者。六十四别卦，每卦各有其卦象，或有其体，则杂卦传之所云者。序卦传是将六十四别卦之顺序，每每涉及卦象焉。如：屯者，盈也。物之始生也。物生必蒙，故受之以蒙。蒙者，物之穉也。者是。

卦有卦象爻亦有爻象爻象附於爻之
下所繫之小象也彖爻象亦有異率法
首（先即爻位附）即象（說卦）辭所云
昔者聖人之作易也將以順性命之理是以
立天之道曰陰與陽立地之道曰柔與剛
立人之道曰仁與義兼三才而兩之故易
六畫（畫）而成卦分陰分陽迭用柔剛故易
六位而成章 又云
數往者順知來者逆是故易逆數也

於筮例

初二爻為地位　五上爻為天位　三四爻為人位
五上爻為君位　三四爻為臣位　初二爻為民位
五爻君臨臣下故多吉上爻過之故不及五爻
四爻近君多憂故多懼三爻遠乎君而近
於民故多利二爻上民而近臣者故無多吉
而初爻則平平矣
二爻為内卦之中爻五爻為外卦之中爻
中爻多吉筮者所取

故彖辭云

易之為書原始要終以為質也六爻相雜唯

其時物也其初難知其上易知本末也

初辭擬之卒成之終若夫雜物撰德

辨是與非則非其中爻不備噫亦要存亡

吉凶則居可知矣知者觀其彖辭則思過半

矣二與四同功而異位其善不同二多譽

四多懼近也柔之為道不利遠者其要无咎

其用柔中也三與五同功而異位三多凶五多

功貴賤之等也其柔危其剛勝邪

易断吉凶统计

爻 \ 断		吉	平	凶	吉	平	凶	备注
初	九	13	12	7	24	17	23	
	六	11	5	16				
二	九	19	2	5	40	10	14	二多誉，近也
	六	21	2	9				……非其中爻不备。
三	九	5	4	23	9	13	42	三多凶
	六	4	9	19				
四	九	13	7	12	25	19	20	四多惧，不利远
	六	12	12	8				者。
五	九	21	7	4	44	12	8	五多功
	六	23	5	4				……非其中爻不备。
上	九	13	7	12	22	9	33	
	六	9	2	21				
		164	80	140	164	80	140	

易象和易卦的三个值得特别重视的方面：

一、从阴阳发展，从方位发展。

二、从象和卦的扩展。

三、向丹术发展。

丹卦只向丹术发展，但初学易者亦可以以之作卦修形势，绝非无用，即于社会学角度则可以明多种迷信活动之渊源。

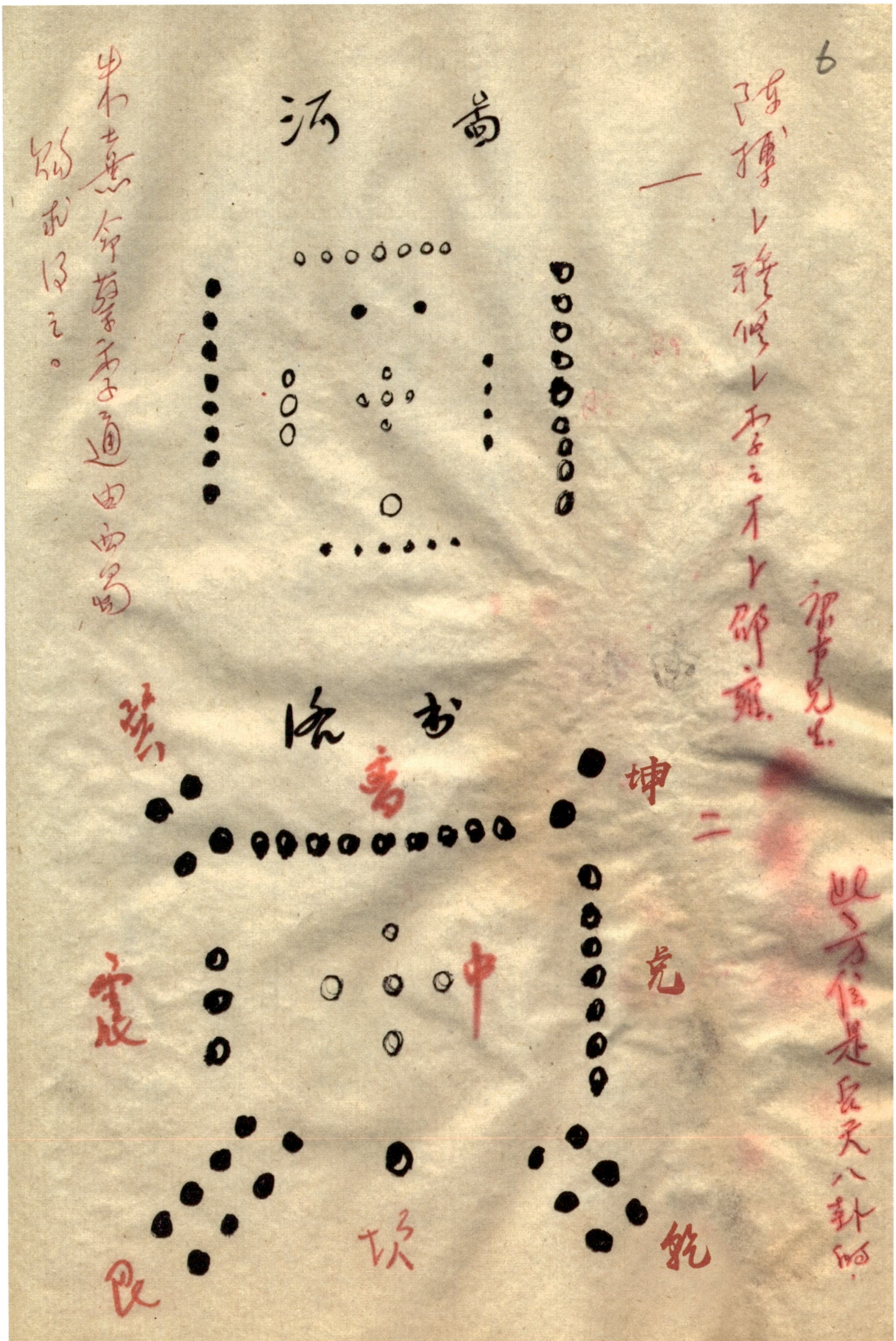
河图
洛书
巽
坤
震
兑
中
艮
坎
乾

三

伏羲八卦次序圖

一	二	三	四	五	六	七	八
乾☰	兌☱	離☲	震☳	巽☴	坎☵	艮☶	坤☷
太陽⚌		少陰⚍		少陽⚎		太陰⚏	
陽				陰			

太極

四

伏羲八卦方位圖

伏羲六十四卦次序圖

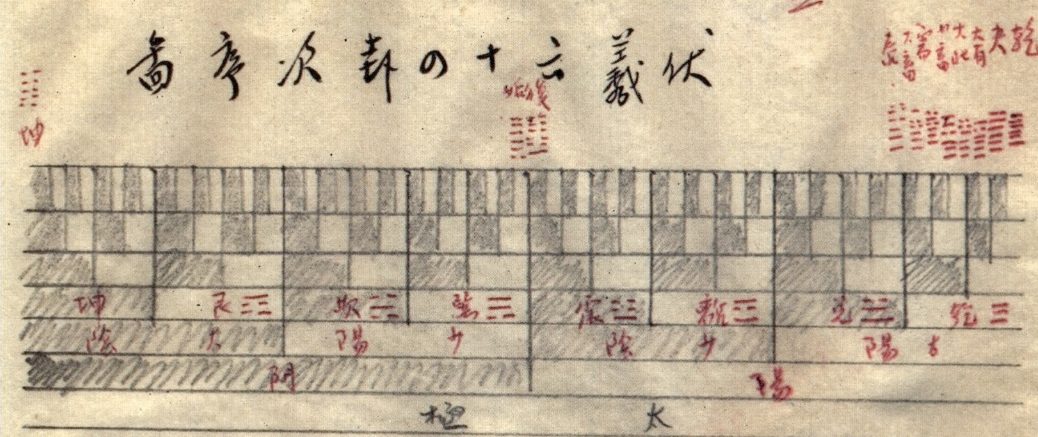

伏羲六十四卦方位圖

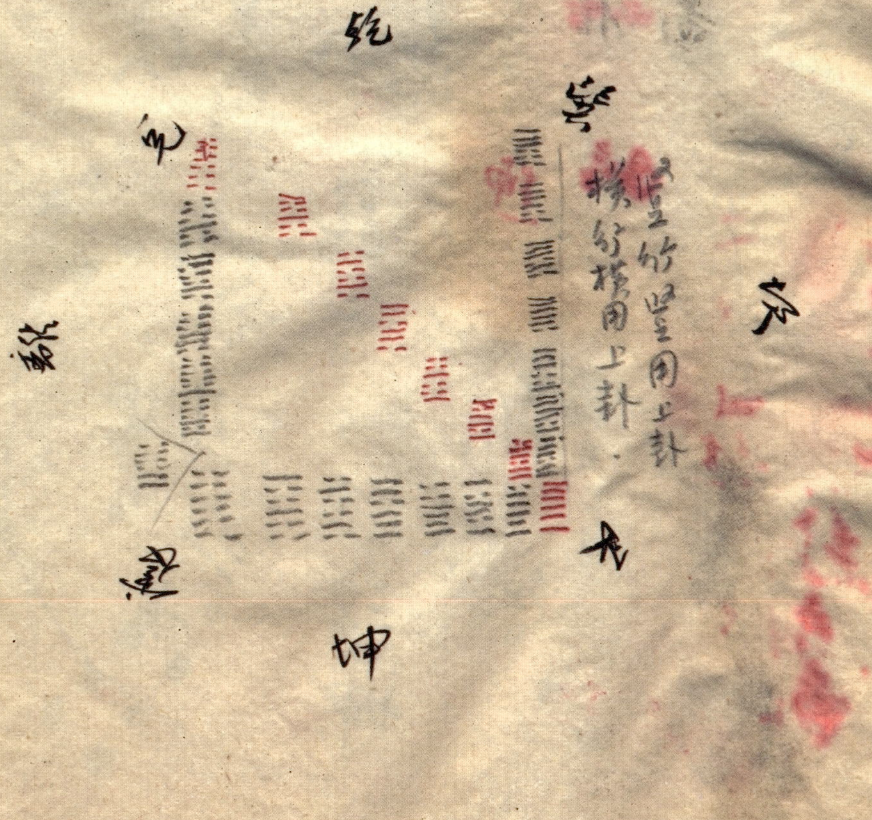

七

文王八卦次序图

说卦

乾 ☰ 　坤 ☷

震 ☳ 长男　坎 ☵ 中男　艮 ☶ 少男　巽 ☴ 长女　离 ☲ 中女　兑 ☱ 少女

八

文王八卦方位图

说卦

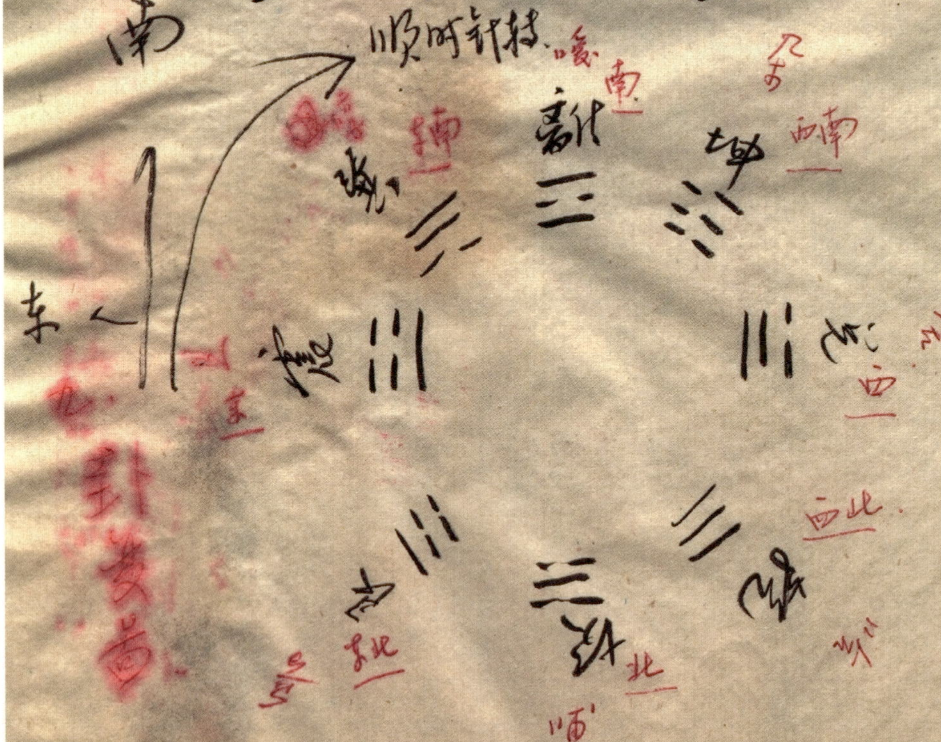

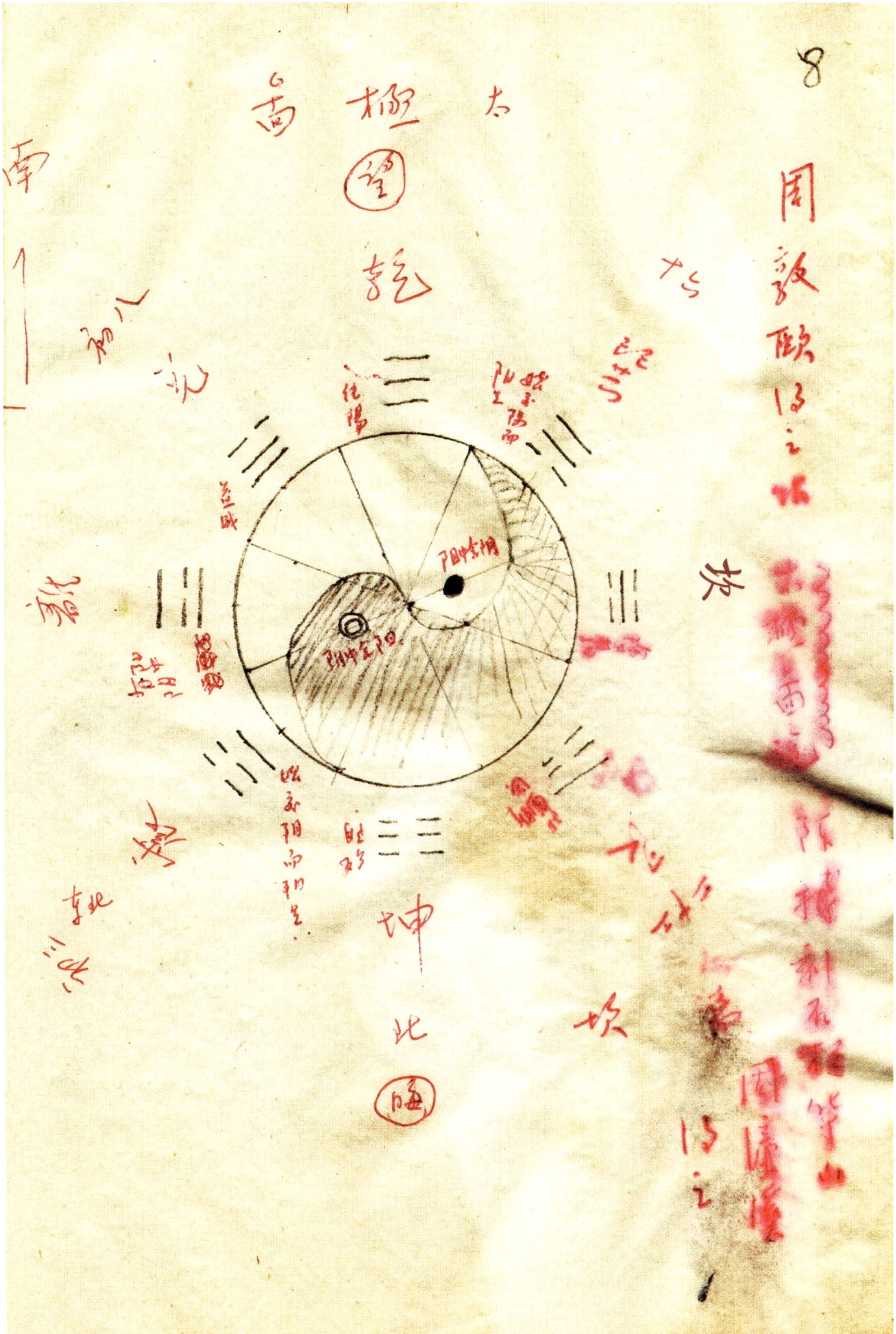
8
太
極
乾
坤
北

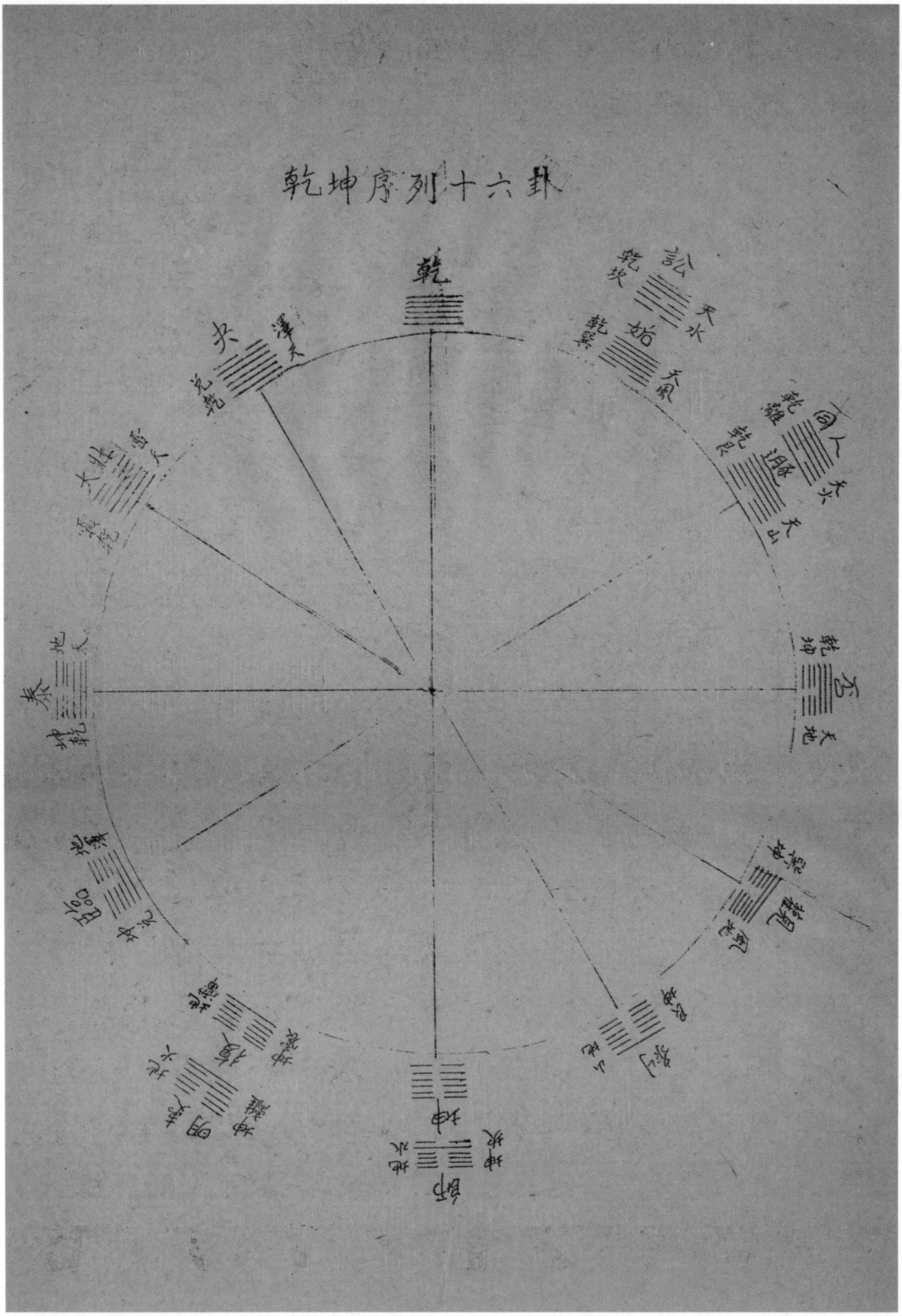

坎離序列十六卦

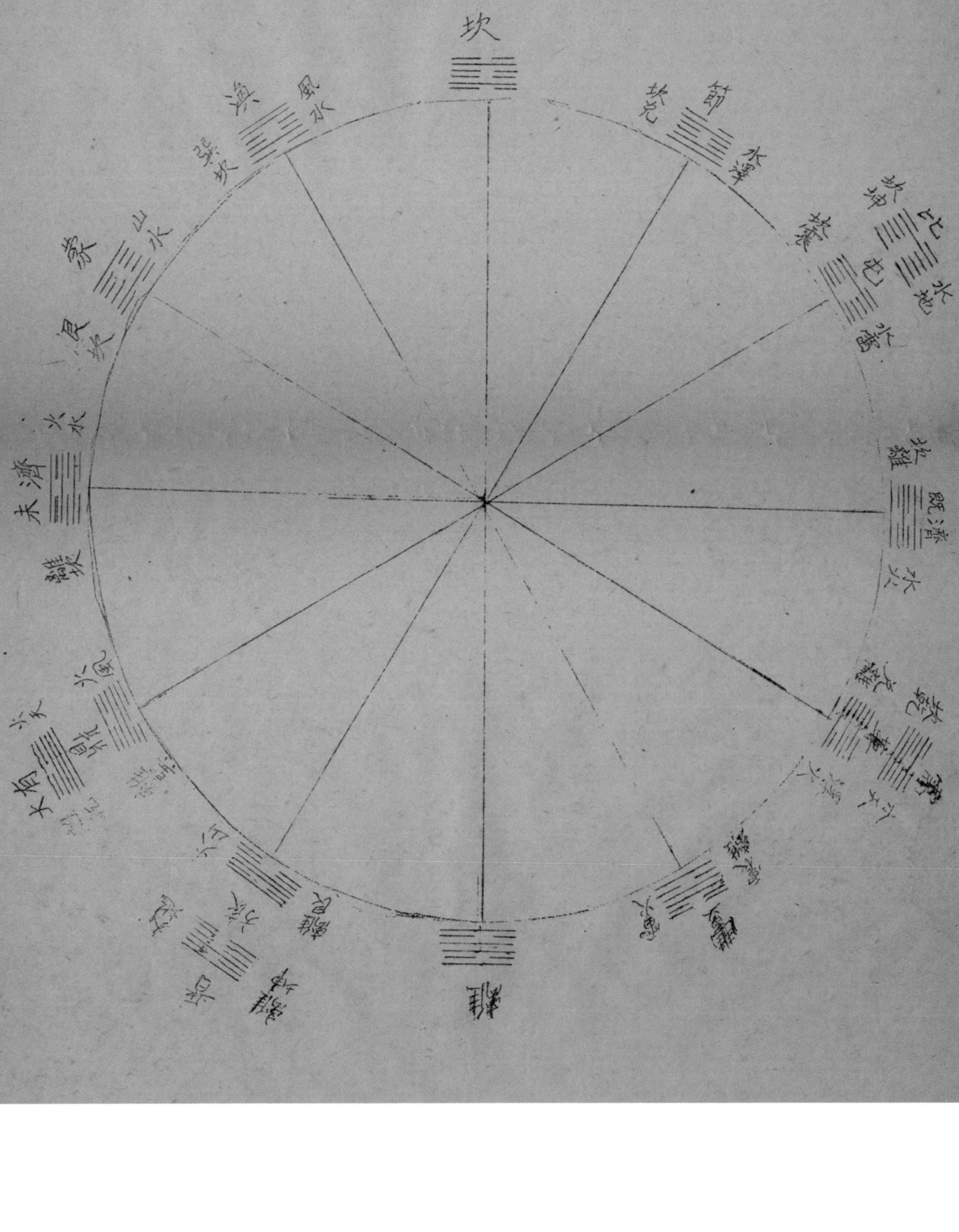

艮兑序列十六卦

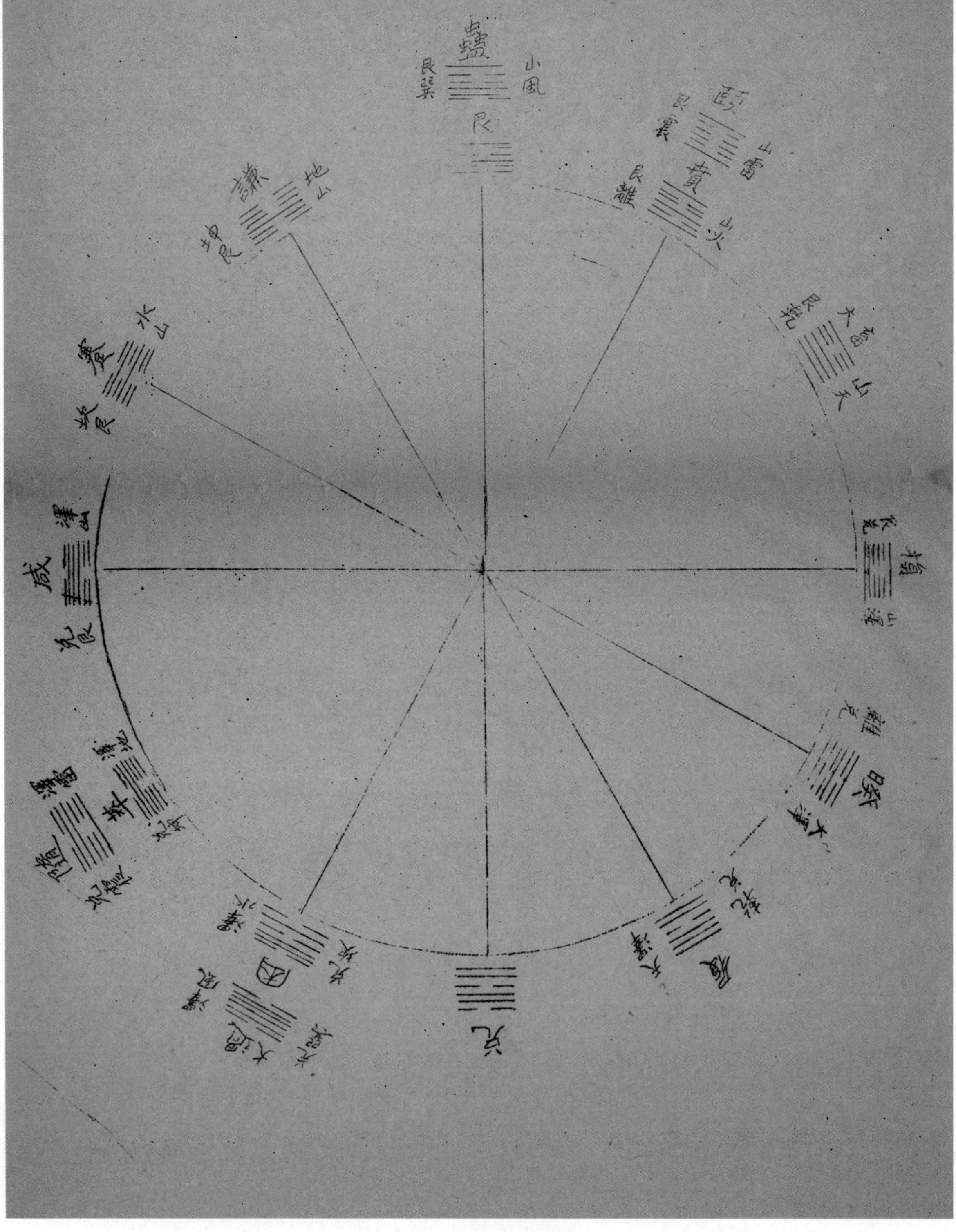

震巽序列十六卦

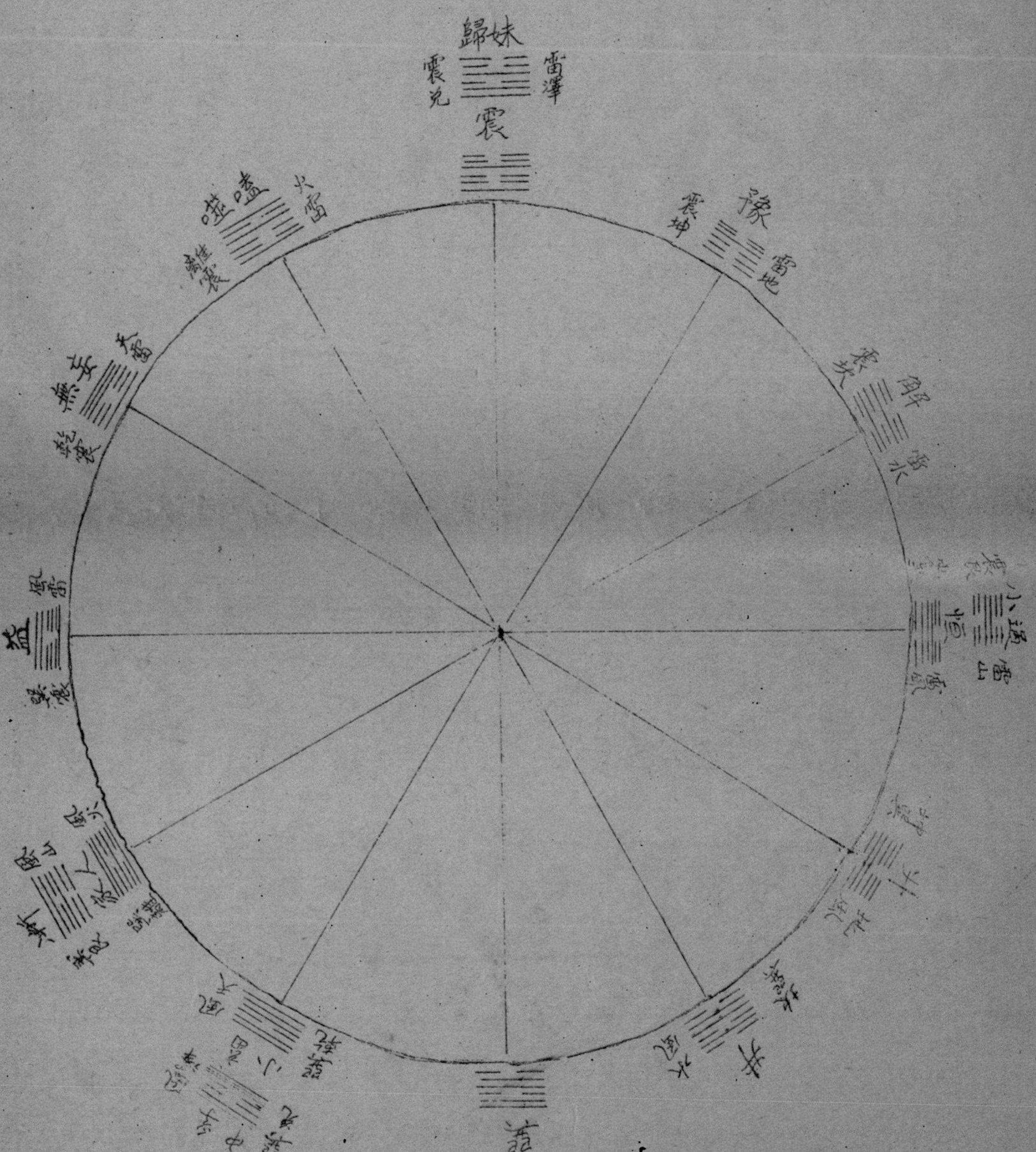

方位序列六十四卦指掌图

梁國輝 敬傳

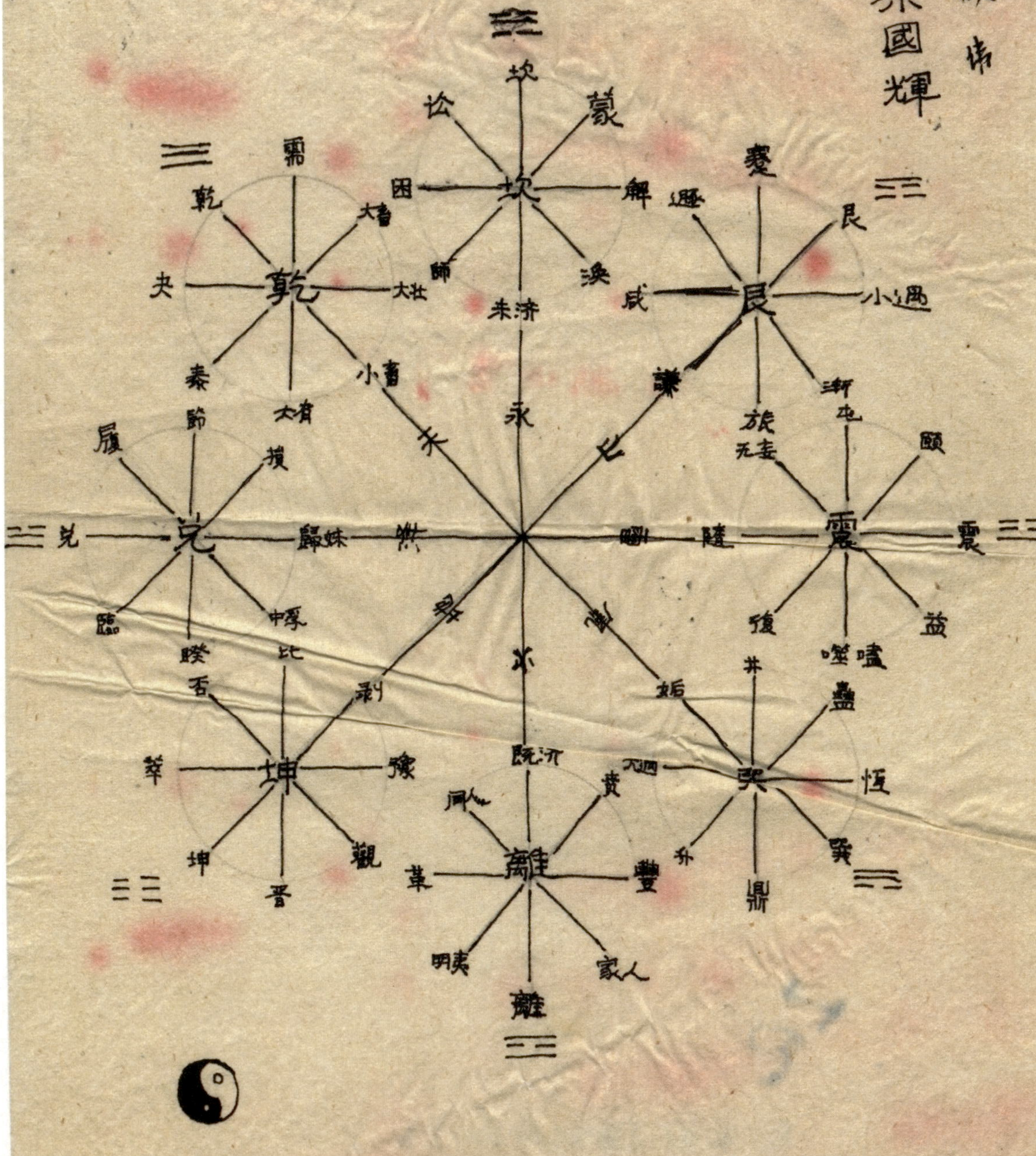

六十四卦指掌图

别卦(六十四) 经卦(上) 方位 / 经卦(下)(象)	乾 ☰ 西北	坎 ☵ 正北	艮 ☶ 東北	震 ☳ 正東	巽 ☴ 東南	離 ☲ 正南	坤 ☷ 西南	兑 ☱ 正西
乾 天	乾 ䷀	需 ䷄	大畜 ䷙	大壮 ䷡	小畜 ䷈	大有 ䷍	泰 ䷊	夬 ䷪
坎 水	讼 ䷅	坎 ䷜	蒙 ䷃	解 ䷧	涣 ䷺	未济 ䷿	师 ䷆	困 ䷮
艮 山	遯 ䷠	蹇 ䷦	艮 ䷳	小過 ䷽	渐 ䷴	旅 ䷷	谦 ䷎	咸 ䷞
震 雷	无妄 ䷘	屯 ䷂	颐 ䷚	震 ䷲	益 ䷩	噬嗑 ䷔	復 ䷗	隨 ䷐
巽 风	姤 ䷫	井 ䷯	蠱 ䷑	恆 ䷟	巽 ䷸	鼎 ䷱	升 ䷭	大過 ䷛
離 火	同人 ䷌	既济 ䷾	贲 ䷕	豐 ䷶	家人 ䷤	離 ䷝	明夷 ䷣	革 ䷰
坤 地	否 ䷋	比 ䷇	剥 ䷖	豫 ䷏	观 ䷓	晋 ䷢	坤 ䷁	萃 ䷬
兑 泽	履 ䷉	节 ䷻	损 ䷨	歸妹 ䷵	中孚 ䷼	睽 ䷥	臨 ䷒	兑 ䷹

八卦、干支、五行、方位、季节对应图

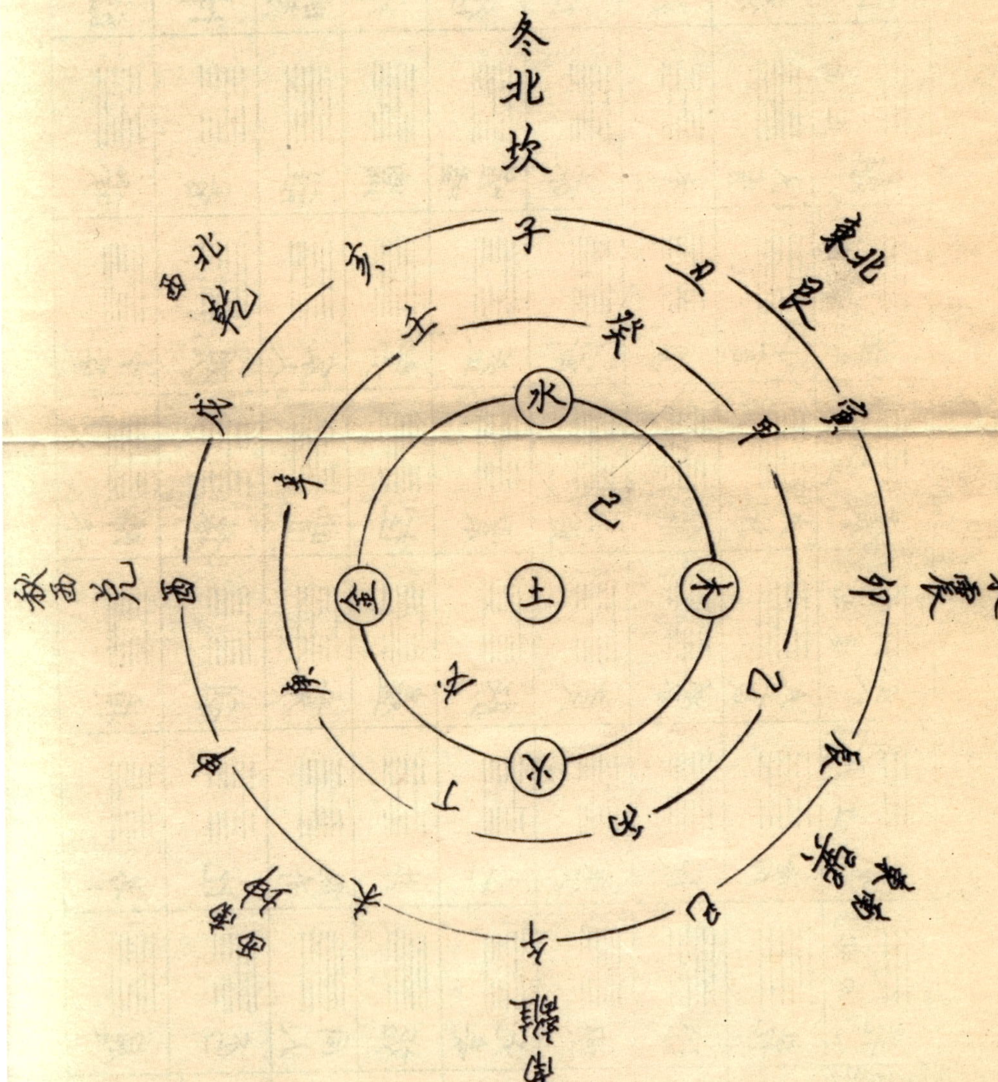

卦与爻

（一）

时尚住於北[illegible]医院，以七月八日在寝室门内踏几跌也。

一九九〇年八月十二日经张宙介绍，为美国信孚银行在港负责人郭觉、钟恒讲周易，在盐步寓所讲[illegible]，[illegible]，皆高级轿车专人接送，每次讲两小时，报酬三百元。

卦与爻

序言

易系辞是故易有太极……

本爻之称谓以一二三

飞爻之称谓何以称卦

经卦别卦之名

说文云篇易也象飞爻

序卦歌诀

释其排列方法

多种序列

马王堆帛书易经　本爻卦序

1

指掌圖及四象列

象卦與筮卦之順序

淺淺河漢清且淺

迢迢牽牛星

玉衡指孟冬　促織鳴東壁

卦与文

各种形式的占卜术在人类历史上的形成发展，仍在消失和发化，具对人类的生活被不可否认具影响与作用。筮占是占卜术中的一种，在我国则是流传最久影响最深远的一种。

筮占的工具是蓍草，占断的根据是通过揲蓍而得的卦与文。根据大量筮占纪录整理而成的具有六十四卦卦形、卦名、

2

88

卦辞和三百八十六爻爻辞的周易古经则又成为其后筮占断的具体的标准的根据。能究其根本，自然仍是卦与爻。

古人言及卦爻，每多先推求始、作八卦与重卦之人及卦、爻辞之作者。于汉则盛行历三古更三圣之说，尚待商也。

周礼、春官宗伯下、太卜云

凡卜筮，既事，则系币以比其命。岁

終，則計其占之中否。

此語頗近情理。卦之始作者何人，重者何人，識不能確考。而卦、文辭之爲卜筮人之以所存筮占紀錄，每每總此其命而多中者驗理，而成極爲可能。故此問題自屬探究，以文獻不足徵，待問不足信耳。

命中一詞脫落於此

易傳·繫辭

是故易有太極，是生兩儀，兩儀生四象，四象生八卦。

朱子本義云

一每生二，自然之理也。易者，陰陽之變。太極者，其理也。兩儀者，始為一畫以分陰陽。四象者，次為二畫以分太少。八卦者，次為三畫而三才之象始備。此數言者實聖人作易自然之次第，有不假絲毫知力而成者。畫卦揲蓍，其序皆然。

老子四十二章 道生一，一生二，二生三，三生萬物。萬物負陰而抱陽，衝氣以為和。

朱子此釋得繫辭之要矣。繫辭此語實言乎一生二，二生三，三以二之四復乃成八耳。

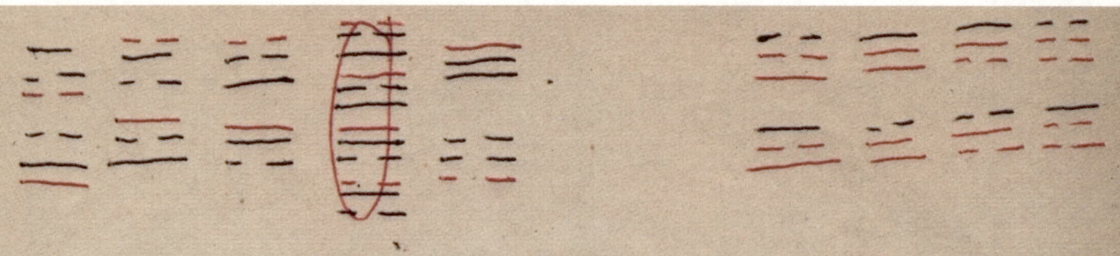

兩儀者，陰陽也。亦即⚋與⚊二爻。四象者，春、夏、秋、冬也。其於⚋、⚊二爻原即有四種組合形式焉。即⚎、⚌、⚍、⚏。此亦即朱子所云次為二畫以分太少。⚎陰未足而陽生，是為少陽，春之象也。⚌陰已足而陽盛，是為老陽，夏之象也。⚍陽未足而陰生，是為少陰，秋之象也。⚏陽已足而陰盛，是為老陰，冬之象也。推陰陽復畫以釋人事，乃有三才，而畫之文。亦即⚋、⚊二

4

种爻每三爻為一組，其組合方式唯有八種，即：

☰ 三連 為天 老父

☳ 仰盂 為雷 長男

☵ 中滿 為水 中男

☶ 覆碗 為山 少男

の陽卦

陽卦而多陰 一君二民

☷ 三斷 為地 老母

☴ 下斷 為風 長女

☲ 中虛 為火 中女

☱ 上缺 為澤 少女

の陰卦

陰卦而多陽 二君而一民

8

三爻成卦，并非由⚌、⚏、⚍、⚎上下或⚊或⚋也。于占卜之時，以⚊七為⚎，以⚊九為⚌，以⚋八為⚍，以⚋六為⚏也。視其策數而定。請至說數揲蓍取卦乃細述焉。

然此三爻之八种組合方式何以稱之曰卦耶？

孔又曰：謂之卦者，易緯云："卦者，掛也。言懸掛物象以示於人，故謂之卦。"但二畫之體，雖象陰陽之氣，未成萬物之象，未得成卦，必三畫以象三才，寫天、地、雷、風、水、火、

5

山、泽之象，乃谓之卦也。故繫辞云：

"八卦成列，象在其中矣。"是也。

孔氏虽言引易緯之說而未置可否，乃以

"八卦成列，象在其中"以言。

繫辞云：

"天垂象，見吉凶，聖人象之"

易緯"懸掛"之說，寔非汉儒所以語而

而臆解者說："懸象成列，故名曰卦"，固可以

釋之以掛矣。然略於八卦者，距於易緯

之人正不知早多少年也。是以吾謂易緯之說為臆斷。

說文、卜部

卦，所以筮也，从卜圭声。

此係例也老實。推求卦名原始之所以過諸多傳說以臆斷，每難得確解也。然自卦之从卜，可以知筮占起於龜卜之後，所謂之謠过。而今所及見之甲骨卜辭每尚未發現卦、掛字也。（但有是字）

周中殷

春秋邾钟

系辭云 是故蓍之德圓而神，卦之德方以知

說文土部 圭，瑞玉也。上圜下方，公執桓圭九寸，侯執信圭，伯執躬圭，皆七寸，子執穀璧，男執蒲璧，皆五寸，以封諸侯。从重土。楚爵有執圭。珪 古文圭从玉

6

最早画這八个卦是為了什么呢？是否也曾以這每卦三个爻的八卦作过筮者，都已不可確考。从以卦筮最早的描述——左傳莊公二十二年所记载即是以周易筮，而其筮则已用六个爻，而六个爻則是八卦中兩个卦的上下重叠，因此乃有八經卦、六十四别卦之說。云經卦者则☰、☷、☳、☴、☵、☲、☶、☱也。能何以称之曰經卦

十月廿日北大讲至此。

80

説文

經、織也。

玉篇

經緯以成繒帛也。

易、屯、象曰：

雲雷屯，君子以經綸。

正义曰：經謂經緯

八卦上下組合為經緯以成繒帛而成的

六十の卦，故八卦稱經卦，六十の卦稱別

卦別者心也 八經卦交織組合所成者也

六十四卦之卦名及其周易编次顺序

最古者附於易傳之序卦所云周易本經所列者自宋以来加对重字编为歌訣云

乾坤屯蒙需讼师，比小畜兮履泰否，

同人大有谦豫随，蛊临观兮噬嗑賁，

剥復无妄大畜頤，大過坎离三十备。

咸恒遯兮及大壮，晋与明夷家人睽，

此補編排順序根序卦云：

有天地然後萬物生焉，盈天地之間者唯萬物。故受之以屯，屯者，盈也。屯者，物之始生也。物生必蒙，故受之以蒙。蒙者，蒙也，物之稚也。物稚不可不養也，故受之以需。需者，飲食之道也。飲食必有訟，故受之以訟。訟必有眾起，故受之以師。師者，眾也。眾必有所

9

周易集解作"物不可以終久於其所"

恆者，久也。物不可以久居其所，故受之以遯。遯者，退也。物不可以終遯，故受之以大壯。物不可以終壯，故受之以晉。晉者，進也。進必有所傷，故受之以明夷。夷者，傷也。傷於外者必返其〔於〕家，故受之以家人……

「清 彭任郎

周易史記、易傳偶解、讀易緒疑，經之學豈止此之後學耶？、

凡云必者，義無不章縷。且上下二篇之開頭，不僅重複，且下二篇之頭尤為繁緐，以此

似序卦作者依原顺序勉强连缀成一篇
者
但此顺序明是有两种安置法
其一则卦形正反成对䷂、䷃，屯与
蒙也　䷆、䷇，师与比也　䷖、䷗，
剥与复也
六十四卦中有五十六卦二十七对为此安置
者、其正反无复比者八别卦　䷁坤、䷀乾、
䷜坎、䷝离、䷚颐、䷛大过、䷼中孚、䷽小过、
则以文

之陰陽互易而成对

䷾䷿则既正反相对又六爻陰陽相对者也

综观六十四卦之兩兩成对寔以正倒式為本寔不然正倒成对者然用爻之陰陽互易故䷸与䷹而正倒成对而不以䷸易䷲以䷹易䷳也

至于何以乾坤之後继之以屯蒙需讼师而後

之以説修來修左圖並大所用之周易是

否如此編排 ⊗ ⊙ ⊕ ⊛ 負 有待於進一

步研究

六十四別卦之編排順序除此之外

尚有帛書易經帛書易經與此迥異

與者且卦名之字每或不同字

帛書易經之六十四卦編排附

鍵 乾 婦 否 掾 遯 礼 履 訟 同人 无孟 无妄 狗 姤

根 艮 泰畜 大畜 剝 損 蒙 蘩 賁 頤 箇 蠱

（朱批：天 地 山 地 水 水 水 火 火 雷 雷 风 风）

（朱批：此排列 老父☰ 少男☶ 中男☵ 長男☳ 老母☷ 少女☱ 中女☲ 長女☴ 此亦自説卦此説而來）

川

八經卦自言分别提至每組之首，留空列缺位。

贛 坎 襦需〔天〕 比〔地〕 蹇〔山〕 节〔泽〕 既济〔火〕 屯〔雷〕 井〔风〕

艮 震 泰壮大壮〔天〕 余豫〔地〕 少过小过〔风山〕 归妹〔泽〕 解〔水〕 丰〔风火〕 恒〔风〕

川 坤 泰〔天〕 嗛谦〔山〕 林临〔泽〕 师〔水〕 明夷〔火〕 复〔雷〕 登〔风〕

夺 兑 讼 夬〔天〕 卒萃〔地〕 钦咸〔山〕 困〔水〕 勒革〔火〕 随〔雷〕 泰过大过〔风〕 [illegible]

罗 离 大有〔天〕 溍晋〔地〕 旅〔山〕 乖睽〔泽〕 未济〔水〕 噬嗑噬嗑〔雷〕 鼎〔风〕

筭 巽 少孰小畜〔天〕 观〔地〕 渐〔山〕 中复中孚〔泽〕 涣〔水〕 家人〔火〕 益〔雷〕

其实键、根、赣、震、川、夺、罗、筭八组〔乾、坤、艮、兑、坎、离、震、巽〕

八组之顺序皆天地山泽水火雷风，甚是。

朱子分宮
卦象次序
莫此

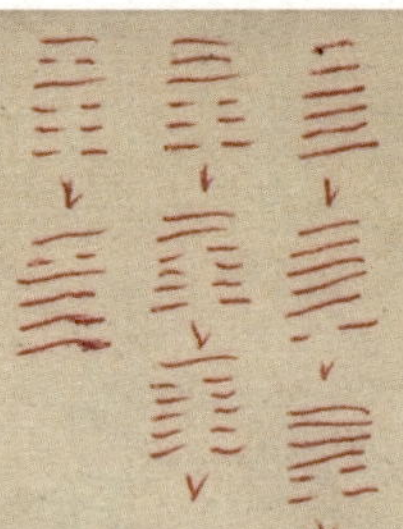

為宋以來占十本
所習用者其序列
依文王八卦最後為

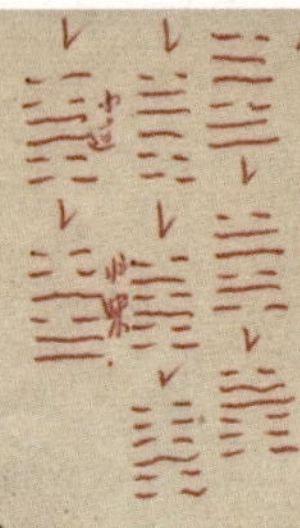

蓋今好学易能者亦此猶筮人所用
從亦于依經尋卦也備其八經卦横列次序
每依照列別爻從程得卦記卦爻故者
乃制揣掌畫為爻所以の序列乃着
定者
筮占以別卦為据其占斷据卦辞卦象
包括卦位与爻數包括爻位及爻辞等
尤其変卦之卦必視爻而定故明乎卦
之後必須理解爻

說文、爻部

爻，交也。象易六爻頭交也。

頭交謂六爻陰陽交錯也。

儀禮、士相見禮

贄，冬用雉，夏用腒，左頭奉之。

禮、內則："夏宜腒鱐，膳膏臊。"鄭曰："腒，乾雉也。"（鱐謂乾魚。膳，牲肉也。膏臊，豕膏也。）

鄭注："夏用腒，備腐臭也。"執而奉之，然其頭左以向陽。

此字通。戴侗："其實夏用腒，乃束脩之類。"

鄭玄注

頭，陽也。

孔疏

執禽者左首，（首朝左也。）雉以不可生服，故殺之，雖死猶左，以從陽也。

於易傳中释文必基於刚柔变动。

繫辭云：

② ~~③~~ 刚柔相推，而生变也。

③ ~~④~~ 刚柔相推，变在其中矣。而

① 爻者，言乎变者也。

④ 爻也者，效天下之动者也。

說卦云：

發揮于刚柔而生爻

13

易傳之釋爻，既就釋占言，再就哲理以發揮。陰陽剛柔相（时）之，相交感，相推，相乘，相召，相生，相錯（杂），相會合，由乃動而不息，變而不止，生生（天天）而不已。在易，則言此變而彼此動者爻也。在筮占，則成卦以爻，變卦以爻，是故（占）斷以爻，每應天地自然諸般世事占問之所及者焉。

六十四卦每卦六爻，言乎陰陽變動（剛柔）則視此六爻之變動也。

十月廿三日　民院西北。

說卦云：「昔者聖人之作易也，將以順性命之理，是以立天之道曰陰與陽，立地之道曰柔與剛，立人之道曰仁與義，兼三才之道而兩之，故易六畫而成卦，分陰分陽，迭用柔剛，故易六畫而成章。」

（之道）

系辭云：「六爻之動，三極之道也。」

系辭云：「聖人有以見天下之動，而觀其會通，以行其典禮，系辭焉以斷其吉凶，是故謂之爻。」（擬陰陽以象，係爻而爲辭）

「爻也者，效天下之動者也。」移至前

每卦之爻自下而上數

自西漢田何所傳之易，今文易及劉向所據（未經秦火僅存者也以未）以校施孟梁丘經，及費直古文同之經

爻之中古文易經稱陽爻曰九陰爻曰六，據太陽太陰以言，或謂老陽老陰之數也。但古周所記筮占，及卿大夫引筮論說，所云某云之卦，某之某言八而之八，無九六之稱（無九初上之稱），皆有兩稱，所能其一為左周所記者未及乎此，但筮者固然是占者。

然則何以六爻之序自下而上數也？

說卦云：

數往者順，知來者逆，是故易逆順數也。

系辭云：

極數知來之謂占

故六爻自下而上以為序也。其實易傳是殆就當時之筮卦方法強附理由。吾謂此序實從揲蓍得爻成卦之法而來者也。

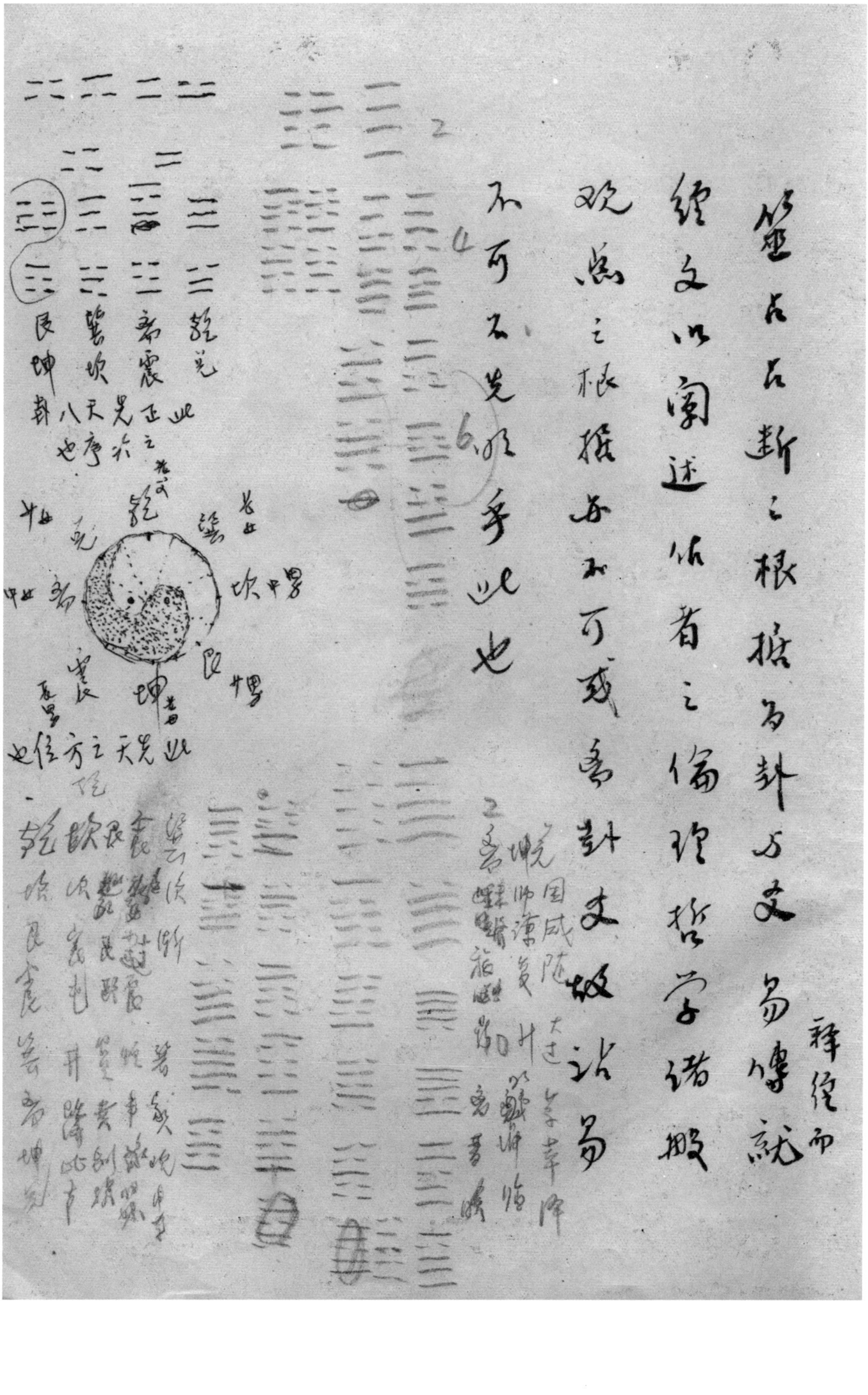

卦与爻

卦辞与爻辞

己巳

秋九月

一、不明乎卦爻无以言治易

二、爻

三、卦

四、三爻而成经卦

五、二经卦而成别卦

六、六十四别卦卦名卦序

歌诀与序卦

七、马王堆汉墓帛书易之卦名与卦序

附 王氏六十四卦指掌图

1

八、易筮原以象斷

九、卦爻辭之由來

十、卦爻辭之結構

漸

一條一辭

一條二辭

一條三辭

十一、卦爻辭之疑義

十二、左、國筮占稱爻辭例

卦与爻

易之广大，诚所谓弥纶天地之道，以言乎天地之间，则备矣。现今治易，亦诚就天地之间自然科学以社会科学多方面广泛进行探索。然不明易之本根，探索乃不免跳乎易以包络乎易，则无以为易学矣。易之古经成编于西周，原为筮书。筮之工具，蓍草也；筮之根据，卦爻也。揲蓍、生爻、成卦、观象，乃可以占。象占久之，乃系之以辞以助占断。故治易不明乎卦爻甚不得其本根矣。失其本根，何以言乎治易？何以言乎易學？

爻

先說文：

說文、文部

爻：交也。象易六爻頭交也。

「頭交」謂六爻陰陽交錯也。

儀禮、士相見禮

贄，冬用雉，夏用腒，左頭奉之。

鄭玄注：頭，陽也。

孔疏：執禽者左首，雉以不可生服，故殺之。當死就左，以从陽也。

程易傳釋文，必基於剛柔爻動。

彖辭云：剛柔相推，而生變化。

文者，言乎爻者也。剛柔相推，變在其中矣。

文也者，效天下之動者也。

説卦云：

發揮於剛柔而生爻

易傳之釋文，既從筮占言，亦就哲理言。

陰、陽、剛、柔，相對之相交感、相合、相勝、相乘相

從相生相錯，乃動而不息。變化不止，生生不已

而不居。程易則言此爻而效此動者文也。

程筮占，則成卦以文，爻卦以文，占斷以卦以

3

文，安（按）態天地自然，諸般世事之所反（向）焉。

再言卦。

卦

説文、卜部

卦，所以筮也，从卜圭聲。

周易所以云：謂之卦者，易緯云：「卦者，掛也。言懸掛物象以示於人，故謂之卦。」

始為一畫 —— 一

次為二畫 ⚌ ⚍ ⚎ ⚏

次為三畫 ☳震 ☱兑 ☲離 ☴巽 ☵坎 ☶艮 ☷坤 ☰乾

説文卜部

卜，灼剝龜也，象灸龜之形。一曰象龜兆之縱横也。

卦，所以筮也，从卜圭聲。

卟，卜以問疑也，从口卜，讀與稽同。

貞，卜問也，从卜貝，以為贄。

𠧟，易卦之上體也，商書曰：曰貞曰𠧟。

占，視兆問也，从卜从口。

𠧞，卜問也，从卜召聲。

𠧗，灼龜坼也，从卜，兆象形。（兆）

陽爻 —— 陰爻 - -

始為一畫以分陰陽。

次為二畫以分太少。

⚌太陽 ⚍少陰 ⚎少陽 ⚏太陰

陰未足而陽生，春之象也（秋）。

陽已足而陽，夏之象也。

陽未足而陰生，秋之象也（春）。

陰已足而陰，冬之象也。

陽為卦の ☰乾 三連 為天

陰為卦の ☷坤 六斷 為地

陽卦多陰 ☳震 仰盂 為雷 ☵坎 中滿 為水 ☶艮 覆碗 為山

陰卦多陽 ☴巽 下斷 為風 ☲離 中虛 為火 ☱兑 上缺 為水

次為三畫而三才之象備。

三爻成卦

再說三爻而成卦。

繫辭云：是故易有太極，是生兩儀，兩儀生四象，四象生八卦

周易本義解釋此語至確而簡明云：一每生二，自然之理也。易者，陰陽之變，太極者，其理也。兩儀者，始為一畫以分陰陽。四象者，次為二畫以分太少。八卦者，次為三畫而三才之象始備。此數言者，實聖人作易自然之次第，有不假絲毫智力而成者。畫卦、揲蓍，其序皆然。

4

引8

未全引

周易正义释卦字云：

谓之卦者，易纬云："卦者，挂也。言悬挂物象以示于人，故谓之卦。但二画之体虽象阴阳之气，未成万物之象，未得成卦，必三画以象三才，写天、地、雷、风、水、火、山、泽之象，乃谓之卦也。故系辞云："八卦成列，象在其中矣。"是也。

十一月卅日北大检至此。

即当检周易九图中伏羲八卦方位次序图、文王八卦方位次序图、

乾、坤、震、巽、坎、離、艮、兑称八经卦

何以称经呢？

说文：经，织也。

玉篇：经纬以成缯帛也。

易·屯·象曰：

云雷屯，君子以经纶。

正义曰：经谓经纬

八卦重为六十四卦

八卦上下组合出经纬以成缯帛而成他卦六十四。故八卦称经卦。他六十四卦而称

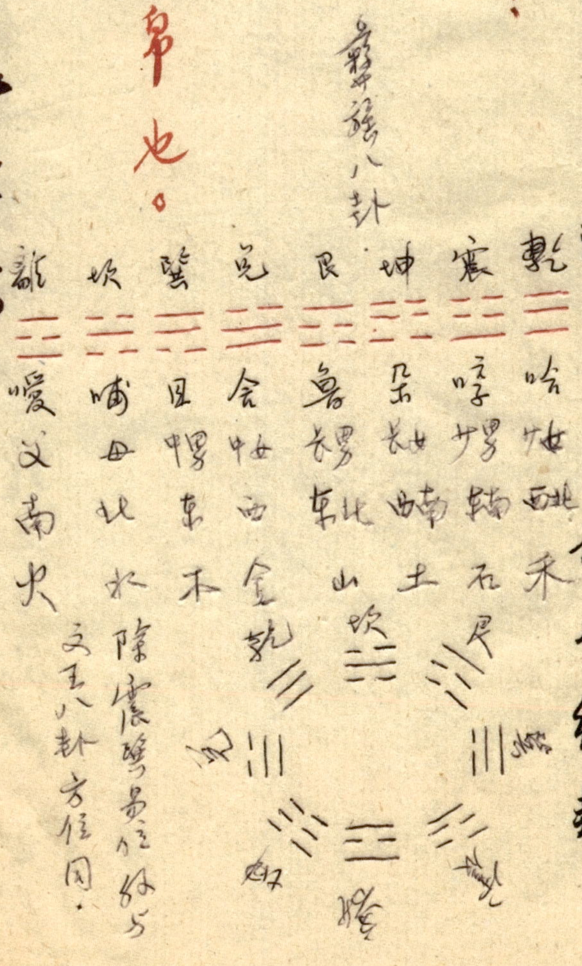

5

别卦。何也？八经卦组织而成者也。

六十四卦之卦名及在周易编次顺序，最古老者则为易传之序卦。周易本经所列者，周易本义有加徽運字编成之（未知何人何时所编）歌诀云：

六十四卦卦名歌诀

乾、坤、屯、蒙、需、讼、师，比、小畜兮履、泰、否，

同人、大有、谦、豫、随，蛊、临、观兮噬嗑、贲，

剥、復、无妄、大畜、颐，大过、坎、离三十畢。

咸、恒、遯兮及大壮，晋与明夷、家人、睽，

蹇、解、损、益、夬、姤、萃，升困井革鼎震继，

艮、渐、归妹、丰、旅、巽，兑涣节兮中孚至，

小过、既济兼未济，是为下经三十四。

以上六十四卦敍次、皆即依上下經編排順序所編排者。至于何以依此順序編排、則序卦傳之所言者是焉。茲、

序卦云：

有天地然後萬物生焉、盈天地之間者唯萬物、故受之以屯。屯者、盈也。屯者物之始生也。物生必蒙、故受之以蒙。蒙者、蒙也、物之穉也。物穉不可不養也、故受之以需。需者、飲食之道也。……夫婦之道不可以不久也、故受之以恆。恆者、久也。物不可以久居其所、故受

6

之以遯，遯者，退也。物不可以终遯，故受之以大壮。物不可以终壮，故受之以晋，晋者，进也。进必有所伤，故受之以明夷。夷者，伤也。伤于外者必返于家，故受之以家人……

其睽揆实多牵强。清彭依郭周易史证·易传偶杂谓：兼在"进必有所伤"反"伤于外者必返于家"之二"必"字。其实何止此二"必"字耶，由是观之，序卦作者似是依原顺序勉强连缀此篇者。

上、下經卦序編排有幾點惟值得注意：

（一）乾、坤為純陽、純陰，為天為地，為萬物資始、萬物資生，則諸編首，固所宜也。序卦云：有天地，然後萬物生焉，以下數句直至需者飲食之道也，不為無理。至于飲食必有訟，訟必有衆起，衆則牽強不倫矣。何以未濟列於最後，則亦有說眼力之說法。

乾坤爲首，寓六十四别卦，皆☰☷之所生也。

序卦云：「物不可窮也，故受之以未濟終焉。」

是序易之無窮，亦猶變之無窮耳，有深义哉！

（二）二卦兩兩相并，其相并方式蓋有三種

7

一、正反相对。如屯、蒙、䷂、䷃、师、比、䷆、䷇、剥、复、䷖、䷗、是共五十四卦二十七对。

二、阴阳互变。正反相对仍其卦形无变化者，乃阴阳互变。如乾䷀、坤䷁、坎䷜、离䷝、颐䷚、大过䷛、中孚䷼、小过䷽是。此种情况者八卦四对。

三、既正反相对又阴阳互变者，如既济䷾、未济䷿二卦一对耳。此是置是二卦按经末之故乎？以此

以彼即此，此即彼也。

始以乾、坤，终以既济、未济，盖有深义焉。

馬王堆漢墓出土之帛書易經卦名與卦序與今本易經不同。其編排如下：

天　地　山　澤　水　火　雷　風

鍵（乾）　婦（否）　掾（遯）　禮（履）　訟　同人　无孟（无妄）　狗（姤）

根（艮）　泰畜（大畜）　剝　損　蒙　蘩（賁）　頤　箇（蠱）

贛（坎）　襦（需）　比　蹇　节　既济　屯　井

辰（震）　泰壯（大壯）　余（豫）　少过（小过）　归妹　解　丰　恒

坤字古作巛
川字亦作巛

川（坤）　泰　嗛（谦）　林（临）　师　明夷　復　登（升）

奪（兑）　訣（夬）　卒（萃）　欽（咸）　困　革　随　泰过（大过）

羅（离）　大有　溍（晋）　旅　乖（睽）　未济　筮嗑　鼎

筭（巽）　少孰（小畜）　观　渐　中復（中孚）　涣　家人　益

在近年馬王堆漢墓出土文物整理中，對此有

些人對凡（此說）出土文物皆推崇备至。据周易象书本则有人断定为周易最古老的根本，实属荒谬，此本明显然是筮者占断用及接续用来贯卦序，则依天、地、山、泽、水、火、雷、风以罡排，最上一经卦为以下七卦之上卦。得续时记忆最便利，其卦名与今本不同者三十一个，毋能筮者口述，由不甚精通周易之人书写，又加以方言音素乃形成者。

卦辭與爻辭

易筮亦以象占，在左傳中曾記載韓起於魯見易象與魯春秋，其所言易象蓋為早於易經本經之筮占，且甚古，故韓宣子稱略見周公之德與周之所以王，此易象蓋系西周之所編定，筮人據以進行筮占。

周禮·春官·宗伯下·太卜文：凡卜筮，既事，則系幣以比其命，歲終，則計其占之中否。

此說頗近情理。卦之作者何人？重卦者何人？殊不能稽考。而卦、爻辭之為筮人所作之以筮占

9

紀錄，每歲經此其命而之多中者整理而成，極為可能。故此問題乃屬深究，以文獻不足，經傳向不足信也。《左傳》、《國語》所紀筮占，有據卦辭斷，有據卦辭與卦象斷，亦有唯據卦象（斷）者。要之，三者皆於在往昔時而以象占斷，則存在最久遠者矣。春秋以後，則卦、文辭乃每為占斷之最要根據。故卦、文辭不可不研究。而《易經》文字唯卦文辭耳，如不研究卦文辭，安可以謂為未接觸《周易》經文也。不接觸本經，何以言學《易》、

有據文辭斷

《繫辭》：彖者，言乎象者也。彖者，材也。

系辞云：

圣人设卦、观象、系辞焉，而明吉凶。易有四象，所以示也；系辞焉，所以告也；定之以吉凶，所以断也。

此所谓"辞"者，即谓卦、爻辞也。易古经原为筮书，故必首先从筮占角度进行探索。

先举一卦示例以见概略。

易对生态环境之认识多所启示.

10

卦形 ䷴

卦位 下艮 上巽

卦名 渐

卦辞 女归吉，利贞。

爻辞

初六：鸿渐于干，小子厉，有言，无咎。

六二：鸿渐于磐，饮食衎衎，吉。

九三：鸿渐于陆，夫征不复，妇孕不育，凶，利禦寇。

六四：鸿渐于木，或得其桷，无咎。

九五：鸿渐于陵，妇三岁不孕，终莫之胜，吉。

上九：鸿渐于陸（陂），其羽可用为仪。吉。

鸿渐于某某为比喻，喻渐辞也。女归吉、夫征不复等，渐事辞也。吉、凶，断占辞也。

由此以见，卦、爻辞大段由三部分组成。即：喻断辞、断事辞、断占辞。卦、爻辞一条中或有其一，或有其二，或有其三。而顺序何先何后，亦甚自由。如：

萃：大吉，无咎

唯断占辞者也。

剥：不利有攸往。

无妄，九五：无妄之疾，勿药有喜。

唯断事辞者也。

11

咸，初六：咸其拇。

晋：康侯用锡马蕃庶，昼日三接。

唯喻断辞者也。

以上一条卦辞中唯其一种者也。

噬嗑：亨，利用狱。

先断占辞后断事辞者也。

损，六四：损其疾，使遄有喜，无咎

先断事辞后断占辞者也。

困，六三：困于石，据于蒺藜，入于其宫，

不见其妻，凶。

先喻断辞后断占辞者也。

以上皆一條卦辭中三辭有其二者。

鼎、九三：鼎有實。我仇有疾，不我能即，吉

以喻斷辭、斷事辭、斷占辭為序而俱備者也。

履、六三：眇能視，跛而履，履虎尾，咥人

凶。武人為于大君。

以喻斷、斷占、斷事為序者也。

倘命筮之事恰逢喻斷辭，則喻斷辭即為

斷事辭。斷事辭非所命之事，則可以稱辭

為喻斷辭也。

12

卦、爻辭中亦有一象之中吉凶兩斷者。

坤：元亨。利牝馬之貞。君子有攸往，先迷後得主。利。西南得朋，東北喪朋，安貞吉。

恆：六五：……貞婦人吉，夫子凶。

文題及安排順序可能經戰國時期易傳作者稍加安排。在春秋以前，筮者則無初、上、九、六之稱也。如：

左傳·昭公二十九年

秋，龙見於絳郊。魏獻子問於蔡墨……對曰：……周易有之：在乾之姤，曰"潛龙勿用"；其同人，曰"見龍在田"；其大有，曰"飞龙在天"；其夬，曰"亢龙有悔"。其坤，曰"見群龙無首，吉"。坤之剝，曰"龙戰于野，其血玄黄"。若不朝夕見之，誰能物之？

13

談左彡、國彡笙之例，皆作如是記也。不可不知。

己巳年霜降前五日

查新豐北檉淺齋

春秋筮法考略

王狀濂

周易經文本是筮書，唯載六十四卦卦形、卦名、卦辭、爻題、爻辭。除蒙、比二卦卦辭略及筮規外，未言筮法。易傳中，繫辭專章以言筮法。但其所言成卦法比較明白，言變卦法則甚隱約。漢魏以降，周易注、疏諸家於易筮筮法鮮能確切說清。朱熹周易本義詳述筮儀。於成卦法言之頗細，於變卦法，則稱：「卦變別有圖」。而其卦變圖，嚮之春秋筮例又頗不倅。其易學啟蒙頗據左傳所記筮例以為說。雖未全明筮法，實已探知究明筮法必由之路。但左傳所記筮占實例，必須即左、國所記探索出徵，反復尋繹，更必須發繫辭之隱約，始可以深刻理解繫辭之所言，左、國之所記，順理成章得春秋筮法之實。近人高亨周易筮法新考，「本乎繫辭」，「參以左、國」，「彙觀并考，鎔合而裁度之」，得春秋筮法之大要矣。其於變卦法之探索，云：「余以為欲定變卦，當以

(1458) 20×20=400

卦之營數與爻之序數湊足天地之數……」「湊足」二字見用功之勤，亦頗見治學之識矣。然「湊」而「足」之者，略明其然矣，未明其所以然也。其所以然者，於《左》、《國》所記筮占實例詳審明辨，燭其幽微，再據以參繫辭之隱約，未始不可以得之。得其所以然，則其然亦盡得之矣。苟能探索不息，准確究明春秋易筮之筮法，當可以有助於正歷代治易諸家於筮法，於經義臆度之失，匡《左》、《國》所記筮占例、諸家注釋疏解之謬，於經學、於中國古文化史研究當非无益也。

成卦法

易・繫辭云

「大衍之數五十有五，其用四十有九。分而為二以象兩。掛一以象三。揲之以四以象四時。歸奇於扐以象閏。五歲再閏，再扐而後掛。」

「天一、地二、天三、地四、天五、地

六、天七、地八、天九、地十。天數五，地數五，五位相得而各有合。天數二十有五，地數三十。凡天地之數五十有五，此所以成變化而行鬼神也。

「乾之策二百一十有六，坤之策一百四十有四，凡三百有六十，當期之日。二篇之策萬有一千五百二十，當萬物之數也。是故四營而成易，十有八變而成卦。八卦而小成。引而伸之，觸類而長之，天下之能事畢矣。」此實為言筮法最古老之珍貴文獻。治易者每以此只言成卦法，殊不知變卦法之關鍵實即隱約其中。微之左傳所記筮占十三例、國語所記三例，探賾索隱，得其幽微，春秋筮占變卦法可窺大略矣。然仍須先明成卦法。繫辭言成卦法雖比較明白，但諸家說解或有軒輕。其首先應辨明者則為「大衍之數」問題。

大衍之數五十有五

王弼、韓康伯周易注所據傳文作「大衍之數五十。」其後，注疏諸家大率從之。

孔穎達周易正義云：

「京房云：『五十者，謂十日、十二辰、二十八宿也，凡五十。其一不用者，天之生氣，將欲以虛來實，故用四十九焉。』馬季長云：『易有太極，謂北辰也。太極生兩儀，兩儀生日月，日月生四時，四時生五行，五行生十二月，十二月生二十四氣，北辰居位不動，其餘四十九轉運而用也。』荀爽云：『卦各有六爻，六八四十八，加乾坤二用，凡有五十。乾・初九：「潛龍，勿用。」故用四十九也。」

是自京房以來，傳文即有作「大衍之數五十」者。而京房、馬融、荀爽或以二十八宿，或以二十四氣，甚或以乾、坤二用、乾之初九爻辭以推測傳文「五十」之義，從而強以爲解。其牽甚之勞，湊數之拙，誠可笑矣。李鼎祚周易集解於引崔憬、王弼、顧歡諸家之說後，云：

「……且聖人之言連環可解。約文申義，○○○○○○○○○○○○須窮指歸。即此章云：「天數五，地數五，五位相得而各有合。天數二十有五，地數三十，凡天地之數五十有五。此所以成變化而行鬼神。』是結大衍之前義也。既云『五位相得而各有合』，即將五合之數配屬五行也。故云『大衍之數五十』也。『其用四十有九者』，更減一以并五，備設六爻之位。蓍卦兩兼，終極天地五十五之數也。」

由此，見李氏之意向分明是合大衍之數與天地之數為一。其引「天數五……」而稱「是結大衍之前義也」，正其所謂之「連環可解，約文申義，須窮指歸」者也。如是，始對此章全面理解，因而能得傳意。李氏所云「用四十有九」，實為自五十五減五再減一，而非如京房、馬融、荀爽、王弼、崔憬、顧歡等人之張湊五十而再減一者。特以所據傳文作「五十」而前儒又或據以為說，故不得不勉強稱「即將五合之數配屬五行也，故云『大衍之數五十也』」其實自五十五減五又「減一以并五，備六爻之位」，亦與持「大衍之數五十有五」之説者無異矣。於此向題，有一重要事實是漢魏之際確有作「大衍之數五十有五」之傳文廣泛流傳。

孔穎達周易正義云：

「鄭康成云：『天地之數五十有五，以五行氣通，凡五行減五，大衍又減一，故四十九也。』姚信、董遇云：『天地之數五十有五者，其六以象六畫之數，故減之而用四十九。』但五十之數，義有多家，各有其說，未知孰是。」

是孔氏亦疑「大衍之數五十」之非是。其所引鄭玄、姚信、董遇說皆稱「天地之數」而不言「大衍之數」。蓋「大衍之數」即「天地之數」，二者一也。倘其所據傳文作「大衍之數五十」，三家亦必不如是言也。鄭玄講學於齊魯，姚信於吳，董遇於魏。是當時傳文之不脫「有五」二字者固廣泛流傳於世也。鄭氏易注今已殘缺，姚、董之注亦佚，而隋書·經籍志云：「梁有魏大司農卿董遇注周易十卷」，「周易十卷，吳太常姚信注」。新唐書·藝文志亦云：「易有董遇注十卷，姚信注十卷。」則孔氏作正义犹及見焉。其書當亡於宋以後也。

由此以見，自京房迄漢魏之際繫辭「大衍之數五十有五」句於傳寫、傳授中有或脫「有五」二字者。京、虞、馬、荀、王、韓等所據實脫。訛之本也。其后，以王、韓注行，後儒多不敢非議，遂據以強解。而明達之士原始要終，全面通察傳意，不能不疑京、馬、荀、王、韓之惑也。孔疏遂具列鄭、姚、董說而云「未知孰是。」李解乃稱「連環可解，約文申義，須窮指歸。」而以「凡天地之數五十有五，此所以成變化而行鬼神」為「是結大衍之前義也。」

其說實質誠與鄭、姚、董說無異也。
以上所云，洵非旋校勘古籍也。易傳固多隱約，經傳文或有脫訛，則其隱約者益不能明，而「五十有五」之數乃春秋易筮之最不可或離者（故謂其能「成變化而行鬼神」故稱之曰「大衍之數」），尤不可不稽考辨明焉。據此，「大衍之數五十有五，其用四十有九」句比較簡明確切之解釋可以綜姚信、董遇及李鼎祚三家之說而得之。即：凡易筮，備蓍草五十五策，筮時，先取出六策「備設六爻之位」，然後用四十九策布策揲蓍以成卦、一變卦、占斷也。

四營而成易

繫辭云：「是故四營而成易」。周易集解引荀爽曰：「營者，謂七、八、九、六也。」又引陸績曰：「分而為二以象兩，一營也；掛一以象三，二營也；揲之以四以象四時，三營也；歸奇於扐以象閏，四營也。謂四度營為，方成易之一爻也。」孔疏云：「營謂經營，謂四度經營蓍策乃成易之一變也。」孔疏是。繫辭「四營而成易」與「十有八變而成卦」連言，

「營」與「變」皆用作動詞，皆言布策揲蓍之動作、變化也。故荀爽以七、八、九、六釋，非是。陸績釋四營為分二、掛一、揲四、歸奇識是，但稱「四度營為方成易之一爻」則不妥。蓋四營僅成一變，三變始成一爻，是三次四度營為矣。

「大衍」用蓍草四十九策，首先自「分二」始。其分純任自然，固不可依賴筮者之欲求吉利有意識筮得某卦、某之卦，數而後分也。蓍雖操之在手，而吉凶固不可以賴筮者及占筮者之意志為轉移也。左、右手自然分成兩部分，以左手之策橫置於上，謂之天數；右手之策橫置於下，謂之地數。天地數間相距約一策。此即「分而為二以象兩」，一營也。「掛一」者，取天數中之一策立置天地數之間，象人立天地間也。孔穎達周易正義曰：「掛一以象三者，就兩儀之間於天數之中分掛其一而配兩儀以象三才也。」此正與一卦六爻之位所象相合。初、二爻在下，地位也；五、上爻在上，天位也；人立天地之間，三、四爻也。此即二營。二營最要者實為於四十九策之中去其一策而餘四十八策。以揲四、歸奇、成卦、變卦，非四十八策不可，非四十八策固無以筮也。「揲四」者，「謂四四數之也」。「說文・手部」：「揲，閱持也。」段注：「閱者，具數也，更迭數之也。……」繫辭傳曰：「揲之以四以象四時」。謂四四數之也。四四者，由一四、二四數之至若干四，則得其餘矣。」玉篇・手部則直釋謂：「揲，數蓍也。」數蓍稱揲，因筮時四四數之。故每四策蓍草亦稱一揲。揲四之法：先取天數四四數之，至餘四策或三策或二策或一策乃止。再取地數四四數之，至餘四策或三策或二策或一策乃止。倘天地數均，必各數至二十策皆余四策而止，天地數乃各減去一揲而各有五揲。倘天地策數皆為雙數，則不各餘四策便各餘二策。倘天地策數皆為單數，則必一餘三策、一餘一策。但天地策數及其揲餘之數不可能一為單數一為雙數，以四十八為雙數也。倘天地策數中或有其一僅止四策或三策或二策或一策，則即作為揲餘之數。此即三營。「歸奇」即繫辭所云「歸奇於扐以象閏」。奇，餘也。即三營所餘之策也。扐，經典釋文引荀（爽）曰：「扐，別也。」於此，則別置之所也。「歸奇於扐」者，即把三營揲餘之策放在別處（不要放在天數、地數或掛一之處）。「以象閏」者，以我國古代曆法每年多不足三百六十五日有奇，故積累其不足之數而形成閏月，此處則以所餘象不足也。此即四營。但四營既不能成卦，亦不能成一爻，而欲得爻、成卦，必以四營為基礎，必反復四營始能得爻、成卦。故云：「四營而成易」也。

左傳·僖公十五年記晉大夫韓簡之語云：「筮，數也」。觀四營成易，其重繫辭言筮法，數，誠為不可或離者。故世稱易筮為數術也。於四營中則自分二始，亦以分二為關鍵。即以分二定數也。其後掛一、揲四、歸奇皆就分二所定之數而為之。不僅決定得爻、成卦，變卦亦由分二而決定焉。

十有八變而成卦

易以六十四卦占。每卦六爻，「十有八變

而成卦」，則三變乃得一爻。每得一爻之三變實為連續進行者。即繫辭所云：「歸奇於扐以象閏，五歲再閏，再扐而後掛」也。「歸奇於扐以象閏」，第一變四營之第四營也。至此，一變畢。其「歸奇」而別置之蓍草不四策則八策，亦即不一揲則二揲也。「五歲再閏」，即在第一變之基礎上進行第二變。第二變則把第一變「歸奇」以後，天數、地數、掛一之蓍草再自分二始而再次四營。此則實就四十五策或四十一策蓍草而營為也。「掛一」之後，天數、地數之合乃或為四十四策或為四十策，即或為十一揲或為十揲。若為四十四策，經「揲四」之後，天、地數仍或皆餘四或皆餘二，或一餘一、一餘三。而「歸奇」之策非八即四也。如「歸奇」八策，則尚有三十六策，即九揲；如「歸奇」四策，則尚有四十策，即十揲也。若為四十策，則經「揲四」之後，「歸奇」之策亦非八即四。如「歸奇」八策，則尚有三十二策，即八揲；如「歸奇」四策，則尚有三十六策，即九揲也。「再扐而後掛」，即在第二變基礎

上進行第三變。「再扐」即二變之第四營。而
「掛」者，「掛一」也。以第三次四營之第二
營代表四營之全過程也。亦即第三變。繫辭所
云實為用「閏」、「再閏」、「掛」以言連續
三次之四營——三變也。第三變則把第二變「歸
奇」之後，天數、地數、掛一之蓍草再自「分
二」始而四營。此則實就四十一策或三十七策
或三十三策而營為也。「掛一」之後，即就四
十策或三十六策或三十二策「揲四」、「歸奇」。
若就四十策「揲四」，則或於「歸奇」四策後

尚有三十六策。即九揲；或於「歸奇」八策後尚有三十二策，即八揲。若就三十六策「揲四」，則或於「歸奇」四策後尚有三十二策，即八揲；或於「歸奇」八策後尚有二十八策，即七揲。若就三十二策「揲四」，則或於「歸奇」四策後尚有二十八策，即七揲；或於「歸奇」八策後尚有二十四策，即六揲。三變，亦即三度四營之後，除「歸奇」及「掛一」之策外，天地策數之合乃或為三十六，或為三十二，或為二十八，或為二十四。以揲數言則或為九揲，或為八揲，或為七揲，或為六揲也。至此，乃得一爻。據繫辭「天五、地六、天七、地八、天九、地十。」七揲、九揲為天數，為陽爻；六揲、八揲係地數，為陰爻。此即一卦之初爻，立即畫出。並詳其旁注明得此爻之揲數（七、八、九、六）。然後把五十五策蓍草集中起來，如得初爻之全過程布策揲蓍而得二爻，畫於初爻之上，其旁仍注明揲數。三、四、五、上爻皆如初、二爻布策揲蓍三度四營而得。六爻共十八度四營。故云「十有八變而成卦」也。

依繫辭所云，分明一度四營為一變，連續三度四營得一爻。而其所得六爻揲數必非九則八、則七、則六。此九、八、七、六之揲數全依分二、掛一、揲四、歸奇而來，更為變卦、占斷之基本根據。然於此，繫辭俱不明言，此其隱約之尤甚者也。

繫辭言筮法尚有數事頗足重視。

首先，雖經連續三變而得一爻，但得九揲、八揲、七揲、六揲之爻機會並不均等。第一變「分二」、「掛一」之後，便以四十八策「揲四」、「歸奇」。四十八策，十二揲也。連續三變共「歸奇」三揲，則得九揲；共「歸奇」四揲，則得八揲；共「歸奇」五揲，則得七揲；共「歸奇」六揲。則得六揲。是三變中必每變「歸奇」二揲始能得六揲之文。必兩變「歸奇」二揲，一變「歸奇」一揲始能得七揲之文。兩變「歸奇」一揲，一變「歸奇」二揲則得八揲之文。每變「歸奇」一揲則得九揲之文。

三變中各變「歸奇」一揲-5「歸奇」二揲

之機會亦不均等。具體言之如下。

第一變「分二」、「掛一」之後天地策數之合為四十八，其比則必四十七比一至一比四十七。「揲四」以後，「歸奇」一揲與「歸奇」二揲機會之比實為三十六比十一。「歸奇」以後天地策數之合乃尚有四十四或四十。

倘第一變「歸奇」之後天地策數之合尚有四十四，則第二變「分二」、「掛一」之後天地策數之比必為四十三比一至一比四十三。「揲四」以後，「歸奇」一揲與「歸奇」二揲機會之比實爲三十三比十。「歸奇」以後天地策數之合乃尚有四十或三十六。倘第一變「歸奇」之後天地策數之合尚有四十，則第二變「分二」、「掛一」之後天地策數之比必爲三十九比一至一比三十九。「揲四」以後，「歸奇」一揲與「歸奇」二揲〔機會〕之比實爲三十比九。「歸奇」以後天地策數之合乃尚有三十六或三十二。倘第二變「歸奇」之後天地策數之合尚有四十，則第三變「分二」、「掛一」之後天地策數之比必爲三十九比一至一比三十九。「揲

機會

四」以後，「歸奇」一揲與「歸奇」二揲之比實為三十比九。如「歸奇」一揲，天地策數之合乃尚有三十六，即得九揲之陽爻。如「歸奇」二揲，天地策數之合乃尚有三十二，即得八揲之陰爻。倘第二變「歸奇」之後天地策數之合尚有三十六，則第三變「分二」「掛一」以後，天地策數之比必為三十五比一至一比三十五。「揲四」以後，「歸奇」一揲與「歸奇」二揲之比實為二十七比八。如「歸奇」一揲，則天地策數之合尚有三十二，即得八揲之陰爻。

如「歸奇」二揲，則天地策數之合當有二十八，即得七揲之陽爻。倘第二變「歸奇」之後天地策數之合當有三十二，則第三變「分二」「掛一」之後，天地策數之比必為三十一比一至一比三十一。「揲四」以後，「歸奇」一揲與「歸奇」二揲（機會）之比必為二十四比七。如「歸奇」一揲，則天地策數之合當有二十八，即得七揲之陽爻。如「歸奇」二揲，則天地策數之合當有二十四，即得六揲之陰爻。

由此，三變中各變「歸奇」一揲與「歸奇」

二揲機會之不均等已昭然可見。因而，三變得九、八、七、六揲之爻之機會之不均等亦昭然可見。

其次，繫辭云：「乾之策二百一十有六，坤之策百四十有四，凡三百有六十，當期之日。」此語蓋自乾卦六爻皆九揲之爻而言。每揲四策，每爻三十六策，六爻則二百一十六策。亦自坤卦六爻皆六揲之爻而言。每揲四策，每爻二十四策，六爻則一百四十四策也。二者之合恰為三百六十。九為陽爻，六為陰爻。七亦陽爻，八亦陰爻。而六爻皆七揲之爻亦爲乾卦，其策數則一百六十八。六爻皆爲八揲之爻亦爲坤卦，其策數則一百九十二。二者之合亦恰爲三百六十，亦「當期之日」焉。繫辭又云：「二篇之策萬一千五百二十，當萬物之數也。」即謂易上、下經六十四卦，共三百八十四爻，其策數總計一萬一千五百二十也。況易諸家亦皆以九揲之爻與六揲之爻計。三百八十四爻，九揲之爻與六揲之爻各半，則九揲之爻一百九十二，其策數乃爲六千九百二十。六揲之爻亦一百九十二，其策數乃爲四千六百零八。二者之合則一萬一千五百二十。其實，若三百八十四爻中，七揲之爻與八揲之爻各半，則七揲之爻一百九十二，其策數爲五千三百七十六。八揲之爻一百九十二，其策數爲六千一百四十四，二者之合亦爲一萬一千五百二十。若三百八十四爻中，陽爻一百九十二，七揲、九揲之爻各半，陰爻一百九十二，六揲、八揲之爻各半，則七揲之爻策數爲二千六百八十八，九揲之爻策數爲三千四百五十六，六揲之爻策數爲二千三百零四，八揲之文策數為三千零七十二，四者合計亦為一萬一千五百二十。分明如是，但繫辭只就九、六揲之文為說，且絕不明言九、八、七、六之揲數。但通觀繫辭言筮法之各方面，「約文申義」，「窮其指歸，連環以解」，則其隱約處不難明白。明白之後，乃知繫辭「乾之策……當萬物之數也」云云，因進一步強調易筮之中文之揲數——九、八、七、六之重要。乃可以順勢明言：「是故四營而成易，十有八變而成卦」也。

再次，繫辭言筮法誠實不僅言成卦法，其所明言「大衍之數」之「五十有五」，「分而為二以象兩」之「二」，「十有八變而成卦」之「十八」與并未明言而反後強調之每卦六爻之揲數，實已躍出變卦法之全部數據。不過須「引而伸之，觸類而長之」，才能做到「天下之能事畢矣」。子曰：「知變化之道者，其知神之所為乎？」成卦以後，如之何斯可以知變化之道耶？

變卦法

不知「變化之道」則無以變卦，從春秋時期，無以變卦則無以筮。繫辭從變卦法識非未言。顧其言隱約，不全面、細緻，深入思考，必不可得其意。不細玩左、國筮占實例，燭幽發微，亦不可以得傳意。故古今治易諸家多以為繫辭只言成卦法，未言變卦法，因而變卦法長久難明。更或有故弄玄虛，徒增神秘化，悖離傳意益遠，愈添戕亂者。

但傳意識非不能透徹理解，變卦法亦非不可能准確探知，且完全可以得其所以然，亦自得其然也。

先辨繫辭所云

繫辭云：「是故四營而成易，十有八變而成卦。八卦而小成。引而伸之，觸類而長之，天下之能事畢矣。」分明「引而伸之，觸類而長之」即言變卦法。但如何「引而伸之，觸類而長之」？

繫辭云：「參伍以變，錯綜其數。通其變，

遂成天地之文；極其數，遂定天下之象。非天下之至變，其孰能與於此！」此語正說明如何「引而伸之，觸類而長之」者。如何「引伸」、「參伍以變，錯綜其數」也。「觸類而長之」至何等程度？「通其變」也，「極其數」也。如是乃「成天地之文」，「定天下之象」，豈非「天下之能事畢矣」哉！此語之關鍵實為一個「數」字。數之變，數之極，變其數，變其數而至極則數極矣，變通矣，天地之文可成，天下之象可定矣。故繫辭明言「極數知來之謂

占」，蓋明示「極數」之重要。然而如何錯綜
其數？如何參伍以變其數而至極？繫辭皆未直
接具體明言。說卦云：「昔者聖人之作易也，
幽贊於神明而生蓍，參天兩地而倚數，觀變於
陰陽而立卦，發揮於剛柔而生爻，和順於道德
而理於義，窮理盡性以至於命。」「倚數」之
「倚」，經典釋文引馬融注：「倚，依也。」
是。易筮成卦、變卦之所憑依者皆數之變化也。
而云「參天兩地」者則兩參天地之數也。亦即
參天數之二十有五，亦參地數三十，亦即首先

憑依之數字即五十五也。而五十五者，合天地之數可謂數之總矣。引而伸之，十八非成卦終極之數乎？「分而為二，以象兩」之「二」非布策揲蓍初始之極數乎？十八與二為成卦之終始。果不可與於變卦之終始乎？然僅此尚不足以據本卦而變得之卦。欲得之卦必須錯綜其數。錯綜其數則必須「觀變於陰陽」，「發揮於剛柔」。一卦六爻，有陰有陽。其揲數六、八為陰，七、九為陽。是九、八、七、六之揲數亦為「錯綜」之不可或缺者。

綜上以觀，謂繫辭言成卦法之際變卦法即在其中，識非空言。然如何錯綜以上諸數以「極其數」，以「通其變」，則必求之於筮之實例，亦証之以筮之實例始可以確得其法，爲説亦始可以有説服力也。幸得左傳、國語於筮例有所記載。但左、國並非筮書，其所記者，主要爲關係祀與戎諸國家大事之筮例，固不全面。管窺諸例，索其端倪，悉心考辨，識非不可以確得春秋之筮法也。

再察左、國所記

左傳記筮占十三例（僖公四年晉獻公筮立驪姬為夫人一例未之得卦，不計）。其中明言以周易筮，或云「是於周易」者五例。此五例中引用卦、爻辭與今本悉同者三例（莊公二十二年、襄公九年、昭公五年）。未全明引卦、爻辭以占，但可知其所引據與今本無異者二例（昭公七年、哀公九年）。另八例中，引用卦、爻辭與今本悉同者三例（僖公二十五年、襄公二十五年、昭公十二年），基本相同者一例（僖公十五年晉獻公筮嫁伯姬）。未引據卦、爻辭而以象占者二例（閔公元年、閔公二年）。未引用卦、爻辭亦未言之卦者二例（僖公十五年韓之戰、成公十六年鄢陵之戰）。綜觀此十三例中，引用卦、爻辭與今本悉同或基本相同，或可知其與今本無異者竟達九例之多。可以確知周易經文經春秋時期確已成編，且經筮占中確已被廣泛使用。但另四例亦絕不可斷言其非以易筮也。國語記筮占三例。晉語四中二例引卦辭與今本悉同。周語下中一例以象占。皆可以斷定其實以易筮也。探索變卦法，左、國所記筮占之十六實例，其重要絕不亞於繫辭及說卦之所言者。

莊公二十二年：（本文中凡此稱某公某年皆引左傳。下同。）

「陳厲公，蔡出也。故蔡人殺五父而立之。生敬仲。其少也，周史有以周易見陳侯者。陳侯使筮之，遇觀䷓之否䷋。曰：『是謂：「觀國之光，利用賓於王。」此其代陳有國乎？不在此，其在異國？非此其身，在其子孫。光，遠而自他有耀者也。坤，土也。

巽，風也。乾，天也。風為天於土上，山也。有山之材，而照之以天光，於是乎居土上，故曰：「觀國之光，利用賓於王」。庭實旅百，奉之以玉帛，天地之美具焉，故曰：「利用賓於王」。猶有「觀」焉。故曰：「其在後乎」？風行而著於土，故曰：「其在異國」；若在異國，必姜姓也。姜，太嶽之後也。山嶽則配天，物莫能兩大，陳衰，此其昌乎」？及陳之初亡也，陳桓子始大於齊。其後亡也，成子得政。」

此條我國古文獻中記載以周易筮占之首例。杜注云：「坤下巽上，觀。」「坤下乾上，否。觀六四爻變而為否。」孔疏云：「此注坤下巽上，觀。坤下乾上，否。及六四爻變，諸如此輩皆據周易之文知之。」由此可見，此次筮占，布策揲蓍十有八變而成觀䷓卦，因觀之第四爻由陰爻變陽爻而變得之卦否䷋。占斷則用觀卦之六四爻辭，而不用否卦之卦、爻辭。此例觀卦六爻只變六四一爻，因以觀之六四爻辭斷，並據卦象詳述以此爻辭占斷之理由。

襄公二十五年：

「武子筮之，遇困䷮之大過䷛。史皆曰：『吉。』示陳文子。文子曰：『夫從風，風隕妻，不可娶也。且其繇曰：「困于石，據于蒺藜，入于其宮，不見其妻。凶。」困于石」，往不濟也；「據于蒺藜」，所恃傷也；「入于其宮，不見其妻。凶」，無所歸也。』崔子曰：『嫠也，何害？先夫當之矣。』」

此則依成卦法十有八變而成本卦困䷮。其三爻由陰爻變陽爻而遇之卦大過䷛。乃以困卦之六三爻辭斷。其所引據爻辭與今本悉同。

昭公十二年：

「南蒯之將叛也……

「南蒯枚筮之，遇坤䷁之比䷇。曰：『黃裳，元吉』。以為大吉也。示子服惠伯，曰：『即欲有事，何如？』惠伯曰：『吾嘗學此矣。忠信之事則可，不然，必敗。』」

此則原為本卦坤䷁，五爻由陰爻變陽爻而遇之卦比䷇。而以坤之六五爻辭斷。所引用爻辭与今本悉同。

昭公五年：

「初，穆子之生也，莊叔以周易筮之，遇明夷䷣之謙䷎，以示卜楚丘。楚丘曰：……明夷之謙，明而未融，其當旦乎？故曰為子祀。日之謙當鳥，故曰：「明夷于飛」。明而未融，故曰：「垂其翼」。象日之動，故曰：「君子于行」。當三在旦，故曰：「三日不食」。離，火也。艮，山也。離為火，火焚山，山敗，於人為言，敗言為讒，故曰：「有攸往，主人有言」。言必讒也。……」

此則原成本卦明夷䷣。其初爻由陽爻變陰爻而過之卦謙䷎。卜楚丘逊的解釋而引用之明夷，初六爻辭與今本悉同。

僖公二十五年：

「秦伯師於河上，將納王。……公曰：『筮之。』遇大有䷍之睽䷥。曰：『吉。遇「公用享于天子」之卦。戰克而王饗，吉孰大焉？』」

此則原成本卦大有䷍。其三爻由陽爻變陰爻而過之卦睽䷥。即以大有六三爻辭斷。其所引用爻辭與今本悉同。

以上五例中，雖問筮者不同，占者不同，所占問之事不同，但相同處有四：一、皆有本卦有之卦，稱遇某卦（本卦）之某卦（之卦）。二、雖五例或初爻變，或三爻、四爻、五爻變，但皆只一爻變。三、皆以本卦變爻之爻辭斷，而不涉及之卦之卦、爻辭。四、雖或明言以《周易》筮，或未明言，但所引據之爻辭皆與今本《周易》悉同。

哀公九年：

「晋趙鞅卜救鄭，遇水適火，……陽虎以周易筮之，遇泰䷊之需䷄，曰：『宋方吉，不可不與也。微子啟，帝乙之元子也。宋、鄭，甥舅也。祉，祿也。若帝乙之元子歸妹而有吉祿，我安得吉焉？』乃止。」

此例明言「陽虎以周易筮之」，實亦全以周易・泰・六五爻辭斷之。其爻辭云：「帝乙歸妹以祉，元吉。」陽虎筮成本卦泰䷊，其五爻由陰爻變陽爻而遇之卦需䷄。乃以泰之六五爻辭斷。雖未全引爻辭，陽虎所言實既未離爻辭，亦且全面講說爻辭以為占斷。陽虎所云，左氏所記如此，實則與前五例無甚差異。

昭公七年：

「衛襄公夫人姜氏無子。嬖人婤姶生孟縶。孔成子夢康叔謂己：『立元。余使羈之孫圉與史苟相之。』史朝亦夢康叔謂己：『余將命而子苟與孔烝鉏之曾孫圉相元。』史朝見成子，告之夢，夢協。晉韓宣子為政聘於諸侯之歲，婤姶生子，名之曰『元』。孟縶之足不良能行。孔成子以周易筮之，曰：『元

尚享衛國，主其社稷。」遇屯 。又曰：「余
尚立縶，尚克嘉之。」遇屯 之比，以示史
朝。曰：「元亨。」又何疑焉？」成子曰：「非
長之謂乎？」對曰：「康叔名之，可謂長矣。
孟非人也，將不列於宗，不可謂長。且其繇
曰：「利建侯。」嗣吉，何建？建非嗣也。
二卦皆云，子其建之。康叔命之，二卦告之，
筮襲於夢，武王所用也，弗從何為？弱足者
居，侯主社稷，臨祭祀，奉民人，事鬼神，
從會朝，又焉得居？各以所利，不亦可乎？」

故孔成子立靈公。

此例明言「以周易筮之。」「成本卦屯䷂。其初爻由陽爻變陰爻，遇之卦比䷇。」依前六例，原應以屯之初九爻辭斷。但史朝迫不及待，先斷取屯之卦辭中「元亨」二字占斷元立為衛侯為宜。然後又兼引屯之卦辭、初九爻辭中皆言及之「利建侯」三字強調「建」而否定「嗣」。按封建宗法，孟縶為長，原應嗣立，勿庸卜筮。只因孔成子（烝鉏）夢衛國始封君主康叔命以立元，且使孔之曾孫圉及史朝之子史苟相之。

史朝聞孔成子向其叙述此夢，亦云自己亦得此夢，與孔之夢同。其後婤姶再生子乃名「元」。顯然立元，則史朝之子、孔烝鉏之曾孫皆可為相，故史朝迫不及待截取卦辭為斷，又兼引卦爻辭為說，更以屯之初九爻辭為解。屯之卦辭云：「屯，元亨利貞。勿用有攸往，利建侯」。其初九爻辭云：「盤桓，利居貞，利建侯。」比二者，「利建侯」相同，「勿用有攸往」與「利居貞」義近，故兼用之。「盤桓」則解釋成「蹣跚」，以附會孟縶之「不良能行」（跛

足）等等。其攻沿用的路線可見。結果終于立
元，即衛靈公。此例與前占例於占斷上之差異，
實以此而發生。

僖公二十五年：

「初，晉獻公筮嫁伯姬於秦，遇歸妹䷵
之睽䷥。史蘇占之。曰：『不吉。』其繇曰：
「士刲羊，亦無衁也；女承筐，亦無貺也。」
西鄰責言，不可償也。歸妹之睽，猶無相也。
震之離，亦離之震，爲雷爲火，爲嬴敗姬。
車脫其輹，火焚其旗，不利行師，敗於宗丘。

歸妹睽孤，寇張之弧，姪從其姑。六年其逋，逃歸其國，而棄其家。明年，其死於高梁之墟。」

此例原為本卦歸妹䷵。其上爻由陰爻變陽爻而得之卦睽䷥。史蘇首先以歸妹．上六爻辭斷。所引爻辭，今本周易作「女承筐，无實；士刲羊，无血。」雖詞語稍異，義不殊也。然後以卦象釋之。繼之，又兼取睽之上九爻辭，「睽孤，見豕負涂。載鬼一車。先張之弧，後說之弧。匪寇，婚媾。往，遇雨則吉。」中部分該意以斷事。此則史蘇之占法，與前舉之一

至六例又稍不同

綜觀以上八例，其共同之處則皆一爻變而得之卦，皆以本卦變爻爻辭斷。其不同處，則昭公七年史朝之占兼取本卦變爻爻辭及本卦卦辭爲斷。但史朝實懷個人政治目的，其占斷，於春秋筮法已有所悖謬。僖公十五年史蘇之占則兼取本卦變爻爻辭與之卦中變得爻之爻辭爲斷。是其與前七例之明顯不同者。

閔公元年：

「初，畢萬筮仕於晉，遇屯䷂之比䷇。

辛廖占之。曰：「吉。屯固，比入，吉孰大焉？其必蕃昌。震為土，車從焉。足居之，兄長之，母覆之，衆歸之，六体不易，合而能固，公侯之卦也。公侯之子孫，必復其始。」

此例互成卦屯䷂。其初爻陽爻變陰爻而得之卦比䷇。但辛廖之占未引據卦、爻辭，全以象斷，且兼本、之兩卦。其所云之「震為土」，謂屯之下卦震☳變而為坤。坤為土，震變而成坤亦為土也。此處「為」字作「變」字解。春秋時，震之卦象為車、為足、為兄……。坤之卦象為土、為地、為母、為馬……。坎之卦象為水、為眾……。辛廖之占斷猶然，即兼取下、上卦，本、之卦之卦象為斷。先稱本卦屯象固，之卦比象入。然後稱本、之兩卦、下、上兩卦之所象及其所象者之關係以斷吉凶。其成卦、變卦之法當無異其它筮例，其占斷所據則不同也。

閔公二年：

「成季之將生也，桓公使卜楚丘之父卜之。曰：「男也。其名為友，在公之右。閒於两社，為公室輔。季氏亡，則魯不昌。」又筮之，遇大有䷍之乾䷀。曰：「同復於父，敬如君所。」及生，有文在其手曰「友」，遂以命之。」

此例本卦大有䷍五爻由陰爻變陽爻而得之卦乾䷀。乃以之卦卦象——乾為父、為君及其所變為斷。謂「復」，謂「如」，言爻之動，卦之變也。

以上二例頗有相同之處。即：一、有本卦，有之卦，皆本卦一爻變而得之卦。二、皆兼以本、之二卦卦象斷。蓋春秋時期筮法有如是者。如此筮法可能沿襲周易成編以前之古法。周礼·春官·太卜云：「凡卜筮，既事，則繫幣以比其命。歲終，則計其占之中否。」在周易成編之前，殆皆以象占。每次占畢，把命筮之詞（問筮者就布策揲蓍之前告筮以所問之事之所云）與據卦象占斷之詞書之於帛，比較分析，然後繫而存之。每到年終，則統計各次筮占之命中率。其命中率較高者逐漸積累乃漸成六十四卦之卦辭及三百八十四爻之爻辭。再經反復驗証、修訂而成編，乃為周易經文。至春秋時期尚有沿襲此种占法者。觀此二例占斷結果，倘以周易經文斷之，亦皆大吉。此二例成卦、變卦之法與前列各例當不殊，唯斷法從古而已。

觀以上所言十例，雖斷占有二例不引經文、有二例不僅據變爻爻辭斷，引用經文雖有三例或與今本周易不悉同，或截取所需以為斷，但十例之中有一點則悉同，即：十例之本卦皆出有一爻變而得之卦。其爻之變，或陰爻變陽爻，或陽爻變陰爻，或初爻變，或二、三、四、五、上爻變。其名例之變爻：陽爻，九揲者乎？七揲者乎？陰爻，六揲者乎？八揲者乎？自漢以來，治易諸家皆有九為老陽，六為老陰，七為少陽，八為少陰。老陽、老陰為可變之爻，少陽、少陰為不可變之爻之說。徵之左、國所記，繫辭所云。識如是乎？成卦之後，又何以知當變何爻？明乎此，注變卦法思過半矣。

襄公九年：

「穆姜薨於東宮。始往而筮之，遇艮䷳之八。史曰：『是謂艮䷳之隨䷐。隨，其出也。君必速出。」姜曰：「亡。是於周易，曰：「隨，元、亨、利、貞。无咎。」元，體之長也；亨，嘉之會也；利，義之和也；貞，事之幹也。體仁足以長人，嘉會足以合禮。利物足以合義。貞固足以幹事。然故不可誣也。是以雖隨无咎。今我婦人而與於亂，固在下位而有不仁，不可謂元。不靖國家，不可謂亨。作而害身，不可謂利。棄位而姣，不可謂貞。有四德者，隨而无咎。我皆無之，豈隨也哉！我則取惡，能無咎乎？必死於此，弗得出矣。」

此例與前十例殊異。前十例，本卦六爻中僅一爻變，多以變爻之爻辭占。此例本卦六爻中僅一爻不變，其它五爻皆變，而以之卦卦辭斷。明言「是於周易」云云，必以易筮無疑。引據隨之卦辭與今本周易悉同。且就卦德詳為解說，從而為斷。於此，至關重要者則是一個「八」字。言「遇艮䷳之八」，而第二爻未變。二爻為陰爻，初、四、五爻亦為陰爻，何以獨二爻不變，初、四、五爻皆變耶？言「遇艮之八」，是否遇艮之第二爻為八揲之爻，因而不變，初、四、五爻皆六揲之爻而皆變耶？且至此所列十一例皆稱「遇」某卦之某卦，或「遇」某卦之八，「遇」者何？何以「遇」？明乎此，則變卦法當可得其大略矣。

國語·晉語四：

「公子親筮之，曰：『尚有晉國』。得貞屯䷂悔豫䷏，皆八也。筮史占之，皆曰：『不吉。閉而不通，爻无為也。』司空季子曰：『吉。是在周易，皆利建侯。不有晉國以輔王室，安能建侯？我命筮曰：「尚有晉國」，筮告我曰：「利建侯」，得國之務也。吉孰大焉？震，車也。坎，水也。坤，土也。屯，厚也。豫，樂也。車班內外，順以訓之，泉源以資之，土厚而樂其實。不有晉國，何以當之？震，雷也，車也。坎，勞也，水也，衆也。主雷與車而尚水與衆。車有震，武也。衆而順，文也。文武具，厚之至也。故曰屯。其繇曰：「元、亨、利、貞。勿用有攸往，利建侯。」主震雷，長也，故曰元；衆而順，嘉也，故曰亨；內有震雷，故曰利貞。車上水下，必伯。小事不濟，壅也。故曰：「勿用有攸往」，一夫之行也。衆順而有武威，故曰：「利建侯」。坤，母也。震，長男也。母老子強，故曰豫。其繇曰：「利建侯行師」。居樂，出威之謂也。是二者，得國之卦也」。

司空季子發筮史之根據則明言：「是在周易。」並以卦象詳釋卦辭。此例司空季子語及左傳莊公二十二年周史語皆春秋筮占之最具典型性者。但此例與前十一例又有明顯不同。

最重要者在「貞屯悔豫皆八也。」此處，貞不作內卦解而作本卦解。悔不作外卦解而作之卦解。本卦屯䷂初爻、五爻由陽爻變陰爻，四爻由陰爻變陽爻。二、三、上爻皆為陰爻而未變。襄公九年穆姜之筮「遇艮之八」而二爻不變。此筮云「皆八」。「皆八」，自非僅止一爻為八揲之爻，顯然三個未變之陰爻皆為八揲之爻，而由陰變陽之四爻必為六揲之爻。兼觀二例，已明白可徵陰爻中八揲之爻為不可變之爻，六揲之爻為可變之爻。但果如舊說所稱：九揲之爻亦為可變之爻，七揲之爻亦為不可變之爻乎？

昭公二十九年：

「秋，龍見於絳郊。魏獻子問於蔡墨……對曰：『……龍，水物也。水官棄矣，故龍不生得。不然，周易有之：在乾　之姤，曰：「潛龍，勿用。」其同人　曰：「見龍在田。」其大有　曰：「飛龍在天。」其夬　曰：「亢龍有悔。」其坤　曰：「見羣龍无首，吉。」坤　之剝　曰：「龍戰于野。」若不朝夕見，誰能物之？』」

蔡墨語中「其坤曰：『見羣龍无首，吉。』」則周易經文乾之用九爻辭也。王弼據小象注此條文辭云：「九天之德也。」孔疏云：「九天，之德者，言六爻俱九乃共成天德。非是一爻之九則為天德也。」此則明釋「用九」為六爻俱九揲之爻也。此同傳統解釋，非獨正義作如是說也。後文尚更詳辨之．於此不贅。依蔡墨語，乾卦六爻皆九則六爻皆變，於春秋時稱「乾之坤」。既稱「乾之坤」，則六個九揲之爻皆變而為六揲之爻，於筮法乃以乾之用九爻辭斷矣。

於此，正明白可知九揲之爻確爲可變之爻矣。國語·周語下記趙盾筮立成公還，乾䷀之否䷋，則其本卦六爻皆陽爻，而初、二、三爻變爲陰爻始可以得之卦否。九揲之爻既爲可變之爻，則初、二、三爻必皆九揲之爻也。其不變之四、五、上爻亦必皆七揲之爻無疑矣。於是，七揲之爻爲不可變之爻亦有具體筮例可徵矣。九、六揲之爻可變，七、八揲之爻不可變之說自周代迄今流傳久矣，或以其爲「自然之理」，勿庸解釋而不予解釋，其後，則欲爲信而有徵之解釋幾不可能。但此問題不徹底辨明，治易中諸多疑惑便不能明。至少，對此問題不做出確具說服力之解釋，於變卦法之探究與論證亦幾不可能進行。

解開變卦法之謎

前文所列左、國所記筮例皆有本卦有之卦，雖其占斷或據變爻，或據之卦，或據本卦、之二卦，或據卦、爻辭，或據卦象，但備不變卦之遇卦則無以占。左、國所記，除二例外，皆如此。亦足見此固春秋易筮通用之成法。然亦如前文所云，易傳之隱約，獨在據本卦而求得之卦之變
卦法。必解開變卦法之謎，始可以考見春秋之筮
法。嗚呼！解此千餘年之謎，豈易言哉！丙辰
丁巳間，余在圍河東，編管中，爲委吏。料量
平之餘，日曛風悲之夕，苦雨蕭疏之夜。全憑
腦際兒時之所誦習，仿效計算、推求，始畧窺其
要。十餘年來，治易學、援易學，殊不免每懷乎此而
法然。「作易者其有憂患乎？」治易學而或有所
得者又倘以必處憂患之際乎？余識微鄙愚鈍，
所得亦識不足道。微其得之於艱難憂患之中，故不免時時念念耳。

繫辭曰：「通其變，遂成天地之文；極其數，遂定天下之象。非天下之至變，其孰能與於此！」當然，「通其變」，「極其數」涵義深廣。其於筮占，何嘗不可理解為：通其數之變而至極，乃可以得由地六、天七、地八、天九構成之六畫之爻，乃可以定六十四卦、三百八十四爻，當何所「遍」及所「遍」者之象，从而占斷耶？故繫辭云：「極數知來之謂占」也。易筮中固有若干數之極者，即：五十五，極「天地之數」、「大衍之數」矣。二，極四度營為之始矣。十八，極成卦之變矣。欲「成天地之文」，「定天下之象」，欲知來者，則非「參伍」、「錯綜」此數之極者，及本卦之爻之變數不可。變卦之所據在於是矣。此誠無一非繫辭所未嘗言者。但如「錯綜其數」而「參伍以變」，則繫辭、說卦所云雖未免隱約，實皆有所啟示。

繫辭云：「子曰：『乾坤其易之門邪？』」

信哉，夫子之言也！

易傳每以乾、坤為說，而其義指實多遠不止乾、坤二卦也。故讀易、治易不可不反復深味夫子之言。

繫辭言成卦法計乾、坤之策云：「乾之策二百一十有六，坤之策百四十有四」。於此，實有重要啟示者二：其一，明六爻揲數之合不可忽視之作用。舉乾、坤而六十四卦皆在其中矣。其二，「乾、坤其易之門耶？」入其門，斯窺其堂奧。乾之策二百一十有六，五十四揲，為成卦時六爻揲數之合最多者，勿論求之卦，直以乾之用九占斷；坤之策百四十有四，三十六揲，為成卦爻時揲數之分最少者，勿需求之卦，直以坤之用六占斷。是蓋春秋易筮之成法。五十四揲與三十六揲之間，則五十三揲與三十七揲也。此五十三至三十七則六爻非皆九揲之乾、六爻非皆六揲之坤及其它六十二卦之揲數成在其間矣。之變卦法此識不可或缺者。

說卦云：「參天兩地而倚數」。天之數二十有五，地之數三十。兩參天地之數，則五十五不可不為必「倚」之數也。成卦不可離，變卦亦不可或離也。故以為「大衍之數」。衍，演易也。易義廣大，彌綸天地之間，故云「大衍」。其數又合天、地之數，故益不可不謂為「大衍」。而五十五於成卦、於變卦，於演易全過程皆為最大之數，故「大衍之數」於演易，亦明示人以此易數不可或離之最大數字也。

成卦，蓋「分二」、「經十有八變」。十八、二貫成卦之經歷。亦與於變卦之經歷乎？

成卦六爻皆九、六爻皆六為揲數之最多、最少者，皆有用爻以為占斷。二者之間五十三揲至三十七揲諸卦，則多不可以不求之卦以占斷。而此五十三至三十七適少於「大衍之數」二至十八也。由是，見二至十八之與於變卦法之妙用矣。此二至十八於衍成本卦六爻之排列順序則：以本卦二爻為二，依三、四、五、上爻逆數至上爻為六，再以上爻為七依次下數至初爻為十二，再以初爻為十三上數至上爻為十八，極矣。

以上，本卦六爻揲數之合、大衍之數、二至十八畢具，可以言變卦法之具體步驟矣。

變卦法之具體步驟大要可分兩部分言之。

第一部分：凡本卦六爻非皆不可變之爻亦非皆可變之爻時可按以下四步由本卦變得之卦：

第一步：把本卦六爻揲數相加。

第二步：以「大衍之數」之五十五減第一步所得本卦六爻揲數之合而得餘數。

第三步：以第二步所得之餘數按前述始二經十八之排列順序數之，至餘數盡而止。

第四步：於第三步數至餘數盡而止時，有遇本卦之第幾爻，再看所遇之爻之揲數。若該爻為九揲之陽爻，則把該爻變為陰爻；若該爻為六揲之陰爻，則把該爻變為陽爻。以上兩種情況皆因本卦有一爻變化而本卦變，乃得之卦，即稱遇某卦之某卦。左氏記易筮所稱「遇」某卦之某卦，其所以稱「遇」者，即以此故也。此實左傳所記一爻變而得之卦之十例之通例也。如僖公十五年晉獻公筮嫁伯姬遇歸妹䷵之睽䷥。上爻由陰爻變陽爻，該爻必為六揲之爻。據此筮，本卦歸妹。五十五減其六爻揲數之合，餘數則應或六、或七、或十八，否則，不可能適遇上爻而餘數盡也。因而此次筮占所成之本卦歸妹六爻揲數之合亦自可能為四十九或四十八或三十七也。但歸妹䷵卦即使三陰爻皆為六揲之爻，三陽爻皆為七揲之爻，六爻揲數之合亦已三十九，不可能為三十七。故以五十五減此筮歸妹卦六爻揲數之合而餘十八以數遇上爻之可能性自當排除。而此筮歸妹卦既是數遇六揲之上爻而變為陽爻，則其六爻揲數之合必不可能為四十八。以六爻中既有上爻為六揲之爻，其餘五爻中有二陰爻、三陽爻，此五爻揲數之合自不可能為雙數之四十二。故以五十五減此筮歸妹六爻揲數之合而餘七以數過上爻之可能性亦自當排除。因此，此次筮占歸妹六爻揲數必為䷵（六八九八九九）。五十五減此六爻揲數之合則餘數為六，適數過上爻而變，過之卦睽䷥，故云：「過歸妹之睽」也。又如莊公二十二年周史為陳厲公以《周易》筮敬仲之後經大衍齋、「遇觀䷓之否䷋。」此筮本卦觀之四爻由六揲之陰爻變為陽爻，則五十五減本卦六爻揲數之合，餘數應或四，或九，或中六。其六爻揲數之合則當或五十一，或四十六，或三十九。然此筮觀䷓卦六爻中有四個陰爻。其中第四爻又明明是六揲之爻，即使其它三陰爻皆為八揲之爻而另外二陽爻皆為九揲之爻，其六爻揲數之合亦僅四十八，不可能到五十一。故以五十五減此筮觀卦六爻揲數之合而餘四以數過四爻之可能性自當排除。同時，觀卦中二陽爻揲數之合必為雙數，陰爻之合亦必為雙數，不可能為單數之三十九。故以五十五減此筮觀卦六爻揲數之合而餘十六以數過四爻之可能性亦自當排除。因而此筮本卦觀卦六爻揲數之合必為四十六。六爻揲數之組合當有兩種可能：一為：三、八揲之爻，六、七、九揲之爻各一個。一為：六、八、九揲之爻各兩個。其六爻揲數之排列則當有五種可能，即：

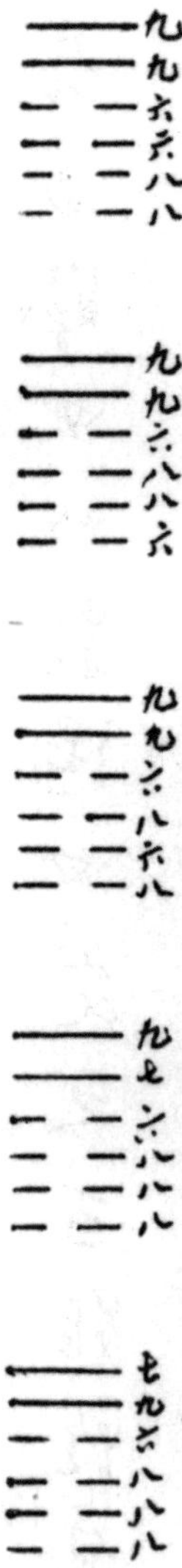

也。此筮所成觀卦六爻揲數之組合、排列必係此五者中之一也。又如襄公二十五年崔杼筮娶棠姜「遇困䷮之大過䷛」，此筮困之三爻六揲之陰爻變為陽爻，其五十五減本卦六爻揲數之合當餘三、或十，或十五。因而本卦六爻揲數之合當可能為五十二，或四十五，或四十。但困卦六爻中有三陰爻、三陽爻，六爻揲數之合必為奇數，不可能為偶數。故六爻揲數之合為五十二、為四十之可能性自當排除。此筮困卦六爻揲數之合必為四十五。其組合與排列乃有以下九種可能，即

八九九六七六、八九七六九六、八七九六九六、六九九六七八、六九七六九八、六七九六九八、八九七六七八、八七九六七八、八七七六九八

也。此筮所成困卦六爻揲數之組合、排列必像九者中之一也。以此類推，左氏所記筮占，其一爻變而得之卦之十例皆然。

由此可証，以「大衍之數減本卦六爻揲數

之合而得餘數，以此餘數依前述數法，數至餘數盡遍可變之爻乃得之卦之法，確為春秋時期易筮凡遇本卦非皆不可變之爻亦非皆可變之爻情況下普遍使用之筮法。據左氏所記，至少於齊、魯、晉、陳諸國莫不使用此法也。此亦正周易文辭於筮占中之所為用者也。千餘年來治易注意及此者尟矣。此非治易之根本問題乎？進而自明周易爻題何以稱「九」、稱「六」，顯然以在上述諸條件下，數遍「九」則九揲之陽爻變陰爻，數遍「六」則六揲之陰爻變陽爻而遇之卦，乃可以占。乃可以以該爻題下爻辭為斷耳。治易經生，著書行世，於爻題何以以九、六稱，於爻辭之作何用尚不能確切明白，「空言說經」之謂其可免諸？

按以上變卦法，最後數而未遇九揲或六揲之爻而適遇七揲或八揲之爻又當如何？七揲、八揲之爻為不可變之爻，數而遇之，其爻自當不變，須視其它五爻情況，變化而得之卦。

襄公九年穆姜始往東宮時筮「遇艮之八」，

即筮得本卦艮，依變卦法適遇八揲不可變之爻也。」史曰：「是謂艮䷳之隨䷐」。此筮本卦只二爻未變，初、三、四、五、上爻皆變而遇之卦隨。以左氏明言「遇艮之八」，故知二爻為不可變之八揲之陰爻也。其它五爻皆變，則初、四、五爻必皆可變之六揲之陰爻而三、上二爻皆為可變之九揲之陽爻也。因此，可以斷定此筮本卦艮六爻揲數之組合、排列則必為䷳（九六六九八六）也。其六爻揲數之合為四十四。以五十五減之，餘數為十一。以前述方法數之，適遇二爻而餘數盡。左氏記「遇艮之八」，二爻即不可變之八揲之陰爻，其爻不變。初、三、四、五、上爻皆九揲、六揲可變之爻，乃陰、陽爲變而得之卦隨矣。

國語·晉語四記重耳筮「尚有晉國」，得「貞屯䷂悔豫䷏皆八也」。本卦初、四、五爻皆變而二、三、上爻不變。初爻、五爻當爲九揲之陽爻，四爻當爲六爻之陰爻，故皆變也。二、三、上爻皆爲八揲之陰爻，故不變。以該三爻皆八揲之陰爻而未變，故云：「皆八也」。

亦意為其不變之爻中无七揲之爻也。如是，顯然此筮本卦也六爻揲數之組合、排列必為八九六八八九也。其六爻揲數之合則為四十八，以五十五減之，餘七，以前述方法數之，適遇上爻逢八揲之陰爻，而餘數盡，乃初、四、五可變之爻皆變，二、三、上不可變之爻皆不變而得之卦豫矣。

國語、晉語四記董因迎重耳於河之前筮「遇泰䷊之八」。不言之卦，且直據泰之卦辭「小往大來」為斷。此例尤當重視。既稱「遇泰之八」，則本卦為泰卦，且大衍之數減本卦六爻揲數之合，其餘數必數遍八揲之爻。泰卦三陰爻，三陽爻，其六爻揲數之合必為奇數。此筮既稱「遍泰之八」，則至少有一爻為八揲之爻，且必須數而遍之。此筮泰卦六爻揲數之合至少為四十一（八揲之爻一、六揲之爻二、七揲之爻三）。至多為五十一（八揲、九揲之爻各三）。其間則四十三、四十五、四十七、四十九也。然六爻揲數之合若為四十一、四十三、四十五，以五十五減之，其餘數則分別為十四、十二、十。以此餘數依前述法數之則必數遍二、初、三爻。該三爻皆陽爻，此筮乃不可稱「遇泰之八」矣。倘此筮本卦泰六爻揲數之合為五十一，則其六爻揲數之組合、排列必為䷊（八八八九九九）。以五十五減之，餘四。以前述方法數之，雖遇八揲之四爻，但不得稱「遇泰之八」。以本卦八揲不可變之爻與九揲可變之爻合三，依國語、晉語四所記重耳筮得「貞屯䷂悔豫䷏，皆八也」例，則可變之爻全變而得之卦，並以本、之二卦卦辭斷。於此筮，初、二、三爻皆應以「爻可變之陽爻全變為陰爻」因而得之卦坤，乃應稱為

「貞泰悔坤，皆八也。」而以泰、坤二卦卦辭斷。不得稱「遇泰之八」並且獨以泰卦卦辭斷。倘此筮泰卦六爻揲數之合爲四十七而其六爻揲數組合，排列爲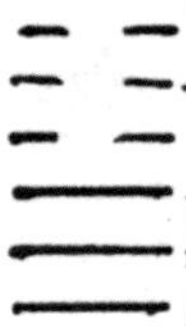六八六九九九，或六爻揲數之合爲四十九而其六爻揲數組合，排列爲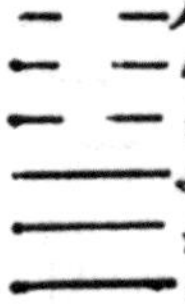八八六九九九或爲八六八九九九，則亦不能稱「遇泰之八」而獨以泰卦卦辭斷。依左傳襄公九年記穆姜之筮「遇艮之八」「是謂艮之隨」例，當依變卦法最後數遍不可變之爻而本卦六爻中可變之爻多於不可變之爻時，則可變之爻全變而得之卦，並以之卦卦辭

斷。若是，比筮本卦六爻揲數之合若為四十七，其揲數組合、排列為䷊（六八六九九九）時則變遇之卦晉䷢，是謂泰之晉，而以晉之卦辭斷。比筮本卦六爻揲數之合若為四十九，其揲數之組合、排列為䷊（八六八九九九）時則變遇之卦比䷇，是謂泰之比，而以比之卦辭斷。其揲數之組合、排列為䷊（八八六九九九）時則變遇之卦豫䷏，是謂泰之豫，而以豫之卦辭斷。皆不得稱「遇泰之八」，且以本卦泰之卦辭斷也。故比筮本卦泰六爻揲數之合必為四十七或四十九，其六爻揲數之組合、排列必須為：䷊（八八八七七九）、䷊（八八八七九七）、䷊（八八八九七七）、䷊（八八八七九九）、䷊（八八八九七九）、䷊（八八八九九七），始可以如此筮稱「遇泰之八」，且本卦不變並獨以本卦卦辭斷也。

綜觀以上諸筮例，凡本卦六爻非皆不可變之爻亦非皆可變之爻者，經變卦法四步驟最後數遍不可變之七揲、八揲之爻者，乃視其本卦六爻中可變之爻與不可變之爻之多寡以定是否變求之卦。倘可變之爻多於不可變之爻，則可變之爻全變，即得之卦，且以之卦卦辭為斷。襄公九年所記穆姜之筮是也。倘可變之爻與不可變之爻相當，則可變之爻全變，而稱貞某卦悔某卦，并以本、之二卦卦辭爲斷。國語、周語下所記晉之筮及晉語四所記重耳之筮是也。倘不可變之爻多於可變之爻，則本卦不變，且直以本卦卦辭斷。國語、晉語四所記董因迎重耳於河之前筮「遇泰之八」是也。

第二部分

凡本卦之爻皆不可變之爻或皆可變之爻者其是否推求之卦及如何推求之卦概不用第一部分之具體步驟，故另行歸類而稱第二部分。

其大略如下：

倘本卦六爻皆為不可變之爻，即使按第一部分變卦法具體四步驟推求，最後亦必數過不可變之爻。依國語．晉語四董因筮例，數過不可變之爻時，本卦六爻中，不可變之爻多於可變之爻時，其本卦猶不變，何況六爻皆不可變之爻乎？故勿需經第一部分所云四步驟。一望可知其本卦不變，亦即以其本卦卦辭為斷也。如本卦為乾，其六爻揲數組合，排列為䷀（七七七七七七），則本卦不變，乃以乾之卦辭為斷。如本卦為坤䷁（八八八八八八），本卦亦自不變，乃以坤之卦辭為斷。乾、坤二卦之卦辭，詳筮，即為此而設者也。如本卦為師，其六爻揲數之組合、排列為䷆（八八八八七八），本卦亦自不變，直以師之卦辭為斷可也。其它諸卦皆然。

倘本卦六爻皆為可變之爻，亦自有經傳第一部分之四步驟，即六爻全變而得之卦。如本卦為師，其六爻揲數之組合、排列為䷆（六六六六九六），本卦六爻乃全變而得之卦同人䷌，即以之卦同人卦辭斷。如本卦為屯，其六爻揲數之組合、排列六九六六六九」䷂。本卦六爻乃全變而得之卦鼎䷱，即以之卦鼎卦辭斷。

一卦六爻皆為不可變之爻，其六爻揲數之合必有以下七種可能，即：四十二、四十三、四十四、四十五、四十六、四十七、四十八；一卦六爻皆為可變之爻，其六爻揲數之合亦必有七種可能，即：三十六、三十九、四十二、四十五、四十八、五十一、五十四也。本卦六爻皆不可變之爻，即全卦各爻皆不變而以本卦卦辭斷；本卦六爻皆可變之爻，自當各爻全變而以之卦卦辭斷。應特別注意者是：不看本卦六爻是否皆可變之爻抑皆不可變之爻概以第一部分之四步驟推求之卦。若本卦六爻皆不可變之爻，尚可無甚差訛，若本卦六爻皆可變之爻則必最後數遇可變之爻而以本卦變爻爻辭斷，則大謬矣。如本卦比，其六爻揲數之組合．排列為䷇（六九六六六六），如誤作第一部分而按四步驟推求，則六爻揲數之合為三十九，以五十五減之，餘十六．數遇四爻，遂變得之卦萃䷬，而以比之四爻爻辭斷，是大謬矣。以其未按春秋易筮法法本卦比六爻皆可變之爻即六爻全變而得之卦大有䷍，且以大有之卦辭爲斷也。倘本卦爲乾，六爻皆九揲之爻，誤以第一部分四步驟推求，則六爻揲數之合爲五十四，以五十五減之，餘一，乃數遇初爻，得之卦姤䷫，而以乾之初九爻辭斷，則大謬甚矣。左傳昭公二十九年，蔡墨言乾之坤稱「見群龍无首，吉」。此則乾之用九爻辭也。用九，即通九也。莊子、齊物論曰：「用也者，通也。」長沙馬王堆出土之漢帛書易經「用九」作「迵九」。「迵」亦通也。

史記・扁鵲倉公列傳：「臣意診其脈曰『迵風』。」裴駰史記集解曰：「迵，音洞。言洞徹入四肢。」司馬貞史記索隱曰：「是風疾洞徹五臟，故曰『迵風』。」是二家皆以「洞徹」解「迵」字。益足以明「迵」亦通也。言「用九」、「迵九」者，皆謂所云「乾之坤」之乾卦自初爻至上爻皆以可變之爻通徹，而無不可變之爻從中阻塞也。乾卦六爻若皆以可變之爻而通徹，則必六爻皆九揲之爻也。然自蔡墨語中亦可知，若本卦為乾，六爻皆九揲之爻，雖移「乾之坤」，但不以坤之卦辭斷而以乾之用九爻辭斷。故六爻皆九揲之乾卦，倘誤以第一部分之四步驟推求，則必變得之卦姤，則與春秋筮法全然不符矣。於此，尚有一問題必須特别說明，即：筮得本卦乾，無論其六爻揲數組合、排列如何，實絕不可能變遇之卦姤。倘六爻皆七揲不可變之爻，則六爻全不變而以乾之卦辭斷。倘六爻皆九揲可變之爻，則六爻全變而稱乾之坤，乃以乾之用九爻辭斷。前文俱已明白論述。倘六爻非皆不可變之爻亦非皆可變之爻，依第一部分揲四步驟推求之卦，則必須六爻揲數之合為四十三或四十二，以五十五減之，餘十二或十三，始可數過初爻。但即使六爻之中七揲之爻五，九揲之爻一，其六爻揲數之合已為四十四，已不可能再少，亦不可能數過初爻而變得之卦始。何況乾卦六爻皆為陽爻，其揲數之合絕不可能為單數，豈可以為四十三耶？而四十二，則六爻皆七揲之爻揲數之合也。自以皆不可變之爻其卦不變，直以乾之卦辭斷矣。於此，後有一問題必須進一步特別說明。即：若乾實絕不可能變遇之卦始，則乾之初九爻辭亦實絕不可能用以占斷矣，該爻與該爻辭豈非虛設？余曰：然。該爻與該爻辭固係虛設者也。其爻辭已明白告示：「潛龍，勿用」。言此爻實若龍之沉潛藏隱，是不用之爻也。經文於此，雖取譬為說，但其言明白確切，並不曲折隱晦。《周易》經文本是筮書，《左傳》、《國語》明載以《周易》筮之筮例。惜乎此點，古之大家自馬融、鄭玄、虞翻、荀爽、王弼、韓康伯以至孔穎達、李鼎祚、朱熹迄清代說易諸家於此爻辭之注、疏、說、解皆未予以重視。雖有見仁見智之殊，然離乎筮法，說解筮書，識難言確得其義。況文辭明言「勿用」，小象明甚何以「勿用」云：「陽在下也。」文言亦解稱：「潛龍，勿用，下也。」「潛龍，勿用，陽氣潛藏。」「潛之為言也，隱而未見，行而未成，是以君子弗用也。」傳意甚明。蓋乾之初爻非九揲之陽爻不可以筮遍之卦始。但以乾卦六爻揲數之組合、排列言，九揲之爻處六爻最下之初爻之位，絕無可能獨變而遍之卦始。故亦絕無可能以乾之初九斷矣。

小象、文言解之至確，言之甚明。且經文中更不僅乾之初九以筮不可遇爲虛設文，坤之上六亦然。余另有乾．初九：潛龍，勿用解——兼論周易之虛設文專文論述。

春秋時期之變卦法失傳太久。東漢以降，治易諸家鮮有究明筮法者，而王弼注易又盡掃象數。影響所及，周易注、疏、說、解，以不明筮法，强下己意，離失經旨傳意之病乃時或不可免焉。

占斷

卜筮，所以求斷也，古今中外一切占卜皆然。於今所見春秋筮例，除左傳．昭公十二年枚筮一例漫問吉凶外，十五例皆為命筮，即皆明言所筮問之事以求斷。若占筮不明確斷事．筮又何為？故言筮法，揲蓍求卦，變遍之卦固是根本，然徒有根本，無花無實，豈筮之為用哉！既得本、之卦後，占斷明而斷事切，此問筮者之所求也。故言筮法不可以不明占斷。

綜觀左國所記筮占十六例，其中十一例引據卦、文辭以斷。十一例中，唯引卦、文辭爲斷者三例。引據卦、文辭結合卦象爲斷者八例。十六例中，未引據卦、文辭，唯以卦象爲斷者五例。是十六例中，唯以卦、文辭及兼以卦、文辭爲斷者十一例，唯以卦象及兼以卦象爲斷者十三例也。

卦象爲易筮占斷之本

易・繫辭傳云：「聖人設卦、觀象，繫辭焉而明吉凶。」此語明確道出卦象在易筮占斷中之根本作用。爲探討此問題之基礎。

就揲蓍得卦、變遇之卦言，誠如左傳．僖公十五年韓簡在秦對晉惠公所云：「筮．數也。」但就占斷言，則易筮之占斷實不可能離開象。甚至涵蓋全部周易的就是象。故繫辭傳云：「是故易者，象也。」進一步自根本言，八卦之產生系據仰觀、俯察，分類概括而來。故易．繫辭傳又云：「聖人有以見天下之賾而擬諸其形容，象其物宜，是故謂之象。」可知易自八卦之擬，具即根據宇宙、自然、社會之諸徵象。

而八卦則又反而分別象宇宙、自然、社會之萬事萬物。

易筮本繼龜卜而興。卜則灼龜使坼，據兆而占；筮則揲蓍成卦，觀象以斷。易之象實猶龜之兆也。然至西周之初，卜歷年久遠，已然有「頌」。頌者，繇也，占斷之辭也。而易筮，以其新興，則尚無定型之繇。周禮．春官．太卜云：

大卜掌三兆之法：一曰玉兆、二曰瓦兆、三曰原兆。其經兆之體皆百有二十，其頌皆千有二百。掌三易之法：一曰連山、二曰歸藏、三曰周易。其經卦皆八，其別皆六十有四。

此語明言西周之初卜之三兆皆各有千二百余占斷之辭。三易乃只言經卦、別卦，而不言繇。顯然，其時易筮尚無已定型之占斷之辭。該篇又云：「凡卜筮，既事，則繫幣以比其命。歲終，則計其占之中否。」是卜則占斷據兆與頌，又以頌比其命，是已定型之辭之驗證、修訂之事也。筮則占斷唯據卦象而無繇，筮者觀象

20×20=400
开明出版社稿纸

擬具繇辭，歲終，又以此自擬之繇辭比其命，是未定型之辭漸趨定型之事也。易筮乃次後一次，一年後一年比其命，驗其占，其中者乃漸定型。筮史集之，修其辭，理其序，編次成書，遂為易經。其附經年月，雖不可考。而易卦、爻辭成編恐已為西周中葉之時矣。左、國所載十六例中五例不引據卦、爻辭，唯以象斷者，則猶西周時之遺法也。此五例皆在成公十六年以前。皆三例不言卦象，唯以卦、爻辭斷者，顯係春秋後期興起之新法。以此三例皆昭公[illegible]年以

前後

七

后

閒易方

後者也。另八例則以卦、爻辭結合卦象為斷，此其春秋易筮占斷之主要方式歟？於此，必須指出：易筮自經文成編臻於全盛。古文獻所可考見者，如左傳所記昭公五年以前之筮，於卦、爻辭或引或否，占斷皆仍不離卦象。左傳所記昭公七年、昭公十二年、哀公九年春秋易筮最後三例皆出據卦、爻辭而不言卦象，實已顯示易筮之始衰。幸得其後不久而易傳出，否則，筮法之失傳更不待西漢之時矣。

左、國所記筮例中所言及之卦象，無疑為

20×20=400
开明出版社稿纸

當時全部卦象中之一小部分。然即此一小部分。八經卦俱已涉及，且已可見八經卦之基本卦象。茲將左、國所記筮例中所見卦象表列於後。

筮例出處	筮遇本、之卦	筮遇本、之、內、外卦卦象	筮遇別卦卦象
左傳·莊公二十二年	觀䷓之否䷋	坤：土、帛、地 巽：風 乾：天、玉	

左傳·閔屯䷂之震：車、足、兄、屯：固、[illegible]

公元年比䷇ 殺 比：入、合

坤：土、馬、母、

安

坎：衆

左傳·閔大有䷍ 乾：父、君

公二年之乾䷀

左傳·僖歸妹䷵ 震：雷、車、旗、

公十五年之睽䷥ 姪

離：火、姑

兌 輹

左傳·僖	蠱 ䷑	巽：風	蠱：雄狐
公十五年		艮：山	
國語·晉	貞屯 ䷂	震：車、雷、長、	屯：厚
語四	悔豫 ䷏	長男	豫：樂
		坎：水、泉源、	
		勞、眾	
		坤：土、順、母	
		震（本、之卦並	
		見）：武	
		坎與坤：文	

國語・晋泰䷊ 乾：天
語四 坤：地
左傳・僖大有䷍ 乾：天
公二十五之睽䷥ 離：日
年 兌：澤
國語・周乾䷀之 乾：天
語下 否䷋ 坤：地
左傳・襄艮䷳之 隨：出
公九年 隨䷐
左傳・襄困䷮之 坎：夫

公二十五年	大過䷛	巽：風 兑：妻	
左傳・昭公五年	明夷䷣ 之謙䷎	離：火 艮：山、言	明夷：日 日之謙：鳥 純離䷝：牛

表中筮遇本、之、內、外卦卦象、筮遇別卦卦象兩欄「：」以上為卦名，以下為該卦卦象。左、國所記十六例中有三例只以卦、文辭斷，未言卦象，成公十六年一例言卦象不甚直

接，故亦從十二例所見整理以成此表。表中所涉及八經卦卦象歸納於後：

乾：天四、玉一、父一、君一

坤：地三、土三、母三、帛一、順一、安一、馬一

震：雷二、車三、足一、兄一、殺一、旗一、姪一、長一、長男一

巽：風三

坎：水一、泉源一、象二、勞一、夫一

離：火二、姑一、日一

艮：山一、言一
兌：澤一、輔一、妾一
（卦象右下角之數字係於左、國筮中出現例之次數）。

由前所列表及繼所歸納可見：
第一、易筮占斷中以天地、雷、風、水、火、山、澤象乾、坤、震、巽、坎、離、艮、兌，顯然始於春秋以前。雖然此表僅據春秋筮占十二例卻已足徵此八種卦象實為八經卦使用頻率最高者。象、彖、繫辭、文言、說卦諸傳以此為八經卦基本卦象亦實即由此而來。且自春秋以前八經卦之基本卦象已派生出若干引伸卦象。如乾之卦象除天以外尚有父、君、玉，坤之卦象除地（土亦地）以外尚有母、安、順等。當然，在此十二例中涉及之引伸卦象尤疑是全部引伸卦象中之一小部分。但易傳所云八經卦卦象是否即春秋易筮所用八經卦之全部卦象？文獻不足徵，豈敢言其必也？且亦有不相侔者。如左傳·閔公元年畢萬筮仕於晉，「辛廖之占以坤為馬，而說卦傳則云：「坤為牛。」說卦傳並未解別卦卦象，故左傳·昭公五年莊叔稱純離為牛」係自離之卦辭而來，實亦與說卦傳所云之「坤為牛」並無關涉。

第二·表中明白可見春秋易筮不僅用八經卦卦象為斷，且用六十四別卦卦象為斷。筮例涉及別卦卦象不多，但春秋易筮中別卦已確有卦象則無可置疑。且別卦亦或不止每卦一象。如左傳·閔公元年莊叔即以比之卦象為入、為合。此筮以屯之卦象為固，而國語、晉語四則以屯之卦象為厚。且更有「車有震，武也；眾而順，文也」之說。此胥臣為重耳在秦之占之所云者。「車有震」，謂本、之卦中皆有震也。「衆而順」，謂本、之卦中既有坎又有坤也。然此說只此一筮例所見，是否為通例，難以確定。

不僅如此，左傳．莊公二十二年周史以周易為陳厲公占敬仲之生世曰：「風為天於土上，山也。」謂觀之否之內卦坤未變，外卦由巽變乾，其象為山也。左傳．昭公五年卜楚丘為叔孫豹之生之占曾云：「日之謙當鳥」。謂明夷之謙外卦坤未變，內卦由離變艮，其象當鳥也。

然此筮，卜楚丘明言「明夷，日也」，而左傳·僖公二十五年卜偃為重耳勤王之占則以離為日。卜楚丘語則不論說明夷為日或離為日皆可。但無論如何，日於易筮占斷中既為離之卦象又為明夷之卦象。由此以見，經、別卦亦或有其一卦象者。是否當時易筮占斷中，於卦象上有一定的任意性？在何種條件下始可以有何種任意性？於此，是否有一定的規律性或限制？尚難確考。

第三·左·國注、疏諸家頗有以互卦卦象

解春秋筮例者，但表中並無一例涉及卦象。如國語·晉語四韋昭解胥臣語中以坎爲衆原云：「屯䷂三至五、豫䷏二至四皆有艮象。豫三至五有坎象。艮山坎水，水在山上爲衆原，流而不竭。」此解殊爲牽强。二卦中非必豫三至五有坎象，屯之上卦本既是坎，何必非取豫三至五不可？水爲坎之卦象，猶象傳之以雲、雨象水也。每卦固非僅一象，坎之卦象尚可以爲衆、爲勞，何獨不可以爲衆原，反必須以互卦解乎？又如左傳·莊公二十二年「風爲天於

泉源　即　互卦

土上，山也。」句杜預注云：「巽變為乾，故曰風為天。自二至四有艮象，艮為山。」孔穎達疏仍杜說，謂：「巽變為乾，六四變為九四，從二至四互體有艮象。艮為山，故言山也。」其實，「於土上」即在地上也。巽變為乾，勢趨高也。於其時，在地上而勢趨於高者，即山也。何須以互卦繞彎子牽强解說？孔氏嚴守「疏不破注」，故每以是繼踵杜注之謬誤焉。易筮占斷是否在卦爻即已使用互卦卦象？考之文獻，則左國所記筮例無涉及互卦者，易傳十篇亦未言及互卦。是以余疑互卦之説始起於劉歆也。

由以上所述可見，易筮自繼龜卜而興，即以卦象占斷。迨易經成編，乃多以卦象及卦、爻辭合斷。至春秋後期乃有僅據卦、爻辭爲斷者。然卦、爻辭亦皆據卦象而擬具。是以余謂卦象爲易筮占斷之根本。明乎此，始可以言占斷之諸多問題。

爻象之説實以卦象以説爲基礎衍生發展而來、

左、國所記筮例多明言「以周易筮」，其記得卦及變遇之卦每稱遇某卦之某卦。而其占斷每據本卦變爻之爻辭。如遇觀䷓之否䷋則以觀之四爻爻辭斷。遇困䷮之大過䷛則以困之三爻爻辭斷。自卦、爻辭言，春秋易筮所云之觀之否即今本周易所稱之觀之六四，困之大過即今本周易所稱之困之六三也。其觀之六四、困之六三等即今本周易之爻題，爻題下即爻辭。每條爻辭之後皆有「象曰」云云。此即象傳中習慣所稱之小象。小象多據爻象簡要講解爻辭吉凶之根據。每條卦辭之後之象傳講解卦辭除據卦象以言外亦多言爻象。文言傳則每言及乾、坤二卦之爻象。繫辭傳則以一定篇章概言爻象，其論至爲精辟。

易傳言爻象大致可分爲兩個方面：一爲爻位；一爲剛柔動變、變、關係。

先言爻位。易著以揲蓍求本、之卦，兩本、之卦皆別卦也。以別卦斷吉凶。每一別卦六爻，易傳稱此六爻自下而上逆數，初、二、三、四、五、上爲爻位。爻位者，爻所處之位置也。易傳之以爻位釋卦、爻辭，其重要者大略有以下數端。

第一、天位、地位、人位。

乾・文言釋乾之九三爻辭云：「九三重剛而不中。上不在天，下不在田，故乾乾因其時而惕。雖危，无咎矣。」其釋九四爻辭云：「九四重剛而不中。上不在天，下不在田，中不在人，故或之。或之者，疑之也。故无咎。」此二爻辭所云「上不在天，下不在田」，蓋謂乾之九三、九四上不在五爻之天位，下不在二爻之地位。以乾之九五爻辭云「飛龍在天……」，乾之九二爻辭云「見龍在田」，田即地也。乾之九四更云「中不在人」，蓋謂此爻雖在六爻之中間，但不在三爻之人位也。以乾之九三爻辭云「君子終日乾乾……」，君子，人也。由此分明可見乾，文言實以五爻為天位，二爻為地位，三爻為人位。且乾，文言更分明言：「飛龍在天，乃位乎天德。」蓋足徵矣。同時又可以見一卦六爻之中五、上二爻在上而只五爻為天位，初、二二爻在下而只二爻為地位。三、四二爻在中間而只三爻為人位。以乾，文言明言乾之九四「中不在人」，且初、上二爻於易傳中又另有諸多論述也。能此天位、地位、人位之於占斷實非僅限於乾卦。需．彖云：「需有孚，光亨，貞吉。位乎天位，以正中也。」即明言於正中之五爻所居之爻位為天位。此甚證也。天位或稱尊位。如大有．彖云：「柔得尊位，大中而上下應之，曰大有。」大有䷍只一陰爻（柔），適居五爻之位。顯然，尊位實指五爻之位也。天位或又稱帝位。如履．彖云：「剛中正，履帝位而不疚，光明也。」周易集解引虞翻曰：「剛中正謂五。」此則又以五爻爻位爲帝位者也。

第二、陽位、陰位。

易傳言爻位，於每卦六爻中，以初、三、五爻爲陽位。二、四、上爻爲陰位。陽爻（或稱剛）居陽位，陰爻（或稱陰）居陰位爲得位。或稱當位、位正當、位當。得位，一般爲爻辭斷吉之重要條件。反之，陽爻居陰位，陰爻居陽位則爲不得位，或稱位不當、不當位、未當位。不得位，於三、四兩爻位爻辭則多斷不吉。小象亦多以位不當解爻辭斷不吉之緣故。如既濟，彖曰：「利貞，剛柔正而位當也。」此則以既濟䷾初、三、五皆陽爻當陽位，二、四、上皆陰爻居陰位，乃稱「剛柔正而位當」。是以爻辭斷吉，稱「利貞」也。又如蹇之六四，象曰：「往蹇來連，當位實也。」此則陰爻六居陰位四，適得位，故於時險難而歸來則乘輦，高貴且平安也。此則得位而斷吉者。如履之六三，象曰：「咥人之凶，位不當也。」此小象釋履之六三爻辭「眇能視，跛能履，履虎尾，咥人，凶……」者。以履之三爻爲陽位而陰爻六居之，柔居陽位，故云「位不當」，是以有履虎尾，遭虎咥（咥：咬、吃。今山西臨縣等地猶稱吃爲咥）之凶也。又如夬之九四，象曰：「其行次且。位不當也。」此小象釋夬之九四爻辭「臀无膚，其行次且」者。以受杖刑而臀部皮肉模糊，行走艱難，何以斷如是之不吉乎？以陽爻九居四爻之陰位，位不當之故也。此則因不得位而斷不吉之例也。易三八四爻之中陰爻居陽位者以六三斷不吉者獨多，而二爻、五爻固有以當位釋其所以斷吉之故者，然亦頗多雖不當位而爻辭亦斷為吉。其中六五之斷吉者尤多，斷不吉者甚少。蓋以五爻為天位，二爻為地位，三爻為人位，且占斷吉凶亦不僅唯據爻位一端也。

第三、中位

易傳言爻位，以每卦之五爻、二爻為中位。蓋二爻為內卦之中爻，五爻為外卦之中爻，故此二爻之爻位為中爻也。其實，中位之五爻爻位亦即前文所言之天位、尊位、帝位，二爻爻位即前文所言之地位。故爻居此位乃多斷吉。

六十四卦中二爻六十四，爻辭斷吉者四十，五爻六十四，爻辭斷吉者四十四，較之它爻誠多矣。於彖傳及小彖中一般不論是否得位，只要得中，即不論是否剛居陽位、柔居陰位，不論陽爻、陰爻，凡居中位者即稱得中，或稱中正、位正中、得中道、中直、中等等。得中為斷吉的重要條件之一。如：解，彖曰：「其來復吉，乃得中也。」此得中即謂該卦之九二、六五皆得中位，是以往而解難，脫險，歸而得吉也。又如：訟之九五，象曰：「訟，元吉，以中正也。」此中正即謂該卦之九五適居外卦之中爻，是以筮得此爻則以大吉斷也。又如離之六二，象曰：「黃離，元吉，得中道也。」此得中道者，亦謂得居內卦中爻之位也。是以大吉。又如：大壯之九二，象曰：「九二貞吉，以中也。」言九二居中位，故以貞吉斷也。又如：困之九五，象曰：「乃徐有說（同脫），以中直也。」中直，言該卦九五居外卦之中位也。又如：渙之九五，象曰：「王居无咎，正位也。」此正位即中位也。由此可見，易傳言中位固不論陽爻居之抑陰爻居之也。於此，且有剛中、剛中正，柔得中亦斷吉者。如：比、彖曰：「永貞无咎，以剛中也。」此則言比之五爻適逢剛中外卦之中位也。又如：履、彖曰：「剛中正，履帝位而不疚，光明也。」此則言履之内外卦中位皆陽爻九，故言剛中正，故「履帝位而不疚，光明也。」又如：既濟、彖曰：「初吉，柔得中也。」未濟、彖曰：「未濟，亨，柔得中也。」此二柔得中，前者言陰爻六居内位之中位，後者言陰爻六居外卦之中位也。

第四、上位

易傳言爻位，以上爻爻位為上位。上位在天位之上，乃上至窮、極地步。因此，不論剛、柔居之，爻辭每多斷不吉，小象及象傳則多稱上窮、其道窮、極等以解釋之。如：隨之上六．象曰：「拘繫之，上窮也。」拘繫之，爻辭語。謂加之刑具而拘囚之也。小象則言爻辭之所以斷如是之凶，乃以上爻處天位之上，是上至窮、極地步，象人處窮、極之境，故斷凶也。又如：姤之上九．象曰：「姤其角，上窮吝也。」

始其角，吝，爻辭語。始，過也。謂過猶之角而處艱難之境，實以上九處窮、極，此与止如此不吉之象也。又如：節·象曰：「苦節，不可貞，其道窮也。」節之上六，象曰：「苦節貞凶，其道窮也。」苦節，以依禮節制為苦也。此節之卦辭及其上六爻辭皆以上爻處窮、極之位不僅其爻不吉，以至其卦亦不吉也。又如：乾·文言曰：「亢龍有悔，與時偕極。」此解乾之上九爻辭「亢龍有悔」者也。何以稱亢龍也？以其凌駕於天之上，「知進而不知退，知存而不知亡，知得而不知喪」也。其所處之位與時皆至窮，極，是以「有悔」也。

第五．下位

易傳言爻位以初爻之位為下位。如：乾之初九．象曰：「潛龍勿用，陽在下也。」此釋乾之初九何以於筮占不用，以陽爻居卦之下位，數而不可遇得之卦之故也。又如：大過之初六．象曰：「藉用白茅，柔在下也。」藉，墊也，鋪於下而托物也。以白茅為墊，在下而托祭品也。小象以爻位釋爻辭之「藉用白茅」，乃以陰文云（乘）居於下位言，故云「乘在下也」。
又如：剝之初六：象曰：「剝床以足，以滅下
也。」剝，撲也、擊也，如詩．豳風．七月：
「八月剝棗」之剝。集傳曰：「剝，擊也」。
以，之也。言撲擊床腿也。何以如此，欲滅其
下也。小象釋此文辭即謂初六處剝之下位，若
床之足也。易傳以初文爻爻為下位實自文辭啟（位）
發而來。觀文辭中喻斷辭之以趾為喻者於初文
中乃有六例，以拇一例，以足一例，以腓三例，
以藉一例。此皆體之下、服飾之下、祭品之下

也。至於以行（足動也）為斷者則益多矣。下位在占斷中得位與否尤甚重要。如屯之初九爻辭云：「盤桓，利居貞，利建侯。」是大吉也。其小象曰：「……以貴下賤，大得民也。」此就爻位以言。陽爻九居初爻陽位，是為得位。而初爻處下位，二、三、四爻皆為陰爻，陽爻處陰爻之下，是以貴下賤之象，故「大得民」也。是以「利居貞，利建侯」也。又如益之初九爻辭云：「利用為大作，元吉，无咎。」小象曰：「元吉，无咎，下不厚事也。」厚，通後。益之初爻陽爻九居陽位，是為得位。故利於動大工程，大吉，且无咎。以初九雖居下位，然以其得位而且上行至於五爻之天位，其進不後於其它諸爻，乃下民爭先參與唯恐落後之象也。其不得位時斷凶者殊多。如小過之初六爻辭云：「飛鳥以凶。」小象曰：「飛鳥以凶，不可如何也。」此殆與該卦象傳相輔為說。小過・象云：「飛鳥遺之音，不宜上，宜下，大吉。上逆而下順也。」初六陰爻處陽位本已不得位，且居卦之下位，既不能上，不能下，亦即只能逆，不能順，故亦只能凶，不能吉矣。綜觀六十四卦之初爻——下位，除斷无咎或未明言吉凶者外，三十二條初九爻辭明言斷吉者十二條，斷凶者僅二條。蓋以初九得位之故也。而三十二條初六爻辭明言斷吉者八條，明言斷凶者七條、斷厲、斷災者各一条、斷吝者三條，是斷不吉者達十二條之多，即以初六不得位之故也。

彖傳與小象之言爻位，繫辭傳實已予極其精確之高度概括。繫辭傳言爻位在占斷中之重要云：「噫！亦要存亡吉凶，則居可知矣。」居，居位也。爻之居位實爲占斷存亡吉凶之要害。其言爻位於占斷吉凶之所據，則云：「智者觀其彖辭，則思過半矣。」此實得其根本。觀前文所述，益知其不誣也。其具體言各爻占斷吉凶之異則云：「初辭擬之，卒成之終。若夫雜物撰德，辨是與非，則非其中爻不備。」初，謂初爻也。終，謂上爻也。中爻，謂初爻與上爻中間之二、三、四、五爻也。繫辭傳進而言二、三、四、五爻之占斷吉凶更爲精辟，云：

二與四同功而異位，其善不同。二多譽，四多懼。近也，柔之爲道不利遠者。其要无咎，其用柔中也。

三與五同功而異位，三多凶，五多功，貴賤之等也。其柔危，其剛勝耶？

此明言爻位之不同其占斷吉凶之所以異也。功：用也，能也。善：擅也（釋名·釋言語）。二爻與四爻同爲陰爻，同有陰爻之功能，故周易注云：「同陰功也。」但二爻與四爻爻位不同，周而其所擅斷不同。二爻多譽美，四爻多惶懼。以二爻為內卦之中爻，故稱「近」也。四爻為外卦之下爻，就內外言則較內卦之中爻為遠，而陰爻之於占斷之道遠則不利也。故四爻之占斷仍多惶懼。三爻與五爻同為陽位，同有陽爻之功能。周易注云：「同陽功也。」但爻位不同，三爻則多斷凶，五爻則多斷成功、建功之吉，因爻位有貴賤之差別也。五爻之爻位為天位、尊位、帝位，皆貴位也。三爻之爻位為人位，較之天位、地位並皆低賤，故三爻乃多斷凶，五爻乃多斷功也。今當仔細解剖三八四爻，觀其爻，翫其辭，分類而精析，益信繫辭傳所云：「智者觀其彖辭則思過半矣」之語洵爲至精至當。益不能不深信爻位之說實得之於對三八四爻之全面、精確之剖析。余嘗制周易爻辭占斷吉凶剖析表，茲據是表易制簡表列後

位		下位		
爻		初	九	六
斷	吉	24	13	11
斷	无咎 兩斷 未明言	17	12	5
斷	凶	23	7	16

上位	中位 天位、帝位 尊位、多功	四位 多懼	三位 人位 多凶	中位 地位 多譽
上 六 九	五 六 九	四 六 九	三 六 九	二 六 九
22 9 13	44 23 21	25 12 13	9 4 5	40 21 19
9 2 7	12 5 7	19 7 12	13 4 9	10 2 8
33 21 12	8 4 4	20 8 12	42 19 23	14 9 5

此表實已全面概括上述易傳所言爻位備說。表列二爻爻辭之斷吉者四十條，僅次於五爻爻辭，誠所謂「二多譽」、「其用柔中」矣。而四爻爻辭之斷凶者二十條，乃多於二爻、五爻。而其斷无咎者，乃達十九條，為初至上爻爻辭中斷无咎最多者。誠所謂「四多懼」、「其要无咎」矣。而三爻爻辭之斷凶者四十二條，不僅遠遠超過二爻、五爻，且為初至上爻爻辭中斷凶之最多者。而五爻爻辭之斷凶者僅八條，斷吉者四十四條，於初至上爻爻辭中斷凶最少。

斷吉最多者，豈非「三多凶，五多功」耶？上爻爻辭之斷吉者二十二條，僅々多於「多凶」之三爻，而其斷凶者則達三十三條，亦僅々少於「多凶」之三爻，豈非以其處窮、極之上位乎？初爻居下位，宜其乎此爻辭占斷吉凶條數於初亞上爻之中，皆處乎中間也。

據此表以解繫辭傳則益可知爻位確係爻辭占斷吉凶之重要根據。然即以爻位論，於占斷中亦非僅根據其說之第一點。如既濟．彖云：「利貞，剛柔正而位當也。」既濟䷾，陰爻居二，陽爻居五，皆處中正之位。且自初至上爻皆陽爻居初、三、五之陽位，陰爻處二、四、上之陰位，六爻無不得位。此則據陰位陽位之說又據中位之說爲解也，故爻辭斷曰「利貞」。

又如小過，彖云：「剛失位而不中，是以不可大事也。」小過䷽之九四，陽爻居陰位，是爲剛失位。三、四陽爻皆不居二、五之中位，是爲不中。此則亦自是不得位、得中以斷也。故爻辭乃云「不可大事也」。此皆非僅據爻位說之某一點而斷吉凶者，不僅如此，且陰爻位外，尚有另一重要根據，即爻之動、變及其交互關係。故繫辭傳言爻位之於占斷乃稱「多譽」、「多懼」、「多凶」、「多功」、「多」，固非皆也。即職是之故也。

爻之動、變、爻互關係實為易筮占斷之另一重要根據。如困之九四爻辭云：「來徐徐，困于金轝，吝，有終。」象曰：「來徐徐，志在下也。雖不當位，有與也。」徐徐，疑懼貌，金轝，豪華精美之車，貴人之所乘者。困于金轝，言為乘坐金轝之貴人所困也。故吝。然雖吝而終仍不失為吉也。小象釋之云：以九四陽爻居陰位，故來徐徐，為貴人所困而有小疵，然九四與初六陰陽相應，困而雖有小疵而終仍不失為吉也。「志在下」，下，下位，初爻也。於此爻亦就爻位言則九四不得位，故吝，但就爻之爻互關係言則九四志在初六，二爻陰陽相應，雖吝，終吉。由此以見爻之動、變、關係作為易傳解説爻辭占斷吉凶之根據，甚重要與爻位之説固不相上下也。爻之動、變易、關係於占斷中之重要作用，易傳所云若「主要可從動、應、順、承四方面以言。

第一、動。動與變爲周易經傳極其重要之哲學觀點。宇宙間萬物萬事無時不動，無時不變，無分巨細，動則必變，無有動而不變者。無分明暗，變亦動焉，無有變而非動者。其表現於易筮占斷者亦然。繫辭傳云：「爻象動乎内，吉凶見乎外，功業見乎變，聖人之情見乎辭。」此實明言爻之動、變對爻辭占斷吉凶之根本作用者。易傳以爻之動與變釋爻辭者不少，茲略舉數例以言。如：蠱之卦辭云：「元亨，利涉大川。……」蠱·彖釋之曰：「剛上而柔下，巽而止，蠱。」周易集解引虞翻曰：「泰初之上，故剛上；坤上之初，故柔下。上艮下巽，故巽而止，蠱也。」「巽而止」，言卦之象，謂蠱之內卦為巽，外卦為艮，艮，止也。「剛上而柔下」，言爻之動。蓋謂蠱䷑本自泰䷊來。泰之初爻上行至上爻之位，而泰外卦坤之中爻下行至泰之初爻之位，乃成為蠱。泰本有「天地交而萬物通」之象。蠱自泰來，更具剛上而柔下之動，且謙恭、遜讓，以時而止，自益適泰，故卦辭乃言「元亨，利涉大川」也。又如：噬嗑，彖釋卦辭「利用獄」云：「噬嗑而亨，剛柔分動而明，雷電合而章，柔得中而上行，雖不當位，利用獄也。」周易集解引盧氏曰：「此本否卦，乾之九五分降坤初，坤之初六分升乾五，是剛柔分也。分則雷動於下，電照於上，合成天威，故曰雷電合而成章也。」蓋言噬嗑䷔本自否䷋來。否之上卦乾之中爻降至下卦初爻之位，而下卦坤之初爻上升至上卦中爻之位，二爻分別上下，故云「分動」。

噬嗑，震下離上。震為雷，離為火，為電。以剛柔二爻分動，離為電而先見，震為雷而後聞。二者分別上下，先後而動而見，以見天則，咸天之盛。故云「雷電合而章」，故爻（卦）辭乃斷曰「亨」也。「柔得中而上行」，謂下卦之中爻六二得中、得位，上行至六五，陰爻居陽位，是不當位也。然以其得中且上行，故卦辭乃斷曰「雖不當位，利用獄也」。又如剝，象釋剝之卦辭「不利有攸往」云：「剝，剝也。柔變剛也。不利有攸往，小人長也。順而止之，觀象也。……」剝䷖，陰浸長侵陽以至於五爻，是群陰剝陽也。故其卦名曰剝。五陰一陽，陰極盛而陽甚衰，比之自然，則萬物零落；比之人事，則小人當權勢盛，故云：「柔變剛也。」剝之一陽爻，居上位，既不得中又不得位，又遭群陰之侵剝，實若為柔所變，焉能有所作為？故卦辭云：「不利有攸往。」且剝坤下艮上，坤，順也。艮，止也。唯宜順而止以觀象耳。

易傳以變、動釋卦、爻辭者有「柔來而文剛」、「剛來而下柔」、「剛長」、「柔進」、「剛節

柔」、「剛決柔」等等皆以「爻象動乎內」以
釋「吉凶見乎外」者也。

第二：應。易傳言應，謂一卦之中六爻之
陰陽相應也。此亦象傳解卦辭之所以斷吉之故
者也。大體分之種類，即五爻應一爻、六爻
兩兩皆相應、內—外卦中爻相應也。先言五爻
應一爻如此䷇。象云：「比，吉也。比，輔
也。下順從也。原筮元，永貞无咎，以剛中也。
不寧方來，上下應也。後夫凶，其道窮也。」
此象傳遂的解說卦辭，從三方面釋卦辭之何以斷

吉；其一，從卦象言，「下順從也」。比之下卦坤，爲地，爲順。故云。其二，從爻位言，「以剛中也」。卦中唯一之陽爻九五得位，又居五爻尊位，爲上卦中位，故云。其三，從爻之爻互關係言，即五陰爻應九五之一陽爻且六二與九五亦對應爻位，陰陽相應也。故云「上下應也」。故比乃斷吉，其吉首先在於下卦坤爲下順從之象，順從而輔佐，其吉自非一般，是王者之大吉也。進而不僅承原筮之大吉，長久不離正道而无咎，且不安不靖之邦國亦來歸順臣服，其

20×20=400
开明出版社稿纸

後王者有為誅戮之凶，益足以見誅之權攝九州，威加四海之大吉矣。傳云：「後夫凶，其道窮也。」更兼及比卦上爻爻辭之占斷。以上爻居窮、極之上位，故稱「其道窮」。其上爻爻辭則為「比之无首，凶。」也。同時，比卦六二、九五皆得位、得中，除五陰爻應九五外中爻亦內外卦陰陽相應。故二爻、五爻亦皆斷吉。六四亦以得位斷吉。初爻亦以「有孚」而「无咎」。只六三失位，无对應爻之相應斷不吉焉。於此，足見彖傳於解說此五陰爻應一得位、得中之陽爻之比卦，不僅逐句解説卦辭，且指出比相應之影響於全卦者。又如同人䷌。象云：「柔得位、得中，而應乎乾，曰同人。」「同人，于野，亨，利涉大川，乾行也。文明以健，中正而應，君子正也。唯君子爲能通天下之志。」此卦唯六二爲陰爻，而五陽爻應之。傳云：「應乎乾」者，謂五陽爻也，亦謂外卦乾之中爻居乎尊位之九五也。又如大有䷍。象曰：「大有，柔得尊位，大中而上下應之，曰大有。其德剛健而文明，應乎天而時行，是以元亨。」此釋大有卦辭唯以「元亨」二字斷吉至爲簡當。又如師䷆・彖云：「師，衆也。貞，正也。能以衆正，可以王矣。剛中而應，行險而順，以此毒（音督，治也）天下而民從之，吉又何咎矣。」此「剛中而應」亦即謂九二居內卦之中爻而五陽爻應之。又與六五剛柔對應也。大有、師與比、同人皆五爻應一爻，皆五爻所應之一爻居中位而與另一中爻剛柔對應。四卦卦辭皆斷大吉。雖比、同人爲五爻所應之一爻得中且得位，大有、師爲五爻所應之一爻得中而不得位，其卦辭之斷吉无甚差異。而小畜·彖云：「柔得位而上下應之曰小畜。」則六四陰爻得位而五陽爻應之。且初九亦與六四剛柔對應。故傳稱「剛中而志行，乃亨」也。豫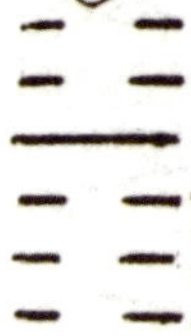·彖云：「豫，剛應而志行，順以動，豫。」順謂內卦坤之所象，動謂外卦震之卦象。而剛則謂豫之九四也。周易集解引侯果曰：「四為卦主，五陰應之，剛志大行。故曰剛應而志行。」豫之九四既非居中位且不得位，然五陰爻應之，初六亦爲陰爻與九四剛柔對應，故豫之卦辭乃斷

20×20=400
开明出版社稿纸

吉，曰：「利建侯行師。」六十四別卦中除以上六卦外五陰爻一陽爻或五陽爻一陰爻之卦尚有謙䷎、履䷉、復䷗、剝䷖、夬䷪、姤䷫六卦。此六卦易傳則不以五爻應一爻以釋卦辭。除謙彖唯論謙德外，履彖云：「履，柔履剛也。」謂此卦中唯一之陰爻六三履陽爻九二之上，故云：「柔履剛」。因而卦辭云：「履虎尾」。但此卦就卦象言下卦兌，兌，說「悅」也。兌為陰卦，在陽卦乾之下而應乎乾。就爻位言九二、九五兩陽爻皆居內、外卦之中位。且九五更居帝位，象傳文云：「剛中正，履帝位而不疚，光明也。」是以卦辭乃斷：「履虎尾，不咥人，亨。利貞」也。剝，象云：「剝，剝也。柔變剛也。不利有攸往，小人長也。」此卦自初至五皆為陰爻，唯一之陽爻又居窮極之上位，陽為君子，陰為小人，是君子處窮極之上位而小人長而至於尊位，是柔之勢衆而强，剛无能為之象，故云「柔變剛」，故卦辭斷不吉，云：「不利有攸往」也。夬，象云：「夬，決也。剛決柔也。健而說，決而和。揚于王庭，柔乘五剛也。孚號有厲，其危乃光也。告自邑，不利即戎，所尚乃窮也。利有攸往，剛長乃終也。」此卦初爻至五爻皆爲陽爻，僅上爻爲陰爻。故《傳》云：「剛決柔」，謂剛衆而强，柔孤而弱，故剛足以制柔。一柔淩駕乎五剛之上，故云「柔乘五剛」。此小人淩駕君子之上之象。故卦辭曰：「揚于王庭」。謂小人高踞于王庭也。但五剛衆而强，且居内、外卦之中爻，外卦中爻又係尊位，足以制約「揚于王庭」之一孤弱之柔，故《傳》云：「剛決柔也」。

小人居高位發號施令，豈不危險！聽信小人之號令，其危害豈不昭明裎世；故卦辭云：「孚號有厲」也。在如此危險之中，自不可用兵，故卦辭云：「告自邑，不利即戎」也。傳云：「所尚乃窮」，言上爻一柔，孤弱而處窮、極之上位，故云：「窮」。又何可以即戎哉！姤䷫言文中只一陰爻而居初爻之位。其彖傳云：「姤，遇也，柔遇剛也。」全不以「應」解卦辭。其卦辭云：「女壯，勿用取女。」是卦有一女遇五男之象。女有接遇五男之壯，一男取之，寧非自取禍滅？故「勿用取女」也。復䷗六爻中只有一陽爻而居初爻之位，是陰極而陽復生之象，故其卦名曰復。卦辭云：「復，亨。出入无疾，朋來无咎。反復其道，七日來復，利有攸往。」何以如是？彖傳以「剛反」、「剛長」釋，極是。反，猶復也。一陽自初爻復生而漸長，故「亨」，故「利有攸往」也。是亦皆非以剛柔之相應也。故知五剛一柔或五柔一剛之卦非必皆五剛應一柔或五柔應一剛，且非必皆斷吉也。然凡此類卦彖傳之言相應者必斷吉或大吉也。六十四卦中六爻皆兩兩相應之卦有泰、否、咸、恒、損、益、既濟、未濟八卦，而象傳以「應」釋卦辭者唯恒、未濟兩卦。其恒・象云：「恒，久也。剛上而柔下。雷風相與，巽而動，剛柔皆應，恒。……」觀恒䷟之六爻，初六與九四、九二與六五、九三與上六皆兩兩陰陽相應。故象傳云：「剛柔皆應」也。象傳亦以此作爲恒之卦辭：「亨，无咎，利貞，利有攸往」斷吉之根據之一。其未濟・象曰：「未濟，亨，柔得中也。濡其尾，无攸利，不續終也。雖不當位，剛柔應也。」此彖辭的解說卦辭。最後更釋卦名何以稱曰「未濟」，謂此時此地此種情況「未能」濟，而非无可濟之理，非无可濟之方。以此卦六爻雖皆剛柔易位，柔居剛位，无一得位。但初與四、二與五、三與上皆剛柔相應也。故卦名未濟，而不名不濟，且於其斷中亦隱着以雖有暫時之不利，但不可絕望也。另一方面，由八經卦自重而成之八別卦雖皆陰陽不相應，而只艮一彖明白以之解說卦辭，云：「……艮其止，止其所也。上下敵應，不相與也。是以不獲其身，行其庭不見其人，无咎也。」觀艮䷳初與四爻、二與五爻、三與上爻皆剛柔相同而非剛柔相應，故彖文「敵應」。傳意謂：上下敵應乃朝中上下皆不相應而相敵對之象，宜止其背上乖戾，離家隱遁，如是始可以无咎也。關於中爻相應，六十四卦中初與四爻、三與上爻剛柔互異者合三十二卦，二與五爻——中爻剛柔互異者亦三十二卦，而彖傳言中爻相應以解卦辭者僅同人、臨、无妄、遯、睽、萃、鼎等卦而已。此數卦中、同人彖云：「柔得位得中而應乎乾，曰同人。」遯彖：「剛當位而應，與時行也。」鼎、睽二卦彖傳皆稱：「柔得位而上行，得中而應乎剛。」臨、无妄、萃、升四卦彖傳則皆稱：「剛中而應。」凡此，彖傳實皆以中爻剛柔相應爲卦辭斷吉之根據以解說卦辭者也。然以中爻相應以斷吉者，其所言吉，亦有所不同。如鼎之卦辭云：「元吉，亨。」其彖傳則云：「鼎，象也。以木巽火，亨（同烹）飪也。聖人亨以享上帝，而大亨以養聖賢。巽而耳目聰明，柔進而上行，得中而應乎剛，是以元亨。」而睽之卦辭云：「小事吉。」其彖傳云：「睽，火動而上，澤動而下，二女同居，其志不同行。說而麗乎明，柔進而上行，得中而應乎剛，是以小事吉。……」由此可見，彖傳之解說卦辭必通觀多種因素精審剖析以言。如鼎卦則「以木巽火」之象，火下添柴，風以鼓之，鼎中所亨乃熟，乃可以享上帝，乃可以養聖賢。且鼎之初爻上行至五爻之尊位而與二爻剛柔相應，故卦辭必斷「元吉」矣，而中爻相應固是卦辭占斷「元吉」諸多根據之一，而中文相應固爲次要根據，但其錦上添花之作用亦有必須指出者。而睽則下兑上離，爲火在澤上，有行舟失火之象。兑爲少女，離爲中女，即彖傳所謂「二女同居，其志不同行」也。就卦彖言本是不吉。而「柔進而上行，得中而應乎剛」乃以柔進至尊位且與九二剛柔相應始轉不吉而爲「小事吉」焉。此則中文相應乃斷吉之主要根據矣。然其所斷僅「小事吉」，豈非就睽卦全面剖析精審以言者耶？亦正以此，三十二卦中，彖傳必於斷卦以中爻剛柔相應釋卦辭斷吉之故也。

第三、順。順者，下陰順上陽，下柔順上剛也。坤．彖曰：「至哉坤元，萬物資生，乃順承天。……柔順利貞，君子攸行。……」此實周易重要哲學觀點之一。故彖、象言「順」者，必釋卦、爻辭斷吉之故者也。其凡柔順於剛而涉及全卦占斷者，皆見於彖傳以解卦辭。凡只涉及一爻之占斷者，皆見於小象以解爻辭。如巽䷸之初爻、四爻分別在二爻、五爻之下，初與四為陰爻，為柔；二與五為陽爻，為剛，且三爻上爻亦皆陽，皆剛。是初爻四爻皆以柔而順乎二、五甚至三、上之剛也。是以巽、彖曰：「重巽以申命，剛巽乎中正而志行。柔皆順乎剛，是以小亨，利有攸往，利見大人。」又如旅䷷，五爻為陰爻，柔得尊位。又在上九陽爻之下，是順乎剛。故旅、彖云：「旅，小亨。柔得中乎外而順乎剛。止而麗乎明，是以小亨，旅貞吉也。」此所以在彖傳以釋卦辭，亦即以六五在外卦之中爻而順乎上九，影響及於全卦之故也。其柔順乎剛只涉及一爻之上斷而見於小象者如需。六四爻：「需于血，出自穴。」其小象曰：「需于血，順以聽也。」需，待也。血者，殺傷之象也。穴者，陰陷之地也。需于血，且在穴中，極險之象。而能自穴中出，是順以穴外强大勢力，聽命出穴，脱險得安之象也。何以如是也？以此爻處九五陽爻之下，柔順剛也。故小象乃云：「順以聽也。」又如家人。六二云：「无攸遂，在中饋，貞吉。」遂，墜也，失也。无攸遂，无所失也。六二居内卦之中而得位，「正」「女之正位乎内」。家即「在中饋」者也。故「貞吉」焉。而六二在九三之下，是柔順乎剛之象，是以小象曰云：「六二之吉，順以巽也。」巽，亦順也。家人．六四云：「富家．大吉。」小象曰：「富家，大吉，順在位也。」六四爻九五之下，九五得尊位，而六四順之，豈能不以「順在位」而「富家大吉」耶？小象言文之順亦或有涉及爻文之斷者。如蒙．六五云：「童蒙，吉。」其小象曰：「童蒙之吉，順以巽也。」蒙．上九曰：「擊蒙，不利爲寇，利禦寇。」其小象曰：「利用

御寇」、上下順也。」此則以六五居上九之下柔
順乎剛，而兩文皆以順而爻辭斷吉者也。小象中
「順」亦或稱「從」，或「承」。如比，六四云：
「外比之，貞吉也。」其小象曰：「外比於賢，
以從上也。」從，順從也，亦順也。文辭言：
臣在外以輔其君，正而吉也。小象則言：六四
處九五之下，下柔順君位之上剛，實臣在外順
乎君上而輔佐之之象，故文辭乃斷「貞吉」也。
他如訟，六三、頤，六五、鼎，初六、小象皆
稱「從」也。節，六四云：「安節，亨。」其

小象

小象曰：「安節之亨，承上道也。」承，亦順也。小象以六四處九五得尊位之陽爻之下而順承陽剛，是以安節而亨也。適觀小象之言「從」「承」，皆順之義也。

第四。乘。乘，亦稱乘剛或柔乘剛，與順、從、承適相反者也。乘，凌也，言柔凌駕乎剛之上也。此亦象傳釋卦辭，小象釋爻辭所以斷不吉之根據之一也。柔乘剛而影響全卦者則見於象傳之解卦辭。如夬之上六，一陰爻凌駕乎初至五各陽爻之上，故象傳云：「揚于王庭，」

柔乘五剛也。」歸妹上六、六五陵駕於九四之上，六三又陵駕於九二、初九之上，所有陰爻皆處陽爻之上，故歸妹、彖云：「……征凶，位不當也。无攸利，柔乘剛也。」其僅止影響於一爻者，則多只稱乘剛。如豫、六五云：「貞疾，恆不死。」小象解此爻辭乃曰：「貞疾，乘剛也。恆不死，中未亡也。」言六五處九四之上，是陰柔陵駕乎陽剛之上，故云「乘剛」。此則所以有痛患之由也。所幸六五處外卦之中爻，故雖疾而不死，以其「未出中也。」噬嗑六二，陰爻處初九陽爻之上，是書凌駕乎剛之上，故其小象曰：「噬膚滅鼻，乘剛也。」他如困、六三、震、六二等小象皆以「乘剛」釋爻辭所以斷不吉之緣故焉。

綜觀易傳言爻象：象傳釋卦辭六十四條中，除謙、頤、家人、震四象基本未言及卦、爻象，乾、坤、泰、否、咸、大壯、明夷、革、豐九象只言卦象未及爻象外，噬嗑、遯、姤、萃、渙、小過、既濟、未濟八象只言爻象未言卦象，其四十三象則卦象、爻象兼言之。小象之釋爻辭只就爻象爲說，無言及卦象者，以其所釋不及於卦辭也。是易傳中言爻象實不僅只釋爻辭，亦且釋卦辭也。只象傳與小象所釋者不同耳。然易傳之爻象實在春秋及其以前易筮卦象說之基礎上發展衍生而來。

爻象說之出現於易傳，殆有兩種可能。一爲與卦象說同時，爻象說作爲易筮另一派對之說本已存在，經易傳以之解卦、爻辭而流傳後世。一爲春秋及其以前並無爻象之說，其說實在卦象說基礎上發展衍生而來。以流傳迄今之文獻資料觀之，前說似難於成立。繫辭傳云：「聖人設卦觀象繫辭焉而明吉凶。」此所言之象並未明言係謂卦象或兼指卦象與爻象。以設卦既得卦而得初至上之六爻，所繫之辭則既有卦辭又有爻辭。然繫辭傳又云：「八卦以象告」，此則只言八經卦而未言六十四別卦，其所云象，當即說卦傳之所云者，自不包括爻象。而「八卦成列，象在其中矣。因而重之，爻在其中矣。剛柔相推，變在其中矣。繫辭焉而命之，動在其中矣。」此則象與爻分別言之，此「象」更分明指八經卦卦象、亦如春秋及其以前易筮占斷所用之八經卦卦象。而春秋筮例中亦已見到一些別卦卦象，如「屯固比入」、「明夷，日也」、「純離為牛」等是。爻象則不僅不見於左、國所記筮例，在易傳中亦只見於象傳及部分小象之中。說卦傳則專說八經卦卦象。雜卦傳專說六十四別卦卦象。序卦傳只言六十四別卦序列而未及於爻與爻象。觀說、序、雜三傳與左、國所記筮例所云八經卦及六十四別卦卦傳雖或小有不同，但其傳承脈絡則自然亦甚分

20×20=400
开明出版社稿纸

明。是爻象只見於解說卦、爻辭之實際運用。而不似卦象之有歸納成編而專言之若說卦傳、雜卦傳者。大象則專以卦象為言。由是知即使在易傳產生之戰國時期，易筮占斷及解說卦、爻辭仍以卦象為主。而爻象則涉及全卦者，彖傳以之解說卦辭，僅涉及一爻者，小象以之解說爻辭。文言傳亦或采爻象以釋乾卦之爻辭。於十翼中之地位亦不能與卦象相埒。足徵易傳產生之時爻象說雖已成體系，但尚頗不及卦象說之已流傳久遠。二者之非同時產生，爻象說實產生於卦象說之後明矣。

兩者，卦辭擬具之前，易筮本據卦象而占斷，前文論之詳矣。卦辭本據揲蓍所得內、外卦卦象而擬具。其擬具時爻象說尚遠未產生。故自春秋時期留傳至今之筮例，自占斷人所云觀之，不能發現春秋及其以前易筮占斷有根據爻象者。更還論卦辭之擬具。爻辭則據本、之、內、外卦及其卦象之變、動與爻之關係而擬具。是以其時稱遇某卦之某卦，如歸妹之睽、乾之大有等，而不稱得某卦之某爻，如歸妹之上六乾之九五筮。迨左、國所記春秋筮例不見爻象之說。亦可以謂爻辭之擬具象根據卦象。是以春秋易筮據爻辭占斷亦以卦象爲說，如左傳僖公二十五年狐偃勸重耳勤王之筮，遇大有之睽，卜偃占斷曰：「……且是卦也，天爲澤以當日，天子降心以逆公，不亦可乎？」此釋大有九三爻辭「公用享于天子，小人弗克」者。此筮自大有䷍變睽䷥，是三爻由剛變柔，下卦由乾變兌。乾爲天，兌爲澤。乾變兌，故云「天爲澤」。大有上卦離未變，離爲日，爲睽之上卦，兑在離下，故云「以當日」。乾為天子之象，兑為諸侯之象，是以卜偃稱：「天為澤以當日」為「天子降心以逆公」之象。故爻辭云：「公用享于天子」，即公受天子之享也。此筮卜偃之占斷根據大有九三爻辭而其釋爻辭而斷吉凶則全以卦象為說而全不言及爻象。

又如左傳・昭公五年叔孫豹之生莊叔筮遇明夷之謙，卜楚丘占斷曰：「……離，火也。艮，山也。離為火，火焚山，山敗。于人為言，敗言為讒，故曰：『有攸往，主人有言』，言必讒也。」此亦全以卦象爲說。明夷䷣變而爲謙䷎，初爻由剛變柔，下卦由離變艮。離爲火，艮爲山。離變艮，雖有艮，但以其自離變來，故有「火焚山」之象。山遭火焚，故「山敗」。艮之卦象又爲言。言以致敗，故云「敗言爲讒」。是以爻辭云「有攸往，主人有言」，且「言必讒也」。」此亦實全以卦象及其變化、爻互關係爲說，而未就大有之初爻爻象爲說也。左、國所記此例凡以爻辭爲斷或不引據爻辭而取象爲斷者皆如是焉。然不徒此二例也。以此，更延緩春秋時期爻象之說至少尚未成體系，尚未用之於易筮占斷及解說卦、爻辭。但何以謂爻象說實以卦象說為基礎而產生耶？

易傳之得本、之卦實不能離七、八、九、六，少陽、少陰、老陽、老陰也。然其占斷則原據卦象而繫以占斷之辭焉。易卦、爻辭由是而完備。其根本則不離乎陰陽，是以繫辭傳云：「一陰一陽之謂道」、「剛柔者，立本者也」、莊子．天下篇甚至概括云：「易以道陰陽」。是陰陽實卦爻產生之根本、卦爻辭產生之根本、爻卦、文象產生之根本也。唯於此斷，則卦之陰陽乃衍生出多種卦象。至春秋時期，用於筮者已近完備。然其言卦象大抵不離以下兩方面：其一為卦位，即卦之內、外、下、上、貞、悔、主、客、體、用也。其二為本、之、內、外卦之變，動及其交互關係。如國語・晉語四記重耳在秦之筮「得貞屯悔豫，皆八也。」胥臣認為：「震，雷也，車也。坎，勞也，水也，眾也。主雷與車而尚水與眾。車有震，武也。眾而順，文也。文武具，厚之至也。」此則擺出卦象後，主即先問卦位言。主，內卦也。下卦也。屯䷂之內卦為震，震為雷，為車，故云「主雷與車」。尚，上也，外卦也，上卦也。坎為屯之上卦，為水，為衆，故云：「尚水與衆」。先明乎此，然後乃云：「車有震」，有，又也。言屯變而為豫䷏，震在之卦中仍然存在，不過從本卦內卦變為之卦外卦而已。此乃武之象也，故云「武也」。而本卦屯之上卦坎則變而為之卦下卦之坤。坤，順也。故云：「衆而順」。其象則「文也」。內、外兩卦之變動及其爻互關係乃又有「文武具．學之至也」之象焉。晉臣進而又云：「車上水下，必伯。」此則言屯變為豫，其下卦震變為之卦豫之上卦。是「車上」也。屯之上卦坎變而為之卦豫之下卦坤。坤，順也。於水，則順流而下也。是「水下」也。故晉臣斷車「必伯」。此則進一步自本、之、內卦、外卦之變、動與爻互關係此關係之變化為說也。如此例者甚多，不勝舉焉。概括以言，卦象之說無論其於占斷或於解說卦、文辭，儘管卦象紛繁，內、外、本、之卦關變化莫測，實皆為卦位、卦之爻互關係二綱領所統攝。猶之春秋比莫不如是。而爻象說之從爻位、爻之變、動，而互關係所統攝，前之論之詳矣。儘管爻象說言爻位則初、上、天、地、人、中等等，較卦位之本，之、內、外或似複雜，其言爻之動，變爻互關係亦有動，應、順、承、乘、決、變諸說終不離乎爻之位與爻互關係也。此則爻象說以卦象說為底礎之最有力確證，固能卦象興於前，爻象繼於後，一備無位與關係二者之傳承，何可以謂卦象說為爻象說衍生發展之基礎也？但爻象說之萌生至象傳小象、文言傳基本完成爻象說之體系究竟時間仍然不長，且即使在易傳之中占斷仍以卦象為主。故爻位說雖就初至上六爻位為說而各爻之所象究不如八經卦卦象之細致多樣；爻之變、動、關係雖有動、變、應、順、乘、次等方面，究不如卦象說就卦之所象以言爻互關係更紛繁莫測也。此更足以證明爻象說之衍生發展實以卦象說為基礎而非全襲卦象說，且雖基本完成體系猶尚顯有繼續發展之餘地也。迄往世、應、飛伏之說則漢以後纔易傳而發展形成者。易傳則全未言及也。

以上所云實已足徵爻象說確為以卦象說為基礎發展而來者矣。

占斷中卦爻辭之運用

卦、爻辭本集屢「中」之繫辭編纂而成。

易·繫辭傳云「八卦以象告」，「象者，言乎象者也」。「聖人設卦觀象繫辭焉而明吉凶」。象者，裁也，裁斷也。謂占斷之辭也。猶今所見者，即卦、爻辭也。此皆言揲蓍以占則筮得以八經卦爲本，三卦之別卦。而本、三、內、外卦及其變、動，交互關係乃以其所象者之詮問筮者。筮史據此卦象告之問筮人以吉凶也。是以謂聖人仰觀俯察得無數物象，歸納概括而以八經卦象諸般物、事。揲蓍求卦以決疑者，筮即以卦之所象告知吉凶。而所告吉凶不可不針對問筮者之所命具體以言。故設卦爲先，觀象爲本，繫辭爲要。蓋無卦則無以占，無象則無以占，無辭則無以明乎吉凶。對占斷時卦、爻辭之運用必須首先明白此理。

周禮所云筮之既事，繫幣比命，驗其中否。其「中」，首先是卦象「中」，其占斷之辭又足以准確表達。言象真而斷事切者也。春秋易筮占斷之辭實非僅流傳迄今之周易卦、爻辭也。閔公元年、二年、僖公十五年、成公十六年、國語．周語下五例即未引據卦、爻辭而直接據卦象為斷，筮人自擬占斷之辭焉。是易筮卦、爻辭於春秋時期本非所必用，而八卦則不可離卦象則必所據也。是以易、繫辭傳云：「彖者，言乎象者也。」又云：「聖人設卦觀象繫辭焉而明吉凶。更明白指出卦、象、辭先後重輕之序也。

左、國所記易筮十六例中引據卦、爻辭為斷者十一例，其中唯引卦、爻辭為斷而不言卦象者三例。引據卦、爻辭結合卦象為斷者八例。而未引據卦、爻辭，全以卦象為斷者五例。若以據卦象或據卦、爻辭為斷劃分，則十六例大體可分三種類型，即：以卦象斷、以卦象與卦、爻辭合斷、以卦、爻辭斷。值得特別重視者厥為全以卦、爻辭為斷之三例皆在昭公七年以後。

即昭公七年、昭公十二年、哀公九年也。而全以卦象斷者五例，却皆在成公十六年以前。兼取卦象與卦、文辭為斷之八例則自莊公二十二年至昭公五年焉。當然，十六例不能充分反映春秋易筮發展之全貌。但就此十六例言，則以卦象為斷者大致在春秋中葉以前較多。全以卦、文辭為斷者顯然皆在春秋後期。而兼取二者為斷之法則貫穿春秋易筮之始終也。從此當可以謂春秋中期以前易筮之全以卦象為斷者皆猶仍古法，至春秋後期之唯取卦、文辭為斷，皆古法漸疏而唯取卦、文辭又較簡便，遂舍古法而求便捷也。此法一興，後世易說遂疏於春秋及其以前卦象之說。易傳尚能以卦象及在卦象基礎上衍生發展並基本形成體系之文象說解經文。至漢，揚雄擬易作太玄，雖云以家準卦，以首準象，以贊準爻，以測準象，以文準文言，以攡、瑩、掜、圖、告準繫辭，以數準說卦，以衝準序卦，以錯準雜卦，全仿周易，然與卦象、文象之體系愈疏。焦贛作易林，更只斷辭而已，愈難見先秦卦象、文象說之端倪矣。

綜上所述，余以為吾人學易、治易、以易筮，必須深切領悟每個卦、爻辭之產生根據。亦即每個卦、爻辭依據何卦、爻象而說。繫辭傳云：「易有四象，所以示也；繫辭焉，所以告也；定之以吉凶，所以斷也。」此云「四象」，雖就揲蓍得卦，變遇之卦之本根七、八、九、六為言，實謂卦、爻之象也。是知筮之所以告斷吉凶，必據象之所示也。繫辭傳又云：「爻象動乎內，吉凶見乎外，功業見乎變，聖人之情見乎辭。」又云：「八卦以象告，爻象以情言。」

是知象，本根也，辭，枝葉花果也。徒沿辭而不知象實為無本之木，何以生耶？故學易、沿易必即辭而明象，據象以解辭。深切領悟辭之產生根據，於其斷中以明象為主。以明象基礎上或據辭以言，或參酌辭以言，或析辭以言，亦或可以不引據卦、爻辭，直接據象而斷。斷然，倘問筮人之所命適與所遇之辭一致，亦可以出據其辭以斷。惟其斷者則不可以不精於其辭所據之象也。春秋中葉以前易筮雖問筮人命筮之辭與所遇其斷之辭一致亦據象析辭以言。

如國語・晉語の所記重耳在秦之筮，其命筮曰：「尚有晉國。」筮遇貞屯䷂悔豫䷏皆八，當以屯、豫二卦卦辭爲斷。此二卦辭皆中問筮人之所命。屯之卦辭云：「元、亨、利、貞，勿用有攸往，利建侯。」豫之卦辭云：「利建侯行師。」故胥臣曰：「是在周易，皆利建侯。不有晉國以輔王室，安能建侯？我命筮曰：『尚有晉國。』筮告我曰：『利建侯。』得國之務也，吉孰大焉？」分明已從切事爲斷，胥臣仍詳析卦象以明其辭之卦象根據，並增占斷之說服力。又如左傳・襄公二十五年所記崔杼筮娶棠姜，遇困䷮之大過䷛，當取困之六三爻辭：「困於石，據於蒺藜，入於其宮，不見其妻，凶。」為斷，則頗中所命矣。但陳文子於駁筮史之斷吉時，先言卦象，後引據爻辭，說明爻辭之卦象根據，以定分理而駁筮史之曲斷，又明確切要明斷「不可娶也。」此皆就卦爻辭全切中所命亦明象為斷者。至春秋末葉乃有較多唯據卦、爻辭為斷者。如左傳・哀公九年所記晉趙鞅筮救鄭，遇泰䷊之需䷄・陽虎占斷則出據春之言五文辭「帝乙歸妹以祉元吉。」為斷。~~曰：「宋方吉，不可與也。」微子啓，帝乙之元子也。宋、鄭，甥舅也。祉祿也。若帝乙之元子歸妹而有吉祿，我安得吉焉？」」~~趙鞅乃止救鄭伐宋。陽虎之此一占斷，以宋、鄭二國之君附會文辭，勉强切事中命，（且絕口不言卦、爻之象）不可不謂為春秋易筮之末流矣。而左傳、昭公十二年所記南蒯將叛之枚筮，遇坤䷁之比䷇，即以坤之六五文辭「黃裳，元吉。」為斷，乃大喜。子服惠伯掊卦，史象與卦德解之，乃斷曰：「忠信之事則可，不然，必敗。」而南蒯之叛終致敗亡。枚筮尚有此唯據卦、爻辭占斷而不驗者，況命筮乎？是以余謂：吾人學易、治易、以易筮必須深切領悟每條卦、爻辭之卦象根據而易筮占斷一般不可以擺脫易象而徒以卦、爻辭為斷也。

信哉！易筮占斷中使用卦、爻辭最重要者實為不可離棄卦、爻象。其次則針對問筮者之所命，據卦、爻象活用卦、爻辭。

易、卦、爻辭本係據屢占多中之繇辭整理

成編者，然每占所命依時、依人、依事而不同。占斷者亦每依時、依人、依勢而異。而卦、爻辭中實有直斷吉凶之斷占辭、取譬以斷之喻斷辭、切事爲斷之斷事辭。於卦與爻、卦辭與爻辭章言之詳矣。此三者之中直斷吉凶之斷占辭因應最爲廣泛，幾無論所命何事，雖不直切其事，皆足可以告示吉凶。喻斷辭取譬爲斷，既是譬喻則雖不如唯言吉凶之斷占辭同應廣泛，亦可以喻事多方。唯斷事辭切事爲斷，實多不切所命之策。人事萬端，且周易所載卦、爻辭至春秋以及後世，世代懸隔，全切所命之可能性自然殊少。所举易卦，爻辭中一条内唯斷事辭者較少，但雖少，不可謂占斷中可以避免據辭為斷不切所命之可能。此吾之所以特別強調占斷不可離棄卦、爻象之另一緣故也。易筮所用之三八四條爻辭、六十四條卦辭中有一條内唯斷占辭或喻斷辭、斷事辭者，亦有或兼其二，或兼其三者。此則因應較廣切事較易者。而化易筮所用六十四條卦辭、三八四條爻辭雖有斷占、喻斷、斷事之別，其中亦不免有難以判然分別有䷍之睽䷥。其爻辭曰：「公用亨于天子。」卜偃曰：「吉。遇『公用享于天子』之卦。戰克而王饗，吉孰大焉？且是卦也，天為澤以當日，天子降心以逆公，不亦可乎？大有去睽而復，亦其所也。」是卜偃根據卦象乃全以爻辭為斷事辭而只斷也。春秋筮例中亦有爻辭分明只能作喻斷辭卻全作斷事辭以占斷者。如左傳哀公九年所記趙鞅筮伐宋救鄭，陽虎之占即是。其卦遇泰䷊之需䷄，其爻辭曰：「帝乙歸妹以祉，元吉。」陽虎之占云：「宋方吉，不可與也。微子啓，帝乙之元子也；宋、鄭，甥舅也。祉，福也。若帝乙之元子歸妹而有吉福，我安得吉焉？」陽虎乃針對宋、鄭之先祖及其婚姻關係把作爲譬喻之數百年前之歷史典故全作爲當前斷事之辭而占斷矣。此國春秋易筮之末流，亦頗足以見陽虎占斷之缺點，其於後世易筮之占斷亦云深遠矣。

春秋易筮占斷中，卦、爻辭之運用，除依變通之卦不同而所用各有定法如前文所述者外，別無成說。以上所言，蓋從春秋筮例言其大端而已。針對所命依據卦，文象作用卦，文辭之法，其至要者仍為明象，據象耳。言先秦古筮法者不可不明乎此也。

說「偕」

易筮於殷末周初繼龜卜而興，至春秋時期，歷數百年，已發展成熟，且在社會上廣為流行，然猶與龜卜并行而仍處於後起占術地位。如左傳僖公四年記晉獻公欲以驪姬為夫人之占，云：「初，晉獻公欲以驪姬為夫人。卜之，不吉；筮之，吉。公曰：『從筮。』卜人曰：

曰「筮短龜長，不如從長」。此則卜與筮占斷不同，卜人猶以「筮短龜長」主張從卜。然左傳・莊公二十二年記敬仲，則先記懿氏欲妻敬仲之卜而後記陳厲公之筮。閔公二年記季友之生，則桓公令卜楚丘之父先卜而後筮。僖公十五年記晉獻公欲嫁伯姬於秦，亦命史蘇先卜而後筮。僖公二十五年記狐偃勸重耳勤王，使卜偃先卜而後筮。此數例雖皆先卜而後筮，但皆卜與筮占斷相同。此種情況，當時稱之曰「偕」。即詩・小雅・杕杜所云：「卜筮偕止」者也。詩春秋時期，占卜除卜與筮外，尚有夢占、星占等多種占法。當時稽疑，多有筮而先卜或筮占與夢占、筮占與星占占斷互相參驗者，而或參以人之德行、禨祥、休徵、咎徵甚至民謠、童謠者。

殷周以降，二種以上占術占斷相同者，每稱「協」、「襲」、「循」，其義一也。尚書·泰誓記武王語云：「天其以予乂民，朕夢協朕卜，襲于休祥，戎商必克。」偽孔傳云：「言我夢與卜俱合於美善，以兵誅紂，必克之占。」

孔疏曰：“襲者，重合之義。”是“協”與“襲”皆有合、俱、重之義也。國語．周語下記單襄公病中戒其子頃公曰：“必善晉周，將得晉國。”晉周，晉襄公姬驩之孫姬談之子晉悼公姬周也。何以單襄公言姬周“必得晉國”？以單襄公知晉成公生時其母之夢與成公自周返晉時晉國之筮及姬周之德三者相合。故云：“且其夢曰：‘必驩之孫，實有晉國。’其卦曰：‘必三取君於周。’其德又可以君國，三襲焉。”韋昭國語解云：“襲，合也。三合，德、夢、卦也。”

詩・小雅・杕杜「卜筮偕止，會言近止，征夫邇止。」鄭箋云：「偕，俱。會，合也。或卜之，或筮之，俱占之，合言於繇為近，征夫如今近耳。」是「協」於春秋亦稱「偕」，二字音義同，通用為。

由是，知春秋時筮每與卜、與星占、與夢占并行而參驗其占斷。然，筮則為筮，星則為星，夢則為夢，決非易筮中含有星占、夢占中包括易筮。筮歸筮，星歸星，夢歸夢，不同時用二、三種占卜占之，而其占卜則各自獨立，不相混淆。倘以兩種以上占术占之，其斷相同，乃稱「協」，「襲」或「借」也。近人李鏡池之周易通義云：「周易中有星占、夢占、鳥占、蛇占、謠占等，取象占和蓍筮參驗之象。」誠不知其何所據。春秋易筮占斷確有與星占、夢占等占斷相參驗者，但據左、國所記筮例觀之，十六例中，六例言及龜卜、星占、夢占。雖或「協」或「襲」，然各自為占，各有所斷，決不混淆。記載清詳，其文俱在。易、卦、文辭中更絕無若李氏所云：「潛龍是星占，易用是筮辭。」之類一條繇辭夾雜易筮之外任何占術之斷辭者。其以經文第一卦，作為易之門徑、易之經之乾卦「主要談星占。」之根據即謂該卦文辭中屢見之「龍」字為「龍星」。而其以此「龍」字為「龍星」之唯一根據則為說文解字第十一「龍」字之解說。云：曰龍，春分而登天，秋分而潛淵。」即此。說文亦分明言「龍」而未云「龍星」。何以「龍」必須即是「龍星」？且說文此條全文云：「龍，鱗蟲之長，能幽能明，能細能巨，能短能長，春分而

「說文」：

登天，秋分而潛淵。从肉飞之形，童省声。」所解者即「龍」也。不僅絲毫未言及「能」，且明白稱：「鱗蟲之長，能幽能明，能細能巨，能短能長」云云。雲氏悉刪不錄。其斷取說文語牽强曲釋經文昭然可見。其既不懂易筮，又標奇立異，有意不實事求是亦已太甚！故注探討易筮占斷中之「協」、「襲」、「偕」時，必須明辨：先秦易筮占與遁卜、星占、夢占等占术每有兼采并用者，其占斷亦可互相參驗，或「協」或否。而其筮法、占术、繇辭固不可攙含混清。易筮即是易筮，不是多種占術混雜之大雜燴。

説誤斷與曲斷

左、國所記易筮十六例中筮史占斷有為卿大夫駁倒且事實證明筮史之占斷不驗者。而此種占斷殆有兩種情況：其一為誤斷，其一為曲斷。重耳在秦之筮，筮史之占是誤斷也。筮史以貞屯䷂悔豫䷏皆八。是屯之二、三、上文皆八揲不再變之文，故云：「閉而不通。」文無為也。」斷為不吉。雖重耳命筮曰：「尚有晉國。」筮史忠於職守，據所見而占斷，不怕拂逆重耳之意。胥臣亦據已之所見而駁之。其後事實證明胥臣所斷皆驗，而筮史所斷皆不驗。此誤斷也。以筮史非有意拂逆重耳，是其所見誤也。以重耳仁人也，故筮史敢據所見而斷，不懼拂逆其君也。左傳、襄公二十五年崔杼筮娶棠姜，遇困䷮之大過䷛。史皆曰吉。而陳文子據卦象與繇辭駁之。其後事實皆如陳文子所斷。觀陳文子所云，不論就卦象言，就文辭言，實皆無以斷吉。史之曰吉，蓋不敢拂逆崔狩之淫慾耳。狩，權臣也，貪狠無忌。史實有意逢迎以討好避禍，是有意為之，此則曲斷也。曲斷與誤斷之別端在有意無意之關耳。至於左傳、昭公七年所記孔成子立衛靈公之筮，史朝之占斷則分明為謀私利有意曲斷惡劣極矣。其筮遇屯䷂之比䷇，本意以屯之初爻斷。其文辭曰：「盤桓，利居貞，利建侯。」盤桓，不進之貌。居貞，守靜以正也。正，依禮法立嫡不立庶，立長不立幼，是正也。孟縶與元皆婤姶所生，雖皆非嫡，然孟縶，長也。元，幼也。

建侯以繫是守靜正以俟也。據此，則立繫是也。史朝因與孔成子皆自謂夢康叔謂己曰：「立元。余使羈之孫圉與史苟相之。」「余將命而子苟與孔烝鉏之曾孫圉相元。」而元之名又此二人所命。史苟，史朝之子也。立元，則其子有以為相，私利誠莫大焉。其所占斷遂肆意曲妄，務以立元為目的。依筮例，此筮本不應以屯之卦辭斷，史朝初見筮遇屯之比，迫不及待斷取屯之卦辭「元、亨、利、貞。勿用有攸往，利建侯。」中「元、亨」二字而曲釋云：「元亨，

又何疑焉？」竟曲釋此義「元」字為公子元之名，牽強曲解，謬過甚矣。進而曲解「盤極」為「弱足者」，是以「盤極」為盤跚——跛行貌，以應孟縶足跛，曲解已至極甚惡劣程度。此種為求私利肆意妄加曲斷，左氏所記繪形繪色更足以為問筮者與占斷者求垂鑒戒。左氏記事雖或有「其失也巫」之譏，其記筮例亦或有過分誇張占驗者，但從筮占之誤斷與曲斷則記載信實、生動，深寓貶意。倚據史朝之曲釋卦、文辭肆意妄加曲斷以求春秋易筮占斷之法豈非大謬！

清浅斋周易说

（下）

图书在版编目（CIP）数据

清浅斋遗稿影印集 / 王扶汉著 . -- 北京 : 研究出版社 , 2021.8

ISBN 978-7-5199-0975-8

Ⅰ . ①清… Ⅱ . ①王… Ⅲ . ①中国文学—现代文学—作品综合集 Ⅳ . ① I216.2

中国版本图书馆 CIP 数据核字 (2021) 第 053396 号

清浅斋遗稿影印集

王扶汉　著

责任编辑：寇颖丹

执行编辑：朱唯唯

研究出版社 出版发行

（100011　北京朝阳区安华里 504 号 A 座）

北京旺都印务有限公司　新华书店经销

2021 年 8 月第 1 版　2021 年 8 月第 1 次印刷

开本：889 × 1194 毫米　1/16　印张：125.75

字数：1572 千字

ISBN 978-7-5199-0975-8　定价：2000.00 元（全四册）

邮购地址 100011　北京市朝阳区安华里 504 号 A 座

电话（010）64217619　64217612（发行中心）

版权所以 · 侵权必究

凡购买本社图书，如有印制质量问题，我社负责调换。

春秋筮例解說

春秋筮例解說，余言春秋筮法之實證也。故於考明春秋易筮成卦、變卦、占斷之後必須對左、國所記十六例逐一詳加解說。一以證余之所考者、所言者不謬；一以利於讀者即此與前文對照、互證，讀完解說後，春秋筮法可以瞭然於胸也。

左傳・莊公二十二年

陳厲公，蔡出也，故蔡人殺五父而立之。

陳，周時諸侯國名，舜後，都陳（今河南淮陽）。厲公，名躍，陳桓公鮑之子。其母爲蔡女，故云蔡出，謂蔡女之所生也。蔡，周時諸侯國名，時都上蔡（今河南上蔡之西南）。五父，即陳佗，陳桓公弟。桓公卒，陳佗殺太子免而自立。未及一年，蔡人殺陳佗而立躍。

生敬仲。

名完，謚敬仲。莊公二十二年奔齊，齊桓公以為工正，改姓田。自田完傳至其第八代孫田和篡齊而為諸侯，史稱田齊。

甚少也，

甚，謂敬仲。陳厲公於魯桓公六年立，十二年卒。此傳既稱陳厲公立而生敬仲，則敬仲少時當在此之年（即公元前七〇六至公元前七〇〇）之間也。

周史有以周易見陳侯者，陳侯使筮之。

周時，史司卜筮之事。故左、國記筮事

多於占斷之時稱「史曰」或「史皆曰」、「筮史皆曰」等。或稱史之名而冠以「史」字，如史蘇、史墨、史朝等。亦有只稱其名者，如辛廖、董因等。其卜楚丘、卜徒父、卜偃等名上加「卜」字者亦皆史也。

遇觀䷓之否䷋。

觀，本卦。否，之卦。觀，下坤上巽。其四爻由「⚋」變「⚊」，上卦乃由巽變乾而遇之卦否。凡本卦四爻變，則此爻必須為可變之爻，或以揲，或言揲。其言爻揲數之合須為五十一四十六三十九。此筮本卦觀，其卦二陽爻，四陰爻，六爻揲數之合不可能為單數，故必為四十六也。其六爻揲數之組合必為以下五種形式之一：

九七六八八八、七九六八八八、九九六八六八、九九六八八六、九九六六八八。

曰：「是謂『觀國之光，利用賓于王。』」

「是謂」，猶言「此正周易所云」也。

左．國所記筮例從引據卦．爻辭時多先云「是謂」。此處所引係易．觀．六四爻辭。其文與今本周易悉同。此爻辭係以公卿大夫諸侯

朝

侯國之間互聘爲喻，以斷「觀國之光」，言聘國觀所至之國山川風物、光輝業績也。「利用賓于王」，言利於爲王者之賓客也。用，於也。

此其代陳有國乎？不在此，其在異國；非此其身，在其子孫。

此周史據文辭具體斷敬仲一生之辭。王者，天子也。爲天子之賓客，非諸侯有國者而何？故曰「代陳有國」。但不在陳而在他國；非敬仲本身，在敬仲之子孫。

光，遠而自他有耀者也。坤，土也。巽，風也。乾，天也。風為天於土上，山也。有山之材，而照之以天光，於是乎居土上。故曰「觀國之光，利用賓于王。」

此釋「觀國之光」。此處「利用賓于王」為衍文，以下文對此五字另有解釋也。

坤之卦象為土（亦即地、土地，迄今猶有國土、疆土、領土等詞。是土字既有五行之一之土，泥土、水土、鄉土等義外，實亦多作土地用。左、國筮例只一例稱坤之卦象爲地，餘皆於言其卦象爲土地時稱土。）巽之卦象爲風，乾之卦象爲天。觀之名，是觀之下卦未變，上卦由巽變乾，故言「風爲天于土上」。乾，天也。日月之光自天而耀於坤，非坤自發光也，故云「光，遠而自他有耀者也。風本動於地上，行而不止。變而爲乾，自人之直覺言，天則極高而又相對靜止。地上極高而又相對靜止，自人之直覺言者所以謂爲完全靜止者唯有山，故云「風爲天於土上，山也。」

山在地上，有泉石花草林木鳥獸，又得天光照耀，生機煥發，故光采可觀，因謂觀國之光也。

庭實旅百，奉之以玉帛，天地之美具焉。故曰「利用賓于王。」

此國史解「利用賓于王」也。春秋之時，公卿大夫朝見天子，聘問諸侯，列其禮品於庭中，謂之庭實。旅，陳列也。百，言備數、多也。奉，獻也。玉與帛為禮品中之最主要者。玉，亦乾之卦象也；帛，亦坤之卦象也。故云「天地之美具焉。」乾為天、為天子，坤為臣民。王與諸侯之美并具，故云「利用賓于王」也。

猶有觀焉，故曰：「其在後乎？」

此釋「觀」字。「其在後乎？」言如今尚在觀望之中也。

風行而著於土，故曰：「其在異國乎？」

以下卦坤未變，上卦巽變為乾（是風行也）故云「風行而著於土」。但其所著於土而已行，則所著者非故土，是異國也。

若在異國，必姜姓也。姜，大嶽之後也。山嶽則配天，物莫能兩大，陳之、此其昌乎？

此承前「不在此，其在異國。」更進一步具體斷事。言敬仲之後必在齊代陳有國。齊，太公姜尚始封之國。姜姓本太嶽之後。大嶽亦稱四嶽，掌山岳之官也。禹命四嶽以侯伯，賜姓曰姜，氏曰有呂。山嶽，地上之至高者，故以配天。實亦再釋「風為天於土上，山也。」大，本相對而言，有程度之差別，其至極者則一。以此言陳國之後國不能在陳、在齊皆有國，必須陳衰，敬仲之後始能在齊而昌也。

及陳之初亡也，陳桓子始大於齊；其後亡也，成子得政。

陳先後兩次為楚所滅。昭公六年，楚初滅陳。時敬仲五世孫桓子無宇事齊莊公，甚有寵。其子乞行陰德於民，得齊衆心。此始大於齊也。哀公十七年，楚終滅陳。時敬仲七世孫田常（田成子）殺齊簡公，立齊平公。齊國之政皆歸田氏。田常封邑大於齊平公之所食。至敬仲十世孫田和放齊康公於海上，自請為諸侯。遂廢齊康公而有齊國。

此筮係左傳莊公二十二年記陳完（敬仲）於陳國政變時逃往齊國，齊桓公以之為工正。齊懿氏卜以世嫁陳完，大吉，之後追記往事。陳完至齊時年齡應在二十八歲至三十四歲之間。此次周史在陳之筮應在莊公二十二年之前二十八年至三十四年之前，亦即左傳魯桓公六年至魯桓公十二年（公元前七〇六至公元前七〇〇）

之闡也。此筮係我國歷史文獻中所記載之第一筮例，且明確記載「周史有以周易見陳侯者，陳侯使筮之。」更可以證實周易在此之前早已成書。

此筮遇觀之否，乃以觀之六四爻辭斷，並據本、之卦內、外卦卦象及卦象之變化解說所引用之爻辭，而具體斷事。說明此時易筮已十分成熟。故，此例於春秋易筮中頗具典型性。

由此筮又可見春秋易筮非僅占斷而已，且每依卦象解明何以如此占斷，使聞筮者知其然且知其所以然。此實春秋易筮之主流。由此亦以見春秋易筮與當時及後世所流行之多種占卜術之占斷吉凶不解所據者不同。正宗易筮之高深淵雅識多遠勝於其他諸般占卜術者。

左傳·閔公元年

初，畢萬筮仕於晉，遇屯䷂之比䷇，

此筮係晉獻公作上下二軍，以畢萬為上軍車右，滅耿、滅霍、滅魏之後，以魏地賜畢萬并以之爲大夫時，追記畢萬初仕於晉時之筮。

畢萬，畢公高之後。武王誅紂，封文王庶子高於畢，公爵，因以畢爲姓。其後世絕封。畢萬仕於晉後，受魏地之封，爲晉大夫，因以地爲氏，號魏氏。其子魏犨從重耳出亡，襲畢萬之封，犨子絳，絳子嬴，嬴子荼，即魏獻子，與趙簡子、中行文子、范獻子並爲晉卿。荼之孫駒，是爲魏桓子，與韓康子虔、趙襄子無恤共滅智伯而分晉地，立魏國。是畢萬之子孫後為諸侯，續先世之封也。

遇屯䷂之比䷇，屯，下震上坎。其初爻由⚊變⚋，下卦由震變坤，而遇之卦比。凡初爻變，其初爻必須為九揲或六揲可變之爻，其卦六爻揲數之合須為五十四或四十三或四十二。此筮本卦也，二陽爻，四陰爻，其六爻揲數之合既不能為單數又不可能為五十四。故必為四十二。其六爻揲數之組合必為以下四種形式之一：

䷂（八七六六六九）、䷂（六七八六六九）、䷂（六七六八六九）、䷂（六七六六八九）。不可能為䷂（六九六六六九），

如此，則六爻皆可變之爻，不可能遇之卦比。

而必須六爻全變而為鼎䷱矣。故觀古筮例

時於其數遇之卦必須仔細詳參，不可大意。

其法至細至密。唯其更為細密，故難盡知，

亦唯其至為細密，吾始能得之而無誤。

辛廖占之，

辛廖，周大夫。蓋畢萬在周筮問仕晉吉

凶，杜預左傳注謂辛廖為晉大夫，非是。劉

炫云：「若在晉國而筮，何得云：曰筮仕於晉乎？」是。

左、國筮例中，筮史稱名者有：辛廖、卜楚丘、卜徒父、卜偃、史蘇、史朝、史趙、史黽、史墨等，皆當時知名筮史。餘則乃遷稱「史曰」、「筮史皆曰」等等。

曰：「吉。屯固，比入，吉孰大焉？其必蕃昌。」

「吉」為總括而斷。「吉孰大焉」言吉之至大至極，無與倫比矣。「屯固」、「比入」則言屯、比二卦之卦象。屯，甲骨文作屯（一期甲二八一五）、屯（一期乙四二九）。金文作屯（周．中頌壺）屯（周．中頌段）。秦篆作屯。屯从屮。說文：「屮，草木初生也，象丨出形，有枝莖也。讀若徹。」又曰：「屯，難也。屯象艸木之初生，屯然而難，从屮貫一，屈曲之也。一，地也。」以屯為固，實借屯字古文以釋其卦象。屯字象草木之初生，其上一橫以象地表。屮上穿地表而出，下入地表而難，經難而根深，根深而本固，本固而枝葉，本固枝葉結實累累之象正與畢萬之仕於晉合焉。比，甲骨文作[字形]（一期京都一八二二）。金文作[字形]（周中比簋）。說文「从，密也。」段注：「其本義謂相親密也。」欲求相親密則必須感情之相互融入。而此卦下坤上坎，水在土上，必下而滲入於土。故自字之本義與卦象言皆可以云，「比入」。入而能固，本固枝榮，結實繁盛，故子孫必然繁昌。因謂「吉孰大焉」。震爲土，車從焉，足居之，兄長之，母覆之，衆歸之，六體不易，合而能固，安而能殺，公侯之卦也。公侯之子孫，必復其始。

此就屯之比、本卦、之卦之內外卦卦象及其變化，從而具體斷事也。

春秋留筮，震之卦象為雷、為車、為足、為兄。坤之卦象為土、為馬、為母。坎之卦象為水、為衆。震為土，言下卦震變而為坤也。為，變也。亦或曰從。「為」、「從」一般用於本、之卦中之上卦或下卦。本卦變遇之卦則曰「之」，而不曰「為」「或」「從」也。「車從馬」亦即震變而為坤也。足居晋也

處而安之，且為兑以長之。震又為長子，變
而為坤，是長子投入母親懷抱，得母親覆育
之象。上卦之坎未變，震變為坤，坎則隨之，
坎為衆，故有「衆歸之」也。六體謂之：震為
土、車從馬，足居、兄長、母覆、衆歸也。
此六律未變，故曰「六體不易」。「合而能
固」之固謂屯，合謂比。比，密也。輔也，
相親密以輔弼也。故比為合也。以此喻畢萬
仕晉輔弼晉君可相親密而又能根深本固也。
「安而能殺」，謂坤與震也。坤，地也。地

靜，故爲安也。震，威也，有刑殺之象，故震爲殺也。此言安定而又能有刑殺之威，非公侯之象乎？故謂屯之比爲公侯之卦也。畢萬，畢公高之後，公侯之子孫也。當絕封，若仕於晉，則其後世子孫必復畢氏先祖公侯之位，故曰「公侯之子孫，必復其始」。

此筮未引卦、爻辭，而全以卦象斷。所言及之卦象不僅有八經卦卦象，且有六十四別卦如屯、比之卦象。

易筮本繼龜卜而興。卜則灼龜取兆以斷，筮則揲蓍設卦觀象系辭焉。易筮占斷之辭據象而擬。卦之象猶龜之兆也。此周蓍筮繼龜卜而興之明證。周易卦、爻辭原依多次據卦象所擬占斷之辭擇其屢驗者整理成編。其後，筮史皆取卦、爻辭為斷，然猶以卦象解說所引用卦、爻辭在卦象上之根據，此即吾所謂之道其然且道其所以然也。此實春秋易筮之主流。但不引據卦、爻辭，全以卦象斷之古法猶存，則此筮與閔公二年成季將生桓公之筮，卜楚丘之父之占是也。至春秋後期乃漸多唯據卦、爻辭為斷者。此實開後世易筮及標榜易筮之諸般占术以斷吉凶、否言卦象之先聲。

左、國所記筮例中言八經卦卦象者多，言六十四別卦卦象者甚少。但雖甚少已足見易傳中序卦傳、雜卦傳確屬淵源有自，非皆作傳者之所臆擬也。惜乎春秋有關卦象之說極鮮書諸簡札者，昭公二年晉韓起在魯觀書曾見易象，歎其珍貴。是知其時易象已屬難得一見之專著。晉國如韓起，身為上卿，秉持國政，亦只能在魯始得一見此書，足見言易象之典籍之珍稀。然左、國所記筮例中，如晉之乘、史蘇、卜偃、秦之卜徒父等，殊不可能得魯府庫所藏之易象，而皆以易筮名。是否其於卦象皆各有師承，口耳授受，不敘著於竹帛者？韓起所見魯太史氏所掌管之易象以後亦無所闕。故世人或以序、雜二傳所言別卦卦象係戰國時人之所臆擬。由此例可見，在春秋時期即於筮占中引用別卦卦象為斷，如序、雜二傳實非始於戰國時期，確實淵源有自。但是否其中有作傳者之所臆擬或作傳者所收集到他人之所臆擬，蓋雜言已。

左傳・閔公二年

成季之將生也，桓公使卜楚丘之父卜之，

成季，魯桓公少子季友。魯國三桓（季孫氏、叔孫氏、孟孫氏、）中影响最大的季孫氏始祖。左傳・昭公三十二年云：「昔成季友，桓之季也，文姜之愛子也，始震（同娠）而卜。」

曰：「男也，其名曰友，在公之右，間于兩社，為公室輔。季氏亡，則魯不昌。」

此卜辭基本上四字為句，友、右叶韻（止、海部），社、輔叶韻（語、虞、毋部），亡、昌叶韻（陽、唐部）。左、國所記春秋時期卜辭若此者不少。此實亦春秋卜辭之一突出特點。

卜辭中首先言文姜所孕臨兒為男，其名為友。「兩社」謂宮庭雉門之外，左有亳社，右有周社，在兩社之間者則為朝庭詢謀大事之所，是執政之所在。此言文姜所孕此男曰後當執魯政，為魯君之輔弼，故言「為公室輔。」「執政以輔公室，故言「在公之右。」「季氏亡，則魯不昌」言季氏在魯之重要。季氏之興亡實關魯國國運之盛衰。自季友始，其子孫世為魯之上卿，經歷春秋，最後與魯俱滅。

又筮之，遇大有䷍之乾䷀，

此筮本卦五爻由⚋變⚊，上卦由離變乾，乃遇之卦乾。凡本卦五爻變，則其五爻必為九揲或六揲可變之爻。其六爻揲數之合須爲五十或四十七或三十八。然大有五陽爻、一陰爻，其六爻揲數之合不可能爲變數，只能爲四十七。其六爻揲數之組合必爲以下十種形式之一：

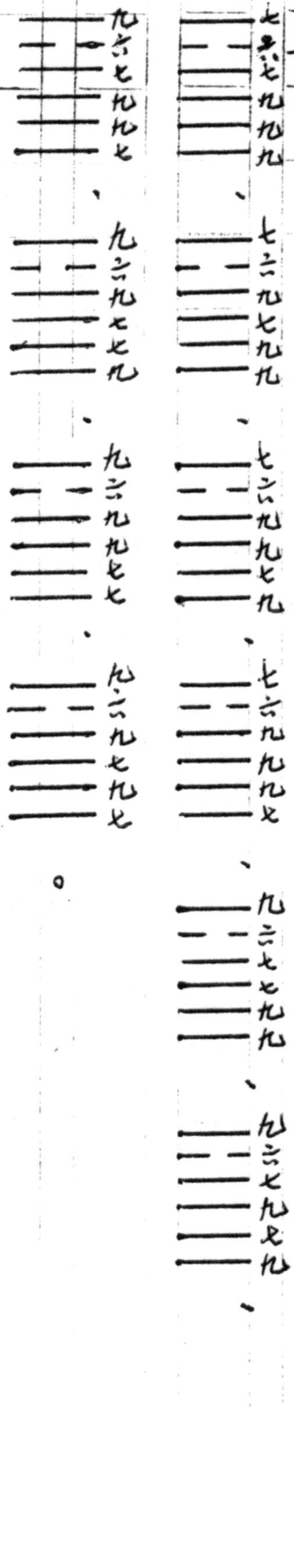

曰：「同復于父，敬如君所。」

乾之卦象爲父、爲君。此筮大有五爻由

——變——，上卦由離變乾，下卦乾未變，而遇之卦乾。故云「後於父」，「如君所」也。同，言其身之尊貴與其父無異；敬，言其敬奉職守以禮事君也。

此筮亦未引卦，爻辭，全以卦象斷。其占斷之辭僅八個字而概言吉凶在其中矣，卦象之理在其中矣，具體斷事亦在其中矣。語言之簡煉無以復加。頗足以見辛廖文化風養之超乎一般也。

左傳・僖公十五年

卜徒父筮之，吉，「涉河，侯車敗。」

此條僖公十五年秦穆公伐晉，與晉惠公戰於韓，獲晉惠公。即史稱秦晉韓之戰戰前秦穆公之筮。卜徒父，徒父，人名，秦人，以職司卜筮，故稱卜徒父。「涉河，侯車敗。」爲斷事之辭。史記・晉世家謂晉惠公六年秦穆公涉河伐晉。」涉河謂秦穆公率秦師涉過濟河也。侯謂晉惠公。車，戰車。此語謂秦穆公涉河伐晉，晉惠公必敗也。

詰之。對曰：「乃大吉也。三敗，必獲晉君。」

詰，詰問也。以卜徒父斷定言晉必敗，乃詰問其如此斷事之根據。卜徒父則不正面回答，卻再次強調此筮之吉，稱「乃大吉也」。且具體言：我擊敗晉軍三次，必能生擒晉惠公。

其卦遇蠱䷑，曰：「千乘三去，三去之餘，獲其雄狐。」夫狐蠱，必其君也。

此筮只言本卦，不言之卦。左、國所記筮例中唯此筮與成公十六年鄢陵之戰戰前晉厲公之筮二例。且占斷之辭皆不見於今本易卦、爻辭。

此筮不言之卦有兩種可能：

其一為蠱之六爻皆為不變之爻。其六爻揲數之組合為䷑（七八八七七八）。依例則六爻皆不變，不求之卦，逕以本卦斷。如引用卦、爻辭，則用蠱之卦辭斷。此筮則不引卦辭為斷，而稱「曰……」。千乘，諸侯國君也。去，猶驅

也。餘，後也。雄狐，喻君也。春秋時，每
稱無道之君為雄狐。如詩．齊風．雄狐：「南
山崔崔，雄狐綏綏。」雄狐，喻齊襄公也。
此繇辭言：秦與晉戰，秦軍三驅晉軍之後，
當俘獲晉侯。十二字具體切事．顯係卜徒父
自擬。」夫狐蠱，必其君也。」自解其繇辭也。
其二為，此種筮法為春秋易筮之一派，
多用於臨戰前之筮。其特點是不求之卦，以
本卦卦象斷，不引據易．卦、爻辭。其占斷
具體切事。繇辭由筮史自擬。

蠱之貞，風也；其悔，山也。歲云秋矣，我落其實而取其材，所以克也。實落，材亡，不敗何待？」

貞，下卦、內卦，有時亦稱本卦爲貞。

悔，上卦、外卦，有時亦稱之卦爲悔。此筮本卦蠱，其內卦爲巽，巽之卦象爲風，故云「蠱之貞，風也。」其外卦爲艮，艮之卦象爲山，故云：「其悔，山也。」

此次戰爭於僖公十五年「九月，晉侯逆秦師」，使韓簡請戰，至十一月壬戌「秦獲晉侯以歸」結束。其筮在臨戰之前，故卜徒父云：「歲云秋矣」。內卦巽為風、為木，外卦艮為宮、為晉。秋風過山而吹落山上樹木之果實，我取其樹木。（此我之所以戰而勝也。）晉侯則若實落而我得之，材已而我取之。其不敗也，又何待哉！

此筮雖只就本卦卦象為斷，且繇辭自然，其體例事，有與多數筮例不同處，但其所用卦名、卦象與春秋易筮所用者同。如以巽之卦象為風，左傳．莊公二十二年明言以周易筮，而云：「巽，風也」。又如以艮之卦象為山，則左傳・昭公五年穆子初生時，莊叔以周易筮之，遇明夷之謙。則亦明夷；「艮，山也。」且此二筮皆明白記載以周易筮，故應認為此筮所用並非易筮以外之其他占術。其所以與成公十六年鄢陵之戰臨戰前晉厲公之筮法相同而不同於多數筮例者，或此筮法為當時易筮之一派而師承有自，亦極可能為當時易筮中臨戰前筮問戰爭勝敗之一種專用筮法。文獻暫不足徵，一時尚難考確。

此筮言卦象，結合時序以作進一步占斷。言之成理。為左、國所記筮占中最示占斷方法之一重要筮例。

左傳．僖公十五年

初，晉獻公筮嫁伯姬於秦，遇歸妹䷵之睽䷥。

此係秦、晉韓原之戰晉惠公被秦俘獲之後，追述當初晉獻公嫁伯姬於秦穆公時之筮。

歸妹之睽，是歸妹之上爻由⚋變⚊，其上卦震變而為離。凡上爻變，則該爻必係九揲或六揲可變之爻。其六爻揲數之合須為四十九或四十八或三十七。此卦歸妹三陽爻、三陰爻，其六爻揲數之合不可能為變數，亦不可能為三十七。因而此卦六爻揲數之合必為四十九。其六爻揲數之組合亦只能是䷵（六八九八九九）。

史蘇占之，曰：「不吉。」其繇曰：「士刲羊，亦無衁也；女承筐，亦無貺也。」

史蘇，晉司卜筮之史。為春秋時期著名筮史。

不吉，總斷吉凶。繇，占斷之辭。此處

即謂易卦，文辭。於此所引係易·歸妹·上六文辭。經文作「女承筐无實，士刲羊无血，无攸利。」在文字上稍不同。此非史蘇所據另本。蓋其引此文辭，取其義而略改其文以求與具體斷事之辭內式齊整，韻律叶協，又無傷繇義也。盍，血也。貺，與也，贈獻也。羊、盍、貺、筐叶韻。且與下文償、相叶韻。此言夫婦祭獻之禮。刲，刺也。士刲羊而無血，必其羊病，豈可以之享神？婦奉筐而其筐中祭獻禮品全無，又將何以奉祀？既不能奉祀祭享，又如何能求得鬼神之庇佑？故繇曰：「无攸利。」史蘇斷曰：「不吉。」其加二「亦」字猶今言「士也如何，女也如何」。實出夫婦祭享皆不果之情狀。

西鄰責言，不可償也。

西鄰，秦也。秦在晉之西，與晉隔河為鄰也。責言，指摘、譴責也。償，答對也。晉獻公嫁伯姬於秦，秦為晉之西鄰，即使兩國有婚姻關係，但日後秦對晉有所指摘、譴責，晉亦無法答對也。

歸妹之睽，猶先相也。

相，助也。歸妹之睽，羊无血，筐无實，祭獻不果，无以享神，神何以助？故猶如无鬼神之助也。

震之離，亦離之震。

歸妹上卦由☳變，其上卦則由震變而為離，其卦乃由歸妹變而為睽。若睽之上爻由☲變，其上卦則由離變震，其卦乃由睽變為歸妹。前者以歸妹之上爻斷，後者以睽之上九斷。而此二爻辭皆非吉徵。故言「震

之離，亦離之震。」謂其不吉一也。歸妹，
上六爻辭見前文所引。睽，上九爻辭見下文
所引。
為雷，為火，為嬴敗姬。車說其輹，火焚其旗，
不利行師，敗于宗丘。
承上句言不論震之離或離之震皆不為雷
便為火，皆為嬴姓之秦折敗姬姓之晉之象。
此筮遇歸妹之睽，下卦兌未變，上卦由震變
離。以其為晉獻公所問之筮，故下卦為體、
為主，為晉，上卦為用、為客、為秦。下卦

兌為澤、為少女、為悅。上卦震為雷、為長

兌、為威。離為火、為日。歸妹下兌上震本為長男

凌少女、刑威欺愉悅之象。是秦凌晉，秦振

其威，晉失其悅之象。變而為睽，下兌上離

是曰睽。火燥而澤竭之象。其於此盟則秦威而

賤晉之象也。故云「為雷、為火、為嬴敗姬

也。

震之卦象又為車、為旗。坎之卦象又為

輹。說，脫也。輹本在車輿（車軸上載物輿

人之平板）之下，使車軸與車輿固接者。今

震變而為離，是車脫其輹而軸與輿不能相接，車不能行矣。震變為離，是旗化為火，故云「火焚其旗」。車脫輹而不能行，火焚旗而軍無表幟，又何以行軍作戰？故云「不利行師」也。宗丘，韓原也。韓原亦名韓、宗丘。至於何以能先知「敗于宗丘」，未詳。此四句輹、旗、師、丘叶韻。古韻旗、師、丘平聲之咍韻，輹，去聲職德韻。周代詩歌平仄可以互叶為韻也。

歸妹睽孤，寇張之弧。姪從其姑，六年其逋，逃歸其國，而棄其家，明年，其死於高梁之虛。

「歸妹睽孤，寇張之弧」概括睽上九

文辭以為說內也。該文辭云：「睽孤，見豕

負塗，載鬼一車，先張之弧，後說之弧，匪

寇，婚媾。往，遇雨則吉。」此言若筮遇睽

上九，即睽之歸妹，亦即離之震也，乃當以

睽上九文辭斷。睽，離也。孤，喪父之孫

兒也。塗，泥也。弧，弓弦也。說，同脫。

此文辭云：睽之歸妹，則猶離家流浪之孫子

見有豬，背上多泥污，拉一車鬼。孤兒惧鬼

之傷已，先張其弓；准備射箭以防身；後又弛其弓，以近看非豕拉鬼一車，乃是婚娶者。筮遇此，若問出行，可往。但須遇雨方吉。若不遇雨，亦非吉兆。韓之戰係僖公十五年九至十一月。於秦、晉之地，此時因无雨也。是以亦斷不吉。此則離之震亦不吉也。其不吉尚不止於此。

「姪從其姑」，震為長男，離為中女。震變為離是長男從姑之象。姑謂伯姬，姪謂惠公之子子圉也。伯姬嫁於秦，子圉從之於秦指韓原晉敗，僖公十七年，惠公以子圉為質於秦。秦穆公以女懷嬴妻之。僖公二十二年，子圉逃歸晉國立為君，即懷公也。懷嬴則被子圉棄之於秦。僖公二十四年二月，重耳返晉，殺懷公於高梁。周正建子，周曆二月即夏曆之上一年十二月，故僖公二十四年二月於夏曆則二十三年之末也，故云「明年」。至於子圉何以六年乃逃歸，逃歸之明年又何以必死於高梁之虛，未詳。

睽，上九爻辭弧、逋、姑、家、虛叶韻

此筮最突出特點爲：本卦上爻變而兼取本、之卦上爻爻辭斷。所謂「震之離，亦離之震」也。其占斷之辭皆出之以基本整齊四言韻句。因而其引據易卦、爻辭亦改而從之。其繇辭乃與春秋時期龜卜卜辭體制、風格近似。此則又一突出特點也。其「敗于宗丘」及「明年，其死於高梁之虛」等預斷未來之事具體如此，未詳其法，亦未詳其何所據。其法失傳歟？後人欲更神之而有所僞託歟？

國語・晉語四

公子親筮之，曰：「尚有晉國。」

公子，晉公子重耳。僖公二十四年返晉後為晉侯，即晉文公。「尚有晉國」，命筮之辭也。春秋易筮有枚筮，有命筮。枚筮無主問之事，漫問吉凶也。備具體有某事須以決疑，則應命筮。命筮即告以所問某事，冀望如何，口中祝禱曰：「尚……」即命筮之辭也。筮時，晉公子重耳出亡已十八載，而晉自獻公以後，社稷不安。重耳流亡各地，唯翼重返晉國，有其社稷。故命筮之辭如此。尚，上也，望也。於命筮之辭中即「祈望」之意。

得貞屯䷂悔豫䷏，皆八也。筮史占之，皆曰：「不吉。閉而不通，爻無為也。」

此處貞謂本卦，悔謂之卦。言其本卦為屯，之卦為豫也。皆八，言屯卦六爻之中，不可變之爻皆八，揲之爻而可變之爻乃全變也。屯變而為豫，是初、四、五，三個爻變，二、三、上，三個爻不變。既如此，屯卦六爻揲數之組合必爲（八九六八八九）。依春秋筮法，倘一卦中三爻變，三爻不變，則以本、之二卦卦辭爲斷。筮史所稱「不吉」云云，蓋以本卦六爻揲數之合爲四十八，以五十五減之，餘七數遇上爻爲八揲不可變之爻，不能以也之上（以爻）爻爻辭斷，故稱「閉而不通，爻無爲也。」

國語・韋解曰：「震兩陰爻，在貞在悔皆不動，故曰皆八，謂爻無爲也。」恰恰未言及也之上爻。是韋氏出知八爲不動之爻，不知繫辭傳所云就本卦揲數求之卦之法也。

司空季子曰：「吉。是在周易，皆利建侯。不有晉國，以輔王室，安能建侯？我命筮曰：『尚有晉國』，筮告我曰：『利建侯』，得國之務也，吉孰大焉！

司空季子，胥臣。從重耳出亡，重耳返國後為晉卿。此筮筮史斷不吉，而胥臣斷吉。

此下述胥臣之占斷。

胥臣斷此筮全據周易。故總斷曰：「吉」，之後即稱「是在周易」云云，則其所引據、所解說全係春秋易筮也。何以曰：「皆利建侯」也。蓋屯之卦辭云：「元、亨、利、貞，勿用有攸往，利建侯。」豫之卦辭云：「利建侯行師。」此筮既應兼取貞、悔二卦卦辭斷，則皆「利建侯」也。倘重耳不能有晉國以輔佐周天子，又安能建侯也？我命筮曰「祈望能有晉國」，筮告我曰：「利建侯」。此實得國之事也。吉之大又何可以比擬哉！

震，車也。坎，水也。坤，土也。

此處先明貞、悔二卦上、下卦卦象。震為車，坎為水，坤為土。

也，孚也。豫，樂也。

此處亦言別卦卦象。是從國語所記亦足以證春秋易筮不僅用八經卦卦象，亦用六十四別卦卦象。左傳·閔公元年畢萬之筮遇屯之比，曰：「屯固，比入」。此筮云：「屯孚也。」孚與固實極相近。於先秦，一般物之孚者則易固，固則較不固者多孚也。豫，樂也。象傳與雜卦傳之釋豫之卦象皆本乎此。

車班外內，順以訓之，泉原以資之，土厚而樂其實。不有晉國，何以當之？

內 外

班，徧也。屯之外卦為震，豫之外卦亦為震。震為車，故言「車徧外內」也。訓，通訓，亦順也。此言豫之內卦坤也。坤之卦象亦為順，而訓亦順也。原，同源。泉源謂屯之內卦坎也。坎為水，為泉源也。豫之內卦為坤。坤，土也，地也。横則廣袤无垠，縱則厚實深固。得此廣袤厚實之土地，豈不樂乎？若不得晉國，何以當此譬卦象？

震，雷也，車也。坎，勞也，水也，眾也。主雷與車，而尚水與眾。車有震，武也。眾而順文也。文武具，孚之至也。故曰屯。

此釋何以屯之卦象為孚，從而言孚之吉徵。震之卦象為雷、為車。坎之卦象為勞、為水、為衆。屯之内卦為震，即為雷、為車。内卦為主，故云「主雷與車」。尚，上也。屯之上卦為坎，故云「尚水與衆」。車動有聲如雷，武也。有衆而衆又順從，是萬民向化之徵，故曰「文也」。文武咸備，實正孚之至極，故稱之曰「屯」。

其繇曰：「元、亨、利、貞，勿用有攸往，利

建侯。」主震雷，長也。故曰「元」。衆而順，
嘉也，故曰「亨」。內有震雷，故曰「利貞」。
車上水下，必伯。小事不濟，壅也。故曰「勿
用有攸往」，一夫之行也。衆順而有武威，故
曰「利建侯」。

此釋屯之卦辭。言屯之內卦為震，為主、
為雷。雷之卦象為長。「元，体之長也」，
當係春秋時廣泛流行之通釋。左傳．襄公九
年記穆姜始往東宮時之筮亦云。故稱屯之「主
震雷」為「元」。屯之外卦為坎。坎為水、

爲衆。內卦爲主、爲雷、爲元，體之長也。故衆順從，是以「衆而順」。衆順則善美集，故云「嘉也」。是以稱「亨」。「亨者，嘉之會也。」屯。內震外坎。震雷動乎內，坎水現乎外，萬物賴以生長。且雷動而有常，不失其正，是以「利貞」。此上就屯之卦象以釋其卦辭中「元、亨、利貞」四字。與左傳．襄公九年穆姜就其自身敗德之釋，故其後易傳．說文言就乾之卦象之說有同有異，

釋

固所當然。「車上水下，必伯」，言內卦震

上行而為外卦，外卦水動而下，則震動而揚威，水流就下而順乎常。如此必霸諸侯。伯，霸也。濟，成也。壅，阻也。言小事不成，因有壅阻之故。其壅阻即在屯之上卦坎之上文。其文適遇八樣之陰爻，筮史所稱「閉而不通．爻無爲也」者，是以「勿用有攸往」。但其事小，乃一人之行，非關軍國大計。衆能順從且有武威是以封侯建國矣。是以「利建侯」。

坤，母也。震，長男也。母老子彊，故曰「豫」。

其繇曰：「利建侯行師」。居樂，出威之謂也。是二者，得國之卦也。」

此釋豫之卦辭。豫之內卦為坤，坤為母。外卦為震，震為長男。母老子彊，人附之樂事也。故此卦名豫。豫，樂也。其卦辭云：利於封侯建國，出師征伐。母居內而樂，長男處外而有武威，故云：居樂，出威。欲安其居，則須封侯以為佐助於利建侯；欲處外而有武威，則須出師征伐，故利行師也。

就此貞屯、悔豫之卦之卦象、卦辭觀之，

此實得國之卦也。

此筮亦引據別卦卦象為斷。其云：「屯，厚也。」與閔公元年畢萬之筮云：「屯固，比入」（所記）同。蓋足徵易傳中象、序、雜三傳言別卦卦象確實淵源有自。且此三傳言豫之卦象更與此一脈相承，更顯然係承繼春秋易筮而來。

此筮云：「主雷與車，而尚水與衆」，又云：「主震雷」，是其時易筮以內卦為主、為體、為問筮者。以外卦為客、為用、為與問筮者具有各種關係之另一方。如左傳・僖公十五年所記秦穆公之筮，即以秦為主、為內卦；以晉為賓，為對立之另一方。其卦遇蠱，則內卦巽為秦，外卦艮為晉。卜徒父之占云：「蠱之貞，風也；其悔，山也。歲云秋矣，我落其實，而取其材，所以克也。實落，材亡，不敗何待？」便分明以內卦巽為風、為我、為秦，以外卦艮為山、為賓、為對方、為晉。故斷秦我而必克晉如實落、材亡，我乃必敗也。此雖未明白言主、賓體，實則據此而斷也。此於筮法中，自春秋以後，以易卦為筮之多種占术蹤多如是焉。

國語·晉語四

董因迎公於河，公問焉，曰：「吾其濟乎？」

對曰：「……臣筮之，得泰䷊之八。曰：是謂天地配亨，小往大來。今及之矣，何不濟之有？」

董因，晉大夫。周太史辛甫之後，世為周史。公，晉文公重耳。濟，渡。此僖公二十三年十二月，重耳自秦返晉，董因過黃河迎接。重耳詢渡河返晉之大事敬再占吉凶。以董因為太史，職司卜筮，故問其可否渡河返晉。董因回答中先言星占之吉，以非易筮，故不引而不解說也。

此筮言「得泰䷊之八」。內卦三陽爻不可能為八揲之爻。外卦三陰爻乃有可能。其六爻揲數之合不可能為五十四、五十三、五十二、四十五、四十四、四十三、四十二、四十一、四十。以此九數不可能數過外卦三陰爻，無以言「得泰之八」也。其六爻揲數之合須為五十一、五十、四十九、四十八、四十七、四十六、三十九、三十八、三十七（九數始可數遍外卦三陰爻。但泰卦三陽爻、三陰爻，其六爻揲數之合不可能為變數，故五十、四十八、四十六、三十八，四數為不可能。亦不可能在三十九以下。即使為至少之三十九，其六爻揲數組合乃為䷊（六六六七七七），其中無八揲之爻，何以「得泰之八」耶？亦不可能為五十一，以五十一其六爻揲數組合必須為（八八八九九九），雖可以數遍八揲，不可變之四爻，但可變之爻與不可變之爻各三，則可變之爻全變而成貞泰悔坤，「不可能」得「泰之八」矣。是以此筮之爻揲數之合必為四十九或四十七，其六爻揲數之組合亦必為以下六種形式之一：

（八八八七九九）、（八八八九七九）、（八八八九九七）、（八八八七七九）、（八八八七九七）、（八八八九七七）。

此筮引泰之卦辭為斷，而在所引卦辭「小往大來」之前先以「天地配享」四字言卦象。云：「是謂天地配享，『小往大來』。」與左傳引困卦、爻辭「是謂[illegible]」之下直接即引

用者稍異。但一望可知，「天地配亨」の字
非泰之卦辭，實董因言卦象語。意謂：乾自
上而下，坤自下而上，天地交而萬物通泰也。
乾，君子、大人之象也，坤，小人之象也。
因有小人往而大人來之徵。故其卦辭云「小
往大來」也。於此筮，則更分明是子圉往而
重耳來之象。於今已至其時，有傾不可渡河
者耶？

國語記此筮，語極簡潔。「小往大來」，

所引易·泰卦辭也。「天地配享」，所言泰之卦象也。天地交而萬彙普享，吉孰大焉？小人往而君子來，更切晉之事情。以八字而自卦象、卦辭斷占，既全面又切事，簡淨極矣。然其與後世占术之僅以數字甚至一字斷占，故弄玄虛，八面遮風，多方飾理者迥乎不同也。

左傳·僖公二十五年

秦伯師於河上，將納王。狐偃言於晉侯曰：

「求諸侯，莫如勤王。諸侯信之，且大義也。繼文之業，而信宣於諸侯，今為可矣。」

僖公二十四年秋，周襄王弟王子帶率頽叔、桃子以狄師伐周，大敗周師。襄王適鄭，處於氾。王子帶居於溫。冬，襄王使簡師父告難於晉，使左鄢父告難於秦。故秦軍至黃河邊，準備與王子帶戰而迎襄王於氾，送王回王城。納王，言送王回王都也。因襄王亦命人告難於晉，故狐偃勸晉文公重耳亦出師納王。古代稱不憚勤勞，力挽頹勢，救天子解脱危難曰勤王。天子要求於諸侯者以此為上。故有能勤王者，諸侯信之。且此亦諸侯之大義。於晉，更可以繼續當年晉文侯佐平王東遷，安定天下之大業，而威信宣示於諸侯，今逢其時矣。

使卜偃卜之，曰：「吉。遇黃帝戰于阪泉之兆。」

卜偃，晉史，善卜筮，名著於春秋。此言卜偃灼龜取兆，其兆與黃帝戰于阪泉，大破炎帝，戰前之卜所遇之兆同。故云吉也。

公曰：「吾不堪也。」

晉文公以為此次勤王與子帶戰，其意
義與黃帝、炎帝阪泉之戰不同，不可同日而語，不
敢當此大吉之兆，故云：「吾不堪也。」
對曰：「周禮未改，今之王，古之帝也。」
卜偃答曰：周禮承前朝，此禮未改，然
稱名或稍有別。依周禮，今所稱之王，即古
所稱之帝也。意謂現今襄王之德雖不可擬於
黃帝，但依周禮，實即若古之帝也。於此大
吉之兆，有何不敢當者。
公曰：「筮之。」遇大有䷍之睽䷥，

此筮本卦大有三爻由「一變一」，內卦由乾變兑。凡三爻變，其卦之三爻必為九揲或六揲可變之爻，其六爻揲數之合須為五十二或四十五或四十。大有五陽爻、一陰爻，六爻揲數之合不可能為變數，故必為四十五。其六爻揲組合必為以下五種形式之一：

七八七九七七、七六九九七七、七六七九九七、七六七九七九、九六七九七七。

曰：「吉。遇『公用亨于天子』之卦。戰克而王饗，吉孰大焉？」

此卜偃依春秋筮法取大有九三爻辭

「公用亨于天子」以斷。亨，同享，饗也。言諸侯受饗宴於天子也。戰勝而受天子之饗宴，尚有何吉能大於此？且是卦也，天為澤以當日，天子降心以逆公，不亦可乎？大有去睽而後，亦其所也。」

此卜僅就卦象結合卦辭進一步占斷。此筮大有之外卦離未變，內卦由乾變兌，是「天為澤以當日」。乾，天也。兌，澤也。離，日也。故云。乾為天子、為君、為父，兌為少女。乾變為兌，是天子、君、父而逆少女之象，是上而迎下也。故云「降心」。此筮大有之睽，倘睽後變回爲大有，則亦天子後歸其位之象也。

此筮卜僅引據大有．九三爻辭，點去「小人弗克」四字。以開筮者本即是公，爻辭中言「公用亨于天子」，重點即當此「公」字，並非小人。故「小人弗克」完全可以點去。爻辭對一切開筮者而言，而卜僅此筮爲重點勸告而發．二者之所爲用固有不同者也。

左傳・成公十六年

公筮之。史曰：「吉。其卦遇復䷗，曰：南國蹙，射其元王，中厥目。」國蹙，王傷，不敗何待？」公從之。

此條成公十六年，晉楚鄢陵之戰臨戰前晉厲公之筮。左、國所記筮例中唯此筮與僖公十五年韓原之戰臨戰前秦穆公之筮亦稱「其卦遇」某，不求之卦，逕就本卦爲斷。且占断之辭皆筮史自擬。此筮遇復，下震上坤。震爲體、爲主、爲雷，爲動，於此筮則爲晉。坤爲用，爲客、爲順，於此筮爲楚。雷動於地中而坤順從，是主動而客從，晉動而楚順，其於戰爭，楚敗必矣。楚處南方，故云「南國蹙」也。雷震同時，閃電激射。雷震動大地，閃電激射人目，故有射目之象。射衆人之目，何以致楚之敗？故必射其王。因曰：「射其元王，中厥目。」元王者，大王也。當時，天下稱王者唯周天子與楚。周天子在北，楚處南方，故楚王當之矣。蹙，迫也。蹙，詩・大雅・召旻：「今也日蹙國百里。」蹙國，言國土日狹，國步日艱也。」南國蹙」，即南方之楚國必敗也。

此筮與僖公十五年秦穆公韓原之戰臨戰前之筮相同者有四：其一，皆臨戰前之筮，只占眼前戰事，不及其他，故其占斷時限甚短，不某些占筮，斷及某人一生，甚或及其子孫數代，或由一事及於其他多事者。其二，皆稱：「其卦遇」某，不求之卦，逕就本卦爲斷。其三，占斷之辭皆筮史自擬，不引據易卦、爻辭。其所擬繇辭依據卦象，直斷戰事，至爲具體。乃至細微而關鍵之事亦具體明言。其四，占斷奇驗。僖公十五年秦穆公之筮斷曰：「千乘三去，三去之餘，獲其雄狐。」秦師果三敗晉軍，至韓原而俘獲晉侯。此筮則果然晉將呂錡射中楚共王之目而楚師大潰。就此二筮卦名、卦象言定是易筮無疑。就其不求之卦，不引據易、卦、爻辭以占斷，占驗而言，殆係當時易筮之一派或大戰役臨戰前專心戰事之一法也。

國語・周語下

襄公有疾，召頃公而告之，曰：「必善晉周，將得晉國。……成公之歸也，吾聞晉之筮也，遇乾䷀之否䷋，曰：『配而不終，君三出焉。』一既往矣，後之不知，其次必此。」

襄公，單襄公，名朝，謚襄。頃公，單

襄公之子也。晋周，晋国之周子。周，晋襄公之曾孙，惠伯谈之子，晋悼公之名。将得晋国，谓将为晋国之国君也。成公，晋文公重耳之子，名黑臀。左传·宣公二年：「赵穿弑灵公于桃园……宣子（赵盾）使赵穿逆公子黑臀于周而立之。」归，言自周返回晋也。黑臀自周返晋时，晋曾筮之。遇乾之否。是乾之初、二、三爻皆变，则此三爻必皆九揲之爻也。其四、五、上爻皆不变，则必皆七揲之爻也。其六爻之组合必为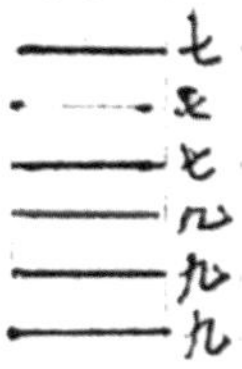
，六爻

揲數之合必為四十八。以五十五減之，餘七。正數遇上爻七也。此筮乾卦不可變之爻與可變之爻各三，可變之爻全變，乾則變而為否。應以乾、否二卦卦辭斷。但此筮未引據二卦卦辭，而全以卦象斷。國語韋解釋此筮之繇辭云：「配，配先君也。不終，子孫不終為君也。……三爻有三變，故君三出於周也。」「一既往矣」，謂成公黑臀偕首次出於周返晉為君者，此已成過去。以後不知。但繼成公之第二位出於周，返晉而為君者必是此周子也。

且吾聞成公之生也，其母夢神規其臀以墨，曰：「使有晉國，三而畀驩之孫。」故名之曰「黑臀」，於今再矣。

此追敘成公降生時其母之夢。規，畫也。畀，予也。單襄公言：除以上之筮以外，吾又聞當初成公降生之時，其母夢神以墨畫嬰兒之臀，云：「使此兒為晉國國君，三傳而予晉襄公驩之後代兒孫（周子為驩之曾孫，當時自孫以下曾孫、玄孫等皆可以稱孫）。

故成公名「黑臀」。至今，若周子返晉爲君，即繼成公而再次取君於周矣。

襄公曰驩，此其孫也。而今德孝恭，非此其誰？

單襄公於敘述成公降生時其母之夢以後，先言周子正襄公驩之孫，即此夢言，將自周返晉而爲君者，非周子而誰？然後再言此周子之德亦足以爲君。令，美也。周子有孝以事親，敬以事神之美德。未來之晉君非此周子而誰？

且其夢曰：「必驩之孫，實有晉國。」其卦曰：

曰必三取君於周。乃其德又足以君國，三襲焉。吾聞之大誓，故曰：「朕夢協朕卜，襲于休祥，戎商必克。」乃以三襲也。

此單襄公言周子之必自周返晉為君，實有夢、筮、德三襲之吉徵。襲，亦曰協，合也。大，同泰。單襄公於再次言晉成公返晉為君之筮，其降生時其母之夢及周子之德以後引尚書．周書．泰誓中周武王語以證三襲之必驗。周武王語云：朕之夢與朕之卜合，又皆合於祥瑞徵兆，故伐商必勝。以此三襲。

乃滅商誅紂。更足見之襲之必驗也。

晉仍無道而鮮胄，其將失之矣。必早善晉子，

其當之也。」

此單襄公言當時晉厲公無道，晉之國政

承繼之人。鮮，少也。胄，後也。左傳．成

公十七年云：「晉厲公侈，多外嬖。反自鄢

陵，欲盡去群大夫而立其左右……」以左、

國、史記考之，晉厲公之外嬖，謂男寵如胥

童、夷羊五、長魚矯、匠麗氏等，皆以為大

夫。鄢陵之戰後，更欲盡去群大夫而立其外

胥童、夷羊五、長魚矯等。并即於是年冬前殺郤錡、郤犨等。其它無道之事尚多。次年欒書、中行偃使程滑弒厲公。必早善晉子，其當之也。晉子即周子。其當繼晉襄公、成公之後為晉君，故必須善待之。

左《國》所記筮占言筮與卜協者較多。此則言筮、夢、德三襲。其言德也，又與襄公九年、昭公十二年所記二例或有近似焉。

左傳・襄公九年

穆姜薨於東宮。始往而筮，遇艮䷳之八。

穆姜，魯成公之母，襄公之祖母，與叔孫僑如私通，欲廢成公而立僑如。成公十六年，事敗。叔孫僑如奔齊，成公遷穆姜於東宮。襄公九年，穆姜薨於東宮。此係於穆姜薨時追溯十一年前穆姜始往東宮時之筮。「遇艮之八」，謂筮得本卦後，依筮法數過八揲不可變之爻也。詳見下文。

史曰：「是謂艮䷳之隨䷐。隨，其出也。君必速出。」

此筮史就之卦隨之卦名卦象爲斷而勸穆姜儘速出之。

此筮本卦艮，内外卦皆艮。其遇艮之八而成隨，是艮之二爻未變外，其他五爻皆變。八揲之爻爲不可變之爻，而此卦唯二爻未變，是知艮之二爻必八揲之爻也。其它各爻皆變，又分明此五爻中陽爻皆九揲之爻，陰爻皆六揲之爻也。依春秋筮法，以五十五減本卦之爻揲數之合，得餘數自初爻數之，止遇之爻而餘數盡，恰逢之爻為八揲不可變之隱爻，而其他五爻皆九揲、六揲可變之爻，是可變之爻多於不可變之爻，乃可變之爻全變以得之卦，即以之卦卦辭斷。此筮則得之卦隨，因而以隨卦斷。筮史則未引據卦辭，而就隨之內卦為震，外卦為兌，震，动也。兑，悅也。動則悅焉，而謂：「隨，其出也。」意謂不可止於魯，而要動，動則悅。又依艮，為山、爲止。由艮之爲止變而爲隨之伴爲動、用爲悅，故勸擇善「君必速出。」

此並六爻揲數組合只能是䷐（九六六九八六）。其六爻揲數之合亦必爲四十四也。

姜曰：「亡。是於周易，曰：『隨，元、亨、利、貞，无咎。』

亡，同勿，即勿庸，不用也。此處明言周易所云。所引隨之卦辭亦與今本悉同。

元，體之長也；亨，嘉之會也；利，義之和也；貞，事之幹也。體仁足以長人，嘉德足以合禮，利物足以合義，貞固足以幹事。然，故不可誣也，是以雖隨无咎。

穆姜不同意筮史據卦象之占斷而以隨之卦辭爲斷，先釋此卦辭。

元，首也。首居體之最上，五官具焉，主視、聽、嗅、味，司覺念，控全身。故爲體之長。亨，通也。嘉，美善也。美善集則無所不通，故云：「亨，嘉之會也。」利，利物也。利必與義穗和始能真正利物。貞，正也。正乃事之主幹。故曰：「貞，事之幹也。」體仁之體，躬行也。必躬行仁，乃足以為人之長。嘉德，美善之德也。為人必須具美善之德，始能言行盡合乎禮。前言「利者義之和也」，故云「利物足以合義。」必能利萬物之滋多繁衍，始能盡合乎義也。貞固，言正而不可移，乃足以為事之主幹也。誣，欺妄也。雖說「隨，元、亨、利、貞，无咎」之卦辭如是，但不可欺枉方能從遇隨而无咎。今我婦人，而與於亂。固在下位，而有不仁，不可謂元。不靖國家，不可謂亨。作而害身，

不可謂利。棄位而姣，不可謂貞。有四德者，
隨而无咎。我皆無之，豈隨也哉？我則取惡，
能无咎乎？必死於此，弗得出矣。
此穆姜以自己對照卦辭而言者也。「今
我婦人，而與於亂」，是總括而言。與，參與
也。謂如今我作為一婦人本應守貞靜之德，
順從君上，不問政事。但卻以淫行敗德，更
陰謀篡奪魯政，墜入亂賊之列，豈可得元、
亨、利、貞而无咎乎？以下乃分别具體而言。
我本在下位，唯應聽命於君上。而我却犯上作

亂，有不仁之行。我本在下位，非體之長，更有亂攻等不仁之行，故不可以謂為元也。諸，安也。言自己使國家不安，且終致失敗。不可謂亨。作，行事也。言自己妄行作亂，不僅不以義利物，且害及自身，不可謂利。姣，淫也。言自己棄太后之尊而私叔孫僑如，淫亂宮幃，不可謂貞。有元、亨、利、貞者，隨而无咎。而己皆無之。豈能以隨之卦辭斷吉凶哉！我識自取禍敗，能无咎乎？必死於此東宮之中，此生不得出矣。

此筮穆姜未從筮史之占，其是否動而悅，出之而利，自不可知。穆姜以自己對照卦辭之占斷卻皆占驗。由此，足見春秋之時，不僅筮史為易筮，卿大夫如晉臣、陳須無等深於易，善於占，且有遠勝於筮史者。即使宮幃之中亦有如穆姜之明易善筮者。於時，社會上學易諳易之情況，於此可見一斑矣。雖然，穆姜以一婦人明易善占如此，其才亦殊非一般。面對司空季子、陳文子、子服惠伯等卿大夫及若穆

姜

之才女，春秋時之筮史亦難為矣。

此筮史以卦象斷而穆姜不從。穆姜引據隨之卦辭為言，此春秋易筮之成法。但隨之卦辭顯然為吉占。穆姜却據卦德，對照自己而斷不吉，謂自己敗德，卦辭之吉徵不得用於其身也。若此者尚有昭公十二年所記南蒯將叛季氏時之枚筮。其筮遇坤之比，其文辭曰：「黄裳，元吉。」是大吉之徵也。然子服惠伯據卦德對照南蒯敗德之行亦不斷吉，亦言文辭之吉徵不得用於南蒯叛亂之行也。是此二筮例又展示春秋易筮占斷中卦德與繇筮者之行之德之重要。穆姜釋元、亨、利、貞謂為易傳・乾・文言傳引用，遂成後世言易者釋此四字經典性之探政解釋。然此四字在周易・乾之卦辭及屯、隨、臨、无妄卦辭中亦係由對所有繇筮者而言。用之筮占，則須視繇筮者之諸般具體條件而有所區別，不可盡據文言傳之說，亦非僅就卦德一端而有所差異也。

易傳・乾・文言傳今本有二字與穆姜語不同。

唐孔穎達春秋左傳正義云：「自辭事以上與同

易・文言正同。彼云「元者，善之長也」，此云「體之長」。彼云：「嘉會足以合禮」，此云「嘉德」。唯二字異耳。近年於左傳註釋、研究中影響較大之春秋左傳注於此則「嘉德」作「嘉會」。注左傳而傳文有誤，其注豈能避免疏失？且該書凡例首即明言以阮氏十三經注疏為底本，而底本確實無誤。正義又明白指出二字有異，作春秋左傳注者識未免輕疏。於此，不可不指明也。注書確實不可不嚴格根據底本，並切實細參有關注疏與校勘記等。倘更檢其他善本而應於注中說明。為慮不得。

此筮云：「元者體之長也。」文言傳作：「元者，善之長也」，或該傳唯釋「元」字時別檢昭公十二年南蒯之筮，子服惠伯說：「元，善之長也。」亦或於春秋時言易者即指「體之長」、「善之長」二說以釋卦辭中之「元」字。視具體情況采擇使用也。

左傳・襄公九年

齊棠公之妻，東郭偃之姊也。

齊棠公，齊國棠邑大夫。棠，在今山東聊城西北。棠公之妻，史稱棠姜，為東郭偃之姊。

東郭偃臣崔武子。

崔武子，崔杼，齊卿。東郭偃為崔杼家臣。

棠公死，偃御武子以弔焉。見棠姜而美之，使偃取之。

棠公死，東郭偃為崔杼駕車前往弔唁。

崔杼見棠公之遺孀棠姜而愛其美。命偃去為己取以為妻室。偃曰：「男女辨姓，今君出自丁，臣出自桓，不可。」

太公姜尚始封於齊，其子丁公，其下乙公、癸公等相繼為齊君，桓公，其後也。春秋時，禮，同姓不婚。君，謂崔杼。臣，偃自稱。崔杼之先祖為丁公之子，東郭偃之先祖為桓公之子，是二人皆為姜姓後代，東郭偃之姐亦然。男女結婚，須辨明姓氏。如係同姓，則悖乎禮而不可爲婚。

武子筮之，遇困䷮之大過䷛。

此筮困之三爻由⚋變⚊，遂爲大過。是其内卦由坎變而爲巽也。凡三爻變，其本卦六爻揲數之合須爲五十二或四十五或四十。困卦三陽爻，三陰爻，其六爻揲數之合不可能爲奇數，故必爲四十五也。其二爻亦必爲九揲或六揲可變之爻。此筮本卦困六爻揲數組合必爲以下九種形式之一：

八九七六七八、

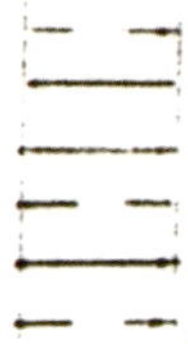
八七九六七八、

八七七六九八、

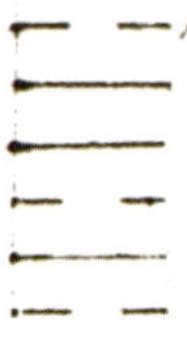
八九九六七六、

八九七六九六、

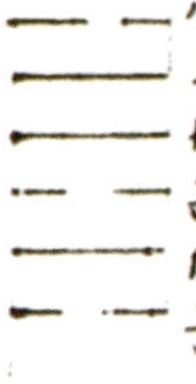
八七九六九六、

六九九六七八、六九七六九八、六七九六九八。

史皆曰：「吉」。

顯然衆史皆阿諛崔杼。此筮無論就本、之、內、外卦卦象，抑就所遇爻之爻辭言，無任何可以斷吉之根據。蓋崔杼只以棠姜為美，必欲娶之。雖同姓，不忌避。筮，無非尋找娶棠姜之藉口而已。傳云：「史皆曰」，固非一史也。又以見衆史無不阿附崔杼，無敢據卦象或所遇變爻爻辭為斷者。

亦陳文子。文子曰：「夫從風，風隕妻，不可取也。」

此陳文子先據卦象為斷也。陳文子，即田文子，名須無，敬仲之四世孫也。崔杼以筮遇本、之卦請陳文子觀之，更欲得陳文子贊同史之吉占。文子卻據困之內卦坎變為巽之卦象變化斷案之「不可取」。蓋困之外卦兑之卦象為少女，未變。其內卦坎之卦象為中男，變而為巽之卦象，為風，故言「夫從風」也。以外卦未變，巽亦在兑下，故言「風隕

(夫)

妻」也。中男之殿本在少女之妻之下，又化而為風，豈不凶乎？故「不可取也。」且其繇曰：『困于石，據于蒺藜，入于其宮，不見其妻，凶。』已困于石，往不濟也；據于蒺藜，所恃傷也；入于其宮，不見其妻，凶，無所歸也。」

此陳文子引困之六三爻辭為斷。所引與今本悉同。言筮遇此，則如人為亂石所困，所步維艱。不慎跌倒，手之所據適為蒺藜，不僅跌傷，手復被蒺藜刺傷。遠家而入其室，其妻，又後不見。似此，豈非凶象乎？文子引此爻辭後，又後逐句釋之，曰：困于石，欲有所往而不能也。據于蒺藜，適為所恃者傷害也。入于其宮，不見其妻，是亡其家室，何所歸乎？豈不凶哉！

崔子曰：「嫠也，何害？先夫當之矣。」遂取之。

嫠，寡婦。先夫，於此指棠公。崔杼言棠姜乃是寡婦，取之又有何妨？倘若有不吉，其先夫已然當之。棠公正如困之六三所云，我取之無害矣。於是乎乃取棠姜。

此例中最應重視者為史之隨主妄斷。由此可見，筮人之不據卦象、卦、爻辭妄斷，由來久矣。然春秋時，不解周易必不可能為筮史。此筮史獨皆不解周易哉？實係有意妄斷以媚主。至少亦是順主上意向為說，不敢少有違拗。皆明知誠實占斷於主上無用，於自己不利，故姑妄言之也。後世筮人及各種江湖術士之根本不解周易，妄稱以周易筮，實全屬生意騙人者，人又多信之而無疑，乃更可笑，亦可悲矣。

左傳·昭公五年

初，穆子之生也。莊叔以周易筮之，遇明夷䷣之謙䷎，以示卜楚丘。

此條於穆子死之次年追敘其降生時之筮。穆子，叔孫豹。莊叔，叔孫得臣，叔孫豹、叔孫僑如之父也。此筮本卦明夷初爻變，内卦由離變艮。凡初爻變，其初爻必係九揲或六揲之爻，其六爻揲數之合須為五十四或四十二或四十三。明夷四陰爻、二陽爻，其六爻揲數之合不可能為單數，亦不可能為五十四。故只能為四十二。其六爻揲數組合必為以下四種形式之一：

八六六六七六九、六八六六七六九、六六六八七六九、六六六六七八九。

莊叔既得本之卦，乃以之予卜楚丘觀看，以待其占斷。卜楚丘，魯之筮史。

楚丘曰：「是將行，而歸為子祀。以讒人入，其名曰牛，卒以餒死。

此卜楚丘先占斷新生兒一生四件大事：

第一是「將行」。行，出奔也。但出奔後必

然返回魯國。第二是必須出奔回國後始可以繼莊叔之叔孫氏之宗廟祭祀。第三是出奔回國時攜帶一讒人入國中，此讒人名曰牛。第四是此子最後當餓死。

明夷，日也。日之數十，故有十時，亦當十位自王以下，其二為公，其三為卿。日上其中，食日為二，旦日為三。明夷之謙，明而未融，其當旦乎，故曰「為子祀」。

自此以下，據明夷之卦名、卦象、初九爻辭，進一步詳細占斷。前言斷此兒一生四

件大事并未言及断所據，亦于此以說明。先就「為不祀」以言

明夷，下離上坤。離為火、為明、為日、為鳥。坤為地。是明夷有明在地中或明入地中之象。就内卦離為言，則明夷有地中之日或入於地中之日之象。故曰：「明夷，日也」。

「日之數十」，言人之紀日自甲至癸其數十也。十時，謂：日上其中（日自地中而始上）、食日、旦日、日中、日昳、晡時、日入、黄昏、人定、夜半也。此十時亦相當人之社會

也位十個等次。左傳．昭公七年．楚芋尹無宇曰：「天子經略，諸侯正封……天有十日，人有十等。下所以事上，上所以共神也。故王臣公，公臣大夫，大夫臣士，士臣皁，皁臣輿，輿臣隸，隸臣僚，僚臣僕，僕臣臺，馬有圉，牛有牧……」人之等次與日之十時對照，則王為一，其二為公，其三為卿。王相當日上中天，正午之時。公相當日在朝食之時，故云「食日」。卿相當平旦時之日，故曰「旦日」。謂日之初升，而未為甚明照也。君爲魯之亞卿，猶旦日也。此子亦猶旦日，當爲亞卿，乃繼君奉祀宗廟矣。故曰「爲子祀」。

日之謙，當鳥，故曰「明夷于飛」。

離爲日、爲鳥，但離變爲艮。明夷變爲謙，謙有謙卑、退讓之義。故離不能爲朗照而爲日，只能爲鳥。孔穎達春秋左傳正義云：「離之一卦，爲日、爲鳥，日爲高明，鳥爲微細。今日之謙退，不爲高明，下當爲細。是日光不足，故當鳥也。」杜預左傳注云：「旦，飛行，故曰「于飛」。
明而未融，故曰「垂其翼」。
言日之明未至高升朗照，故於鳥則爲垂
其翼」也。
象日之動，故曰「君子于行」。
日則升而落，落而升，動不止。以日動
之象喻君子，則「于行」也。
當三在旦，故曰「三日不食」。
前已言王當「日上其中」爲一，以當食
日爲二，卿當平旦爲三，「當三在旦」。以

鄉「當三在旦」，朝食之時，故云「三
日不食」也。
離，火也。艮，山也。離為火，火焚山，山敗。
於人為言，敗言為讒，故曰「有攸往。主人有
言」。言必讒也。
艮之卦象為山，於人為言。火焚山，山
敗。艮為山而山敗，艮為言乃以其處山敗之
象，則亦爲言敗。讒言敗德、敗事，殘人，禍
己，故「敗言為讒」。因而繇曰：「有所往，
作客，則主人有責難之言。其責難之言亦必

係讒言也。

純離為牛，世亂讒勝，勝將適離，故曰「其名曰牛已。

純離，謂下離上離，此離卦也。其卦辭曰：「離，利貞，亨。畜牝牛吉。」故言「純離為牛」也。讒，前文已言「敗言為讒」，火焚山即是其象。讒言可致世亂，世亂則易致讒勝，讒將更適於離火肆意以焚，離乃益為得志，故曰「其名曰牛」也。

謹不足，飛不翔。垂不峻，翼不廣。故曰「其為子後乎已。

謙德遜退，飛不能肆志翱翔，翼下垂而不能高舉，乃不能廣遊遠翥。知此子不能遠去，終亦必歸，故曰「其為子後乎？」

吾子，亞卿也，抑少不終。」

君為亞卿，君之此子亦將為亞卿，不過稍稍不能善終耳。抑，不過。少，稍也。

此筮亦追述人初生時之占，與莊公二十二年陳厲公之筮、閔公二年魯桓公之筮同。左傳記此筮較詳。先斷事，然後全引明夷．初九爻辭而遂由以卦象釋。并依問筮者之所命，詳釋斷事之辭。所引明夷．初九爻辭與今本周易悉同。此筮係叔孫豹死後追述，卜楚丘之占又無不奇驗。故後世不免有疑其多所文飾者。如：「是將行，歸而為子祀。」叔孫豹於成公十六年先叔孫僑如奔齊之前即去叔孫氏而奔齊。僑如奔齊後，魯召豹歸而奉叔孫氏之祀。「以讒人入，其名曰牛」，是叔孫豹奔齊，遇婦人於庚宗，使私為食而宿焉。」遂娶。豹返魯為鄉後，該婦人攜所生兒來見，適遇豹於齊夢中所見之人容貌全同。蓋豹於齊「夢天壓己，弗勝，顧而見人，黑而上僂，深目而豭喙，號之曰：『牛，助余！』乃勝之。」及見所私外婦所攜兒，「則所夢也。未問其名，號之曰『牛』，曰：『唯。』遂使此子為豎（豎，小臣也），有寵，長使為政（叔孫氏家政），即豎牛也。豎牛好讒毀，亂叔孫氏。豹病，豎牛守護，每進食，輒命置東廂房。豎牛倒棄食品，命徹食器，叔孫豹於病中三日不得食，遂餓死。經云：

「卒以餒死」，即此也。叔孫豹於春秋後期確爲魯國重要人物。尤其聘享賦詩，與晉之趙武并特杰出於時。固其時不可多得之外交家、政治家。其於魯國，功績殆不亞於季孫行父也。

此筮所言卦象，「艮」、「言」於人爲「言」，「純離爲牛」，「日之謙」，「當鳥」等，運用極爲靈活、通脱，亦足見卜楚丘之善筮矣。

左傳·昭公七年

衛襄公夫人姜氏無子，嬖人婤姶生孟縶。

嬖人，賤而得幸者。婤姶，音抽娥，嬖人名也，佚其姓氏。史記·衛世家作：「襄公有賤妾，幸之。」

孔成子夢康叔謂己：「立元，余使羈之孫圉與史苟相之。」

孔成子，衛卿，名烝鉏。其子名羈，羈之孫名圉。圉為孔成子之曾孫也。康叔，名封，周武王同母少弟，始封於衛。史苟，或作史狗，史朝之子。
史朝亦夢康叔謂己：「余將命而子苟與孔烝鉏之曾孫圉相元。」史朝見成子，告之夢，夢協。
史朝，衛大夫司筮史之事者。協，合也，言二人所夢相同也。
晉韓宣子為政聘于諸侯之歲，婤姶生子，名之曰元。
韓宣子，名起，韓厥之子，為晉正卿。此言韓起爲正卿，主晉政時，聘于諸侯之昭公二年。是年，婤姶生子，名之曰元。其

時在孔成子與史朝夢康叔囑孔圉與史苟相元
之後也。
孟縶之足不良能行。
孟縶爲元之同母兄。其足跛，故云「不
良能行」。能，於也，或曰而也。不良於行，
足跛而行走不便也。
孔成子以周易筮之，曰：「元尚享衛國，主其
社稷」。遇屯䷂。
此又明言以周易筮。筮時所云，命筮之
辭也。元，謂襄公子、孟縶弟元也。「尚……」

與國語·晉語四「重耳之筮所云：「尚有晉國」之「尚」義同，皆祈望也。「享衛國，繼承衛君宗廟享祀也。主其社稷，為社稷主也，與享衛國皆言為衛君也。此筮先得本卦屯。

又曰：「余尚立縶，尚克嘉之。」遇屯䷂之比䷇。以示史朝。

此孔成子求之卦時再次命筮而遇屯之比，然後交史朝觀看。命筮之辭中兩「尚」字與第一次命筮辭中「尚」字義同，皆祈望也。遇屯之比，是屯之初爻由⚊變⚋，內卦由震變坤也。凡初爻變，其卦初爻必爲九揲或六揲之爻，六爻揲數之合須爲五十四或四十三或四十二。屯卦陰爻四、陽爻二，其六爻揲數之合不可能爲單數，亦不可能爲五十四，故必爲四十二也。其六爻揲數組合必爲以下四種形式之一：

䷂八七六六六九、䷂六七八六六九、䷂六七六八六九、䷂六六七六六八九。倘爲䷂六九六六六九，其六爻揲數之合亦爲四十二，但不能初爻變，以其六爻皆爲可變之爻，乃六爻全變而爲鼎卦䷱矣。

史朝曰：「曰『元亨』，又何疑焉？」

屯之卦辭曰「屯，元、亨、利、貞，勿用有攸往，利建侯。」史朝此引「元」、「亨」二字。並解「元」字為孟縶之弟元之名。斷立元可以享衞國，主社稷。故曰：「元亨」，又何疑焉？」

成子曰：「非長之謂乎？」

孔成子對史朝之占斷提出問題。謂「元」字所言，非「長」之義乎？穆姜云：「元者，體之長也。」子服惠伯云：「元，善之長也。」

是當時之亨、利、貞之「元」字祇爲筮中
殆多解釋爲「長」義也。
對曰：「康叔名之，可謂長矣。孟非人也，將
不列於宗，不可謂長。
自此以下，史朝對答孔成子之語。從康
叔之夢、卦、文辭解說自己謂「元亨」之理
由。先言夢中康叔所示之言，謂元之名本康
叔所命，且有命孔圉、史苟相之之語。故，
元即可謂爲長矣。而孟縶則非其人也。此處
「非人」，言非主宗廟社稷之人，將不能列

爲衛之宗主，不可以稱之曰「長」。

且其繇曰：「利建侯。」嗣吉，何建？建非嗣也。二卦皆云，子其建之。

史朝進而據繇辭云。稱屯之卦辭中有「利建侯」之語。建，始封也。嗣，依宗法而立之也。備依宗法而立，何云始封？故「建」非嗣。而屯之比像屯之初九變。而其文辭則亦云「利建侯」，故曰：「二卦皆云，子其建之。」也。

康叔命之，二卦告之，筮襲於夢，武王所用也，弗從何為？

史朝更進一步言康叔夢中所命，二卦所告皆為「立元」，而筮與夢合。周武王伐紂時亦遵筮與夢襲而行。今何為不從耶？弱足者居。侯主社稷，臨祭祀，奉民人，事鬼神，從會朝，又焉得居？各以所利，不亦可乎？

此史朝又自屯初九文辭中「盤桓」二字為說。其解「盤桓」為盤跚，跛行貌，以喻孟縶。并將此文辭中「利居貞」「利建侯」分而為二。「利居貞」則謂孟縶，故曰「弱足者君」。「利建侯」則謂元，故曰「侯主社稷，臨祭祀……」並以此為「名以所利」，不亦可乎？」故孔成子立靈公。

孔成子與史朝據當年之夢與如今之筮，曰「筮襲於夢」，而立元為衛侯，即衛靈公也。

此筮問筮者所問為衛國之君之事，而此事頗涉及問筮者與占斷者之自身利益。其「筮襲於夢」亦係此二人自述，此二人之夢，據其自述又相同，故此點不可能不為政治陰謀之濃霧籠罩。問題之關鍵即在於此二人所各自述之夢中奉康叔指示：將命孔圉與史苟相元。圉，孔成子之曾孫也。史苟，史朝之子也。孔成子，問筮者，史朝，兆斷者。且二人同夢，皆已受康叔之命於夢中，是立元與否關係此二人之自身利益乃如此之大焉。

元之生也，據說在此二人「夢協」之後。傳未云其生有何神異，亦未云何人為之命名及何以名之曰元。當然，命名，人為之事也。且不僅此二人果否同作此夢，其自述此夢果否在元之誕生之前亦不免令人疑惑也。

孔成子兩次命筮，以長少之序，則應先稱孟縶後稱元。但第一次命筮卻云：「元尚享衛國，主其社稷。」第二次命筮始云：「余尚立縶，尚克嘉之。」姑不論兩次命筮，前者如何具體，後者如何籠泛，亦不論其長少失序。其實，得本卦時已分明有六爻揲數，之卦已在其中，固無須於此時再命筮也。且其第二次命筮稱：「余尚立縶」云云，實是虛偽表白，欺罔神筮。

史朝見此筮本之卦，立即斷定「元亨」，迫不及待曲釋卦辭。易卦爻辭中稱元、亨、利、貞者，有乾、屯、隨、臨、无妄五卦。稱元亨者，有坤、大有、蠱、升、革五卦。其元字之義大致相同，皆為長義。何可以釋「元」為人名？其釋「利建侯」以「嗣吉，何建？建非嗣也。」强事穿鑿以排斥孟縶。孟縶與元皆姻姶所生。雖有長少之別，皆非嫡子。周代立君，首別嫡庶，次論長幼。春秋時期，禮樂大壞，弟承兄位者有之，叔代姪權者有之，更遑論長幼嫡庶。即於衛國亦有武公之代兄共伯和，宣公之代姪州吁。何須至孔成子、史朝於筮時若是之嚴於禮法明辨建與嗣耶？史朝之曲解也。初九爻辭尤為牽強。盤桓，不進貌，非必弱足。史朝強解為蹣跚以附會孟縶之不良能行而云：「弱足者居」。其欲廢孟縶之元之意誠益昭然可見矣。此爻辭之「利居貞」、「利建侯」，本斷一代君王安居守土，封侯建國，以安天下。是

一人之事也。史朝卻分別以斷，以「居貞」斷
孟縶，以「建侯」斷元。說言巧辯，全非爻義。
史朝之占斷只在卦、爻辭上曲釋，附會二
人自述所夢康叔之命，而不涉及卦象。蓋有意
忌避也。閔公元年記畢萬筮仕於晉，遇屯之比，
辛廖占之，謂：「屯固，比入」，「其必蕃昌」。
此則全就屯、比二卦及其內、外卦卦象以言。國
語・晉語四記重耳在秦之筮，得貞屯悔豫皆八，
皆利建侯。胥臣就卦象、卦辭詳釋，入理入微。
比筮孔成子所問係兄弟二人擇立為君之事。倘

據易象而言，則震爲長兄，坎爲險阻。震變爲坤，是長兄變爲順從，且仍在險阻之下之象。顯然凌駕於長兄孟縶之上之險阻即孔成子與史朝。孟縶原即處此險阻之下，此能乃更甚以孟縶於險阻之下更明白變爲順從。但雖順從而不可脫離險阻。即此以斷，而必立元而不立孟縶爲。但孔、史二人若如是斷，則其擅權廢長立幼之惡名益彰。得不小心忘避！

當史朝見本、之卦立即迫不及待斷以「元亨」之際，孔成子云：「非長之謂乎？」分明是衛史朝之曲譯過分牽强而縱其說之可以自圓而少陳編耳。

春秋左氏傳於此處亦記其事，未作評論，而褒貶盡在其中矣。

觀史朝已可攀孔成子而興於嗣君之廢立，見春秋史官已非皆如周禮·春官宗伯所云之監人僅為中士，太史僅為下大夫而史更未入流也。他如史蘇、史墨、卜楚丘、卜偃、董因、辛廖等之於國之大事之影響亦非一般也。

左傳・昭公十二年

南蒯之將叛也，……南蒯枚筮之，遇坤䷁之比䷇，曰：「黃裳元吉」，以為大吉也，示子服惠伯，曰：「即欲有事，何如？」

南蒯，季氏家臣，南遺之子，為費邑宰。

枚筮，筮前，問事人不言所問之事，占問吉凶者為枚筮。有命筮之辭，具言所問之事，稱：「尚……」者，為命筮。龜卜原分枚卜與命卜。枚卜但問吉凶，命卜則先命龜，具陳所問之事也。如尚書·大禹謨：「禹曰：『枚卜功臣，惟吉之從。』」是舜禪位於禹時，禹言應於功臣中枚卜。但問吉凶，天子禪位於卜云吉者。蓍筮原自龜卜而興，亦有枚筮與命筮也。左、國所記十六例中唯此筮爲枚筮，餘皆命筮。只國語·晉語四及左傳·昭公七年記命筮之辭，其他未記耳。坤之比，是坤之五爻由⚋變⚊，內卦未變，外卦由坤變坎。凡五爻變，該爻必爲九揲或六揲之爻，其卦六爻揲數之合須爲五十或四十七或三十八。此坤卦六爻皆為陰爻，其揲數之合不可能為單數，亦不可能為五十。只能為三十八。其六爻揲數組合必為下以五種形式之一：

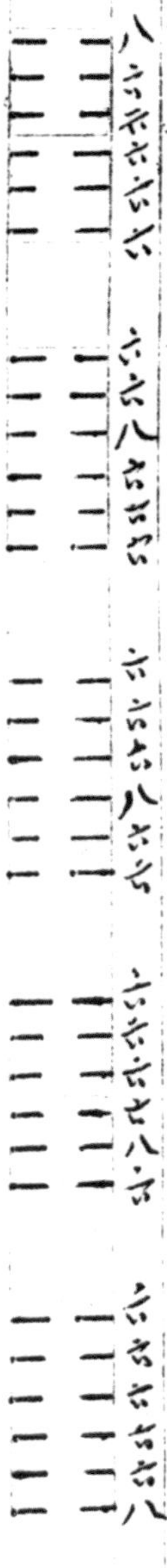

。

依春秋筮法，此筮應取坤之六五爻辭斷。曰：

「黃裳元吉。」裳，周、秦時，男子之服，上衣下裳，裳如裙。當時人以黃為尊貴吉祥之色，故裳之里黃，尊貴吉祥深蘊於內之象也。故曰「元吉。」元，大也，善之長也。即至善至吉也。示子服惠伯，求其為占斷也。

子服惠伯，魯大夫，名椒。以南蒯為占叛季氏可否成功而筮，既不敢命筮，又不能明白告人，故稱「即欲有事，何如？」也。

惠伯曰：「吾嘗學此矣。忠信之事則可，不然，必敗。

惠伯稱：吾嘗學此易筮矣。依此筮所遇坤之比，即欲有忠信之事則可。不然，必敗。此語先總括而斷成敗。

外彊內溫，忠也。和以率貞，信也。故曰「黃裳元吉」。

此承上句釋忠信。既總括以斷「忠信之事則可」，故先釋忠信。此筮遇坤之比。坤之五爻變，外卦由坤變坎。彊為坎之卦象，故云「外彊」；內卦坤未變，溫為坤之卦象，故云「內溫」。此就之卦比之卦象為言也。和，親睦也。率，行也。貞，正也。言親睦而行正，可以謂信。坤為母，坎為中男，母之於子至親、至和，天性也。備能體此卦象而親睦於人，行已以正，始可謂信。必如此，始可以如繇辭所斷「黃裳元吉」也。

黄，中之色也；裳，下之飾也；元，善之長也。

　此承上句釋黄、裳、元三字。中，內也，即內蘊尊貴吉祥之色也。裳為下體之飾。「元善之長也。」此釋「元」字與穆姜釋元、亨、利、貞之「元」字稍有不同。文言傳釋元、亨、利、貞之「元」字取子服惠伯釋「元吉」之「元」字焉。

中不忠，不得其色；下不共，不得其飾；事不善，不得其極。

　此承上句釋色、飾、善三字。此中字，

謂裳也，內心也。言內心不忠，雖云黃，而實不能得其色所象徵之尊貴吉祥也。共，恭也。裳本下之飾，備在下位而不恭敬其上，（非裳，更）則不可得此黃裳矣。處事不善，必失其典則。動而失其典則，又豈可以云「善之長」乎？元吉自亦無望矣。極，典則也。

外內倡和為忠，率事以信為共，供養三德為善。非此三者弗當。

此承上的釋忠、共、善。外內謂比之外卦坎，內卦坤也。外彊內温而正言之。此則

言彊與溫相偕合為忠。行事以信為恭。供養，

猶堅守謙育也。三德謂忠、信、極也。言必

堅守謙育此三德始可謂善。非此三者不可以

當「善」也。

且夫易，不可以占險。將何事也？且可飾乎？

此又承上幾句總括以言。藕：易須有德

者占之始可以占驗。於鋌而走險者，易筮則

不告以吉凶也。「將何事也」，閭南蒯之語。

「且可飾乎？」飾字一讀斷。一則承前言

裳者下之飾也。下不共，不得其飾以言。一

則以此語示南蒯叛亂之事之不可掩飾也。
中美能黄，上美為元，下美則裳，參成可筮。
猶有闕也，雖吉，未也。」
此承上語最後再次釋黄、元、裳。先言
「中美」，仍就「黄，中之色也」為言。而
此中字更顯有衷之義。言中心美善得黄
色之尊貴吉祥。「上美為元」兼有體之長、
善之長之義。下美謂裳之美也。參，同三。
中、上、下皆成其美方可以筮，但猶恐其不
足。故君之此筮，繇雖言吉，其實未必也。

此筮以筮問叛亂之事，不敢命筮，而以枚筮；不敢告人，而謂「欲將有事，何如？」左、國所記十六例中，枚筮僅此一例，筮問叛亂者，亦僅此一例，筮得「元吉」而全然不驗者，亦僅此一例。子服惠伯據繇辭、卦象、及問筮者之德爲斷，則如襄公九年所記穆姜始至東宮之筮者。顧穆姜以自身敗德而不從筮史之占，此筮問筮者敗德而子服惠伯指出其「雖吉，未也」耳。

此筮子服惠伯所言以「忠信之事則可，不然，必敗」。概括示意：叛亂非忠信之事，必敗。「外彊內溫，忠也」則又暗示：外不彊而內蓄叛逆之想，非忠也。「和以率貞，信也」則又暗示：不事親睦，犯上作亂，非和也，所行亦不正，非信也。既非忠信，不敗何待？以下一句緊承一句，步步深入解說卦象、繇辭，皆於南蒯妄行叛亂之想有所訓戒，可以說句句據卦象、繇辭，又句句指南蒯作亂之蓄謀，又句句戒其勿鋌而走險，妄行叛亂。頗足以見子服惠伯既深於易，又極諳故事。其欲彌叛亂於未歲之忠悃亦昭然可見也。

子服惠伯於此筮既多言卦德。又謂「易不可以占險」。此非春秋易筮之通例。亦只為止南蒯犯上作亂之惡行耳。險，實為春秋易筮中坎之卦象之一。倘「易不可以占險」，坎之此一卦象又有何用？六十四條卦辭，三百八十四條爻辭，甚言凶險者又有何用？子服惠伯之占雖無不驗者，然不可以此筮全為春秋易筮之通例也。

左傳．哀公九年

晉趙鞅卜救鄭，……陽虎以周易筮之，遇

泰䷊之需䷄，

此筮亦明言以周易筮之者。

哀公七年，宋師侵鄭，圍曹，鄭師救曹，又侵宋。九年春，鄭師圍宋師於雍丘，宋皇瑗又圍鄭師。鄭子姚救之，大敗，宋遂全殲鄭師於雍丘。故晉趙鞅欲救之。先卜，其兆不吉，陽虎又以周易筮之，遇泰之需，是泰之五爻由--變—，外卦由坤變坎也。凡五爻變，該爻必為九揲或六揲之爻，其卦之爻揲數之合須為五十或四十七或三十八。泰卦三陰爻、三陽爻，其六爻揲數之合不可能為雙數，故只能為四十七也。其六爻揲數之組合必為以下五種形式之一：

䷊ 八六六六九九九
䷊ 六六八九九九
䷊ 八六八七九九
䷊ 八六八九七九
䷊ 八六八九九七

。

曰：「宋方吉，不可與也。微子啟，帝乙之元子也。宋、鄭，甥舅也。祉，祿也。若帝乙之元子歸妹而有吉祿，我安得吉焉？」乃止。
此全據歸妹・六五爻辭爲斷。該文辭曰：
「帝乙歸妹以祉，元吉。」陽虎隨釋隨斷。
微子啟，宋之始封君也。帝乙，紂之父也。
微子爲紂之庶兄，帝乙之庶長子也。祉，祿
也。歸，嫁也。妹，女也。帝乙嫁女，則嫁
者微子之妹也。宋與鄭爲甥舅之國，有婚姻
關係也。婚姻之國，勢位相敵。而「帝乙歸
妹以祉，元吉。」則吉祿在宋而不在鄭。故
云：「宋方吉，不可與也。」不可與，言不

可與敵也。既如此，乃止不救鄭。

此筮全據泰，云五爻辭占斷，未言卦象。

若分春秋易筮爲三種主要類型，則此爲第三種類型也。其第一種爲據卦象斷，繇辭由占筮者自撰，此猶古之遺法。第二種爲據卦象與卦、爻辭爲斷。其所引据卦、爻辭與今本周易多相同，此爲春秋時期使用比較廣泛者。第三種爲據卦、爻辭斷，不言或基本不言卦象。此法於春秋中葉以前可能尚未廣泛使用，即使春秋後而不多見。觀左氏、國所記中之例，始可微矣。

癸酉年立秋後六日

宛平王跃漢

於北京西郊之清淺齋

對左國所記筮占及卿大夫

引易論易例的探討（一）

對左國所記筮占及卿大夫論易引易例的探討

左國所記春秋筮占及卿大夫論易、引易諸例是周易經傳研究中極其重要絕不可忽視的文獻資料。在易經成書年世，易經在春秋時期的社會存在、社會功能，易傳象數說之理論的產生根據，易傳所言筮法及、戰國時期周易研究境界之拓展等問題

对左国筮占及卿大夫引易论易例的探索，是有关经学修和易在春秋时期的社会存在与社会功能的认识的，是对易数易象研究之所绝不可易开始的，而且是研究周易经传关系，储不仅仅考察左国筮占及引易论易例是不可缺少的。

的探讨都是不可或缺的。

首先可以比较

清代易学家对此问题已颇予重视。二、

确切地认识周

易在春秋时期

的社会存在与社

十年代以来李镜池先生作左国中易筮

会功能，而且从

对易数、易象、之

研究，高亨先生作左传国语周易说通

卦辞卦爻的

解，纔是就高文但为疏证李文发挥以来

进一步认识的

上清楚地看到

易学形成的

發段全面深入探讨之功不可泯也

根据，从易经到易传的发展（轨迹）轨迹、

左传、国语所记筮占及卿大夫引易说易例，确实是研究易数、易象、易在春秋时代

社会存在和社会功能及周易经传关系等问题研究不可或缺的极其重要的（最有价值的历史）文献。因此

对这些记载的研究是非常必要的。

（一）左傳國語所記筮占及卿大夫論易

引易例總數基本情况

李鏡池左國中易筮之研究古史辨第三册一三一、

開篇即云

左傳中关于周周易筮占的記載共有十

二則，引用周易文的五六處（？）。國語中所載

易筮的也有兩条。這是最早的关于周易

的記載。二、

若言筮占，則左傳所記實十四例，分列於：

觀 否 屯 比 大有 乾

莊公二十二年 周史有以周易見陳侯者 使（陳侯）

筮之 遇觀之否 斷田完之後可有齊國

閔公元年 畢萬筮仕於晉 遇屯之比

辛廖占之 斷畢萬（畢公高之後）公

侯之子孫必復其始

閔公二年 成季將生 卜楚丘之父 卜之 後

筮 遇大有之乾 曰同復于父 敬如君所

僖公四年 晉獻公欲以驪姬為夫人 卜

之不吉 筮之吉 朱云同卦

蠱

未云之卦，断语与蠱卦爻辞不同。

僖公十五年秦之戰前卜徒父爲秦穆公筮其卦遇蠱曰千乘三去三去之余獲其雄狐

与國語表例

十一月十四日以後讀引此例

歸妹之睽 引与易本文略同

僖公十五年晉獻公筮嫁伯姬于秦史蘇占之遇歸妹之睽

大有 引同爻辭

僖公二十五年秦伯師于河上將納王狐偃助重耳勤王卜偃先卜後筮遇大有之睽

睽

与僖十五年秦穆筮同類型。

此断所据应别有本の卦

成公十六年鄢陵之戰晉厲公筮其卦

後䷗ 天之卦與後卦文辭不同。

艮䷳ 引 同上年

隨䷐

困䷮ 大過䷛ 引 同上年

明夷䷣ 謙䷎ 據卦象斷之 此平占也

過

復䷗曰：南國蹙，射其元王，中厥目。

蓋筮人繇命筮之辭，緣不必係卦辭也。未言其之情況，此記載有略之。

襄公九年，穆姜薨於東宮。始往東

宮而筮，遇艮之八。是謂艮之隨。史氏

穆姜釋元亨利貞

襄公廿五年，崔杼筮娶棠姜，遇困之

大過。陳文子據卦象斷不吉

昭公五年，叔孫豹之生，莊叔以筮之，遇明夷 何臣

之謙，卜楚丘斷之

屯 ䷂ 比 ䷇ 引六二本同

昭公七年孔成子以史朝筮之遇屯之比立卫灵公

坤 ䷁ 比 ䷇ 引六五本同

昭公十二年南蒯将叛枚筮遇坤之比子服惠伯断之不吉

泰 ䷊ 需 ䷄ 引六五大致同六五本

哀公九年晋赵鞅卜救郑阳虎以周易筮遇泰之需断不吉乃止

左传记卿大夫论易引易之例分别在二

丰 ䷶ 离 ䷝ 引丰上六文辞大致同上六本

宣公六年王子伯廖论郑公子曼满欲为卿引易丰上六文辞

師之臨　宣公十二年邲之戰知莊子(荀首)論先縠以中軍佐濟河引師初六文辭。

復之頤　襄公廿八年鄭游吉論楚子將死云周易有之在復之頤引復上六文辭。

蠱　昭公元年醫和視晉(平公)侯疾云在周易女惑男風落山謂之蠱。

昭公二年韓宣子(起)聘魯見易象與魯春秋曰周禮盡在魯矣吾乃今知周公之德與周之所以王也

䷀乾 引同人之革，姤、同人、大有、夬，坤、剥。

昭公廿九年秋，龙见于绛郊，蔡墨论龙（魏献子问于蔡墨。全録）

引乾之初九、九二、（五）（四）、九五、上九、用九、坤之

上六文辞

䷡大壮（以卦象论，卦位言）

昭公三十二年史墨论昭公薨于乾侯云

在易卦雷乘乾曰大壮天之道也

国语记筮占三例分别在

䷀乾 ䷋否（以之卦言）

周语下单襄公论晋筮遇乾之否曰（之嗣（成公黑臀））

（乾之文皆是，故君故配之三出）

配而不终，君三出焉

䷊（自卦象断）

晋语四董因迎之曰尚有晋国何员

䷂屯 引下
䷏豫 占本同。

屯悔豫皆八也。占者斷以兩卦之象也者說

大焉。

䷊ 此卦詳斷 卦名
占本大誤同。

晉語四董因迎重耳於河云臣筮之得泰

泰之八曰是謂天地配亨小往大來

綜上左國所記筮占共十七例（其一例

未言得卦）左傳引易六例語易一例

就上列情況歸納言之有以下數端

殊足重視

(二)、从左國所記筮事与筮人 看筮占在春秋时期的社会存在与社会功能、

左國所記筮事皆為當时諸侯卿大夫之事，固不及士庶也。其所筮之事

筮問得國者の例計

國語晉語の重耳親筮尚有晉國，筮史占不同，董因筮諸河。

左傳、莊公廿二年，周史以周易筮曰完之後終有齊國。閔公元年畢万筮仕于晉，其後終有晉國。

陳

晉2

6

高淞荃太史嘉讀尊作
幸欣奚如
論评谨著諸文
偏得風人
志趣有卓
識灼見

丙

筮向之嗣者（二例）

國語·周語下單襄公聞晉人筮之 晉4

黑臀（成公）

左傳昭公七年孔成子文朝筮之 卫1

衛靈公元

筮向生子者（二例）

左傳閔公二年成季將生卜楚丘之 魯1

文筮之

左傳昭公五年叔孫穆子將生卜楚丘

筮之

筮向取婦之夫人者（二例） 白2

左傳僖公四年晉獻公筮之驪姬為夫人 晉5

左傳襄公廿五年崔杼筮取棠姜 齊1

筮向嫁女者（一例）

左傳僖公十五年晉獻公筮嫁伯姬 晉6

于秦。

筮向貴族夫人放黜之命運者（一例） 白3

左傳襄公九年穆姜始往東宮。

7

辛 筮向勤王者（一例）

僖公廿五年卜偃筮重耳勤王。 晋7

乙 筮战争者（三例）

僖公十五年韩之战前穆公筮。 秦1

成公十六年鄢陵之战前晋厉公筮 晋8

哀公九年赵鞅救郑阳虎筮之 晋9

筮救国者（一例） 晋九 鲁の2 齐1 秦1 陈1 (四) (十五例)

昭公十二年南蒯将叛而枚筮 鲁6

向筮之人则诸侯九 夫人一 大夫七

能大夫向筮或以战争或关得国或
系事君职礼每皆诸侯之事也虽然
无天子向筮例或谓天子向事以卜推
意者或其能求能记不及推出庶语记
所不及耳非筮之不及也
占筮之人不记何人者一例　国语·周语下
称史筮史或十人而不称其名者无数例
庄廿二称周史　僖四称十人　国语·晋语四
称筮史　襄九　襄廿五　成十六只称史

8

禄筮人名者八例，計：閔元禄辛廖，晉語の禄董因，閔二禄卜楚丘之父，僖十五禄史蘇，禄卜徒父，僖廿五禄卜偃，昭五禄卜楚丘，昭七禄史朝，

獻公筮嫁伯姬於秦遇歸妹之睽。

秦晉韓戰前卜徒父為秦伯筮遇蠱。

鄢陵之戰遇復，南國蹙。

禄大夫占（二例）及非卜筮人論卦者五例（三例），計：晉語の禄胥臣，襄九禄穆姜，襄廿五禄陳文子，襄九禄陽虎，昭十二禄子服惠伯

特别值得重視的是凡禄卜筮占人

之名者皆占断灵验事如其筮

凡称大夫或夫人名者皆不称占人

之名只称卜人或史（以筮人）且大夫所言多

否定卜筮人之占或独标所见而皆必

言必中事与言合

史佚世职；卜楚丘及其父；史朝之子孙史苟；司马氏世掌天官。

（三）筮占的两种主要形式——命筮与枚筮

命筮是就求蓍龟卜而来。龟卜首

先问卜人须先命龟。

诗（鄘）定之方中

升彼虚矣，以望楚矣。望楚与堂，
景山与京。降观于桑，卜云其吉，
终然允臧。

毛传

建国必卜之，故建邦能命龟，田能施
命，作器能铭，使能造，升高能赋，师
旅能誓，山川能说，丧纪能诔，祭
祀能語，君子能此九者，可谓有德音，
可以为大夫

足以見卜之命龜之至要，而蓍[illegible]
龜卜亦有命，蓍之筮亦因以命筮。
國語有更具體明白之描述。
國語晉語四：重耳親筮之，曰：尚有晉
國，即命蓍之辭也。胥臣云：
我命筮曰：尚有晉國。筮告我曰：利
建侯，得國之務也，吉孰大焉？
正是具體明白不過。其它如閔元，畢
萬筮仕於晉；晉獻公筮嫁伯姬於

10

秦並未對命筮及其辭描述記載

然先敘筮事則命筮及其辭固可

知矣乃自扁贊言稽左氏所記亦

尚有筮占前命筮而卒筮後再命

筮以求之卦者如

昭公七年

衛襄公夫人姜氏無子嬖人婤姶生

孟縶孔成子夢康叔謂己立元

余使羈之孫圉與史苟相之史朝

亦夢康叔謂己：余將命而子苟與孔烝鉏之曾孫圉相元。史朝見成子，告之夢，夢協。晉韓宣子為政聘于諸侯之歲，婤姶生子，名之曰元。（昭公七年）孟縶之足不良能行。（經：秋八月戊辰，衛侯惡卒（時元五歲））孔成子以周易筮之，曰：元尚享衛國，主其社稷。遇屯䷂。又曰：余尚立縶，尚克嘉之。遇屯䷂之比䷇。以示史朝。史朝曰：元亨，又何疑焉？成

屯：元亨利貞，勿用有攸往，利建侯。初九：磐桓，利居貞，利建侯。

子曰：非長之謂乎？對曰：康叔名之，可謂長矣。孟非人也，將不列于宗，不可謂長。且其繇曰：利建侯。嗣吉，何建？建非嗣也。二卦皆云：子其建之。康叔命之，二卦告之，筮襲于夢，武王所用也，弗從何為？弱足者居，侯主社稷，臨祭祀，奉民人，事鬼神，從會朝，又焉得居？各以所利，不亦可乎？故孔成子立靈公。十二月癸亥，葬衛襄公。

命筮必像面炳某具年向壁具年了俾手以此向壁向蓍日蓍前此言所向者

十月十日止于此、

十七日北大学生开会停一次。否补。

枚筮泛问
吉凶不专
向某事

另外還有一种形式即枚筮

枚筮不命筮者也没有命筮之辞

以其筮时泛向吉凶不专指某事或实

指某事不敢明言所向之事也如

左傳昭公十二年

南蒯之将叛也

南蒯枚筮之遇坤䷁之比䷇

曰黄裳元吉以为大吉也示子服惠伯（仲孙椒（仲孙他之子））

曰即欲有事何如惠伯曰吾尝学

12

忠若善

此矣。忠信之事則可，不然，必敗。外彊
內溫，忠也；和以率貞，信也。故曰黃
裳元吉。黃，中之色也；裳，下之飾也；
元，善之長也。中不忠，不得其色；下不
共，不得其飾；事不善，不得其極。外
內倡和為忠，率事以信為共，供養
三德為善，非此三者弗當。且夫易
不可以占險，將何事也？且可飾乎？中
美能黃，上美為元，下美則裳，參成

而筮猶有闕也筮告吉未也

彖辭之將數者其辭斷

辭蓋謂命筮之辭也高亨釋斷爲漸即

忽略此文濫用通假非也南蒯之將叛而

枚筮詢問吉凶以斷故耳

左氏所記只此一例以言枚筮其實枚

筮識亦多也武子枚筮是否如命筮之

盛行於當時，殊難確考。

13

(四) ~~三~~

左國所記春秋筮占斷根據

現在研究春秋筮占最可信的史料根
據則為左國所記十七例能就此十七例
而得當時筮占之精確詳細實際情況則
尚難說但通過此十七例不能不謂是
以考見若干重要情況驗之易傳蓋
可以知二書所記不妄而易傳所言亦非
業空臆斷也

左國所記筮占十七例除僖の一例未言

得卦之卦自以未析卦象未引卦爻辭故其十

六卦占斷根據以自可見者基本上有三種

類型

甲、據卦象以為斷

左傳閔公元年

初畢萬筮仕於晉遇屯䷂之比䷇

辛廖占之曰吉屯固比入吉孰大

焉其必蕃昌震為土車從馬足居

之兄長之母覆之衆歸之六體不易

十七例

象3、

辭4

象辭7、

未云何卦1、

斷辭似象2

（今本卦爻辭无）

14

合而能固，（安而能殺）公侯之子孫，必復其始。

此例即全以卦象斷，震象車、長男、兄、足，坤象土、象母，坎象衆，故稱云雖不勇。此例利用經卦之所象者，而屯固比入，又利用別卦之卦象。震爲土，卒從爲馬，從皆變也。蓋屯之比初爻變而爲震，變爲坤，震所象之卒亦變爲坤所象之馬，于卦象之

复从頤亦肩意為合合而能固則
又以比象合坎革象从比合之乃得
众之象固則固其位也故云合而能固
杜注：吾又謂坤安震殺，故曰安而能殺。
公侯之卦也而断以公侯之子孫必复
其始又如
吾又曰：震之為乃宋傳元明文書詩云震來也能有威武勝才王年傳云為刑四詞戚獄以畏其震曜其殺是震為威武金戟之意，故震為殺也。
閔公二年
成季之將生也桓公使卜楚丘之父卜
魯桓公子名季友，為魯季氏之祖，成其謚也。
之，曰：男也。其名曰友，在公之右，間于兩
杜注：在右，言用事。謂周社、亳社。
兩社之間，諸侯詢謀大事之處，是執政之所在也。
社，為公室輔。季氏亡，則魯不昌。又
季子氏世為上卿，至魯更固。

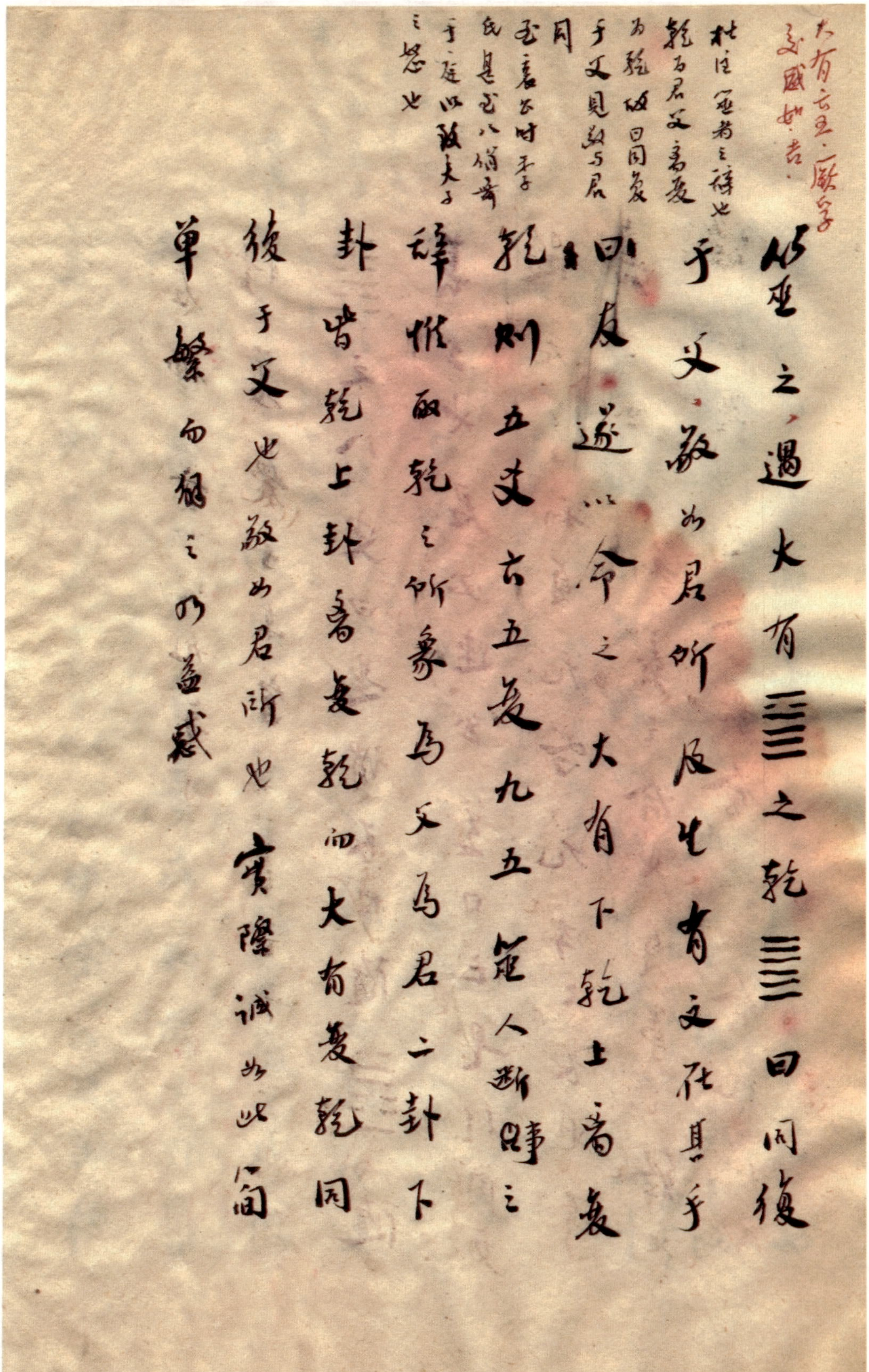
大有六五、厥孚交如、威如、吉、

筮之遇大有☰之乾☰曰同復于父敬如君所成生有文在其手曰友遂以命之大有下乾上离

杜注筮者之辭也乾為君父离變為乾故曰同復于父見敬與君同

乾則五爻六五變九五筮人斷之辭惟取乾之所象為父為君二卦下卦皆乾上卦离變乾而大有變乾同復于父也敬如君所也

武億云時季氏是亦八佾舞于庭以致夫子之怒也

實際誠如此簡單繁而狠之乃益惑

乙 据卦爻辞以为断

左传襄公九年

穆姜（宣公夫人，与大夫叔孙侨如私通，于成公十六年谋废成公以去季孙孟孙氏而专鲁，侨如奔齐，迁姜于东宫。）（立侨如为鲁君也）薨于东宫。始往而筮之，遇艮䷳之八。史曰：是谓艮之随䷐。随，其出也，君必速出。姜曰：亡。是于周易曰：随元亨利贞，无咎。元，体之长也；亨，嘉之会也；利，义之和也；贞，事之干也。体仁足以长人，嘉会足以合礼，利物

16

足以合義，貞固足以幹事，然故不可誣也，是以雖隨無咎。今我婦人而與于亂，固在下位，而有不仁，不可謂元；不靖國家，不可謂亨；作而害身，不可謂利；棄位而姣，不可謂貞。有四德者，隨而無咎，我皆無之，豈隨也哉？我則取惡，能無咎乎？必死于此，弗得出矣。

此則文以隨之卦辭斷穆姜以人

事释卦辞，全未涉及卦象、爻之言随其也。此就卦名字义而推断也，固不可以此为随之卦象也。又如南蒯（昭公十二年）将叛，枚筮遇坤之比，乃以坤之九五爻辞断，而子服惠伯每以人事就坤六五爻辞释，绝未涉及其它旁括卦象、卦名等等。哀公九年阳虎以周易筮赵鞅救郑，遇泰䷊之需䷄，则全以泰之六五“帝乙归妹以祉元吉”断

丙　括四卦象及卦文以斷者

左傳僖公十五年

初晉獻公筮嫁伯姬于秦遇歸妹

䷵之睽䷥史蘇占之曰不吉其

繇曰士刲羊亦无衁也女承筐亦无

貺也西鄰責言不可償也歸妹之睽

猶无相也震之离亦离之震為雷

為火為嬴敗姬車脫其輹火焚

其旗不利行師敗于宗丘（外有先王之宗廟故曰宗丘 丘猶也也）歸妹睽孤

寇張之弧姪從其姑（廿三年九月惠公死）六年其逋逃歸（子圉以僖十七質于秦廿二年逃歸故曰六年）

其國而棄其家明年其死於高梁（以四年二月戊申（一云甲）使殺懷公于高梁）

之墟（在平陽楊氏縣西南）

此占則首先引歸妹上六之文辭也

後即以卦象本之卦及其變斷其所

謂車脫其輹火焚其旗者蓋震為車

為旗兌為輹（輹本名伏兔因與於軸上者杜預以為輹折蓋說說卦以言 非也）

離為火歸妹之變震變為離離脫其輹矣變

18

离（上卦）乃有离而无震，焚旗也，李毁旗焚，非败而何？姬姓之晋与嬴秦战，岂为为之嬴败姬手，此者以雷为火之所致耳，然此自不利行师矣。

一、命筮与枚筮——朱子意本义所拟，盖从此派生者。（晋语四、昭七、昭十二）

古国所记筮占例若干微。

一、3. 社会功能 1. 十の例占问之事 2. 占问之人与占断者。

對左國所記筮占及卿大夫

引易論易例的探討

（二）

左傳僖公二十五年

秦伯師於河上，將納王。狐偃勸重耳勤王。

公曰：筮之。遇大有䷍之睽䷥。曰：吉。

遇公用享于天子之卦。戰克而王享，吉孰大焉？且是卦也，天為澤以當日，天子降心以逆公，不亦可乎？大有去睽而復，亦其所也。

大有九三：公用亨于天子，小人弗克。

晉語の董因迎公於河，公問焉，曰：吾其濟乎？對曰：……臣筮之，得泰之八，曰：是謂天地配亨，小往大來，今及之矣，何不濟之有……

以大有之三爻變之卦為睽。蓋

火有之下卦乾變爲兑也。以占兑以

大有六三爻辭斷，睽復有以卦彖辭

其所斷，因象爲上卦爲日，乾爲天，爲

下卦變兑，故云天爲兑以當日也。乾

離爲日乾變兑而在離下

爲君，故言天子降心以逆公也。偏見睽

有之下卦兑象變爲乾，則大有去睽

而復無得其所矣。

左國筮占以此神既引卦爻辭又析

卦彖者爲最多。十七例中占其九

爲當是春秋以前占斷之成法。仅以卦爻辭斷而不取卦象者，其仅卦辭已足以斷乎？仅以卦象斷者，殆係古法遺意，其法或當流行于易成书之前也。倘如此，則易象之産生似在卦爻辭産生之前。

以上三种實爲主要類型，占斷根据亦多有以卦名者，錯雜以上三者之間，然不若以上三者之重要。至於此以本卦不求之卦而斷，但以卦辭不用爻辭為斷，兼取本之卦卦辭為斷等，皆系以卦爻辭斷，以紀時之内，且又涉及其范方法，殆於此不類別矣。

十七例中，僖公の年來云，得卦，成公十六年，稱其遇復曰：南國蹙，射其元王中厥目，似斷事之辭，所皆不見于今本易經，後之卦爻辭史之言乎他派之筮占斷法乎？抑易另有別本

而久佚乎不可得而知矣

（四）左國筮占十七例，何以筮遇某卦，何以之某卦，何以以卦辭斷，何以以爻辭斷，三言八竟何意邪，而易傳所云筮法全無據乎，此誠研究春秋以筮法之首要根據，而左國斷卦十七例中乃有十三例言及卦象，更有四例則只以卦象斷，卦象在以筮占中寧非更

因列以為第四條 [illegible]

[illegible]

3

早於卦文辭者，即易傳象數之說

其產生豈應構成此說之由來實

在春秋之前無或可疑矣

○十月十四 民陵記此。

左氏言卦象每於義中釋（多釋其義）（於義中釋卦象）如震為土，車從馬。眾散為弱，川壅為澤……

(六)五

左氏所記卿大夫引易六例論易一
例除昭公廿九年記龍見于絳郊蔡墨
談龍一例以外皆言人事也
宣公十二年邲之戰先縠以中軍佐濟
河
知莊子曰：此師殆哉。周易有之，在師之臨
曰：師出以律，否臧凶。執事順成為臧，逆
為否。眾散為弱，川壅為澤。有律以如
己也，故曰律。否臧，且律竭也。盈而以

竭，夭且不整，所以凶也。不行之謂臨。有帥而不從，臨孰甚焉！此之謂矣。果遇必敗。彘子尸之，雖免而歸，必有大咎。荀息之深于易可知矣。據文辭臨名以評先縠之違犯軍紀，恣意妄行者，不在占，引易以評人事也。又如襄公廿八年，鄭伯使游吉如楚，復命，告子展曰：楚子將死矣。不修其政德，而貪昧于諸侯，以逞其願，欲

久得乎周易有之在復䷗之頤䷚曰
迷復凶其楚子之謂乎欲復其愿
而棄其本復歸無所是謂迷復能
無凶乎君其往也送葬而歸以快楚
心楚不幾十年未能恤諸侯也吾乃
休吾民矣

經 十有二月甲寅，天王崩。乙未，楚子昭卒。

游吉（子太叔）寧不安深於易者耶，能此則評
楚康王之失德，引易而推斷此失德者
之未來下場，而後上六文辭云：迷復，凶。

復上六：迷復，凶，有災眚，用行師，終有大敗，以其國君凶，至于十年不克征。

6

德及于叔乎？（史蘇是占，勿從何益）詩云：下民之孽，匪降自天，噂沓背憎，

職競由人。楚子不修政德，貪而無

德，禮義乃德者無獻，敗德者不吉，吉凶之

系乎德，是矣。左氏所記何如是集中乎德乎？

尚非時尚，左氏何得而記也？尚非時尚，易傳何

之文理說何由而生也？左氏不記，易傳文理說

何產生根據之論述，确據篇寡，何得而能明

也。

删

（七）易经在春秋时期的社会存在与社会功能

从左国（筮占）引易论易备足以明白看到易经在春秋时期並非是在上层社会相当广泛地存在着

左传、昭公二年记韩起在鲁观书而论易象与鲁春秋从而发出这是很值得重视的。

春，晋侯使韩宣子来聘，且告为政而来见，礼也。观书于太史氏，见易象与鲁春秋，曰：周礼尽在鲁矣。吾乃今知周公之德与周之所以王也。

杜预以易象为上下经之象辞，益非是不确切的妄诞（即使以後代确实认定之孔子作十翼上下象辞而言，毋庸以孔子於昭公二年仅十一岁，不可以为易上下经之象辞也）。孔颖达谓易文兼爻卦象物而为之辞，故易系辞云：八卦成列，象在其中。又云：易者，象也。是故谓之易象，附孔氏直视易

象即為易經矣

宋王應麟困學紀聞卷六則易象二字分

明為二物一為易經一為象易則易經象則

象則教象政象刑象也

周禮大司徒

正月之吉始和布教于邦國都鄙乃縣教象

之法于象魏使萬民觀教象挾日而斂之

大司馬于周時則布政而縣政象之大司寇則布

刑而縣刑象

象者則也法也範也章也如

8

家语三恕见象而问张楚辞橘颂之置以
为象兮之象者也
易所以为象及周鲁春秋并言而标周
礼乎且殷象故象制象之说似见於周礼述
其制标其名而已其物久佚无见可从查考吾意
以为殷商古所见易象即易象既非易与象
亦非上下经之象辞古有筮占之上其古亦为学
易不可或缺者由春秋右为易象筮占及引易例可证
筮占十七例及引易古例以八经卦之卦象
占断为说者凡五十余例其所象者除天

也。雷風水火山澤之於於人事，乃有天（乾）之象君，父坤之象順，象母坎之象（象水象川）衆，震之象州來而長。斷用象每離八卦所象以言人事，且二十三例所言每多一複，如乾之象君，再言之象天，而言之坤之象母，再言之象土也。多言之，乾象父，坤象母，備常之卒定矣。（兑象少女，艮象少男，夫婦之道备矣。）震象長男，父子之倫於其中矣。乾君坎爲衆，君臣君民之倫於其中矣。八經卦之變列卦，每或有所象，如周易女惑男，風落山謂之蠱（昭元年醫和論晉侯疾之語）等，每可以見（易象所云，韓子禮今且）易象備存其古，而其書則非必別開者具，是以韓起於魯觀之而嘆美備易谓易经，象谓教政之象，则各国俱有，何以谓"周礼尽在鲁矣"？由此：

一以见春秋时言易象，固非无所本，惜其书不传耳。○但程易传象亦非其大部（只是一部分罢了）

一以见易象与鲁春秋皆有文法化，皆与周公之德联系一起，是即鲁之所以是周礼所以在者，故于此可以认为在当时卿大夫对易的一种崇奉态度。

（七）

春秋时期易的社会分化和社会功能

由以上所述之可以顺理成章地解决易在春秋时期的社会分化与社会功能问题。

以上多国之大事——祭祀、战争、保国、叛乱，故影响於社会者大。

易经多言天子王公侯大人君子事，如

"公用亨于天子，小人弗克。"（大有九三）

"王用出征，有嘉折首，获匪其丑，无咎。"（离上九）

"王假有家，勿恤，吉。"（家人九五）

"公用射隼于高墉之上，获之，无不利。"（解上六）

"王用亨于岐山，吉，无咎。"（升六四）

"磐桓，利居贞，利建侯。"（屯初九）

"大君有命，开国承家，小人勿用。"（师上六）

10

其言称大人君子处处多，每甚或引先世帝王之故事为其喻断。如帝乙归妹以祉元吉（泰六五）、王用亨于岐山吉无咎（升六四）等等。就经文言所云社会上层之事多是当本经文所为原为官府为王公卿用施政春秋时期于各国所见记载（乃有以下几端不可忽视一、）易经之非历史性学，犹能是易之所据之社会领域乃形极度狭义，十人多如大夫之列，以为世所甚或有关于邦国大事若之嗣袭任者用

史 社会地位
差化

一、於周礼太卜二人為下大夫，筮人二人為中士，而筮人之下設史，史非史官，皆其官長所自辟除，除其課役以使之，非王臣也。王左國所記春秋之时，筮史社会地位則如大夫之列，以有世職，甚至有与于邦國大事，参主謀議作者。

卿大夫甚至諸侯夫人亦亟占。

二、易经易象乃非筮史之所独掌，然能卿大夫乃至諸侯之夫人亦稔悉者，亦頗有深于易者。大夫筮占者二例，卿大夫夫人設筮史之占而所言，卑陋者三例，引易亦例中，除繇辞外，卿大夫五人，或引断辞，或言卦象，多皆言之成理焉。

甚禮崩樂壞
而卜以筮未衰。

三、易屡亦言商旅、小人、夫子、妇人，而詩正風

之謠，甚亦有筮、卜筮之詞，但易經完全為

存在於上層社會，且更顯涉王侯之事，此

周制之全也。甚禮崩樂壞，而卜筮之事則

未甚衰頹也。

言也。

士の夫、

易於春秋之時，仍為筮書，主要用於筮

者。然由左、國筮占引易，論易無多言，迄

晚之至少戰國，筮筮乃無用，或筮筮

者而然不貴，即此易之與於教化乃益深

而卿大夫引易論事，衛人之若引詩書

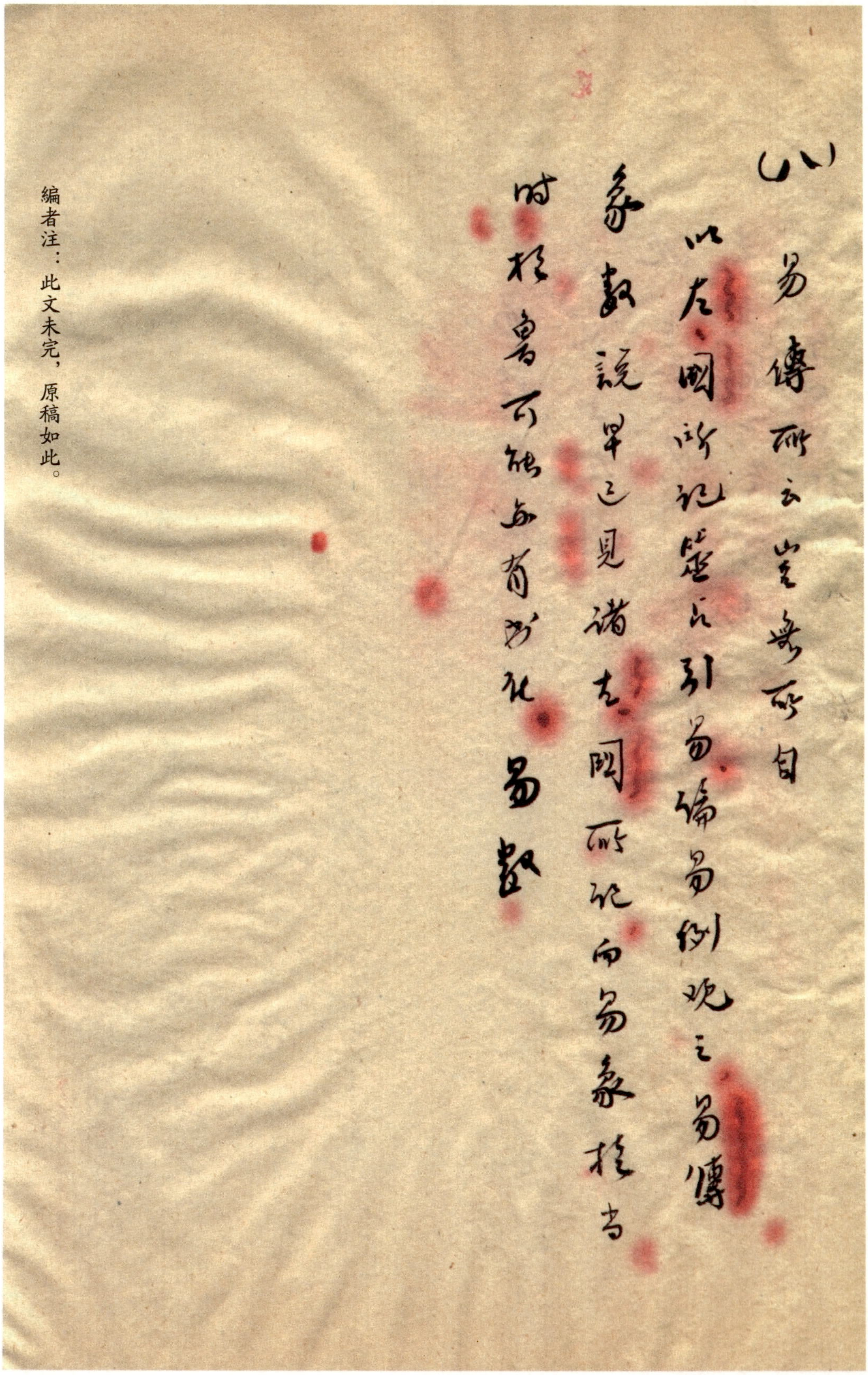
（八）易傳所云些象所自
以左國所記筮人引易編易例，較之易傳
象數說早已見諸左國所記，而易象推古
時推魯可能無有所託易數

編者注：此文未完，原稿如此。

左氏所記筮占表

左氏所记筮占表

年　月　日

	问筮者	占断者	所筮之事	得卦	占断根据：卦名	占断根据：卦爻辞	占断根据：卦象或其它	占断	备注	
左传·庄公二十二年	陈厉公	周史	陈完之未来	观䷓之否䷋ 甲.观之六四爻变 乙.六爻揲数之和:46. 丙.六爻揲数组合:8+8+8+6+7+9 8+8+6+6+9+9 丁.六爻排列(两卦)		观之六四:"观国之光,利用宾于王。"	坤,土也。巽,风也。乾,天也。风为天于土上,山也。奉之以玉帛,天地之美具焉(乾为玉,坤为帛)	此其代陈有国乎?不在此,其在异国;非此其身,在其子孙。若在异国,必姜姓也。	1.古代文献记载最早的以《周易》之筮。2.以本卦爻辞断。3.引文辞与今本《周易》同。4.以卦象释爻辞。	一爻变以变爻之辞断
闵公元年	毕万	辛廖	仕於晋	屯䷂之比䷇ 甲.屯之初爻初九变 乙.六爻揲数之和:42 丙.六爻揲数组合:9+6+6+6+7+8. 丁.六爻排列	屯,固;比,入。		震为土(震变坤,坤为土)。车从马(震为车,坤为马)。足居之(震为足)。兄长之(震为长男)。母覆之(坤为母)。众归之(坎为众)。合而能固(比合,屯固)。	吉孰大焉,公侯之子孙,必复其始。	屯,固。比,入。合而能固。如皆可明为别卦之象断者也。	不用卦爻辞,惟以卦象断
闵公二年	鲁桓公	卜楚丘之父	季友将生并问吉凶	大有䷍之乾䷀			同复于父,敬如君所(以乾为君为父)。		外卦变化为重要占断根据。	以卦象断
僖公四年	晋献公	卜人	欲以骊姬为夫人					吉	未记得卦,但云卜之不吉,筮之吉。卜人曰"筮短龟长,不如从长"。为左传所记占而不验例之一。(卜筮不相袭)	
僖公十五年	晋献公	~~[illegible]~~ 史苏	嫁伯姬于秦	归妹䷵之睽䷥	归妹上六爻辞:士刲羊,亦无衁也;女承筐,亦无贶也。睽上九爻辞:归妹睽孤,寇张之弧。	归妹之睽,犹无相也。震之离,亦离之震。为雷为火(震为雷,离为火)。为嬴败姬,车脱其輹(震为车,兑为輹)。火焚其旗(离为火,震为旗)。姪从其姑(震为长男为姪,离为中女为姑)。		不吉	1.本之卦合断,震之离亦离之震,并用归妹上六、睽之上九。2.外卦变化为重要占断根据。3.引爻辞大致与今本《周易》同。	上爻变而以本之二卦上爻结合卦象断
僖公十五年	秦穆公	卜徒父	秦之伐晋	蛊䷑			蛊之贞,风也(巽为风);其悔,山也(艮为山)。岁云秋矣,我落其实而取其材。	乃大吉也。涉河,侯车败。千乘三去,三去之余,获其雄狐。	1.无之卦。2.断辞今本《周易》所无。3.说明以象为占方法。"夫狐蛊,必其君也"。蛊为君,乃以卦之象也。	无之卦,断辞今本无

北京市制本总厂印制 82.7 (1493)

年　月　日

		问筮者	占断者	所筮之事	得卦	卦名	卦爻辞	卦象或其它	占断	备考
						占断根据				
左传	哀公九年	赵鞅	阳虎	救郑	泰䷊之需䷄		泰之六五：帝乙归妹以祉，元吉。	以宋为殷后，并以宋郑甥舅也释爻辞	宋方吉，不可与也。	1.宋伐郑，郑请救于晋，故赵鞅筮救郑。2.阳虎以《周易》筮之　与今本同。
	僖公二十五年	重耳	卜偃	勤王	大有䷍之睽䷥		大有九三爻辞：公用亨于天子	天为泽以当日（乾为天，兑为泽，乾变兑，离为日）天子降心（乾为天子）以逆公（离为公）	战克而王飨，吉孰大焉。	1.卜偃既卜又筮之。2.引繇辞与今本《周易》同
国语	周语下	晋		迎成公归国	乾䷀之否䷋		必三取君于周	配而不终，君三出焉。		1、卦云“而今陪孝忠”“其后又可以君国”。2、所云繇辞不见于今本《周易》。3、筮、梦、卜三袭。
	晋语四	董因	董因	重耳济河问董因	泰之八 ䷊		泰卦辞：小往大来	天地配亨（乾为天、坤为地）	济且秉成，必霸诸侯，子孙赖之。	引繇辞与今本《周易》同
	晋语四	重耳	筮史 司空季子（胥臣）	尚有晋国	贞屯䷂悔豫䷏皆八也。		屯卦辞：元亨利贞，勿用有攸往，利建侯。豫卦辞：利建侯行师	震，车也。坎，水也。坤，土也。屯，厚也。豫，乐也。车班内外（内外卦震，~~震……~~ [内下而上卦]），故曰，班编也）顺以训之。（坤为顺）泉原以资之，（水为泉源）土厚而乐其实。（坤为土，豫为乐）。震，雷也，车也。坎，劳也，水也，众也。主雷与车，而尚水与众。（谓屯卦，内震而外坎，而上卦[内卦外卦皆震]）车有震，武也。众而顺（谓屯卦外卦坎为众，豫卦内卦坤为地）主震雷长也。（本内之外，震仍在），故曰元。众（坎）而顺（坤）嘉也，故曰亨。内有震雷，故曰利贞。车上水下（车动而上，水顺而下）必伯。小事不济，壅也。故曰'勿用有攸往'，一夫之行也。（震为足）众顺而有武威，故曰利建侯。坤，母也。震，长男也。母老子强，故曰豫。其繇曰：利建侯行师，居乐出威之谓也。是二者，得国之卦也。	不吉，闭而不通，爻无为也。 得国之务也，吉孰大焉。	1.明言“我命筮曰：尚有晋国”命筮之辞。2.明言“以《周易》”云云，所引与今本同。3.以本之卦卦辞断。4.此释元亨利贞与穆姜所释（文言由此而来）不同。5.此卦初、四、五爻皆变，乃由屯之豫，此卦称皆八而象与豫，言皆八，非一八也。6.此筮占云卦象最细，以卦象释卦辞（此种情况可以得见卦辞之由来，卦辞之卦象根据，故系辞“圣人设卦观象系辞焉而明吉凶”所云。

北京市制本总厂印制　82. 7（1493）

年　月　日

	問筮者	占斷者	所筮之事	得卦	占斷根據：卦名	卦爻辭	卦象或其它	占斷	備注
左傳 成公十六年	晉厲公	史	鄢陵之戰吉凶	復䷗		南國蹙，射其元王，中厥目。		（敵人）國蹙王傷，不敗何待？	與僖公十五年韓之戰秦穆公之筮近似，無之卦。繇辭不見于今本《周易》，繇辭同彼。
襄公九年	穆姜	史	筮出處所止	艮䷳之隨䷐	隨，其出也	隨元亨利貞无咎。	穆姜駁史說，以仁、義、禮、貞釋卦辭，謂為四德。		1. 遇艮之八，史曰："是謂艮之隨，隨其出也，君必速出。"姜曰："亡！是於《周易》曰：'隨，元亨利貞，无咎。'"即以釋隨卦卦辭駁史。（引文與今本同）2. 此占由本卦與之卦，與二爻不變，它爻皆變，艮之八不能不與此有關。3. 駁史之占例之一。
襄公二十五年	崔杼	史 陳文子	娶棠姜	困䷮之大過䷛		以困六三爻辭："困于石，據于蒺藜，入于其宮，不見其妻，凶"駁史之說。	夫從風（坎為中男為夫，從謂變，巽為風），風隕妻（兌為少女為妻，坎變為巽為風仍在兌之下，故云隕）不可娶也。	不可娶也。	此又大夫駁史之占之例。"史皆曰吉"的字是說史皆阿諛取媚，所占不實。之卦以三爻變，通例以困之六三爻占斷，史云吉，不實。故崔杼又以"示陳文子"也。所用爻辭與今本《周易》同。
昭公五年	莊叔	卜楚丘	叔孫豹之未來	明夷䷣之謙䷎	明夷，日也。	明夷初九爻辭："明夷于飛，垂其翼，君子于行，三日不食，有攸往，主人有言。"	"日之謙當鳥"，離火也，艮山也，火焚山，山敗，于人為言，敗言為讒，純離為牛。	是將行而歸為子祀，以讒人入其名曰牛，卒以餒死。	以卦象釋明夷初九爻辭。明言"莊叔以《周易》筮之"。所云爻辭與今本周易同。
昭公七年	孔成子	史朝	衛國嗣	屯䷂之比䷇		屯卦辭：元亨利貞，勿用有攸往，利建侯。屯初九：磐桓，利居貞，利建侯。	筮襲於夢（史云夢協筮）	弱足者居，侯主社稷，各從所利。	1. 筮前有命筮之辭，求之卦再作命筮之辭，可能以筮二人承嗣之故，為僅有之一例。2. 史朝、史苟，父子繼承，為卜楚丘父子，可証史之繼承。朝竟能與謀立嗣，無見史之地位已非周禮所云。（引文與今本同）3. "元亨，又何疑焉"足見史占斷之綜辭，以屯卦辭與初九爻辭合斷。4. 孔成子以《周易》筮之。
昭公十二年	南蒯	子服惠伯 （仲孫椒）	叛國	坤䷁之比䷇		坤六五：黃裳元吉。	未言卦象，以忠信善釋爻辭。	忠信之事則可，不然，必敗。	1. 主要談卦德，并提出"易不可以占險"。2. 足見仲孫椒充任占筮南蒯之叛衣。3. 引辭與今本同。4. "元吉"之說。

北京市制本总厂印制　82.7（1493）

年 月 日

	问筮者	占断者	所筮之事	得卦	卦名	卦爻辞	卦象及其它	占断	备注
庄公二十二年	陈厉公	周史	陈完之未来	观䷓之否䷋ 甲、观之六四爻 乙、六爻揲数之合：46 丙、六爻揲数组合：8.8.8.6.7.9. 8.8.6.6.9.9. 丁、六爻揲数排列： 		观之六四：观国之光，利用宾于王。	卦象：坤，土也。巽，风也。乾，天也。风为天于土上，山也。有山之材而照之以天光，于是乎居土上。 奉之以玉帛，天地之美具焉。 风行而著于土。	此其代陈有国乎？不在此，其在异国；非此其身，在其子孙。	甲、这是古文献记载最早的以《周易》占筮。 乙、以本卦变爻（六四）爻辞断。 丙、同时以卦象断，并以卦象释爻辞。 丁、引爻辞与今本《周易》同。
闵公元年	毕万	辛廖	毕万仕于晋	屯䷂之比䷇ 甲、屯之初九爻 乙、六爻揲数之合：42 丙、六爻揲数组合：9.6.6.6.7.8. 丁、六爻揲数排列： 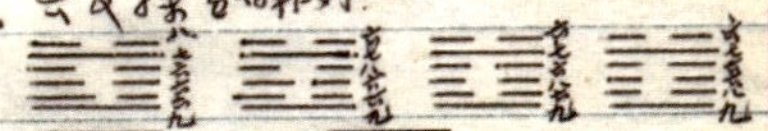	屯，固 比，入		卦象：震为土，车从马，足居之，兄长之，母覆之，众归之，六体不易，合而能固。	吉，吉孰大焉。公侯之子孙，必复其始。	甲、此例记占断者姓名。 乙、以卦象与卦名断 丙、不以卦爻辞断，故未引用。
闵公二年	鲁桓公	卜楚丘之父	季友将生筮问吉凶	大有䷍之乾䷀ 甲、大有之六五爻 乙、六爻揲数之合：47 丙、六爻揲数组合：9.9.9.7.6.7 丁、六爻揲数排列：				同复于父，敬如君所。	甲、此例占断，系自外卦之象化而来，以卦象之象化为据。乾为父，为君，离变乾，故云：“同复于父，敬如君所”。

北京市制本总厂印制 82.7（1493）

左传引易例表

年　月　日

年	引易者	针对之事	所引之卦、之卦引易语	就卦爻辞发挥	就卦象发挥	引易而申明的预见	备考
宣公六年	王子伯廖	郑公子曼满无德而贪	"其在《周易》丰䷶之离䷝，弗过之矣"（丰之上六：丰其屋，蔀其家，窥其户，阒其无人，三岁不觌，凶）			曼满无德而贪，不过三年必有杀身之祸。	论政引易（"无德而贪"）
宣公十二年	知庄子（荀首）	邲之役荀先縠不顾军令，以中军佐先济河	此师殆哉。《周易》有之，在师䷆之临䷒，曰：师出以律，否臧凶。~~有律如己也，故曰律，否臧。~~	执事顺成为臧，逆为否。有律如己也，故曰律。否臧，且律竭也。不行之谓临，有帅而不从，临孰甚焉，此之谓矣。	众散为弱，川壅为泽（坎为众，为川，兑为弱，为泽）盈而以竭，夭且不整。（川壅，此散而壅为泽，故竭而不整也，夭阏，阻也）	果遇，必败，彘子尸之，虽免而归，必有大咎。	论兵引易。
襄公二十八年	游吉	楚康王不修其政德而贪昧于诸侯，以逞其愿	《周易》有之，在复䷗之颐䷚，曰：迷复，凶，其楚子之谓乎？（复上六爻辞）	欲复其愿，而弃其本，复归无所，是谓迷复，能无凶乎？		君其往也，送葬而归，以快楚心，楚不几十年，未能恤诸侯也，吾乃休吾民矣。	论政引易（"不修其政德而贪昧于诸侯"）
昭公元年	医和	晋平公疾笃	赵孟曰：何谓蛊？（医和）对曰：淫溺惑乱之所生也，於文皿虫为蛊，谷之飞亦为蛊。		在《周易》，女惑男，风落山谓之蛊。	疾不可为也，是谓近女室，疾如蛊，非鬼非食，惑以丧志，良臣将死，天命不佑。	论政引易，对晋平公之疾，突出"惑"字。
昭公二十九年	蔡墨	龙见于绛郊	《周易》有之，在乾䷀之姤䷫，曰：潜龙勿用。其同人䷌曰：见龙在田。其大有曰：飞龙在天。其夬曰：亢龙有悔。其坤曰：见群龙无首，吉。坤之剥曰：龙战于野。			若不朝夕见之，谁能物之？	引易与今本同，但不称爻位，不称九六，而称某卦之某卦，与《易传》称爻位、九六不同。
昭公三十二年	史墨（蔡墨）	鲁昭公薨于乾侯，季氏出其君而民服焉，君死于外而莫之罪			在《易》卦，雷乘乾曰大壮䷡，天之道也。	天生季氏，以贰鲁侯，为日久矣，民之服焉，不亦宜乎？鲁君世从其失，昭死于外，其谁矜之？	"乘"字为《易传》言卦爻象常用。

北京市制本总厂印制 82.7 (1493)

左氏（所记）论易例表

年　月　日

年	论易者	论易场合	论易语	备注
僖公四年	卜人	晋献公欲以骊姬为夫人，卜之不吉，筮之吉。公曰："从筮"。	筮短龟长	见远古春秋中叶犹以卜为重。
僖公十五年	韩简	及惠公在秦（为俘虏）曰："先君若从史苏之占（指筮嫁伯姬遇归妹之睽），吾不及此夫！"	龟，象也；筮，数也。物生而后有象，象而后有滋（繁殖），滋而后有数。先君之败德，及可数乎？史苏是占，勿从何益？诗曰："下民之孽，匪降自天，僔沓背憎，职竞由人。"	此係春秋时期人论象、数、德最概括、全面者，特别突出德，为后世言卦德者之先声。
昭公二年	韩宣子（韩起）	在鲁，观书于太史氏，见《易象》与《鲁春秋》。	周礼尽在鲁矣。吾乃今知周公之德与周之所以王也。	王应麟《困学纪闻》云，以易与象为二事，"象"即《周礼》"政象""教象"之象，非是。观今本《周易》大象，多言政事德教刑罚，政教之言实有所自，《易象》其象传之本源与？
昭公十二年	子服惠伯（仲孙椒）	南蒯将叛，枚筮之，遇坤之比，曰黄裳元吉，以为大吉也，示子服惠伯。	吾尝学此矣，忠信之事则可，不然，必败。且夫易不可以占险。	惠伯所云是统论易之占，然皆把动阴阳之数，其释辞详审，又复言德。

北京市制本总厂印制　82，7（1493）

『易』筮卦變占斷圖表

乾 六爻揲数之合：42.44.46.48.50.52.54.

42. 六爻组合排列为777777，以乾卦辞断。

44. 六爻组合排列：1.777779 2.777797 3.777977
4.779777 5.797777 6.977777，当数过二爻二变 同人，以乾之九二断，余皆不变，以乾卦辞断。

46. 六爻组合排列：1.777799 2.777979 3.777997
4.779779 5.779797 6.779977 7.797779 8.797797
9.797977 10.799777 11.979777 12.997777 13.977977
14.977797 15.977779，当数过四爻，4.5.6.10.11皆变 小畜，以乾之九四断，余皆不变，以乾卦辞断。

48. 六爻组合排列：1.777999 2.779799 3.779979
4.779997 5.797799 6.797979 7.797997 8.799977
9.799797 10.799779 11.977799 12.977979 13.977997
14.979779 15.979797 16.979977 17.997779 18.997797
19.997977 20.999777，当数过三爻，11—20皆变 只以乾之上九断。其它：1变 否，2变 渐，3变 涣，4变 益，5变 旅，6变 未济，7变 噬嗑，8变 损，9变 贲，10变 蛊，1—10皆以所变卦与乾卦辞合断。

50. 六爻组合排列：1.779999 2.797999 3.799799
4.799979 5.799997 6.977999 7.997799 8.997979
9.997997 10.979799 11.979979 12.979997 13.999797 14.999779 15.999977，当数过五爻
2.3.4.5.7.8.9变（13.14.15） 大有，以乾之九五断。

其他1变 ䷓ 观，6变 ䷬ 萃，10变 ䷦ 蹇，11变 ䷜ 坎，12变 ䷂ 屯，皆以所变卦辞断。

二、六爻组合排列：1. 799999、2. 979999、3. 997999、4. 999799、5. 999979、6. 999997。分别遇三爻1、2、3、5、6皆变 ䷫ 姤，以姤九三断，4变 ䷴ 渐，以渐卦辞断。

五、六爻组合排列999999以乾用九断。

9 704 18

卦变与占断

	六爻揲数之合	本卦	之卦	本卦合卦	初爻	二爻	三爻	四爻	五爻	上爻	用爻	备注
乾	42	1			[illegible]						1	
	44	5				1					6	
	46	10						5			15	
	48			10						10	20	[illegible]
	50		5						10		15	[illegible]
	52		1				5				6	[illegible]
	54										1 1	用爻 1
		16	6	10	0	1	5	5	10	10	1/40	64

䷁ 坤　六爻揲数之合：36.38.40.42.44.46.48.

36 六爻组合排列为666666以坤用六断。

38. 六爻组合排列：1.666668. 2.666686 3.666866. 4.668666. 5.686666. 6.866666. 当数遇五爻，则1.2.3.4.6皆变 ䷇ 比，以坤六五断。5变 ䷍ 大有，以大有卦辞断。

40. 六爻组合排列 1.666688 2.666868. 3.666886. 4.668668. 5.668686. 6.668866 7.686668. 8.686686. 9.686866. 10.688666. 11.866866. 12.866866. 13.866686. 14.868666. 15.886666. 当数遇三爻，则1.4.5.7.8.10.12.13. 14.15皆变 ䷎ 谦，以坤六三断。2变 ䷅ 讼。3变 ䷘ 无妄。6变 ䷼ 中孚。9变 ䷥ 睽。11变 ䷹ 兑。各以所变卦辞断。

42. 六爻组合排列：1.666888 2.668688. 3.668868. 4.668886 5.686688. 6.686868. 7.686886. 8.688668. 9.688686. 10.688866. 11.866688. 12.866868. 13.866886. 14.868668. 15.868686. 16.868866. 17.886866. 18.886686. 19.886668. 20.888666. 当数遇初爻，则4.7.9.10.13.15.16.17.18.20皆变 ䷗ 复，以坤初六断。1变 ䷊ 泰。2变 ䷵ 归妹。3变 ䷶ 丰。5变 ䷥ 睽。6变 ䷿ 未济。8变 ䷩ 益。11变 ䷞ 咸。12变 ䷮ 困。14变 ䷯ 井。19变 ䷟ 恒。各以所变卦卦辞与坤卦辞合断。

44．六爻组合排列：1.668888 2.686888 3.688688 4.688868 5.688886 6.868688 7.868868 8.868886 9.886688 10.886868 11.886886 12.866888 13.888866 14.888686 15.888668、凡遇二爻变，则4.7.10.13.15皆变䷆师，以坤六二断，余皆不变，以坤卦彖辞断。

46．六爻组合排列：1.688888 2.888886 3.888868 4.888688 5.886888 6.868888 凡遇四爻变，则5变䷏豫，以坤六四断，余皆不变，以坤卦彖辞断。

48．六爻组合排列只888888，以坤卦彖辞断。

970419

䷁ 坤	六爻揲数之合	卦变与占断											备注
		本卦	之卦	本之卦分断	初爻	二爻	三爻	四爻	五爻	上爻	用六	合计	
	36									此卦上爻为准得爻，需五缺初九同	1	1	
	38		1						5			6	之卦为大有。
	40		5				10					15	之卦：小畜、大畜、中孚、睽、兑。
	42			10	10							20	分断之卦为：泰、归妹、节、睽、未济、蛊、咸、困、井、恒。
	44	10				5						15	
	46	5						1				6	
	48	1										1	
	合计	16	6	10	10	5	10	1	5	0	1	64	

䷂屯 六爻揲数之合

38、40、42、44、46、48、50

38、六爻组合排列：676667 乃变䷀乾，以乾卦辞断。

40、六爻组合排列：A1.676669. A2.696667.
B1.676687. B2.676867. B3.678667. B4.876667. 当数遇二爻变，则A1、A2、B1、B3、B4皆变䷾既济，以屯之二爻断。B2变䷀，以乾、屯二卦辞合断。

42、六爻组合排列：A 696669
B1.676887. B2 678687. B3.876687. B4.678867. B5.876867. B6.878667.
C1.676689. C2.676869. C3.678669. C4.876669. C5.696687. C6.696867. C7.698667.
C8.896667. A变䷱鼎，以鼎卦辞断。B1-6不变，以屯卦辞断。C1-4变䷇比，以屯之初爻断。C5变䷄需，C6变䷥睽，C7变䷙大畜，C8变䷡大壮，分别以所变卦辞断。

44、六爻组合排列：A1.678887. A2.878867. A3.876887.
A4 878687. B1.698669. B2 696869. B3.696689. B4.896669.
C1 676889. C2.678869. C3.678689. C4.876869. C5.876689.
C6 878669. C7 696887. C8.698867. C9.698687. C10.896867.
C11.896687. C12.898667. 当数遇二爻变，则A2、B1、B2、B4、C2、C4、C6、C8、C10、C12皆变䷻节，以屯六二断。A1、A3、A4不变，以屯卦辞断。B3变䷷旅，以旅卦辞断。C1变䷋否，C3变䷴渐，C5变䷞咸，C7变䷔噬嗑，C9变䷕贲，C11变䷶丰，分以所变卦卦辞与屯卦辞合断。

46. 六爻组合排列 A. 878887. B1. 878869 B2. 878689.
B3. 876889 B4 678889. B5. 898867 B6. 898687 B7 896887.
B8. 698887. C1. 696889. C2. 698689. C3. 698869 C4. 896869.
C5. 896689. C6 898669. 当数遇四爻变，则 B3. B7. C1 C4 C5
皆变咸，以屯之六四断，A不变，以屯卦辞断 B1. B2. B4.
B5. B6. B8 皆不变，以屯卦辞断。C2 变艮 C3变
蒙 C6 变井 皆以所变卦辞断。

48. 六爻组合排列 A1. 698889 A2. 898869 A3. 898689.
A4. 896889 B1. 878889 B2. 898887 当数遇上爻，则
A1 变益，以屯之上六断。A2 变师 A3变
谦 A4变豫 皆以所变卦辞断. B1. B2 皆不变，以屯
卦辞断.

50. 六爻组合排列必 898889 当数遇五爻 乃变
復，以[illegible]断，

970420.

䷂ 屯

六爻揲数之合	卦变占断 本卦	之卦	会断	初爻	二爻	三爻	四爻	五爻	上爻	合计	备注
38		1								1	之卦：乾
40			1			5				6	会断：5乾
42	6	5		4						15	之卦：渐、需、睽、大畜、大壮
44	3	1	6		10					20	之卦：旅。会断：5渐、咸、蹇、噬嗑、中孚
46	7	3					5			15	之卦：艮、蒙、升
48	2	3							1	6	之卦：师、谦、豫
50								1		1	
	18	13	7	4	10	5	5	1	1	64	

䷃ 蒙 六爻揲數之会：

38.40.42.44.46.48.50.

38. 六爻揲數組合排列必766676. 当數遇五爻，乃变 ䷺ 渙，以蒙之六五斷。

40. 六爻揲數組合排列：A1. 766696. ~~A2. 966676~~（A2. 966676）.

B1. 766678. B2. 766876. B3. 768676. B4. 786676.

当數遇三爻，則A1. A2. B1. B3. B4 皆变 ䷑ 蠱，以蒙之六三斷，B2 变 ䷗ 復，以復、蒙二卦卦辞合斷。

42. 六爻揲數組合排列：A 966696.

B1. 766878. B2. 768678. B3. 768876. B4. 786678. B5. 786876.

B6. 788676. C1. 766698. C2. 766896. C3. 768696. C4. 786696.

C5. 966678. C6. 966876. C7. 968676. C8. 986676. 当數遇初爻，則B3. B5. B6. C2. C3. C4. C6. C7. C8. 皆变 ䷨ 損，以蒙之初六斷，B1. B2. B4 不变，以蒙卦辞斷，C1 变 ䷠ 遯，C5 变 ䷛ 大过，皆以所变卦辞斷，A 变 ䷰ 革，以革卦辞斷。

44. 六爻揲數組合排列：A1. 768878. A2. 788678. A3. 788876. A4. 786878. B1. 766898. B2. 768698. B3. 768896. B4. 788696. B5. 966878. B6. 968678. B7. 968876. B8. 988676. （B9. 786698. B10. 788696. B11. 986678. B12. 986876.） C1. 966698. C2. 966896. C3. 968696. C4. 986696. 当數遇二爻，則：B1—4. C1—4（B9. B10）皆变 ䷖ 剝，以蒙之九二斷，A1—3 皆不变，以蒙卦辞斷，B5 变 ䷮ 困，B6 变 ䷯ 井，B7 变 ䷻ 節，B8 变 ䷊ 泰，（B11 变 ䷟ 恒，B12 变 [illegible]）皆各以所变卦辞斷。（A4 蒙卦辞会）

46. 六爻揲数组合排列：A 788878.

B1 788896. B2 788698. B3 786898. B4 768898. B5 988876.

B6 988678. B7 986878. B8 968878.

C1 966898. C2 968698. C3 968896. C4 988696（当数遇之爻）（C5 986698 C6 986896）

则 B3、B7、C1（C5 C6）皆变䷿未济，以数之六爻断。B1、B2、B4、B5、B6、B8不变，以蒙卦辞断。A不变，以蒙卦辞断。C2变䷦蹇，C3变䷂屯，C4变䷣明夷，皆以所变卦辞断。

48、六爻揲数组合排列：A1 968898. A2 988896.

A3 988698. A4 986898. B1 788898. B2 988878. 当数遇之爻

则 A1—4、B2皆变䷆师，以数之九断。B1不变，以蒙卦辞断

50. 六爻揲数组合排列 988898. 不变，以蒙卦辞断。

970421.

		卦爻占断										
䷃	六爻揲数之合	本卦	之卦	合断	初爻	二爻	三爻	四爻	五爻	上爻	合计	备注
蒙	38								1		1	
	40			1			5				6	合断：与复
	42	3	3		9						15	之卦：革、蛊、大过。
	44	4		6		10					20	合断：与困、井、节、泰、恒、归妹、
	46	7	3					5			15	之卦：蹇、屯、明夷。
	48	1								5	6	
	50	1									1	
		16	6	7	9	10	5	5	1	5	64	

需 六爻揲数之合：

40.42.44.46.48.50.52

40. 六爻揲数组合排列必676777不变以需卦辞断。

42. 六爻揲数组合排列：A1. 676779. A2. 676797. A3. 676977. A4. 696777. B1. 678777. B2. 876777. 当数遇初爻，则A1变井以需之初爻断。B1、B2不变以需卦辞断。A2变同人，A3变节，A4变夬。皆以所卦辞与需卦辞合断。

44. 六爻揲数组合排列：A1. 676799. A2. 676997. A3. 676979. A4. 696797. A5. 676997. A6. 696779. B. 878777. C1. 678779. C2. 678797. C3. 678977. C4. 698777. C5. 896777（C6. 696779. C7. 876797. C8. 816977）当数遇二爻，则A1、A2、A4、A5、C2变既济以需九二断。A3变讼以讼卦辞断，B不变以需卦辞断，C1-C8不变以需卦辞断。

46. 六爻揲数组合排列：A1. 676999. A2. 696997. A3. 696979. A4. 696799. B1. 678799. B2. 678997. B3. 678979. B4. 698779. B5. 698797. B6. 698977.（B7. 876799. B8. 876997. B9. 876979. B10. 896797. B11. 896977. B12. 896779）C1. 878779. C2. 878977. C3. 878797. C4. 898777. 当数遇四爻，A1-4、B7变夬以需之六四断。B1变新，B2变益，B3变涣，B4变蛊，B5变贲，B6变损，皆以所变卦辞与需卦辞合断。C1-4皆不变以需卦辞断。

48、六爻揲数组合排列：A.696999.

B1.678999. B2.698997. B3.698979. B4.698799. B5.698997.

B6.876999. B7.896997. B8.896979. B9.896799. ~~B10.896997.~~

C1.878799. C2.878979. C3.878997. C4.898977. C5.898997.

C6 898779. 当数遇七爻，则B1-5变中孚，以需之上六断，

B6变萃，B7变蹇，B8变解，B9变小过，~~B10变~~亦以所变卦卦辞断。C1-5.不变，以需卦辞断。

A变晋，以晋卦辞断。

50 六爻揲数组合排列：A1.698999. A2.896999.

B1.878999. B2.898997. B3.898979. B4.898799. 当数遇五爻，则A1、A2、B2、B3、B4皆变泰，以需之九五断。

B1变比，以比、需二卦辞合断。

52、六爻揲数组合排列 898999. 当数遇三爻，乃变坤，以需之九三断。

970422.

卦	六爻揲扐之合	卦爻占断										备注
		初爻	二爻	三爻	四爻	五爻	上爻	本卦	之卦	合断	合计	
䷄ 需	40	0						1			1	
	42	1						2		3	6	合断：与同人、豫、大畜。
	44		6					8	1		15	之卦：讼
	46				10			4		6	20	合断：与渐、益、涣、蛊、大过
	48						5	5	5	0	15	合断 本卦：与革、震、解、小过。
	50					5				1	6	合断：与比。
	52			1							1	
		1	6	1	10	5	5	20	6	10	64	

 讼 六爻揲数之会：

40.42.44.46.48.50.52.

40 六爻揲数组合排列以777676.当数遇三爻乃变 姤，以讼之六三断。

42. 六爻揲数组合排列：A1.777696. A2.779676. A3.797676. A4.977676. B1.777678. B2.777876. 当数遇初爻，则A1–4. B2皆变 履，以讼之初六断。B1不变，以讼卦辞断。

44. 六爻揲数组合排列：A1.779696. A2.799676. A3.979676. A4.997676. A5.797696. A6.977696. B.777878. C1.777698. C2.779678. C3.797678. C4.977678. C5.777896. C6 779876. C7.797876. C8.977876. 当数遇二爻，则A1.A5.A6.C1.C5皆变 否，以讼之九二断。A2变 大畜，A3变 需，A4变 大壮，各以所变卦卦辞断。B.不变，以讼卦辞断。C2.C3.C4.C6.C7.C8皆不变，以讼卦辞断。

46. 六爻揲数组合排列A1.799696. A2.999676. A3.997696. A4.979696. B1.779698. B2.797698. B3.977698. B4.997678. B5.979678. B6.799678. C1.777898. C2.779878. C3.797878. C4.977878. 当数遇四爻，则A1.A2.A4.B1.B5.B6. B7.B11.B12.C2皆变 涣，以讼之九四断。A3变 丰，以丰卦辞断。B2变 旅，B3变 咸，B4变 恒，各以所变卦辞与讼卦辞合断。C1.C3.C4皆不变，以讼卦辞断。（B8变 噬嗑，B9变 随，B10变 归妹）

（B7.779896. B8.797896. B9.977896. B10.997876. B11.979876. B12.799876）

48．六爻揲数组合排列：A 999696．B1．779898．
B2．797878．B3．979878．B4．997878．C1．799698．C2．979698．B5．797898．B6．977898
C3．997698．C4．799678．C5．799896．C6．979896．C7．997896．C8．997876．
本数遇比爻，则B3．B4．B5 B6 C2．C3．C4．C6．C7．C8皆变 ䷮ 困，以
话上九断。A六爻全变加为 ䷣ 明夷，以明夷卦辞断，B1．B2．B5
不变，以话卦辞断。C1变 ䷳ 艮，C5变 [illegible] 歔，皆以所
变卦辞断

50．六爻揲数组合排列：A1．999698．A2．999896．
B1．799898．B2．979898．B3．997898．B4．999818．本数遇比爻
则A1．A2．B1．B3．B4．皆变 ䷿ 未济，以话九之断，B2变 [illegible]
比，以比话二卦辞合断，
52．六爻揲数组合排列 999898．B变 ䷁ 以坤卦辞断．

970423．

訟	六爻揲數之合	卦爻占斷										備註
		本卦	之卦	合斷	初爻	二爻	三爻	四爻	五爻	上爻	合計	
訟	40						1				1	
	42	1			5						6	
	44	7	3			5					15	之卦：大過、需、大壯。
	46	3	1	6				10			20	之卦：井 合斷：夬、旅、咸恒、噬嗑、隨、歸妹。
	48	3	3							9	15	之卦：明夷、艮、睽。
	50			1					5		6	合斷：5[illegible]。
	52		1								1	之卦：坤
		14	8	7	5	5	1	10	5	9	64	

䷆ 師 六爻揲数论：

37.39.41.43.45.47.49.

37. 六爻揲数组合排列必666676 当数遇上爻，乃变 ䷃ 蒙，以師之上六断。

39. 六爻揲数组合排列：A. 666696. B1. 666678. B2. 666876. B3. 668676. B4. 686676. B5. 866676. 当数遇四爻，则 B1. B2. B4. B5 皆变 ䷧ 解，以师之六四断。B3 变 ䷈ 小畜。A 六爻全变乃为 ䷌ 同人，以同人卦辞断。

41. 六爻揲数组合排列：A1. 666878. A2. 668678. A3. 668876. A4. 686678. A5. 686876. A6. 866678. A7. 866876. A8. 688676. A9. 886676. A10. 868676. B1. 666698. B2. 666896. B3. 668696. B4. 686696. B5. 866696. 当数遇二爻，B1-5 变 ䷁ 坤，以师九二断。A1 变 ䷅ 讼，A2 变 ䷑ 蛊，A3 变 ䷼ 中孚，A4 变 ䷱ 鼎，A5 变 ䷥ 睽，A6 变 ䷛ 大过，A7 变 ䷹ 兑，A8 变 ䷙ 大畜，A9 变 ䷡ 大壮，A10 ䷄ 需，无以所变卦辞与师卦辞合断。

43. 六爻揲数组合排列：A1. 666898. A2. 668896. A3. 668698. A4. 688696. A5. 868696. A6. 886696. (A9. 866698. A10. 866696.) A7. 686896. A8. 686698. B1. 668878. B2. 688876. B3. 688678. B4. 868876. B5. 886678. B6. 886876. (B9. 686878. B10. 566876.) B7. 886678. B8. 888676. 当数遇初爻，则 A2. A4. A5. A6. A7. A10. B2. B4. B6. B8 皆变 ䷒ 临，以师初六断。

A1变否，A3变渐，A8变旅（A9变☰咸）各以所变卦辞断。B1、B3、B5、B7（B9、B10）不变，以师卦辞断。

45. 六爻揲数组合排列：A1. 688878. A2. 888876. A3. 888678. A4. 886878. A5. 868878. B1. 668898. B2. 688896. B3. 688698. B4. 886896. B5. 886698. B6. 686898. B7. 868896. B8. 868698. B9. 888696. B10. 866898.

当取遇三爻。B3、B5、B8、B9皆变升，以师之六三断。B1变观，B2变颐，B4变震，B6变晋，B7变屯，皆以所变卦辞与师卦辞合断（B10变☷萃）。A1—5皆不变，以师卦辞断。

47. 六爻揲数组合排列：A. 888878. B1. 688898. B2. 888896. B3. 888698. B4. 886898. B5. 868898.

当取遇五爻。B5变坎，B1、B2、B3、B4不变，皆以师卦辞断。A不变，以师卦辞断。

49. 六爻揲数组合排列 888898，不变以师卦辞断。

970426.

䷆	六爻棋数之合	卦变占断 本卦	之卦	合断	初爻	二爻	三爻	四爻	五爻	上爻	合断	备注
師	37									1	1	
	39	2						4			6	
	41			10		5					15	合断：与讼、蹇、中孚、益、睽、大过、屯、大畜、大壮、家人、之卦：大、渐、旅、咸
	43	6	4		10						20	
	45	5		6			4				15	合断：与观、咸、震、晋、比、萃
	47	5			0				1		6	
	49	1									1	
		19	4	16	10	5	4	4	1	1	64	

䷇比 六爻揲数之合：
37.39.41.43.45.47.49.

37. 六爻揲数组合排列为 676666. 当数遇上爻，乃变䷓观，以比之上六断。

39. 六爻揲数组合排列：A. 696666. B1. 676668. B2. 676686. B3. 676866. B4. 678666. B5. 876666. 当数遇四爻，则 B1. B2. B3. B5 皆变䷬萃，以比六四断。B4 变䷈小畜，以小畜卦辞断。A 六爻全变乃成䷍大有，以大有卦辞断。

41. 六爻揲数组合排列：A1. 676688. A2. 676868. A3. 678668. A4. 676886. A5. 678866. A6. 678686. A7. 876668. A8. 876686. A9. 876866. B1. 696668. A10 878666. B2. 696686. B3. 696866. B4. 698666. B5. 896666.
当数遇二爻，则 A2. A3. A5. A7. A9. A10 B1. B3. B4. B5. 皆变䷜坎，以比六二断。A1 变䷂屯，A4 变䷘无妄，A6 变䷤家人，A8 变䷰革，各以所变卦辞与比卦辞合断。B2 变䷦蹇，以蹇卦辞断。

43. 六爻揲数组合排列：A1. 676888. A2. 678688. A3. 678868. A4. 678886. A5. 876688. A6. 876868. A7. 876886. A8. 878866. A9. 878686. A10. 878668. B1. 696688. B2. 696868. B3. 696886. B4. 698668. B5. 698686. B6. 698866. B7. 896688. B8. 896868. B9. 896886. B10. 898668. 当数遇初爻，则 A4. A7. A8. A9. B3. B5.

B1变旅，B2变未济，B4变蛊，B7变恒，各以所变卦辞断。A1.A2.A3.A5.A6.A10皆不变，以比卦辞断。

45. 六爻揲数组合排列：A1. 678888. A2. 878886. A3. 878868. A4. 878688. A5. 876888. B1. 696888. B2. 698886. B3. 698868. B4. 698688. B5. 896886. B6. 896868. B7. 896688. B8. 898668. B9. 898686. B10. 898866. 当取四爻。A4.B4.B7.B8.B9皆变蹇，以比之六三断。B1变晋，B2变睽，B3变坎，B5变震，B6变解，B10变临，各以所变卦卦辞与比卦辞合断。A1.A2.A3.A5皆不变，以比卦辞断。

47. 六爻揲数组合排列：A1. 878888. B1. 698888. B2. 898886. B3. 898868. B4. 898688. B5. 896888. 当取五爻。B1-5皆变坤，以比之九五断。A不变，以比之卦辞断。

49. 六爻揲数组合排列898888不变，以比卦辞断。

970427.

	爻數之合	卦變占斷										備注
		本卦斷	之卦斷	合斷	初爻	二爻	三爻	四爻	本卦斷	上爻之卦	合斷	
比	37									1	1	
	39		2					4			6	之卦：大有、小畜。
	41		1	4		10					15	之卦：需。合斷：[illegible]、无妄、家人。
	43	6	4		10						20	之卦：旅、未濟、益、恆。
	45	4		6			5				15	合斷：晉、睽、坎、震、解、臨。
	47	1							5		6	
	49	1									1	
		12	7	10	10	10	5	4	5	1	64	

䷈ 小畜　六爻揲数之会：

41.43.45.47.49.51.53

41、六爻揲数组合排列：776777 为数思二爻，不变，以小畜卦辞断。

43、六爻揲数组合排列：A1.776779 A2.776797 A3.776977 A4.796777 A5.976777 B.778777 为数思初爻，则A1变需，以小畜初九断。A2-5不变，B不变，皆以小畜卦辞断。

45、六爻揲数组合排列：A1.776799 A2.776979 A3.776997 A4.796779 A5.796797 A6.796977 A7.976779 A8.976797 A9.976977 A10.996777 B1.778779 B2.778797 B3.778977 B4.798777 B5.978777 为数思三爻，则A2、A3、A6、A9、B3皆变中孚，以小畜九三断。A1变需，A4变家人，A5变离，A7变大过，A8变革，A10变大壮，余以所变卦辞与小畜卦辞合断。B1、B2、B4、B5皆不变，以小畜卦辞断。

47、六爻揲数组合排列：A1.776999 A2.796997 A3.796979 A4.796799 A5.976997 A6.976979 A7.976799 A8.996779 A9.996977 A10.996797 B1.778799 B2.778979 B3.778997 B4.798779 B5.798797 B6.798977 B7.978779 B8.978797 B9.978977 B10.998777 为数思五爻，则A2、A3、A4、A8、A9、A10、B4、B5、B6、B10皆变大畜，以小畜九五断。A1变否，A5变随，A6变困，A7变咸，余以所变卦辞断。B1、B2、B3、B7、B8、B9不变，以小畜卦辞断。

49、六爻揲数组合排列：A1.796999 A2.976999 A3.996997 A4.996979 A5.996799 B1.778999 B2.798997 B3.798979 B4.798799 B5.998977 B6.998797 B7.998779 B8.978997 B9.978979 B10.978799 为数思上爻，则A2、A3、A4、A5、B5、B6、B7、B8、B9、B10皆变需，以小畜

上九断，A1变䷢晋，以晋卦辞断，B1变䷓观，B2变䷚颐，B3变䷃蒙，B4变䷳艮，余以所卦辞与大畜卦辞合断。

51. 六爻揲数组合排列：A. 996999 B1. 198999 B2. 978999 B3. 998799 B4. 998979 B5. 998997. 有数为四爻 B1-5皆不变，以大畜卦辞断。A六爻全变而为䷏豫，以豫卦辞断。

53. 六爻揲数组合排列：998999 有数为二爻，乃变䷤家人，以大畜九二断。

970624.

小畜

六爻揲取之合	卦变占断									合计	备注
	本卦	之卦	合断	初爻	二爻	三爻	四爻	五爻	上爻		
41	1									1	
43	5			1						6	
45	4		6			5				15	合断：遁、姤、离、大过、革、大壮。
47	6	4						10		20	之卦：否、随、困、咸。
49		1	4						10	15	之卦：晋。合断：坎、睽、蒙、艮。
51	5	1								6	之卦：豫。
53					1					1	四爻空。
	25	6	10	1	1	5		10	10	64	

䷗ 復　六爻揲数之合：41.43.45.47.49.51.53.

41、六爻揲数组合排列：777677。当数为二爻不变，以復卦辞断。

43、六爻揲数组合排列：A1.777679. A2.777697. A3.779677. A4.797677. A5.977677. B.777877 当数为初爻，A1变 ䷁ 坤，以復之初九断，A2-5不变，B不变皆以復卦辞断。

45、六爻揲数组合排列：A1.777699. A2.779679. A3.779697. A4.797697. A5.797679. A6.977679. A7.977697. A8.979677. A9.799677. A10.997677. B1.777879. B2.777897. B3.779877. B4.797877. B5.977877. 当数为三爻，则A1-10皆变 ䷀ 乾，以復之六三断，B1-5皆不变，以復卦辞断。

47、六爻揲数组合排列：A1.779699. A2.797699. A3.977699. A4.999677. A5.799679. A6.799697. A7.979679. A8.979697. A9.997679. A10.997697. B1.777899. B2.779679. B3.779697. B4.797879. B5.797897. B6.977879. B7.977897. B8.997877. B9.979877. B10.799877. 当数为五爻，则：A2、A4、A5、A6、A9、A10、B4、B5、B8、B10皆变 ䷨ 损，以復之九五断。A1变 ䷺ 涣，A3变 ䷞ 咸，A7变 ䷯ 井，A8变 ䷾ 既济，皆以变卦辞断，B1、B2、B3、B6、B7、B9皆不变，以復卦辞断。

49、六爻揲数组合排列：A1.799699. A2.999697. A3.999679. A4.997699. A5.979699. B1.779899. B2.797899. B3.977899. B4.979879. B5.799879. B6.799897. B7.979897. B8.997879. B9.997897. B10.999877. 当数为上爻，则：A2-5、B3、B4、B7、B8、B9、B10皆变 ䷪ 夬，以復之上九断，A1变 ䷳ 艮，以艮卦辞断，B1变 ䷓ 观，B2变 ䷢ 晋。

B5变䷤家，B6变䷥睽，皆以所变卦辞与彖卦辞合断。

51. 六爻揲数组合排列：A. 999699，B1. 799899，B2. 979899，B3. 997899，B4. 999879，B5. 999897。有数8之爻，则B1、B2、B4、B5皆变䷼中孚，以彖之九四断。B3变䷏豫，以豫卦辞断。A六爻全变而为䷎谦，以谦卦辞断。

53. 六爻揲数组合排列999899。有数8一爻，乃变䷥睽，以彖之九二断。

970425.

復[2]

六爻揲数之会	本卦	之卦	会断	初爻	二爻	三爻	四爻	五爻	上爻	会計	
	卦変占断										
41	1									1	
43	5			1						6	
45	5					10				15	
47	6	4						10		20	之卦：3[illegible]咸、未、既濟、
49		1	4						10	15	之卦：3 臨、会断：5 乾 [illegible]
51		2					4			6	之卦：3 萃、豫。
53					1					1	
	17	7	4	1	1	10	4	10	10	64	

䷊ 泰 六爻揲数之合：

39.41.43.45.47.49.51.53.

39. 六爻揲数组合排列以666777者最多四爻，乃变䷡大壮，以泰之六四断。

41. 六爻揲数组合排列：A1.666779. A2.666797. A3.666977.
B1.668777. B2.686777. B3.866777. 者最多二爻，则A2变䷣明夷，以泰之九二断。A1变䷒临。A3变䷗复，会以所变卦辞断。
B1—3不变，以泰卦辞断。

43. 六爻揲数组合排列：A1.666799. A2.666979. A3.666997.
B1.688777. B2.868777. B3.886777. C1.668779. C2.668797. C3.668977.
C4.686779. C5.686797. C6.686977. C7.866779. C8.866797. C9.866977.
者最多初爻，A1、A2、C1、C4、C7皆变䷭升，以泰之初九断。
A3变䷘无妄，以无妄卦辞断。C2变䷤家人。C3变䷼中孚。C5变䷝离。C6变䷥睽。C8变䷰革。C9变兑，会以所卦辞与泰卦辞会断。B1—3不变，以泰卦辞断。

45. 六爻揲数组合排列：A.666999. B.888777.
C1.668799. C2.668979. C3.668997. C4.686999. C5.686979. C6.686997.
C7.866799. C8.866979. C9.866997. D1.688779. D2.688797. D3.688977.
D4.868799. D5.868979. D6.868997. D7.886779. D8.886797. D9.886977.
者最多三爻，C2、C3、C5、C6、C8、C9、D3、D5、D6、D9皆变䷟恒，以泰之九三断。C1变䷴渐。C4变䷑蛊。C7变䷞咸，会以所变卦辞断。D1、D2、D4、D7、D8皆不变，以泰卦辞断。A六爻皆变而为䷋否，以否卦辞断。B不变，以泰卦辞断。

47. 六爻揲数组合排列：A1. 668999. A2. 686999. A3. 866999.
B1. 688997. B2. 688979. B3. 688799. B4. 868997. B5. 868979.
B6. 868799. B7. 886997. B8. 886979. B9. 886799. C1. 888977.
C2. 888797. C3. 888779. ~~D1. 666999. D2. 696999. D3. 966999.~~
当数过半爻，则：A1. A3. B4. B5. B6. 皆变需，以需之六五断。A2变泰，以泰卦辞断。B1变蹇。B2变蒙。B3变艮。B7变震。B8变解。B9变小过。各以所变卦辞与本卦辞合断。C1–3不变，以本卦辞断。

49. 六爻揲数组合排列：A1. 688999. A2. 868999. A3. 886999. B1. 888997. B2. 888979. B3. 888799. 当数过半爻，则A1变大畜，以泰之六断。A2变比。A3变损。各以所变卦辞断。B1–3不变，以本卦辞断。

51 六爻揲数组合排列
888999 当数过四爻，B变坤，以坤、泰之卦辞合断。

970428.

䷊

泰

卦变占断

爻数六爻之合	本卦	之卦	合断	初爻	二爻	三爻	四爻	五爻	上爻	合计	备注
39							1			1	
41	3	2			1					6	之卦：临、损。
43	3	1	6	5						15	之卦：无妄。合断：家人、中孚、离、睽、革、屯。
45	6	4				10				20	之卦：渐、旅、咸、否。
47	3	1	6					5		15	之卦：蒙。合断：既济、豫、艮、震、解、小过。
49	3	2							1	6	之卦：比、豫。
51			1							1	合断：坤。
合计	18	10	13	5	1	10	1	5	1	64	

䷋ 否 六爻揲数之合：39.41.43.45.47.49.51.

39. 六爻揲数组合排列必777666者数为9之爻乃变䷀乾，以乾、否二卦卦辞合断。

41. 六爻揲数组合排列：A1.779666. A2.197666. A3.977666. B1.777668、B2.777686. B3.777866. 当数为二爻，则A1—3、B1、B3皆变䷅讼，以否之六二断。B2不变以否卦辞断。

43. 六爻揲数组合排列：A1.799666. A2.979666. A3.997666. B1.777688. B2.777868. B3.777886. C1.779668. C2.779686. C3.779866. C4.797668. C5.797686. C6.797866. C7.977668、C8.977686. C9.977866. 当数为初爻，则：A1、A2、A3、B3、C2、C3、C5、C6、C8、C9皆变䷘无妄，以否之初六断。B1、B2不变以否卦辞断。C1变䷸巽、C4变䷱鼎、C7变䷛大过，六以所变卦辞与否卦辞合断。

45. 六爻揲数组合排列：A.999666. B.777888. C1.799668. C2.799686 C3.799866. C4.979668. C5.979686. C6.979866. C7.997668. C8.997686、C9.997866. D1.779688. D2.779868. D3.779886. D4.797688. D5.797868. D6.797886. D7.977688. D8.977868. D9.977886、当数为三爻 C1、C2、C4、C5、C7、C8、D1、D4、D7皆变䷠遯，以否之六三断。C3变䷨损、C6变䷻节、C9变䷵归妹，D2、D3、D5、D6、D8、D9皆不变以否卦辞断。（六以所变卦辞断）A六爻全变B为䷊泰，以泰卦辞断。B不变以否卦辞断。

47. 六爻揲数组合排列：A1. 999668. A2. 999686 A3. 999866.
B1. 779888. B2. 797888. B3. 977888. C1. 799688. C2. 799868.
C3. 799886. C4 979688. C5. 979868. C6. 979886. C7. 997688.
C8. 997868. C9. 997886. 当数遇五爻. A1-3. B2. C1. C2. C3. C7.
C8. C9 皆变 ䷢ 晋，以否之九五断，C4 变 ䷦ 蹇 C5 变 ䷜
坎. C6 变 ䷂ 屯. 六以所变卦辞与否卦辞合断。B1. B3 不变，以
否卦辞断。

49. 六爻揲数组合排列：A1. 999688. A2. 999868. A3. 999886.
B1. 799888. B2. 979888. B3. 997888. 当遇上爻. A1-3. B2. B3 皆
变 ䷬ 萃，以否之上九断，B1 不变，以否卦辞断。

51. 六爻揲数组合排列 999888. 本数遇四爻乃变 ䷓ 观，
以否之九四断。

970430.

䷋ 否	六爻揲数之会	卦变占断										备注
		本卦	之卦	会卦	初爻	二爻	三爻	四爻	五爻	上爻	合计	
	39		1								1	之卦：遯、乾。
	41	1				5					6	
	43	2		3	10						15	会卦之卦：萃、豫。大过。
	45	7	4				9				20	之卦：损、节、小畜。泰。
	47	2		3					10		15	会卦：蹇、坎也。
	49	1								5	6	
	51							1			1	
		13	5	6	10	5	9	1	10	5	60	

同人 六爻揲数之合

41.43.45.47.49.51.53.

41. 六爻揲数组合排列必777767，当数遇二爻，乃变乾，以同人六二断。

43. 六爻揲数组合排列：A1.777769. A2.777967. A3.779767. A4.797767. A5.977767. B.777787. 当数遇初爻，A1变遯，以同人初六断，A2-5不变，以同人卦辞断，B不变，以同人卦辞断。

45. 六爻揲数组合排列：A1.777969. A2.779967. A3.779769. A4.797967. A5.797769. A6.977769. A7.977967. A8.997767. A9.799767.（A10.979767）B1.777789. B2.777987. B3.779787. B4.797787. B5.977787. 当数遇三爻，则：A1、A2、A4、A7、B2、皆变无妄，以同人九三断。A3变蛊，A5变谦，A6变大过，A8变大壮，A9变大畜（A10变需），各以所变卦辞与同人卦辞合断。B1、B3、B4、B5皆不变，以同人卦辞断。

47. 六爻揲数组合排列：A1.779969. A2.797969. A3.977969. A4.799769. A5.799967. A6.979769. A7.979967. A8.997769. A9.997967. A10.999767. B1.777989. B2.779789. B3.779987. B4.797789. B5.797987. B6.977789. B7.977987. B8.979787.（B10 799787）B9.997787. 当数遇五爻，则A2、A4、A5、A8、A9、A10、B4、B5、皆变离，以同人九五断。A1变涣，A3变困，A6变井，A7变节，各以所变卦辞断，B1、B2、B3、B6、B7、B8皆不变，以同人卦辞断。

49. 云爻揲数组合排列：A1.799969. A2.999967. A3.999769.
A4.997969. A5.979969. ~~A6.999969. A7.999799.~~ A8.999967.
B1.779989. B2.799987. B3.799789. B4.479987. B5.979789.
B6.997987. B7.497789. B8.999787. (当取遇七爻，对A2. A3. A4.
A5. ~~A6~~. A8. B4. B5. B6. B7. B8 皆变 革，以同人上九断。
A1变 家，以家卦辞断。B1变 观，B2变 艮。
B3变 咸，B9变 恶。云以所变卦辞与同人卦辞参断。 (B9.797989)
51. 云爻揲数组合排列：A.999969. B1.999987. B2.999789.
B3.997989. B4.979989. B5.799989. 当取遇九爻，则B1. B2. B4. B5
皆变 家人，以同人九四断。B3变 豫，以豫卦辞断。
A云爻全变而为 师，以师卦辞断。
53. 云爻揲数组合排列999989. 当取遇二爻，故变
坤，以坤卦辞断。

970501.

䷌	六爻揲数之合	卦爻占断										备注
		本卦	之卦	本之卦合卦	初爻	二爻	三爻	四爻	五爻	上爻	合计	
同人	41					1					1	
	43	5			1						6	
	45	4		6			5				15	合卦：睽、离、大过、大壮、大畜、需。
	47	6	4						10		20	之卦：涣、困、井、蛊
	49		1	4						10	15	之卦：蒙。合卦：坎、颐、艮、晋。
	51		2					4			6	之卦：豫、师。
	53		1								1	之卦：坤
	合计	15	8	10	1	1	5	4	10	10	64	

大有六爻揲数之合：

41.43.45.47.49.51.53

41. 六爻揲数组合排列必767777 当数遇七爻不变。以大有卦辞断。

43. 六爻揲数组合排列：A1.767779. A2.767797. A3.767977. A4.769777. A5.967777. B.787777. 当数遇九爻则A1变鼎。以大有初九断。A2—5不变，以大有卦辞断。B不变，以大有卦辞断。

45. 六爻揲数组合排列：A1.767799. A2.767979. A3.767997. A4.769779. A5.769797. A6.769977. A7.967779. A8.967797. A9.967977. A10.969777. B1.787779. B2.787797. B3.787977. B4.789777. B5.987777. 当数遇二爻，则A2.A3.A6.A9.B3皆变睽，以大有九三断。A1变遯。A4变旅。A5变家人。A7变大过。A8变革。A10变离。六以所变卦辞与大有卦辞合断。B1.B2.B4.B5皆不变，以大有卦辞断。

47. 六爻揲数组合排列：A1.767999. A2.769997. A3.769979. A4.769799. A5.967997. A6.967979. A7.967799. A8.969779. A9.969797. A10.969977. B1.787799. B2.787979. B3.787997. B4.789779. B5.789797. B6.789977. B7.987779. B8.987797. B9.987977. B10.989777. 当数遇五爻，则A1—10皆变乾。以大有六五断。B1—10皆不变，以大有卦辞断。

49. 六爻揲数组合排列：A1.769999. A2.969997. A3.969979. A4.969799. A5.967999. B1.787999. B2.789799. B3.789979. B4.789997. B5.987799. B6.987979. B7.987997. B8.989779. B9.989797. B10.989977. 当数遇七爻，则A4.A5.B5—10皆变（A2.A3.）

大壮，以大有上九断。A1变观，以观卦辞断。B1变泰。B2变艮。B3变蒙。B4变颐，亦以所变卦辞与大有卦辞合断。

51/. 六爻揲数组合排列A. 969999. B1. 789999 B2. 989997. B3. 989979 B4. 989799. B5. 989999. 为数遇四爻，则B1—4皆变大畜，以大有九四断。B5变豫，以豫卦辞断。A六爻全变而为比，以比卦辞断。

53、六爻揲数组合排列989999. 为数遇二爻，而变为离，以大有九二断。

970502.

大有 ✓	六爻俱数之合	卦变与占断											备注
		本卦	之卦	本之卦合断	初爻	二爻	三爻	四爻	五爻	上爻			
	41	1										1	
	43	5			1							6	
	45	4		6			5					15	合断：遯、睽、家人、大过、革、鼎.
	47	10							10			20	
	49			5						10		15	合断：坎、晋、艮、蒙、颐.
	51		2					4				6	之卦：豫、比.
	53					1						1	
	合計	20	2	11	1	1	5	4	10	10		60	

谦　六爻揲数之合

37. 39. 41. 43. 45. 47. 49.

37. 六爻揲数组合排列为666766. 当数遇上爻，九变为艮，以谦之上六断。

39. 六爻揲数组合排列：A. 666966. B1. 666768. B2. 666786. B3. 668766. B4. 686766. B5. 866766. 当数遇四爻，则B1、B2、B4、B5皆变小过，以谦之六四断。B3变小畜，以小畜卦辞断。A六爻全变而为履，以履卦辞断。

41. 六爻揲数组合排列：A1. 666988. A2. 668786. A3. 668768. A4. 686786. A5. 866786. A6. 866768. A7. 688766. A8. 886766. B1. 666968. B2. 666986. B3. 668966. B4. 686966. B5. 866966. 当数遇三爻，则A3、A6、A7、A8、A9、A10、B1、B3、B4、B5皆变蹇，以谦之六三断。A1变遯，A2变家人，A4变需，A5变革，以所卦辞与谦卦辞合断。B2变无妄，以无妄卦辞断。

A9. 686768
A10. 868766

43. 六爻揲数组合排列 A1. 668788. A2. 686788. A3. 688786. A4. 688768. A5. 868786. A6. 868768. A7. 886786. A8. 886768. A9. 866788. A10. 888766. B1. 666988. B2. 668986. B3. 668968. B4. 686986. B5. 686968. B6. 866986. B7. 866968. B8. 868966. B9. 688966. B10. 886966. 当数遇初爻，则A3、A5、A7、A10、B2、B4、B6、B8、B9、B10皆变明夷，以谦之初六断。B1变否，B3变涣，B5变未济，B7变困，各以所变卦辞断。A1、A2、A4、A6、A8、A9不变，以谦卦辞断。

45、六爻揲数组合排列 A1. 688788 A2. 868788. A3. 886788. A4. 888768. A5. 888786. B1. 668988. B2. 686988. B3. 866988. B4. 688968. B5. 688986. B6. 868968. B7. 868986. B8. 886968. B9. 886986. B10. 888966. 占数皆三爻. B1–10 皆变 坤. 以彖之九三断. A1–5 皆不变 以彖卦辞断.

47、六爻揲数组合排列: A. 888788. B1. 688988. B2. B3. 888968. B4. 886788. B5. 868988. 占数皆五爻. B5变蹇. 以变之六五断 B1–4 皆不变 以谨卦辞断. A不变, 以谨卦辞断.

49、六爻揲数组合排列 888988. 占数皆五爻. 不变, 以谨卦辞断.

970503.

下午 昨南雷 有小阵雨.

䷎ 谦

六爻揲数之合	卦变占断										备注
	本卦	之卦	合断	初爻	二爻	三爻	四爻	五爻	上爻	合计	
37									1	1	
39		2					4			6	之卦：豫、小畜。
41		1	4		10					15	之卦：无妄 合断：遯、家人、需、革。
43	6	4		10						20	之卦：臨、渙、大過、困。
45	5					10				15	
47	5							1		6	
49	1									1	
	17	7	4	10	10	10	4	1	1	64	

豫 六爻揲数之合:

37.39.41.43.45.47.49.

37. 六爻揲数组合排列为667666者数过五爻则变 晋 以豫之上六断.

39. 六爻揲数组合排列 A669666. B1.667668. B2.667686. B3.667866. B4.687666. B5.867666. 者数过四爻则B1变 姤. B2变 同人. B3变 履. B4变 大有. B5变 夬. 各以所变卦辞断. A六爻全变为 小畜 以小畜卦辞断.

元以四爻断者.

41. 六爻揲数组合排列: A1.667688. A2.667868. A3.667886. A4.687668. A5.687686. A6.687866. A7.867668. A8.867686. A9.867866. A10.887666. B1.669668. B2.669686. B3.669866. B4.689666. B5.869666. 者数过三爻 则A2. A6. A7. A9. A10. B1. B3. B4. B5 皆变 解 以豫之六三断. A1变 遯 A3变 无妄. A5变 离. A8变 革 各以所变卦辞与豫卦辞合断. B2变 家人 以家人卦辞断.

43. 六爻揲数组合排列: A1.667888. A2.687886. A3.687868. A4.687688. A5.867886. A6.867868. A7.867688. A8.887668. A9.887686. A10.887866. B1.669688. B2.669868. B3.669886. B4.689668. B5.689686. B6.689866. B7.869688. B8.869868. B9.869886. B10.889666. 者数过初爻 则A2. A5. A9. A10. B3. B5. B6. B9. B10 皆变 震 以豫之初六断. B1变 渐. B2变 涣. B4变 蛊. B7变 蹇. B8变 坎. 各以所变卦辞断. A1. A3. A4. A6. A7. A8 不变 以豫卦辞断.

45. 六爻揲數組合排列：A1. 688788. A2. 868788.
A3. 886788. A4. 888786. A5. 888768. B1. 668988. B2. 686988.
B3. 866988. B4. 688986. B5. 688968. B6. 868986. B7. 866968.
B8. 886986. B9. 886968. B10. 888966. 当數是三爻. B1—10皆变
䷽小过. 以豫之六三断. A1—5皆不变. 以豫卦辞断.

47. 六爻揲數組合排列：A. 888788. B1. 688988.
B2. 868988 B3. 886988. B4. 888968. B5. 888986.
当數是五爻. 用B2变䷇比. 以豫之六五断. B1. B3. B4 B5
皆不变. 以豫卦辞断. A不变. 以豫卦辞断.

49. 889888 六爻揲數組合排列 889888. 当數是上爻.
不变. 以豫卦辞断.

970504.

䷏	六爻揲数之合	卦爻占断										备注
		本卦	之卦	合断	初爻	二爻	三爻	四爻	五爻	上爻	合计	
豫	37									1	1	
	39		6								6	之卦：小畜、姤、同人、履、大有、夬。豫居四爻，凡以四爻断者。
?·四爻	41		1	4		10					15.	之卦：家人 合断：睽、大畜、革。
	43	6	5		9						20	之卦：渐、涣、蛊、蹇、坎。
	45	5					10				15	
	47								1		6	
	49	1									1.	
		17	12	4	9	10	10		1	1	64	

随 六爻揲数之会:

39.41.43.45.47.49.51.

39. 六爻揲数组合排列:677667. 当取老之爻,只变 乾 以乾随卦辞合断,

41. 六爻揲数组合排列:A1.677669. A2.679667. A3.697667. B1.677687. B2.677867. B3.877667. 当取老二爻 则:A1.A2.A3. B2.B3皆变 兑,以随之六二断,B1不变,以随卦辞断,

43. 六爻揲数组合排列:A1.679669. A2.697669. A3.699667. B1.677887. B2.877687. B3.677867. C1.677689. C2.677869. C3.877669. C4.679687. C5.679867. C6.697867. C7.697687. C8.879667. C9.897667. ~~[illegible]~~ 当取老初爻 则:A1.A2.C1.C2.C3.皆变 萃 以随之初九断,A3变 大畜 以大畜卦辞断,C6变 家人 C5变 睽 C6变 鼎 C7变 离 C8变 宫 C9变 大壮 当以所变卦辞与随卦辞合断,B1—3不变以随卦辞断,

45. 六爻揲数组合排列:A.699669. B.877887. C1.679689. C2.679869. C3.697689. C4.697869. C5.699687. C6.699867. (C7.879669. C8.897669. C9.899667.) D1.677889. D2.679887. D3.697887. D4.877869. D5.877689. D6.897869. D7.897687. D8.879867. D9.879687. 当取老三爻 则:C1 C3 ... D7. D9皆变 革 以随之六三断,C2变 涣 C4变 未济 C6变 恒 当以所变卦辞与随卦辞合断,D1.D2.D3.D4.D6.D8皆不变 以随卦辞断,A六爻全变而为 蛊 以蛊卦辞断 B不变 以随卦辞断,

47. 六爻揲数组合排列:A1.699689. A2.699869. A3.899669. B1.877889. B2.879887. B3.897887. C1.679889. C2.697889. C3.879869. C4.879689. C5.897869. C6.897689. C7.899867. C8.899687. C9.699887 /

当数过五爻，则A1—3、B2、C2、C5、C6、C7、C8皆变䷲震，以随之~~九五断~~九五断；C1变䷓观，C3变䷜坎，C4变䷦蹇，亦以所（C4变䷚颐，）变卦辞与随卦卦辞合断。B1、B2不变，以随卦卦辞断。

49. 六爻揲数组合排列A1 899889，A2 899869，A3 899689，B1 879889，B2 897889，B3 899887。当数过上爻，则A1变䷘无妄，以随上六断；A2变䷆师，A3变䷎谦，亦以所变卦辞断。B1—3不变，以随卦卦辞断。

57. 六爻揲数组合排列899889，当数过四爻，乃变䷂屯，以随之九四断。

970505，三夜

15年3.

䷐ 随	六爻搽数之合	卦变占断										备注
		本卦	之卦	会断	初爻	二爻	三爻	四爻	五爻	上爻	合计	
	39			1							1	会断：[illegible]
	41	1				5					6	
	43	3	1	6	5						15	之卦：大畜。会断：家人、睽、益、无妄、大壮。
	45	7	1	3			9				20	之卦：蛊。会断：涣、未济、损。
	47	2		4					9		15	会断：观、坎、蹇、颐。
	49	3	2							1	6	之卦：师、谦。
	51							1			1	
		16	4	14	5	5	9	1	9	1	64	

六爻揲数之会：

蛊 39.41.43.45.47.49.51

39. 六爻揲数组会排列必766776。当数遇9之爻乃变而为鼎，以蛊之六四断。

41. 六爻揲数组会排列：A1.766796. A2.766976. A3.966776. B1.766778. B2.768776. B3.786776. 当数遇之爻A1变艮，以蛊之九二断，A2变巽，A3变大畜，各以所变卦辞断。B1—3不变，以蛊卦辞断。

43. 六爻揲数组会排列：A1.766996. A2.966976. A3.966796. B1.768778. B2.786778. B3.788776. C1.766798. C2.766978. C3.~~786796~~ 768796. C4.768976. C5.786796. C6.786976.

C7 968776
C8 986776
C9 966778

当数遇之爻，则A1-3、B3、C3—6、C7C8皆变大畜，以蛊之初六断。B1、B2、C9皆不变，以蛊卦辞断。C1变遯，C2变讼，C9变大过，各以所变卦辞与蛊卦辞合断。

45. 六爻揲数组会排列：A.966996. B.788778.
C1.766998. C2.768996. C3.786996. C4.986796. C5.986976. C6.968796.
C7.968976. C8.966798. C9.966978. D1.768798. D2.768978. D3.786798.
D4.786978. D5.788796. D6.788976. D7.968778. D8.986778. D9.988776.
当数遇之爻，则C1、C2、C3、C5、C7、C9、D2、D4、D6皆变蒙，以蛊之九三断，C4变丰，C6变既济，C8变咸，各以所变卦辞断。D1、D3、D5、D7、D8、D9皆不变，以蛊卦辞断。A数全变而为随，以随卦辞断。B不变，以蛊卦辞断。

47. 六爻揲数组合排列：A1. 966998. A2. 968996. A3. 986996. B1. 788798. B2. 788978. B3. 988778. C1. 768998. C2. 786998. C3. 968978. C4. 968798. C5. 988976. C6. 988796. 古数皆五爻附 C7. 788996 C8. 986798 C9. 986978. A1、A2、C1、C3、C4 皆变蹇，以蹇之六五断。A3 变震，以震卦辞断，C2 变晋，C5 变临，C6 变明夷，以所变卦辞与蹇卦辞合断。B1–3 不变，以蹇卦辞断。

C7 变 [illegible]
C8 变 咸
C9 变 姤

49. 六爻揲数组合排列：A1. 788998. A2. 988798. A3. 988978. B1. 988996. B2. 986998. B3. 968998. 古数皆上爻附。A2、A3、B1–3 皆变井，以蛊之上九断，A1 不变，以蛊卦辞断。

51. 六爻揲数组合排列 988998. 古数皆四爻，乃变坤，以坤卦辞与蛊卦辞合断。

970506.

蠱	六爻揲數之合	卦变占断										备注
		本卦	之卦	会断	初爻	二爻	三爻	四爻	五爻	上爻	合计	
	39							1			1	
	41	3	2			1					6	之卦：蹇[2]、夬。
	43	2		3	10						15	会断：蠱、讼、大过。
	45	7	4				9				20	之卦：井、旅、涣、咸。
	47	3	1	6					5		15	之卦：震；会断：蹇、临、谦、颐、比、复。
	49	1								5	6	
	51			1							1	会断：[illegible]坤。
		16	7	10	10	1	9	1	5	5	64	

臨 六爻揲數之合

38.40.42.44.46.48.50.

38. 六爻揲數組合排列666677者數遇五爻乃變爲節，以臨之六五斷。

40. 六爻揲數組合排列A1.666679. A2.666697. B1.666877. B2.668677. B3.686677. B4.866677. 者數遇四爻，則A1. A2. B2. B3. B4皆變泰，以臨之六三斷。B1變復，以復、臨二卦辭合斷。

42. 六爻揲數組合排列A666699. B1.668877. B2.686877. B3.688677. B4.866877. B5.868677. B6.886677. C1.666879. C2.666897. C3.668679. C4.668697. C5.686679. C6.686697. C7.866679. C8.866697. 者數遇貳爻，則C1. C3. C5. C7皆變師，以臨之初九斷。C2變无妄，C4變家人，C6變离，C8變革，六以所變卦辭斷。B1—6皆不變，以臨卦辭斷。A六爻全變而爲遯，以遯卦辭斷。

C7.688679. C8.688697.
C9.866679. C10.866897.
C11.868679. C12.868697.

44. 六爻揲數組合排列：A1.688877. A2.868877. A3.886877. A4.888677. B1.666899. B2.668699. B3.686699. B4.866699. C1.668879. C2.668897. C3.686879. C4.686897. C5.886679. C6.886697. 者數遇二爻，則B1. B2. B3. B4. C2. C4. C6. C8. C10. C12皆變復，以臨之九二斷。C1變損，C3變未濟，C5變恆，六以所變卦辭與臨卦辭合斷。A1—4不變，以臨卦辭斷。

C7變蠱
C9變困
C11變井

46. 六爻揲數組合排列：A.888877. B1.668899. B2.686899. B3.866899. B4.688699. B5.868699. B6.886699. C1.688879. C2.688897. C3.868879. C4.868897. C5.886879. C6.886897. 者數遇四爻，則B2. B3. B6. C5. C6皆變歸妹，以臨之六四斷。C1變睽，B4變兌。

C7.688679
C8.888697

B5变䷦蹇，之以所变卦卦辞断。C1—4（C7、C8）不变，以临卦卦辞断。A不变，以临卦卦辞断。

48、六爻揲数组合排列：A1 888874，A2 888897。B1 688899，B2 888699，B3 886899，B4 868899，为数遇上爻。例B1变䷴渐，以临之渐断。B2变䷑蛊，B3变䷛大过，B4变䷇比，之以所变卦辞与临卦辞合断。A1—2不变，以临卦卦辞断。

50、六爻揲数组合排列：888899，为数遇上爻，乃不变，以临卦卦辞断。

970507

䷒

临

六爻揲数之合	本卦	之卦	会断	初爻	二爻	三爻	四爻	五爻	上爻	合计	备注
	卦变诊断										
38								1		1	
40			1			5				6	会断：与[illegible]。
42	6	5		4						15	之卦：遯、大畜、家人、需、萃。
44	4		6		10					20	会断：涣、未济、恒、益、困、井。
46	7	3					5			15	之卦：睽、[illegible]、蹇。
48	2		3						1	6	会断：与谦、小过、比。
50	1									1	
	20	8	10	4	10	5	5	1	1	64	

䷓ 観 六爻揲數之会:
38.40.42.44.46.48.50.

38. 六爻揲數組合排列:776666.当數遇五爻乃变䷀乾,以乾卦综断.

40. 六爻揲數組合排列:A1.796666.A2.976666
B1.776668.B2.776686.B3.776866.B4.778666.
当數遇六爻则A1-2.B1.B2.B4皆变䷴渐,以观之六三断.B3变䷦蹇,以蹇观二卦综断.

42. 六爻揲數組合排列:A.996666.B1.776688
B2.776868.B3.776886.B4.778668.B5.778686.
B6.778866.C1.796668.C2.796686.C3.796866.
C4.798666.C5.976668.C6.976686.C7.976886.
C8.978666.当數遇初爻则B3.B5.B6.C2.C3.C4.C6.C7.C8.皆变䷩益,以观之初六断.C1变䷱鼎.C5变䷛大过,合以所变卦综断.B1.B2.B4皆不变,以观卦综断.A六爻全变而为䷡大壮,以大壮卦综断.

44. 六爻揲數組合排列:A1.776888.A2.778886.
A3.778868.A4.778688.~~A5.776888~~.B1.996668.
B2.996686.B3.996866.B4.998666.C1.796688.
C2.796868.C3.796886.C4.798668.C5.798686.

C6.798866. C7.976688. C8.976868. C9.976886. C10.978668. C11.978686. C12.978866. 老数為二爻，則A3、B1、B3、B4、C2、C4、C6、C8、C10、C12皆变䷺涣，以观之六二断。B2变䷶丰，以丰卦辞断。C1变䷷旅。C3变䷔噬嗑。C5变䷕贲。C7变䷞咸。C9变䷐随。C11变䷾既济。余以所变卦辞与观卦辞合断。A1、A2、A4不变，以观卦辞断。

46. 六爻揲数组合排列：A.778888. B1.996688. B2.998868. B3.996886. B4.998668. B5.998686. B6.998866. C1.796888. C2.798886. C3.798868. C4.798688. C5.976888. C6.978886. C7.978868. C8.978688. 老数為四爻，則B1、B2、B3、C1、C5皆变䷋否，以观之六四断。B4变䷭升，B5变䷣明夷，B6变䷒临，余以所变卦辞断。C2、C3、C4、C6、C7、C8皆不变，以观卦辞断。A不变，以观卦辞断。

48. 六爻揲数组合排列：A1.998886. A2.998868. A3.998688. A4.996888. B1.798888. B2.978888. 老数為三爻，則A1—A4、B2皆变䷇比，以观之上九断。B1不变，以观卦辞断。

50. 六爻揲数组合排列998888，老数為五爻，乃变䷖剥，以观之上九断。

970508.

䷓

觀

六爻揲扐之合	卦变占断										备注
	本卦	之卦	合断	初爻	二爻	三爻	四爻	五爻	上爻	合计	
38		1								1	之卦：乾。
40			1			5				6	合断：与豫。
42	3	3		9						15	之卦：大壮、晋、大过。
44	3	1	6		10					20	之卦：井 合断：与旅、噬嗑、贲、咸、随、既济。
46	7	3					5			15	之卦：升、明夷、小畜。
48	1								5	6	
50								1		1	
	14	8	7	9	10	5	5	1	5	64	

噬嗑　六爻揲数之会：

39. 41. 43. 45. 47. 49. 51.

39　六爻揲数组合排列：767667 为数遇四爻，四爻变䷥睽，以睽、噬嗑二卦辞合断。

41. 六爻揲数组合排列：A1 767669. A2 769667. A3 967667. B1. 767687. B2 767867. B3. 787667 为数遇二爻，则 A1—3、B2、B3 皆变䷥睽，以噬嗑六二断，B1 不变，以噬嗑卦辞断。

43　六爻揲数组合排列：A1. 769669. A2 969667. A3 967669. B1. 767887. B2. 787867. B3. 787687. C1. 767689. C2 767869. C3. 787669. C4 769687. C5. 764887. C6. 967687. C7. 967887. C8. 987667 为数遇初爻，则 A1、A3、C1、C2、C3 皆变䷢晋，以噬嗑初九断。A2 变䷝离，以离卦辞断。C4 变䷤家人，C5 变蹇，C6 变革，C7 变兑，C8 变大壮，以所变卦与噬嗑卦辞合断。B1—3 不变，以噬嗑卦辞断。

C9 789667

C4 变无妄不合

45　六爻揲数组合排列：A. 969669. B. 787887. C1. 769689. C2. 769869. C3. 969689. C4. 969869. C5. 967689. C6. 967889. D1. 767889. D2. 769887. D3. 967887. D4. 987687. D5. 987867 为数遇三爻，则 C1、C3、C5、D4 皆变䷂离，以噬嗑六三断。C2 变涣，C4 变坎，C6 变困，亦以所变卦辞断。D1、D3、D5 不变，以噬嗑卦辞断。A 六爻全变而为䷯井，以井卦辞断，B 不变，以噬嗑卦辞断。

47、六爻揲数组合排列：A1. 969689. A2 969869.
A3. 989669. B1. 789889. B2 789887. B3. 987887.
C1. 769889 C2. 789689. C3. 789869 C4 987689. C5. 987869.
C6. 967887. C7. 989687. C8. 989867. 古数遇五爻 则A1、A2
C1、C6皆变 无妄，以噬嗑六五断，A3变 升，以升卦经断，C2变 大，C3变 蹇，C4变 小过，
C5变 解，C7变 明夷，C8变 师，俱以所变卦经与噬嗑卦经合断，B1-3不变 以噬嗑卦经断。

C9 967889

49、六爻揲数组合排列：A1. 969889. A2. 989689. A3. 989869.
B1. 789889 B2. 989887. B3. 987889. 古数遇上爻 则A1-3、B2、
B3皆变 震，以噬嗑上九断，B1不变，以噬嗑卦经断。

51、六爻揲数组合排列：989889 古数遇四爻 乃变
颐，以噬嗑九四断。

970509.

噬嗑

六爻採取之合	卦变互断									备注
	本卦	之卦	会断	初爻	二爻	三爻	四爻	五爻	上爻	合计	
39			1							1	会断：5乾.
41	1				5					6	
43	3	1	6	5						15	之卦：革 会断：家人、临、革、无妄、大壮、大畜.
45	7	4				9				20	之卦：萃、涣、坎、困.
47	3	1	6					5		15	之卦：升. 会断：[illegible]、蒙、比、随、明夷、临.
49	1								5	6	
51							1			1	

贲 六爻揲数之会：

.39.41.43.45.47.49.51.

39. 六爻揲数组合排列766767。当数遇〇爻，〇变艮，以贲之六〇断。

41. 六爻揲数组合排列：A1.766769. A2.766967. A3.966767. B1.766787. B2.768767. B3.786767. 当数遇二爻，则：A1-3. B2. B3. 皆变大畜，以贲之六二断。B1不变，以贲卦辞断。

43. 六爻揲数组合排列：A1.766969. A2.966967. A3.966769. B1.768787. B2.786787. B3.788767. C1.766789. C2.766987. C3.768967. C4.786967. C5.768769. C6.786769. C7.968767. C8.986767. C9.966787. 当数遇初爻，则A1A3. C1. C5. C6皆变艮，以贲之初九断，A2变兑，以兑卦辞断。C2变无妄。C3变中孚。C4变睽。C7变需。C8变大壮，以所变卦辞与贲卦辞合断，B1-3不变，以贲卦辞断。

45. 六爻揲数组合排列：A.966969. B.788787. C1.766989. C2.966987. C3.966789. C4.768969. C5.786969. C6.968967. C7.968769. C8.986967. C9.986769. D1.768789. D2.768987. D3.786789. D4.786987. D5.986787. D6.968787. D7.788769. D8.788967. D9.988767. 当数遇三爻，则C1. C2. C4. C5. C6. C8. D2. D4. D8. 皆变颐，以贲之九三断，C3变咸，C7变乐，C9变恒，六以所

变卦辞断。D1、D3、D5、D6、D7、D9皆不变，以贞卦辞断。A六爻全变而为萃，以萃卦辞断。B不变，以贞卦辞断。

47、六爻揲数组合排列：A1.966989、A2.968969、A3.986969。B1.788789、B2.788987、B3.988787、C1.768989、C2.786989、C3.788969、C4.968987、C5.968789、C6.988967、C7.988769（C8.986789、C9.986987）。

由数遇五爻，则A1、A2、C1、C4、C5皆变家人，以贞之六五断。A3变解，C2变晋，C3变家，C6变临，C7变升（C8变大过，C9变震），以所变卦辞与贞卦辞合断。B1-3皆不变，以贞卦辞断。

49、六爻揲数组合排列：A1.968989、A2.986989、A3.988969。B1.788989、B2.988789、B3.988987。由数遇上爻，则A1-3、B2、B3皆变明夷，以贞之上九断。B1不变，以贞卦辞断。

51、六爻揲数组合排列988989。由数遇四爻，乃变而为坤，以坤、贞二卦辞合断。

970509

☲☶ 賁

六爻揲蓍之合	卦變占斷 本卦	之卦	合斷	初爻	二爻	三爻	四爻	五爻	上爻	合計	备注
39							1			1	
41	1				5					6	
43	3	1	6	5						15.	之卦：兑。合斷：无妄，中孚，睽，需，大畜，革。
45	7	4				9				20.	之卦：萃，咸，井，恒。
47	3		7					5		15.	合斷：解，晋，蒙，师，升，小过，震。
49	1								5	6	
51			1							1	合斷：坤
	15	5	14	5	5	9	1	5	5	69	

䷖ 剥 六爻揲数之合：37.39.41.43.45.47.49。

37. 六爻揲数组合排列766666当数遇处乃变而为䷀乾，以乾卦辞断。

39. 六爻揲数组合排列：A.966666、B1.766668、B2.766686、B3.766866、B4.768666、B5.786666。当数遇四爻，则B1、B2、B3、B5皆变䷢晋，以剥之六四断。B4变䷈小畜，以小畜卦辞断。A六爻全变而为䷪夬，以夬卦辞断。

41. 六爻揲数组合排列：A1.766688、A2.766868、A3.766886、A4.768668、A5.768686、A6.768866、A7.786668、A8.786686、A9.786866、A10.788666、B1.966668、B2.966686、B3.966866、B4.968666、B5.986666。当数遇二爻，则A2、A4、A6、A7、A9、A10、B1、B3、B4、B5皆变䷃蒙，以剥之六二断。A1变䷠遯，A3变䷘无妄，A5变䷤家人，A8变䷋否，六以所变卦与剥卦辞合断。B2变䷰革，以革卦辞断。

43. 六爻揲数组合排列：A1.766888、A2.768886、A3.768868、A4.768688、A5.786886、A6.786868、A7.786688、A8.788668、A9.788686、A10.788866、B1.966688、B2.966868、B3.966886、B4.968668、B5.968686、B6.968866、B7.986668、B8.986686、B9.986866、B10.988666。当数遇初爻，则A2、A5、A9、A10、B3、B5、B6、B8、B9、B10皆变䷚颐，以剥之初六断。B1变䷞咸。

B2变䷮困，B4变䷯井，B7变䷟恒，全以所变卦卦辞断。A1、A3、A4、A6、A7、A8皆不变，以剥卦卦辞断。

45. 六爻揲数组合排列：A1. 768888、A2. 788886、A3. 788868、A4. 788688、A5. 786888、B1. 966888、B2. 968886、B3. 968868、B4. 968688、B5. 986886、B6. 986868、B7. 986688、B8. 988866、B9. 988686、B10. 988668。当数遇之爻，则：A4、B4、B7、B9、B10皆变䷭升，以剥之六三断。B1变䷬萃，B2变䷂屯，B3变䷜坎，B5变䷲震，B6变䷧解，B8变䷒临，全以所变卦卦辞与剥卦卦辞合断。A1、A2、A3、A5皆不变，以剥卦卦辞断。

47. 六爻揲数组合排列：A. 788888、B1. 968888、B2. 986888、B3. 988688、B4. 988868、B5. 988886。当数遇之爻，则B1变䷓观，以剥之六五断。B2—5不变，以剥卦卦辞断。A不变，以剥卦卦辞断。

49. 六爻揲数组合排列988888，当数遇上爻，乃变䷁坤，以剥之上九断。

970510.

䷖ 剥

六爻揲数之合	卦变占断									备注
	本卦	之卦	合断	初爻	二爻	三爻	四爻	五爻	上爻	合计	
37		1								1	之卦：乾。
39		2					4			6	之卦：大、小畜。
41	1		4		10					15	合断：遯、无妄、家人、泰。
43	6	4		10						20	之卦：咸、困、井、恒。
45	4		6			5				15	合断：萃、蛊、坎、蒙、鼎、临。
47	5							1		6	
49									1	1	
	16	7	10	10	10	5	4	1	1	64	

䷗ 復 六爻揲数之合：

37.39.41.43.45.47.49.

37 六爻揲数组合排列666667当数遇坎乃变䷚頤，以変之上六断。

39. 六爻揲数组合排列 A.666669 B1.666687 B2.666867 B3.668667. B4.686667. B5.866667. 当数遇四爻，则B1.B2.B4.B5.皆变䷲震，以変之六四断，B3变䷈小畜，以小畜卦辞断，A变䷒临，以临卦辞断。

41、六爻揲数组合排列 A1.666887. A2.668687. A3.668867. A4.686687 A5.686867. A6.866687 A7.866867 A8.886667 (A9.686667 A10.886667) B1.666689. B2.666869 B3.668669 B4.686669 B5.866669 当数遇二爻，则A3、A5、A7、A8、(A9 A10) B2.B3.B4.B5.皆变䷒临，以変之六二断，A1变䷘无妄，A2变䷤家人，A4变䷙畜，A6变䷰革，六以所变卦辞与变卦辞合断，B1变䷠遯，以遯卦辞断。

43、六爻揲数组合排列 A1.668887. A2.686887. A3.888687. A4 886867. A5.868687. A6.868867. A7.866887. A8.888667. (A9.688687 A10.688867) B1.666889. B2.668689 B3.668869 B4.686689. B5.686869. B6.866689 B7.866869. B8.886669 (B9.868669 B10.688669) 当数遇初爻，则B1—8皆变䷁坤，以変之初九断，A1—8皆不变，以复卦辞断。

45、六爻揲数组合排列：A1.688887. A2.886867. A3.888687. A4.886887. A5.868887. B1.668889. B2.688869 B3.688689. B4.686889. B5.866889. B6.868869 B7.868689. B8.888669. (B9.688669 B10.868669) 当数遇三爻，则A3、B3、B7、B8、(B9.B10) 皆变䷣明夷，以変之六三断。

B1变䷓观，B2变䷃蒙，B4变䷕贲，B5变䷬萃，B6变䷜坎，亦以所变卦辞与本卦辞合断。A1、A2、A4、A5皆不变，以本卦辞断。

47. 六爻揲数组合排列A. 858887，B1. 684889，B2. 888869，B4. 886889，B5. 868889。当取巴五爻则B5变䷚也，以变之六五断。B1—4不变，以本卦辞断，A不变，以本卦辞断。

49. 六爻揲数组合排列858889，当取巴上爻，不变而㊀以本卦辞断。

970511.

	六爻揲数之合	卦變占斷										备注
䷗		本卦	之卦	合斷	初爻	二爻	三爻	四爻	五爻	上爻	合計	
復	37									1	1	
	39		2					4			6	之卦：姤、大畜.
	41		1	4		10					15	之卦：遯. 合斷：无妄、家人、离、革.
	43	10			10						20	
	45	4		5			6				15	合斷：5 兌、蒙、晉、萃、坎.
	47	5							1		6	
	49	1										
		20	3	9	10	10	6	4	1	1	64	

无妄 六爻揲数之合：

40.42.44.46.48.50.52

40.六爻揲数组合排列777667，有数遇之爻，乃变同人，以无妄六三断。

42.六爻揲数组合排列：A1.777669，A2.779667，A3.797667，A4.977667，B1.777687，B2.777867，有数遇初爻，则A1变否，以无妄初九断。A2变小畜，A3变大有，（A4变大）以所变卦辞与无妄卦辞合断。B1.B2不变，以无妄卦辞断。

44.六爻揲数组合排列：A1.779669，A2.797669，A3.977669，A4.979667，A5.997667，（A6 799667）B.777887，C1.777689，C2.777869，C3.779687，C4.779867，C5.797687，C6.797867，C7.977687，C8.977867，有数遇之爻，则：A1—6，C2.C4.C6.C8皆变履，以无妄六二断。C1.C3.C5.C7皆不变，以无妄卦辞断。B不变，以无妄卦辞断。

46.六爻揲数组合排列：A1.799669，A2.979669，A3.997669，A4.999667，B1.777889，B2.779887，B3.797887，B4.977887，C1.779689，C2.779869，C3.797689，C4.797869，C5.977689，C6.977867，C7.799687，C8.799867（C9.997687，C10.997867，C11.979687，C12.979867）有数遇四爻，则A1.A2.A4.B2.C1.C2.C7.C8皆变益，以无妄九四断。A3变恒，以恒卦辞断。C3变（C11.C12）蒙，C4变未济，C5变咸，C6变讼，C9变丰，C10变归妹，以所变卦辞与无妄卦辞合断。B1.B3.B4皆不变，以无妄卦辞断。

48. 六爻揲数组合排列 A. 999669. B1. 779889. (B2 797889) B3. 977889.
B4. 799887. B5. 977887. B6. 997887. C1. 999687. C2. 499867.
C3. 997689. C4. 997869. C5. 979689. C6. 979869. C7. 799689.
C8. 799869. 当数为七爻,则 B4. B5. B6. C1. C2. C3. C4. C5. C6
皆变䷐随,以元变上九断. C7变䷳艮. C8变䷃蒙. 皆
以所变卦卦辞断. B1. B2. B4不变,以元变卦卦辞断. A六爻全
变而为䷭升,以升卦卦辞断.

50. 六爻揲数组合排列 A1. 999689. A2. 999869. B1. 799889.
B2. 979889. B3. 997889. B4. 999887. 当数为五爻,则 A1. A2.
B2. B3. B4 皆变䷔噬嗑,以元变九五断. B1变䷇比,以
比卦卦辞与元变卦卦辞合断.

52. 六爻揲数组合排列999889. 当数为六爻,乃变䷁
坤,以坤卦卦辞断.

970512.

无妄

六爻揲数之合	卦变占断										备注
	本卦	之卦	会断	初爻	二爻	三爻	四爻	五爻	上爻	合计	
40						1				1	
42	2		3	1						6	会断：与小畜、夬、大有。
44	5				10					15	
46	3	1	6				10			20	之卦：恒。会断：旅、未济、咸、蹇、井、归妹
48	3	3							9	15	之卦：升、艮、蒙。
50			1					5		6	会断：比
52		1								1	之卦：坤
	13	5	10	1	10	1	10	5	9	64	

䷙ 大畜 六爻揲数之合：

40.42.44.46.48.50.52.

40. 六爻揲数组合排列766777者仅思之爻，不变，以大畜卦辞断。

42. 六爻揲数组合排列：A1.766779. A2.766797. A3.766977. A4 966777. B1.768777. B2.786777. 者仅思初爻，则：A1变䷑蛊，以大畜初九断。A2变䷌同人。A3变䷉履，（A4变益夬）以所变卦辞与大畜卦辞合断。B1—2不变，以大畜卦辞断。

44. 六爻揲数组合排列：A1.766799. A2.766979. A3.766997. A4 966797. A5.966977. A6.966779. B.788777. C1.768779. C2.768797. C3.768977. C4.968777. C5.786779. C6.786797. C7.786977. C8.986777. 者仅思二爻，则 A1. A3. A4. C2. C6 皆变䷕贲，以大畜九二断。A2变䷅讼。A5变䷹兑。A6变䷛大过。合以所变卦辞与大畜卦辞合断。C1. C3. C4. C5. C7. C8 不变，以大畜卦辞断。B不变，以大畜卦辞断。

46. 六爻揲数组合排列：A1.766999. A2.966799. A3.966979. A4.966997. B1.788779. B2.788797. B3.788977. B4.988777. C1.768799. C2.768979. C3.768997. C4.968799. C5.968797. C6.968977. C7.786799. C8.786979. C9.786997. C10.986779. C11.986797. C12.986977. 者仅思四爻，则 A1—4、C7—12 皆变䷍大有，以大畜六四断。C1变䷴渐。C2变䷺涣。C3变䷩益。C4变䷯井。C5变䷾既济。C6变䷻节。合以所变卦辞与大畜卦辞合断。B1—4 不变，以大畜卦辞断。

48. 六爻揲数组合，排列：A 966999. B1.768999. B2.968799.
B3.968979. B4.968997. B5.786999. B6.986799. B7.986979. B8.986997.
C1.788799. C2.788979. C3.788997. C4.988797. C5.988977. C6.988779.
其数呈上爻，则B2、B3、B4、B6、B7、B8、C4、C5、C6皆变䷊泰，以大畜上九断。B1变䷈小畜，B5变䷍大有，各以所变卦彖辞断。C1—3不变，以大畜彖辞断。A六爻全变而为䷬萃，以萃卦彖辞断。

50. 六爻揲数组合，排列：A1.788999. A2.988799. A3.988979. A4.988997. B1.968999. B2.986999. 其数呈五爻，则B1变䷈小畜，以大畜六五断。B2变䷡大壮，以大壮卦彖辞断。A1变䷖剥，A2变䷎谦，A3变䷆师，A4变䷗复，亦以所变卦彖辞而不以大畜卦辞断。

52. 六爻揲数组合排列：988999. 其数呈三爻，乃变䷨损，以大畜九三断。

970517.

	六爻揲数之合	卦变占断										备注
䷙		本卦	之卦	合断	初爻	二爻	三爻	四爻	五爻	上爻	合计	
大畜	40	1									1	
	42	2		3	1						6	合断：与同人、睽、夬。
	44	7		3		5					15	合断：讼、兑、大过。
	46	4		6				10			20	合断：与渐、涣、益、井、既济、节。
	48	3	3							9	15	之卦：革、小畜、大有。
	50		1	4					1		6	之卦：大壮；合断：剥、谦、师、复。
	52						1				1	
		17	4	16	1	5	1	10	1	9	64	

頤 六爻揲数之合：

38.40.42.44.46.48.50.

38. 六爻揲数组合排列766667 当数过五爻，乃变益，以頤之六五断。

40. 六爻揲数组合排列：A1.766669 A2.966667 B1.766687 B2.766867 B3.768667 B4.786667，当数过三爻，则A1、A2、B1、B3、B4皆变贲，以頤之六三断。B2变复，以复卦辞断。

42. 六爻揲数组合排列 A.966669 B1.766887 B2.768687 B3.768867 B4.786687 B5.786867 B6.788667 C1.766689 C2.766869 C3.768669 C4.786669 C5.966687 C6.966867 C7.968667 C8.986667 当数过初爻，则C1、C2、C3、C4皆变剥，以頤之初九断。C5变革，C6变兑，C7变需，C8变大壮，皆以所变卦辞断。B1—6皆不变，以頤卦辞断。A六爻全变而为大过，以大过卦辞断。

44. 六爻揲数组合排列：A1.768887 A2.786887 A3.788687 A4.788867 B1.966689 B2.966869 B3.968669 B4.986669 C1.766889 C2.768689 C3.768869 C4.786689 C5.786869 C6.788669 C7.966887 C8.968687 C9.968867 C10.986687 C11.986867 C12.988667，当数过二爻，则：A4、B2、B3、B4、C3、C5、C6、C9、C11、C12皆变损，以頤之六二断。B1变咸，以咸卦辞断。C1变否，C2变渐，C4变旅，C7变随，C8变既济，C10变未，皆以所变卦辞与頤卦辞合断。A1、A2、A3皆不变，以頤卦辞断。

46. 六爻揲数组合排列：A1. 966889. A2. 968689. A3. 968869.
A4. 986689. A5. 986869. A6. 988669. B. 788887. C1. 768889. C2. 786889.
C3. 788689. C4. 788869. C5. 968887. C6. 986887. C7. 988687. C8. 988867.
当数遇四爻，例 A1. A4. A5. C2. C6. 皆变 噬嗑，以蹊之六四断。
A2 变 蹇，A3 变 咸，A6 变 升，各以所变卦卦辞断。
C1 变[illegible]，C3 变[illegible]，C4 变[illegible]，C5 变[illegible]，C7 变[illegible]
，C8 变[illegible]，皆不变，以蹊卦卦辞断，B不变，以蹊卦卦辞断。

48. 六爻揲数组合排列 A1. 968889. A2. 988689. A3. 988869.
A4. 986889. B1. 788889. B2. 988887. A1—4. B2 皆变
爻，以蹊之上九断，B1 不变，以蹊卦卦辞断。

50. 六爻揲数组合排列 988889 当数遇五爻，不变，
以蹊卦卦辞断。

970513.

䷚ 颐 六爻揲数之合	卦逢占断										备注
	本卦	之卦	会卦	初爻	二爻	三爻	四爻	五爻	上爻	合计	
38								1		1	
40	1					5				6	
42	6	5		4						15	之卦：大过、革、兑、家、大壮、
44	3	1	6		10					20	之卦：咸 会卦：5否、渐、旅、随、噬嗑、丰、
46	7	3					5			15	之卦：蹇、坎、升、
48	1								5	6	
50	1									1	
	19	9	6	4	10	5	5	1	5	64	

大過　六爻揲数之合：

39.41.43.45.47.49.51.

39. 六爻揲数组合排列：677776。昔数遇此爻不变，說，以大过卦辞断。

41. 六爻揲数组合排列：A1.677796. A2.677976. A3.679776. A4.697776. B1.677778. B2.877776. 当数遇二爻，则A1变 恒，以大过九五断。A2变 井，A3变 小畜，A4变 大有，以大有、大过卦辞合断。B1—2不变，以大过卦辞断。

43. 六爻揲数组合排列：A1.677996. A2.679796. A3.679976. A4.697796. A5.697976. A6.699776. B.877778. C1.677798. C2.677978. C3.679778. C4.697778. C5.877796. C6.877976. C7.879776. C8.897776. 当数遇初爻，则A1—6. C5—8皆变 夬，以大过初六断。C1—4不变，以大过卦辞断。B不变，以大过卦辞断。

45. 六爻揲数组合排列：A1.679996. A2.697996 A3.699796. A4.699976. B1.877798. B2.877978. B3.879778. B4.897778. C1.677998. C2.679798. C3.679978. C4.697798. C5.697978. C6.699778. C7.877996. C8.879796. C9.879976. C10.897796. C11.897976. C12.899776. 当数遇三爻，则：A1. A2. A4. B2. C1. C3. C5. C7. C9. C11皆变 困，以大过九三断。A3变 夬，以夬卦辞断。C2变 渐，C4变 旅，C6变 蛊，C8变 既济，C10变 革，C12变 泰，合以所变卦辞与大过卦辞合断。B1. B3. B4不变，以大过卦辞断。

47. 六爻揲数组合排列：A. 699996. B1. 877998. B2. 874798. B3. 879978. B4. 897798. B5. 897978. B6. 899778. C1. 679998. C2. 697998. C3. 699798. C4. 699978. C5. 879996. C6. 897996 C7. 899796. C8. 899976. 前数遇五爻则：B4. B5. B6. C2. C3. C4. C6. C7. C8 皆变恒，以大过九五断，C1变姤，C5变夬也。余以所变卦经断。B1-3不变，以大过卦经断，A以六爻全变而为颐，以颐卦经断。

49. 六爻揲数组合排列：A1. 699996. A2. 899996. B1. 879998. B2. 897998. B3. 899798. B4. 899978. 前数遇上爻则A1变咸，以大过上六断，A2变复，以复卦经断。B1变比，B2变豫，B3变谦，B4变师。余以所变卦经与大过卦经合断。

51. 六爻揲数组合排列899998，前数遇四爻，B变井，以大过九四断。

97.05.14

大過

六爻標數之合	卦爻占斷										备注
	本卦	之卦	合斷	初爻	二爻	三爻	四爻	五爻	上爻	合計	
39	1									1	
41	2		3		1					6	合斷：与損、益、大有。
43	5			10						15	
45	3	1	6			10				20	之卦：夬。合斷：与漸、旅、蠱、既濟、未濟。
47	3	3						9		15	之卦：頤、咸、屯。
49		1	4						1	6	之卦：復。合斷：与比、豫、謙、師。
51							1			1	
	14	5	13	10	1	10	1	9	1	64	

坎 六爻揲数之合：
38.40.42.44.46.48.50.

38. 六爻揲数组合排列676676，当取遇之爻，乃变乾，以乾卦辞断。

40. 六爻揲数组合排列：A1. 676696. A2 696676.
B1. 676678. B2 676876. B3. 678676. B4 876676. 当取遇之爻，则A1-2. B1. B3. B4皆变井，以坎之六三断。B2变困，以困、坎二卦辞合断。

42. 六爻揲数组合排列：A 696696. B1. 676878. B2. 678678.
B3. 678876. B4. 876678. B5. 876876. B6. 878676. C1. 676698.
C2. 676896. C3. 678696. C4. 876696. C5. 896678. C6. 696876.
C7. 698676. C8. 896676. 当取遇初爻，则B3. B5. B6. C2 C3 C4 C6. C7. C8皆变节，以坎之初六断。C1变蹇，C5变泰，各以所变卦辞断。B1. B2. B4不变，以坎卦辞断。A六爻全变为离，以离卦辞断。

44. 六爻揲数组合排列：A1. 678878. A2. 876878. A3 878678.
A4. 878876. B1. 696698. B2 696896. B3. 698696. B4. 896696.
C1. 676898. C2. 678698. C3. 678896. C4. 876698. C5 876896.
C6. 696878 C7. 698678. C8. 698876 C9 896678. C10. 896876 当取遇之爻，则B1-4. C1-5皆变比，以坎之九二断。C6变未济，C7变益，C8变损，C9变恒，C10变归妹，C11变[illegible]，C12变无妄，各以所变卦与坎卦辞合断。A1-4不变，以坎卦辞断。

C11. 878696
C12. 898676

46．六爻揲数组合排列：A. 878578. B1. 696898. B2. 698698. B3. 698876. B4. 896698. B5. 896896. B6. 898696. C1. 698898. C2. 876898. C3. 878698. C4. 878896. C5. 698878. C6. 896878. C7. 898678. C8. 878876. 当取遇六爻，则B1、B4、B5、C2、C6皆变困，以坎之六爻断。B2变未，B3变解，B6变明夷，各以所变卦辞断。C1、C3、C4、C5、C7、C8皆不变，以坎卦辞断。A不变，以坎卦辞断。

48．六爻揲数组合排列：A1. 698898. A2. 896898. A3. 898698. A4. 898896. B1. 878898. B2. 898878. 当取遇上爻，则A1变涣，以坎之上六断。A2变讼，A3变涣，A4变蹇，各以所变卦与坎卦辞合断。B1-2不变，以坎卦辞断。

50．六爻揲数之组合排列898898. 当取遇五爻，乃变师，以坎之九五断。

970515.

	六爻探蓍之合	卦变占断										备注
		本卦	之卦	会断	初爻	二爻	三爻	四爻	五爻	上爻	合计	
䷜ 坎	38		1								1	之卦：乾
	40			1			5				6	会断：与複。
	42	3	3		9						15	之卦：需、遯、井。
	44	4		6		10					28	会断：未济、蠱、咸、恒、归妹、泰。
	46	7	3					5			15	之卦：艮、睽、明夷。
	48	2		3						1	6	会断：隨、謙、复。
	50								1		1	
		16	7	10	9	10	5	5	1	1	64	

䷝ 离 六爻揲数之合：40.42.44.46.48.50.52.

40 六爻揲数组合排列767767，当数遇次，不变，以离卦辞断。

42、六爻揲数组合排列：A1.767769. A2.767967. A3.769767. A4.967767. B1.767787. B2.787767. 当数遇初爻，A1变 ䷷ 旅，以离之初九断。A2变 ䷗ 复，A3变 ䷈ 小畜，A4变 ䷍ 大有，以所变卦辞与离卦辞合断。B1—2不变，以离卦辞断。

44、六爻揲数组合排列：A1.767969. A2.769769. A3.769967、A4.967769. A5.967967. A6.969767. B.787787. C1.767789、C2.767987、C3.769787. C4.967787. C5.787769. C6.787967. C7.789767. C8.987767. 当数遇二爻，则A1—6、C5—8皆变 ䷍ 大有，以离之六二断。C1—4不变，以离卦辞断。B不变，以离卦辞断。

46、六爻揲数组合排列：A1.769969. A2.967969. A3.969769. A4.969967. B1.787789. B2.787987. B3.789787. B4.987787. C1.767989. C2.769789. C3.769987. C4.967789. C5.967987. C6.969787. C7.787969. C8.789769. C9.789967. C10.987769. C11.987967. C12.989767.

当数遇四爻，则A1、A3、A4、B3、C2、C3、C6、C8、C9、C12皆变 ䷕ 贲，以离之九四断。A2变 ䷮ 困，以困卦辞断。C1变 ䷋ 否，C4变 ䷞ 咸，C5变 ䷐ 随，C7变 ䷿ 未济，C10变 ䷟ 恒，C11变 ䷵ 归妹，以所变卦辞与离卦辞合断。B1、B2、B4不变，以离卦辞断。

48、六爻揲数组合排列：A.969969. B1.787989. B2.789789. B3.789987. B4.987789. B5.987987. B6.989787. C1.769989. C2.967989. C3.969789. C4.969987. C5.789969. C6.987969. C7.989769. C8.989967.

当取遇上爻，则B1–6、C2、C3、C4、C6、C7、C8皆变䷿未，以离之上九断，C1变䷓观，C5变䷬萃，合以所变卦卦辞断，B1–3不变，以离卦卦辞断。A六爻全变而为䷜坎，以坎卦卦辞断。

50. 六爻揲数组合排列A1. 789989. A2. 987989. A3. 989789. A4. 989987. B1. 464989. B2. 989969. 当取五爻，则B1变䷇比，以离之六五断。A1变䷖剥，A2变䷏豫，A3变䷎谦，A4变䷳艮，合以所变与离卦卦辞合断。B2变䷆师，以师卦卦辞断。

52. 六爻揲数组合排列989989. 当取九三爻，则变䷔噬嗑，以离之九三断。

970516.

䷝

離

六爻揲数之合	卦爻占断										备注
	本卦	之卦	初爻	二爻	三爻	四爻	五爻	上爻	会断	会计	
40	1									1	
42	2		1						3	6	会断：[illegible]、小畜、大[illegible]。
44	5			10						15	
46	3	1				10			6	20	之卦：困。会断：[illegible]、咸、随、未济、[illegible]。之卦：坎、[illegible]。
48	3	3						9		15	
50		1					1		4	6	之卦：师。会断：剥、损、涣、复。
52					1					1	
	14	5	1	10	1	10	1	9	13	64	

咸 六爻揲数之合：39.41.43.45.47.49.51.

39. 六爻揲数组合排列677766 当数遇四爻，乃变䷀乾，以乾、咸二卦辞合断。

41. 六爻揲数组合排列：A1.677966. A2.679766. A3.697766. B1.677768. B2.677786. B3.877766. 当数遇二爻，则A1–3. B1. B3皆变䷛大过，以咸之六二断，B2不变，以咸卦辞断。

43. 六爻揲数组合排列：A1.679966. A2.697966. A3.699766. B1.677788. B2.877768. B3.877786. C1.677968. C2.677986. C3.679768. C4.679786. C5.697768. C6.697786. C7.877966 C8.897766（C8 897766）当数遇初爻，则A1–3. B3. C2. C4. C6. C7. C8皆变䷰革，以咸之初六断。C1变䷅讼. C3变䷦蹇. C5变䷱鼎，各以所变卦辞与咸卦辞合断。B1. B2不变，以咸卦辞断。

45. 六爻揲数组合排列：A.699966. B.877188. C1.679968. C2.679986. C3.697968. C4.697986. C5.879966. C6.897966. C7.899766.（C7.699768. C8.699786）D1.677988. D2.679788. D3.697788. D4.877968. D5.877988. D6.879768. D7.879786. D8.897768. D9.897786. 当数遇三爻，则C1–6. D1. D4. D5皆变䷰革，以咸之九三断。C9变 泰（各以所变卦辞断）D2. D3. D6. D7. D8. D9皆不变，以咸卦辞断。A变䷨损，以损卦辞断。B不变，以咸卦辞断。

C7变 变
C8变 贲

47、六爻揲数组合排列：A1.677988. A2.697988. A3.699788. A4.877968. A5.879986. A6.897968. A7.897986. A8.899768. A9.899786. B1.699968. B2.699986. B3.899966. C1.877988 C2.879788. C3.897788 当数遇五爻，则A2、A3、A6、A7、A8、A9、B1-3、C3皆变䷽小过，以成之九五断，A1变䷓观，A4变䷜坎，A5变䷂屯，余以所变卦卦辞与成卦卦辞合断。C1-3不变，以成卦卦辞断。

49、六爻揲数组合排列：A1.699988. A2.899968. A3.899986. B1.879988. B2.897988. B3.899788. 当数遇上爻，则A1变䷠遯，以成之上六断，A2变䷆师，A3变䷗复，余以所变卦卦辞断，B1-3不变，以成卦卦辞断。

51、六爻揲数组合排列899988当数遇四爻，乃变䷦蹇，以成之九四断。

970521

夏历四月廿五，小满。

䷞ 咸	六爻階級之合	卦爻占断										备注
		本卦	之卦	合断	初爻	二爻	三爻	四爻	五爻	上爻	合计	
	39			1							1	合断：与乾
	41	1				5					6	
	43	2		3	10						15	合断：与讼、益、夬。
	45	7	4				9				20	之卦：损、益、與、夫
	47	3		2					10		15	合断：与欢、坎、屯。
	49	3	2							1	6	之卦：师、夫。
	51							1			1	
		16	6	6	10	5	9	1	10	1	64	

䷟ 恒 六爻揲数之合：39.41.43.45.47.49.51.

39. 六爻揲数组合排列667776。当数遇9之爻，乃变䷀乾，以乾、恒二卦辞合断。

41、六爻揲数组合排列：A1.667796. A2.667976. A3.669776. B1.667778. B2.687776. B3.867776. 当数遇之爻，则A1变䷛大过，以恒之九二断，A2变䷱鼎，A3变䷈小畜，以所变卦辞断，B1－3不变，以恒卦辞断。

43. 六爻揲数组合排列：A1.667996. A2.669796 A3.669976. B1.687778. B2.867778. B3.887776. C1.667798. C2.667978. C3.669778. C4.687796. C5.687976. C6.689776. C7.867796. C8.867976. C9.869776. 当数遇初爻，则A1－3，B3、C4－9皆变䷡大壮，以恒之初六断，C1变䷠遯，C2变䷅讼，C3变䷫姤，以所变卦辞与恒卦辞合断。B1、B2不变，以恒卦辞断。

45、六爻揲数组合排列：A.669996. B.887778. C1.667998. C2.669798. C3.669978. C4.687996. C5.689796. C6.684976. C7.869796. C8.864976.(C9.867996) D1.687798. D2.687978. D3.689778. D4.867798. D5.867978.(D6.864778) D7.887796. D8.887976. D9.889776. 当数遇之爻，则：C1、C3、C4、C6、C8、C9、D3、D5、D6、D7皆变䷧解，以恒之九三断，C2变䷴渐，C5变䷑蛊，C7变䷾既济，以所变卦辞断。D1、D2、D4、D6、D7、D8皆不变，以恒卦辞断。A故全变为䷩益，以益卦辞断，B不变，以恒卦辞断。

47. 六爻揲数组合排列：A1. 669998. A2. 659996. A3. 869996. B1. 857798. B2. 887978. B3. 889778. C1. 657998. C2. 689798. C3. 689978. C4. 867998. C5. 869798. C6. 864978. C7. 889796. C8. 889976（C9. 687998）。考取其五爻，则：A1. A3. C4. C5. C6 皆变 大过，以恒之六五断。A2 变 鼎，以颐卦综断。C1 变 晋。C2 变 兑。C3 变 未济。C7 变 明夷。C8 变 旅。皆以所变卦综与恒卦综合断。B1－3 不变，以恒卦综断。C9 变 震

49. 六爻揲数组合排列：A1. 689998. A2. 869998. A3. 889996. B1. 889978. B2. 889798. B3. 887998. 考取其上爻，则 A1 变 鼎，以恒之上六断。A2 变 比。A3 变 见，否。以所变卦综断。B1－3 不变，以恒卦综断。

51. 六爻揲数组合排列 889998. 考取其四爻，乃变 升。以恒之九四断。

970522.

恒 ䷟

六爻揲數之合	本卦	之卦	合斷	初爻	二爻	三爻	四爻	五爻	上爻	合計	备註
	卦爻占斷										
39			1							1	合斷：与乾
41	3	2			1					6	之卦：鼎、小畜.
43	2		3	10						15	合斷：与遯、訟、睽.
45	7	4				9				20	之卦：蒙、渐、贲、既济.
47	3	1	6					5		15.	之卦：豫. 合斷：艮、困、未济、噬嗑、坎、蠱.
49	3	2							1	6	之卦：比、复.
51							1			1	
	18	9	10	10	1	9	1	5	1	64	

䷠ 遯　六爻揲数之合：40.42.44.46.48.50.52.

40. 六爻揲数组合排列777766. 当数四爻. B变䷀乾. 以乾卦辞断。

42. 六爻揲数组合排列：A1.777966. A2.779766. A3.797766. A4.977766. B1.777768. B2.777786. 当数三爻. 则A1—4. B2皆变䷌同人. 以遯之初六断. B1不变. 以遯卦辞断.

44. 六爻揲数组合排列：A1.779966. A2.797966. A3.799766. A4.977966 A5.979766. A6.997766. B.777788. C1.777968 C2.777986. C3.779768. C4.779786. C5.797768. C6.797786. C7.977768. C8.977786. 当数二爻. 则A1—6. C1. C3. C5. C7皆变䷫姤. 以遯之六二断. C2. C4. C6. C8皆不变. 以遯卦辞断. B不变. 以遯卦辞断。

46. 六爻揲数组合排列：A1.799966. A2.979966. A3.997966. A4.999766. B1.779968. B2.779986. B3.797968. B4.797986. B5.799768. B6.799786. B7.977968. B8.977986. B9.979768. B10.979786. B11.997768. B12.997786. C1.777988. C2.779788. C3.797788. C4.977788. 当数四爻. 则：A1. A2. A4. B1. B2. B5. B6. B9. B10. C2皆变䷴渐. 以遯之九四断. A3变䷵归妹. 以归妹卦辞断. B3变䷿未济. B4变䷔噬嗑. B7变䷮困. B8变䷐随. B11变䷟恒. B12变䷶丰. 会以所变卦辞与遯卦辞会断. C1. C3. C4不变. 以遯卦辞断。

48、六爻揲数组合排列：A.999966、B1.779988、B2.797988、B3.799788、B4.977988、B5.979788、B6.997788、C1.799968、C2.799986、C3.979968、C4.979986、C5.997968、C6.997986、C7.999768、C8.999786。考数遇七爻，则：B4—6、C3—8皆变䷞咸，以遯之九三断。C1变䷬萃，C2变䷚頤，亦以所变卦卦辞断。B1—3不变，以遯卦卦辞断。A变䷒临，以临卦卦辞断。

50、六爻揲数组合排列：A1.999968、A2.999986、B1.799988、B2.979988、B3.997988、B4.999788。考数遇五爻，则：A1、A2、B1、B3、B4皆变䷷旅，以遯之九五断。B2变䷇比，以比、遯二卦卦辞会断。

52、六爻揲数组合排列999988。考数遇六爻，乃变䷋否，以遯之九三断。

970523。

䷠

遯

六爻揲蓍之合	本卦	之卦	会断	初爻	二爻	三爻	四爻	五爻	上爻	合计	备注
	卦变占断										
40		1								1	之卦：乾。
42	1			5						6	
44	5				10					15	
46	3	1	6				10			20	之卦：归妹。会断：与未济、噬嗑、困、随、小畜、革。
48	3	3							9	15	之卦：咸、蒙、既。
50			1					5		6	会断：与比。
52						1				1	
	12	5	7	5	10	1	10	5	9	64	

大壮 六爻揲数之合：
40.42.44.46.48.50.52.

40. 六爻揲数组合排列 667777 当数过之爻，不变。以大壮卦辞断。

42. 六爻揲数组合排列：A1.667779. A2.667797. A3.667977. A4.669777. B1.687777. B2.867777. 当数过初爻，则 A1 变䷀恒，以大壮初九断。A2 变䷀同人，A3 变䷀履，A4 变䷀小畜，合以所变卦辞与大壮卦辞合断。B1—2 不变，以大壮卦辞断。

44. 六爻揲数组合排列：A1.667799. A2.667979. A3.667997. A4.669779/ A5.669797. A6.669977. B.887777. C1.687779. C2.687797. C3.687977. C4.689777. C5.867779. C6.867797. C7.867977. C8.869777. 当数过二爻，则 A1、A3、A5、C2、C6 皆变䷀丰，以大壮九二断。A2 变䷀讼，A6 变䷀中孚，合以所变卦辞断（A4 变䷀萃）。C1、C3、C4、C5、C7、C8 皆不变，以大壮卦辞断，B 不变，以大壮卦辞断。

46. 六爻揲数组合排列：A1.667999. A2.669799. A3.669979. A4.669997. B1.887779. B2.887797. B3.887977. B4.889777. C1.687799. C2.687979. C3.687997. C4.689797. C5.689779. C6.689977. C7.867799. C8.867979. C9.867997. C10.869797. C11.869779. C12.869977. 当数过四爻，则：A2、A3、A4、B4、C4、C5、C6、C10、C11、C12 皆变䷀泰，以大壮九四断。A1 变䷀豫，以豫卦辞断。C1 变䷀旅，C2 变䷀未济，C3 变䷀噬嗑，C7 变䷀咸，C8 变䷀困，C9 变䷀随，合以所变卦辞与大壮卦辞合断。B1—3 不变，以大壮卦辞断。

48. 六爻揲数组合排列：A 669999. B1. 887919. B2. 887977. B3. 887997. B4. 889797. B5. 889977. C1. 687999. C2. 689799. B6. 889779
C3. 689979. C4. 689997. C5. 867999. C6. 869799. C7. 869979. C8. 869997. 当数遇上爻，则C1—4变大育，以大壮上六断。C5变节，C6变蹇，C7变坎，C8变屯，各以所变卦六辞断。B1—6不变，以大壮卦辞断。A六爻全变而为观，以观卦辞断。

50. 六爻揲数组合排列 A1. 689999. A2. 869999. B1. 887999. B2. 889799. B3. 889979. B4. 889997. 当数遇五爻，则A2变夬，以大壮六五断。A1变剥，以剥卦六辞断。B1变豫，B2变谦，B3变师，B4变复，亦以所变卦辞与大壮卦辞合断。

52. 六爻揲数组合排列 889999 当数遇三爻，乃变归妹，以大壮九三断。

970524.

䷡ 大壮	六爻揲数之合	卦爻占断										备注
		本卦	之卦	合断	初爻	二爻	三爻	四爻	五爻	上爻	合计	
	40	1									1	
	42	2		3	1						6	合断：与同人、姤、小畜。
	44	7	3			5					15	之卦：讼、巽、中孚。
	46	3	1	6				10			20	之卦：蛊。合断：与旅、未济、噬嗑、咸、困、随。
	48	6	5							4	15	之卦：观、萃、蹇、坎、屯。
	50		1	4					1		6	之卦：剥。合断：与豫、谦、师、复。
	52						1				1	
		19	10	13	1	5	1	10	1	4	64	

晋 六爻揲数之会：
38.40.42.44.46.48.50.

38. 六爻揲数组合排列767666，当数遇五爻，乃变否，以晋之五断。

40. 六爻揲数组合排列：A1.769666. A2.967666. B1.767686. B2.767668. B3.767866. B4.787666. 当数遇上爻，A1-2. B1. B2. B4 皆变旅，以晋之上断。B3变复，以复晋二卦辞会断。

42. 六爻揲数组合排列：A969666. B1.767688. B2.767868. B3.767886. B4.787688. B5.787868. B6.787886. C1.769668. C2.769686. C3.769866. C4.789666. C5.967668. C6.967686. C7.969866. C8.987666. 当数遇初爻，则B3. B5. B6. C2. C3. C4. C6. C7. C8 皆变噬嗑，以晋之初六断。C1变蒙，C5变大过，之以所变卦辞断。B1. B2. B4 皆不变，以晋卦辞断。A六爻全变而为需，以需卦辞断。

44. 六爻揲数组合排列：A1.767888. A2.787688. A3.787868. A4.787886. B1.769688. B2.769868. B3.769886. B4.967688. B5.967868. B6.967886. B7.987688. B8.987868. B9.987886. C1.969668. C2.969686. C3.969866. C4.989666. 当数遇二爻，则A3. B2. B5. B8（B10. B12）C1. C3. C4 皆变未济，以晋之六二断。B1变渐，B3变益，B4变咸，B6变随，B7变遁，B9变家人，以所变卦辞与晋卦辞会断。C2变睽（以睽卦辞断），A1. A2. A4不变，以晋卦辞断。

B10.789668
B11.789686
B12.789866

B11变[illegible]

46. A1.787888. B1.769888. B2.789688. B3.789868. B4.789886. B5.967888. B6.987688. B7.987868. B8.987886. C1.969688. C2.969868. C3.969886. C4.989688. C5.989868. C6.989886. 当数遇四爻，则B1-4. C1-6 皆变剥，以晋之四断。B5-8不变，以晋卦辞断。A不变，以晋卦辞断。

48. 六爻揲数组合排列：A1. 789888. A2. 987888.
B1. 969888. B2. 989688. B3. 989868. B4. 989886. 当取直上爻，则
A2. B1—4 皆变 ䷎ 谦，以爻之上九断，则不变，以本卦彖辞断。
50. 六爻揲数组合排列 989888. 当取西五爻，不变，以
本卦彖辞断。

970525.

	六爻揲数之合	卦爻占断										备注
		本卦	之卦	合卦	初爻	二爻	三爻	四爻	五爻	上爻	合计	
䷢ 晋	38								1		1	
	40			1			5				6	合卦：复。
	42	3	3		9						15	之卦：大有、坤、大过
	44	3	1	7		9					20	之卦：既济。合卦：渐、贲、蛊、咸、随、小过、家。
	46	5						10			15	
	48	1								5	6	
	50	1									1	
		13	4	8	9	9	5	10	1	5	64	

䷣ 明夷 六爻揲数之合：38.40.42.44.46.48.50

38. 六爻揲数组合排列 666767 者数遇五爻，则变 ䷾ 既济，以明夷六五断。

40. 六爻揲数组合排列：A1. 666769. A2. 666967. B1. 666787. B2. 668767. B3. 686767. B4. 866767. 者数遇三爻，则 A2 变 ䷗ 复，以明夷九三断。A1 变 ䷔ 噬嗑，B1 变 ䷌ 同人，B2 变 ䷒ 临，B3 变 ䷙ 大畜，B4 变 ䷪ 夬。A1 以噬嗑卦辞断，B1—4 各以所变卦辞与明夷卦辞合断。

42. 六爻揲数组合排列：A. 666969. B1. 668787. B2. 686787. B3. 866787. B4. 688767. B5. 868767. B6. 886767. C1. 666789. C2. 668769. C3. 686769. C4. 866769. C5. 666987. C6. 668967. C7. 686967. C8. 866967. 者数遇初爻，则 C1—4 皆变 ䷷ 旅，以明夷初九断。C5 变 ䷘ 无妄，C6 变 ䷼ 中孚，C7 变 ䷥ 睽，C8 变 ䷹ 兑，各以所变卦辞断。B1—6 不变，以明夷卦辞断。A 六爻全变而为 ䷅ 讼，以讼卦辞断。

44. 六爻揲数组合排列：A1. 688787. A2. 868787. A3. 886787. A4. 888767. B1. 666989. B2. 668969. B3. 686969. B4. 866969. C1. 668789. C2. 686789. C3. 866789. C4. 688769. C5. 868769. C6. 886769. C7. 668987. C8. 686987. B9. 866987. C10. 688967. C11. 868967. C12. 886967. 者数遇二爻，则 A4. B2. B3. B4. C4. C5. C6. C10. C11. C12 皆变 ䷊ 泰，以明夷六二断。B1 变 ䷀ 乾，以乾卦辞断。C1 变 ䷴ 渐，C2 变 ䷷ 旅，C3 变 ䷞ 咸，C7 变 ䷩ 益。

C8变䷔噬嗑。C9变䷐随。玄以所变卦辞与明变卦辞会断。A1、A2、A3不变，以明变卦辞断。

46. A. 888787. B1. 668989. (B6 688896) B2. 686989. B3. 866989. B4. 868969. B5. 886969. C1. 688789. C2. 688987. ~~[illegible]~~

C3 868789. C4 868898. C5 886789. C6 688487. C7 888769. C8 888917.

查数遇四爻，则B2、B3、B5 (C5、C6) 皆变䷿未，以明变云四断。B1变䷀乾。B4变䷜坎。云以所变卦辞断。C1—8不变 (C7、C8)，以明变卦辞断。A不变，以明变卦辞断。

B6变䷃蒙。

48. A1. 688989. A2. 868989. A3. 886989. A4. 888969. B1. 888789. B2. 888987. 查数遇上爻，则B1变 ~~剥~~ ䷕贲，以明变上云断。A1变䷇比。A3变䷖剥。A4变䷆师。玄以所变卦辞与明变卦辞会断。B1—2不变，以明变卦辞会断。

50. 云爻揲数组合排列8889的查数遇五爻，[illegible]不变，以明变卦辞断。

970526.

䷣

明夷

六爻揲数之合	卦变占断										备注
	本卦	之卦	会断	初爻	二爻	三爻	四爻	五爻	上爻	合计	
38								1		1	
40		1	4			1				6	之卦：姤 会断：同人、噬嗑、大有、夬。
42	6	5		4						15.	之卦：讼、无妄、中孚、睽、兑。
44	3	1	6		10					20	之卦：否。 会断：渐、旅、咸、益、噬嗑、随。
46	7	3					5			15	之卦：观、晋、萃。
48	2		3						1	6	会断：比、剥、师
50	1									1	
	19	10	13	4	10	1	5	1	1	64	

䷤ 家人 六爻揲数之合：40.42.44.46.48.50.52.

40、六爻揲数组合排列776767 当数遇二爻，不变，以家人卦辞断。

42、六爻揲数组合排列：A1.776769. A2.776967. A3.796767. A4.976767. B1.776787. B2.778767. 当数遇初爻，则A1变 ䷴ 渐，以家人初九断。A2变 [illegible]，A3变 ䷙ 大畜，A4变 ䷪ 夬，皆以所变卦辞与家人卦辞合断。B1–2不变，以家人卦辞断。

44、六爻揲数组合排列：A1.776969. A2.796796. A3.796967. A4.976769. A5.976967. A6.996767. B.778787. C1.776789. C2.776987. C3.796787. C4.976787. C5.778769. C6.778967. C7.798767. C8.978767. 当数遇二爻，则：A1–6、C5–8皆变 ䷈ 小畜，以家人六二断。C1–4不变，以家人卦辞断。B不变，以家人卦辞断。

46、六爻揲数组合排列：A1.796969. A2.976969. A3.996769. A4.996967. B1.778789. B2.778987. B3.798787. B4.978787. C1.776989. C2.796789. C3.796987. C4.976789. C5.976987. C6.778969. C7.798769. C8.798967. C9.978769. C10.978967. C11.996787. C12.998767. 当数遇四爻，则：A1–4、C1–5、C11皆变 ䷌ 同人，以家人六四断。C6变 ䷺ 涣，C7变 ䷑ 蛊，C8变 ䷨ 损，C9变 ䷯ 井，C10变 ䷻ 节，皆以所变卦辞与家人卦辞断。C12变 ䷊ 泰。B1–4不变，以家人卦辞断。

48、六爻揲数组合排列：A.996969. B1.778987. B2.798987. B3.798789. B4.978789. B5.978987. B6.998787. C1.798989. C2.976989. C3.998789. C4.996987. C5.798969. C6.978969. C7.998769. C8.998967.

吉数遇之爻，则：B4.B5.B6.C2.C3.C4.C6.C7.C8 皆变 ䷾ 既济，以家人上九断。C1变 ䷢ 晋，C5变 ䷃ 蒙，余以所变卦辞断。B1-3不变，以家人卦辞断。A六爻全变而为 ䷧ 解，以解卦辞断。

50. 六爻揲数组合排列：A1.996989.A2.998969、B1.798989.B2.978989.B3.998769、B4.998987（吉数遇之爻，则A1-2.B1.B2.B4 ~~六二~~ 皆变 ䷕ ~~C1.996969.C2.998769~~ 贲，以家人九五断，B3变 ䷇ 比，以比、家人二卦卦辞合断。

52. 六爻揲数组合排列：978989 吉数遇之，乃变 ䷩ 益，以家人九三断。

970527.

䷤

家人

六爻揲数之合	卦变之断：本卦	之卦	会断	初爻	二爻	三爻	四爻	五爻	上爻	合计	备注
40	1									1	
42	2		3	1						6	会断：损、大有、大畜。
44	5				10					15	
46	4		6				10			20	会断：涣、蛊、损、井、节、未。
48	3	3							9	15	之卦：涣、晋、蒙。
50			1					5		6	会断：与比。
52						1				1	
	15	3	10	1	10	1	10	5	9	64	

䷥睽 六爻揲数之合：40.42.44.46.48.50.52.

40. 六爻揲数组合排列767677 当数是三爻，乃变䷍大有，以睽之九二断。

42. 六爻揲数组合排列：A1.767679. A2.767697. A3.769677. A4.967677. B1.767877. B2.787677. 当数是五爻，则A1变䷿未济，以睽之初九断，A2变䷌同人，A3变䷈小畜，A4变䷍大有，以所变卦辞与睽卦辞合断，B1-2不变，以睽卦辞断。

44. 六爻揲数排列组合：A1.767699. A2.769679. A3.769697. A4.967679. A5.967697. A6.969677. B.787877. C1.767879. C2.767897. C3.769877. C4.967877. C5.787679. C6.787697. C7.789677. C8.987677. 当数是二爻，则A1.A3.A5.C2.C6 皆变䷔噬嗑，以睽初九二断，A2变 离，A4变 大过，A6变 家，合以所变卦辞断。C1.C3.C4.C5.C7.C8 皆不变，以睽卦辞断，B不变，以睽卦辞断。

46. 六爻揲数组合排列：A1.769699. A2.467699. A3.969679. A4.964697. B2.769879. B3.769897. B0.767899. B4.969877. B5.787699. B6.789679. B7.789697. B8.989677. C1.787879. C2.787897. C3.789877. C4.987877. 当数是四爻，则A1.A3.A4.B2.B3.B4.B6.B7.B8.C3. 皆变䷨损，以睽初九四断，A2变䷞咸，以咸卦辞断，B1变 蒙，B5变䷷旅，合以所变卦辞与睽卦辞合断，C1.C2.C4不变，以睽卦辞断。

B9.967879
B10.967897
B11.987679
B12.987697

B9变䷌同
B10变䷐随
B11变 [illegible]
B12变 [illegible]

48. 六爻揲数组合排列：A969699. B1.787899. B2.789879. B3.789897. B4.987879. B5.987897. B6.989877. C1.769899. C2.967899. C3.969879. C4.969789. C5.789699. C6.987699. C7.989679. C8.989697. 当数是七爻，则：B4.B5.B6、C2.C3.C4.C6.C7.C8 皆变䷁

归妹，以睽之上九断。C1变观，C5变，又C1—3不变，以睽卦辞断。A六爻全变而为蹇，以蹇卦辞断。

50. 六爻揲数组合排列：A1. 969899. A2. 989699. B1. 789899. B2. 987899. B3. 989879. B4. 989847. 为数四五爻，则A1变履，以睽之九二断。A2变遁，以遁卦辞断。B1变剥，B2变谦，B3变坤，B4变复。余以所变卦辞与睽卦辞合断。

52. 六爻揲数组合排列989899为数四爻，乃变坤，以坤卦辞断。

970528.

䷥	六爻揲数之会	卦爻占断										备注
		本卦	之卦	会断	初爻	二爻	三爻	四爻	五爻	上爻	合计	
睽	40						1				1	
	42	2		3	1						6	会断：与同人、小畜、艮。
	44	7	3			5					15	之卦：益、大过、需。
	46	3	1	6				10			20	之卦：咸、会断：与否、旅、困、随、恒、井、
	48	3	3							9	15	之卦：蹇、观、艮。
	50		1	4					1		6	之卦：谦。会断：剥、豫、师、复。
	52		1								1	之卦：坤
		15	9	13	1	5	1	10	1	9		

蹇 六爻揲数之合：38.40.42.44.46.48.50.

38. 六爻揲数组合排列676766者，数遇五爻，乃变乾，以乾卦辞断。

40. 六爻揲数组合排列：A1.676966.A2.696766.B1.676768.B2.676786.B3.678766.B4.876766.者数遇三爻，则A1变比，以蹇之九三断。A2变大有，以大有卦辞断。B1变姤，B2变同人，B3变大畜，B4变兑，合以所变卦辞与蹇卦辞合断。

42. 六爻揲数组合排列：A.696966.B1.676788.B2.678768.B3.678786.B4.876768.B5.876788.B6.878766.C1.676968.C2.676986.C3.678966.C4.876966.C5.696768.C6.696786.C7.698766.C8.896966.者数遇初爻，则：B3.B5.B6.C2.C3.C4.C6.C7.C8皆变既济，以蹇之初六断。C1变讼，C5变鼎，合以所变卦辞与蹇卦辞合断。B1.B2.B4不变，以蹇卦辞断。A六爻全变而为睽，以睽卦辞断。

44. 六爻揲数组合排列：A1.678788.A2.876788.A3.878768.A4.878786.B1.696968.B2.696986.B3.698966.B4.896966.C1.676988.C2.678968.C3.678986.C4.876968.C5.876986.C6.878966.C7.696788.C8.698768.C9.698786.C10.896768.C11.896786.C12.898766.者数遇二爻，则A3.B1.B3.B4.C2.C4.C6.C8.C10.C12皆变井，以蹇之六二断。B2变噬嗑，以噬嗑卦辞断。C1变否，C3变益，C5变随，C7变旅，C9变贲，C11变丰，合以所变卦辞与蹇卦辞合断。A1.A2.A4不变，以蹇卦辞断。

46. 六爻揲数组合排列：A. 878788. B1. 696988. B2. 698968. B3. 698986. B4. 896968. B5. 876986. A6. 898966. C1. 678988. C2. 876988. C3. 878968. C4. 878986. C5. 698788. C6. 896788. C7. 898768. C8. 898786. 有数遇四爻，则B1、B4、B5、C2、C6皆变䷞咸，以蹇之六四断。B2变䷃蒙。B3变䷥睽。B6变䷒临。（C1、C3、C4、C5、C7、C8皆不变，以蹇卦辞断。A不变，以蹇卦辞以所变卦辞与蹇卦辞合断）断。

48. 六爻揲数组合排列：A1. 698988. A2. 896988. A3. 898968. A4. 898986. B1. 878988. B2. 898788. 有数遇上爻，则A1变䷴渐，以蹇上六断。A2变䷨损。A3变䷣明夷。A4变䷗复。去以所变卦辞与蹇卦辞合断。B1—2不变，以蹇卦辞断。

50. 六爻揲数组合排列：898988. 有数遇五爻，乃变䷁[illegible]，以蹇之九五断。

970529.

	六爻揲数之合	卦变占断										备注
		本卦	之卦	合卦	初爻	二爻	三爻	四爻	五爻	上爻	合计	
䷦ 蹇	38		1								1	之卦：乾.
	40		1	4			1				6	之卦：大畜. 合卦：5比，同人，小畜，夬.
	42	3	3		9						15	之卦：睽，讼，艮.
合卦16. 本卦15. 64卦中仅此二例.	44	3	1	6		10					20	之卦：噬嗑. 合卦：既，益，随，旅，贲，革.
	46	7		3				5			15	合卦：蒙，颐，临.
	48	2		3						1	6	合卦：豫，明夷，复.
	50								1		1	
		15	6	16	9	10	1	5	1	1	64	

解 六爻揲数之合：
38.40.42.44.46.48.50

38. 六爻揲数組合排列667676。当数遇五爻，乃变困，以解之六五断。

40. 六爻揲数組合排列：A1.667696. A2.669676. B1.667678. B2.667876. B3.687676. B4.867676. 当数遇三爻，则A1-2. B1. B3. B4皆变恒，以解之六三断。B2变振，以複解二卦卦辞断。

42. 六爻揲数組合排列：A.669696. B1.667878. B2.687678. B3.687876. B4.867876. B5.867678. B6.867876. C1.667689. C2.667896. C3.687696. C4.867696. C5.669678. C6.669876. C7.689676. C8.869676. 当数遇初爻，则：B3. B4. B6. C2. C3. C4. C6. C7. C8皆变归妹，以解之初六断。C1变遯，C5变蹇，六以所变卦辞断。B1. B2. B5不变，以解卦辞断。A六爻全变而成家人，以家人卦辞断。

44. 六爻揲数組合排列：A1.667878. A2.867878. A3.887678. A4.887876. B1.669896. B2.669698. B3.689696. B4.869696. C1.667898. C2.687698. C3.687896. C4.867698. C5.867896. C6.669878. C7.689678. C8.689876. C9.889678. C10.889876.
C11.887696
C12.889676
当数遇二爻，则B1-4. C1-5皆变豫，以解之九二断，C6变涣，C7变蹇，C8变旅，C9变井，C10变节（C12变否），六以所变卦辞与解卦辞合断。

46. 六爻揲数組合排列：A.887878. B1.669898. B2.689698. B3.689896. B4.889696.
B5.869896
B6.869698
C1.687898. C2.867898. C3.887698. C4.887896. C5.689878. C6.869878. C7.889678. C8.889876 当数遇四爻，则B1-6. C5-8皆变师，以解之九四断。C1-4不变，以解卦辞断。A不变，以解卦辞断。

48. 六爻揲数组合排列：A1. 887898. A2. 889878. B1. 689898. B2. 869898. B3. 889698. B4. 889896. 古取遇之爻，则B1变䷿未济，以解之六断，B2变䷇比，B3变䷎谦，B4变䷗复，亦以所变卦辞与之卦辞合断，A1-2不变，以解卦本辞断。

50. 六爻揲数组合排列 889898. 古取遇之爻不变，以解卦本辞断。

970530.

䷧

解

六爻揲数之合	卦爻占断										备注
	本卦	之卦	合断	初爻	二爻	三爻	四爻	五爻	上爻	合计	
38								1		1	
40			1			5				6	合断：小畜.
42	3	3		9						15	之卦：家人、遯、睽.
44	4		6		10					20	合断：涣、蛊、姤、井、节、升.
46	5						10			15	
48	2		3						1	6	合断：比、谦、复.
50	1									1	
	15	3	10	9	10	5	10	1	1	64	

䷨ 损　六爻揲数之合：

39. 41. 43. 45. 47. 49. 51.

39. 六爻揲数组合排列766677. 当数过四爻，乃变䷥睽，以损之六四断。

41. 六爻揲数组合排列：A₁.766679. A₂.766697. A₃.966677. B₁.766877. B₂.768677. B₃.786677. 当数过二爻，则A₂变䷚颐，以损九二断。A₁变䷒临，A₃变䷙共会以所变卦辞断。B₁₋₃不变，以损卦辞断。

43. 六爻揲数组合排列：A₁.766699. A₂.966679. A₃.966697. B₁.768877. B₂.786877. B₃.788677. C₁.766879. C₂.766897. C₃.966877. C₄.768679. C₅.768697. C₆.968697. C₇.786679. C₈.786697. C₉.986677. 当数过初爻，则A₁.A₂.C₁.C₄.C₇皆变䷃蒙，以损之初九断。A₃变䷰革，以革卦辞断。C₂变䷘无妄，C₃变䷹兑，C₅变䷤家人，C₆变䷄需，C₈变䷝离，C₉变䷛大过，会以所变卦辞与损卦辞合断。B₁₋₃不变，以损卦辞断。

45. 六爻揲数组合排列：A.966699. B.788877. C₁.766899. C₂.768699. C₃.786699. C₄.966879. C₅.966897. C₆.968679. C₇.968697. C₈.986679. C₉.986697. D₁.768879. D₂.768897. D₃.786879. D₄.[illegible]97. D₅.788679. D₆.788697. D₇.968877. D₈.986877. D₉.988677. 当数过三爻，则C₂.C₃.C₆.C₇.C₈.C₉.D₅.D₆.D₉皆变䷙大畜，以损之六三断。C₁变䷋否，C₄变䷮困，C₅变䷐随，会以所变卦辞断。D₁.D₂.D₃.D₄.D₇.D₈皆不变，以损卦辞断。A六爻全变而为䷞咸，以咸卦辞断。B不变，以损卦辞断。

47. 六爻揲数组合排列：A1. 768899. A2 786899. A3 788699. A4. 968879. A5. 968897. A6. 986879. A7. 986897. A8. 988679. A9. 988697. B1. 788879. B2 788897. B3. 988877. C1. 966899. C2. 968699. C3. 986699. 其数遇五爻，则A1、A4、A5、C1、C2皆变 ䷼ 中孚，以损之彖断。A2变 ䷢ 晋，A3变 ䷳ 艮，A6变 ䷦ 蹇，A7变 ䷲ 震，A8变 ䷭ 升，A9变 ䷣ 明夷，亦以所变卦彖与损卦彖合断。C3变 ䷽ 小过，以小过彖断。B1-3不变，以损卦彖断。

49. 六爻揲数组合排列：A1. 968899. A2. 986899. A3. 988699. B1. 788899. B2. 988879. B3. 988897. 其数遇六爻，则A1-3、B2、B3皆变 ䷒ 临，以损之上九断。B1不变，以损卦彖断。

57. 六爻揲数组合排列：988899 其数遇四爻，乃变 ䷁ 坤，以坤、损二卦彖合断。

970531.

卦名	六爻揲数之合	本卦	之卦	会断	初爻	二爻	三爻	四爻	五爻	上爻	合计	备注
䷨ 损	39							1			1	
	41	3	2			1					6	之卦：姤、夬。
	43	3	1	6	5						15	之卦：革；会断：无妄、兑、家人、蹇、需、大壮。
	45	7	4				9				20	之卦：咸、否、困、随。
	47	3	1	6					5		15	之卦：小过；会断：晋、艮、解、震、升、明夷。
	49	1								5	6	
	51			1							1	会断：与坤。
		17	8	13	5	1	9	1	5	5	64	

益 六爻揲数之合：39.41.43.45.47.49.51

39、六爻揲数组合排列776667，者数遇四爻，乃变无妄，以益之六四断。

41、六爻揲数组合排列：A1.776669. A2.796667. A3.976667. B1.776687. B2.776867. B3.778667. 者数遇二爻，则A1-3，B2，B3皆变中孚，以益之六二断，B1不变，以益卦辞断。

43、六爻揲数组合排列：A1.796669. A2.976669. A3.996667. B1.776887. B2.778687. B3.778867. C1.776689. C2.776869. C3.778669. C4.796687. C5.796867. C6.798667. C7.976689. C8.976867. C9.978667. 者数遇初爻，则A1、A2、C1、C2、C3皆变观，以益之初九断。A3变大壮，以大壮卦辞断。C4变离，C5变鼎，C6变大畜，C7变夬，C8变兑，C9变需，合以所变卦辞与益卦辞合断。B1-3不变，以益卦辞断。

45、六爻揲数组合排列：A.996669. B.778887. C1.796689. C2.796869. C3.798669. C4.976689. C5.976869. C6.978669. C7.996687. C8.996867. C9.998667. D1.776889. D2.778689. D3.778869. D4.796887. D5.798687. D6.798867. D7.976887. D8.978687. D9.978867. 者数遇五爻，则C1、C3、C4、C6、C7、C9、D2、D5、D8皆变家人，以益之六二断。C2变未济，C5变困，C8变归妹，合以所变卦辞断。D1、D3、D4、D6、D7、D9皆不变，以益卦辞断。A六爻全变为恒，以恒卦辞断。B不变，以益卦辞断。

47 六爻揲数组合排列：A1.996689. A2.996869. A3.998669. B1.778889. B2.978887. B3.978887. C1.796889. C2.798689. C3.798869. C4.976889. C5.978689. C6.978869. C7.996887. C8.998687. C9.998867. 当数遇五爻，则A1—3、C1、C2、C3、C7、C8、C9皆变睽，以益之九五断。C4变革，C5变蹇，C6变坎，合以所变卦辞与益卦辞来合断。B1—3不变，以益卦辞断。

49. 六爻揲数组合排列：A1.996889. A2.998689. A3.998869. B1.798889. B2.978889. B3.998887. 当数遇上爻，则A1—3、B2、B3皆变屯，以益之上九断。B1不变，以益卦辞断。

51 六爻揲数组合排列 970601.

998899. 当数遇四爻

乃变坤，以坤益二卦辞断。

䷩	六爻揲数之合	卦爻占断										备注
		本卦	之卦	合断	初爻	二爻	三爻	四爻	五爻	上爻	合计	
益	39							1			1	
	41	1				5					6	
	43	3	1	6	5						15	之卦：大壮。合断：需、巽、大畜、革、兑、离。
	45	7	4				9				20	之卦：恒、未济、困、归妹。合断：萃、蹇、坎。
	47	3		3					9		15	
	49	1								5	6	
	51			1								合断：5坤
		15	5	10	5	5	9	1	9	5	64	

䷪夬 六爻揲数之会：
41.43.45.47.49.51.53

41.六爻揲数组合排列：677777 当数遇一爻，不变，以夬卦辞断。

43.六爻揲数组合排列：A1.677779.A2.677797.A3.677977.A4.679777.A5.697777.B.877777.当数遇初爻，A1变䷛大过，以夬初九断，A2–5不变，以夬卦辞断，B不变，以夬卦辞断。

45.六爻揲数组合排列：A1.677799.A2.677979.A3.679779.A4.677997.A5.679797.A6.679977.A7.697779.A8.697797.A9.697977.A10.699777.B1.877779.B2.877797.B3.877977.B4.879777.B5.897777.当数遇二爻，则：A2.A4.A6.A9.B3皆变䷹兑，以夬九二断，A1变䷠遯，A3变䷸巽，A5变䷤家人，A7变䷱鼎，A8变䷝离，A10变䷙大畜，六以所变卦辞与夬卦辞合断，B1.B2.B4.B5不变，以夬卦辞断。

47.六爻揲数组合排列：A1.677999.A2.679799.A3.679979.A4.679997.A5.697799.A6.697979.A7.697997.A8.699779.A9.699797.A10.699977.B1.877799.B2.877979.B3.877997.B4.879797.B5.879977.B6.897977.B7.897797.B8.897779.B9.899777.（B10.879779）当数遇五爻，则：A5–10 B6–9皆变䷡大壮，以夬之九五断，A1变䷋否，A2变䷴渐，A3变䷺涣，A4变䷩益，六以所变卦辞断，B1–5皆不变，以夬卦辞断。

49. 六爻揲数组合排列：A1.679999 A2.697999. A3.699799. A4.699979. A5.699997. B1.877999. B2.879799. B3.879979. B4.879997. B5.897799. B6.897979. B7.897997. B8.899797. B9.899977. B10.899779.

为取四七爻。则A1-5变䷀乾，以其之六爻断；B1变䷻节，B2变䷦蹇，B3变䷜坎，B4变䷂屯，B5变䷽小过，B6变䷧解，B7变䷲震，B8变䷣明夷，B9变䷒临，B10变䷭升。各以所变卦辞与其卦之辞合断。

51. 六爻揲数组合排列：A.699999. B1.899997. B2.899979. B3.899799. B4.897999. B5.879999. 为取四九爻，则B1、B2、B3、B5皆变䷄需，以其之九四断；B4变䷏豫，以豫其二卦之辞合断。A六爻全变而为䷖剥，以剥卦辞断。

53. 六爻揲数组合排列899999为取五九爻。B变䷰革，以其之六九二断。

970602

䷪	六爻揲扐之合	卦爻占断										备注
		本卦	之卦	合断	初爻	二爻	三爻	四爻	五爻	上爻	合计	
	41	1									1	
夬	43	5			1						6	
合断皆过本卦断。	45	4		6			5				15	合断：遯、巽、家人、睽、大畜。之卦：否、渐、涣、益。
	47	6	4						10		20	
	49			10						5	15	合断：与萃、蹇、坎、屯、小过、解、震、明夷、临、升。
	51		1	1				4			6	之卦：剥。合断：与谦。
	53					1					1	
		16	5	17	1	1	5	4	10	5	64	

䷫ 姤　六爻揲数之合：41.43.45.47.49.51.53.

41、六爻揲数组合排列777776，当取過二爻，不变，以姤卦辞断。

43、六爻揲数组合排列：A1.777796.A2.777976.A3.779776.A4.797776.A5.977776. B.777778. 当取過初爻，则A1—5皆变☰乾，以姤之初六断。B不变，以姤卦辞断。

45、六爻揲数组合排列：A1.777796.A2.779796.A3.779976.A4.797976.A5.797796.A6.799776. B1.777798.B2.777978.B3.779778.B4.797778.B5.977778，当取過三爻，则A1.A3.A4.A?.B2皆变☰讼，以姤之九三断。A2变☰家人，A5变☰高，A6变☰益，余以所变卦辞与姤卦辞合断。B1.B3.B4.B5不变，以姤卦辞断。

〔A7.977796 A8.977976 A9.979776 A10.997776〕

〔A7变☰革 A9变☰家 A10变☰大壮〕

47、六爻揲数组合排列：A1.779996.A2.797996.A3.799796.A4.799976.A5.979796.A6.979976.A7.997796.A8.997976.A9.999776. B1.777998.B2.779798.B3.779978.B4.797798.B5.797978.B6.799778.B7.979778.B8.997778.B9.977798，当取過五爻，则A2.A3.A4.A7.A8.A9.B4.B5.B6.B8皆变☰鼎，以姤之九五断。A1变☰逯，A5变☰既济，A6变☰节，余以所变卦辞断。B1.B2.B3.B7不变，以姤卦辞断。

〔A10 977796〕〔B10.977978〕〔A10☰随〕

49、六爻揲数组合排列：A1.799996.A2.979996.A3.997996.A4.999796.A5.999976. B1.779998.B2.797998.B3.799798.B4.799978.B5.979978.B6.997798.B7.997978.B8.999778，当取過上爻，则：

〔B9.977998 B10.997978〕

A2.A3.A4.A5.B5.B6.B7.B8（B9.B10）皆变䷛大过，以彼之上九断。A1变䷜坎，以坎卦辞断。B1变䷂屯。B2变䷢晋。B3变䷳艮。B4变䷤家（人）。亦以所变卦辞与本卦辞合断。

51、六爻揲数组合排列：A.999996.B1.799998.B2.979998.B3.997998.B4.999798.B5.999978.为数恩の爻则：B1.B2.B4.B5皆变䷕贲，以彼之初九断，B3变䷏豫，以豫卦辞断。A六爻全变而为䷗复，以复卦辞断。

53、六爻揲数组合排列999998为数恩二爻，B变䷠遯，以彼之九二断。

970603

䷫ 姤

	六爻揲数之合	卦爻合断										备注
		本卦	之卦	合断	初爻	二爻	三爻	四爻	五爻	上爻	合计	
姤	41	1									1	
	43	1			5						6	
	45	4		6			5				15	合断：5家人、离、蛊、革、需、大壮.
	47	6	4						10		20	之卦：益、既济、节、随.
	49		1	4						10	15.	之卦：困. 合断：5小过、晋、艮、蒙
	51	1	1					4				之卦：复.
	53					1						
		13	6	10	5	1	5	4	10	10	64	

萃 六爻揲数之合：38.40.42.44.46.48.50

38.六爻揲数组合排列677666者数是五爻，乃变乾，以乾卦辞断。

40.六爻揲数组合排列：A1.679666 A2.697666. B1.677668. B2.677686. B3.677866 B4.877666. 者数是三爻，则：A1,A2,B1,B2,B4皆变咸，以萃之六三断。B3变蹇，以蹇、萃二卦辞合断。

42.六爻揲数组合排列：A.699666. B1.677688. B2.677868. B3.677886. B4.877668. B5.877686. B6.877866. C1.679668. C2.679686. C3.679866. C4.879666. C5.697668. C6.697686. C7.697866. C8.897666. 者数是初爻，则：B3.B5.B6.C2.C3.C4.C6.C7.C8皆变随，以萃初六断。C1变[illegible]，C5变鼎，余以所变卦辞断。B1.B2.B4不变，以萃卦辞断。A六爻全变而为大畜，以大畜卦辞断。

44.六爻揲数组合排列：A1.677888.A2.877688 A3.877868. A4.877886. B1.699668. B2.699686. B3.699866. B4.899666. C1.679688. C2.679868. C3.679886. C4.879668. C5.879686. C6.879866. C7.699688. C8.697868. C9.697886. C10.897668. C11.897686. C12.897866. 者数是二爻，则：A3.B1.B3.B4.C2.C4.C6.C8.C10.C12皆变困，以萃之六二断。B2变贲，以贲卦辞断。C1变渐，C3变益，C5变既济，C7变旅，C9变噬嗑，C11变革，余以所变卦辞与萃卦辞合断。A1.A2.A4不变，以萃卦辞断。

46.六爻揲数组合排列：A.877888. B1.699688. B2.699868. B3.699886. B4.899668. B5.899686. B6.899866. ~~[illegible]~~
~~[illegible]~~
C1.679888. C2.697888. C3.879888. C4.897688. C5.879888. C6.897868. C7.879886. C8.897886. 者数是四爻，则：B1—6.C1.C3.C5.C7.皆变

䷇比，以萃之九四断，C2、C4、C6、C8不变，以萃卦卦辞断，A不变，以萃卦卦辞断。

48．六爻揲数组合排列：A1 699888、A2 899688、A3 899868、A4 899886、B1 879888、B2 897888，当取思上爻，则A1变䷋否，以比之上六断，A2变䷎谦，A3变䷆师，A4变䷗复，会以所变卦辞与萃卦辞合断。B1、B2不变，以萃卦辞断。

50．六爻揲数组合排列，899888当取思之爻，则变䷏豫，以萃之九五断。

970604.

䷬	六爻揲數之合	卦爻占斷										备注
		本卦	之卦	合斷	初爻	二爻	三爻	四爻	五爻	上爻	合計	
萃	38		1								1	之卦：乾
	40	1					5				6	
	42	3	3		9						15	之卦：大畜、蒙、壯
	44	3	1	6		10					20	之卦：賁、合斷：漸、益、旅、歸妹、噬嗑、豐、
	46	5						10			15	
	48	2		3						1	6	合斷：謙、師、艮、
	50								1		1	
		14	5	9	9	10	5	10	1	1	64	

䷭ 升 六爻揲数之合：
38.40.42.44.46.48.50.

38. 六爻揲数组合排列666776 当数遇五爻，乃变䷯井，以升之六五断。

40. 六爻揲数组合排列：A1.666796. A2.666976. B1.666778. B2.668776. B3.686776. B4.866776. 当数遇三爻，则：A2变䷆师，以升之九三断。A1变䷌同人，以同人卦辞断。B1变䷜坎，B2变䷈小畜，B3变䷍大有，B4变䷪夬，各以所变卦辞与升卦辞合断。

42. 六爻揲数组合排列：A.666996. B1.668778. B2.686778. B3.866778. B4.868776. B5.886776. C1.666798. C2.666978. C3.668796. C4.668976. C5.686796. C6.686976. C7.866796. C8.866976. 当数遇初爻，则：B4、B6、C3、C4、C5、C6、C7、C8皆变䷊泰，以升之初六断。C1变䷠遯，C2变䷅讼，各以所变卦辞断。B1、B2、B3皆不变，以升卦辞断。A六爻全变为䷘无妄，以无妄卦辞断。

(B6 688776)

44. 六爻揲数组合排列：A1.688778. A2.868778. A3.886778. A4.888776. B1.666998. B2.668996. B3.686996. B4.866996. C1.668798. C2.668978. C3.686798. C4.686978. C5.866798. C6.866978. C7.868796. C8.868976. C9.886796. C10.886976. 当数遇二爻，则：B1—4、C1、C3、C5、C7、C9、C11皆变䷎谦，以升之九二断。C2变䷺涣，C4变䷿未济，C6变䷮困，C8变䷻节，C10变䷵归妹，C12变损，各以所变卦辞与升卦辞合断。A1—4不变，以升卦辞断。

(C11.686796 C12.688976)

(C12变损)

46. 六爻揲数组合排列：A.888778. B1.668998. B2.686998. B3.866998. B4.868996. B5.886996. C1.688798. C2.688978. C3.868798. C4.868978. C5.886798. C6.886978. C7.888796. C8.888976. 当数遇四爻，则：B2、B3、B5、C5、C6皆变䷟恒，以升之六四断。B1变䷁坤，

(B6 688996)

D4变，以所变卦辞断。C1、C2、C3、C4、C5、C6不变，以升卦辞断。A不变，以升卦辞断。

48、六爻揲数组合排列：A1. 688998. A2. 868998. A3. 886998. A4. 888996. B1. 888798. B2. 888978. 老数遇六爻，则A1变蛊，以升之比六断。A2变比，A3变豫，A4变复，合以所变卦辞与升卦辞合断。B1-2不变，以升卦辞断。

50、六爻揲数组合排列888998 老数五爻，不变，以升卦辞断。

970605.

䷭ 升

六爻揲数之合	卦定占断										备记
	本卦	之卦	合断	初爻	二爻	三爻	四爻	五爻	上爻	合计	
38								1		1	
40		1	4			1				6	之卦：同人。合断：临，小畜，大有，咸。
42	3	3		9						15	之卦：无妄，遁，讼。
44	4		6		10					20	合断：涣，未济，困，蒙，归妹，损。
46	7	3					5			15	之卦：比，屯，颐。
48	2		3						1	6	合断：比，临，复。
50	1										
	17	7	13	9	10	1	5	1	1	64	

䷮ 困 六爻揲数之合：

39.41.43.45.47.49.51.

39. 六爻揲数组合排列 677676. 当数遇四爻，乃变 ䷹ 兑，以兑、困之卦辞合断。

41. 六爻揲数组合排列：A1. 677696. A2. 679676. A3. 697676. B1. 677678. B2 677876. B3. 877676. 当数遇该爻，则A1变 ䷬ 萃，以困九二断。A2变 ䷈ 小畜，A3变 ䷍ 大有，合以所变卦辞断。B1-3不变，以困卦辞断。

43. 六爻揲数组合排列：A1. 679696. A2. 697696. A3. 699676. B1. 677878. B2. 877678. B3. 877876. C1. 677698. C2 679678. C3. 697678. C4. 677896. C4 877696 C5 679676. C6 697876. C7. 879676. C8. 897676. 当数遇该爻，则A1-3. B3. C4—皆变 ䷹ 兑，以困之初六断。C1变 ䷛ 过，C2变 □ 咸，C3变 ䷱ 鼎，~~C4变~~ 合以所变卦辞与困卦辞合断。B1. B2不变，以困卦辞断。

45. 六爻揲数组合排列：A. 699696. B. 877878. C1. 679698 C2. 697698. C3. 679896. C4. 697896. C5. 699678. C6. 699876. C7. 879696. C8. 897696. C9. 899676. D1. 677898. D2. 679878. D3. 697878. D4. 879678. D5. 897678. D6. 879876. D7. 897876. D8. 877896. D9. 877698. 当数遇该爻，则：C1. C2. C5. C7. C8. C9. D4. D5. D9. 皆变 ䷛ 大过，以困之六三断。C3变 ䷩ 益，C4变 ䷔ 噬嗑，C6变 ䷨ 损，合以所变卦辞断。D1. D2. D3. D6. D7. D8 皆不变，以困卦辞断。A六爻全变而为 ䷕ 贲，以贲卦辞断。B不变，以困卦辞断。

47. 六爻揲数组合排列：A1.699698. A2.699896. A3.899696. B1.877898. B2.874878. B3.897878. C1.679898. C2.697898. C3.699878. C4.879698. C5.897698. C6.879896. C7.897896. C8.899678. C9.899876. 占数遇三爻，则：A1-3. B3. C2. C3. C5. C7. C8. C9皆变䷧解，以困之九五断。C1变䷓观，C4变䷦蹇，C6变䷂屯，余以所变卦辞与困卦辞合断。B1. B2不变，以困卦辞断。

49. 六爻揲数组合排列：A1.699898. A2.899698. A3.899896. B1.879898. B2.897898. B3.899878. 占数遇上爻，则：A1变䷅讼，以困之上六断。A2变䷎谦，A3变䷗复，余以所变卦辞断。B1-3不变，以困卦辞断。

51. 六爻揲数组合排列899898. 占数遇四爻，乃变䷜坎，以困之九四断。

970606.

䷮ 困	六爻揲数之合	卦变占断										备注
		本卦	之卦	合断	初爻	二爻	三爻	四爻	五爻	上爻	合计	
	39			1							1	合断：与乾、
	41	3	2			1					6	之卦：小畜、大有
	43	2		3	10						15.	合断：与姤、蛊、井。
	45	7	4				9				20	之卦：贲、益、噬嗑、颐。
	47	2		3					10		15	合断：与坎、蹇、屯。
	49	3	2							1	6	之卦：谦、复。
	51							1				
		17	8	7	10	1	9	1	10	1	64	

井六爻揲数之会：
39.41.43.45.47.49.51.

39. 六爻揲数组合排列676776. 占数为四爻，乃变大过，以井之六四断。

41. 六爻揲数组合排列：A1. 676796. A2. 676976. A3. 696776.
B1. 676778. B2. 678776. B3. 876776. 占数为二爻，则A1变蹇，以井之九二断。A2变復，A3变大有，皆以所变卦辞断。
B1-3不变，以井卦辞断。

43. 六爻揲数组合排列：A1. 676996. A2. 696796. A3. 696976.
B1. 678778. B2. 876778. B3. 878776. C1. 676798. C2. 676978.
C3. 696778. C4. 678796. C5. 678976. C6. 876796. C7. 876976.
C8. 896776 C9. 698776. 占数为初爻，则：A1-3、B3、C4-9皆变需，以井之初六断。C1变遯，C2变讼，C3变鼎，皆以所变卦辞与井卦辞合断。B1-2不变，以井卦辞断。

45. 六爻揲数组合排列：A. 696996. B. 878778. C1. 676998.
C2. 678996. C3. 876996. C4. 696798. C5. 696978. C6. 698796. C7. 698976.
C8. 896796. C9. 896976. D1. 678798. D2. 876798. D3. 878796. D4. 678978.
D5. 876978. D6. 878976. D7. 898776. (D8 648778 D9 896778) 占数为三爻，则C1、C2、C3、C5、C7、C9、D4、D5、D6皆变坎，以井之九三断。C4变旅，C6变贲，C8变丰，皆以所变卦辞断。D1、D2、D3、D8、D9变，以井卦辞断。A六爻全变而为噬嗑，以噬嗑卦辞断。B不变，以井卦辞断。

47、六爻揲数组合排列：A1.696998. A2.698996. A3.896996. B1.878798. B2.878978. B3.898778. C1.678968. C2.876998. C3.878996. C4.698798. C5.896798. C6.898796. C7.698978. C8.896978. C9.898976. 若取宜五爻，则A1－3、B3、C4、C5、C6、C7、C8、C9皆变䷭升，以井之九五断。C1变䷹兑，C2变䷬萃，C3变䷂屯，亦以所变卦辞与井卦辞合断。B1、B2不变，以井卦辞断。

49、六爻揲数组合排列：A1.698998. A2.896998. A3.898996. B1.878998. B2.898798. B3.898978. 若取宜七爻，则A1变䷦蹇，以井之上六断。A2变䷏豫，A3变䷗复，亦以所变卦辞断。B1－3不变，以井卦辞断。

51、六爻揲数组合排列898998，若取宜四爻，乃变䷁坤，以坤、井二卦辞合断。

970607

䷯	六爻揲数之合	卦变占断										备注
		本卦	之卦	合断	初爻	二爻	三爻	四爻	五爻	上爻	合计	
	39							1			1	
井	41	3	2			1					6	之卦：涣、大有。
困井二卦卦变占断各项数同。	43	2		3	10						15	合断：遯、讼、鼎。
	45	7	4				9				20	之卦：噬嗑、旅、贲、丰。
	47	2		3					10		15	合断：观、萃、屯。
	49	3	2							1	6	之卦：豫、复。
	51			1							1	合断：坤。
		17	8	7	10	1	9	1	10	1	64	

革 六爻揲数之合

40.42.44.46.48.50.52

40 六爻揲数组合排列677767，当数是七爻，不变，以革卦辞断。

42、六爻揲数组合排列：A1.677769，A2.677967，A3.679767，A4.697767，B1.677787，B2.877767，当数遇九爻，则A1变咸，以咸之初爻断，A2变随，A3变小畜，A4变大有，念以所变与革卦辞合断，B1-2不变，以革卦辞断。

44、六爻揲数组合排列：A1.677969，A2.679769，A3.679967，A4.697769，A5.697967，A6.699767，B1.677787，B2.877767，C1.677789，C2.677987，C3.679787，[illegible] C4.877769，C5.877967，C6.879767，C7.897767，当数遇七爻，则A1-6，B2，C5-8皆变夬，以革之六二断，B1，C1-3不变，以革卦辞断。

46、六爻揲数组合排列：A1.679969，A2.697969，A3.699769，A4.699967，B1.677989，B2.679789，B3.697789，B4.697987，B5.699787，B6.877969，B7.879769，B8.897769，B9.897967，B10.899767，B11.679987，B12.879967，C1.877789，C2.877987，C3.879787，C4.897787，当数遇九爻，则A1，A3，A4，B2，B5，B7，B10，C3，C4，C12皆变既济，以革之九三断，A2变未济，以未济卦辞断，B1变否，B3变旅，B4变噬嗑，B6变困，B8变恒，B9变归妹，念以所变与革卦辞合断，C1、C2、C4不变，以革卦辞断。

48、六爻揲数组合排列：A.699969，B1.679989，B2.879969，B3.697989，B4.897969，B5.699789，B6.899769，B7.699987，B8.899967，C1.877989，C2.879789，C3.879987，C4.897987，C5.899787，C6.897789，当数是七爻

则：B1、B3、B5、B7皆变䷌同人，以本之上六断。B2变䷜坎，B4变䷧解，B6变䷭升，B8变䷒临，亦以所变卦的卦辞与本卦卦辞合断。C1—6不变，以本卦卦辞断。A六爻皆变而为䷬萃，以萃卦卦辞断。

50、六爻揲数组合排列：A1.699989，A2.899969，B1.899987，B2.899189，B3.897989，B4.879989，有数遇五爻，则：A1、A2、B1、B2、B3皆变䷶丰，以本之上九断。B4变䷇比，以比卦之卦辞合断。

52、六爻揲数组合排列899989，有数遇三爻乃变䷐随，以本之九三断。

970608.

䷰ 革	爻数揲数之合	卦爻之断										备注
		本卦	之卦	合断	初爻	二爻	三爻	四爻	五爻	上爻	合计	
	40	1									1	
	42	2		3	1						6	合断：悔亡、无咎
	44	4				11					15	∴以二爻断11例（超过10）
	46	3	1	6				10			20	之卦：未济。合断：厉、贞、吉、凶、困、悔、小吝。
	48	6	1	4						4	15	之卦：蒙。合断：吉、厉、贞、悔。
	50			1					5		6	合断：与比。
	52						1				1	
		16	2	14	1	11（二爻断11例）	1	10	5	4（上爻断4例）	80	

䷱鼎 六爻揲数之合：

40.42.44.46.48.50.52

40. 六爻揲数组合排列767776. 当数遇六爻，不变，以鼎卦辞断。

42. 六爻揲数组合排列：A1.767796. A2.767976. A3.769776. A4.967776. B1.767778. B2.787776. 当数遇初爻，则：A1—A4, B2皆变䷍大有，以鼎之初六断，B1不变，以鼎卦辞断。

44. 六爻揲数组合排列：A1.767996. A2.769796. A3.769976. A4.967796. A5.969776.（A6.967976）B.787778. C1.767798. C2.767978. C3.769778. C4.967778. C5.787796. C6.787976. C7.789776. C8.987776. 当数遇二爻，则：A1, A2, A4, C1, C5, 皆变䷷旅，以鼎之九二断。A3变䷼中孚，A5变䷤家人，（A6变☱兑）以所变卦辞断。C2, C3, C4, C6, C7, C8不变，以鼎卦辞断。B不变，以鼎卦辞断。

46. 六爻揲数组合排列：A1.769996. A2.967996. A3.969796. A4.969976. B1.767998. B2.769798. B3.769978. B4.967798. B5.967978. B6.969778. B7.787996. B8.789796. B9.789976. B10.987796. B11.987976. B12.989776. C1.787798. C2.787978. C3.789778. C4.987778. 当数遇四爻，则：A1, A3, A4, B2, B3, ~~[illegible]~~, B6, B8, B9, B12, C3皆变䷑蛊，以鼎之九四断。A2变䷐随，以随卦辞断。B1变䷋否，B4变䷞咸，B5变䷮困，B7变䷔噬嗑，B10变䷶丰，B11变䷵归妹，需以所变卦辞与鼎卦辞合断。C1, C2, C4不变，以鼎卦辞断。

48. 六爻阳数组合排列：A.969996. B1.764778. B2.967498.
B3.969798. B4.969978. B5.789996. B6.987496. B7.489796. B8.489976.
C1.787978. C2.785778. C3.789778. C4.987798. C5.987978. C6.981778.
为取思上爻，则B2.B3.B4.B6.B7.B8.C4.C5.C6皆变恒，以本之上九断。B1变坎，B5变颐，各以所变卦辞断。C1.C2.C3不变，以本卦辞断。A六爻全变而为恒，以恒卦辞断。

50. 六爻阴数组合排列：A1.969998. A2.989996. B1.789998.
B2.987998. B3.989798. B4.989978. 为取思主爻，则A1变临，以本之六三断。A2变复，以复卦辞断。B1变剥，B2变损，B3变谦，B4变师，各以所变卦辞与本卦辞合断。

52. 六爻阴数组合排列989998，为取思三爻，乃变未济，以本之九三断。

970604.

䷱

鼎

六爻揲數之合	卦爻占斷										备注
	本卦	之卦	合断	初爻	二爻	三爻	四爻	五爻	上爻	合计	
40	1									1	
42	1			5						6	
44	7	3			5					15	之卦：中孚.晋.兑.
46	3	1	6				10			20	之卦：随. 合断：否.咸.困.噬嗑.革.归妹.
48	3	3							9	15	之卦：屯.坎.蹇.
50		1	4					1			之卦：复. 合断：5剥.旅.蛊.师.
52						1					
	15	8	10	5	5	1	10	1	9	64	

䷲震 六爻揲数之合：38.40.42.44.46.48.50.

38. 六爻揲数组合排列667667，为数遇五爻，乃变䷐随，以震之六五断。

40. 六爻揲数组合排列：A1.667669. A2.669667. B1.667687. B2.667867. B3.687667. B4.867667. 为数遇三爻，则A1-2、B1、B3、B4皆变䷶丰，以震之六三断。B2变䷗复，以复震二卦辞合断。

42. 六爻揲数组合排列：A.669669. B1.667887. B2.687687. B3.687867. B4.867687. B5.867867. B6.887667. C1.667689. C2.667869. C3.687669. C4.867669. C5.669687. C6.669867. C7.689667. C8.869667. 为数遇初爻，则C1-4变䷏豫，以震之初爻断。C5变䷤家人，C6变䷼中孚，C7变䷙大畜，C8变䷄需，余以所变卦辞断。B1-6不变，以震卦辞断。A六爻全变即为䷸巽，以巽卦辞断。

44. 六爻揲数组合排列：A1.687887. A2.867887. A3.887687. A4.887867. B1.669689. B2.669869. B3.689669. B4.869669. C1.667889. C2.669889. C3.687689. C4.689687. C5.867689. C6.869687. C7.867869. C8.869867.（C9.687869. C10.684867. C11.887669. C12.889667.）为数遇二爻，则A4、B2、B3、B4、C7、C8（C9、C10、C11、C12）皆变䷵归妹，以震之六二断。B1变䷴渐，以渐卦辞断。C1变否，C2变损，C3变䷷旅，C4变䷕贲，C5变䷞咸，C6变䷾既济，益，余以所变卦辞与震卦辞合断。A1-3不变，以震卦辞断。

46. 六爻揲数组合排列：A.887887. B1.689689. B2.689869. B3.869689. B4.869869. B5.669889. B6.889669. C1.687889. C2.867889. C3.887689. C4.887869. C5.689887. C6.869887. C7.889687. C8.889867. 为数遇四爻，则B1-6、C5-8皆变䷗复，以震九四断。C1-4不变，以震卦辞断。A不变，以震卦辞断。

48. 六爻揲数组合排列：A1. 887889. A2. 889887. B1. 689889. B2. 869889. B3. 889689. B4. 889869 者数连生爻，则B1变䷔噬嗑，以震之爻断。B2变䷂屯，B3变䷚颐，B4变䷆师。余以所变卦辞与震卦辞合断。A1-2不变，以震卦辞断。

50 六爻揲数组合排列889889者数连生爻，不变，以震卦辞断。

970610.

䷲	六爻揲蓍之合	卦爻占断										备注
		本卦	之卦	合断	初爻	二爻	三爻	四爻	五爻	上爻	合计	
震	38								1		1	
	40			1			5				6	合断：复。
	42	6	5		4						15	之卦：睽、家人、中孚、大畜、需。
	44	3	1	6		10					20	之卦：渐。合断：5晋、益、复、贲、咸、既济。
	46	5						10			15	
	48	2		3						1	6	合断：5比、3蹇、卯。
	50	1										
		17	6	10	4	10	5	10	1	1	64	

编者注：「渐」「艮」二卦原稿内容不全。

	六爻揲数之合	卦爻占断										备注
		本卦	之卦	合断	初爻	二爻	三爻	四爻	五爻	上爻	合计	
䷴ 渐	39							1			1	
	41	1				5					6	
	43	2		3	10						15	合断：讼、巽、大过。
	45	7	4				9				20	之卦：归妹、恒、丰、泰。
	47	2		1					12		15	合断：与萃。
	49	1								5	6	
	51			1							1	合断：与申
		13	4	5	10	5	9	1	12	5	64	

䷳

艮

六爻揲数之和	本卦	之卦	合断	初爻	二爻	三爻	四爻	五爻	上爻	合计	备注
38								1		1	
40		1	4			1				6	之卦：夬 合断：姤、同人、小畜、大有。
42	3	3		9						15	之卦：兑、临、大过。
44	3	1	6		10					20	之卦：随。 合断：与蛊、噬嗑、咸、既济、丰。
46	7	3					5			15	之卦：坎、屯、临。
48	1								5	6	
50	1									1	
	15	8	10	9	10	1	5	1	5	64	

䷵ 歸妹 六爻揲数之合：

39.41.43.45.47.49.51.

39. 六爻揲数组合排列：667677. 当数至四爻B变 ䷀ 乾. 以乾归妹二卦综断。

41. 六爻揲数组合排列：A1.667679 A2.667697. A3.669677. B1.667877. B2.687677. B3.867677 当数至二爻 则A2变 ䷲ 震. 以归妹九二断. A1变 ䷥ 睽. A3变 ䷈ 小畜. 合以所变卦综断. B1-3不变 以歸妹卦综断。

43. 六爻揲数组合排列：A1.667699. A2.669679. A3.669697. B1.687877. B2.867877. B3.887677. C1.667879. C2.667897. C3.669877. C4.687679. C5.687697. C6.689677. C7.867679. C8.867697. C9.869677. 当数至初爻 则：A1. A2. C1. C4. C7 皆变 ䷧ 解. 以归妹初九断. A3变 ䷤ 家人. 以家人卦综断. C2变 ䷘ 无妄. C3变 ䷼ 中孚. C5变 ䷝ 离. C6变 ䷙ 大畜. C8变 ䷰ 革. C9变 ䷄ 需. 合以所变卦综与归妹卦综合断. B1-3不变 以归妹卦综断。

45. 六爻揲数组合排列：A 669699. B.887877. C1.667899. C2.669879. C3.669897. C4.687699. C5.689679. C6.689697. C7.867699. C8.869679. C9.869697. D1.687879. D2.687897. D3.689877. D4.867879. D5.867897. D6.869877. D7.887697. D8.887679. D9.889677. 当数至三爻 则：C4-9 D7-9 皆变 ䷡ 大壮. 以归妹六三断. C1变 ䷋ 否. C2变 ䷺ 涣. C3变 ䷩ 益. 合以所变卦综断. D1-6不变. 以归妹卦综断。

A 六爻全变而为 ䷴ 渐. 以渐卦综断. B不变 以归妹卦综断。

47. 六爻揲数组合排列：A1.669899. A2.689699. A3.869699. B1.887879. B2.887897. B3.889877. C1.687899. C2.689879. C3.869897. C4.869879. C5.869897. C6.867899. C7.887699. C8.889679. C9.889697. 当数遇五爻，则A1、A3、C4—8皆变䷹兑，以归妹六五断。A2变䷳艮，以艮卦辞断。C1变䷢晋。C2变䷃蒙。C3变䷨损。C7变䷔噬。C8变䷭升。C9变䷣明夷。六以所变卦辞与归妹卦辞合断。B1—3不变，以归妹卦辞断。

49. 六爻揲数组合排列：A1.689899. A2.869899. A3.889699. B1.887899 B2.889879 B3.889897. 当数遇上爻，则A1变䷥睽，以归妹上六断，A2变䷒临。A3变䷎谦。六以所变卦辞断。B1—3不变，以归妹卦辞断。

51. 六爻揲数组合排列889899当数遇四爻，乃变䷒临，以归妹九四断。

970613.

䷵ 归妹

六爻揲数之合	本卦	之卦	合断	初爻	二爻	三爻	四爻	五爻	上爻	合计	备注
39			1							1	合断：5乾
41	3	2			1					6	之卦：姤、小畜.
43	3	1	6	5						15	之卦：家人. 合断：5无妄、睽、泰、大畜、革、需.
45	7	4				9				20	之卦：渐、旅、涣、益.
47	3	1	6					5		15	之卦：艮. 合断：5晋、萃、损、随、升、明夷.
49	3	2							1	6	之卦：比、谦.
51							1			1	
	19	10	13	5	1	9	1	5	1	64	

豐六爻揲数之合：39.41.43.45.47.49.51.

39. 六爻揲数组合排列667767者，数息四爻，乃变乾，以乾、丰二卦综断。

41. 六爻揲数组合排列：A1.667769. A2.667967. A3.669767. B1.667787. B2.687767. B3.867767. 者数息二爻，则A1-3、B2、B3皆变大壮，以丰之九二断。B1不变，以丰卦综断。

43. 六爻揲数组合排列：A1.667969. A2.669769. A3.669967. B1.687787. B2.867787. B3.887767. C1.667789. C2.667987. C3.669787. C4.687769. C5.687967. C6.689767. C7.867769. C8.867967. C9.869767. 者数息初爻，则A1、A2、C1、C4、C7皆变小过，以丰之初九断。A3变中孚，以中孚卦综断。C2变无妄。C3变家人。C5变睽。C6变大畜。C8变兑。C9变需。合以所变卦综与丰卦综合断。B1-3不变，以丰卦综断。

45. 六爻揲数组合排列：A.669969. B.887787. C1.667989. C2.669789. C3.669987. C4.687969. C5.689769. C6.689967. C7.867969. C8.869769. C9.869967. D1.687789. D2.867789. D3.887769. D4.687987. D5.689787. D6.867987. D7.869787. D8.889967. D9.889767. 者数息三爻，则C1、C3、C4、C6、C7、C9、D4、D6、D8皆变震，以丰之九三断。C2变渐。C5变蛊。C8变井。合以所变卦综断。D1、D2、D3、D5、D7、D9皆不变，以丰卦综断。A六爻全变而为涣，以涣卦综断。B不变，以丰卦综断。

47. 六爻揲蓍组合排列：A1. 669989. A2. 689969. A3. 869969. B1. 887789. B2. 887987. B3. 889787. C1. 687989. C2. 689789. C3. 689987. C4. 867989. C5. 869789. C6. 869987. C7. 889967. C8. 889769. C9. 887969. 书数为五爻。则：A1. A3. C4. C5. C6 皆变革，以本卦之九五断。A2变蒙。C1变晋。C2变艮。C3变颐。C7变临。C8变升。C9变明夷。余以所变卦辞与本卦辞合断。B1-3不变，以本卦辞断。

49. 六爻揲蓍组合排列：A1. 689989. A2. 869989. A3. 889969. B1. 889987. B2. 887789. B3. 889989. 书数为上爻。则A1变需，以本卦之上六断。A2变坎。A3变师。余以所变卦辞断。B1-3不变，以本卦辞断。

51. 六爻揲蓍组合排列 889989 书数为四爻。乃变明夷，以本卦之九四断。

970614

䷶

豐

六爻構成之卦	卦變已斷：本卦	之卦	合斷	初爻	二爻	三爻	四爻	五爻	上爻	合計	备註
39			1							1	合斷：小過
41	1				5					6	
43	3	1	6	5						15.	之卦：中孚 合斷：无妄、家人、睽、大畜、乾、需.
45	7	4				9				20	之卦：渙、漸、蠱、井.
47	3		7					5		15.	合斷：蒙、晉、艮、頤、臨、升、解.
49	3	2							1	6	之卦：坎、師.
51							1			1	
	17	7	14	5	5	9	1	5	1	64	

旅 六爻揲数之合：
39.41.43.45.47.49.51.

39. 六爻揲数组合排列767766者数遇四爻，乃变乾。以乾、旅二卦辞合断。

41. 六爻揲数组合排列：A_1.767966. A_2.769766. A_3.967766. B_1.767768. B_2.767786. B_3.787766. 者数遇二爻A_{1-3}. B_1. B_3皆变鼎。以旅之六二断，B_2不变，以旅卦辞断。

43. 六爻揲数组合排列：A_1.769966. A_2.967966 A_3.969766. B_1.767788. B_2.787768. B_3.787786. C_1.767968. C_2.769768. C_3.967768. C_4.767986. C_5.769786. C_6.967786. C_7.787966. C_8.789766. C_9.987766. 者数遇初爻，则A_{1-3}. B_3. C_{4-9}皆变离，以旅之初六断，C_1变讼，C_2变遯，C_3变大过，各以所变卦辞与旅卦辞合断，B_1. B_2不变，以旅卦辞断。

45. 六爻揲数组合排列 A_1.969966. B.787788. C_1.769968. C_2.967968. C_3.969768. C_4.769986. C_5.967986. C_6.969786. C_7.789966. C8. 987966. C9. 989766. D_1.767988. D_2.769788. D_3.967788. D_4.787968. D_5.789768. D_6.987768. D_7.787986 D_8.789786. D_9.987786. 者数遇三爻，则C_1. C_2. C_6 C_5. C_7. C_8. D_1. D_4. D_7皆变晋，以旅之九三断，C_3变井，C_6变既济，C_9变泰，各以所变卦辞断，D_2. D_3. D_5. D_6. D_8. D_9不变，以旅卦辞断，A六爻全变而为节，以节卦辞断，B不变，以旅卦辞断。

47. 六爻揲数组合排列：A1. 969968 A2. 969986. A3. 989968.
B1. 787988. B2. 789788. B3. 987788. C1. 769988 C2. 967988.
C3. 969788. C4. 789968. C5. 987968. C6. 989768. C7. 789986 C8. 987986.
C9. 989786. 当数遇五爻，则A1. A2. C1. C2. C3 皆变䷥睽，以旅之六五断，A3变䷒临，以临卦辞断，C4变䷃蒙，C5变䷧解，C6变䷭升，C7变䷚颐，C8变䷦蹇，C9变䷣明夷，合以所变卦辞与旅卦辞合断，B1-3不变，以旅卦辞断。

49、六爻揲数组合排列：A1. 969988. A2. 989968. A3. 989986.
B1. 789988. B2. 987988. B3. 989788. 当数遇四爻，则A1-3. B2. B3 皆变䷽小过，以旅之上九断，B1不变，以旅卦辞断。

51. 六爻揲数组合排列 989788 当数遇四爻，乃变䷳艮，以旅之九四断。

970615.

䷷	六爻揲数之合	卦爻占断										备注
		本卦	之卦	会断	初爻	二爻	三爻	四爻	五爻	上爻	合计	
旅	39			1							1	会断：与蹇.
	41	1				5					6	
	43	2		3	10						15	会断：与旅、贲、大过
	45	7	4				9				20	之卦：节、井、泰、既济.
	47	3	1	6					5		15	之卦：恒. 会断：蒙、解、升、坎、家、明夷、
	49	1								5	6	
	51							1				
		14	5	10	10	5	9	1	5	5	64	

䷸ 巽 六爻揲数之会：40.42.44.46.48.50.52.

40. 六爻揲数组合排列776776，当数遇之爻，不变，以巽卦辞断。

42. 六爻揲数组合排列：A1.776796.A2.776976.A3.796776.A4.976776.B1.776778.B2.778776.当数遇初爻，则A1—4.B2皆变䷈小畜，以巽之初六断，B1不变，以巽卦辞断。

44. 六爻揲数组合排列：A1.776996.A2.796796.A3.796976.A4.976796.A5.476976.A6.996776.B.778778.C1.776798.C2.776978.C3.796778.C4.778796.C5.778976.C6.798776.C7.476778.C8.978776.当数遇二爻，则A1.A2.A4.C1.C4皆变䷴渐，以巽之九二断，A3变䷥睽，A5变䷹兑，A6变䷡大壮，合以所变卦辞断。C2.C3.C5.C6.C7.C8不变，以巽卦辞断，B不变，以巽卦辞断。

46. 六爻揲数组合排列：A1.796996.A2.976996.A3.996796.A4.996976.B1.776998.B2.796798.B3.976798.B4.796978.B5.976978.B6.778996.B7.798796.B8.978796.B9.798976.B10.978976.B11.996778.B12.998776.C1.778798.C2.778978.C3.798778.C4.978778.当数遇四爻，A1—4.B1—5.B11皆变䷫姤，以巽之六四断，B6变䷩益，B7变䷕贲，B8变䷾既济，B9变䷨损，B10变䷻节，B12变䷊泰，合以所变卦辞与巽卦辞合断，C1—4不变，以巽卦辞断。

48、六爻揲数组合排列：A.996996. B1.778998. B2.798798. B3.798978. B4.978798. B5.978978. B6.998778. C1.796998. C2.976998. C3.996798. C4.996978. C5.798996 C6.978996. C7.998796. C8.998976. 其数过七爻，则B6–6. C2. C3. C4 C6. C7. C8皆变䷯井，以筮之九折。C1变䷑蛊，C5变䷚颐，合以所变卦辞断。B1–3不变，以筮卦辞断。A六爻全变而为䷲震，以震卦辞断。

50. 六爻揲数组合排列：A1.996998. A2.998996. B1.798998. B2.978998. B3.998798. B4.998978. 其数过五爻，则A1–2、B3、B4皆变䷑蛊，以筮之九五断。B2变䷇比，以比筮之卦辞会断。

52、六爻揲数组合排列998998. 其数过六爻，乃变䷺涣，以筮之九三断。

970616.

䷥

睽

六爻揲数之合	卦变分析										备注
	本卦	之卦	合析	初爻	二爻	三爻	四爻	五爻	上爻	合计	
40	1									1	
42	1			5						6	
44	7	3			5					15	之卦：睽、兑、大壮。
46	4		6				10			20	合析：与益、贲、既济、损、节、泰。
48	3	3							9	15	之卦：震、晋、睽。
50			1					5		6	合析：与比。
52						1				1	
	16	6	7	5	5	1	10	5	9	64	

兑 六爻揲数之合：

40.42.44.46.48.50.52.

40 六爻揲数组合排列：677677 旁数恩之爻，只变 夬，以兑之六三断。

42. 六爻揲数组合排列：A1.677679. A2 677697. A3 679677. A4 697677. B1.677877. B2.877677. 旁数恩二爻，则A1变 困，以兑之初九断。A2变 同人，A3变 小畜，A4变 大有，余以所变卦辞与兑卦辞合断。B1—2不变，以兑卦辞断。

44. 六爻揲数组合排列：A1.677699 A2.679679 A3 679697 A4 697679. A5.697697. A6 699677. B 877877. C1.677879. C2 677897. C3 679877 C4 697877. C5 877679. C6.877697. C7.879677. C8.897677. 旁数恩二爻，则：A1.A3.A5.C2. C6 皆变 随，以兑之九二断。A2变 蹇，A4变 鼎，A6变 大畜，余以所变卦辞断。C1.C3.C4.C5.C7.C8 皆不变，以兑卦辞断。B不变，以兑卦辞断。

46. 六爻揲数组合排列 A1.679699 A2.697699. A3.699699. A4.699697. B1.677899. B2.679879. B3.697879. B4.697897. B5.877699. B6.879679. B7.897699. B8.897697. B9.899677 C1.877879. C2.877897. C3.879877. C4 897877. 旁数恩四爻，则A1.A3.A4. B2.B6.B9 B10.B11.B12 C3 皆变 节，以兑之九四断。A2变 旅，以旅卦辞断。B1变 否。B3变 未济。B4变 噬嗑。B5变 咸。B7变 恒。B8变 丰，余以所变卦辞与兑卦辞合断。C1.C2.C4不变，以兑卦辞断。

B10.679897
B11.879697
B12.699877

48. 六爻揲数组合排列：A.699699. B1.877899. B2.879879. B3.897879. B4.897897. B5.899877. C1.679899. C2.697899. C3.699879. C4.699897. C5.879699. C6.897699. C7.899679. C8.899697. 旁数恩五爻，则：C1—4 皆变 履，以兑之上六断。C5变 蹇。C6变 小过。C7变

B6.879897

49、C8 是䷣明夷。六以明夷卦解析。B1—爻不变，以之卦解析。

A 六爻全变而为䷳艮，以艮卦解析。

50、六爻揲数组合排列：A1. 697899. A2. 899697. B1. 897899. B2. 997899. B3. 899897. B4. 899897. 有数四五爻。则 A1—2. B2—4 皆变䷵归妹，以见之九五解析。B1 变䷇比，以比见之卦辞解析。

52、六爻揲数组合排列 899899 有数三爻。B 变䷁坤，以坤卦解析。

970617.

䷹	爻数撰数之合	卦爻占断										备注
		本卦	之卦	合断	初爻	二爻	三爻	四爻	五爻	上爻	合计	
兑	40						1				1	
	42	2		3	1						6	合断：与同人、小畜、大有。
	44	7	3			5					15	之卦：睽、鼎、大畜。
	46	3	1	6				10			20	之卦：旅。合断：与晋、未济、噬嗑、咸、恒、丰。
	48	6	5							4	15	之卦：艮、蹇、小过、升、明夷。
	50			1					5		6	合断：与比。
	52		1								1	之卦：坤。
		18	10	10	1	5	1	10	5	4	64	

䷺ 涣、六爻揲数之合：39.41.43.45.47.49.51.

39. 六爻揲数组合排列776676，当数遇の爻，乃变䷅讼，以涣之六の断。

41. 六爻揲数组合排列：A1.776696.A2.796676.A3.976676.
B1.776678.B2.776876.B3.778676.当数遇二爻，则A1变䷓观，以涣之初二断。A2变䷍大有，A3变䷪夬，各以所变卦辞断。
B1—3不变，以涣卦辞断。

43. 六爻揲数组合排列：A1.796696.A2.976696.A3.996676.
B1.776878.B2.778678.B3.778876.C1.776698.C2.796678.
C3.976678.C4.776896.C5.778696.C6.798676.C7.978676.
C8.976876.C9.796876.当数遇初爻，则A1—3.B2.C4—9.皆变
䷼中孚，以涣之初六断。C1变䷠遯，C2变䷱鼎，C3变䷛
大过，各以所变卦辞与涣卦辞合断。B1—2不变，以涣卦辞断。

45. 六爻揲数组合排列：A996696.B.778878.C1.796698.
C2.976698.C3.996678.[illegible] C4.796896.C5.976896.
C6.996876.C7.798696.C8.978696.C9.998676.D1.776898.
D2.778698.D3.778896.D4.796878.D5.798678.D6.798876.
D7.976878.D8.978678.D9.978876.当数遇三爻，则C1—3.C7—9.
D2.D5.D8皆变䷦蹇，以涣之六三断。C4变䷔噬嗑，C5变䷐
随，C6变䷵归妹，各以所变卦辞断。D1.D3.D4.D6.D7.D9不变，
以涣卦辞断。A六爻全变而成䷶丰，以丰卦辞断。B不变，以涣卦辞断。

47、六爻揲数组合排列：A1.996698.A2.996896.A3.998696.B1.778898.B2.798878.B3.978878.C1.796898.C2.798698.C3.498896.C4.976898.C5.978698.C6.978896.C7.996878.C8.998678.C9.998876.老数遇五爻，分别A1-3、B2、C1-3、C7-9皆变䷃蒙，以读之九五断。C4变䷬萃，C5变䷦蹇，C6变䷂屯，余以所变卦本卦与读卦结合断。B1、B3不变，以读卦结断。

49、六爻揲数组合排列：A1.998896.A2.998698.A3.996898.B1.998878.B2.978898.B3.798898.老数遇三爻，分别A1-3、B1-2皆变䷜坎，以读之上九断。B3不变，以读卦结断。

51、六爻揲数组合排列998898，老数遇四爻，乃变䷁坤，以坤读之卦结合断。

970618.

䷺ 涣

六爻揲数之合	本卦	之卦	合断	初爻	二爻	三爻	四爻	五爻	上爻	合计	备注
	卦变占断										
39							1			1	
41	3	2			1					6	之卦：大有、夬。
43	2		3	10						15	合断：5遯、鼎、大过。
45	7	4				9				20	之卦：丰、随、噬嗑、归妹。
47	2		3					10		15	合断：萃、蹇也。
49	1								5	6	
51			1							1	合断：5坤。
	15	6	7	10	1	9	1	10	5	64	

节 六爻揲数之合：

39.41.43.45.47.49.51

39. 六爻揲数组合排列676677者，数忌四爻，乃变　见，以节之六四断。

41. 六爻揲数组合排列：A1.676679. A2.676697. A3.696677. B1.676877. B2.678677. B3.876677。者，数忌二爻，则A2变　屯，以节之九二断。A1变　需，A3变　大有，分以所变卦辞断。B1—3不变，以节卦辞断。

43、六爻揲数组合排列：A1.676699. A2.696679. A3.696697. B1.678877. B2.876877. B3.878677. C1.676879. C2.678679. C3.876679. C4.676897. C5.678697. C6.876697. C7.696877. C8.698697. C9.896677. 者，数忌初爻，则A1. A2. C1—3皆变　坎，以节之初九断。A3变　需，以需卦辞断。C4变　无妄，C5变　家人，C6变　革，C7变　睽，C8变　贲，C9变　大壮，分以所变卦辞与节卦辞合断。B1—3不变，以节卦辞断。

45. 六爻揲数组合排列：A.696699. B.878877. C1.676899. C2.678699. C3.876699. C4.696879. C5.696897. C6.698679. C7.896699. C8.698697. C9.896697. D1.678879. D2.876879. D3.878679. D4.678897. D5.876897. D6.878697. D7.698877. D8.896877. D9.898677. 者，数忌三爻，则C2—3，C5—9，D3，D6，D9皆变　需，以节之六三断。C1变　否，C4变　未济，分以所变卦辞断。D1，D2，D4，D5，D7，D8不变，以节卦辞断。A六爻全变而为　旅，以旅卦辞断。B不变，以节卦辞断。

47. 六爻揲数组合排列：A1. 696899. A2. 698699. A3. 896699.
B1. 878879. B2. 878897. B3. 898877. C1. 678899. C2. 698879. C3. 698897.
C4. 876899. C5. 896879. C6. 896897. C7. 878699. C8. 898679. C9. 898697.
当取五爻。例：A1-3，B3，C2，C3，C5，C6，C8，C9 皆变节，以节之九五断。C1变观，C4变萃，C7变蹇，各以所变卦辞与节卦辞合断。B1、B2不变，以节卦辞断。

49. 六爻揲数组合排列：A1. 698899. A2. 896899. A3. 898699.
B1. 878899. B2. 898879. B3. 898897. 当取上爻。例A1变中孚，以节之上六断。A2变豫，A3变谦，各以所变卦辞断。B1—3不变，以节卦辞断。

51. 六爻揲数组合排列898899。当取四爻。B变坤，以坤、节二卦辞合断。

970619

䷻	六爻揲数之合	卦变占断										备注
		本卦	之卦	会断	初爻	二爻	三爻	四爻	五爻	上爻	合计	
節	39							1			1	
	41	3	2			1					6	之卦：姤、大有。
	43	3	1	6	5						15	之卦：需。会断：与无妄、家人、巽、睽、贲、大壮。
	45	7	3				10				20	之卦：旅、否、未济。
	47	2		3					10		15	会断：与观、萃、蹇。
	49	3	2							1	6	之卦：损、谦。
	51			1							1	会断：与坤
		18	8	10	5	1	10	1	10	1	64	

䷼ 中孚 六爻揲数之会：40.42.44.46.48.50.52

40 六爻揲数组合排列 776677 者数思之，乃变 ䷈ 小畜，以中孚六三断。

42 六爻揲数组合排列：A1.776679. A2.776697. A3.796677. A4.976677. 者数思之，则 A1变 ䷺ 涣，以中孚初九断，A2变 ䷌ 同人，A3变 ䷍ 大有，A4变 ䷪ 夬，以所变卦辞与中孚卦辞合断，B1.776877. B2.778677 不变，以中孚卦辞断。

44、六爻揲数组合排列：A1.776699. A2.796679. A3.796697. A4.976679. A5.976697. A6.996677. B.778877. C1.776879. C2.778679. C3.776897. C4.778697. C5.796877. C6.798677. C7.976877. C8.978677. 者数思之，则 A1. A3. A5. C3. C4. 皆变 ䷩ 益，以中孚九二断，A2变 ䷨ 损，A4变 ䷛ 大过，A6变 ䷡ 大壮，以所变卦辞断，C1. C2. C5. C6. C7. C8 不变，以中孚卦辞断，B不变，以中孚卦辞断。

46、六爻揲数组合排列：A1.796699. A2.976699. A3.996679. A4.996697. B1.776899. B2.778699. B3.796879. B4.798679. B5.796897. B6.798697. B7.976897. B8.978697. B9.976879. B10.978679. B11.996877. B12.998677. C1.778879. C2.778897. C3.798877. C4.978877. 者数思之，则 A1—4. B1. B3. B5. B7. B9. B11 皆变 ䷷ 旅，以中孚六四断，B2变 ䷴ 渐，B4变 ䷑ 蛊，B6变 ䷕ 贲，B8变 ䷾ 既济，B10变 ䷯ 井，B12变 ䷊ 泰，以所变卦辞与中孚卦辞合断，C1—4不变，以中孚卦辞断。

48、六爻揲数组合排列：A.996699. B1.796899. B2.798699. B3.976899. B4.978699. B5.996879. B6.998679. B7.996897. B8.998697. C1.778899. C2.798879. C3.798897. C4.978879. C5.978897. C6.998877. 者数思之，则 B3—8. C4—6 皆变 ䷻ 节，以中孚上九断，B1变 ䷄ 需，B2变

䷳艮，各以所变卦辞断，C1-3不变，以中孚卦辞断，A云爻全变而为䷽小过，以小过卦辞断。

50. 六爻揲数组合排列：A1. 496899. A2. 998699. B1. 798899. B2. 978899. B3. 998979. B4. 898897. 古数思议，其A1-2、B1、B3、B4皆变䷺涣，以中孚九五断，B2变䷇比，以比卦辞断。

52. 六爻揲数组合排列998899，古数思议，乃变䷁坤，以坤卦辞断。

970620.

䷼ 中孚	六爻揲数之合	卦变占断										备注
		本卦	之卦	合断	初爻	二爻	三爻	四爻	五爻	上爻	合计	
	40						1				1	
	42	2		3	1						6	合断：与同人、大有、乾。
	44	7	3			5					15	之卦：益、大过、大壮。
	46	4		6				10			20	合断：与渐、蛊、贲、既济、井、泰。
	48	3	3							9	15	之卦：小过、晋、艮。
	50		1						5		6	之卦：比。
	52		1								1	之卦：坤。
		16	8	9	1	5	1	10	5	9	64	

䷽ 小过 六爻揲数之合：
38.40.42.44.46.48.50.

38、六爻揲数组合排列667766，当数遇五爻，乃变䷞咸，以小过之六五断。

40、六爻揲数组合排列：A1.667966. A2.669766
B1.667768. B2.667786. B3.687766. B4.867766. 当数遇三爻，则A1变䷏豫，以小过九三断，A2变䷈小畜，以小畜卦辞断，B1变䷫姤，B2变䷌同人，B3变䷍大有，B4变䷪夬，合以所变卦辞与小过卦辞合断。

42、六爻揲数组合排列：A.669966. B1.667788. B2.687768.
B3.687786. B4.887766.（B5.867768 B6.867786）C1.667968. C2.669768. C3.667986.
C4.669786. C5.687966. C6.689766. C7.867966. C8.869766.
当数遇初爻，则B3-4（B6）C3-8皆变䷶丰，以小过初六断。
C1变䷅讼，C2变䷸巽，合以所变卦辞断，B1-2（B5）不变，以小过卦辞断，A六爻全变而为䷼中孚，以中孚卦辞断。

44、六爻揲数组合排列：A1.657788. A2.867788. A3.887768.
A4.887786. B1.669968. B2.669986. B3.689966. B4.869966.
C1.667988. C2.669788. C3.687968. C4.689768. C5.867968.
C6.869768. C7.887966. C8.889766.（C9.687986 C10.689786 C11.867986 C12.869786）当数遇二爻，则A3、B1、B3、
B4、C3-8皆变䷟恒，以小过六二断，B2变䷩益，以益卦辞断，C1变䷷旅，C2变䷴渐，合以所变卦辞与小过卦辞合断，（C9变䷔噬嗑，C10变䷕贲，C11变䷐随，C12变䷥睽）
A1、A2、A4不变，以小过卦辞断。

46. 六爻揲数组合排列：A.887788. B1.687988. B2.689788. B3.867988. B4.869788. A5.887968. B6.889768. B7.884788. B8.887986. C1.669988. C2.689968. C3.689986. C4.869968. C5.869986. C6.889966. 当取思四爻，则B2、B4、B6、B7、C1–6皆变䷎谦，以小过九四断。B1、B3、B5、B8不变，以小过卦辞断。A不变，以小过卦辞断。

48. 六爻揲数组合排列：A1.689988. A2.869988. A3.889968. A4.889986. B1.887988. B2.889788. 当取思上爻，则A1变䷖剥，以小过上六断。A2变䷇比。A3变䷆师。A4变䷎谦。今以所变卦辞与小过卦辞合断。B1–2不变，以小过卦辞断。

50. 六爻揲数组合排列889988，当取思五爻，不变，以小过卦辞断。

970621

卦	六爻揲數之合	卦變占斷										備注
		本卦	之卦	合斷	初爻	二爻	三爻	四爻	五爻	上爻	合計	
䷽ 小過	38								1		1	
	40		1	4			1				6	之卦：小畜。合斷：5姤、同人、大有、夬。
	42	3	3		9						15	之卦：中孚、旅、蹇。
	44	3	1	6		10					20	之卦：益。合斷：5咸、三折、噬嗑、賁、隨、臨、脩。
	46	5						10			15	
	48	2		3						1	6	合斷：5比、師、復。
	50	1									1	
		14	5	13	9	10	1	10	1	1	64	

䷾ 既济 六爻揲数之合：39.41.43.45.47.49.51

39. 六爻揲数组合排列676767者数逢の之爻乃变䷦蹇，以既济六の断。

41. 六爻揲数组合排列：A1.676769 A2.676967. A3.696767. B1.676787. B2.678767. B3.876767 者数逢六爻，则A1-3、B2、B3皆变䷦蹇，以既济六二断，B1不变，以既济卦辞断。

43. 六爻揲数组合排列：A1.676969. A2.696769. A3.696967. B1.678787. B2.876787. B3.878767. C1.676789. C2.676987. C3.696787. C4.678769. C5.678967. C6.698767. C7.876769. C8.876967. C9.896767 者数逢六爻，则：A1、A2、C1、C4、C7皆变䷦蹇，以既济初九断，A3变䷥睽，以睽卦辞断，C2变䷘无妄，C3变䷈畜，C5变䷼中孚，C6变䷙大畜，C8变䷹兑，C9变䷡大壮，亦以所变卦辞与既济卦辞合断，B1-3不变，以既济卦辞断。

45. 六爻揲数组合排列：A.696969. B.878787. C1.676989. C2.696789. C3.696987. C4.678969. C5.698769. C6.698967. C7.876969. C8.896967. C9.896769. D1.678789. D2.678987. D3.698787. D4.896787. D5.898787. D6.878967. D7.878769. D8.876789. D9.876987. 者数逢六之爻，则：

C1.C3.C4.C6.C7.C8.D2.D6.D9 皆变屯，以既济九三断，C2变旅.C5变蛊.C9变恒.各以所变卦彖断.D1.D3.D4.D5.D7.D8不变以既济卦彖断.A六爻全变加为未济，以未济卦彖断.B不变，以既济卦彖断。

47. 六爻揲数组合排列：A1.696989.A2.698969.A3.896969.B1.878789.B2.878987.B3.898787.C1.678989.C2.876989.C3.878969.C4.898769.C5.898967.C6.698789.C7.698987.C8.896789.C9.896987.考数思五爻，则A1-3.B3.C4-9皆变明夷，以既济九五断，C1变观.C2变萃.C3变坎.各以所变卦彖与既济卦彖合断，B1.B2不变，以既济卦彖断。

49. 六爻揲数组合排列A1.698989.A2.896989.A3.898969.B1.878989 B2.898789.B3.898987.考数思上爻，则A1变家人，以既济上六断.A2变旅.A3变阱.各以所变卦彖断 B1-3不变，以既济卦彖断。

51. 六爻揲数组合排列898989 考数思○爻，乃变坤，以坤.既济二卦彖合断。

970622

䷾	六爻揲扐之合	卦变占断										备注
		本卦	之卦	会断	初爻	二爻	三爻	四爻	五爻	上爻	合计	
既济	39							1			1	
	41	1				5					6	
	43	3	1	6	5						15	之卦：睽。会断：与无妄、需、中孚、大畜、兑、大壮。
	45	7	4				9				20	之卦：旅、蛊、恒、未济。
	47	2		3					10		15	会断：与观、萃、夬。
	49	3	2							1	6	之卦：损、师。
	51			1				0			1	会断：与坤。
		16	7	10	5	5	9	1	10	1	64	

䷿ 未濟 六爻揲數之合：39. 41. 43. 45. 47. 49. 51.

39. 六爻揲數組合排列767676 當數遇四爻，乃變䷀乾，以乾、未濟二卦辭合斷。

41. 六爻揲數組合排列：A1.767696. A2.769676. A3.967676.
B1.767678. B2.767876. B3.787676. 當數遇二爻，則A1變䷢晉，以未濟九二斷。A2變䷙大畜。A3變䷍大有，合以所變卦辭斷。
B1-3不變，以未濟卦辭斷。

43. 六爻揲數排列組合：A1.769696. A2.967696. A3.969676.
B1.767878. B2.787678. B3.787876. C1.767698. C2.769678. C3.967678.
C4.767896. C5.769876. C6.967876. C7.787696. C8.789676. C9.987676.
當數遇初爻，則A1-3 B3 C4-9 皆變䷥睽，以未濟初六斷。
C1變䷠遯。C2變䷸巽。C3變䷛大過，合以所變卦辭與未濟卦辭合斷。B1-2不變，以未濟卦辭斷。

45. 六爻揲數組合排列：A.969696. B.787878. C1.769698.
C2.967698. C3.969678. C4.769896. C5.967896. C6.969876.
C7.789696. C8.987696. C9.989676. D1.767898. D2.787698. D3.787896.
D4.769878. D5.789678. D6.789878. D7.967878. D8.987678. D9.987876.
當數遇五爻，則C1-3. C7-9. D2. D5. D8 皆變䷅訟，以未濟九五斷。
C4變䷩益。C5變䷐隨。C6變䷻節，合以所變卦辭斷。D1. D3. D4.
D6. D7. D9 皆不變，以未濟卦辭斷。A六爻全變而為䷾既濟，以既濟卦辭斷。B不變，以未濟卦辭斷。

47、六爻揲数组合排列：A1. 969698. A2. 969896. A3. 989696.
B1. 787898. B2. 789878. B3. 987878. C1. 769898. C2. 789698. C3. 789896
C4. 967898. C5. 987698. C6. 987896. C7. 969878. C8. 989678. C9. 989876
吉数過五爻，则A1、A2、C1、C4、C7皆变讼，以未济六三断。
A3变明夷，以明夷卦辞断。C2变艮，C3变颐，C5变中孚，C6变震，C8变升，C9变临，亦以所变卦辞与未济卦辞合断。B1—3不变，以未济卦辞断。

49、六爻揲数组合排列：A1. 989896. A2. 989698. A3. 969898
B1. 789898. B2. 987898. B3. 989878. 吉数過五爻，则A1—3、B2、B3皆变解，以未济上九断。B1不变，以未济卦辞断。

51、六爻揲数组合排列989898。吉数過四爻，乃变蒙，以未济九四断。

970623.

䷿	六爻阴数之合	卦爻占断										备注
		本卦	之卦	会断	初爻	二爻	三爻	四爻	五爻	上爻	合计	
未济	39			1							1	会断：与乾
	41	3	2			1					6	之卦：小畜、夬.
	43	2		3	10						15	会断：与遯、蛊、小过
	45						9				20	之卦：益、随、节、噬嗑.
	47	3	1	6					5		15	之卦：明夷. 会断：与艮、兑、小过、家人、临.
	49	1								5	6	
	51							1			1	
		16	7	10	10	1	9	1	5	5	64	

卦	六爻揲数之合	卦爻占断									之卦卦名	合断卦名	备注
		本卦	之卦	合断	初爻	二爻	三爻	四爻	五爻	上爻			
乾	42~54	16	6	10	0	1	5	5	10	10	观、萃、蹇、坎、屯、谦	渐、否、涣、益、旅、未济、噬嗑、损、贲、蛊	同爻 1 初爻皆设
坤	36~48	16	6	10	10	5	10	1		0	大畜、讼、无妄、中孚、睽、兑	泰、归妹、丰、睽、未济、蛊、咸、困、井、恒	同爻 1 上爻皆设
屯	38~50	18	13	7	4	10	5	5		1	鼎、蒙、睽、大畜、大壮、乾、旅、随、师、谦、咸	乾、渐、咸、贲、姤、噬嗑、丰、否	
蒙	38~50	16	6	7	9	10	5	5	1	5	革、遯、大过、蹇、否、明夷	旅、困、井、节、泰、恒、归妹	
需	40~52	20	6	10	1	6	1	10	5	5	讼、晋、未济、家人、解、恒	益、蹇、涣、贲、无妄、比、既济、旅、大有	
讼	40~52	14	8	7	5	5	1	10	5	9	大畜、需、大壮、丰、明夷、艮、既济、坤	旅、咸、恒、节、益、随、归妹	
师	37~49	19	4	16	10	5	4	4	1	1	否、渐、旅、咸	讼、蒙、中孚、晋、睽、大过、比、大畜、大壮、家人、既济、艮、鼎、萃	
比	37~49	12	7	10	10	10	5	4	5	1	大有、临、贲、旅、未济、蛊、恒	遯、大畜、家人、革、升、坎、震、剥、临	
		131	56	77	49	52	36	44	33	32		512	同爻 2

卦	六爻揲数之合	卦变占断									之卦卦名	合断卦名	备注
		本卦	之卦	合断	初爻	二爻	三爻	四爻	五爻	上爻			
小畜	41～53	21	6	10	1	1	5		10	10	否.随.困.咸.晋.豫.	遯.鼎.需.大过.革.大壮.观.兑.蒙.艮	不遇之爻见卦变表.
履	41～53	17	7	4	1	1	10	4	10	10	艮.谦.豫.渐.咸.井.旅.晋	姤.晋.蒙.睽.	
泰	39～51	18	10	13	5	1	10	1	5	1	临.复.无妄.渐.旅.咸.否.晋.比.豫	家人.恒.需.睽.革.兑.蒙.艮.震.解.小过.坤	之卦複.
否	39～51	13	5	6	10	5	9	1	10	5.	益.颐.节.归妹.泰.	巽.鼎.大过.蹇.坎.屯.	
同人	41～53	15	8	10	1	1	5	4	10	10	涣.困.井.节.蒙.豫.师.坤.	巽.鼎.大过.大畜.大壮.需.观.兑.艮.晋.	
大有	41～53	20	2	11	1	1	5	4	10	10	豫.比.	遯.巽.家人.大过.革.需.观.晋.艮.蒙.兑.	
谦	37～49	17	7	4	10	10	10	4	1	1	复.小畜.无妄.否.涣.未济.困	遯.家人.离.革.	
豫	37～49	17	12	4	9	10	10		1	1	小畜.姤.同人.复.大有.家人.渐.涣.蛊.蹇.坎.	遯.无妄.[illegible].革	不遇之爻见卦变表.
		138	57	62	38	30	64	18	57	48			512.

卦	六爻積數之合	卦變占斷									之卦卦名	合斷卦名	备註
		本卦	之卦	合斷	初爻	二爻	三爻	四爻	五爻	上爻			
隨	39～51	16	4	14	5	5	9	1	9	1	大畜、蠱、師、謙。	乾、家人、睽、履、需、蒙、大壯、渙、未濟、損、坎、兑、蹇、頤。	
蠱	39～51	16	7	10	10	1	9	1	5	5	復、夬、革、既濟、咸、震、坤。	遯、訟、大過、晉、臨、明夷、既濟、咸、解	
臨	38～50	20	8	10	4	10	5	5	1	1	遯、无妄、家人、需、革、坎、艮、蹇。	復、渙、未濟、恒、蠱、困、井、謙、小過、比。	
觀	38～50	14	8	7	9	10	5	5	1	5	乾、大壯、鼎、大過、革、兑、明夷、臨。	復、旅、噬嗑、賁、咸、隨、既濟。	
噬嗑	39～51	15	6	13	5	5	9	1	5	5	需、井、渙、坎、困、升。	乾、家人、中孚、革、豐、大壯、大畜、艮、蒙、小過、解、明夷、臨。	
賁	39～51	15	5	14	5	5	9	1	5	5	比、萃、咸、井、恒。	无妄、中孚、睽、需、大壯、革、解、晉、蒙、臨、升、小過、震、坤。	
剝	37～49	16	7	10	10	10	5	4	1	1	乾、夬、小畜、咸、困、井、恒。	遯、无妄、家人、師、萃、蹇、坎、震、解、臨。	
復	37～49	20	3	9	10	10	6	4	1	1	姤、小畜、遯。	无妄、家人、需、革、兑、蒙、晉、萃、坎。	
		132	48	87	58	56	57	22	28	24			512

卦	六爻揲数之合	卦爻占断									之卦卦名	会断卦名	备注
		本卦	之卦	会断	初爻	二爻	三爻	四爻	五爻	上爻			
无妄	40～52	13	5	10	1	10	1	10	5	9	恒、升、艮、蒙、坤	小畜、夬、大有、旅、未济、咸、兑、丰、归妹、比。	
大畜	40～52	17	4	16	1	5	1	10	1	9	萃、小畜、大有、大壮。	同人、颐、夬、讼、兑、大过、渐、涣、益、井、睽、解、节、剥、谦、师、复。	
颐	38～50	19	9	6	4	10	5	5	1	6	大过、革、无妄、大壮、咸、蹇、坎、升。	艮、渐、旅、随、既济、丰	
大過	39～51	14	5	13	10	1	10	1	9	1	贲、颐、观、屯、复。	离、小畜、大有、渐、旅、蛊、既济、革、泰、比、豫、谦、师。	
坎	38～50	16	7	10	9	10	5	5	1	1	乾、蛊、遯、蒙、艮、巽、明夷。	离、未济、益、睽、噬嗑、归妹、泰、豫、谦、复。	
離	40～52	14	5	13	1	10	1	10	1	9	困、坎、观、蒙、师	离、小畜、夬、否、咸、颐、未济、恒、归妹、剥、豫、谦、复。	
咸	39～51	16	6	6	10	5	9	1	10	1	损、蛊、贲、泰、师、复。	乾、讼、蹇、蒙、观、坎、屯。	
恒	39～51	18	9	10.	10	1	9	1	5	1	离、小畜、蛊、渐、贲、既济、解、比、复。	乾、遯、讼、蹇、需、临、未济、噬嗑、临、晋。	
		127	50	84	46	52	41	43	33	36			512

卦	六爻揲数之合	卦变与占断 本卦	之卦	合断	初爻	二爻	三爻	四爻	五爻	上爻	之卦 卦名	合断 卦名	备注
遯	40～52	12	5	7	5	10	1	10	5	9	乾、归妹、姤、蒙、鼎。	未济、噬嗑、困、随、丰、恒、比。	
大壮	40～52	19	10	13	1	5	1	10	1	4	讼、萃、中孚、否、蛊、蹇、[illegible]、屯、剥。		
晋	38～50	13	4	8	9	9	5	10	1	5	大有、蛊、大过、既济。	复、渐、贲、益、咸、随、小过、震。	
明夷	38～50	19	10	13	4	10	1	5	1	1	姤、旅、无妄、中孚、睽、兑、否、观、萃。	同人、大畜、大有、大[illegible]、渐、旅、咸、益、噬嗑、随、比、剥、师。	
家人	40～52	15	3	10	1	10	1	10	5	9	解、蒙。	复、大有、夬、涣、蛊、损、井、节、泰、比。	
睽	40～52.	15	9	13	1	5	1	10	1	9	乾、大过、需、咸、蹇、坎、艮、谦、坤。	同人、大畜、大壮、否、损、困、随、噬嗑、丰、剥、旅、师、复。	
蹇	38～50:	15	6	16	9	10	1	5	1	1	乾、大有、睽、讼、震、噬嗑。	姤、同人、大畜、夬、否、益、随、噬嗑、贲、丰、萃、观、损、旅、明夷、复。	
解	38～50.	15	3	10	9	10	5	10	1	1	家人、遯、蒙。	复、涣、临、损、井、节、泰、比、复。	
		123	50	90	39	69	16	70	16	39			512

卦	六爻数之会	卦爻占断 本卦	之卦	会断	初爻	二爻	三爻	四爻	五爻	上爻	之卦卦名	会断卦名	备注
损	39~51	17	8	13	5	1	9	1	5	5	姤、夬、革、咸、否、困、随、大过。	无妄、兑、家人、[illegible]、需、大壮、晋、解、[illegible]、明夷、坤。	
益	39~51	15	5	10	5	5	9	1	9	5	大壮、恒、未济、困、归妹。	需、[illegible]、大畜、革、兑、[illegible]、萃、蹇、坎、坤。	
夬	41~53	16	5	17	1	1	5	4	10	5	否、渐、涣、益、剥。	遯、[illegible]、家人、[illegible]、晋、大畜、萃、蹇、坎、屯、小过、解、[illegible]、明夷、恒、升、豫。	
姤	41~53	13	6	10	5	1	5	4	10	10	益、[illegible]、涣、节、随、颐、复。	家人、需、[illegible]、革、[illegible]、大壮、明夷、[illegible]、艮、蒙。	
萃	38~50	14	5	9	9	10	5	10	1	1	乾、大畜、[illegible]、[illegible]、贲。	渐、[illegible]、[illegible]、既济、噬嗑、未济、谦、师、复。	
升	38~50	17	7	13	9	10	1	5	1	1	同人、无妄、遯、讼、[illegible]、[illegible]、颐。	临、小畜、大有、夬、损、未济、困、节、归妹、[illegible]、比、豫、复。	
困	39~51	17	8	7	10	1	9	1	10	1	小畜、大有、贲、益、噬嗑、[illegible]、[illegible]、复。	[illegible]、遯、[illegible]、[illegible]、[illegible]、蹇、屯。	
井	39~51	17	8	7	10	1	9	1	10	1	[illegible]、大有、噬嗑、[illegible]、贲、[illegible]、豫、复。	遯、讼、[illegible]、[illegible]、萃、屯、坤。	
		126	52	86	54	30	52	27	56	29			512

卦	六爻揲数之会	卦变占断									之卦	会断	备注
		本卦	之卦	会断	初爻	二爻	三爻	四爻	五爻	上爻	卦名	卦名	
革	40～52	16	2	14	1	11	1	10	5	4	未济、蒙、	复、小畜、大有、[illegible]、旅、噬嗑、困、恒、归妹、坎、解、升、[illegible]、比。	
鼎	40～52	15	8	10	5	5	1	10	1	9	中孚、需、兑、随、屯、[illegible]、睽、[illegible]、	否、咸、困、噬嗑、丰、归妹、剥、豫、谦、师。	
震	38～50	17	6	10	4	10	5	10	1	1	蹇、中孚、家人、大畜、需、渐	复、否、益、旅、[illegible]、咸、[illegible]、[illegible]、比、谦、师。	
艮	38～50	15	8	10	9	10	1	5	1	5	夬、兑、讼、大过、随、坎、屯、临、	姤、同人、小畜、大有、[illegible]、益、咸、噬嗑、既济、[illegible]、丰。	
渐	39～51	13	4	5	10	5	9	1	12	5	归妹、恒、丰、泰、	讼、鼎、大过、革、坤	
归妹	39～51	19	10	13	5	1	9	1	5	1	姤、小畜、家人、渐、否、涣、益、[illegible]、比、谦、	晋、蒙、损、大过、升、明夷、无妄、中孚、鼎、大畜、革、需、[illegible]、	
丰	39～51	17	7	14	5	5	9	1	5	1	中孚、涣、渐、蛊、井、坎、师、	[illegible]、无妄、家人、睽、大畜、兑、需、[illegible]、[illegible]、艮、[illegible]、临、升、解、	
旅	39～51	14	5	10	10	5	9	1	5	5	节、井、泰、既济、临、	乾、讼、巽、大过、蒙、解、升、[illegible]、[illegible]、明夷、	
		126	50	86	49	52	44	39	35	31			512

卦	六爻揲数之合	卦变占断									之卦卦名	会断卦名	备注
		本卦	之卦	会断	初爻	二爻	三爻	四爻	五爻	上爻			
巽	40~52	16	6	7	5	5	1	10	5	9	睽、兑、大壮、震、晋、颐、	益、贲、既济、损、节、泰、比、	
兑	40~52	18	10	10	1	5	1	10	5	4	巽、蒙、大畜、旅、艮、蹇、小过、升、明夷、坤、	同人、履、大有、豫、未济、噬嗑、咸、姤、丰、比、	
涣	39~51	15	6	7	10	1	9	1	10	5	大有、夬、丰、随、噬嗑、归妹	遯、鼎、大过、革、蹇、坤、	
节	39~51	18	8	10	5	1	10	1	10	1	姤、大有、需、旅、豫、未济、蹇、谦、	兑、家人、革、睽、贲、大壮、观、萃、蹇、坤、	
中孚	40~52	16	8	9	1	5	1	10	5	9	鼎、大过、大壮、小过、晋、艮、比、坤、	同人、大有、夬、渐、蛊、贲、颐、升、泰	
小过	38~50	14	5	13	9	10	1	10	1	1	小畜、中孚、讼、蹇、益、	姤、同人、大有、夬、咸、渐、噬嗑、贲、随、既济、比、师、复、	
既济	39~51	16	7	10	5	5	9	1	10	1	睽、旅、蛊、恒、未济、豫、师	大壮、震、中孚、大畜、贲、大过、观、革、坎、坤、	
未济	39~51	16	7	10	10	1	9	1	5	5	小畜、夬、益、随、节、既济、明夷、	乾、遯、巽、大过、晋、咸、震、升、临、	
		129	57	76	46	33	41	44	51	35			512

卦	卦变占断									备注
	本卦	之卦	会断	初爻	二爻	三爻	四爻	五爻	上爻	
乾变比	131	56	77	49	52	36	44	33	32	加乾之用九、坤之用六者在九宫数字之中，此八卦亦总512。古今说易者自汉以降何止数千家，但经文载卦辞爻辞，何以以卦辞断，何以以爻辞断，终一家可以推晓知之，今则可以了然明矣。4096者六十四卦之64变也。其中卦断者三，爻断者六，机会皆不相同，而本卦断最多，会断次之，之卦断又次之，爻断者六，除五爻断略多于四爻断外，大致为自初至上机会递减。乾之初九、坤之上六皆属变爻，不可数之，而替换乾之用九、坤之用六，以足五百八十四之数，故乾变比之变机会数为512也。
小畜变豫	138	57	62	38	30	64	18	57	48	
随变復	132	48	87	58	56	57	22	28	24	
无妄变恒	127	50	84	46	52	41	43	33	36	
遯变解	123	50	90	39	69	16	70	16	39	
损变井	126	52	86	54	30	52	27	56	29	
革变旅	126	50	86	49	52	44	39	35	31	
豐变未济	129	57	76	46	33	41	44	51	35	
	1032	420	648	379	374	351	307	309	274	1997年7月12日 清浅斋闲人 扶汉识

漢語書面文學的萌生

漢語书面文學的萌生

甲骨卜辞虽已能记录、反映当时奴隸社会的重大事件，但从美学角度上、从语言艺术角度上看，尚未具文学質素。

漢語书面文学的萌生，实應在殷末周初，亦即公元前十二世纪至十一世纪之时也。足資證明者，厥為易卦爻辞。

易為筮书。筮，以蓍草占吉凶者也。

然何以易名？

易 説文：“易，蜥易、蝘蜓、守宫也。”

易緯·乾鑿度

“易，蜥易也。日十二變色，故其變易。”

“易一名而含三义，所谓简易也、變易也、不易也。”

筮法揲蓍以數而得爻，六爻而成卦。爻有陰--陽—，卦則八卦，即乾☰兌☱離☲震☳巽☴坎☵艮☶坤☷是也。八卦經迭配以為六十四別卦，陰陽之爻積之以六則成六十四卦也。六十四別卦各有卦象，卦中各爻各有爻象，判斷吉凶，但憑數與象焉。

筮占開始於何時也難確考

易、繫辭云：

"易之興也，其當殷之末世，周之盛德邪？當文王與紂之事邪？"

"易之興也，其於中古乎？作易者其有憂患乎？"

豈以後世有

"文王拘羑里而演周易"

史記之太史公自序

之说也。

实际上易之成书很可能是巫史长时间筮占结果逐步积累整理而成

（一）、以易为筮占之辞，有时可以直断，有时乃多用比喻或象征的手法

困之六三（即困之大过）

困于石，据于蒺藜，入于其宫，不见其妻，凶。

左傳：襄公廿五年，記齊大夫崔杼娶棠姜，史皆曰吉，陳文子以為不吉，崔杼說："嫠也何害？先夫當之矣。"遂取之。後乃有弒齊莊公之事。

睽之上九、睽孤見豕

六、以易為巫史占筮所用，師徒傳授記憶方便，每以便口訣詩歌體裁的，故多整齊而叶韻的

睽之上九

睽孤，見豕負塗，載鬼一車，先張之弧，後説之弧，匪寇，婚媾，往，遇雨則吉。

此則擬似之言，與詩三百則更近似。

以上卦爻辭中亦有先言他物以引起所咏之事者，擬似詩之興體也。

中孚之九二

鶴鳴在陰，其子和之，我有好爵，吾與爾靡之。

4

鶴鳴在陰，其子和之，下文無吳無非敢其和字韵聊以引起爵靡叶韵而設辭斷吉凶也。

(10)、卦爻辭中有不少引用古代時諺故事而作象徵以斷吉凶者，如

旅之上九：鳥焚其巢，旅人先笑後號咷。喪牛于易，凶。

則用殷之先王亥喪牛羊為有易所殺故事。

實开文学用典之先河。此等例证，卦爻辞中不少。

（五）、卦爻辞中每多骈句、排句，与後世骈文与赋的形式颇有关系也。

泰之九三："无平不陂，无往不复。"

頤之初九曰："舍尔灵龟，观我朵頤。"

剥之上九："硕果不食，君子得舆，小人剥庐。"

（六）、卦、爻辞中每有平铺直叙之散文也。

5

乾之九三：君子终日乾乾，夕惕若厉，无咎。

以上之易卦文辞中已使用了多种艺术手法，在篇章之中用譬喻、象征、直陈、起兴、叶韵、句法整齐对散行，乃至骈句，实与后世诗歌，尤其是四言诗的形成与发展及骈文、散文、辞赋等的写作都有一定的关系，故应在文学史上佔有启蒙开创的作用。

易卦文辞在中国文学史上的地位

周易在中國文學史上的地位

近幾十年來文學史著作出版誠屬不多，但有些卻以其爲作統編教材而編寫，編成後又作爲統編教材而頒行於全國高校，且其編寫多以文學史界之知名家領銜作主編，故此等文學史乃頗具權威性。

我國古代文學遺產太多，年代又遠，體裁風格多樣，歷代作家燦若繁星，欲求全面，絕不可能。文學史之分段編寫，乃請以各所專统叙本1240页，34行，每页26行，共13页，敦化先秦历史散文一节殷商至春秋战国的散文叙述……又多因袭。

（每页26行）1142页 2/35也。文学所本有一十八行叙述到易卦爻辞，在「文学的萌芽」节中。与甲骨文字一样实称"这些文献中有一部分已是文学意味。"

我的意见亦有承受的开端

精而分工，能即使断代分工，而一代之中亦给繁琐以全精。先秦固乃尤甚。再加之以反对厚古薄今之政令制约，竟是最大影响最深之先秦文学自然受到最大之制约，更不可能以此段实为不是之叙述。而先秦文学中之仅窥经典部分，更自五四以来受对尊孔读经思想之政权，唯诗与左氏传尚可入文学史而有所叙述。然皆为经籍志，尽可能避开其曾认为儒经之历史说实，而以诗歌、散文视之。其解说方法自每大有发挥，发展固有功矣，然不自谨慎，始成固执言者精也。

5

不近人情者。固而悬妄诡臆怪繁纷，批多史唯物主义之讲法，往往歪曲历史之实。至于周易，则哲学家以其朴素唯物论、朴素辩证法；史学家得其古史之实（史）；史学家得其故事；人类学家得其民俗（故事）；唯文学史之叙述，则是难。首先，难于看不懂，不识其字，多不能之文多；不适其道，则益甚。勉事寻摘，为是少得可观者。即使如此，而又不免谬误。方今大专院校通用之部编统编教材之神者不免如此。故

周易在中国文学史上的地位问题，不可不谈。

一、易成书早，並非文学作品，然其中之文学价值影响於后世者实极深远。於汉语书面文学史上，其发端肇始之作用，岂可忽乎哉！

易之成书於诸经为最早，易学之著述为诸经传注之最先，前已论述。於此乃专论易之文学价值及其对后世之影响。兹分述如下：

（一）、易卦文辞皆甚简短，用语固多凝炼，短者数言，长者亦不过二十余言。坤之卦辞最长，二十九字。睽上九文辞，共廿七字。或散行，或叶韵，或排比，或骈俪。其散行者似受殷代卜辞之影响而后以读，易诵，读皆诵，又岂能不受其简括凝炼之影响耶？此则于中国散文史不可能无作用。故中国古代散文用语考究、简括、凝炼，诚不可忽视易经文体穆然此之功也。礼记学经解云：“絜静精微，易教也。”絜静精微，岂徒教哉！

二、观左国所记龟卜繇辞，多骈而协韵。此实东周卜辞之殊异乎殷商者。或谓中国文学之始祖当推殷卜辞，能殷商

按：散、排、骈、韵、三字须乃益清楚。

6

卜辞殊无文采，倘谓卜辞可置於文学，则东周尚矣。易卦爻辞亦每多韵句。如：离上九“王用出征，有嘉折首，获匪其丑，无咎。”无妄九五“无妄之疾，勿药有喜。”此等例甚多，不仅叶韵且整齐之四言，与诗的极相似。不仅如此，即诗之赋、比、兴作为表现方法，易卦爻辞实已具备。如：

（中孚一卦之中是用之矣）

䷼ 下兑上巽 中孚，豚魚吉。利涉大川。利貞。

初九：虞吉，有它不燕。

九二：鳴鶴在陰，其子和之。我有好爵，吾與爾靡之。

宋·陳騤·文則：中孚·九二曰："鳴鶴……靡之。"使入詩，孰別文辭。

六三：得敵，或鼓或罷，或泣或歌。

六四：月幾望，馬匹亡，无咎。

九五：有孚攣如，无咎。

上九：翰音登于天，貞凶。

此卦六爻之中，其六三则很是能以声音的韵律铺叙展出一幅战争胜利后的部队情景。明白用的是赋，陈其事而直言之的写法，是比较典型的赋。

上九虽非韵律诗的，然比则信极形象。其有韵律与比喻隽永者于卦爻辞亦不少见：

大过九二：枯杨生稊，老夫得其女妻，无不利。

大过九五：枯杨生华，老妇得其士夫，无咎无誉。

则韵律齐整，比喻生动，且二爻辞骈比焉。

88

7

最绝妙者莫过六三爻辞，全係喻断之辞。含章断事、断占者，而实际喻断性，我有好爵，吾与尔靡之，但不直接写出，而以鸣鹤在阴，其子和之起兴，先言它事以引起所咏之辞焉。此国风爻辞与诗经中之国风短章，诚绝似矣。

是以吾谓易卦爻辞，不仅有韵律声音之形式，且已具赋、比、兴之表现方法矣。况尚有一极其特殊之例，即坤之爻辞叶（六五爻）腰韵，诚为汉文诗歌之初，以见其偶合者欤！

本六爻以尾韵叶韵

坤
初六：履霜，坚冰至。
六二：直方，大，不习无不利。
六三：含章可贞，或从王事，无成有终。
六四：括囊，无咎无誉。
六五：黄裳，元吉。
上六：龙战于野，其血玄黄。
用六：利永贞。

编者注：第一行『六三』当为『九二』之误。

（四）、骈俪于中国诗文中为语言上不可忽视之表现形式。关其源始，于古文献则诗、易固已毕具。虽之古今文真伪之疑固多矣，而于诗于易也，颇不乏其例。

诗、豳、东山：鹳鸣于垤，妇叹于室。

小雅、采薇：昔我往矣，杨柳依依；今我来思，雨雪霏霏。

小雅、出车：昔我往矣，黍稷方华；今我来思，雨雪载涂。

对仗皆尚工整。

易之辭的有韻多工穩而自然者，如：

泰九三：无平不陂（傾斜 bei），无往不復。

頤初九：舍尔灵龟，观我朵（動也）颐。

剝上九：碩果不食，君子得輿，小人剝廬。

此誠与後世詩文之对偶不無关系。且易卦爻辭每或用典，更開後世詩文用典之之先河。如：泰六五与归妹六五皆用帝乙归妹之典，故以資斷。既濟九三、未濟九四皆用殷高宗伐鬼方三年克之之典以咨斷。

加易傳并
引文心·丽辞·并
為一节目。

大壯六五、旅上九皆用王亥喪牛、羊于易之典以喻斷。

大壯六五：喪羊于易，无悔。

旅上九：鳥焚其巢，旅人先笑後號咷，喪牛于易，凶。

王國維《殷卜辭中所見先公先王考》頗詳考此文辭之出典。

山海經大荒東經云：王亥託于有易河伯僕牛。有易殺王亥，取僕牛。

楚辭天問

該秉季德，厥父是臧。胡終弊于有扈牧夫牛羊？有扈牧豎，云何而逢？擊床先出，其命何從？

郭璞山海經注引真本竹書紀年

殷王子亥賓于有易而淫焉。有易之君緜臣殺而放之。是故殷主甲微假師于河伯以伐有易，滅其君緜臣也。

自顧頡剛於古史辨發表周易卦爻辭中

10

的故事，遂皆以此等用典为故事，实则不能。谓为故事，殊属不当，故只谓为典故也。后世引用以近指今。

红楼梦七十八回老学士闲征姽婳词，痴公子杜撰芙蓉诔

高标见嫉，闺帏恨比长沙；（害色曰妒，害贤曰嫉。）

直烈遭危，巾（说文：佩巾也）帼（说文：妇人首饰）惨于羽野。

镜分鸾别，愁开麝月之奁；梳化龙飞，哀折檀云之齿。

（五）文辞中之排比，是与后世之辞赋语言形式之形成发展有直接关系者。

丰上六　丰其屋，蔀其家，窺其户，闃其無
人，三歲不覿。凶。
三言排比皆動賓結構，以賦中每或用之，而
子虛上林尤多。如子虛奉楚王之詔云：
怠而後發，游於清池。浮文鷁，揚旌栧，張翠
帷，建羽蓋，罔瑇瑁，釣紫貝。
其後賦作如此造語者不少。

11

（六）、易卦爻辞虽甚简短，然有嗟叹之词，句言叶韵，且叙人事而略具情节，小有复沓而尚生动者。如：

睽、上九：睽孤，见豕负涂，载鬼一车。先张之弧，后脱之弧。匪寇，婚媾。往，遇雨则吉。

在西东周之际，此诚不可多得之绝佳特例。

综观以上所述《易》卦文辞对于我国文学史上有广泛肇端媒介作用者。《易》则影响于散文，《诗》歌则影响于诗歌。《易》之影响乃编及诗、赋、骈、散各体矣。试问当《易》文辞犹若殷商卜辞之唯记断片、断事、命龟而无大量叙断之辞，此等（焉能发挥之）文学素质将何以发挥至此巨大深远之作用耶。

八七年十月十九

游國恩、王起等主編之統編教材中國文學史（人民文學出版社六三年第一版八〇年第二版）分共一二〇六頁，在周易之敘述共三十四行，合一三頁，佔千分之一〇三。置在第三章，先秦的史散文第一節殷商至春秋時代的散文之中，其中有云：

有些卦爻辭，尤其是爻辭，在敘述古代的事象時，不但可以看出當時的社會背景，而且語言頗爲形象生動，又多用韻。例如：

屯如邅如，乘馬班如，匪寇婚媾，女子貞不字，十年乃字。

乘馬班如，泣血漣如。（屯六二、上六）

原始社會遺留的掠婚習慣，易經的文辭中

也是不止一次的提到了。奴隶主携带武器骑着壮大的花马，抢掠妇女，迫使成婚。明明是强盗行为，却偏偏说不是。那女子骑在马上悲哀哭泣，当然是坚决拒绝，后来不知受尽了多少折磨，才终于被逼成婚。

突如其来如，焚如，死如，弃如。（离九四）

艮其背，不获其身，行其庭，不见其人，无咎（艮卦辞）

困于石，据于蒺藜，入于其宫，不见其妻，凶（困六三）

一个来不及抵御的突然袭击，结果房子烧了，人家死了，逃也都是，弃了了。当然也有逃脱的或者躲在山岩丛棘之中，幸而获免的，但是战败者回到家中，妻子已被抢走了，那时部族间地频繁的战争是非常激烈的。

易文學

己巳三九後三日

周易經傳在中國文學史上的
深遠影响

中國古間文學貴昭於詩、書，而其萌芽則不可
不謂盡在易經。春秋以降，中國文學之發展，易
傳之影响亦昭昭可見。可以治文學史而不知易乎？
但近數十年來，即使先秦文學史之研治涉及周易
經傳者殊尠。其犖犖大者如社科院文研所編寫
近代民歌九頁
之中國文學史共一一〇二頁，僅（2/3頁）在文字的產生和
書寫文學的萌芽節中以不到二十行加以敘述，佔全
書約一千又百分之一。另一統編教材本四冊一二〇六
頁，在先秦歷史散文章第一節殷商至春秋時代的
散文中以三十四行（一、三頁）敘及卦、爻辭，約佔全書

1 李伯元、不如官场现形记、二十年目睹之怪现状 吴趼人 jiǎn 所用的篇幅多、文读 yán 鲁迅全也（说文）

的篇幅千分之一〇三。不仅如此，置易经于历史散文中叙述并且归类不伦。其中又有云、

有些卦、爻辞，尤其是爻辞在叙述古代的事象时，不但可以看出当时的社会背景，而且语言颇为形象生动，又多用韵。例如：女子贞不字，

屯如邅如，乘马班如，匪寇，婚媾。十年乃字

乘马班如，泣血涟如。（屯六二、上六）

原始社会遗留的抢婚习惯，易经的爻辞中也不止一次的提到了。奴隶主携带武器，骑着壮大的花马抢掠妇女，迫使成婚。明明是强盗行为，却偏偏说不是。那女子骑在马上悲哀哭泣，虽然是坚决拒绝，后来不知受了多少折磨，才终于被逼成婚。

突如，其來如，焚如，死如，棄如。（離、九四）

艮其背，不獲其身，行其庭，不見其人（无咎）

（艮、卦辭）

困于石，據于蒺藜，入于其宮（引作室），不見其妻。（凶）

一个来不及抵御的突然袭击，结果房子烧了，人杀死了，遍地都是尸骸了。当然也有逃脱的，或者躲在山岩丛林之中幸而或免的，但是战败者回到家中妻子已被抢走了。那时部族间的频繁的战争是非常激烈的。

易经语言以散、骈、韵行。易传饰经乃益纯熟。谓易经文实肇启种文体之端，亦非无据。如：

损、六三：三人行则损一人；一人行则得其友。

需、上六：入于穴，有不速之客三人来，敬之，终吉。

皆散行语也。

复、上六：迷复，凶，有灾眚。用行师，终有大败，以其国君凶，至于十年不克征。（楚康王。卒）

左·襄廿八：（郑游吉使楚，归）先子展曰：楚子将死矣。不修其政德，而贪昧于诸侯，以逞其愿，欲久，得乎？周易有之，在复之颐，曰：迷复，凶。其楚子之谓乎？欲复其愿，而弃其本，复归无所，是谓迷复，能无凶乎？君其往也，送葬而归，以快楚心。楚不几十年，未能恤诸侯也。吾乃休吾民矣。

颐、初九：舍尔灵龟，观我朵颐，凶。

剥、上九：硕果不食，君子得舆，小人剥庐。

皆骈句也。（前例龟、颐谐，后例舆、庐叶，皆韵句也。）

丰、上六：丰其屋，蔀其家，窥其户，阒其无人，三年不觌，凶。

乃骈语也。而屋、家、户谐，亦韵语也。

泰、九三：无平不陂，无往不复。

3

睽．上九：睽孤．見豕負塗．載鬼一車．先張之弧．後脱之弧。

匪寇．婚媾。往．遇雨則吉。

婚媾：乃少康之未家者，為有虞之二姚。

此則喻斷辭多用四言韵句，且以用故典。左．哀元年：

昔有過澆殺斟灌以伐斟鄩，滅夏后相。后緡方娠，逃出自竇，歸于有仍，生少康焉。為仍牧正，惎澆能戒之。澆使椒求之。逃奔有虞，為之庖正，以除其害。虞思于是妻之以二姚，而邑諸綸。

孤，乃似指少康言，睽，則少康自有仍氏逃之之有虞之途中也。如此，更具有人物、情節，而有簡單人物心理活動及情节發展之描述。其小說之濫觴也歟！

由上以見不僅散、駢、韵句以筆端措作文，且駢偶、排比、隱喻、用典等修辞方法亦已使用純熟。則後世散行文字、駢文、詩賦得不受其影响乎？更進一步說之卦爻辞之措手法上賦、比、兴已俱备矣。

䷼ 下兑上巽 中孚，豚魚吉，利涉大川，利貞。

初九：虞吉，有它，不燕。

九二：鳴鶴在陰，其子和之；我有好爵，吾與爾靡之。

宋陳騤文則：使入詩雅，孰別爻辭！

六三：得敵，或鼓、或罷，或泣、或歌。

六四：月幾望，馬匹亡，无咎。

九五：有孚攣如，无咎。

上九：翰音登于天，貞凶。

此卦六爻爻辭六三之為賦，亦或以賦作比而為喻，斷之辭
不可以不謂生動而合情理。上九之為比，則隱喻生動矣，
寓意亦深刻矣。九二之為興，則義與詩雅難別。此則卦
文辭於表現方法上已賦比興具備，亦可謂後世詩歌從
辰得之影响

易之駢儷、排比、用韻、用典於後世詩賦、駢文
影响至為昭著而深遠

文心雕龍、麗辭第三十五

造化賦形，支體必雙；神理為用，事不孤立。
夫心生文辭，運裁百慮，高下相須，自然成对……
易之文繫，聖人之妙思也；序乾四德，則句句
相銜；龍虎類感，則字字相儷；乾坤易簡，則
宛轉相承；日月往來，則隔行懸合。雖句字或
殊，而偶意一也。

易、乾、文言
元者，善之長也；亨者，嘉之會也……君子行此
四德者，故曰：乾、元、亨、利、貞。

文镜秘府论·南：云：经时皆偶辞，扬马、张、蔡之徒始盛。云从龙，风从虎，非俪耶？但古人后于语，先于意，因意成语，语不使意，偶对则对，偶散则散。

九五曰：飛龍在天，何謂也？子曰：同声相应，同气相求，水流濕，火就燥，雲從龍，風從虎，聖人作而萬物睹。本乎天者親上，本乎地者親下，則各從其類也。

易·系辞上

乾以易知，坤以簡能；易則易知，簡則易從；易知則有親，易從則有功；有親則可久，有功則可大；可久則賢人之德，可大則賢人之業。易簡而天下之理得矣，天下之理得，而成位乎其中矣。

易·系辞下

子曰：天下何思何慮？天下同归而殊塗，一致而百慮，天下何思何慮！日往則月來，月往則日來，日月相推而明生焉。寒往則暑來，暑往則寒來，寒暑相推而歲成焉。往者屈也，來者信也，屈信相感而利生焉。

於易之卦，詩、書亦或有駢偶、排比。詩固皆叶韻，而多章次排比。書亦或有韻句，於周書中駢偶、排比句亦頗多見。如：

詩·小雅·采薇：

昔我往矣，楊柳依依；今我來思，雨雪霏霏。

出車：

昔我往矣，黍稷方華；今我來思，雨雪載塗。

春日遲遲，卉木萋萋，倉庚喈喈，采蘩祁祁。（首句有）

執訊獲醜（衆也），薄言還歸。赫赫南仲，玁狁于夷。

書·洪範：

無偏無陂，遵王之義；無有作好，遵王之道；無有作惡，遵王之路。無偏無黨，王道蕩蕩；無黨無偏，王道平平。……

詩·邶·[illegible]

駢偶

排比

大禹謨

滿招損，謙受益。

6

战国诸子文多散行而间有骈句

行远必自迩，登高必自卑

西汉文章如贾谊晁错多言治事，因意成语不事雕镂，或有偏俳，达意而已。东汉以降骈文逐渐形成，骈俪用典益繁，至齐梁最甚。

庾信 哀江南赋序

日暮途远，人间何世！将军一去，大树飘零；壮士不还，寒风萧瑟。荆璧睨柱，受连城而见欺；载书横阶，捧珠盘而不定。钟仪君子，入就南冠之囚；季孙行人，留守西河之馆。申包胥之顿地，碎之以首；蔡威公之泪尽，加之以血。钓台移柳，非玉关之可望；华亭鹤唳，岂河桥之可闻。

以至唐宋大家如王勃滕王阁序

物华天宝，龙光射斗牛之墟

人杰地灵，徐孺下陈蕃之榻

直到明清如红楼梦七十八回之芙蓉诔

高标见嫉，闺帏恨比长沙

贞烈遭危，巾帼惨于雁塞

于赋则痕迹益清楚，以其影益直捷耶

子虚赋猎者、鱼皆专用三言。

如相如子虚赋

息而后发，游于清池。浮文鹢，扬旌栧，

张翠帷，建羽盖，网玳瑁，钓紫贝……

按节未发，即陵狡兽，蹴蛩蛩，辚距虚，轶野马，䡲陶駼，乘遗风，射游骐，倏眒倩浰，雷动猋至，星流霆击，弓不虚发，中必决眦，洞胸达腋，绝乎心系，获若雨兽，揜草蔽地。

与丰之上六文辞皆动态结构之言雕比且叶韵焉

揜翡翠，射鵕鸃，微矰出，纤缴施，弋白鹄，连驾鹅，双鸧下，玄鹤加。

7

下逮杜牧阿房 苏轼赤壁 才思
旷绝千古 赋而益胜前人
六王毕，四海一；蜀山兀，阿房出
每三言排句之偶结构毕一叶几出叶而十二字
道出多少人之灵魂凝练收笔而
嗟乎！一人之心……可燔焦土！ 段钞卷风云凌厉
之盛矣 东坡赤壁
白露横江，水光接天。纵一苇之所如，凌万顷
之茫然 何其婧净欲淼
客有吹洞箫者，倚歌而和之，其声呜呜然，
如怨如慕，如泣如诉，舞幽壑之潜蛟，泣孤
舟之嫠妇。余音袅袅，不绝如缕

宋之散文赋每首对偶绝佳者，

清浅斋毛诗说

图书在版编目（CIP）数据

清浅斋遗稿影印集 / 王扶汉著 . -- 北京 : 研究出版社 , 2021.8

ISBN 978-7-5199-0975-8

Ⅰ . ①清… Ⅱ . ①王… Ⅲ . ①中国文学—现代文学—作品综合集 Ⅳ . ① I216.2

中国版本图书馆 CIP 数据核字 (2021) 第 053396 号

清浅斋遗稿影印集

王扶汉　著

责任编辑：寇颖丹

执行编辑：朱唯唯

研究出版社 出版发行

（100011　北京朝阳区安华里 504 号 A 座）

北京旺都印务有限公司　新华书店经销

2021 年 8 月第 1 版　2021 年 8 月第 1 次印刷

开本：889 × 1194 毫米　1/16　印张：125.75

字数：1572 千字

ISBN 978-7-5199-0975-8　定价：2000.00 元（全四册）

邮购地址 100011　北京市朝阳区安华里 504 号 A 座

电话（010）64217619　64217612（发行中心）

版权所以 · 侵权必究

凡购买本社图书，如有印制质量问题，我社负责调换。

诗经（一）

中国诗歌现实主义传统的

光辉开创——诗经

我国的古代诗歌和古代文化的众多门类一起长久滋养着中华民族的民族自尊心和民族自豪感。

如果说易、卦文辞及其以前的口头民歌史诗陆续产生的时期是中国诗歌史晦暧的晨曦，那诗经则是灿烂的朝霞，与喷薄而出的旭日，以其强大的生命力、绚丽的墨彩光照百代以迄于今。

诗三百〇五篇实际上奠定了我国古代诗歌成长发展的坚实基础。下面分三个问题来谈：

第一个问题

诗三百篇无愧为中国诗歌现实主义传统的光辉开创。

自公元前十一世纪到公元前六世纪五百多年间，产生的三百篇，依其产生历史时期先后说，可分为三个时期，即早期—西周建国之初，亦即奴隶主所有制向领主所有制转化时期及领主所有制开始发挥生命力的时期。

制礼
作乐

中期，西周自夷厉以下至宣幽中兴宗周覆
灭，亦即领主所有制内部开始崩溃，地主
所有制已在孕育的历史时期。
後期，东迁以後至春秋中叶。亦即中国社
会由领主所有制向地主所有制过渡的历史时期。
这样伟大的重大动荡的历史時期同样也是我
国古代文化的重要奠基时期，各种社会面貌
诗经中的到了全面、细緻、深刻、生动的反映，得
到了可以留传千古的艺术描述。这就是诗经
之所以成为我国诗史上现实主义光辉灿烂的
伟大开创。

2

（一）诗三百中早期诗篇对西周建国前后社会的描述

这部分诗作大致产生在武王灭商之后周公辅成王制礼作乐及康王时，成康之治的盛世。有些诗篇可能是前此的民歌，但此时期经整理而写定。

这部分诗篇主要是周颂的十篇及大雅中之大部与小雅及豳风中的一些诗篇。

这部分诗篇大体上可以分成以下几种类型：

一、颂美周人远祖的诗篇（描述西周封建王以前社会生活）

為大雅、生民、周頌、思文、及大雅、公劉、綿
及豳風、七月
這些詩篇比較充分地反映了周由氏族人向
化殘酷的奴隸主統治之下、周的奴隸主已化
為發展農業生產，停止殺戮奴隸，逐步實形成行
了重農敬天尊祖保民的思想。這種思想實
際上已是西周建立王朝的思想基礎。也已是
西周奴隸主發展社會生產力以逐漸向領主所
有制轉化的先進優勢，戰勝殷當日就衰
亡的殷商奴隸主所有制的首要原因。
生民是周人頌美尊奉其始祖后稷棄的詩一篇。

3

史記五帝本紀始于黃帝，序黃帝以下世系、

黃帝－玄囂－蟜極－帝嚳（高辛）
元妃姜嫄生棄（后稷）
次妃簡狄生契
次妃陳鋒氏女生堯
次妃娵訾氏女生摯
昌意－高陽（帝顓頊）

周本紀云：「后稷之興，在陶唐、虞、夏之際，皆有令德。」

於舜典云：「棄，黎民祖（阻）飢，爾后稷播時百穀。」

毛傳生民小序云：

「生民，尊祖也。后稷生于姜嫄，文武之功

起于后稷，故能以配天焉。”

生民诗八章，首二、三章颂美弃诞生之神异。四、五、六章颂美弃稼穑之天资。七、八章颂美后稷始肇周祀。

此诗必须重视者有二：一曰、周人始祖世为后稷。稷本穀物之名，官司稼穑之事。稷为谷物，耕作自选种、浸种、播种及各物植株生长、收穗、结实全过程之管理，已有整套措施。即使此诗作于西周之世，我国农业科学发达之早，亦可以为周人，抑且为三千年后之今人

对谷物良种之重视、选择及良种之多，殊足令人惊异。

4

所不能不引以自豪者。

二曰：对后稷稼穑资赋之颂美，由是更及于其诞生之神异，颇富神话色彩。盖能此诗或自神话史诗整理而成，或少取其素材而赋。然何以如此？实以其于农业生产贡献之殊勋，有不能不令时人发异而尊崇者。

三曰：后稷始肇周祀。诗云："后稷肇祀，庶无罪悔，以迄于今。"自后稷肇祀，以迄赋此诗而颂美，历若干世，殊不可考。但幸民而祀上帝，周民族部族领袖之事。周人

氏族部落之形成、国家以成势力，领与后稷
辛氏稼穑有密切不可分之关系。序云后稷
生于姜嫄，文武之功起于后稷，实把周
室开基之业之功归之后稷。序谓此诗
尊祖也，甚是。至于故推以配天焉，乃更
进以见西周时周人敬天尊祖之笃也。
而曰古氏之颂美后稷，因属周统治家族
之所需，然其重农如此，则不能不对当世生
产劳动力有所重视。全诗颂美农事、祭祀
为主，一派和平气象。农业丰收，人以足食，而
推奴隶远非殷末暴政下受践踏遭杀戮

者多多矣。俾民思想虽未直接表达，实蕴其中矣。

周颂思文

思文后稷，克配彼天。立我烝民，莫匪尔极。贻我来牟，帝命率育。无此疆尔界，陈常于时夏。

此周王室祭其先祖后稷之颂歌也。其所颂美，谓“立我烝民”，而更重在“贻我来牟”。周人之重农，要可以见。此诗当作于程成、康之世，周族在当时谓其乐为“肆夏”。

旧说弃之子不窋末年夏后氏政衰，
不窋。弃以舜时为后稷，且与尧为兄弟，窋
继长寿不是耶？此说出自帝王世纪，而史记、
周本纪无语近模棱。
旧说又谓后稷之曾孙公刘无不可以确信。
以其实者略说不可以为信史也。但诗、大雅
公刘则又係周人颂美其先祖之诗篇，而
其所颂美亦特实出其重农、保民。
诗主要颂美公刘率周人自西戎迁于
豳，在豳定居发展农业生产之功绩。

5

詩之首章先言仁農世篤厚首先寫此

奮之下始述所遷徙而試奮又足以保民焉。

篤公劉之匪居匪康（安），迺埸迺疆，迺積迺

倉，迺裹餱糧，于橐（無底）于囊（有底），思輯（和其民以光其國）用光。

弓矢斯張，干戈戚（斧）揚（鉞），爰方啟行。

二章則出遷之初，首寫民生之安頓及

公劉相度察地理之勤勞。云之

篤公劉之于胥斯原，既庶既繁（繁），既順（安）

迺宣（徧），而無永歎，陟則在巘（山頂），復降在原。

何以舟（周）之？維玉及瑤，鞞（鞘）琫（刀上飾）容刀。

三章乃言公列勤于寮掌，迭日覲居
止，民胥愉悦。云：
篤公劉！逝彼百泉，瞻彼溥原，迺
陟南岡，迺覯于京。京師之野，于時
處處，于時廬旅，于時言言，于時語語。
公劉南而满足于此，足于组织周人之後：
度其隰原，徹田為糧。度其夕陽，豳
居允荒。
足桂花豳定居之後，洋以

6

止基迺理，爰众爰有○○○○

止旅乃密，芮鞫之即○○○○

为荣为幸。

此诗贯之保民思想颇甚程生民，而保民与重农相辅相成，又为此诗之核心。故欲农农业充实力量，则必须重视农业劳动力，故不可不保民。而保民之根本，又必须发展农业生产，民以食为天之道理，于西周建国之前已明白重视矣。

公劉之後九世而至古公亶父，頌修后稷、公劉之業，國人皆戴之。以薰育戎狄攻之，乃率其民自豳遷岐，至於周原。《詩·大雅·緜》即頌美其事者。古公亶父至岐，先相土築室，使民安居，即普遍开垦农田建设。修宗廟、建宮室、立社稷居在其次。其保民重农又甚于公劉矣。

其二、三、四章云：

周原膴膴，

7

古公亶父，來朝走馬，率西水滸，至于岐下。爰及姜女，聿來胥宇。周原膴膴，堇荼如飴。爰始爰謀，爰契我龜。曰止曰時，築室于茲。迺慰迺止，迺左迺右，迺疆迺理，迺宣迺畝。自西徂東，周爰執事。以此故無怪乎在修建宗廟之時能夠捄之陾陾，度之薨薨，築之登登，削屢馮馮。百堵皆興，鼛鼓弗勝。

豳風·七月　則自另從一角度反映了豳地农奴隶與奴隶主的生活。由詩中"同我婦子""嗟我农夫""食我农夫""我稼既同，上入執宮功"等等一人稱口吻之叙述與嗟歎看，此詩確係农夫哀歎之民歌，經西周初人整理而為定者。整理者保存了原作的基調與內容。但其形式則頗趨于齊整。詩共八章，章十一句。推之篇出上則為集體所云云

此章（首章）前段言衣之始，後段言食之始。二章至五章繼前段之意，云章

8

至八章，終後段之意。

此篇皆声势為此，岂非加工而成者乎？

《豳》之《七月》，陳王業也。周公遭變，故陳后稷先公風化之所由，致王業之艱難也。

《鴟鴞》序謂：「武王崩，成王立，年幼，不能涖阼。周公旦以冢宰攝政，乃述后稷、公劉之化，作詩一篇以戒成王，謂之《豳風》。」

皆以此詩附會周公，以謂周公遭變云云者，
反屬無稽。
此時始作，抑何世錯不可考。何時何人，理烏定
因其難言，謂周公陳王業，尤為臆斷。然詩
中所云之農夫，述有懇歎。其為公及公子
耕種、蠶織、狩獵，修事以玉，釀酒、窖冰，
可謂勤矣勞矣。而食瓜、斷壺、叔苴、采荼、薪
樗，衣褐居廬，可謂苦矣，勤苦如斯，乃無
怨歎！
史傳自公劉居豳，迄大王遷岐，歷經九世。

此詩爲何時已既不可考，所言周君賢愚亦暴更不可知。蓋文獻無徵也。但以下各篇頌美之說。

三、此詩只歎後稷未云崇戮。三百篇中稷后，稷以至大王時詩頌之農保民敬天等祖考而已。甚者或紛倫非甚時周君有意刪改，則此詩之所嗟歎者已遠殷商奴隸之動遭崇戮排擠之文境矣。

四、此詩之感情色彩纖庸，怨而不怒，哀而不傷，倘非執筆爲室之人有意粉美功德，美除激諷悲怨之辭，則其感情色彩

頌与三百八篇中大量刺詩异致

一、（三）此詩以写衣食为主，农夫首务农桑耕織，与生民、稷、公刘、緜所反映之重农思想完全合拍，且从不同角度覆貫此种思想之在化。

二、（四）生民、思文、公刘、緜四篇既係頌美先王之辭，自加無夸张祖德之語。家师之野多矣，抓之隙云云。即使確有其事，夸张美化亦所不免。而七月乃有嗟嘆之声，悲傷之語，此則自另一角度反映自公刘以迄大王九世之間，大致情況。九代周君皆賢，恐不尽如是，有美，但此詩所反

10

可以谓为基本情况。即以此基本情况而论，宁不远胜于殷商也。

综上而观之，周人在文武之前（化）重农保民，敬天尊祖之思想，实寓于其生产力之发展，较殷商为先进。反映在社会生活，则民周少嫌，经济实力较强，诸部落皆归附者多，叛殷而附周者亦不可免。周之胜殷亦此此已无关系。

二、颂美文武的诗篇

三百篇颂美文王之诗篇特多，大雅以文王，周颂以清庙为首，有文武并颂（皆由文及武）的，颂美武王者（如周颂武、酌、桓等）

頌美文王特重德、典二事。ハ、、

周頌、清廟　済々多士、秉文之德

維天之命　維天之命、於穆不已於乎

不顯、文王之德之純。

德

大雅靈臺、經則以靈名之、修建。因文王

之德、民人感奮乃不日成之、乃然民子来、

經則以文王之德、廣詢衆謀、厥成文王厥猷

昭文王德化の方、人多归附。

大雅文王　儀刑文王、万邦作孚

典

周頌、維清緝熙、文王之典、肇禋、迄

用有成、維周之禎。

11

周頌·我將

仪式刑文王之典，日靖四方。86.9.23.日

与此同时则突出颂美文王化四方及

崇伐密、伐崇。

大雅·皇矣

密人不恭，敢距大邦。侵阮徂共。王赫斯怒，

爰整其旅，以按徂旅，以笃于周祜，以对

于天下。

帝谓文王：询尔仇方，同尔兄弟，以尔钩援，

与尔临冲，以伐崇墉。

在武王则又特别突出继承文王伐商建

周。而《大雅·大明》尤佳，其詩云：

牧野洋洋，檀車煌煌，駟騵彭彭。維師尚父，時維鷹揚，涼彼武王，肆伐大商，會朝清明。

其述周王克殷，亦以不多人而戰為功

《周頌·武》

於皇武王，無競維烈。允文文王，克開厥后。嗣武受之，勝殷遏劉，耆定爾功。

其重視農業生產，較多以勞動力可見。

诗经二

三、頌美成康之治的詩篇

武王克商二年而崩，成王誦。誦崩，康王釗立。即史傳成康之治世也。其時史家稱"刑措四十年而不用"（史記、周世家）。此實西周最盛時期，於之有ゝ篇大作，自三方面加以描述。

一曰農業生產工具之改革與私田制度之確立，而農業之豐收。周人始以青銅為農具，有錢有鎛（耜），有鐮，於稼於穡，堪稱新篇。農業生產力之大發展，乃有其巨大革命意義。

周頌、臣工

命我众人，庤乃钱镈，奄观铚艾。

周頌、載芟

有略其耜，俶载南亩，播厥百谷，实函斯活。

周頌、良耜

畟畟良耜，俶载南亩。播厥百谷，实函斯活。……其镈斯赵，以薅荼蓼。荼蓼朽止，黍稷茂止。

状镈之赵，状耜曰略，芟之曰畟畟，曰良，且專頌芟之道，见周人始用金属农具时之喜悦心情，且由薅荼蓼草而为肥，肥朽而禾茂农业生产技术之发展識然显著，若此耕作方法迄今仍沿用不衰，呜乎三千年矣。

在农县政事之同时，公私田制，反而渐确立。

小雅、大田

公君见 我见 我则见多雨

有渰萋萋，兴雨祁祁，雨我公田，遂及我私。

综也 综则入土

周颂、噫嘻

噫嘻成王，既昭假尔。率时农夫，播厥百穀。骏发尔私，终三十里。亦服尔耕，十千维耦。

2

皆以私田并禄是皆居为孟子所言之井田制度
虽以稍考但谓孟子全出臆造亦不可能
农具之改善所有制之变易一时硕果终

陈
农业广获丰收

周颂、丰年
丰年多黍多稌，亦有高廪，万亿及秭，为酒为醴，烝畀（进于）祖妣，以洽百礼，降福孔皆。

周颂、桓
绥万邦，娄丰年。天命匪懈。

周颂、良耜

穫之挃挃，積之栗栗，其崇如墉，其比如櫛，以開百室。百室盈止，婦子寧止。……

二曰，周王朝之得民、得才，濟濟多士，而君臣、民協調，以致太平。如：：

大雅、卷阿 五、六、七、八章末二句

豈弟君子，四方為則

豈弟君子，四方為綱

鳳凰于飛，翽翽其羽，亦集爰止。藹藹王多吉士，維君子使，媚于天子。

臣則上媚（順愛也）于天子，下媚于庶人。

鳳凰于飛，翽翽其羽，亦傅于天。

3

藹藹王多吉人，維君子命，媚于庶人。

而泂酌一詩更反覆言之：

豈弟君子，民之父母。

豈弟君子，民之攸歸。

豈弟君子，民之攸塈。息也

乃盛稱成王之得民如是。舊說：此詩乃召康公于

成王游於卷阿，君臣賡和之作。由首末二章

可知。

有卷者阿，飄風自南。豈弟君子，來游來歌，

以矢其音

君子之車，既庶且多。君子之馬，既閑且馳。

矢詩不多，維以遂歌。

三曰：制禮作樂

史傳：

周成王六年，周公旦述文武之德，制周官及儀禮，以為典法。冊府元龜五六三。

後世乃謂禮經三百，威儀三千，皆周公制也。

禮樂：

成王始作樂而合乎祖。作有瞽之詩。

諸侯助祭，遣於廟，作臣工之詩。

周公居攝，踐阼稱王，朝諸侯，率以祀

4

文王作清廟之詩以歌焉

（冊府元龜卷五六五）

今周頌清廟、維天之命、維清皆紀文王之詩也。清廟之詩，亦後人所謂一唱而三歎者。其聲與維清諸篇、烈文、有瞽尤其生動。於潛、有瞽

有瞽有瞽，在周之庭。設業設虡，崇牙樹羽。應田縣鼓，鞉磬柷圉。既備乃奏，簫管備舉。喤喤厥聲，肅雝和鳴，先祖是聽。我客戾止，永觀厥成。

植木以懸鐘磬者，其上横者曰栒，栒上大版刻以崇牙。

有柄小鼓

柷狀如漆桶，以木為之。

揭之以崇牙，置五采之羽。

小鞞 大鼓

排簫 并

余謂不可爲華矣。成王禮樂之制，於左氏固然有
所祖述。於〻左氏文公四年
衛甯武子來聘，公與之宴，爲賦湛露
及彤弓。不辭，又不答賦。使行人私焉。
對曰：臣以爲肄業及之也。昔諸侯朝正
於王，王宴樂之，於是乎賦湛露，則天子
當陽，（湛露，露斯，匪陽不晞，厭厭夜飲，不醉無歸）諸侯
用命也。（序：湛露，天子燕諸侯也）諸侯敵
王所愾，而獻其功，王於是乎賜之彤弓一，彤矢
百，玈弓矢千，以覺報宴。（敵，猶當也）今陪臣

5

来继旧好，君辱贶之，其敢干大礼以自
取戾？」

国语·鲁语下

叔孙穆子聘晋，晋悼公飨之。金奏肆夏、樊、遏、
渠，歌文王、大明、绵，穆不拜。晋侯使行人问之，
穆曰：……夫先乐金奏肆夏、樊、遏、渠，
天子所以飨元侯也。夫歌文王、大明、绵，
则两君相见之乐也。皆昭令德以合好也。
皆非使臣所敢闻也。臣以为肄业及之，故不
敢拜。今伶箫咏歌及鹿鸣之三（鹿鸣、四牡、皇皇者华）

君之所以说服臣，臣敢不辞说。

二、

詩經中期作品主要是西周三朝的詩篇 這是中國社會從領主所有制向地主所有制過渡的开始

周王朝經成康時期以數十年之最盛康王崩子瑕即位為昭王

帝王世紀云：

昭王德衰，南征，濟于漢，船人惡之，以膠船進王，王御船至中流，膠液船解，王及祭公俱沒于水中而崩。其右辛游靡长臂且多力，游振得王，周人讳之。

子满继之，是为穆王。时年已五十，王道衰微。穆王命伯冏臩作冏命，复宁。穆王不纳祭公谋父之谏，伐犬戎，无功而自是荒服者不至。命甫侯作甫刑，五刑之属五千。穆王史记立五十五年崩。穆王好游，故后世有穆天子传。

以下则共王繄扈，懿王囏，孝王辟方，夷王燮。周室自非识弦微然未大坏。楛文

傳聞不詳者

夷王燮崩，子胡立，是爲厲王。即位三十年，

近榮夷公而好專利。

大夫芮良夫諫厲王曰：

王室其將卑乎？夫榮公好專利而不備

大難。夫利，百物之所生也，天地之所載也，

而有專之，其害多矣。天地百物皆將取

焉，何可專也？所怒甚多，而不備大難。

以是教王，王其能久乎？夫王人者，將導

利而布之上下者也，使神人百物無不得極，

8

猶田怵惕惧怨之来也……今王学专利，其可乎？匹夫专利，猶谓之盗，王而行之，其归鲜矣。荣公若用，周必败也。

厉王不听，以荣夷公为卿士，暴虐侈傲，聚敛苛毒。尽废公私田制，度劳役地租无限。於大民不聊生，乃以屠戮镇压。三年，周人乃相与畔，厉王。厉王出奔於彘。

诗经中此类多怨刺，大雅之板、荡、抑、桑柔，皆其出而不朽者也诗、大雅、荡云：

荡荡上帝，下民之辟。疾威上帝，其命多辟。天生烝民，其命匪谌。靡不有初，鲜克有终。

文王曰咨，咨女殷商！曾是彊禦，曾是掊克，曾是在位，曾是在服。天降滔德，女兴是力。

此两章已写出厉王暴政之概貌。上帝喻厉王，疾威指人者，言赋敛也。威罪指人者，峻刑法也。乃因以掊克以行聚敛，以强禦

9

而峻刑法，是上天降此惰慢之品性
厉王乃始占用此等痛国殃民之力民也
力力实即力民。

大雅、桑柔云云
……私生不长，靡国不泯，民靡有黎，
具祸以烬。於乎有哀，国步斯频。
如彼遡风，亦孔之僾。民有肃心，荓云
不逮。好是稼穑，力民代食。稼穑维宝，
代食维好。

天降喪亂，滅我立王。降此蟊賊，稼穡卒痒。哀恫中國，具贅卒荒。靡有旅力，以念穹蒼。

力民　鄭箋謂推聚斂作力之人。此等人為厲王之專利，如竹叙掠，乃至民不聊生，農收被屠戮，以致服力役，或逃跑，乃至使中小城之回也荒蕪。國都亡也。嗟天之力無已，喪失甚以

民之貪亂，寧為荼毒。而

民之回遹，則職競用力也。

10

厉王信以暴虐被流于彘，诗经之所描述，深及其暴政之事，颇为当此方民以禄稿为宝，破坏了西周初以来的公私田旁彼也组制。

厉王流彘，宣王静于召虎辅佐下即位，北拒猃狁之侵略，南征江汉东平淮夷徐夷，武功之盛，是称中兴。诗之六月、采芑、采薇、出车、江汉、常武，皆颂宣王之武功也。

幽王宫湦继之，对西周既有的所有制及有进一步之破坏，诗经描述得深刻细微，生动形象，此等诗一篇之目，最主要者如

大雅之瞻卬召旻 小雅之十月之交

诗绝 三、

詩之篇章法

詩三百篇產生於二三千年之前，並多篇章有法，且寫法多樣，又以其產生二三千年之前，國風又采自地方，故其中口头民歌成份略微可見，而小雅多為鎬京雜邑文人之作，寫法乃益考究，而頌本祭頌之詞，配樂與舞者，自亦有其獨特寫法，故於詩之篇章法研究不可不三致意焉。

詩之篇章法大致可分以下各端

一、独章的周颂概用独章

周颂在封建社会文学史上是庙堂文学之始。作为颂之的总代表的周天子祭祀其先祖，又需配乐配舞，其风格必须要求庄严典重。诗乐舞必皆如是，万不可轻佻急促。乐舞急音繁弦，舞舞狂躁轻僄，诗则典重庄严，诗乐舞之节奏自必稳慢雍容稳慢，故必独章也。三十一篇皆一篇，惟或有短长悠缓之风格，及鲁商之颂则甚短矣

二、较长之诗篇多用多章。二雅中之政治讽刺诗、政治抒情诗皆用多章。大雅・抑十二章四六八字，大雅・桑柔十六章四五〇字，为三百篇中章数最多者。此类诗篇文彩彪炳，篇章严整，已脱离民歌影响，每已可以肯定全为文人所作而为文学之诗篇。就当时社会言，此类诗篇已甚成熟，其在后世影响亦深。非但内容风格气派，即使篇章语法上，每绝不可忽视。

此类诗篇比较典型者，如小雅之节南山

2

正月　十月之交　雨无正　小旻　大东等篇　大雅中之民劳　板　荡　抑　桑柔　瞻卬　召旻等篇

此类诗歌作家多系从政治上失意之社会上层人物　其于朝政了解比较深刻　又以其见弃于朝廷　内心愤懑不平　故攻讦讥讽不遗余力　此等人以其所处之社会地位而文化素养较深　水平较高　文笔又足以达之　故乃篇章结构且严谨有法焉

如小雅·十月之交　共八章　章八句

一二三章写天怨　四五六章写人怨　七

章作结八章余波而怨尾起结有法
而铺叙有致二章末尾以哀今之人
胡憯莫惩引起四五六章写人怨特称
自然衔接紧密前三章逐章递进首
章写日蚀而言今此下民亦孔之哀二章
再就日蚀而言四国无政不用其良则对
下民孔哀之由概括揭示三章乃又进而写
大雷雨大地震等天灾变异而擅权者仍莫
以为惩四章即具体列举擅权作恶之人之
姓氏权位五六章牵作都于向之事以为
例揭示以皇父为首之六襄以为核心之大农奴

3

王统治集团之具体罪行。五章是治者身受之。六章则襄助集团以外之人所苦同遭受之灾难。此五章又深广一步，于是乃可以自然的出之：下民之孽，匪降自天。噂沓背憎，职竞由人之想，诗出此之基本结束。末章再跟天而然，尾余波也。又为小弁、大东从篇含棘匕起兴而言也由也及人，由人及物，再由物及人，转而由人及天。天不可信，非惟不可信，且以助虐，然则是矣。然后言其所以，而意无穷，乃又深切

三、有些短歌发乎天籁，意尽而止，以篇章自由活泼可爱

在国风中有些短歌形式比较自由，一般仅两三章，章之句数可以不同，句之长短亦不求齐整，用韵亦可变换（但在一章中韵脚），但节奏鲜明，韵律和谐，其以篇章法之根本特点是灵活自由而又富旋律美，如邶风、静女、魏风、葛屦、陈风、株林、小雅、苕之华等是

4

何謂迭字
先筆、若芑、
伐檀、
碩鼠。

四、三一一篇中約有半數以上詩篇使用了迭字的寫法 其中

國風一六〇篇使用迭字寫法者一三三篇 83%

小雅七四篇……………四四篇 59%

大雅三一篇……………四篇 13%

頌 周頌與商頌無迭字 魯頌迭字三篇 75%

詩三〇五篇使用迭字寫法者一八四篇 60%

詩經迭字寫法之使用甚多種多樣大致可以

分為四言整齊之迭字 四言差不整齊之迭

〻章，采言叠句〻迭字，采言叠字叠句之迭字句，即迭字一篇皆用两种迭〻字方法等。

叠句的言迭章写法多用於国风中之短歌。形式灵活，叠句但读来颇感自然活泼。如：郑风、山有扶苏、陈风、东门之杨，周南、芣苢、召南、鹊巢、上风、考槃等篇是。其中情歌用此写法者较多。

其叠句的言迭章写法如：

5

鄭風・風雨

風雨淒、、雞鳴喈、。既見君子、云胡不夷、、

、、瀟、、、、膠、。、、、、、、瘳、、

、、如晦、、、不已。、、、、、、喜、、

三章首二句之三四字未若一二章之用

迭字故不能謂為疊句也 又按

魏風・碩鼠

首二兩章疊句重迭章

三章末句誰之永号 與首二兩章末

句之爰得我所、爰得我直 語意複句

不重故此篇亦不可謂為疊句之迭章也

整齐以杂言迭章篇，以魏风·伐檀为典型（范），如：周南之螽斯、麟趾，及唐风之椒聊、绸缪，皆是（國風中純粹齐言者用迭章：周南之樛木、桃夭、召南之鹊巢，皆四言之迭章，而以上四篇又皆杂言之迭章也）。情歌亦每多用之：如鄘风·桑中、王风·君子阳阳、郑风·萚兮、狡童、褰裳、齐风·东方之日，皆是。此种迭章较四言整齐迭章，於形式上更觉流丽自然。

6

基本體系的束言選章如：秦風·權輿

於我乎！夏屋渠渠，今也每食無餘，于嗟乎！

、、每食四簋。、、、不飽。、、、

不承權輿。、、、、。

二章與一章相應位置詩句以長短句法而

語法結構不同故亦不可謂為重疊也

宜如小雅·庭燎等亦是

部分使用選章之寫法於三百篇中亦不

乏其例如：王風·大車

此例の要

大車檻檻，毳衣如菼。豈不爾思，畏子不敢。

、、啍啍，、、、璊。、、、、、、、奔。

穀則異室，死則同穴。謂予不信，有如皦日。

則一二章迭三章不迭也　又如陳風·宛丘

子之湯兮，宛丘之上兮。洵有情兮，而無望兮。

坎其擊鼓，宛丘之下。無冬無夏，值其鷺羽。

、……缶，……道。……翿。

則二三章迭而不與首章迭也　曹風·候人

彼候人兮，何戈與祋。彼其之子，三百赤芾。

維鵜在梁，不濡其翼。……不稱其服。

、……咮。……不遂其媾。

薈兮蔚兮，南山朝隮。婉兮孌兮，季女斯飢。

則中間二章迭而首末章不迭也

7

三百篇中每有於一詩之中複用兩種迭字形式者，如：

小雅·魚麗

魚麗于罶，鱨鯊。君子有酒，旨且多。
〃〃〃〃，魴鱧。〃〃〃〃，多且旨。
〃〃〃〃，鰋鯉。〃〃〃〃，旨且有。
物其多矣，維其嘉矣。
〃〃旨〃，〃〃偕矣。
〃〃有〃，〃〃時矣。

前後三章各自重迭形式，有二而

唐風·葛生

則五章中一二章迭，四五

之章遠三章前二句以一二章而遠無可謂為
基本整齊之句意而異言之形式兼具
之遠章矣

詩之修辭法

詩三百之修辭較之易占書爻有較大之進步於章句語詞語之頌修飾有法焉

詩之修辭法

首先則為賦比興說

詩·周南·關雎·集傳云：

興者，先言他物以引起所咏之辭也。

詩·周南·葛覃·集傳云：

賦者，敷陳其事而直言之者也。

詩·周南·螽斯·集傳云：

比者，以彼物比此物也。

9

此實三種修辭方法，固無須有何神秘化之解說，亦不必有任何神秘化之認識。賦本直陳，補叙；比即譬喻，比方；興即物也，各民歌多有用之者。

詩有設比而臻佳妙者，亦有直陳即情不巧者，而各本民歌常用之，尤多於詩經耳。漢以來詩每或用之，律之詩人則非必用比興，各乃有佳製。

其次乃爲重迭。

夭夭、灼灼，迭字也；窈窕、沃若，迭韵也。

齊風·東方之日

東方之日兮，彼姝者子，在我室兮。在我室兮，履我即兮。

東方之月兮，彼姝者子，在我闥兮。在我闥兮，履我發兮。

魏風·汾沮洳

彼汾沮洳，言采其莫。彼其之子，美無度。美無度，殊異乎公路。

美如英，殊異乎公行。

美如玉，殊異乎公族。

皆用迭句。而國風小雅中又有大段之迭章者，皆重迭也。

诗三百甚善于用叠字

留欤 傅庚生诗概说

〃 〃 情 〃 〃 〃

王风采葛

彼采葛兮，一日不见，如三月兮。

〃 〃 萧 〃 〃 〃 〃 〃 〃 〃 秋 〃。

〃 〃 艾 〃 〃 〃 〃 〃 〃 〃 岁 〃。

十月廿八日 小测题

写出下句，并与本句一併注释一些字，并出字词古义、今义

说明此篇比喻之作用

荡荡上帝，下民之辟。

如贾三倍，君子是识。

悠哉悠哉

自牧归荑，洵美且异

诗在春秋时期之社会功能

子曰诗可以兴可以观可以群可以怨迩之事父远之事君多识于草木鸟兽之名

甚远之事君则何如

子曰诵诗三百授之以政不达使于四方不能专对虽多亦奚以为（款）

盖春秋盟会赋诗之风甚盛于僖襄公至定公之世百余年间赋诗凡意三十二例（附表共六例）

86.10.31

1986.11.1

10

首例則僖公廿三年秦穆公享重耳，公子賦河水，公賦六月，互相表述心志。可以印小雅之沔水首章互婉印云：沔（水流滿也）彼流水，朝宗（春見曰朝，夏見曰宗）于海。鴥彼飛隼，載飛載止。嗟我兄弟，邦人諸友，莫肯念亂，誰無父母。

公賦六月以勉公子佐天子如尹吉甫之功，如伐獫狁，尊王攘戎樹之功勛也。

又如左、襄十六年

叔孙豹如晋聘，以抗齐、见荀偃、

赋「圻父」，「圻父（司马之属），予王之爪牙，胡转予

于恤（忧）、靡所止居。」偃曰：「敢不从执事以同恤

社稷。」见士匄，赋「鸿雁之卒章」，

「鸿雁于飞，哀鸣嗸嗸，维此哲人，谓我劬劳，

维彼愚人，谓我宣骄。」（毛传）

匄曰：「匄在此，敢使鲁无鸠乎。」

11

左、昭元

令尹享趙孟、賦大明之首章、趙孟賦

小宛之二章、

明明在下、赫赫在上、天難忱斯、不易維王、

天位殷適、使不挾四方

詩
經(の)

東遷以後的詩篇

周自平王東遷以後天子式微諸侯坐大平王五十一年鄭莊以諸侯与周天子交質

左隱三年

鄭武公、莊公為平王卿士。王貳于虢。鄭伯怨王。王曰：無之。故周鄭交質。王子狐為質于鄭，鄭公子忽為質于周。王崩，周人將畀虢公政。四月，鄭祭是州师败逞之事。秋、又取成周之禾。
周、郑交恶。

天子势位之陵夷可知此后齐桓晋
文假尊王之名行霸诸侯之实诸侯
兼弱暴寡日甚一日礼乐征伐乃
由自天子出而至自诸侯出甚至自
大夫出诸侯国内弑君篡国屡出
不鲜至为儒家之所慨叹者礼崩
乐坏世乱政乖孔子所云君不君臣

不臣，父不父，子不子。春秋二百四十二年书弑君三十有六，诸侯国之间亦每战乱相寻，士民戍役不宁，而国君贪暴者有之，淫佚者有之，骄奢恣肆者有之，民益不堪其扰矣。

诗经晚期诗篇时限可确定为自平王东迁（前七七〇）至周定王八年（鲁宣公十年）前六〇〇（前五九九）。此一时期之诗篇，以距诗经整理成编之时较近，故保留者较多，因而反映社会

2

会而乃益廣泛

此一时期之诗以篇以国風之絶大部份篇章為主小雅大部份作於此时而魯頌商頌皆此时之作也

一、魯頌
商頌

春秋　僖公四年（周惠王二十一年前656）

四年春王正月公会齐（桓）侯、宋（桓）公、陳（宣）侯、卫（文）侯、郑（文）伯、許（穆）男、曹（昭）伯侵蔡。蔡潰，遂伐楚（成），次于陘。（左以為北）

楚屈完來盟于师，盟于召陵。

齐桓以尊王攘夷为名合诸侯假义而
成霸业七国之师极一时之盛能实无
功而遂诸侯旋归僖公群臣颂鲁之功
作鲁颂宋桓公群臣颂其功而述祖
德作商颂皆同惠王命僖公即公允
前七世纪时之诗也
由于诸侯战乱迭出暴君贪得无厌
残害庶民或淫佚无耻在此时期诗歌
中刺君之诗为极富贵者大致如以
以上诸篇为主要内容

3

二、刺君、

1、刺貪之詩 為：伐檀、碩鼠

詩、魏風、伐檀、小序

伐檀，刺貪也。在位貪鄙，無功而受祿，君子不得進仕爾。

詩、魏風、碩鼠、小序

碩鼠，刺重斂也。國人刺其君重斂，蠶食於民，不脩其政，貪而畏人，若大鼠也。

2、刺暴之詩 為 秦風 黃鳥

小序云：黄鸟，哀三良也。国人刺穆公以人殉葬从死而作是诗也。

又刺淫佚之诗，亦有两组。一为刺卫宣公、宣姜者，则邶之新台、鄘之墙有茨、鹑之奔奔等诸篇是也。

小序：新台，刺卫宣公也。纳伋之妻，作新台于河上而要之。国人恶之而作是诗也。墙有茨，卫人刺其上也。公子顽通乎君毋，国人疾之，而不可道也。

鹑之奔奔，刺卫宣姜也。卫人以为宣姜鹑鹊之不若也。

郑笺：奔奔、彊彊，言其居有常匹，飞则相随之貌。

一组刺齐襄与文姜之诗

小序

齐风、南山，刺襄公也。鸟兽之行，淫乎其妹，大夫遇是恶，作诗而去。

南山崔崔，雄狐绥绥。鲁道有荡，齐子由归。既曰归止，曷又怀止？

敝笱，刺文姜也。齐人恶鲁桓公微弱，不能防闲文姜，使至淫乱，为二国患焉。

敝笱在梁，其鱼鲂鳏。齐子归止，其从如云。……鲂……

……雨。……唯唯，……

……水。

载驱，齐人刺襄公也。无礼义，故盛其车服，疾驱于通道大都，与文姜淫，播

4

其悲于弃民焉。

载驱薄薄（疾驰声），簟茀朱鞹。鲁道有荡

四骊济济，垂辔濔濔。〃〃〃〃

汶水汤汤，行人彭彭。〃〃〃〃

汶水滔滔，行人儦儦。〃〃〃〃

齐子发夕。

〃〃岂弟。

〃〃翱翔。

〃〃游敖。

陈风 株林 （鲁宣公九年前六〇〇）诗经最后一首也

胡为乎株林？从夏南。匪适株林，从夏南。

驾我乘马，说于株野。乘我乘驹，朝食于株。

三、行役诗 述行役之苦与反映国君之残暴

或战乱之频仍，征戍侵夺，防守屯戍，有

以战争引起此类诗篇，一般从役夫思

婦而夕角履來焉而役夫非正，庶民思

婦亦或為大夫之妻室也

1、役夫之詩，出之邶。擊鼓

擊鼓其鏜，踊躍用兵。土國城漕，（役國　或役土功　或築城於漕）

我獨南行。

從孫子仲，平陳與宋。不我以歸，憂心有忡。

爰居爰處，爰喪其馬。于以求之，于林之下。（或其喪馬而尋也）

死生契闊，（隔遠之意）與子成說。執子之手，與子偕老。

于嗟闊兮，不我活兮。于嗟洵兮，（申也）不我信兮。（信也）

按：

右、隐公四年州吁自立，宋卫陈蔡伐郑，至以孙

子仲为将士卒有为是之哀怨也

又为魏风·陟岵

陟彼岵兮，瞻望父兮。父曰：嗟！予子行役，

、、屺、、、、母、、。母、、、季、、、

夙夜无已。上慎旃哉！犹来无止。

、、、寐、、、、、、弃

、、、偕、、、、、、死

由于徭役从军之人役于父母兄弟遥远之叹，以

深表乡思母谓季幼子也兄谓弟第弟也

是为已极，服役之年无疑焉

又如唐風鴇羽

肅肅鴇羽，集于苞栩。王事靡盬，不能蓺稷黍。
、、翼、、棘、、、、、、、、黍稷
、、行、、桑、、、、、、、、稻粱
父母何怙？悠悠蒼天，曷其有所？
、、食、、、、、、、、極
、、嘗、、、、、、、、常

則以行役而父母失養，一人行役一家遭殃，詩義短意深切矣。而文於朴質，此喻於象，字非佳制。它如豳之東山、小雅之采薇，又是亦史之名篇，能證當士階層之所作，非庶民之作也。

6

2. 思妇之诗

此类诗篇如周南卷耳召南殷其雷汝坟皆大夫行役妻室思之。由卫风伯兮王风君子于役,至少为士阶层妻室之作。而伯兮乃别出特色。思中有苦,苦益思甚,思行役之士夫亦有骄矜之感云

伯兮朅兮,邦之桀兮。伯也执殳,为王前驱。

自伯之东,首如飞蓬。岂无膏沐,谁适为容?

其雨其雨,杲杲出日。愿言思伯,甘心首疾。

焉得谖草,言树之背。愿言思伯,使我心痗。

の

礼俗诗在小雅中有不少，燕飨通用之乐

及一些典礼性诗，以鹿鸣之三为诸侯燕

群臣嘉宾之乐歌，常棣为燕兄弟之乐

歌，伐木为燕朋友故旧之乐歌，鱼丽、南有

嘉鱼、南山有台等则燕飨通用之乐歌

等。其中多颂美之句，互相祝颂、祝愿之辞

极占，礼俗考证有一定史料价值，于文

学艺术则无足多也。此类诗以编在小雅中较多

国风中之礼俗诗不甚多，似无皆颂

美之作，每反映依生活者也

周南·螽斯（唐风·椒聊）贺人生子之诗也

7

周南、桃夭：贺人嫁女之诗也

召南、鹊巢：

郑风、溱洧　上巳修禊男女欢爱之诗也

五

三百篇中直写生产劳动之诗甚少除

豳风、七月　依月令写农事细则

周南、芣苢　为妇女采芣苢之歌

魏风、十亩之间　为采桑者之歌

七月之作当在早期而后二诗之时世似难确考姑归之晚期也

六國風中情歌屬什其半数小雅中之情詩多在都人士之什中就全部詩經而言情歌诸作三分之一強

詩經中之情歌从多方面反映爱情生活举凡相思欢会离弃嫉妒结婚悼亡无不有诗为

周南·关雎、郑風·子衿 皆相思之歌

王風·大車 相思而誓天

也而前者为男思女後之者为女思男此类诗篇在國風中甚多

召南·野有死麕、鄘風·静女、郑風·山有扶苏 戏謔

8

皆述欢公郑之首女同车、野有蔓
草、更欢会而甚相得焉。
唐风·绸缪 实为一首新婚之夜洞房
花烛之诗，状新婚男女喜极而莫知
所措入情入理饶有风趣
绸缪束薪，三星在天。今夕何夕，见此良人。
、、、刍、、、、、隅、、、、、、、、、、、邂逅
、、、楚、、、、、户、、、、、、、、、、、粲者
子兮子兮，如此良人何？
、、、、、、、、、、、邂逅？
、、、、、、、、、、、粲者？

诗经中之弃妇诗篇一般多只读邶之谷风及小雅之谷风与卫之氓而郑之遵大路王之中谷有蓷亦凄惨之甚

王风·中谷有蓷

中谷有蓷，暵其干矣。有女仳离，嘅其叹矣。嘅其叹矣，遇人之艰难矣。

中谷有蓷，暵其脩矣。有女仳离，条其啸矣。条其啸矣，遇人之不淑矣。

中谷有蓷，暵其湿矣。有女仳离，啜其泣矣。啜其泣矣，何嗟及矣。

集传：凶年饥馑，室家相弃，妇人览物起兴而自述其悲叹之词也。

9

鄭風・遵大路

遵大路兮，摻執子之袪（去劫反，袂也）兮。

、、、、、、、、、手、。

無我惡兮，不寁故也。

、、魗（昌九反）、、、、好、。

集傳：淫婦為人所棄，故於其去也，擥

其袪而留之曰：子無惡我而不留，故

舊不可以遽絕也。宋玉賦有遵大路

今攬子袪之句，亦男女相說之詞也。

另一方面亦反映在一些贅婿哀

以上诗一篇中为二

小雅・黄鸟

黄鸟黄鸟，无集于榖，无啄我粟。此邦之人，
、、、、、、桑，、、、粱。、、、、
、、、、、、栩，、、、黍。、、、、
不我肯穀。言旋言归，复我邦族。
不可与明。、、、、、、诸兄。
、、、父。、、、、、、诸父。

小雅・我行其野

我行其野，蔽芾其樗。婚姻之故，言就尔居。
、、、、、言采其蓫（恶菜也）。、、、、、、宿。
尔不我畜，复我邦家。（葍，恶菜也）不思旧姻，求尔新特。
、、、、言归思复。（成诚不以新适之富每只以新旧之异也）（四也）
成不以富，亦祇以异。

10

此二詩一再言復我邦家復我邦族尤其
我行其野言不思旧姻求尔新特又是
既是女方离弃了贅婿
何以云此詩为女方离弃贅婿耶
黄鸟之詩是既是贅婿不堪女家之苛虐
而總其我而肯穀不可与处不可与明乃言旋言
归总無為去
我行其野言昏姻之故言就尔居言就尔宿
又其说是贅婿之词以女嫁於男家無取
非如此之說也

复我邦家，复我邦族，乃更非妻妇之词，

故此诗为赘婿之词无疑矣。

悼亡之诗，则夫悼亡妻，妻悼亡夫者，

并皆有之。前者则邶之绿衣：

绿兮衣兮，绿衣黄裏。心之忧矣，曷维其已！

、、、、、、、裳。、、、、、、、亡！

、、丝、、女所治兮。我思古人，俾无訧兮！

絺兮绤兮，凄其以风。、、、、实获我心！

后者则唐风葛生：

葛生蒙楚，蔹蔓于野。予美亡此，谁与独处！

、、、棘，、、于域。、、、、、、息！

角枕粲兮，锦衾烂兮。、、、、、、旦！

夏之日、冬之夜、百岁之后、归于其居。
冬之夜、夏之日、、、、、、、、室。

前者夫睹物而思之妻，后者在故茔而念亡夫最后之处。予合夏日夜更写出寡居思念亡夫岁月之难熬，厥状惨苦极矣。

除以上各类诗篇外，其它诗篇如闵公二年（前六六〇）狄人灭卫，卫戴公之妹许穆夫人赋载驰。隐公三年卫人颂庄姜之美而赋硕人。秦康公送重耳而赋渭阳。秦之贵族赋权舆而叹

後篇等等反映社会面广泛极矣

對西周封建社會學者和
後生的禮贊

对西周封建社会的孕育和发生的礼赞

汉语文学中保存的史诗是极少的。在诗经大雅和颂中有些诗篇描述了周人先祖后稷周祖以及孕育和西周封建社会的孕育和发生若干情况。商颂玄鸟也诗及殷之先祖简狄吞燕卵而生商的神话。但如若图内不少兄弟民族史诗之篇制宏廓，神話色彩派學。其最主要之詩篇則為對后稷、公劉、古公亶父、文王以無比崇敬的語言加以歌頌所進行的祀贊：生民、公劉、綿、文王、皇矣、靈台、文王有聲及周頌、清廟、維清、我將等八篇。其中生民前三章敘后稷誕生有神話色彩，其它全無神話色彩。

生民頌似苗稼之古歌，此稼之陳歟公劉及不少民族洪水故事及其乎开天闢地之歌，既甚於叙神話所作，此宜後也。

生民詩八章，首二、三章言后稷誕生之神異，四、五、六章（言后稷務稼穡之天賦）七、八章言后稷始肇周祀，以备法焉是齋戒。此詩四部要宴者焉，四、五、六章推此可以見西周初作物栽培之全過程。五章反映

2

作物良种的选育。

第五章"诞后稷之穑，有相之道"此道

即作物栽培之全过程。

茀厥丰草，种之黄茂 此除草

而种粮也。

实方实苞 选种也。方，房也，苞，满也。

实种实褎 浸种也。种，肿也，水浸而发大也。褎，吐芽扭咀也。

实发实秀 播种发芽秀穗也。

实坚实好 就籽粒言

实颖实栗 就穗头言 结实收获也。

第六章"诞降嘉种，维秬维秠，维穈维芑"咏示の神，已見當時嘉种之多分类之细。"恒之"，遍种也。良种推而廣之，乃有"是获是亩"，"是任是负"。丰收之景象，信极生动矣。

周人对后稷是無比崇敬無限尊奉的。是說他們所以有这样一位农業天才能以良种為天的養民的生活中首要問題的先祖而歌頌后稷，此篇周祖孕育了周王朝也為周王朝建國後的一段時期開創了

3

重視農業生產的傳統

后稷的時代約在公元前廿一世紀以前

《書·舜典》云："帝曰：'棄，黎民阻飢，汝后稷，播時百穀。'"

《國語·周語》祭公謀父諫周穆王曰："昔我先王，世后稷，以服事虞夏。"

《史記·周本紀》"后稷之興，在虞夏商周之際。"

由是以見后稷的時代，當已在周人社會進

入父系世族社会的时代约当公元前二千年以前 从考古所得距今四千年前渭河流域已属农业社会 诗中所云姜嫄履帝武敏歆 载震载夙载生载育时维后稷 而后稷即有邰家室而以归肇祀 这就是从母系氏族社会向父系氏族社会的转移 当然这种转移在历史上绝非一时一世之事 但此诗以艺术概括而把此种转移通过神话的形式反映自亦不难理解

4

即此诗观之，后稷时代周人已进入农业社会，再征诸考古所得为信。

公刘和缔实为周之先祖的近徙之歌，苗族湘西古歌及滇东北芦笙调与之颇有相似之处。

公刘的时代约相当公元前十六世纪左右。史记刘敬传：“公刘避桀居豳”。此语足征公刘与夏桀同时。

诗中所描述颇

赞公刘则又是一位极其重视农
业生产的英明首领而诗也进一步
颂赞了公刘对于民生活的重视而其
诗似更描述了公刘之建立了以农业奴
隶为主要生产力的奴隶制国家
诗之首章即思辑用光集传谓
思以辑和其民人而光显其国家甚是
此四字为首章中心与全诗之诗旨
迁避之前辑和民人光显国家者亦极发
展农业迁避的行动也正为思辑用光而

遷邠之後又重視發展農業以安民人先且國家同时詩中還重視了加强武備近邠前後皆如此而稱和民人更推詩中一再作生动形象的描述篇幅雖然而可貴

公劉詩云章章十句

詩之首章稱公先稱和民人先且國家首先為本章之核心同时為全詩之核心其所以為核心有以下 端

其一爲發展農業，而此傳所爲之蒇農農業頗重視農田修整。首章言"迺場迺疆"，集傳誤"場、疆，田畔也。"又誤"治其田疇"。公劉"陟則在巘，復降在原"，"相其陰陽"，"度其隰原，徹田爲糧"，皆言修整農田也。首章言其它措施，但置諸之。比"茀厥豐草，種之黄茂"，先進了不少。"徹田"，集傳以井田制解，不妥。吾意徹，治也。治田即朱子所云治其田疇也。此實爲修整農田，但語焉而不詳耳。

6

甚二為加強武備廷議之前予矣斯張
干戈威揚武備張乃權衡為政議以後
歡甚流氓甚至三單本五等兼言生
產與保衛
甚三為公判枚重視民人生活二章
公判予腎斯原所允之民人判既然既
擊既順適宜而充承收此例政公判
之所想望者而人民心目中之公判乃陪
判犯巘發降犯原勤勞不正且服飾威
武竿貴　何以冊之維玉反瓔雜臻容刀

传之二三章用法似是赋比，实非比兴，但皆着重写民人的情况。三章京师之野，于时处处，于时庐旅，于时言言，于时语语，营度之居，亦深得民心矣。其三写公刘重视土地之扩大，民人之繁富，至豳后度其夕阳，豳居允荒。夫其皇涧，溯其过涧，止旅迺密，芮鞫之即，而此居迺理，爰众爰有，诚公刘能极满意者。

7

此诗之章篇法自然稳成首章言思慕周先
為公刘自邰迁豳之日所以与其後及迁豳以後一
系列之作之基本精神無以此是本精神而成
其发众发有止旅迺密芮鞫之即之功也
首章迁豳之准备一為生产一為军事非仓促
迁逃也二三章至豳以後公刘之勤以择民
居民安其得其所而欢忭乐从也四章则立
君主宗家国成立即今所谓之组织工作也
五章安家国一定即从事相地之宜為粮治
军豳居允荒閒人得其所矣经之营之保之
卫之理固宜然

六章深览迁豳之后计爱众爱有且稳步发展公刘之功何可说哉

此诗除重视农业生产外特别着重颂赞公刘之保民思想。二章以民之繁庶而无永叹为美，三章以民之欢快为乐，末章以爱众爱有为后计。较之生民只写自是穫是畝是任是负，手收之乐，收祀神之热烈，乃更细致更生动更深入了。

8

綿 写古公亶父自豳迁岐 其时约在公元年
十二世纪
後汉书·西羌傳
及商武乙暴虐，犬戎寇边，周古公踰梁山
而避于岐下。
关于大王迁岐史书所载大致可徵于甲骨卜辞
中颇有确证
殷墟书契前编 卷四 三十二页 一片
令旅族璞（寇周） 乙卯卜允贞令多子族从犬侯 前编卷五 二页二片
璞周
龟甲兽骨文字卷一 十八片
辛卯卜贞，令周从永（旅）止（征）

是大王之迁岐，不仅受犬戎之逼也，殷之压迫，及殷以犬戎之寇扰，皆令周不可不迁避也

孟子·梁惠王下

昔者太王居邠，狄人侵之，去之岐山之下居焉，非择而取之，不得已也。

昔者大王居邠，狄人侵之。事之以皮币，不得免焉；事之以犬马，不得免焉；事之以珠玉，不得免焉。乃属其耆老而告之曰：狄人之所欲者，吾土地也。吾闻之也：君子不以其所以养人者害人。二三子何患乎无君？我将去之。去邠，踰梁山，邑于岐山之下居焉。

9

邠人曰：仁人也，不可失也。从之者如归市。

诗中亦云迁岐，未云犬戎之驱之逼侵陵耳

殆于周代有此传说

緜诗九章，章六句

小序云：文王之兴，本于大王也。

集传云：此亦周公戒成王之诗，追述

大王始迁岐周，以开王业，而文王因

之以受天命也。

此诗是否周公戒成王者尤考，但大王

始迁岐周以开王业，文王因之以受天命

固是也

集傳云：一章言在豳，二章言至岐，三章言定宅，四章言授田居民，五章言作宗廟，六章言治宮室，七章言作門社，八章言至文王而服混夷，九章遂言文王受命之事。

肆之四章言自西徂東周爰執事 其事則把田地划出大的疆界 划出小的条理 而迺宣迺畝 則更須詳細考查

集傳 宣為宣布散而居也 故治其田疇也

正義 謂宣者徧也 發也 天時以至 令民徧發土地 故謂之宣 而

10

集傳又祿 室字 或曰字甚詢洫也

此經寔切近事實 甚實迴[illegible]迴理迴

室迴敵一事也 正係農田之畢孝達役夠

地之疆理以何以洫也 洫迴之田又豈止

夠疆場哉 尚有排澇之用 實[illegible]說田疇也

五畝安居以後首先進行者農田達役乃

作宗廟宮室修建之前 甚重農也可

以見矣

儀刑文王萬邦作孚

仅刊文王篇耶作乎——

對文王奠定西周封建社会基礎伟大功绩的莊嚴頌歌。

詩、大雅与頌歌頌文王之詩篇獨多，甚至頌贊武王之功績亦必從文王唱起，這些詩篇的史料價值尤不可估量。從文學角度而言，则甚反映社会現實之深刻，亦頌美以為千古不朽之作。

詩經中歌頌文王之詩篇大抵著意以下各方面：

1

一　绍續大王、王季，安于岐周，怀化诸侯，诛除無道，經營南國，創建周疆。緜之八章末章，則拔荆棘，处民人，職岐周，逐犬戎，怀化虞芮，條理政務。皇矣之五、六、七、末章，伐密，伐崇，诛滅無道，扩展疆域，作邑于豐，建立國都，則文王有声之二、三、四、五章之所頌美者也。

△文王受命，有此武功。既伐于崇，作邑于豐。文王烝哉！

築城伊淢，作豐伊匹。匪棘其欲，遹追來孝。王后烝哉！

王公伊濯，維豐之垣。四方攸同，王后維翰。王后烝哉！

豐水東注，維禹之績。四方攸同，皇王維辟。皇王烝哉！

四、

文王實勤勞，垂範後世，創制典則焉。

子孫當大稱文王，頌其勤勞。周頌·賚文云：

文王既勤止，我應受之。敷時繹思，我徂維

求定。時周之命，於繹思。

（周頌·賚）

禮記·樂記：賓牟賈篇記武王克商後之大武舞。舞分

成，其六成謂六成而南國是疆，六成即指此

詩也。武王并南國入疆域，而先言文王既勤

止，我應受之云云者，則武王我徂維求定耶。

其始經營，率作其首者文王也。此止釋第一。

（周頌·武）

二文王姬之封侯建國之封建世祿制，是三千年封建社會歷代之所遵循者。

大雅文王之首章云：

周雖舊邦，其命維新

其封建世祿制即有别於殷之新制。

大雅文王之二章云：

亹亹文王，令聞不已。陳錫哉周，侯文王孫子。文王孫子，本支百世。凡周之士，不顯亦世。

本宗百世為天子，支庶百世為諸侯。集傳

這是最明白的記載。本支百世之言

凡周之士，不顯亦世即孟子所云之仕者世祿也。

3

三　文王始建大學

中國教育史上始立大學，遠在三千年前，誠為舉世所僅見。大學為天子所設，太子世子之所以學也。

大雅靈臺云：

虡業維樅，賁鼓維鏞。於論鼓鐘，於樂辟廱。

於論鼓鐘，於樂辟廱。鼉鼓逢逢，矇瞍奏公。

大雅、文王有聲：鎬京辟廱的，集傳引張子（載）曰：

靈臺辟廱，文王之學也；鎬京辟廱，武王之學也。至此始為天子之學矣。

文王丕基，武王缵烈。

周颂多言文王之丕基，武王崇敬绍续。大雅多以继丕为立国之要，盖丕为政礼之由。是以见文王丕法程，武也者，实为收践封建，创大业也。然程背无征，不得详考。诗言绍续文王者多，似举之乃如下耳。

大雅·文王

穆穆文王，於缉熙敬止。"仪刑文王，万邦作孚"，传也。

周颂·清庙

济济多士，秉文之德。

周頌·維清

維清緝熙，文王之典。肇禋。迄用有成。維周之禎。

周頌·我將

我將我享，維羊維牛。維天其右之。儀式刑文王之典，日靖四方。伊嘏文王，既右享之。我其夙夜，畏天之威，于時保之。

集傳云：儀、式、刑，皆法也。嘏，錫福。言我儀式刑文王之典，以靖天下，則此錫福之文王，既降而在此之右，以享我祭，若有以見其必然矣。

综上所述

第一、从后稷时期，周人由母系氏族社会发展到父系氏族社会，农业生产逐渐成为社会生活的主要手段，生民诗展示了其演变轮廓。

从公刘时期，周人已从氏族社会发展到有公刘君之宗之的奴隶制社会，建立了奴隶制国家。农业生产有了进一步发展。公刘是继续后稷的发展农业的领袖。

从古公亶父到文王的历史时期是周人进入封建社会的准备时期，在此时期，周人有了奴

隸制國家的完整，如軍隊、政權機構，擴
大了疆土，更進一步發展了農業，并有可能开始
實行了公私田制。此時已逐漸建立起封邦建
國，土地世祿的封建制度。
第二、詩經對上述歷史發展大了比較完整、
相當深刻而生動的描述。因而詩經成為（也可以說是）
（描述）此歷史時期最真實最有說服力的史料（信）。
這也就是我國古代文學中史詩的特點。（經過文人加工整理的）
第三、詩經對此歷史時期的描述，大部分
在大雅和周頌之中，而其中以對文王的頌

美化之要地位。不仅以篇章多，颂美热烈，且在诗经编集中多放在大雅、周颂之前部，以更加鲜明地突出其历史地位。

第四，文王之业的主要内容，以重农、敬天，保民为其思想基础。以封邦建国，任官世禄，受田制禄，建立大学等为其具体内容。这些，就是封建社会的萌芽。

我们在描述这一历史时期的诗篇中清楚地看到我国诗歌史的光辉

6

特点，这正是中国诗歌传统形成的重要因素。治中国诗史、治中国文学及文学史、治文艺理论者，其可以不明乎此也哉！

戊辰年九月望

對西周封建社會的頌美(一)

第三講

對西周封建社會強大生命力的頌美

文王受命九年而崩，子發立。

書·武成：王若曰：嗚呼羣后！惟先王建邦啓土，公劉克篤前烈，至于太王肇基王迹，王季其勤王家，我文考文王克成厥勳，誕膺天命，以撫方夏，大邦畏其力，小邦懷其德。惟九年，大統未集，予小子其承厥志。（恭天成命，肆予東征）……

武王既承文王之志，務集大統，而殷紂之暴虐愈益甚，乃先觀兵於孟津。十一年十二月戊午，渡盟津，作泰誓（已又據梅賾獻偽古文尚書）。書序作"惟十有三年春，大會于孟津"。史記·周本紀作"十一年十二月戊午"，據當時所見古文尚書也。此必姑據史記。

十二年二月甲子誓於商郊牧野，乃戰。

紂師皆無戰之心，心欲武王亟入。紂師皆倒兵以戰，以開武王。武王馳之，紂兵皆崩畔紂。（史記·周本紀）

遂滅殷建立周王朝

周王朝建立後二年武王崩

史記封禪書曰：武王克殷二年，天下未寧而崩。

太子誦即位為成王，周召佐之，紹文武之業，致成康之治。西周封建體制因以確立。社會乃以發展，農業生產為核心而取得空前迅猛之發展進步。

一、分田制禄确立封建的土地制度

孟子·梁惠王下

昔者文王之治岐也，耕者九一，仕者世禄。

八个字把封建领主所有制的核心高度概括，一语道出了。不仅如此，在

滕文公上 孟子又具体地说

夫世禄，滕固行之矣。诗云：“雨我公田，遂及我私。”惟助为有公田。由此观之，虽周亦助也。

滕文公既已行“仕者世禄”，还打算实行“耕者九一”，使毕战向孟子请教（问井地），孟子便把一个十分具体的规划非常全面地加以叙述。

2

子之君将行仁政，选择而使子，子必勉之。夫仁政，必自经界始。经界不正，井地不钧，穀禄不平。是故暴君污吏必慢其经界。经界既正，分田制禄，可坐而定也。

何谓经界？南北而画以别东西者为经；东西而画以别南北者为纬。云经界者，实即井界也。亦即畛以别南北亦别东西。孟又说得更具体，则：

方里而井，井九百亩，其中为公田，八家皆私百亩，同养公田。公事毕，然后敢治私事，所以别野人也。

云：所以别野人者，谓别对君子之田与野人之田之耕作也。君子即仕者世禄之领主，野人即耕者（九一）即被束缚于领主土地（封地）上的农奴。这一点孟子说得也很清楚。云：

夫滕，壤地褊小，将为君子（而仕）焉，将为野人（而耕）焉。无君子莫治野人，无野人莫养君子。请野九一而助，国中什一使自赋。

对耕者则：

死徙无出乡，乡田同井，出入相友，守望相助，疾病相扶持，则百姓亲睦。

要乎百姓是否相友相助相扶持是否

3

能衆聽則是理想或設想之事，重要的
是"死徙無出鄉"
"耕者九一，仕者世祿，耕者死徙無出鄉"
"公事畢，然後敢治私事"實地西周封建
社會的特點無比準確、深刻地高度概
括為階段。這也正是馬克思、列寧、斯大林
所反復闡述的封建社會的特點。只有
過中國產生時間早於歐洲大多，且自
春秋後期又逐漸向地主土地所有制發
化，而此種封建社會的結束得比歐洲

早二十几个世纪。中国和欧洲都在时代了总结，不过总结早晚相差两千多年而已。

马克思《资本论》卷一

在欧洲一切国家中，封建的生产，都以土地分给尽可能多的臣属这件事为特徵。

以上是孟子所云“分田制禄”，也是不过後全面地進一步说“仕者世禄”而已。

列宁《论国家》

4

在农奴制国家中，农民被束缚在土地上。农奴制的基本特徵就是农民被（当时农民占大多数，城市人口极少）束缚在土地上。由此，就有农奴制这一名称。农民可以在地主给他的那一块土地上为自己工作一定的天数，而在其余的许多天内，则替地主工作。

其实这也是孟子一语道破的"死徙无出乡"五个字。中国古代的理论家太讲文采，所谓"言之无文，行而不远"也。列宁所描述的工作情况也是劳役地租制

列寧在《俄國資本主義的發展》中談到

勞役地租）時對勞役地租提出以下几个前提、

第一，自然經濟的統治……第二，這种經

濟所必須的是使直接生產者被分予一

般生產資料，特別是土地。不但如此，還

必須使直接生產者束縛於土地。因為，否

則地主就沒有保障獲得勞動人手了。

……第三，這种經濟制度的條件是

農民對地主的人格依附。如果地主沒有

直接支配農民人格的權力，他就不能強

迫被分予土地而自行经营的人们来为他做工……最后，第四，上述经济制度的前提和结果是极端低下和停滞的技术状态。

这里列举所说的劳役地租的前提条件，在孟子的概括中，除第四点外，全都说到了。孟子当时的经济也就是自然经济，列宁说的第二点正是耕者九一、八家皆私百亩和死徙无出乡；第三点则是无君子莫治野人，无野人莫养君子，野人都在君子的治下，而无此治（对农

奴人格上的统治和农奴对领主人格上的依附
虽然北缀每个乡的养君子是不可设想的。
惟有第の条则因时因势而异。俄国的劳役
地租在十八九世纪依然存在，而较之已进入资
本主义的西南欧诸国，在技术上虽然是保
守和落后的，而孟子所概括的则上起西周，
下及战国中叶，在当时世界上此种制度
讵属中国所独有的最先进的制度。在中
国则正由于从劳役地租向实物地租发展
的状态，自春秋以降，尤其在战国时期，在诸

侯的横征暴敛之下，公私田制度已遭破坏，农奴既[illegible]须对公劳动耕种公田，又不能保有私田的全部收获，有些诸侯国为了加重搜刮，依田亩征税，完全破坏了耕者九一的制度，耕者益形困乏。故孟子反复倡导西周存在过的公私田制度。这却是孟子与乃竞思孙寡相反的了。

诗经在这方面有比较突出的描述。从这些描述中可以清楚地（看到有力地）证明西周确实有过种公私田的制度。

是故孟子公孙丑上"孟子曰：'……耕者助而不税，则天下之农皆悦而愿耕于其野矣。'"

小雅、大田

有渰萋萋（雲欲盛盛則多雨），興雨祁祁（雨欲徐徐則入土）。雨我公田，遂及我私（私田也）。

周頌、噫嘻

噫嘻成王，既昭假爾。率時農夫，播厥百穀。駿發爾私，終三十里。亦服爾耕，十千維耦。

大雅、韓奕

實墉實壑，實畝實籍。

7

毛傳：實墉實壑，言高其城，深其壑也。

鄭箋：「籍，稅也。

集傳：「籍，稅也。……使為之伯，以修其城池，治其田畝，正其稅法。

大田噫嘻，明言公田、私田。韓奕更指出實畝實籍，是劃定經界，分田制祿。

戊辰年九月廿二

對西周封建社會的頌美（二）

1

二、农业生产农具、耕作技术上的改进与创新

植　集传

a. 耒耜使用、采芑（礼坊引第）、臣工、信南山、

田 礼、坊、郑注、

b. 工具、钱镈、大田、载芟、良耜、臣工、

c. 耕作、除草施肥、良耜、大田、

三、丰收、甫田、丰年、良耜、

四、围猎、执竞。见以思、

在农具与耕作技术上有重大的改进与创新

二 發農業生产虚發申年

揚皐國恩社会安定

西周在遠（以上具长时间地成的）比的商先進的制，發母在
的人认風归附，周人意気風發中建立
起封建大王朝，其自后稷、公刘以来重
农、敬天保民的思想基础進一步巩固、
發展特别是在农业上，就有时的历
史條件而言，其發展進步可以谓為
神速的，其先進情况更是举世无双的。

2

周頌、桓

綏萬邦，屢豐年。天命匪解。桓桓武王，保有厥士（土），于以四方，克定厥家。於昭于天，皇以閒之。

集傳云：

大軍之後，必有凶年。而武王克商，則除害以安天下，故屢獲豐年之祥。

正以武王除害以安天下，而且勝殷遏劉；二殷人與周人兼眾樂業，故雖經大軍之後，農村豐年。同時與農業生產技術的發展有着極其重要的關係，就像詩經所云，在農具的改進，土地的使用，作物病蟲害的防治等多方面可以說已形成一套行之有效的農業生產技術體系。

西周先王的重農傳統已在耕作技術程上進展，括選良种，挖开渠治田等方面獲之殷富與民，先胡楚先進很多，西周初相差更別遠了。就詩經所言

首先在土地使用上

3

小雅·采芑：

薄言采芑，于彼新田，于此菑畝。

集傳：田一歲曰菑，二歲曰新田，三歲曰畬。

周頌·臣工

嗟嗟臣工，敬爾在公。王釐爾成，來咨來茹。嗟嗟保介，維莫之春。亦又何求？如何新畬。於皇來牟，將受厥明。明昭上帝，迄用康年。命我衆人，庤乃錢鎛，奄觀銍艾。

集傳：畬，二歲田也。

於此集傳乃自生齟齬而

礼記・坊記引易（易・无妄・六二）不耕穫，不菑畬，（則利有攸往）鄭注云：

田一歲曰菑，二歲曰畬，三歲曰新，則或

可疑也。而

小雅・信南山（彩芑）又云：

薄言采芑，于彼新田，于此中鄉。

小雅・信南山

中田有廬，疆場有瓜。（集傳：於畔上種瓜以盡地利。）

由此觀之，於西周對田之區分，則菑也、畬也、新也、中鄉也、疆場也。其別之細有如是

焉者。而詩序言之，更足證其習以為常矣。

4

同時由此，我們清楚地看到在土地利用上，
一爲充分細緻，依其所發情況而利用。
一爲利用之充分。亦以見其時之農業生
産已非并皆粗放。精耕細作（疆場亦充
分利用）至少其時已能有初步發展。
其次是農具的改良與創新，于此，周人
最操心最得意的是全部農具的使用
尤其是耜。
易・系辭谈到观象制器时曾谓：
包犧氏沒，神農氏作，斲木爲耜，揉木爲

耒。耒耨之利以教天下，蓋取諸益䷩
巽下震上。巽者木，雷以動之，風以散之，耒耨
也）是耒耜皆木製。此言斲木爲耜，其
始制也。乃以教天下，天下以爲利矣。而詩則
屢言有畧其耜，畟畟良耜，贊美之情溢
于言表。然
小雅大田之首章云：
大田多稼，既種既戒，既備乃事，以我覃
耜，俶載南畝，播厥百穀，既庭且碩，
曾孫是若。

5

周頌・載芟云、

有略其耜，俶載南畝。播厥百穀，實函斯活。

周頌良耜云

畟畟良耜，俶載南畝。播厥百穀，實函斯活。

即此狀耜之語曰略（毛傳：利也）曰覃（利也）曰畟畟（釋文：畟，利也）者利也，且每言及耜則必繼之以"俶載南畝，播厥百穀"。既備，或"實函斯活"，或既庭且碩，頗可以見其使用覃略畟畟之耜既喜其利又善

其以利器播种之禾苗也。播种农事之首要
跡事也。得耒耜而后从事耕作，故率高而货易
佳，苗神之佑，苗之壮，足可徵矣。此上三篇皆
为祭歌，以祀田祖、先农、方社者，据此随其典
礼之上而皆言一农具——耜，足见耜之为用，
亦见周人敬良之耜，给生之广，常来作用之
巨大，周人馈饶之情之盛矣。然则耜何以为
是之利也？必以青铜为之，以金属为之，乃竟如
此。于西周之时，其金属最可能为青铜。西周
出土器物，尚未见青铜之耜。但殷商之青
铜器已可制鼎、盘、盂、斝、爵、觚诸器，甚系

6

耜，其制始拔，术已远，此制耜殴之無畢。耜，其君好農務，而親農事也。周自后稷以來重農，傳說先滿生命力，以青銅制耜，豈不可能，且除耜字外，於詩尚記有从金字之农具，如：

周頌·臣工

命我眾人，庤乃錢鎛，奄觀銍艾。

命也

良耜："其鎛斯趙"。

趙，刺也

錢為銚，大鋤，鎛為小把鋤，銍為短把鐮，皆从金，最遠今未見出土者，然詩則記矣。

鎛，耨之具，以銅金屬，收穫之具以金屬，鐮

耕地

播種之具偏〻不以金屬乎？他器未及鑄

頌美，而於及鑄利耜之利，何為也？

即此已是見於田間在農業生產上。

耕地、播種、鋤草、間苗以至收割至少

開始使用金屬農具，而農具中最

晚者即犁耜，至於農具以青銅

為之，卯以鐵為之，則尚不可確考，若

然禹貢已云：厥貢璆鐵銀鏤砮磬（梁州）

磬，詩秦風云：駟驖孔阜（驖或作

鐵，傳：鐵，驪也。禮月令云：乘鐵驪

驪，春秋以鐵名地，哀二年戰于鐵，杜注：鐵，丘地名，在戚城南。

此等農具進于我國仍已有很多地方說尤農使用

說文：鐵，黑金也。

砮，說文云：石可以為矢鏃

石矢也。

7

山海经所记"锻铁之水出"焉，说这个地土所以最早者南来越战国楚之铜剑。再次则为耕作方法与田间管理技术的提高。

周颂·良耜

其镈斯赵，以薅荼蓼。荼蓼朽止，黍稷茂止。

分明说的是锄掉杂草并覆土其上，既压绿肥又培土植作物根部，一以肥田，一以保护作物根系壮盛。较之以"茀厥丰草，种之黄茂"进步多了。

此种耕作方法每從农民今

在田间管理上，特别重要的是防治病

虫害的技术。

小雅、大田

既方（孚甲始生而未合）既皁（孚甲已合而未坚），既坚既好，不稂不莠。（可收刈矣。莠，似苗也。）

尔雅释草：稂，童梁。注：莠类。

曹风下泉：洌彼下泉，浸彼苞稂。

集传：稂，童梁，莠属。

去其螟螣，及其蟊贼，无害我田稺。

田祖有神，秉畀炎火。

毛传：食心曰螟，食叶曰螣（諸得反），食根曰蟊，食节曰贼。

集传仍之并云：

姚崇遣使捕蝗，引此为证，夜中设火，火边掘坑，且焚且瘗，盖古之遗法如此。

首二句观稼粒之生长，三句则除害苗之杂草，三句除草，四句除虫。

於作物之害，尚未能以科學之方驅除，依其所害而予以惡名。是云「田祖有神」，他並不好，「秉畀炎火」。

豳風以上三首在公元前十世紀九世紀時，亦即三千年前的人書中已何等難能！足以見彼世之豐收乃屬理所當然之事，詩中歌頌農業豐收之詩篇自亦更多。此遠在科學時代，其時之豐收非若今之豐收也。較之西周王朝之前產量之大增，彼程度之使人欣喜雀躍不迭矣。

三

诗经颂美有年之诗，甚多，例如（丰年、大田、甫田）

小雅、甫田之首章

倬彼甫田，岁取十千。（谓一成一田，地方十里，为田万亩也）我取其陈，食我农人，自古有年。今适南亩，或耘（除草也）或耔（壅本也），黍稷薿薿。攸介攸止，烝我髦士。（进我俊秀而秀异者也。）

左哀元：伍员言少康“逃奔有虞……有田一成，有众一旅”。方十里为成，周初亦犹如此。

古者士出于农，而工贾不与焉。

小雅、楚茨之首章

楚楚者茨（蒺藜），言抽其棘。自昔何为？我蓺黍稷。我黍与与（蕃庑貌），我稷翼翼。我仓既盈，我庾维亿。……

9

甫田之末章

曾孫之稼，如茨如梁。曾孫之庾，如坻如京。乃求千斯倉，乃求萬斯箱。黍稷稻粱，農夫之慶。報以介福，萬壽無疆。

周頌、載芟

載穫濟濟，有實其積，萬億及秭。為酒為醴，烝畀祖妣，以洽百禮。

周頌、豐年

豐年多黍多稌，亦有高廩，萬億及秭。為酒為醴，烝畀祖妣，以洽百禮，降福孔皆。

周頌、良耜

穫之挃挃，積之栗栗。其崇如墉，其比如櫛，以開百室。百室盈止，婦子寧止。……

四 西周农业生产之大发展带来国力之强大，国家之兴旺，因而必然矣。诗中乃有不少颂扬成康之盛者。如：

大雅·执竞

执竞武王，无竞维烈。不显成康，上帝是皇。自彼成康，奄有四方，斤斤其明。……

大雅·召旻

昔先王受命，有如召公，日辟国百里……

是以奄有四方而至盛也。西周武、成、康三

10

世封建王國，親祀會制，度生命力之張大於禮經中可云頌美奮飛矣。於此頌美之中，我們無能看到

一、甚重農之思想，若從何等思想以其發展何等進程其發展何等實現！

二、甚激天思想，若從何等宗周，由頌美詩多用于禘祀可知矣。

三、其保民思想又何其鮮明，蒸我髦士，農夫之慶，婦子寧止，豈非皆言乎農夫者哉。乃至望報以介福，農夫為萬壽無疆矣。

戊辰九月十九。

筝の铭

裏周之歌

戊辰十月初八

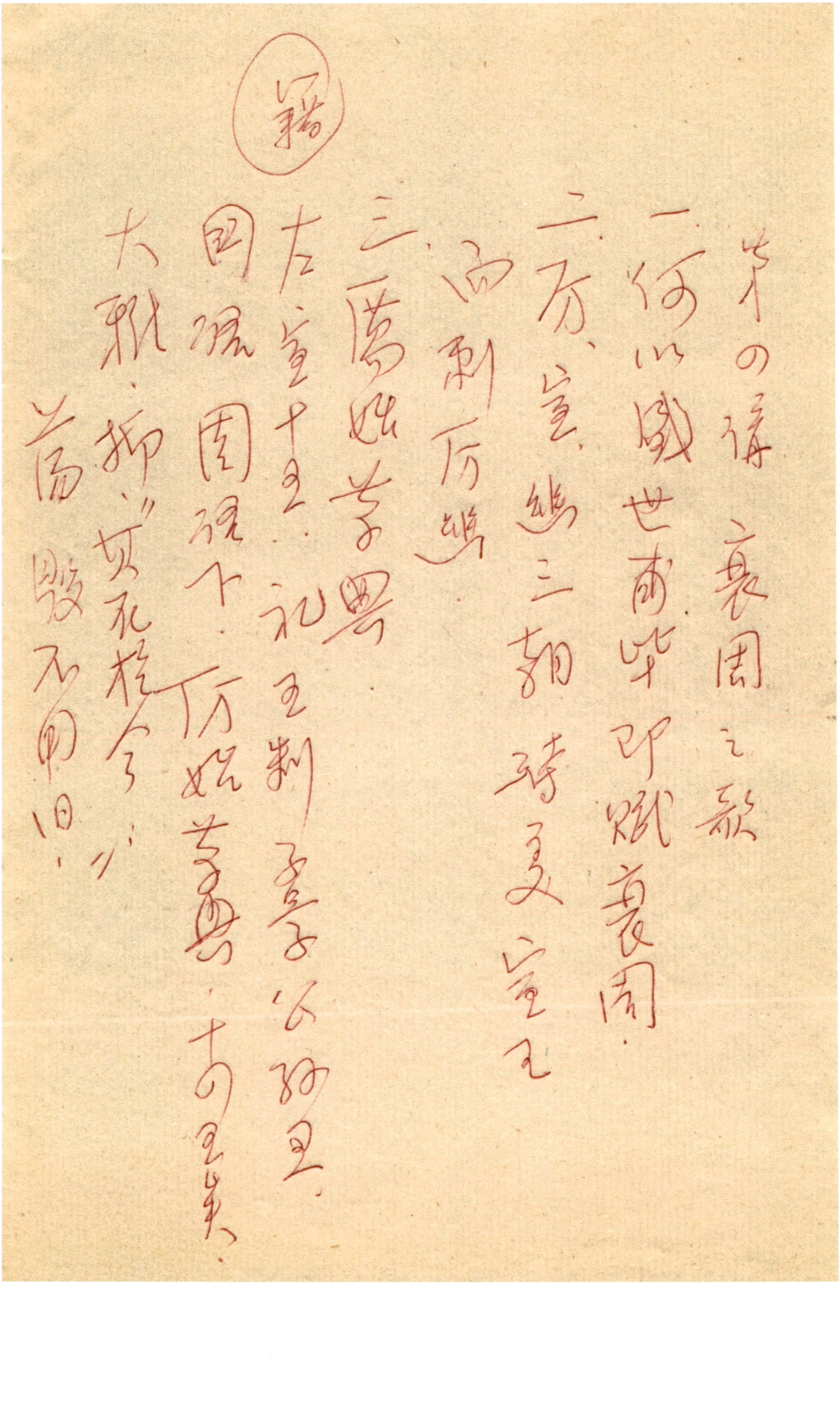

为何李典

苏洛乡芳 搭台（乐谱）

黎东 民主国报

回信 黄良大法

黎东六章 为继 遍风到家

七章 天降袁氏

苏：人每有云

第四讲

衰周之歌

不读衰周之歌，犹不读诗经也。不读衰周之歌，何以知化公元前八世纪中国诗人竟能为人类文化宝库留下辉煌璀灿弥足珍希的瑰宝！

衰周之歌为人类讽刺诗（尤其是政治讽刺诗）之祖。

这些政治讽刺诗能揭毒诫，衰国衰氏之专制，其揭露之大胆，讽刺之深

2

刻，其筆鋒之犀利，其字法之峻嚴，謂爲垂範千古，不爲過也。

一、何以盛世甫畢，即趨衰周？

西周自武王建國，成、康祿從以降，歷昭王瑕、穆王滿、共王伊扈（緊）、懿王囏、孝王辟方、夷王燮之世，史事不詳，詩三百則幾無可徵者，故言詩者獨厥疑於此際也。鄭玄詩譜序云：

夷、厲以上，歲數不明；大史年表自共和始，

文、武、成、康猶有詩在，而此六世真除尚書有

穆王命吕侯作吕刑。左传言昭王南征不复。（僖公四年齐桓公合诸侯伐楚，定召陵之盟时语）谓穆王好游，得名马，造父御车，乘以西游，并见（史记·秦本纪）国语载穆王伐犬戎等几个片段以外，于诗无可系于此历史时期者。于史又无所征，故言诗、言史于此一历史时期乃无足述。

二、

厉、宣、幽三朝诗作较多，刺厉、刺幽者尤多。于宣王则颂美中兴，但幽王为害之酷，且幽有甚于厉王者，乃导致西周

3

王綱之覆傾。
於此歷史時期，曾史稱宣王中興，然厲王
之世已甚顛沛之禍，按此來看，實
先發。故宣王在位四十六年之振作，然
亦有成有敗。據古本竹書紀年，宣王三
十六年伐條戎、奔戎，三十九年伐姜氏之戎，
戰于千畝，王師敗績。至幽王愈益昏聵
殘暴，西周乃為犬戎所滅。

三 "厉始革典"

西周自厉王胡以降，中国社会开始了从劳役地租向实物地租，即从领主所有制向地主所有制的进程。在此过程中，农奴逐渐摆脱了对领主的人格上的依附，逐步取得了人身自由。这个历程直到战国末甚至秦一六国才基本完成。诚是漫长的痛苦的历程。

春秋宣公十五年 初税亩

4

左傳：初税畝，非礼也。穀出不过藉，以丰财也。

左氏在此明白指出：

1. 税亩不合乎先王之制，是悖礼的。先王之制是"藉"而不税。

2 税之数超过了"藉"。

3 税之数超过藉，则不能丰财富。

道理很简单，搜刮太刻毒，农夫无法生活，就要冒死求生，就会逃掉，就会铤而走险，就会犯上作乱。

礼记、王制

古者，以藉而不税

孟子公孙丑

耕者助而不税，则天下之农皆悦而

愿耕于其野矣。

这些，都说明税比藉搜刮得更刻毒，

更凶残。这种超越了以藉的搜刮，以货

自周厉王始。

诗、大雅中的民劳、板、荡、抑、桑柔五以布周厉王时代的诗作，都十分真实地揭露了周厉王的残暴统治，并予以尖锐的讽刺。

国语周语下记周灵王二十二年穀、洛斗，将毁王宫。王欲壅二川，太子晋（未及继位而亡）之谏，言及国家诸般大事时云：

自后稷之始基靖民，十五王而文始平之，十八王而康克安之。其难也如是。厉始革典，十四王矣。……

申修云：

郭，交也。典，法也。厉王无道，复交周法，勤今是王，加四王也。谓厉、宣、幽、平、桓、庄、僖、惠、襄、顷、匡、定、简，是也。

甚是，诗经无处言之如：

大雅·抑 三三章 十亨：卫武公刺厉王亦以自警也。

其在于今，兴迷乱于政。颠覆厥德，荒湛于酒，女虽湛乐从，弗念厥绍，罔敷求先王，克共明刑。

言惟湛乐之是从也。

此明白指出厉王不能绍先王之明典而衰弱之，而其所衰弱，因其迷乱于政，颠覆厥德也。

大雅·荡（小序：荡，召穆公伤周室大坏也。厉王无道，天下荡荡，无纲纪文章，故作是诗也。）（七章）记于文王所以嗟叹殷纣者云：

文王曰咨，咨女殷商，匪上帝不时，殷不用旧，虽无老成人，尚有典刑。曾是莫听，大命以倾。

又明白指出厉王不用旧，有典刑而不听。但是厉王不用先王何典，又为何等典呢？

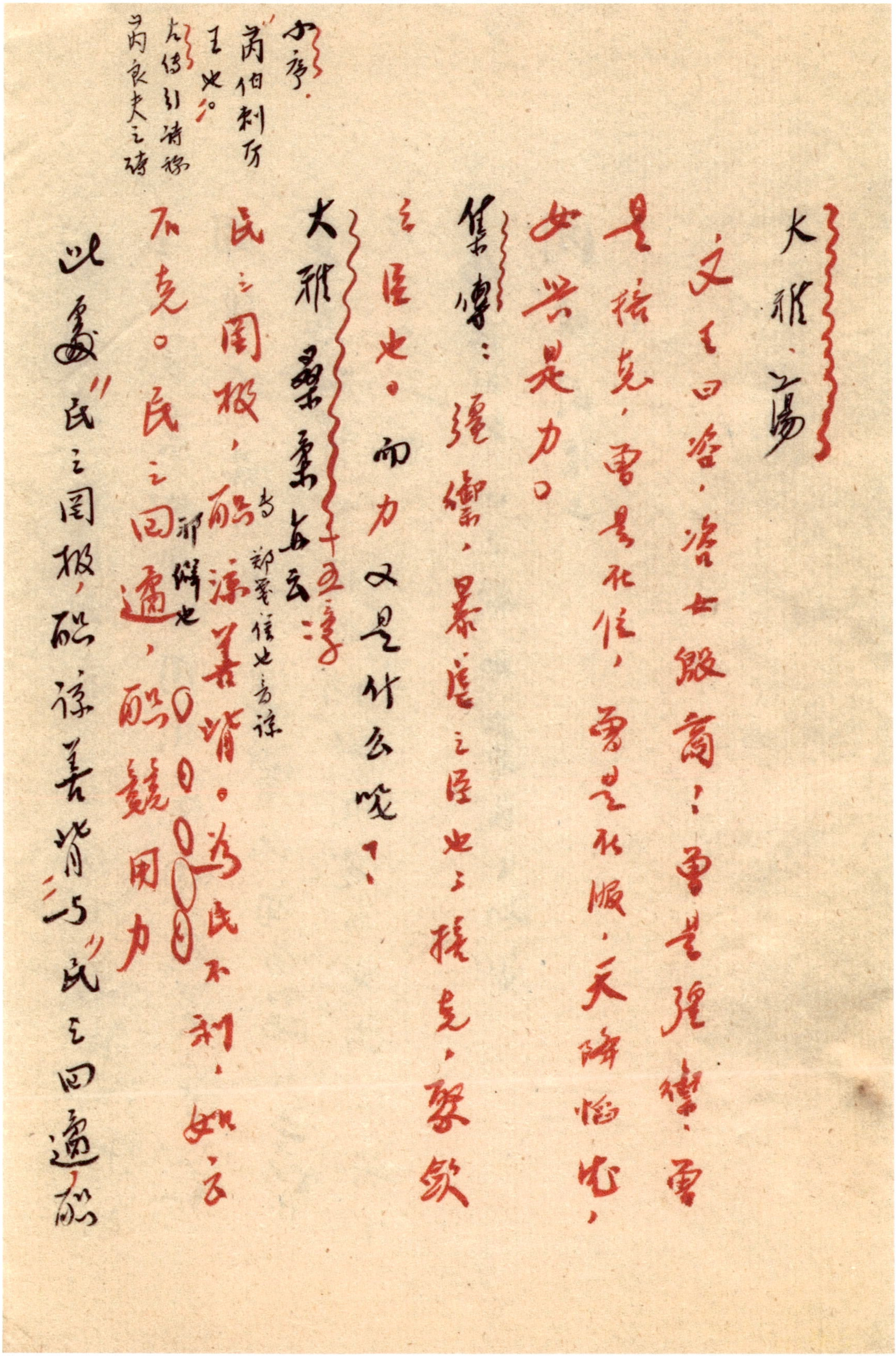

大雅·蕩

文王曰咨，咨女殷商！曾是彊禦，曾是掊克，曾是在位，曾是在服。天降慆德，女興是力。

集傳：彊禦，暴虐之臣也；掊克，聚斂之臣也。而力又是什么呢？

大雅桑柔有云：十五章

民之罔極，職涼善背。鄭箋：涼，信也，言諒 為民不利，如云不克。民之回遹，邪僻也 職競用力。

此處"民之罔極，職涼善背"與"民之回遹，職

小序：芮伯刺厉王也。左傳引詩称芮良夫之詩

7

讀用力文法相襄。言厲王為民不利，以
至不克襄。而民則困極矣，回適矣。其原
困維何？謂以厲王善背為用力焉。善背
善為欺背也。用力則任用暴力也。與如是
力之力一也。
為民不利，以亡欲而奪民之利也。

國語．周語上

厲王說榮夷公。芮良夫曰：王室其將
卑乎！夫榮夷公好專利而不備大難。夫
利，百物之所生也，天地之所載也，而或專之，其害多矣。天地百物皆将取焉，胡可专也？所怒甚多而不备大难，以是教王，王能久乎？夫王人者，将导利而布之上下者也。使神人百物无不得其极，犹日怵惕，惧怨之来也。……今王学专利，其可乎？匹夫专利，犹谓之盗，王而行之，其归鲜矣。荣公若用，周必败。既荣公为卿士，诸侯不享，王流于彘。

由此可见，厉王不收夺民之利，且更专利矣。

而厉王之专利最严重害者为何？

8

大雅·桑柔言之至為清楚、真切、最為直捷。謂云：

如彼遡風，亦孔之僾。民有肅心，荓云不逮。好是稼穡，力民代食。稼穡維寶，代食維好。

（旁注：遡——嚮；僾——唈；肅——進；荓——使）

至此，"女"字是"力之力"，"力之力"即"競用力之力"皆已明白。"力"就是"力民"。鄭箋解"力民"至確，云：於聚斂作力之人。

88.11.16
至此.

這些人也正是國語所謂"匹夫專利"，猶謂之盜的"盜"，也正因為這些"盜"的專利、聚斂集成役大的勢力為周厲王聚斂、掠奪、搜刮，不能不令周人絕望地說道：

天降喪亂，天(將亂之辭也)我立王。降此蟊賊，稼穡卒(盡)痒(病)，哀恫中國，具(俱)贅(屬)卒(盡)荒。靡有旅力，以念穹蒼。

桑柔之七章

桑柔詩在第十五章言民之罔極，職涼善背，民之回遹，職競用力之後，即在末章明言民之未戾(定)，職盜為寇。故民之罔極回遹，末(莫)非皆以厲王之善背、用力，以專利

一幅官逼民反的當景，歷歷宛在目矣。此即

彖象诗诗旨之所在。荡中则明白地说
清女只是力之力，既是强禦，又是掊克，是
为生活与生产，是为生存与生之所
必需。这些都是莫明其妙的问题。如
是，周之王室岂非若：
人亦有言，颠沛之揭，枝叶未有害，
本实先拨。
故殷鉴不远，祇见大命以倾了。

政無道，此既是殘虐之文，是掊克的力民摟刮百姓，為盜為寇，而姓生活書說無法維持了，故黑法收改抑之，回遹其德，俾民大棘，而柔桑又謂民靡有黎，具禍以燼。而説此依未免誇張，但民為了生存，就不能不以回遹對回遹，以亂對亂，逃亂于政，不能不亂，實因亂世不免，亂生不夷矣。所王貪黑貪利，貪黑為了貪利，欲貪利則必貪黑，故此則貪所摟利，必能不遠之起过自西周初建立的"籍法"，此即为了开始文学的要，也就是谷出这"籍"，这种借种田所产一概据夺。它还不能本"财"而且以能"田"表厥国，（抑）"治生"的历史事实也诉我们劳役地租制的破坏，以劳役地租向实物地租的转变是这般痛苦的所经的。

以周为之首的"贪人败类"的"学术"终乎葬送了这些恶魔自己。

宣王中興頌声續賓

戊辰小雪前三日

"周室中興

詩、大雅、烝民、小序云：

尹吉甫美宣王也。任賢使能，周室中興焉。

二雅小序所及宣王詩凡二十一首。（大雅六首、小雅十五首）

詩經小序稱美宣王之詩八篇。（大雅六首、小雅吉日、鴻雁。）稱宣王北征（六月）、南征（采芑）、復古（車攻）、考室（斯干）、考牧（無羊），從而美之者五首，謂美宣王（田因）從而微之者（庭燎）一首。稱（沔水、鶴鳴）規誨宣王者各一首。稱（祈父、白駒、黃鳥、我行其野、小宛）刺宣王者五首。小序明言美宣王之詩稱作者之名者六首。什：尹吉甫美宣王四首（崧高、烝民、韓奕、江漢），稱仍叔者一首（雲漢），稱召穆公者一首（常武）。

太平御覽卷八十五皇王部一〇引帝王世紀曰：

宣王元年，以邵穆公為相，秦仲為大夫，誅西戎。是時，天大旱。王以不雨遇災而懼，整身修行，欲消去之，祈于群神，六月乃得雨。大夫仍叔美而歌之。今雲漢之詩是也。是歲，西戎殺秦仲。王於是進用賢良，樊仲山甫、尹吉甫、程伯休父、虢文公、申伯、韓侯、顯父、南仲、方叔、仍叔、邵穆公、張仲之屬，并為卿佐。自厲王失政，獫狁荊蠻交侵中國，官政隳廢，百姓離散。王乃脩復宮室，納規諫，安集兆民，命南仲、召虎、方叔、吉父并征定之，復先王境土，繕車徒，以畋狩禮，天下喜王化復行，莫祿中興。

由上可見自小序至世紀，俱言宣王中興。且此時期之詩，多稱人名。如六月云：

吉甫燕喜，既多受祉，來歸自鎬，我行永久。飲御諸友，炰鱉膾鯉。侯誰在矣，張仲孝友。

采芑詩云：

蠢爾蠻荊，大邦為讎。方叔元老，克壯其猶。方叔率止（忌率之也），執訊獲醜。戎車嘽嘽，嘽嘽焞焞，如霆如雷。顯允方叔，征伐玁狁，蠻荊來威。

宣王之舅申伯，封於謝，尹吉甫詩以送之，作崧高。其首章云、

2

崧高維嶽，駿極于天。維嶽降神，生甫及申。維申及甫，維周之翰（翰，幹也）。四國于蕃，四方于宣（適。蕃，蔽也）。其卒章云：申伯之德，柔惠且直。揉此萬邦，聞于四國。吉甫作誦，其詩孔碩。其風肆好，以贈申伯。則詩所贈者申伯，言所及者甫侯。（殆係穆王時作甫刑，即呂刑之甫侯之後）且又明言詩之作者，故小序謂：尹吉甫美宣王也。天下復平，能建國親諸侯，褒賞申伯焉。烝民亦說宣王命樊侯仲山甫城于齊，而宣王命樊侯仲山甫築城於齊，吉甫作詩以送之。作烝民，其卒章云：四牡騤騤，八鸞喈喈。仲山甫徂齊，式遄其歸。吉甫作誦，穆如清風。仲山甫永懷，以慰其心。是以小序乃謂：尹吉甫美宣王也。任賢使能，周室中興焉。

似此，宣王功業，時人名宦甚至詩之作者皆具，當可以謂為確據矣。但尚須徵之出土器物，則今存之虢文公敦

3

申鼎各确属宣王时物。有诗、有人物名字、有玁狁之古器物在，再有诸考文献乃又有以下情况。

史记·周本纪记宣王朝事，自立为王迄崩，不过百二十余年。云云

太子静长于召公家，二相乃共立之为王，是为宣王。宣王即位，二相辅之，修政，法文、武、成、康之遗风，诸侯复宗周。

十二年，鲁武公来朝。

宣王不修籍于千亩，虢文公谏曰：不可，王弗听。

三十九年，戰于千畝，王師敗績于姜氏之戎。

宣王既亡南國之師，乃料民於太原。仲山甫諫曰：「民不可料也。」宣王不聽，卒料民。

四十六年，宣王崩。

與《詩經》所云殊不侔。除初即位，修政，法文、武、成、康之遺風，諸侯復宗周，十五字外，俱是貶辭。而後十五字又是與周召二相，宣王初即位尚無以致終始，且此言二相

4

補之，固非姜宣王也。其它所云，例

一、十二年，鲁武公来朝。

鲁世家亦载此事，云：

（鲁）武公九年春，武公与长子括、少子戏西朝

周宣王。宣王爱戏，欲立戏为鲁太子。

樊仲山父以废长立少，不顺，谏，弗纳，卒立

戏。武公归而卒，戏立，是为懿公。懿公九

年，括之子伯御弑戏而即位。即位十一年，宣王

伐鲁，杀伯御，立戏之弟称，是为孝公。自是

后，诸侯多畔王命。

二、宣王不修籍於千畝，虢文公諫曰不可。王弗聽。是不脩周先祖代代相傳之籍耕之禮。史記載此事反映宣王對西周重農傳統的廢除。

三、三十九年，戰於千畝，王師敗績于姜氏之戎。此文千畝爲地名，正義引括地志云：千畝原在晋州岳陽县北九十里也。按左氏曰：潰不成軍爲敗績，大潰也。

四、宣王既亡南國之師，乃料民於太原，仲山甫諫曰：民不可料也。宣王不聽，卒料民。

综观の事，於当时皆非好事。或侵伐而始，续或乱礼法，或不得人心，皆不若厉幽之暴虐，故非贤王也。

史记周本纪、鲁世家所载宣王事，犹之古籍，则皆自国语而来也。但详略不同而已。国语详而史记略。鲁世家记樊仲山甫谏宣王勿废长立少语，则全引国语。

又有甚者，国语周语下周太子晋谏灵王语，竟云：

自我先王厉、宣、幽、平而贪天祸，至于今未弭。

更置宣王於厉幽平同之比矣。

诗与史对周宣王之褒贬何竟如是之轩轾也？揆其缘由，略如下述。

一、厉王三十七年暴政之后，历共和十四年之修養生息，至宣王即位，周召二公相辅，国家比较安定。故多称颂恩载德之颂声之作，与此种社会心理不无关系。

二、宣王悖礼轻農，不得人心之事多发生于其秉政後期。十二年之立戏，未免轻率；伐鲁杀伯御立稱，则宣王三十几年时事也。三十九年战于千亩，王师败绩。

此后乃有料民太原之事。此皆宣王执政后期之事。是证宣王前期较贤明，后期乃衰。此与前期周召之辅政，亦不无关系也。

三、宣王北伐、南征、东平淮夷，史皆不载。但诗之所云，当非捏造。然于千亩王师败绩，不籍千亩，料民太原，则诗皆未涉及。是诗于宣王乃有避弊颂功之显明倾向。既有此倾向，歌颂功德之作不可避免夸张虚誉矣。

の實主功過善惡，史臣記事有法，非
若詩人之感於情，迫於勢，寄於諷，感
於利也。然或用之者，從史。
以詩爲歌頌功德之工具，非必皆於
中者，感於近世也，於古有之。
司馬遷承家學，父師事而以大儒如
董仲舒、壺遂等，不道詩，無取於詩，故
屢用國語，見子長之以詩爲重參矣。
國語則產生於史記之前，果如子長
所云：左丘失明，厥有國語，則古詩之感行

7

盖近，何以言宣王时事独征其败，而略其褒也？亦以见国语作者之于诗必有其所不信者。

故二雅中于宣王之颂声，当参之以史，而考其实，乃可以稍得诗旨。至于小序，固于美刺之域见，最好附会古事，颂美古之帝王以取媚时君，更多方可资隐證矣。

戊辰年十月十四

赫赫宗周
褒姒威之

戊辰小雪
後六日

序

赫赫宗周，褒姒灭之乎？古人谓褒姒灭周，宁非有所讳也？小雅言褒姒，周一智诈淫邪之女人，其所经营之八人帮，无识祸国泰甚。其人尚无幽王之嬖幸，其所作为，尚非幽王之所好所求，欲为乱政而败周室乎？可！时人为尊者讳，後人乃直言刺幽，刺幽讥旨，无获作者之心矣。然则後人枉其时君，乃益讳莫为深，并刺诗之不敢作，再後之人敢直言无几不可得矣。哀哉！

小雪後七日　戊辰年

赫赫宗周，褒姒威之

小序以小雅中诗二十四篇为刺幽王，估小雅诗约近一半，而大雅之瞻卬、召旻，小序皆谓为凡伯刺幽王大坏也。小序所云岂未可尽信，然二雅中刺幽王诗识乎不少，且取材广泛，文笔悍厉，忧愤深广，非（与大雅刺厉王诗相媲并美，殊非）一般讽刺诗可以企及。非但为此，我国古代文献中对幽王时期最信而可据之史料亦非这些诗篇莫属。

厉王毕世以逐专利，宣王前期周召辅相或

2

于周宣王国力有所恢复，而其后期与姜氏之戎战于千亩，王师败绩，以丧南国之师，而料民太原，正可见其所谓中兴功业所余几何？故幽王继立之时，周固非盛世也。

宣王四十六年崩，墨子・明鬼下对宣王之崩有这样一段鬼话：

子墨子言曰："若以众之所同见与众之所同闻，则若昔者杜伯是也。周宣王杀其臣杜伯而不辜。杜伯曰：'吾君杀我而不辜，若以死者為無知，則止矣；若死而有知，不出三年，吾必使吾君知之。其三年，周宣王合諸侯而田於圃，田車數百乘，從數千人，滿野。日中，杜伯乘白馬素車，朱衣冠，執朱弓，挾朱矢，追周宣王，射之車上，中心折脊，殪車中，伏弢而死。

鬼話是無稽，但周宣王殺無辜係至罢子時，不絕則可能是事實。以此而崩，故王子晉有宣、幽、平并稱也。

幽王即在此種情况下即位。即位之二年即发生我國历史記載上的一次特大地震。國語·周語上云：幽王二年，西周三川皆震……是岁，三川竭，岐山崩。周大夫伯陽父云：“夫國必依山川，山崩川竭，亡之征也。……若國亡不过十年，數之紀也。夫天之所弃，不过其紀。……”十一年，幽王乃滅，周乃东迁。

詩・小雅・十月之交云：

十月之交，朔月辛卯。日有食之，亦孔之醜。彼月而微，此日而微。今此下民，亦孔之哀。爗爗震電，不寧不令。百川沸騰，山冢崒崩。高岸為谷，深谷為陵。哀今之人，胡憯莫懲。

是詩寫此震較史為詳，且聲勢具現，使之如歷其境。且又記日蝕，可謂災禍駢臻矣。古人迷信以此為人君失政致使天垂象示儆，而幽王無實失政致使，且頗有甚於厲王者。

幽王之失政败德，诗之所言，甚详而且全面，且形象亦甚生动。

小雅·十月之交

日月告凶，不用其行。四国无政，不用其良。

彼月而食，则维其常；此日而食，于何不臧？

此总言幽王失政，不用其良也。其如何不用其良耶？

皇父卿士，番维司徒。家伯为宰，仲允膳夫。

聚子内史，蹶维趣马。楀维师氏，艳妻煽方处。

此诚千古之妙文，使近三千年之后中华民

旋知继王时有以望文为首，以褒姒为核心之八人帮。此诗之史料价值固足珍贵。其以诗歌形式垂训于千古，近三个世纪长昭鉴戒，其价值益不可估量矣。此八人帮之形成，以至可以如许而无惮者，先例必既有，至高无上之天子好之、用之、袭之、习之也。

诗·大雅·瞻卬云：

鞫人忮忒，谮始竟背，岂曰不极，伊胡为慝。如贾三倍，君子是识，妇无公事，休其蚕织。

幽王本身適足為賈三倍，詒天下如商賈貪得三倍之重利，以盤剝天下。天下之人其何以堪！然則其為何為賈三倍也？

詩·大雅·瞻卬

人有土田，女反有之。人有民人，女覆奪之。此宜无罪，女反收之。彼宜有罪，女覆說之。

前四句明白唱出幽王之為賈，實比商賈之專利更為貪狠。對西周公社田制，從之破壞又為鋤底。此四句具體的寫出幽王與褒姒集團已發展到兼併土地、掠奪僕奴的地步。

後の如则开动国家机器大规模残暴镇压，顺八人帮者昌，逆此王者亡，冤狱遍于寰中矣。与此同时，谗人、佞人横行，特务盯梢，炊时早已有之。小张，彼何人斯分明就是特务盯梢其三、四、五云乎哉此又是多么生动！

对照方增侯外庐黄药眠到（太阳二章、末章）

彼何人斯？胡逝我陈？我闻其声，不见其身。不愧于人？不畏于天？

彼何人斯？其为飘风。胡不自北，胡不自南？胡逝我梁，祇搅我心。

6

尔之安行，亦不遑舍。尔之亟行，遑脂尔车？壹者之来，云何其盱！尔还而入，我心易也；还而不入，否难知也。壹者之来，俾我祇也。

这些盯梢的佞人行踪之诡秘，行动之迅捷，可耻可恶的丑态，跃然纸上矣。至于那些谗人则更为人所深恶痛绝。小雅·巧言云：

荏染柔木，君子树之。往来行言，心焉数之。蛇蛇硕言，出自口矣。巧言如簧，颜之厚矣。

彼何人斯，居河之麋。無拳無勇，職為亂階。
既微且尰。爾勇伊何？為猶將多，爾居徒幾何？

小雅·巧言云：

彼譖人者，誰適與謀。取彼譖人，投畀豺虎。
豺虎不食，投畀有北。有北不受，投畀有昊。

佞人盯梢，譖人進讒，更增加了冤假错案。
幾乎和八人那樣掠奪兼併土地有时也是既
專橫又狡猾的。如：小雅·十月之交所舉

之例。

抑此皇父，豈曰不時？胡為我作，不即我謀？
徹我牆屋，田卒汙萊。曰予不戕，禮則然矣。

皇父孔圣，作都于向。择三有事，亶侯多藏。不慭遗一老，俾守我王。择有车马，以居徂向。

言皇父是周王内部最大的大官，天子晚年昏武昏择的小邑的情景。毁人之房舍，侵人之田地，强迫人迁居，以夺其田地。领地大夫官鬻爵已到公开化的程度。

在此暴政摧残下，领主与农奴都已难于忍受。因此引起了农奴的流亡。农奴大量流亡，使不少领主也遭受到毁灭性的打击。

讲大桃、召旻

旻天疾威，天笃降丧。瘨我饥馑，民卒流亡。我居圉卒荒。

这样使很多人也断了生路，于是在瞻卬中乃有这般哀号：

天之降罔，维其优矣。人之云亡，心之忧矣。天之降罔，维其几矣。人之云亡，心之悲矣。

瞻卬之首章更总括而言曰：

瞻卬昊天，则不我惠。孔填不宁，降此大厉。邦靡有定，士民其瘵。蟊贼蟊疾，靡有夷届。罪罟不收，靡有夷瘳。

在此种情况下，诸侯为心犬戎侵夺，故正为召旻所云：

甚在乎今，日蹙国百里，於乎哀哉！

8

跋

維今之人，不尚有舊。

廢立太子問題引起申侯勾結犬戎入寇之際，周室已全无抵抗能力，乃寵褒姒而殺幽王及伯服於驪山。然小雅正月之所云：

赫赫宗周，褒姒威之。

周室乃自宜臼时起而东迁，礼乐刑政自天子出的宗周时代宣告结束。

小雪后六日

今读此一时期诗篇，益深感其生命力之张，甚至其中不少篇章似唱出吾人之所亲历之社会。但吾人亲历之社会，岂有借多极其与此等诗篇所云绝似者，而竟无一首这般传作，何故也？！

视传统文化如雠仇者，徒见有幽厉也，不见有这般诗作之作者与精神。反思者只敢反思古之幽厉，而不敢言及其绝似幽厉又远甚于幽厉之伟大人物，悲夫！

戊辰小雪后七日

诗篇章法探析 一

戊辰冬月
初六

詩篇章法探析

詩三百作成於之前，或用於燕饗，或用
於親會，或用於享祀，或用於房中樂，豈
其本義初依其作者本旨探索。成書以後於春秋
末至戰國期間作為儒家倫理政治哲學教
材，於漢以後經二千餘年封建社會中一直以儒
經存在。探索其作者本旨殊不免艱澀，故似於晚
清始有數家稍稍涉及敘（如方玉潤詩經原始
等），總其涉及且零散浮淺，缺之專論者之
深。故於詩之結構之識殊不可同日語也。民

回顾十年诗经研究，或宗清以，或盲目否定。宗清以考训诂者，胡适、闻一多、朱自清等有所成就；盲目否定者，每不为社会重视。解放以後，在以阶级斗争为纲，学术受政治教条的束缚，学术从属於政治的影响，用马列经典教条破坏於学术研究的各个领域，社会科学全部意识形态领域，被淹没在这场政治的洪水之中。古代文学研究领域，颇似土改划成分，定阶级，找人民性，搜反动性，几十年间所谓“成果”不少，被曲解的古代文学作品极也就越来越多。"厚古薄今""批判继承"的是苏联学界的对面而已。十年动乱期间乃达如此乎。怜的境况，都不许继续，古与大洋一起者被斥为非务实，绝而后映。对诗经的艺术探索更无法得到允许。

且喜三户蒙赐宽缓，学术研究和再认识于故纸，安有权要明言。

更喜党的思想路线定为"实事求是"。以何实事求是地理解对诗经进行艺术探索者，当以为要十分务实，要具体

2

要以科学态度来作，同时还要坚决抛弃摒弃一切以崇敬来爱我国古代文学作品粗意曲解空泛修饰的恶习。

現代具体谈诗，诗艺术中的一个问题——

诗经篇章法的问题

此问题分三个部分谈即：

第一部分　重章写法的应用

第二部分　政治讽刺诗及颂功诗的重叠的篇章

第三部分　浪漫对比的短歌

詩經疊章寫法的使用

疊章寫法在很多地方歌曲中被廣泛使用彝族之敘育詩篇是本上皆用五章言迭章寫法侗族苗族壯族及漢族不少地方民歌多用迭章寫法

詩經迭章寫法的兩个基本情況

（依風、雅、頌の部分分）

國風一六〇篇中用迭章寫法者一三二篇約占百分之八十。

邶風七之の
周南十一之十
鄭廿一之廿　王風十篇
唐風十二篇　秦風の篇
皆使用迭章寫法。

華陳風
東門之楊　P.14
如雅魚藻
為例說明
何謂迭章。

3
都人士之什十之九
與爲諸篇
鹿鳴九之八
白華除以上詩五篇
外五之五
泂酌、鳧鷖、
民勞、卷阿
其中用頌
三十一篇皆然
之字

小雅七十四篇中使用迭字寫法者四十四
篇 佔百分之五十九。
大雅三十一篇中使用迭字寫法者四篇
佔百分之十三。
頌四十篇中用迭字寫法者四篇。
佔百分之七·五。 魯頌駉有駜泮水

依篇幅字數
四百字以上三篇，
三百字以上四篇，全未用疊字寫法。
二百字至二九九字 廿四之三， 佔百分之十二·五。
一五〇字至一九九字 十七之三 佔百分之十七·七。

150字以上6篇

一〇〇字至一〇九字：四〇：十九　佔百分之四七、五

一〇〇字以下　二一七：一五九　佔百分之七十三強。

共計三〇五篇　疊章寫法共一八四篇

佔百分之六〇、三。

依詩之題材與內容

藉此以見

（一）疊章寫法為詩三百中使用最多最廣泛的寫法。

（二）在詩三百中疊章的寫法的使用最能受字數多寡的制約。

（三）叠字句法的使用在国风、小雅、大雅、颂的部分之中依次递减。何以如是乎（由此还可以见以下情况）。

一、国风为地方歌曲，小雅则为东周各邑之作较多。大雅、周颂为西周镐京之作，产生地方及地方歌曲影响所不及。可见国风、小雅是东周之作，大雅与周颂为西周之作，在诗歌产生时代来不无关系。鲁颂四篇有三篇使用叠字，为僖公以其产生于僖公四年之后也。

二周頌用于宗廟祭祀，全係獨章。大雅或用於朝
庭，或譏刺朝政，發抒憤懣之情，其用
疊章之詩僅有○篇。小雅燕饗之詩
多為疊章，鹿鳴之什凡十之九，白華之
什乃十之七。祀小雅中譏刺之詩不少，如
節南山、258字 正月、382字 十月之交、263字 雨無正、224字 小弁、
大東、巧言、何人斯等，皆不使用迭章之
法。都人士之什，多傷戰亂，紛為情哀之
什，又多迭章，故疑其為錯簡，或東都之地
方之歌曲也。國風約半數為情歌，其一六○
篇中有八○篇為情歌，而此八○篇中乃有

六十四篇使用迭章写法者，佔百分之八十矣。

郑风廿一篇（风雨、萚兮、狡童、褰裳），情歌十七篇，乃有十六篇出之以相当整齐之迭章，佔百分之九十四矣。（其它如叔于田、大叔于田，郑人每叠章，故其不用叠章写法者只女曰鸡鸣一首而已。）

国风中贺人生子之螽斯、麟之趾、椒聊，祝人嫁女之桃夭、鹊巢，祝新婚之绸缪，皆使用叠章写法，是足见其时风俗有如是之习尚乎？

国风中之刺诗多用迭章。魏风伐檀、硕鼠同此。刺卫宣（公、宣姜）之新台、二子乘舟，刺齐襄之南山、敝笱、载驱、猗嗟等皆

5

然。小雅中之斯文、青蠅等刺詩亦皆用疊字寫法，蓋皆以其爲短章也。

诗篇章法探析 二

戊辰冬起

九月十三

诗经中叠字写法使用的几种类型

(一)

整篇的の言叠字

此类诗篇，每句の言，各字的数相同，只在每字相同的位置的句子的相同部位反复使用一至二字（一个词），而这些句子的语法结构并不因反复使用一至二字而有差异。如：周南·芣苢 召南·鹊巢 卫风·考槃 郑风·山有扶苏 陈风·东门之杨以及鄘風·鶉之奔奔、衛風·有狐、王風·采葛、陳風·月出、東門之池、豳風·破斧甚至魯頌·駉等。這些都是詩經中形式最整齊的詩篇，也可以說是周代最典型、要求最嚴整的格律詩。

（小）基本整齊的四言疊章

此類詩篇每通篇四言，各章句數相同，每句字數相同位置的句子的相同部位上變換一至二字（或一至二詞），從而更易部位的詩句在語法結構上有所變化，如鄭風·風雨風雨凄凄，鸡鸣喈喈，既见君子，云胡不夷？

風雨潇潇，鸡鸣胶胶。既见君子，云胡不瘳？

風雨如晦，鸡鸣不已。既见君子，云胡不喜？

此诗一二章板规整，第三章首句的如晦则不用叠字象声词而用动词如名词晦动宾结构的如晦，和主谓结构的風雨如晦。与首二章之首句偏正结构不同。三章二句又不用叠字象声词而用不已，副词不动词已，此者有所变化而其部

2

往則全篇一二章對應也。文如：

秦風渭陽

我送舅氏，曰至渭陽。何以贈之？路車乘黃。

我送舅氏，悠悠我思。何以贈之？瓊瑰玉佩。

二章之二句則語法結構與首章二句不同也。它如秦風無衣、魏風碩鼠等。

若此類者尚多。

附齊風著，則整齊之云云，疊章以次每句

齊、著（六字之句）

著

俟我於著乎而

充耳以素乎而

尚之以瓊華乎而

加"乎而"二字也。

(三)黍离之叠字写法

诗中叠字对应者同长短相同，而叠字之中有长短不齐者，叠字对应部位有变换一二字(词)者，但通过此方法结构无变化，明其诗为叠章，故称黍离之叠言叠字写法即。魏风·伐檀最为典型。宛如周南之螽斯、麟之趾，秦风之权舆、绸缪者然。此种形式或有影响有秋声焉。鄘风·桑中，其每章之后

情歌中尤多。郑风子衿、褰裳、东方之日，秦风蒹葭等皆然。

3

皆作「婣」我乎桑中，要我乎上宫，送我乎淇之上矣。

（四）其本声音之第三声音字之法，即第三声音字与三字相应句子因变读字例，读法结构每有所发异者也。

秦风 权舆

於，我乎，夏屋渠渠，今也每食无馀。于嗟乎，不承权舆！

於，我乎，每食四簋，今也每食不饱。于嗟乎，不承权舆！

小雅·庭燎

夜如何其？夜未央，庭燎之光。君子至止，鸾声将将。

夜如何其？夜未艾，庭燎晣晣。君子至止，鸾声哕哕。

夜如何其？夜乡晨，庭燎有煇。君子至止，言观其旂。

（三）

一 诗中部分使用叠字

王风·大车

大车槛槛，毳衣如菼。岂不尔思？畏子不敢。

大车啍啍，毳衣如璊。岂不尔思？畏子不奔。

穀则异室，死则同穴。谓予不信，有如皦日！

陈风·宛丘

子之荡兮，宛丘之上兮。洵有情兮，而无望兮。

坎其击鼓，宛丘之下。无冬无夏，值其鹭羽。

坎其击缶，宛丘之道。无冬无夏，值其鹭翿。

曹风·候人

彼候人兮，何戈与祋。彼其之子，三百赤芾。

维鹈在梁，不濡其翼。彼其之子，不称其服。

维鹈在梁，不濡其咮。彼其之子，不遂其媾。

荟兮蔚兮，南山朝隮。婉兮娈兮，季女斯饥。

（六）一诗之中用两次叠之字法

唐风·葛生

葛生蒙楚，蔹蔓于野。予美亡此，谁与独处！

葛生蒙棘，蔹蔓于域。予美亡此，谁与独息！

角枕粲兮，锦衾烂兮。予美亡此，谁与独旦！

夏之日，冬之夜。百岁之后，归于其居。

冬之夜，夏之日。百岁之后，归于其室。

小雅·鱼藻

5

鱼丽于罶，鲿鲨。君子有酒，旨且多。

鱼丽于罶，鲂鳢。君子有酒，多且旨。

鱼丽于罶，鰋鲤。君子有酒，旨且有。

物其多矣，维其嘉矣。

物其旨矣，维其偕矣。

物其有矣，维其时矣。

戊辰年冬至

詩篇字法探析 二

（二）

二雅刺诗篇章法之严整精密

二雅中有不少以发抒对时政的愤懑情怀，深切讽刺时政的诗篇。这些诗篇对当时的暴政反映深刻，辩驳入里，且文彩瑰炳，篇章有法，置章谋篇严整精密，称之为三百篇中之精华，殆不为过。

此类诗篇中比较典型的如小雅中

節南山、正月、十月之交、雨無正、小旻、大東、大雅中之民勞、板、蕩、抑、桑柔、瞻卬、召旻。

此類詩篇作者多為社會政治上失意之社會上層人物。其於朝政了解深刻，又以其見棄於朝廷，內心憤懣不平，故攻訐譏刺，不遺餘力。此等人以其所處社會地位而文化素養較高，文筆又足以達之。故乃以篇章彪炳，直僅

有懷、必大雅、瞻卬

瞻卬昊天、則不我惠。孔填不寧、降此大厲。

邦靡有定、士民其瘵。蟊賊蟊疾、靡有夷屆。

罪罟不收、靡有夷瘳。

人有土田、女反有之。人有民人、女覆奪之。

此宜無罪、女反收之。彼宜有罪、女覆說之。

哲夫成城、哲婦傾城。懿厥哲婦、為梟為鴟。

婦有長舌、維厲之階。亂匪降自天、生自婦人。

匪教匪誨、時維婦寺。

2

鞫人忮忒，僭始竟背。豈曰不極，伊胡爲慝。
如賈三倍，君子是識。婦無公事，休其蠶織。
天何以刺，何神不富。舍爾介狄，維予胥忌。
不弔不祥，威儀不類。人之云亡，邦國殄瘁。
天之降罔，維其優矣。人之云亡，心之憂矣。
天之降罔，維其幾矣。人之云亡，心之悲矣。
觱沸檻泉，維其深矣。心之憂矣，寧自今矣。
不自我先，不自我後。藐藐昊天，無不克鞏。
無忝皇祖，式救爾後。

此詩八章，首章以呼天始，言天降大厲
罔以人無不遭其毒焉。二章乃具體言致
爲此境地之根本緣故，既深刻又具體。
三章言此种根本緣故生自宮闈，極言
褒姒之惡，並褒姒再惡無幽王之寵幸亦
將用不致如是，如貫之信，又甚於厲王
矣。此即四五章之旨。五六章直指幽王以
其暮后人之之云云，詩人激情發展至極
乃直刺天子。非詩人不生逢絕境無所
畏懼，詩如此利害難。七章乃再以呼天

3

且呼祖而迴映首章以終。

首章實為全詩綱目。二章上半承首章七八句，下半承首章九十句。謀篇布局實已深入到紀律的成章，章與章向之呼應緊密矣。

朕非但严整而且精密矣。又為

小雅·大東

有饛簋飧，有捄棘匕。周道如砥，其直如矢。君子所履，小人所視。睠言顧之，潸焉出涕。

小東大東，杼柚其空。糾糾葛屨，可以履霜。佻佻公子，行彼周行。既往既來，使我心疚。

有冽氿泉，無浸穫薪。契契寤歎，哀我憚人。

薪是穫薪，尚可載也。哀我憚人，亦可息也。

東人之子，職勞不來。西人之子，粲粲衣服。

舟人之子，熊羆是裘。私人之子，百僚是試。

或以其酒，不以其漿。鞙鞙佩璲，不以其長。

維天有漢，監亦有光。跂彼織女，終日七襄。

雖則七襄，不成報章。睆彼牽牛，不以服箱。

東有啓明，西有長庚。有捄天畢，載施之行。

維南有箕，不可以簸揚。維北有斗，不可以挹酒漿。

維南有箕，載翕其舌。維北有斗，西柄之揭。

左傳昭七：天有十日，人有十等。下所以事上，上所以共神也。故王臣公，公臣大夫，大夫臣士，士臣皂，皂臣輿，輿臣隸，隸臣僚，僚臣僕，僕臣臺。

什臣臺也。

人罪隸而任勞者。

陪臺臣臺奔亡，罪人有又逃亡。

這篇詩以簋飧棘匕起興，而展示東方小大諸國百物西輸之路。此路實收東國之由而西輸。二字乃寫出東國被侵刮之苦，乃至于見西周派遣之佻佻公子而心疚。三四章具係寫人民遭受之苦難。蓋自首章由路及人。五章乃由人及天。六章則天亦無用。至七章更以象徵寫法言天不但無用，且更助西人加重小大東國之罪孽。精神之痛苦不但絕望而已，乃有更甚於絕望者。

4

（三）二雅中頌美戰功之詩篇章法

有絶似處。

二雅頌美宣王時尹吉甫、方叔、召虎、宣王、程伯休父戰功之詩共六篇，即：小雅之采薇、出車、六月、采芑、江漢（及大雅）常武此六篇。

采薇、出車者，言征伐獫狁者，言昔我往矣，今我來思。二詩者六章，章八句，句之言。

全詩者（九十六句）一九二字。

5

六月美尹吉甫伐猃狁，六章，章八句，句四言，全诗（四十八句）一九二字。采芑美方叔征伐荆蛮，四章，章十二句，全诗共四十八句，句四言，共一九二字。江汉美召虎伐淮夷，常武美程伯休父从宣王亲征徐方，二诗皆六章，章八句，皆各有一五言句，皆（四十八句）一九三字。此六首诗产生时代皆宣王朝，所用皆颂美战功，句数皆四十八句。六或有六章，章八句，四章，章十二句，或多一五字句，皆是否特时竟有此专用之四十八句诗体耶？

88.12.28

（7）一篇章法比较自由，发乎天籁，流溢自然之韵致。

此类小诗在形式上比较自由，篇幅不大，不用迭章写法，句子长短亦不求划一，叶韵亦可换韵，但节奏铿锵，旋律和谐，除亦可适用于各种题材。国风中较多，小雅亦有焉。如魏风·葛之屦、郑风·静女、陈风·株林、小雅·苕之华等皆是。

6

小雅·苕之华

苕之华，芸其黄矣。心之忧矣，维其伤矣。

苕之华，其叶青青。知我如此，不如无生。

牂羊坟首，三星在罶。人可以食，鲜可以饱。

因其宜为隔句之间顶针，蓄之以字而为衬垫，衬垫中之七言者和声等，不缕举矣。

一、一篇中章句之间多用顶针句法。

二、以每章中各句皆押句之尾，以字而作衬垫子。（以用一组谐句用字）

三、和声。（一篇中各章末尾皆以同样辞句以为和声。）

戊辰冬至后七日

89.1.4.

淇奧鮮 —

一九八八、九、

詩經專題研究 為八七級研究生講

以第一講从讀一首詩开始

诗经专题研究

第一讲

从读一首诗开始

我们研治诗经，不论从哪个角度、念高级洪哪一方面的问题，最好都要有通读三百篇的基础。提"通读"而不提"读通"，是必要的。确实有些篇章、有些问题，迄今尚未能作出比较恰切、比较有说服力的解释。不要说张纲、姜炳璋、朱

夫子（嘉）集傳即持此頌堪破法，每或存疑，

以至不錯。如周頌載芟集傳云、、

此詩未詳所用，然辭意與豐年相似，

其用應亦不殊。

又如周頌桓（於昭于天，皇以間之）內集傳云、、

"間"字之義未詳。

如唐風羔裘（袖口）

羔裘豹袪，自我人居居。豈無他人，維子之故。

羔裘豹褎（褎，袖也），自我人究究。豈無他人，維子之好。

集傳云、、

居居，未詳

究究，亦未詳

此詩不知所謂，不敢強解。

小雅·鼓鍾之首章：鼓鍾將將，淮水湯湯。憂心且傷，淑人君子，懷允不忘。集傳云：此詩之義未詳。

總論此詩云：此詩之義有不可知者，今姑釋其訓詁名物而略以王氏蘇氏之說解之，未敢信其必然也。

这种态度颇堪效法。但即使有如此态度，其结果是否确如所愿？亦未能也。认识的拘限人皆难免。倘无此种态度，其谬误自必更多。此未免之可敬可法也。但研治诗经仍须有适读之基础，无此基

礎誤謬更多。困難亦必愈大，而在茂
致研究詩題上均限性自更不可估量了。
既須通讀，則每一首詩當如何讀，仍成
為研治詩經的首要問題。但風雅頌不
同，甚至風雅頌中每篇各有不同特點。詩之
如何讀，只能就其一般通例而言。故
舉衛風淇奥為例，略見一斑，借
鑑焉。

文中反切係拜集佑 僩者限 咺諼皆平声

衛風·淇奥

瞻彼淇奥，綠竹猗猗。有匪君子，如切如磋（况远反），如琢如磨。瑟兮僩（遐板反）兮，赫兮咺兮。有匪君子，終不可諼（况远反）兮。

瞻彼淇奥，綠竹青青。有匪君子，充耳琇瑩，會弁如星。瑟兮僩兮，赫兮咺兮。有匪君子，終不可諼兮。

瞻彼淇奥，綠竹如簀。有匪君子，如金如錫，如圭如璧。寬兮綽（昌若反）兮，倚重較（古岳反）兮。善戲（香宜反）謔兮，不為虐兮。

5

有些词语必须有较确切的考释。

先释"淇""奥"。

~~淇~~　　~~奥~~

毛传：奥，隈也。於淇字无传。其概括此，可知淇，水名。且淇水是较大的水。

鄘风、桑中传：淇，水名也。（送我乎淇之上矣也）

邶风、泉水传：淇，水名也。（毖彼泉水，亦流于淇也）

卫风、竹竿传：淇水，大水也。（泉源在左，淇水在右也）

尔雅、释地：隩，隈。

说文：隈，水曲也。

朱子集传乃据此以释"淇""奥"云：

淇，水名。奥，隈也。

由是以知，自毛傳至集傳，都成了一個傳統的說法，就是《集傳》之所以至清陳奐《詩毛氏傳疏》乃承此傳統說淇奧為：

淇水灣曲處也。

但"淇奧"尚另有一說。

三國陸璣《毛詩草木鳥獸蟲魚疏》云：

淇、奧，二水名。

晉張華《博物志》云：

有奧水流入淇水

北魏酈道元《水經注·淇水篇》云：

泉源水，水有二源，一水出朔數城西北，一

4

山东南……东逕朝歌城北，东南注淇水为肥泉。博物志谓之澳水。卫水即诗所谓泉源之水也。

按此，郦氏实地所勘，与博物志及毛木疏所言合。淇水、卫水实为二水。水经注所云"肥泉"、"泉水"，分见于邶风泉水、竹竿

鄘风、桑中　卫风竹竿

泉水云："毖彼泉水，亦流于淇。"

我思肥泉，兹之永叹。

竹竿云："泉源在左，淇水在右"

泉源與湛水分明爲二水。且泉源水注入湛水，詩已明言。如不過泉源水又名湛水，毛傳、箋、傳不察耳。迄今一水而名多名者每多。如珠江之又名粵江，而上游更分西江、北江，長江又名揚子江，等此甚夥。大者也。但湛與之又至此尚未盡明。詩邶、鄘、衛風中，傳偏言湛水者尚有頗可疑者。乃益覺詩旨非徒名物之考釋與辨析者而已耳。

5

邶風·泉水

毖彼泉水，亦流于淇。有懷于衛，靡日不思。
孌彼諸姬，聊與之謀。
出宿于泲，飲餞于禰，女子有行，遠父母兄弟。
問我諸姑，遂及伯姊。
出宿于干，飲餞于言。載脂載舝，還車言邁。
遄臻于衛，不瑕有害。
我思肥泉，茲之永歎。思須與漕，我心悠悠。
駕言出遊，以寫我憂。

毛小序云：泉水，衛女思歸也。嫁於諸侯，父母終，思歸寧而不得，故作是詩以自見也。集傳從之。

衛風・竹竿

籊籊竹竿、以釣于淇。豈不爾思、遠莫致之。
泉源在左、淇水在右。女子有行、遠父母兄弟。
淇水在右、泉源在左。巧笑之瑳、佩玉之儺。
淇水滺滺、檜楫松舟。駕言出遊、以寫我憂。
小序云：衛女思歸也。適異國而不見答、思而能以禮者也。

衛風・氓

送子涉淇、至于頓丘。
淇水湯湯、漸車帷裳。
淇則有岸、隰則有泮。

6

卫风·有狐

有狐绥绥，在彼淇梁。心之忧矣，之子无裳。

有狐绥绥，在彼淇厉。心之忧矣，之子无带。

有狐绥绥，在彼淇侧。心之忧矣，之子无服。

鄘风·桑中

爰采唐矣，沬之乡矣。云谁之思，美孟姜矣。

爰采麦矣，沬之北矣。云谁之思，美孟弋矣。

爰采葑矣，沬之东矣。云谁之思，美孟庸矣。

期我乎桑中，要我乎上宫，送我乎淇之上矣。

邶鄘卫实皆卫地。以上诸篇多言淇水。鄠中，毛小序云：

鄠中，刺奔也。卫之公室淫乱，男女相奔，至于世族在位，相窃妻妾，期于幽远，政散民流而不可止。

无疑男女幽会欢爱之诗，而有娱乐之状是情诗。（民国自以爱以来之诗）泉水、竹竿，毛诗所云，集传仍之，但女之人必有思于卫者。何竹竿亦自思而前婚云：岂不尔思，远莫致之。泉水、驾彼，而诗之二章皆言女子有行，远兄弟父母，或远父母兄弟。

7

其义一也。皆云女远嫁而念之。竹竿男之人思在上，思远嫁而去之恋人，即泉源淇水；女之人思远嫁来此，桧楫者，彼此多乎其兄弟家人乎？何首章皆云思，二章皆云远嫁乎？其二章设想返彼之谋，而何等急切！而竹竿三章思远嫁之恋人形象，又何等真切！二诗末章并言思而不得之苦。其至结尾二句皆驾言出游，以写我忧，是巧合乎？细查全诗文，该作何解释呢？故此二诗非必相拟之作。其写相思眼睁睁矣。梁人声琨加工而成相和相應之形式，亦非絕不可能。

適觀以上各篇，足見溱水多淫情發。嗚乎，溱水真發淫矣！

鄭之溱洧，亦多淫情發。溱洧一詩乃有據寫士女游樂歡慶之識，褰裳亦以褰裳而涉溱洧，考證愛情而為嬉戲。溱洧二水又鄭之發河乎？

附註云：以修禊纔是。

此觀詩之言淇水於理與此詩甚屬必要。

綠竹

毛傳：綠，王芻也。竹，萹竹也。

爾雅：菉，王芻也。 禮記大學引詩"綠"作"菉"。

詩小雅采綠

終朝采綠，不盈一掬。予髮曲局，薄言歸沐。

終朝采藍，不盈一襜。五日為期，六日不詹。

集傳：綠，王芻也。

綠與藍并言，是皆染料也。

按：王芻，禾本科越年生草本，九月間抽稈，針形小穗，數小穗合成穗狀花序，各長寸許，多為白色，可煮以染黃，自古如是焉。

竹

衛詩竹、薄。

經典釋文引韓詩：薄、萹筑也。

說文：薄、水萹筑也。

爾雅竹、萹蓄。

按：今名即萹蓄，野多有，根入藥，有利尿、驅蟲等作用。

水經注、淇水篇

今通望淇川，唯王芻編草不異。

此上係釋綠，同菉，王芻也。竹同薄，皆萹、萹蓄也。

9

集傳釋本篇之"綠竹"則云:"綠,色也。淇上多竹,漢世猶然。所謂淇園之竹是也。"

衛風·竹竿

籊籊竹竿,以釣于淇。

衛之淇畔由北而微,固有竹也。當時釣竿用竹,亦為非遠所從來者,常之金屬鈎具可自國外進口也。且史記·河渠書言河決瓠子(在鄄城、濮陽之間)後二十餘歲,武帝亲临,令群臣從官自將軍已下皆負薪寘決河。是時東郡燒草,以故薪柴少,而下淇園之竹以為楗。

集解引晉灼曰:"上之危也,多竹籠。"索隱:"楗者,樹於水中,稍下竹及土石也。"

是土地之人可取竹以為釣竿，乃籊籊然。（毛傳謂籊籊，長而殺也。）今以篇言綠竹猗猗、青青、如簀，且以起興引喻美如切如磋，如琢如磨，如金如錫，如圭如璧之君子，豈不以竹而以藩乎？集傳之說是也。毛、鄭說詩，囿於文字訓詁，或無實地調查，或甚則勉而不情，然而不可不慎於審辨也。

匪

斐之通假。詩中之匪字每多為非之通假。毛傳云：匪，文章貌。釋文：韓詩作邲，美貌也。

10

如切如磋，如琢如磨。

毛傳：治骨曰切，象曰磋，玉曰琢，石曰磨。道其学而成也。听其规谏以自修，如玉石之見琢磨也。

集傳：治骨角者，既切以刀斧，又磋以鑢鐋；治玉石者，既琢以槌鑿，而复磨以沙石。言其德之脩飾，有進而無已也。

前引釋文：匪，郭傳作斐，美貌也。

顒甚在說。毛傳、集傳之說頗牽强過甚，于学，蓋有所蔽也。

瑟兮僩兮，赫兮咺兮。

毛傳：瑟，矜莊貌。僩，寬大也。赫，有明德赫赫然。咺，威儀容止宣著也。

集傳：瑟，矜莊貌。僩，威嚴貌。咺，宣著貌。

大抵相同，皆自風、度言

青青

釋文：青，子丁反，本或作菁，音同。

毛傳：茂盛貌。

集傳：青青，剛堅茂盛之貌。

是能加剛堅二字，強調綠竹為竹，非王芻，亦非萹蓄也。吾意直讀為青，青為是。青青本謂綠竹之色綠爲茂盛即可。綠竹茂盛，因而青青，以喻君子更爲恰切。

充耳琇瑩

毛傳、集傳所云全同。充耳即瑱，乃冠冕上垂于兩側以塞耳之玉石。天子以玉，諸侯以石。琇瑩美石也。此君子之身份爲諸侯也。

會弁如星

毛傳：弁，皮弁。會，所以會髮。

集傳：弁，皮弁也。以玉飾皮弁之縫中，如星之明也。

二傳不同。毛傳爲會髮之物，集傳則謂皮弁之縫。

说文：膾，骨擿之可會髮者。詩曰：膾弁如星。是以釋文云：會，说文作膾。

集傳之说殆自鄭箋來

箋：會謂弁之縫中，飾之以玉，皪皪而處，狀似星也。天子之朝服皮弁，以日視朝。

鄭氏兼通三家詩，於毛詩其條或從三家詩來，但諸说皆謂君子之服飾，通過服飾以其人之身份，而頌其人服飾之美，无关宏旨。

簀

毛傳：簀，積也。文選注引韓詩：綠薄如簀

箋云：簀，積也

集傳：簀，棧也。竹之密比似之，則織之匝也。棧為柵或席之文。

二家說似失條，釋竹為竹，抑為王芻、萹蓄也。

如金如錫，如圭如璧。

集傳：金錫言其鍛煉之精純，圭璧言其生質之溫潤。

古稱銀錫為白金。

漢書·食貨志：漢武帝造銀錫為白金。

圭璧皆禮器也。

后汉书·明帝纪
（帝）亲执圭璧，恭祀天地，
二者皆必以美玉为之。诸侯朝觐祭祀
所用。圭长方、扁平、顶尖，璧，圆形扁平，
中有孔。尔雅·释器云：肉倍好，谓之璧。
肉，边也。好，中心孔也。玉质明、纯、温润，
多以喻人之尊贵、洁和、纯美。璧有时
亦喻人以容之美。如世说新语·容止刘
孝标注引卫玠别传云：“韶龀时，乘白羊
车于洛阳市上，咸曰：‘谁家璧人？’

13

宽兮绰兮　毛传：绰，缓也

集传：宽，宏裕也。绰，开大也。

倚重较兮

集传：倚，作"猗"，并云"叹辞也"。

诗毛氏传疏谓：曲礼孔疏、乡党皇侃疏

文选·西京赋李善注并引传作"猗"

重较兮。

以依此义本为是。

重较：较古音古岳反，或读若"叫"。辞海较

字条之注音jué误

释文：较，车两旁上出轼也。古之车立乘。乘车人可以凭倚者，上层为较，下层为轼。平时凭较，敬时凭轼。较方轼曲，荐猗上，猗则车两旁所植木也。

善戏谑兮，不为虐兮。

集传：以为言其乐易而有节也。

但诗中之谑字又有以下之可思考者：

邶风终风　终风且暴，顾我则笑。

谑浪笑傲，中心是悼。

14

鄭風、溱洧 伊其相謔，贈之以芍藥。

戲謔乃多以男女之間之調笑為主。所謂善戲謔而不為虐，則巧言調笑，妙趣橫生，而不為惡俗鄙也。

八八、九、六、

淇奥解 二

以上對淇奧詩作了一些考釋訓詁。在此過程中有幾個問題必須重説：

第一、衛風、氓、竹竿、有狐、邶風、泉水、鄘風、桑中等言及淇水之詩皆為情歌。

第二、詩中善戲謔兮的謔，從邶風終風節風、溱洧等詩看，謔字多用于夫婦情侶之間。

第三、詩中寫充耳則琇瑩，冠則皮弁，乘則重較的君子，是雖是勢位甚高的諸侯，而且又是衛侯。以他國諸侯若往衛國，衛人亦可能見其善戲謔兮，不為虐兮。此則理所固然。而对有歷

1

君子，终不可谖兮者，很可能也就是受到君子戏谑而深感其善戏谑兮不为虐兮的人。君子之不可谖兮是与这种戏谑关系紧密相联。君子容仪、服饰、丰采、性行、言语之美被描绘得如此细腻，被渲染得这般不凡，以与此戏谑而不可忘怀的关系也是分不开的那么。此诗作者便很自然地被看出是一个妇女，是与君子有戏谑关系的妇女。以其描绘之细微看，这个妇女必是贵族，设若此诗并非这样一个妇女所作，起码也是假她的口吻唱出来。

第の：此詩對君子從容貌、丰采、服飾、性行、言語、舉動、方面作了很細緻的描繪，而這些描繪都是以對君子"終不可諼兮"者的瞻視、想望的口吻唱出，不過，對本詩首章中的一些詞語還有多種的講法，且詩及詩首不可不辨。

《禮記·大學》引此詩首章以明"明明德"者之止於至善。曰：

"瞻彼淇奧，菉竹猗猗。有斐君子，如切如磋，如琢如磨。瑟兮僩兮，赫兮喧兮。有斐君子，終不可諠兮。"如切如磋者，道學也；如琢如磨者，自修也；瑟兮僩兮者，恂慄也；赫兮喧

Z

兮者，威仪也。"有斐君子，终不可諠兮"者，道盛德至善，民之不能忘也。

朱熹《四书集注·大学章句》解释道：

道，言也。学，谓讲习讨论之事。自修者，省察克治之功。恂栗，战惧也。威，可畏也。仪，可象也。引《诗》而释之，以明明明德者之止于至善。道学、自修，言所以得之之由。恂栗、威仪，言其德容表里之盛，卒乃指其实而叹美之也。

朱熹非常清楚《大学》引《诗》而释之以明"明明德"

者之也。注既善，而且春秋战国时期赋诗引诗者颇不离，并以不离结诗，以不同的解释，此种情况极多。以朱熹之渊博，岂不知耶？但他仍然把对此诗作的《集注》中的解释用作《诗集传》中。

在讲释《淇奥》首章时，《集传》把《大学》的解释全部用上，并以此为核心对全诗作了同一观点的解说。此观点即明明德，或云即德字(一字)。为对第二章"充耳琇莹，会弁如星"，则解云：以修之坚刚，或赋言其服饰之华丽，而见其德之称也。对第三章，则解云：以修之至盛，言其德之成就

3

而又言其宽广而自如，和易而中节也。于是这首诗便充满了道学气。

其实这种解释远不始于朱子。《毛传》论此诗之第一章，对切、磋、琢、磨就作了这样的解释：

治骨曰切，象曰磋，玉曰琢，石曰磨。道其学而成也。听其规谏以自修，如玉石之见琢磨也。

显然此解亦自《大学》而来。彼明是，如切如磋者，道学也；如琢如磨者，自修也，的转述。

清晰陈恒《诗经通论》对这样的解释提出明确的反对意见说："据《大学》释切磋为道学，琢磨为自修，瑟僩为恂慄，赫咺为威仪，此古文断章取义，全不可据。……《大学》非解诗，今以其为解诗而用以解诗，岂不谬哉！"但《大学》成书于《毛诗》及三家诗之前，且传为孔门配享之贤之一的曾参所撰，在当时既古而又具权威性。儒师说经皆敬惮之，但自《大学》之后，此诗基本内容亦即长时间为经师如此

4

肯定这般傳授。

下面谈这首诗的内容。

自毛傳以来，解此诗之字面诗旨为此。则诗中的君子修成了道学，自修之典范。其生活润为圭为璧；锻炼又精纯为金为锡；德高而又平易，举止全不逾礼，且宽饶丰采，扶翼超群凡。这样的君子岂能泯其名而不傳？因而毛傳肯定君子是卫武公（姬和）而概述本诗主旨曰：

淇奥，美武公之德也。有文章，又能听其

規諫，以禮自防，故能入相于周。美而作是詩也。

集傳仍之，謂：君子，指武公也。并引國語楚語左史倚相語意釋此詩詩旨，曰：

武公年九十有五，猶箴儆于國曰：自卿以下至于師長士，苟在朝者，无謂我老耄而舍我，必恪恭于朝，以交戒我。遂作懿戒之詩以自警。而賓之初筵亦武公悔过之作。則其有文章而能聽規諫，以禮自防也，可知矣。衛之他君，蓋无足以及此者。故序以此詩為美武公，而今從之也。

这裏不仅全从毛傳，且給毛傳之說提供根據，又進一步加以充分的肯定。

清姚際恒对集傳全引大學深表反对，并指出朱熹把非解詩的大學以其为據而解詩作為套語，但他詩皆出他却說：

小序謂美武公之德，未有據，姑依之。

知其無據，却不敢不依，足見权威之可畏。

甚實毛傳亦非全然无據，國語、楚語左史倚相稱有言及卫武公的这段話，但比例拟此詩實不足據。自此詩观之，“琇瑩”、“會弁”、“重較”是語侯的服御，但从何处可以证明是写卫武公，很难说。

集传还提出另外两篇，谓是卫武公作，一为大雅、抑，一为小雅、宾之初筵。但此二篇非但不足以为佐证，都适足以为反证。

先说抑。

一诗中写道"用戒戎作"，"用遏蛮方"，实指天子。卫武公袭封卫国为诸侯，"用戒戎作"，"用遏蛮方"以此自警，得无僭越？

二、诗中写道

6

其化于今，岂迷讯于政。颠覆厥德，荒湛于酒。女虽湛乐从，弗念厥绍，罔敷求先王，克共明刑。肆皇天弗尚，如彼泉流，无论胥以亡。

是实写作诗者时周室景象。作者以指责时天子而讽刺之，周王朝实已濒于覆亡之。考卫武公于宣王十六年己丑（前八一二）继卫釐侯立为卫君，昭以公寿，历宣王世三十七年，幽王宫十一年，至平王丑十三年癸丑未（前七五八）卒，为卫君五十五年。缴诸史实，其间卫國并無詩中所寫景象。毫無此必要以此自警。詩中甚至於……全是實寫。并非設想。與衛武公之衛國全非一事，雖方幽王之周世卻遍描述逼真。

三、詩中文字道：

昊天孔昭，我生靡樂。視爾夢夢，我心慘慘。誨爾諄諄，聽我藐藐。匪用為教，覆用為虐。借曰未知，亦聿既耄。於乎小子，告爾舊止。聽用我謀，庶無大悔。

7

天方艰难，曰丧厥国，取譬不远。昊天不忒，回遹其德，俾民大棘。

公明说就谏之人说讽谏者，既耄而不是向既耄的人进行讽谏，是从朱子把此关系硬加题上的。而这既耄的讽谏者对当时的天子是很不客气的。由"於乎小子"，"视尔梦梦"，"诲尔谆谆"，看，也很可能是周天子宗室长辈。倒是满怀亦忧，勤劳忧恤。而其中"天方艰难，曰丧厥国"的情况，于西周惟厉王、幽王时曾经。而厉王时武公尚未袭封，更谈不上"既耄"。

倚闾语，所载楚左史倚相之使中卫武公曾（真）
作到九十五岁以上，真柱巡边统治卫
期。卫武公已逾八十，可以称既耄矣。至平
王时，东迁后已获高安。无抑中所描绘
景象。实安无须既耄之老臣之佩饰矣。故
此谓此诗乃卫武公有关，只有这一点。最有
一些似高。至柱自警，在这首诗是中所
未尝涉及的。

◎毛传：

抑，卫武公刺厉王，亦以自警也。

8

小序是說亦受閔讒、聽讒影响，故亦以自警也，与詩旨無关。朱熹亦自此与詩旨無关之讀而為據，乃去詩益遠矣。

可注意者，還在於桓，在詩大雅中此詩列於蕩与桑柔之间。小序以此為刺厲王詩。

蕩 小序曰：

蕩，召穆公傷周室大壞也。厲王無道，天下蕩蕩，無綱紀文章，故作是詩也。

蕩、小序云：

蕩、召伯刺厉王也。

抑与蕩、蕩在内容上一致之处不少。其中最重要的则是痛刺厉王对家民的穷奢极恶的搜刮，以供其饮酒淫乐。

蕩中指斥厉王之饮酒无度云：

天不湎尔以酒，不义从式。既愆尔止，靡明靡晦。式号式呼，俾昼作夜。

抑中则刺云：

其在于今，兴迷乱于政。颠覆厥德，荒湛于酒。

蕩中指斥厉王对万民之搜刮掊克云：

9

咨女殷商，曾是强御，曾是掊克。曾是在位，曾是在服。天降慆德，女兴是力。

抑附云：

天方艰难，曰丧厥国。取譬不远，昊天不忒。

回遹其德，俾民大棘。

桑柔附云：

"乱生不夷，靡国不泯。民靡有黎，具祸以烬。"

"好是稼穑，力民代食。稼穑维宝，代食维好。"

故纸明里抑、荡、桑柔确实都是刺厉王的诗。

而且都刺中要害。

其實安富就是《國語·周語》所記太子晉所説的"厲始革典"。厲王胡寵信榮夷公，榮夷公"好專利而不知大難"，很可能自厲王改變了"藉而稅"的先王典制，只因"好是稼穡，力民代食"，"回遹其心，俾民大棘"，"實是強傑"，"曾是掊克"，才民不堪命，起而逐厲王于彘。三篇概其一段之象，即在于周行厲王的這種革典。抑云："女雖湛樂從，弗念厥紹，罔敷求先王，克共明刑。"蕩云："匪上帝不時，殷不用舊，雖無老成人，尚有典刑，曾是莫聽，大命以傾。"

10

关于《宾之初筵》小序云：

宾之初筵，卫武公刺时也。幽王荒废，媟近小人，饮酒无度，天下化之，君臣上下，沉湎淫液，武公既入而作是诗也。

其诗分明是写宫廷宴饮无度，大群醉鬼丑态百出，不论从哪里也看不出卫武公之自警自戒和纳谏来。实无须赘言了。

一九八八、九、十八

淇奥解 三

這首詩的內容應該是很明白的

淇奧分明是一首情歌，以一個貴族婦

女第一人稱的口吻寫出其對君子的傾（其所羨所的）

慕與愛戀，念念相思，念念深羨，以念甚羨，以

念甚思念念殷，化為此思慕羨化的反

覆促進中對有匪君子寫得就愈益細

緻，益細益工，益善益美，匪通斐，斐

之首及章，識是由表及里，由里及表，從的

貌容說起，如切如磋，如琢如磨，纖手謂

集藝術家的美的構思於一身，乎雕玉琢

1

一般的人物形容其美識亦以復加矣瑟僩赫咺則其人之風采植謙恭謹肅中見其威儀是亦扶衆超凡綠竹猗猗綠竹青青綠竹如簀皆以兼比也烘托出君子之由里及表充滿生機一團朝氣精神飽滿如綠竹之猗猗菁菁如簀其服飾則充耳琇瑩會弁如星其所乘則重較其倚重較之身姿更閑雅洒脫令人不可忘懷其言語則善戲謔兮其有节則不为虐兮．由服御可見其任由全

錫圭璧之私可見其質其德細膩乃至于斯，豈可謂乎？寧非思之念寫美之念甚耶

閱一多《風詩類鈔》以此詩列情詩女詞

孫作雲《詩經戀歌發微》謂此詩是女子讚美男子之歌，其地點也在淇水

所言皆是。其地點例不一定在淇水，作程衛國是淇水流域，不必非在淇水，僞託而我謂亦不必非女子在淇水見君子，在淇水作此詩也

2

诗旨出是倘必强拉九十五岁之卫武公且以道学自修恂慄威仪毕纳诸箴之圃绕明明德者之止格致善继与诗旨相去者有多远可知矣

通过读诗经卫风淇奥在读诗经上我们大致可以归纳出以下读诗要点

一 明训诂 此条最根本的一点 字不识 训不诂 读任何诗文都不能明其义也 毛传郑笺孔疏朱子集传皆全面训诂诗经之名著也 清陈奂诗毛氏传疏 马瑞辰毛诗传笺通释则清代全面训诂诗经之名著也 清阮元刻十三经注疏本 毛诗则有陆德明音义 附传笺之后 使用甚便

3

三家詩大部亡佚，清儒輯佚以王先謙詩三家義集疏較全面，然其中採索齊魯詩之材，多殊不易，此須仔細查閱爾雅、廣雅、說文與較近古不遠尚有數端，尚須留意。

其一，即便諸家各有師承，或有臆改，甚存精去偽存正殊難。首先在詩經內取相同詞字進行比較，或在詩經中說其詞字含何義，即爲所謂以詩證詩、群經互訓也。然此則識何者爲故訓

學者仍須靠前人疏解來做通讀一
遍後再次讀時〻一次讀詩乃可逐步
以詩解詩並依靠前人疏解判勿拘
于一家孔疏集傳二者相參酌並
隨時取可以找到〻一些書查閱即可
此法尚比較現實在屈萬里詮互訓方面
初學者最好取阮元經籍纂詁隨時
翻檢擇善而從
其二名物地理考釋此問題在讀古
代詩文中每〻遇到豈惟詩經碩詩經

4

去古久遠，年世悠隔，又長且風列十五國，頌分周魯商，二雅頌言王政興衰，名物地理問題，自應校多。但名物地理之考釋，頗關詩旨，於初學者，除有疏解名物雅之類如草木疏、水經注、讀史方輿紀要、廣雅疏證、晚近堪畏等。其之人物、史事、訓詁每成問題，湛奧之君子則諸侯及衛武公其人，及其納諫等史事，毛傳妄附歷史人物事件尤多，離析不易。但毛傳附會以春秋時史事擬

多古圖史記識所不可不多加翻檢其
於春秋以前事或涉神話或涉傳說
以神話傳說視之可也
二、關詩旨　得詩旨違主於明訓詁而若
不明上意聽詩旨者於訓詁每妄言
此點絕不可忽略毛小序傳尤甚集傳尤
或有所糾正但全仍毛傳小序者無
復不少能從鄭小序可乎無可不必
要於考覈史實實事求是、總乎

其藏拙已矣

三 辨技法 三百篇皆古 但篇章句字亦多有法 国风多出自然 其妙更在乎自然而有法 有法而不伤其自然之美 诗之为艺术境界之高 殆至于此矣 谓清水出芙蓉 天然去雕饰 但比清芙蓉艳丽 然有文章 绝不若赋之会萃组织以成文 所以锦绣而为质 但天然之美乃过之 去雕饰非去技法也

图书在版编目（CIP）数据

清浅斋遗稿影印集 / 王扶汉著 . -- 北京 : 研究出版社 , 2021.8

ISBN 978-7-5199-0975-8

Ⅰ . ①清… Ⅱ . ①王… Ⅲ . ①中国文学—现代文学—作品综合集 Ⅳ . ① I216.2

中国版本图书馆 CIP 数据核字 (2021) 第 053396 号

清浅斋遗稿影印集

王扶汉　著

责任编辑：寇颖丹

执行编辑：朱唯唯

研究出版社 出版发行

（100011　北京朝阳区安华里 504 号 A 座）

北京旺都印务有限公司　新华书店经销

2021 年 8 月第 1 版　2021 年 8 月第 1 次印刷

开本：889 × 1194 毫米　1/16　印张：125.75

字数：1572 千字

ISBN 978-7-5199-0975-8　定价：2000.00 元（全四册）

邮购地址 100011　北京市朝阳区安华里 504 号 A 座

电话（010）64217619　64217612（发行中心）

版权所以 · 侵权必究

凡购买本社图书，如有印制质量问题，我社负责调换。

楚辞述略

离骚述要提纲

离骚是我国诗歌史上最早最长的一篇抒情诗 全诗三七三句 二四九〇言

离骚释名

史记·屈贾传

"离骚者，犹离忧也。"

班固 离骚赞序

离，犹遭也；骚，忧也。
史记屈贾传言其写作动机云：
屈平疾王听之不聪也，谗谄之蔽明
也，邪曲之害公也，方正之不容也，故
忧愁幽思而作离骚。离骚者，犹离
忧也。夫天者，人之始也；父母者，人
之本也。人穷则反本，故劳苦倦
极，未尝不呼天也；疾痛惨怛，未
尝不呼父母也。屈平正道直行，

竭忠尽智以事其君，讒人間之，可謂窮矣。信而見疑，忠而被謗，能無怨乎？屈平之作離騷，蓋自怨生也。」

此語概括確切，為深得屈子之心。

離騷所抒之情

（一）、詩自怨生，詩以抒怨。

所怨者何？懷王頃襄王也。怨其

2

为邪曲谗谄所蔽，不容方正，乃至废先圣之正道，步暴虐之后尘，危国残民，社稷以隳（陨）坠，人民以涂炭。

跳踉云

荃不察余之中情兮，反信谗而齌怒。

不抚壮而弃秽兮，何不改乎此度也？

怨灵脩之浩荡兮（无思虑貌），终不察夫民心。

皆直接怨楚王者，而谗谄邪

曲蔽君祸国，则又非所怨，实为

所恨者故。

离骚云：

惟夫党人之偷乐兮，路幽昧以

险隘。

3

衆皆競進以貪婪兮，憑不厭乎求索。羌內恕己以量人兮，各興心而嫉妒。

世溷濁而嫉賢兮，好蔽美而稱惡。

蘭芷變而不芳兮，荃蕙化而為茅。何昔日之芳草兮，今直為此蕭艾也。

二、怨楚王恨讒諂以甚愛楚國

而矜王之情實緣以愛。

淵鑑云：

"豈余身之憚殃兮，恐皇輿

之敗績。"

"乘騏驥以馳騁兮，來吾導夫

先路。"

"忽奔走以先後兮，及前王之踵

4

試

长太息以掩涕兮，哀民生之多艰。

亦余心之所善兮，虽九死其犹未悔。

伏清白以死直兮，固前圣之所厚。

三、追求宓妃

路漫漫其修遠兮，吾將上下而求索。

濟沅湘以南征兮，就重華而陳詞。

駟玉虬以乘鷖兮，溘埃風余上征。

乃發軔蒼梧至於懸圃，又至日入處之崦嵫，再至日出處之扶桑，命閶闔為推，竟不得許。

5

覽相觀乎四極兮，周流乎天余乃下。

索藑茅以筳篿兮，命靈氛為余占之。

何所獨無芳草兮，爾何懷乎故宇？

巫咸將夕降兮，懷椒糈而要之。

の、绝望

陟陞皇之赫戏兮忽临睨夫旧乡
仆夫悲余马怀兮蜷局顾而不
行
乱曰已矣哉国无人莫我知兮
又何怀乎故都既莫足与为美
政兮吾将从彭咸之所居

楚辞·离骚中的楚方言

〃章句与补注指出十四例

〃扈江离与辟芷兮

〃章句：扈，被也。楚人名被曰扈。

纫秋兰以为佩

方言：续，楚谓之纫。

朝搴阰之木兰兮

说文：搴，拔取也。南楚语。引此句。

7

衆皆競進以貪婪兮，憑不厭乎求索。

章句：憑，滿也。楚人名滿曰憑。

羌內恕己以量人兮，各興心而嫉妒。

章句：羌，楚人語詞也。

"今"字在诗经与楚辞中的使用

诗经

篇

一、比较自由，可使可不使。颂则不使，大雅多不使。

可适篇使代替

可不适篇使偏今

句

二、上句末尾 卫、氓

于嗟鸠兮，无食桑椹。 曹、鸤鸠

下句末尾

鸤鸠在桑，其子七兮。

8

三、文多用"啊"字

楚辞

一、通篇招魂辞用"些"，礼辞用"兮"。

"魂兮归来，东方不可以托些。长人千仞，惟魂是索些。十日代出，流金铄石些。彼皆习之，魂往必释些。归来兮！不可以托些！"

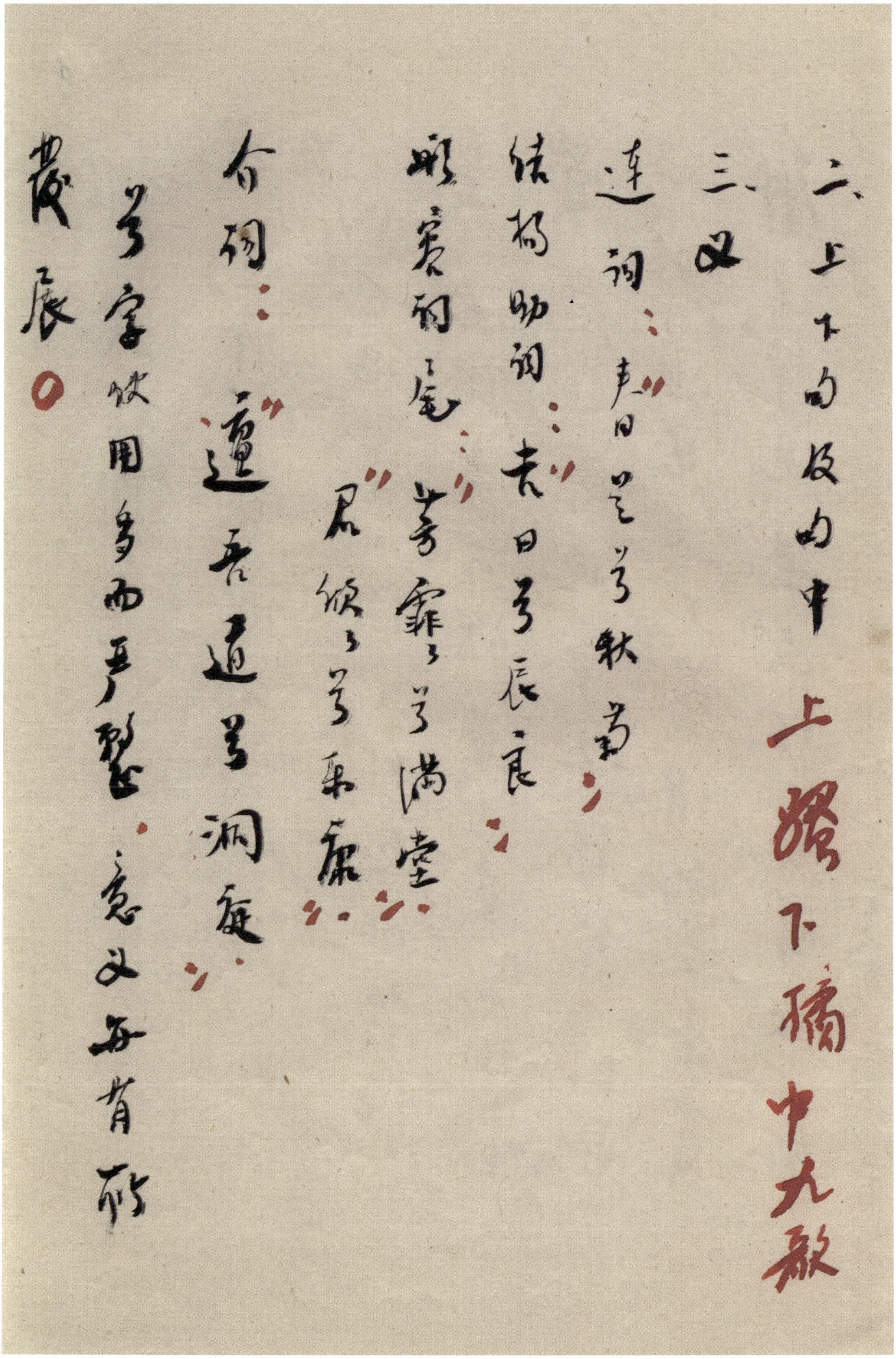

二、上下句皆句中　上蹬下蹻中大歇

三、又

连词：春日兮兮秋菊；

结构助词：春日兮辰、辰；

形容词：萋、　萋兮满堂；

君欲、兮乘康；

介词：　遭吾道兮洞庭；

兮字使用多而互声響，意义每有殊

茂辰。

離騷傳

史遷引淮南語云：

國風好色而不淫，小雅怨誹而不亂，

若離騷者，可謂兼之矣。上稱帝

嚳，下道齊桓，中述湯武，以刺世

事。明道德之廣崇，治亂之條貫，

靡不畢見。其文約，其辭微，其

10

志潔，其行廉，其稱文小而其
指極大，舉類邇而見義遠。
其志潔，故其稱物芳；其行
廉，故死而不容自疏。濯淖汙
泥之中，蟬蛻於濁穢，以浮游
塵埃之外，不獲世之滋垢，皭
然泥而不滓者也。推此志也，
雖與日月爭光可也。

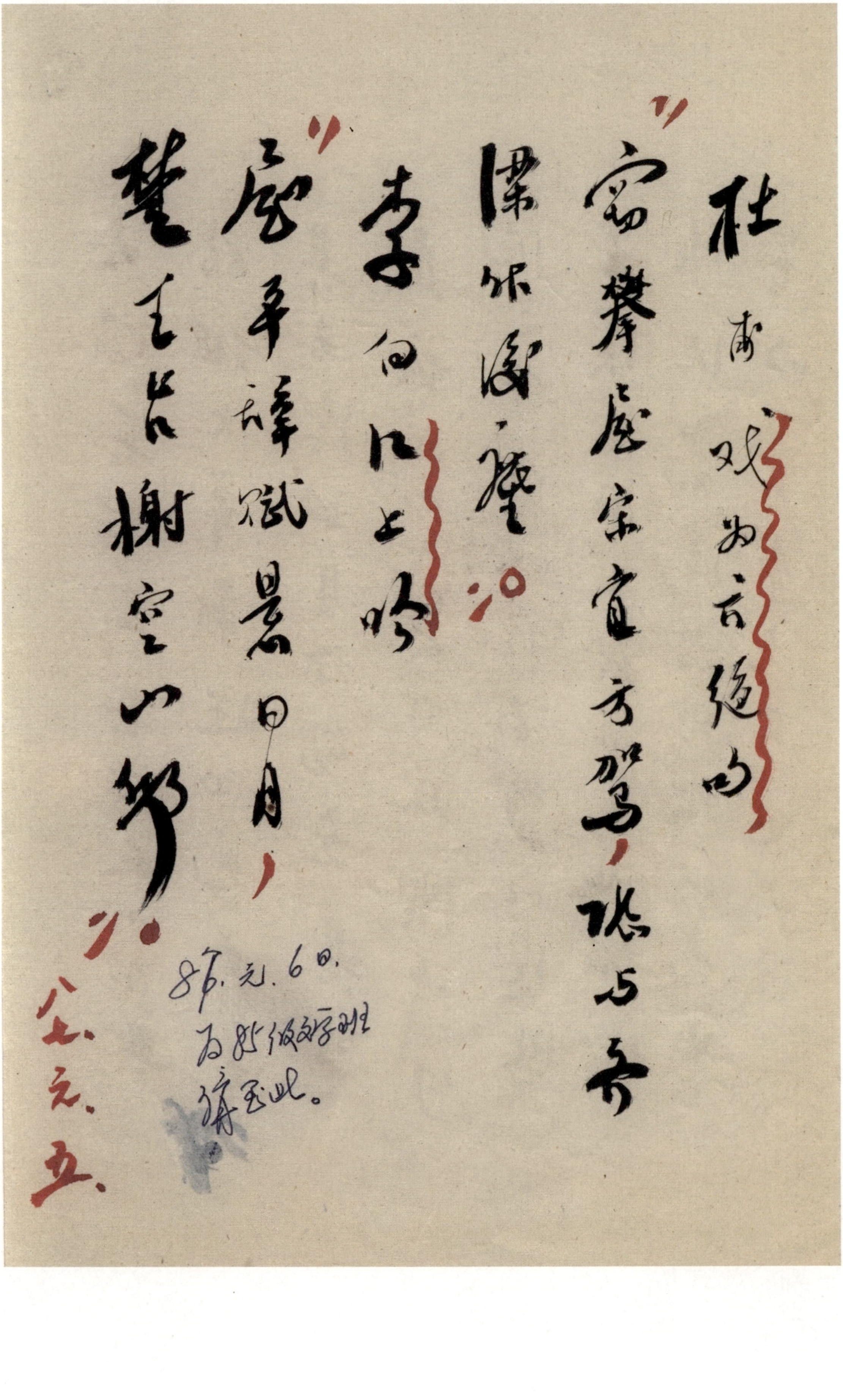

杜甫 戏为六绝句

窃攀屈宋宜方驾，恐与齐梁作后尘。

李白 江上吟

屈平辞赋悬日月，楚王台榭空山邱。

85.元.6日.
为新级书学班讲至此。

八五、元、五、

秦代文學

秦漢魏晋南北朝文学

起秦始皇廿六年秦一天下訖隋
开皇九年陈亡凡八一〇年
在此八一〇年間档文学則
一、散文承先秦史傳文哲
理文至漢代發展而臻極
盛

1

二、诗歌承诗经楚辞至汉代发展而形成乐府及五言诗二者乃成为本时期诗歌之主形式至齐梁诗歌格律渐趋严整，七言诗体萌生为唐代诗歌之灿烂成就逐步形成必要条件

三、辭賦與駢文興起且獨盛於此時

四、小說開始產生

五、文學原理文學批評文體論開始了有系統的研究域界擴增為後世打下深厚基礎

2

以上为本段所讲授之基本内容

秦代文學

秦世無文頌多雜賦雜賦也
東漢已無傳則秦之文學識
無復可言者矣
公元前二二一年秦始皇一六國
至二世三年秦王朝十五年而
亡

3

何其速哉

秦王政（自称始皇帝）灭六国，即令丞相御史

议帝号。王绾（丞相）、冯劫（御史大夫）、李斯（廷尉）以秦

皇进王，曰：去泰著皇，采上古

帝位号，号曰皇帝。并下制

废谥法，云：朕为始皇帝，后世

以计数，二世、三世至于万世，传之

无穷。

二、虐民残民 当时人口一千余万

铸金人、夷郡县城 谪五岭

五十万人 隐宫徒刑者修阿

房宫骊山陵者七十万人、

戍胡三十万人 修长城数十

万人、后宫列女万余人。

4

二、補

二世元年李斯上书中稱督责

索隱督者察也察其罪責之以

刑罰也

税民深者為明吏殺人衆者

為忠臣二世悦之曰則可謂能

督責矣

三、操权逞慾恣肆無極（殘民以逞慾、）

1. 天六國寫放其宮室作之咸陽

北阪上　所得美人鐘鼓以充入之

皆土木

·補記云

東西八百里　離宮別館相屬望

也　木衣綈繡土被朱紫　宮人

5

不從家鄉年忘日猶知姓名也

達宮室陰阿房好美内三百美好

の百

の求長生遣徐市發童男女數千

人入海求僊人

保活命畢行所事有言其如

有罪死、幸梁山宮事詔捕諸

時孔当者皆弃之

五、毁天文化　三十四年　准李斯奏谓：

私学而相与非法教人闻令下

则各以其所学议之入则心非

出则巷议　天下敢有私

藏诗书百家语者悉诣守尉

杂烧之

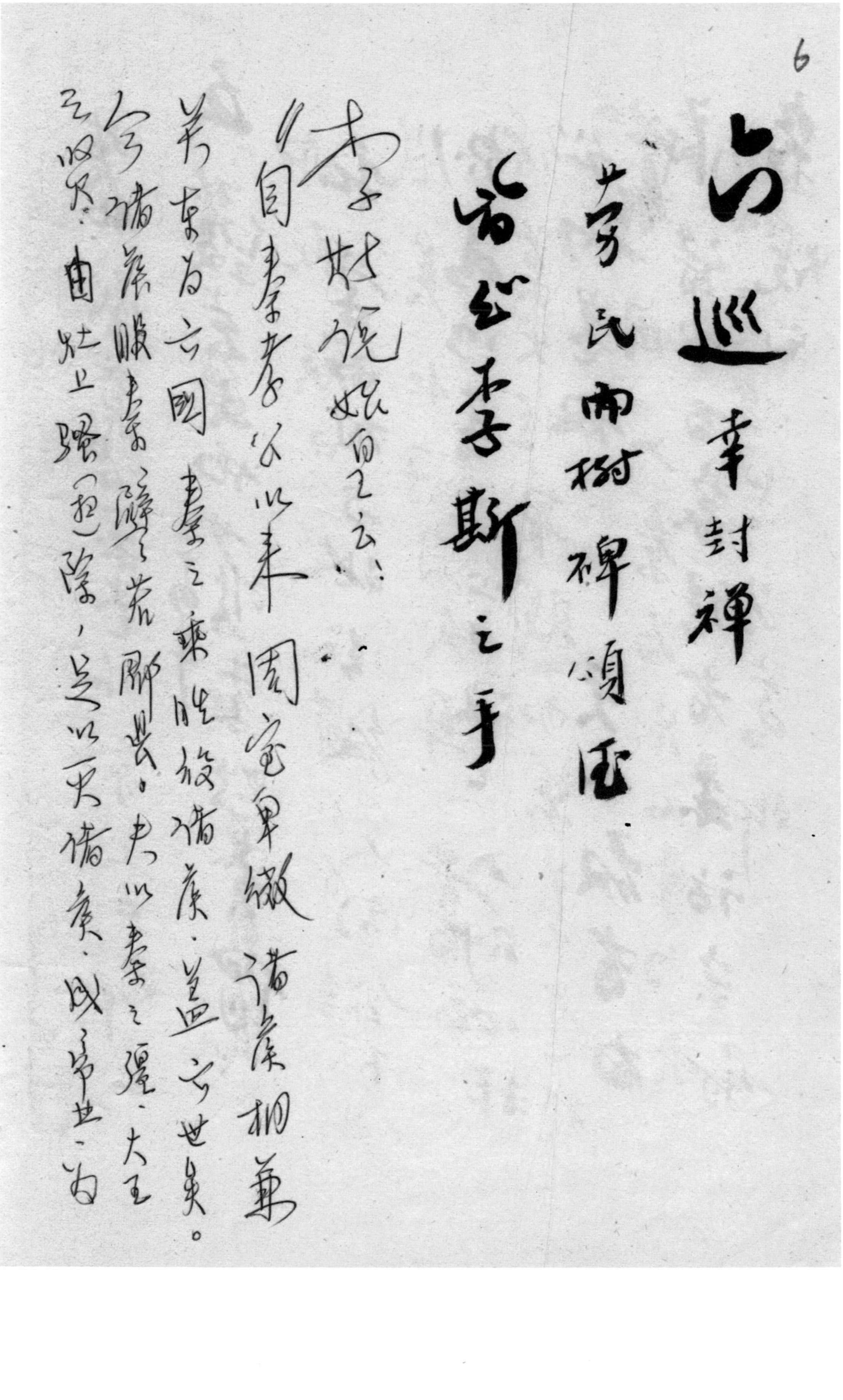

6

六巡幸封禪

勞民而樹碑頌德

皆出李斯之手

李斯說始皇曰：

自秦孝公以來，周室卑微，諸侯相兼，關東為六國。秦之乘勝役諸侯，蓋六世矣。今諸侯服秦，譬若郡縣。夫以秦之彊，大王之賢，由灶上騷（掃）除，足以滅諸侯，成帝業，為

天下一統，此萬世之一時也。〔以為長史，又用其計〕
秦代之唯一大作家李斯
楚上蔡人，少為郡小吏，見鼠
而慨歎曰：人之賢不肖，譬如
鼠矣，在所自處耳。書云
莫大於卑賤，而悲莫甚於
窮困。入秦為呂不韋門客
因以說始皇，為客卿

〔陰遣謀士齎持金玉以遊說諸侯。諸侯名士可下以財者，厚遺結之；不肯者，利劍刺之。離其君臣之計，秦王乃使其良將隨其後。秦王拜斯為客卿。〕

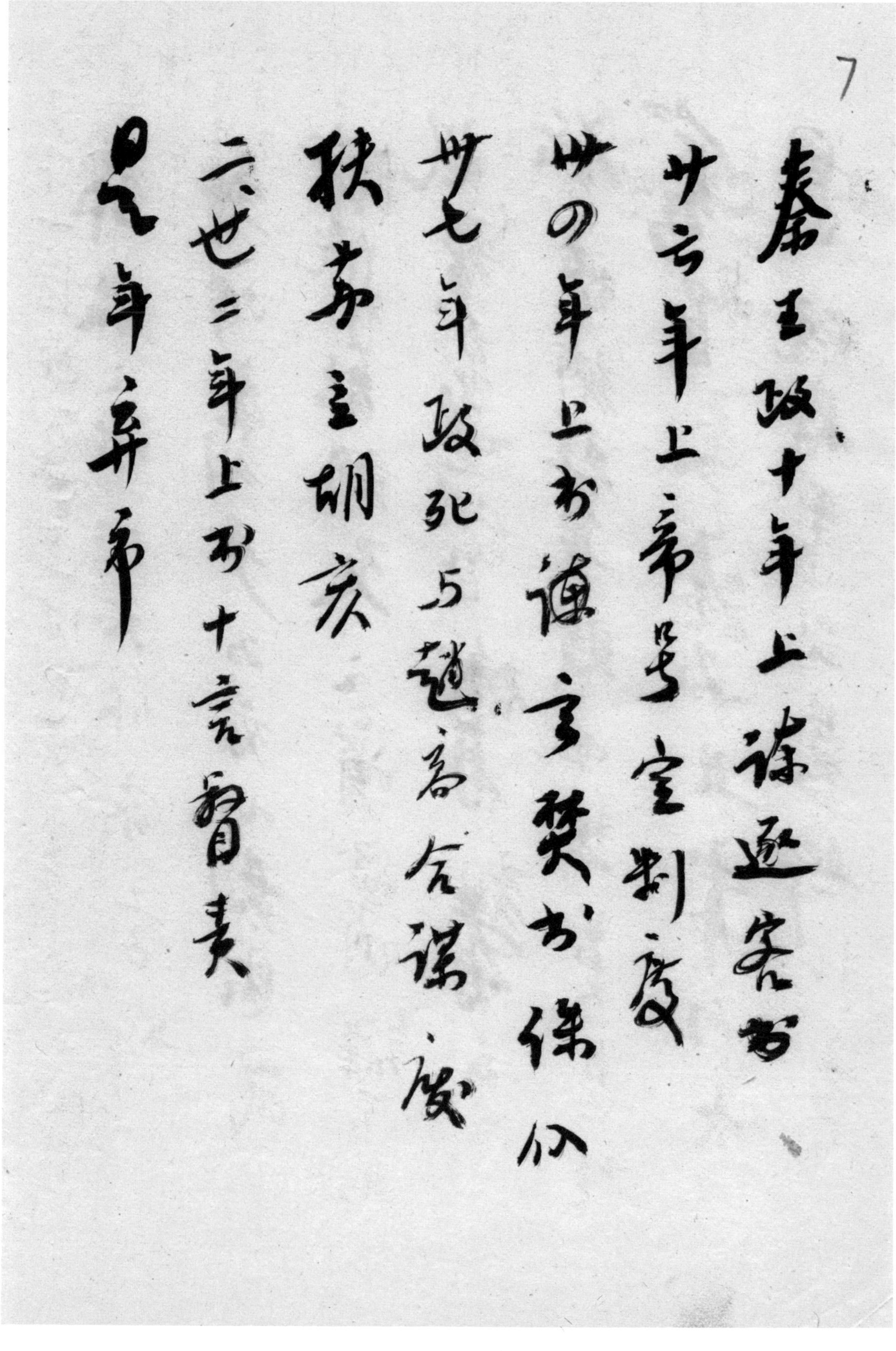
7
秦王政十年上諫逐客書
廿六年上帝號，定制度
卅四年上書諫焚書坑儒
卅七年政死，與趙高合謀，廢
扶蘇，立胡亥
二世二年上書十言督責
是年棄市

作品

邹峄山刻石　泰山刻石

琅邪台刻石　之罘西观铭

之罘东观铭　碣石刻石

会稽刻石

此即秦王号十五年之文

学故亦可以云秦世非无

又以刚卯为西汉疑是节也云：秦季改刻石，最显其迹，刻石若乎

清刻其名

8

文也
文心颂赞第九
至于秦政刻石爰颂其德
文心铭箴第十一
至于秦皇勒岳政暴而
文泽

文心雕龙·铭箴第十一云"至于
举例说明"秦皇勒岳，
政暴而文泽"请举
例说明.

碣石刻石文 节录

皇帝奋威，德并诸侯，初一泰平。堕坏城郭，决通川防，夷去险阻。地势既定，黎庶无繇，天下咸抚。男乐其畴，女修其业，事各有序。惠被诸产，久并来田，莫不安所。

9

群臣诵烈，请刻此石，垂著仪矩。

瑯邪台刻石

皇帝之德，存定四极。禅祀
诛乱除害，兴利致福。
节事以时，诸产繁殖。
黔首安宁，不用兵革。
六亲相保，终无寇贼。
欢欣奉教，尽知法式。

乐府名实考

《周礼·春官》置大司乐之官（中大夫）及其所属，孔子也及鲁之乐官则云：

大师挚适齐，亚饭干适楚，三饭缭适蔡，四饭缺适秦，鼓方叔入于河，播鼗武入于汉，少师阳、击磬襄入于海。（《论语·微子》）

是周代天子、诸侯皆有乐官，设置执事。《左传·襄公二十九年》吴公子札在鲁观周乐，自歌《周南》、《召南》至歌《雅》、《颂》，自舞《象箾》、《南籥》至舞《大武》、《韶濩》、《大夏》，知见其乐舞之盛，不置官司，固不可以若是也。

汉兴，乐家有制氏，以雅乐声律世世在大乐官，但能纪其铿锵鼓舞，而不能言其义。高祖时，叔孙通因秦乐人制宗庙乐。……又有房中祠乐，高祖唐山夫人所作也。周有《房中乐》，至秦名曰《寿人》。凡乐，乐其所生，礼不忘本。高祖乐楚声，故《房中乐》楚声也。孝惠二年（公元前193）使乐府令夏侯宽备其箫管，更名曰《安世乐》。

"乐府令"之官名始见于此，而《安世房中歌》十七章具载《汉书·礼乐志》。

至武帝定郊祀之礼，祠太一于甘泉，就乾位也；祭后土于汾阴，泽中方丘也。乃立乐府，采诗夜诵，有赵、代、秦、楚之讴。以李延年为协律都尉，多举司马相如等数十人造为诗赋，略论律吕，以合八音之调，作十九章之歌。以正月上辛用事甘泉圜丘，使童男女七十人俱歌，昏祠至明。（《汉书·礼乐志》，前引同）

是作为官署之乐府。《汉书·武帝本纪》：

（元鼎五年）十一月辛巳朔旦，冬至。立泰畤于甘泉，天子亲郊见，朝日夕月。

所以"望见泰一，修天文禧（禅，祭也）"也。其时在公元前112年。可以认为武帝始立乐府当在此前。非必于此年也，以其所记月份与《律历志》不同，其时尚稍异也。前后或有更改故耳。《汉书·礼乐志》所载"十九章之歌"焉。

据《汉书》所记，则"乐府令"之官始见于惠帝二年。何时置，不可确考。是否隶诸太常，姑存疑焉。作为政府机构之"乐府"，则可以明确汉武帝始立，其时殆在元鼎五年之稍前也。

汉武帝所立之乐府，其主官为协律都尉。首任，则李延年也。其所制作，首要者为《郊祀歌》十九章。其所采赵、代、秦、楚之讴，确切篇目虽难确考。但自是之后，乐府所制，所采歌诗乃亦称"乐府"。魏晋以降，历代朝廷继续制作郊祀诸乐曲歌诗，亦或采集地方讴谣，诗人墨客或效其体制作为歌诗，或被管弦，或徒吟诵，亦称乐府。乐曲歌诗时有新作。至唐，更有以"沿袭古题，唱和重复"为耻，甚至有"即事名篇，无复倚傍"之"新乐府"崛起。宋郭茂倩辑《乐府诗集》一百卷，上起陶唐，下迄五代，所收歌诗皆属"乐府诗"。"其《解题》征引浩博，援据精审，宋以来考乐府者无能出其范围。"（《四库全书总目·集部·总集类·乐府诗集》）郭氏所选及其《解题》实已为乐府诗勾勒轮廓，略定准则。后世于乐府诗之概念遂多以郭氏《乐府诗集》为准。

乐府诗集录乐府诗十二类

《乐府诗集》收录乐府诗5180首依十二类编成一百卷。兹分别概略介绍，以寻绎其类系别类之端绪，从而得乐府诗名实之要旨。

一、郊庙歌辞

汉承先世之绪，高祖时唐山夫人作《房中祠乐》，以高祖楚人，乐楚声，故其基调楚声也。《房中》之乐，于周，歌后妃之德，所以风天下，正夫妇，成孝敬也。秦始皇二十六年更《房中》名《寿人》。汉《安世房中歌》十七首，自"大孝备矣，休德昭清，高张四县，乐充宫庭。"始。其第三首云：

我定历数，人告其心。敕身齐（同斋）戒，施教申申。乃立祖庙，敬明尊亲。大矣孝熙，四极爰轃。

其第六首云：

大海荡荡水所归，高贤愉愉民所怀，大山崔，百卉殖，民何贵？贵有德。

虽然尚有周《房中乐》之遗意，而祀奉至尊，成孝敬，享宗庙，化万民尤所侧重。魏以后，乃直以为《宗庙歌》，历代有作，至辽、金、元、明、清犹皆仍之。汉武帝承高、惠、文、景之绪，定郊祀之礼，造十九章之歌（《乐府诗集》录二十首，另一首题《古辞》）。二十首中其第一首《练时日》则迎神曲也。第二十首《赤蛟》则送神曲。中间十八首大略娱神、说饮、祈福者。诗或三言，或四言，或杂言。文辞庄肃渊雅，所谓庙堂之作也。如汉《郊祀歌》之第八首《天地》：

天地并况，维予有慕。爰熙紫坛，思求厥路。恭承禋祀，缊豫为纷。黼绣周张，承神至尊。千童罗舞成八溢，合好效欢临泰一。九歌毕奏斐然殊。鸣琴竽瑟会轩朱。璆磬金鼓，灵其有喜。百官济济，各敬其事。盛牲实俎进闻膏，神奄留，临须摇。长丽前掞光耀明，寒暑不忒况皇章。展诗应律鋗玉鸣，函宫吐角激徵清。发梁扬羽申以商，造兹新音永久长。声气远条凤鸟翔，神夕奄虞盖

第 6 页共 页

孔子。

二、燕射歌辞：宫庭燕飨乐曲之歌辞也。汉、魏皆取《诗·小雅·鹿鸣》。晋荀勖始另制新辞，后世仍之。

三、鼓吹曲辞：殆自古恺乐而来。《周礼·夏官大司马·郑注》云："兵乐曰恺，献功之乐也。"又名短箫铙歌。于汉，则于殿庭，宴乐群臣，行幸扈从，车驾在路鸣笳以和箫声之所奏，其乐曲歌辞皆鼓吹也。汉鼓吹曲辞则今存《汉铙歌》十八曲。《古今乐录》称："汉鼓吹铙歌十八曲，字多讹误。"《乐府诗集》所录除第十八首《石留》已无法断句外，其它十七首皆杂言。辞亦既有不可解者。其第十七首《远如期》大意尚可晓通，然亦有不可解处。

远如期，益如寿。处天左侧，大乐万岁，与天无极。雅乐陈，佳哉纷。单于自归，动如惊心。处心大佳，万人还来，谒者引向殿陈，累世未尝闻之。增寿万年亦诚哉！

但此首可以断定为于殿庭，宴乐群臣，称颂战功之作，至于推求词句，则难解其详矣。又

J109881 20×20=400

今《乐府诗集》所载恐或有编简窜乱。郭氏于《有所思》解题云："按《古今乐录》汉太乐食举第七曲亦用之，不知与此同否。"该诗言思慕女子之怨悒，是否由他类窜入，未详。而《上邪》又似恋人矢誓之辞，何以列入铙歌，亦未详。十八曲中或有加衬字者，如《朱鹭》云："朱鹭，鱼以乌，路訾邪，鹭何食？"句中"路訾邪"，衬字也。《有所思》中"鸡鸣狗吠，兄嫂当知之。妃呼豨，秋风肃肃晨风飔，东方须臾高知之。"其中"妃呼豨"衬字也。

四、横吹曲辞。《乐府诗集》卷二十一云：

横吹曲，其始亦谓之鼓吹，马上奏之，盖军中之乐也。北狄诸国，皆马上作乐，故自汉以来，北狄乐总归鼓吹署。其后分为二部，有箫笳者为鼓吹，用之朝会、道路，亦以给赐。汉武帝时，南越七郡，皆给鼓吹是也。有鼓角者为横吹，用之军中，马上所奏者是也。……横吹有双角，即胡乐也。汉博望侯张骞入西域，传其法于西京，唯得《摩诃兜勒》一曲。李延年因胡曲更造新声二十

鼓吹，横吹

八解，乘舆以为武乐，后汉以给边将，和帝时万人将军得用之。……后魏之世，有《簸逻迴歌》，其曲多可汗之辞，皆燕魏之际鲜卑歌，歌辞虏音，不可晓解，盖大角曲也。又《古今乐录》有《梁鼓角横吹曲》多叙慕容垂及姚泓时战阵之事，其曲有《企喻》等歌三十六曲，乐府胡吹旧曲又有《隔谷》等歌三十曲，总六十六曲，未详时用何篇也。

鼓角横吹曲。

《乐府诗集》共采横吹曲辞298首，其中297首标明写作时代或标作者姓氏。仅《出塞》一首未言时代与作者，而其解题又引《西京杂记》云："戚夫人善歌《出塞》、《入塞》、《望归》之曲。"郭氏认为："则高帝时已有之，疑不起于延年也。"其诗云：

出塞

候骑出甘泉，奔命入居延。旗作浮云影，阵如明月弦。

郭氏于此诗亦不标"古辞"，然亦疑其产生之时代也。元左克明《古乐府》卷三以此诗为古辞。又298首中除此诗及《梁鼓角横吹曲》中《企喻》等六十六首及《木兰辞》一篇外，皆宋、齐、梁、陈、隋、文人之所拟制。《梁鼓角横吹曲》，河朔乐曲也。朴实粗犷，情真语质，亦有诚挚深沉者。如《企喻歌辞》：

男儿欲作健，结伴不须多。鹞子经天飞，群雀两向波。

放马大泽中，草好马著膘。牌子铁裲裆，钰鉾鸐尾条。

前行看后行，齐著铁裲裆。前头看后头，齐著铁钰鉾。

男儿可怜虫，出门怀死忧。尸丧狭谷中，白骨无人收。

又如《陇头歌辞》：

陇头流水，流离山下，念吾一身，飘然旷野。

朝发欣城，暮宿陇头，寒不能语，舌卷入喉。

陇头流水，鸣声幽咽，遥望秦川，肝肠断绝。

皆情真语挚，纵界深沉、感染力极强。非后世文人拟制可及也。

五、相和歌辞：《乐府诗集》引《宋书·乐志》曰："相和，汉旧曲也。丝竹更相和，执节者歌。"《晋书·乐志》曰："平调、清调、瑟调，皆周房中曲之遗声，汉世谓之三调。又有楚调、侧调。楚调者，汉房中乐也。高帝乐楚声，故房中乐皆楚声也。侧调者，生于楚调，与前三调总谓之相和调。"郭氏认为"《晋书·乐志》所云：'凡乐章古辞存者，并汉世街陌谣讴，《江南可采莲》、《乌生八九子》、《白头吟》之属，其后渐被于弦管，即相和诸曲是也。'""凡相和，其器有笙、笛、节歌、琴、瑟、琵琶、筝七种。"《乐府诗集》收相和歌辞804首，其数量居十二类之首。

相和歌辞804首，《乐府诗集》分为九部分。

相和六引：箜篌引、宫引、商引、角引、徵引、羽引也。宫、商、角、徵、羽引五引皆梁沈约、萧子云所作者。唯《箜篌引》《乐府诗集》有解题言其曲产生所由，并引古辞。曰：

箜篌引

一曰《公无渡河》。崔豹《古今注》曰：

公箜篌河

"《箜篌引》者，朝鲜津卒霍里子高妻丽玉所作也。子高晨起刺船，有一白首狂夫，被发提壶，乱流而渡，其妻随而止之，不及，遂堕河而死。于是援箜篌而歌曰：'公无渡河，公竟渡河，堕河而死，将奈公何！'声甚凄怆，曲终亦投河而死。子高还，以语丽玉，丽玉伤之，乃引箜篌而写其声，闻者莫不堕泪饮泣。丽玉以其曲传邻女丽容，名曰《箜篌引》。"

此则朝鲜文学史之见于汉古文献者也。梁陈以后文人多有拟作，题《公无渡河》。

相和曲：《古今乐录》引张永《元嘉技录》列相和十五曲之名，《乐府诗集》其以此而别立部居欤？其十五曲中有"芳晨美景，嬉游得时"之作，如《江南》者；有泣衰衰艳之歌，如《薤露》、《蒿里》者；有悲伤怨刺之作，如《平陵东》者；有具人物、写对话，备单情节，风致洒泼如《陌上桑》者。皆古辞而传诵不绝者。如《江南》：

江南可采莲，莲叶何田田，鱼戏莲叶间。

鱼戏莲叶东，鱼戏莲叶西，鱼戏莲叶南，鱼戏莲叶北。

关于《薤露》、《蒿里》，《乐府诗集》引崔豹《古今注》云："《薤露》、《蒿里》，並丧歌也。本出田横门人，横自杀，门人伤之，为作悲歌。言人命奄忽，如薤上之露，易晞灭也。亦谓人死魂魄归於蒿里。至汉武帝时，李延年分为二曲，《薤露》送王公贵人，《蒿里》送士大夫庶人。使挽柩者歌之，亦谓之挽歌。"

《薤露》：

薤上露，何易晞。露晞明朝更复落，人死一去何时归。

《蒿里》：

蒿里谁家地，聚敛魂魄无贤愚。鬼伯一何相催促，人命不得少踟蹰。

吟叹曲：《古今乐录》引张永《元嘉技录》有吟叹四曲，并载其目。《乐府诗集》亦或以此分立部居。四曲中《大雅吟》、《王明君》、《楚妃叹》最早者皆晋石崇辞，后世代有拟作。《王子乔》有古辞。刘向《列仙传》曰："王子乔，周灵王太子晋也。好吹箫作凤鸣。"游伊、洛，遇仙人浮丘公接以上嵩高山而仙去。三十年后，复乘鹤立山头，数日而去。古辞歌其事也。《王明君》，汉曲也，咏王昭君者。晋以避武帝讳，称明君。历代诗人拟作甚多。为吟叹曲中最值得重视者。其中《王明君》一首，《王昭君》二十九首，《明君词》十三首，《昭君叹》二首，共四十五首，宋鲍照、北周庾信、唐崔国辅、李白、白居易、李商隐所作尤佳。

四弦曲：梁以后之作也。

平调曲：唯《长歌行》二首、《君子行》一首为古辞，余皆魏、晋以后之作。《君子行》皆言作人修己，其辞曰：

君子防未然，不处嫌疑间。瓜田不纳履，李下不正冠。嫂叔不亲授，长幼不比肩。劳谦得其柄，和光甚独难。周公下白屋，吐哺不及餐。一沐三握发，后世称圣贤。

虽乏艺术情致，但后世塾师训教童蒙所用之俗语教材如《三字经》、《弟子规》、《名贤集》等似承此一脉而传播不绝，其社会影响亦不可谓不远且深矣。平调曲中《从军行》六十六首出自王粲、陆机以至虞世南、王昌龄、李白、卢纶等倡文人才士之手，佳制良多。

清调曲：《乐府诗集》录128首。唯《豫章行》、《董逃行》、[illegible]、《长安有狭斜行》今有古辞一首，余皆魏、晋以后文人之所制作。《后汉书·五行志》述《董逃行》之原始云：

灵帝中平中，京都歌曰："承乐世，董逃。游四郭，董逃。蒙天恩，董逃。带金紫，董逃。行谢恩，董逃。整车骑，董逃。垂欲发，董逃。与中辞，董逃。出西门，董逃。瞻宫殿，董逃。望京城，董逃。日夜绝，董逃。心摧伤，董逃。"案："董"谓董卓也。言虽跋扈，纵其残暴，终归逃窜，至于灭族也。

注引《风俗通》曰：

卓以《董逃》之歌主为己发，大禁绝之，死者千数。

又引杨孚《董卓传》曰："卓改为董安。"

J109881 20×20=400

然《乐府诗集》所录一首《董逃行》题古辞者乃咏"天神拥护君上以寿考"者。其五解云：

服尔神药，莫不喜欢。陛下长生老寿。四面肃肃稽首，天神拥护左右，陛下长与天相保守。

则全无"董逃"之意。且与《五行志》所载者节律迥异，于诗与谣殊无相似之处。

瑟调曲：《乐府诗集》录152首，于《相和歌辞》中录诗数量最多，古辞最多，流传于今之名篇亦多。魏、晋以来，三曹、陆机、谢灵运尤善为之。于古辞中：《东门行》，抒贫士之悲忿也。《妇病行》，状贫民妇死儿孤悽恻惨绝也。《孤儿行》，见嫂凌虐弱宠也。并极哀楚感人。《雁门太守行》，颂廉能官吏王涣者也。其诗八解，历述王涣之学、行、廉、能，见良吏之难得也。《后汉书》本传："涣少好侠，尚气力，晚改节敦儒学，学书读律，略通大义。后举茂才，除温令。"后为兖州刺史，永元十五年，为洛阳令，"政平讼理，发擿奸伏，京师称叹，以为有神算。"卒于任。民歌辞何以题《雁门太守行》，未详。瑟调曲中诸人所制亦多名篇，其最著者则曹操之《步出夏门行》也。其首四解：《观沧海》、《冬十月》、《河朔寒》、《龟虽寿》，前有《艳》，套曲也。其孙曹叡（明帝）亦有《步出夏门行》二解，有艳，有趋，亦套曲也。

楚调曲：辞多哀怨。名篇则有《白头吟》、《怨歌行》、《泰山梁甫吟》等。《白头吟》，传为卓文君作。《西京杂记》云：“司马相如将聘茂陵人女为妾，卓文君作《白头吟》以自绝，相如乃止。”其辞云：“皑如山上雪，皎若云间月。闻君有两意，故来相决绝。”又云：“凄凄复凄凄，嫁娶不须啼。愿得一心人，白头不相离。……男儿重意气，何用钱刀为？”其后，鲍照、李白皆有拟作，白居易又作《反白头吟》反鲍照意为之也。《怨歌行》，汉成帝班婕妤失宠，托辞于纨扇，作怨诗而自伤也。其辞云：

新裂齐纨素，鲜洁如霜雪。裁为合欢扇，团团似明月。出入君怀袖，动摇微风发。常恐秋节至，凉飙夺炎热。弃捐箧笥中，恩情中道绝。

曹植所作《怨歌行》则言为臣之难也。晋陆机以后，才士多有作《婕妤怨》（亦称《班婕妤》）或《长信怨》者，皆哀班婕妤失宠，退居长信宫，美而能文反遭弃捐者也。

大曲：《乐府诗集》录《满歌行》一首，四解，有趋。其解题引《宋书·乐志》曰："大曲十五曲。"则《陌上桑》、《雁门太守行》、《步出夏门行》等有艳，有趋之套曲皆大曲也。分列在相和歌辞各调之中，郭氏独列以《满歌行》另立部居，欲更明白为解说欤？

六、清商曲辞：主要是东晋和南朝之乐曲。《乐府诗集》解题云：

清商乐，一曰清乐。清乐者，九代之遗声。其始即相和三调是也，并汉魏以来旧曲。其辞皆古调及魏三祖所作。自晋朝播迁，其音分散，苻坚灭凉得之，传于前后二秦。及宋武定关中，因而入南，不复存于内地。自时以后，南朝文物号为最盛。民谣国俗，

J109881　20×20＝400

亦世有新声。……后魏孝文讨淮汉，宣武定寿春，收其声伎，得江左所传中原旧曲《明君》、《圣主》、《公莫》、《白鸠》之属，及江南吴歌、荆楚西声，总谓之清商乐。至于殿庭飨宴，则兼奏之。遭梁、陈亡乱，存者盖寡。及隋平陈得之，文帝善其节奏，曰："此华夏正声也。"乃微更损益，去其哀怨，考而补之，以新定律吕，更造乐器，因于太常置清商署以管之，谓之"清乐"。

今传清商曲辞基本皆《乐府诗集》之所采录。共744首，分吴声歌曲、西曲、江南弄三部分。江南弄九十六首，自梁武帝始制辞度曲，实皆梁至隋文士之作。吴声、西曲多题"晋宋齐辞"，或题"无名氏"或不言作者与时世。实多地方歌曲，即郭氏所云"民谣国俗，亦世有新声"者。兹分别以言。

吴声歌曲：《晋书·乐志》云：

吴歌杂曲，并出江南。东晋以来，稍有增广。其始皆徒歌，既而被之管弦。盖自永嘉渡江之后，下及梁陈，咸都建业，吴声歌曲起于此也。

吴声歌曲伴奏乐器，《古今乐录》云："吴声旧器有篪、箜篌、琵琶，今有笙、筝。"其曲辞之传于今者，概如下述：

《子夜歌》四十二首。

此清商曲辞中之最精绝者。感情纯挚，极见天真。风致婉约，缠绵隽永。辞采秀丽，尤富巧思。《宋书·乐志》云：

晋孝武太元中，琅琊王轲之家有鬼歌《子夜》。殷允为豫章，豫章侨人庾僧虔家亦有鬼歌《子夜》。

《唐书·乐志》云：

《子夜歌》者，晋曲也。晋有女子名子夜，造此声，声过哀苦。

以其声辞精绝，故有传说若此者。其缠绵婉约者，如：

宿昔不梳头，丝发被两肩。婉伸郎膝上，何处不可怜？

朝思出前门，暮思还后渚。语笑向谁道，腹中阴忆汝。

情发心衷，语出天然，娇憨之态可掬矣。而运思之巧，比拟之洽，奇饰而不立诡，谐音而不幽晦，有尤称佳妙者，如：

年少当及时，蹉跎日就老。若不信侬语，但看霜下草。

"霜下草"极通俗，但迟暮、憔悴、凄凉、寒苦之状毕现，语言浅明，意味深广。

侬作北辰星，千年无转移。欢行白日心，朝东暮还西。

北辰星，人视之，固"千年无转移"矣。日之朝升暮落，自东徂西，固人之所习见矣。以喻情之坚贞，意之迁移，两相对比，何等鲜明！

高山种芙蓉，复经黄蘖坞。果得一莲时，流离婴辛苦。

莲，谐"怜"音，怜，爱也。黄蘖，落叶乔木，性寒，味苦，入药，亦称黄柏，主产我国东北、江南之黄皮树亦入药，亦称黄檗。坞，山中低地也。此诗之比喻，想象奇而不乖，谐音含而不露，闻而可解。传状爱情之深笃，为情爱甘愿作出牺牲，承受痛苦之坚强意志。

J109881 20×20=400

我念欢的的，子行由豫情，雾露隐芙蓉，见莲不分明。

诗句二均用比喻兼谐音。以"由豫"二字，贵在取譬之美。"雾露隐芙蓉"写"莲"之"见"不分明，"见"、"莲"二字皆谐音也。寓见爱之意于看见之见，寓"怜爱"之怜于莲花之莲，且又隐莲花于雾露之中，谐音巧而比拟贴切，迷离而更极美。

《子夜四时歌》七十五首。

风调与《子夜歌》无大差异，歌四季之情思，状四时之景物，抒四时之情愫者也。其《春歌》有云：

春风动春心，流目瞩山林。山林多奇采，阳鸟吐清音。

《夏歌》有云：

郁蒸仲暑月，长啸出湖边。芙蓉始结叶，花艳未成莲。

《秋歌》有云：

秋夜入窗里，罗帐起飘飏。仰头看明月，寄情千里光。

《冬歌》有云：

　　涂涩无人行，冒寒往相觅。若不信侬时，但看雪上迹。

　　寒鸟依高树，枯林鸣悲风。为欢憔悴尽，那得好颜容。

其它尚有《子夜警歌》二首，《子夜变歌》三首，而《大子夜歌》则最能概括《子夜》诸歌之特点，云：

　　歌谣数百种，子夜最可怜。慷慨吐清音，明转出天然。

　　丝竹发歌响，假器扬清音。不知歌谣妙，声势出口心。

以上《子夜》诸曲皆五言四句，短俏精美。其它江南吴歌，虽诗行或有长短，但诗篇短、俏、精、美，则一也。

　　《懊侬歌》十四首

　　《古今乐录》云："《懊侬歌》者，晋石崇绿珠所作，唯'丝布涩难缝'一曲而已。后皆隆安初民间讹谣之曲。"《宋书·五行志》："晋安帝隆安中，民忽作《懊恼歌》。"故《乐府诗集》所收录十四首中，除"丝布涩难缝"一首为绿珠作外，十三首皆来自民间。除一首五言三句，一首杂言外，皆五言四句。较《子夜歌》略觉质直。如：

长樯铁鹿子，布帆阿那起。诧侬安在间，一去三千里。

寡妇哭城颓，此情非虚假。相乐不相得，抱恨黄泉下。

懊恼奈何许，夜闻家中论，不得侬与汝。

《华山畿》二十五首

《乐府诗集》引《古今乐录》曰：

华山畿者，宋少帝时懊恼一曲，亦变曲也。少帝时，南徐一士子从华山畿往云阳，见客舍有女子年十八九，悦之无因，遂感心疾。母问其故，具以启母。母至华山寻访，见女具说闻感之因。脱蔽膝令母密置其席下卧之，当已。少日果差。忽举席见蔽膝而抱持，遂吞食而死。气欲绝，谓母曰："葬时车载，从华山度。"母从其意。比至女门，牛不肯前，打拍不动。女曰："且待须臾。"

妆点沐浴，既而出。歌曰："华山畿，君既为侬死，独活为谁施？欢若见怜时，棺木为侬开。"棺应声开，女遂入棺，家人叩打，无如之何。乃合葬，呼曰"神女冢"。

《华山畿》二十五首中除两首五言四句（其中一首前加"华山畿"三字为"和"）外，二十三首皆三句。或皆五言，或前两三言。《旧唐书·乐志》称《子夜歌》"声过哀苦"，其声不传。其辞，则不尽然。而《华山畿》歌辞洵可谓：辞过哀苦。大率言相思之苦，失意之伤，离弃之怨，以此，可知其声和必相副。江南吴歌中少女痴情感人之深者莫过于此。如：

奈何许，所欢不在间，娇笑向谁偿？

啼相忆，泪如刻漏水，昼夜流不息。

松上萝，愿君如行云，时时见经过。

相思之苦可见。

无故相然我，路绝行人断，夜夜故望汝。

一坐复一起，黄昏人定后，许时不来已。

所欢爽约之苦可见。

来疏便相许，夜闻侬家论，不持侬与汝。

家人干亨，好事难成之苦百见。

隔津叹，牵牛语织女，离泪溢河汉。

啼著曙，泪落枕将浮，身沉被流去。

懊恼不堪止，上床解腰绳，自经屏风里。

不忍卒读矣。

《读曲歌》八十九首

《乐府诗集》引《古今乐录》云：

《读曲歌》者，元嘉十七年，袁后崩，百官不敢作声歌，或因酒燕，止窃声读曲细吟而已。以此为名。

既从“读曲细吟”得名，则所读之曲非必一种，故《读曲》八十九首，虽多五言四句如《子夜歌》之类者，亦有五言三句，杂言三句（首句三言）如《华山畿》者，亦有篇四句，五言三句，七言一句者。率皆情爱之辞，虽有言相思之苦者，但基本多欢爱之辞。如：

逋发不可料，憔悴为谁睹？欲知相忆时，但看裙带缓几许？

折杨柳，百鸟园林啼，道欢不离口。

怜欢敢唤名，念欢不呼字。连唤欢复欢，

两誓不相弃。

《上声歌》八首

其前三首云：

侬本是萧草，持作兰桂名。芬芳顿交感感郎为《上声》。

郎作《上声曲》，促柱使弦哀。譬如秋风急，触遇伤侬怀。

初歌《子夜曲》，改调促鸣筝。四座暂寂静，听我歌《上声》。

由此可见《上声歌》实以"促柱"上声得名。云"使弦哀"、"伤侬怀"，亦可知其声亦多哀苦。今所传者，其辞亦少欢快愉悦者焉。

江南吴歌除上述者外，尚有《欢闻歌》、《欢闻变歌》、《前溪歌》《阿子歌》、《团扇郎》、《七日夜女歌》、《长史变歌》、《黄生曲》、《黄鹄曲》、《碧玉歌》、《桃叶歌》《长乐佳》、《欢好曲》、《神弦曲》、《青溪小姑曲》等。后二者皆为变曲。江南吴歌，以其皆晋、宋、齐时长江下游歌曲，故隋文帝谓为"华夏正声"，颇有别於河朔之横吹曲也。

西曲歌

《乐府诗集》引《古今乐录》云：

西曲歌有《石城乐》、《乌夜啼》……三十四曲。……按：西曲歌出于荆、郢、樊、邓之间，而声节送和与吴歌亦异。故其方俗而谓之西曲云。

是西曲歌乃出于长江中游、江汉之间。其乐曲无考。庾信《乌夜啼》云：

促柱繁弦非《子夜》，歌声舞态异《前溪》。

《前溪》，吴歌曲名也。郗昂《乐府解题》云："《前溪》，舞曲也。"《古今乐录》云："内人包明月制舞《前溪》一曲。"则吴歌之中《前溪》乃既合乐亦合舞者。庾信尝仕于梁，当亲见之。所云《乌夜啼》"促柱繁弦非《子夜》"可略知西曲节奏旋律与吴歌之不同。而更重要者则西曲之多能合乐且合舞。《古今乐录》于西曲歌中数多特言舞用若干人者。如于《乌夜啼》则云："旧舞十六人。"于《莫愁乐》、《襄阳乐》、《三洲歌》、《采桑度》、《江

北京市电车公司印刷厂出品　九〇·六
（电58）20×20=400

陵乐》、《共戏乐》、《安东平》、《那呵滩》、《孟珠》、《翳乐》、《寿阳乐》皆称："旧舞十六人，梁八人。"此则西曲与吴歌之最突出不同之处。但今传西曲亦多五言四句。文人拟制或作七言，或增句数。其不题作者，时代而不题"古辞"者，亦多来自民间。言送别凄楚，离思愁怨者不少。如《石城乐》：

布帆百余幅，环环在江津。执手双泪落，何时见欢还。

闻欢远行去，相送方山亭。风吹黄蘗藩，恶闻苦离声。

《乌夜啼》：

远望千里烟，隐当在欢家。欲飞无两翅，当奈独思何？

《那呵滩》：

闻欢下扬州，相送江津湾。愿得篙橹折，交郎到头还。

篙折当更觅，橹折当更安。各自是官人，那得到头还？

亦或有欢快、缠绵抒情之作，如《采桑度》：

北京市电车公司印刷厂出品 九〇·六

（电58）20×20＝400

冶游采桑女，尽有芳春色。姿容应春媚，粉黛不加饰。

春月采桑时，林下与欢俱。养蚕不满百，那得罗绣襦。

采桑盛阳月，绿叶何翩翩？攀条上树表，牵坏紫罗裙。

《青阳度》：

青荷盖绿水，芙蓉披红鲜。下有并根藕，上生并目莲。

《孟珠》：

阳春二三月，草与水同色。道逢游冶郎，恨不早相识。

亦有情思激切、想象力极丰富者，如《杨叛儿》：

欢欲见莲时，移湖安屋里。芙蓉绕床生，眠卧抱莲子。

唯《青阳乐》三句一首，三句中，第二句作三言。（此一首首句亦三言）如：

可怜八公山，在寿阳，别后莫相忘。

笼窗取凉风，弹素琴，一叹复一吟。

夜相思，望不来，人乐我独愁。

北京市电车公司印刷厂出品 九〇·六

（电58）20×20＝400

西曲歌中又有《月节折杨柳歌》十三首，首六句，第四句皆为"折杨柳"三字，它五句皆五言。如：《正月歌》：

春风尚萧条，去故来入新。苦心非一朝，折杨柳，愁思满腹中，历乱不可数。

《七月歌》：

织女游河边，牵牛顾自叹。一会复周年，折杨柳，揽结长命草，同心不相负。

《十月歌》：

大树转萧索，天阴不作雨。严霜半夜落，折杨柳，林中与松柏，岁寒不相负。

最后为《闰月歌》故十三首也。实与近今各地民歌中多有之数月令歌其相似。

《江南弄》与《江南上云乐》皆天监十一年梁武帝改西曲为之。~~沈约又制《江南弄》四曲~~，据《古今乐录》，《江南上云乐》十四曲，《江南弄》有七曲，沈约又制四曲，后世文人迭有拟制。《乐府诗集》又载宋鲍照《采菱歌》七首，吴迈远《阳春歌》一首，齐檀约《阳春歌》一首，皆入《江南弄》中，但在梁武帝之

北京市电车公司印刷厂出品 九〇·六
(电58) 20×20=400

前，故天监十一年，梁武帝改西曲而制作《江南弄》则或有其事，而《江南弄》之曲当不始于梁代也。

七、舞曲歌辞

舞曲歌辞其来久矣，三代以降，周、秦、汉、魏、两晋、南北朝迭有制作。《乐府诗集》所录则自东汉以迄隋朝。分雅舞、杂舞两部分。《乐府诗集·舞曲歌辞·解题》云：“自汉以后，乐舞寖盛。故有雅舞，有杂舞。雅舞用于郊庙、朝飨，杂舞用于宴会。”皆官乐也。今传雅舞歌辞，除《晋昭德、成功舞歌》二首用五言句外，余皆整齐四言，以昭肃穆雍容典重。杂舞则或四言，或五言，或杂言。曹操《步出夏门行》，晋以为《碣石舞》，四章——《观沧海》、《冬十月》、《土不同》、《龟虽寿》。而曲前之《艳》不入舞曲歌辞。

八、琴曲歌辞

《广雅》曰：“伏羲造琴，长七尺二寸，而有五弦。”《世本》曰：“琴，神农所造。”虽皆传说，然琴，诚中华固有之乐器，且其由

北京市电车公司印刷厂出品 九〇·六
（电58）20×20=400

来尔实践久远。梁元帝《纂要》列黄帝、齐桓公、楚庄王、司马相如、赵飞燕、蔡邕之琴，并举古之善鼓琴者，且称：

其曲有畅、有操、有引、有弄。

而《琴论》释之曰：

和乐而作，命之曰畅，言达则兼济天下而美畅其道也。忧愁而作，命之曰操，言穷则独善其身而不失其操也。引者，进德修业，申达之名也。弄者，情性和畅，宽泰之名也。

《乐府诗集》录170首中依托之作不少。如称唐尧、虞舜、夏禹、周文王、武王、周公、箕子、微子、伯牙、孔子等，其曲强皆依托。然名曲辞皆多，如荆轲之《渡易水》、项羽之《力拔山兮操》、刘邦之《大风歌》、蔡琰之《胡笳十八拍》等皆名篇也。

九、杂曲歌辞

《乐府诗集·杂曲歌辞·解题》曰：

杂曲者，历代有之。或心志之所存，或情思之所感，或宴游欢乐之所发，或忧愁愤怨之所兴，或叙离别悲伤之怀，或言征战行

北京市电车公司印刷厂出品 九〇·六
（电58）20×20=400

第33页共 页

役之苦，或缘於佛老，或出自夷虏，兼收备载，故总谓之杂曲。

又云：

汉魏之世，歌咏杂兴，而诗之流乃有八名：曰行、曰引、曰歌、曰谣、曰吟、曰咏、曰怨、曰叹，皆诗人六义之余也。至其协声律，播金石，而总谓之曲。

《乐府诗集》共录《杂曲歌辞》715首，内容诚如郭氏所云，但乐曲与其它曲辞有何差异则郭氏并未言及，果以此715首内容之杂乎？抑乐曲之杂乎？既云之则杂，别之则是皆不足以入相和、清商、近代乎？不过有以下几点，欲玄言说。

首先为传之今日之古代汉文长篇叙事诗——《焦仲卿妻》及三国魏左延年《秦女休行》东汉辛延年《羽林郎》等短叙事诗皆列《杂曲歌辞》之中。《焦仲卿妻》无论於仲卿、兰芝，抑於焦母、刘母，甚至刘兄刻画皆栩栩如生，情节亦极哀婉感人，其影响於后世者良深。《秦女休行》则叙秦氏女休"为宗报仇，杀人都市

北京市电车公司印刷厂出品 九〇·六
（电58）20×20＝400

吴被囚系，终以赦宥"事。所写十四五岁少女秦女休"坚辞为宗报仇，死不疑"之刚烈形象尤甚鲜明。《羽林郎》写霍家奴冯子都调笑酒家胡姬之拒被其精采。尤其结尾数句云：

贻我青铜镜，结我红罗裾。不惜红罗裂，何论轻贱躯。男儿爱后妇，女子重前夫。人生有新故，贵贱不相逾。多谢金吾子，私爱徒区区。

不仅写出胡姬爱情之坚贞，更写出其富贵不移、威武不屈，洁身自好，不容玷污的高尚人格。

其次，魏晋以降名篇收录于《杂曲歌辞》者较多。尤其曹植之《名都》、《美女》、《白马》、《远游》、《轻举》、《仙人》、《磐石》、《神龟》、《驱车》诸篇并皆佳制。宋鲍照《行路难》十八首、李白《长干曲》四首，杜甫《丽人行》，韦应物《上皇三台》、《突厥三台》，王建《宫中三台》、《江南三台》或为千古绝唱，或关诗歌形式之发展，并皆足珍贵也。

再次，诚如郭氏所云，《杂曲歌辞》中颇有缘于佛老者，例齐王融之《法寿乐》、庾信等《步虚词》、

北京市电车公司印刷厂出品 九〇、六

[illegible]是也。亦有出自民间者，如北魏胡太后之《杨白花》、古辞《阿那瓌》是也。此二者不能称曲，歌辞皆不宜归入他类，系之《杂曲》亦甚宜矣。

十、近代曲辞

《乐府诗集·近代曲辞·解题》云：

近代曲者，亦杂曲也。以其出于隋、唐之世，故曰近代曲也。

概括确当，定名亦妥切。不仅如此，且于各曲之前多以解题说明该曲造、献时间、人名或更进而述其制作背景，或据史、志，或引传闻。基本上可以相信这部分曲辞338首至少绝大部分是隋、唐时期被之管弦，甚或是传唱一时，流播广远的。特别值得重视者：此三百余首曲辞中有一大部分与兴起并繁盛于唐代的近体诗格律全合。其中还有些是自产生以来迄今脍炙人口的近体诗名篇。另一小部分则为句式不整齐之曲辞，或五、七言间错，或直为后世作为早期之词作者。以此，郭氏所选辑之《近代曲辞》乃更有其独特的重大价值。

北京市电车公司印刷厂出品 九〇·六

《近代曲辞》中有很多五言四句与唐五言律绝格律全同者，如《堂堂》。《乐府诗集》引《唐会要》云："隋曲来，乐府有《堂堂曲》。"并加按语云："《堂堂》，本陈后主所作。"其第二首云：

懒正鸳鸯被，羞褰玳瑁床。春风别有意，密处也寻香。

首、二两句骈俪，四句之平仄为：仄仄平平仄，平平仄仄平。平平平仄仄，仄仄仄平平。除第三句第三字可通用处用一仄声字代平声字外，直似截取仄起五律之后半篇者。而《伊州》则完全是根据拗体之五言律绝，字字声调无讹，不假通融。

玉管朝朝弄，清歌日日新。折花当驿路，寄与陇头人。

即使盛唐五言律绝亦多於揆平仄如是。甚至亦或有直截五言律诗后篇之半入乐者。如《伊州·第三》

闻道黄花戍，频年不解兵。可怜闺里月，偏照汉家营。

北京市电车公司印刷厂出品 九〇·六
（电58）20×20=400

第37页共　页

则沈佺期《杂诗》之首、颔二联也。其颈、尾二联为：

少妇今春意，良人昨夜情。谁能将旗鼓，一为取龙城。

唯《全唐诗》卷九十六"黄花戍"作"黄龙戍"耳。又如《陆州·第一》：

分野中峰变，阴晴万壑殊。欲投人处宿，隔水问樵夫。

则王维《终南山》颈尾二联也。其首、颔二联为：

太乙近天都，连山到海隅。白云回望合，青霭入看无。

《近代曲辞》中七言四句之歌与七言律绝格律全同者亦不在少。如《凉州》三首中《歌第二》、《第三》：

汉家宫里柳如丝，上苑桃花连碧池。圣寿已传千岁酒，天文更赏百僚诗。

朔风吹叶雁门秋，万里烟尘昏戍楼。征马长嘶青海北，胡笳夜听陇山头。

显然皆平起首句入韵七律之前二联。颔联属对

北京市电车公司印刷厂印 九〇·六
（电58）20×20=400

乐工。而《凉州》程书确有其曲。《乐苑》曰："《凉州》，宫调曲。开元中，西凉府都督郭知运进。"《近代曲辞》中亦颇有以唐世七言律绝名篇入乐者。如《渭城曲》。《乐府诗集解题》云：

《渭城》，一曰《阳关》。王维之所作也。本《送人使安西诗》，后遂被于歌。……《渭城》、《阳关》之名，盖因辞云。

《乐府诗集》所录，《王右丞集》题《送元二使安西》，今传乐曲即《阳关三叠》是也。又如《盖罗缝》二首之一，即：

秦时明月汉时关，万里征人尚未还。但愿龙庭神将在，不教胡马度阴山。

则王昌龄《从军行》也。只《全唐诗》"但愿龙庭神将在"句作"但使龙城飞将在"耳。又如《婆罗门》，《乐苑》曰："《婆罗门》，商调曲，开元中，西凉府节度杨敬述进。"《唐会要》曰："天宝十三载，改《婆罗门》为《霓裳羽衣》。"而《乐府诗集》所录则：

迥乐峰前沙似雪，受降城外月如霜。不

北京市电车公司印刷厂出品 九〇·六
（电58）20×20＝400

知何处吹芦管，一夜征人尽望乡。

实李益诗《夜上受降城闻笛》也。李白之《清平调》三首，则《松窗杂录》明白记载，云：

开元中，禁中重木芍药。会花方繁开，帝乘照夜白，太真妃以步辇从，李龟年以歌擅一时之名。帝曰："赏名花，对妃子，焉用旧乐辞为？"遂命李白作《清平调》词三章，令梨园弟子略抚丝竹以促歌，帝自调玉笛以倚曲。

其辞云：

云想衣裳花想容，春风拂槛露华浓。若非群玉山头见，会向瑶台月下逢。

一枝红艳露凝香，云雨巫山枉断肠。借问汉宫谁得似，可怜飞燕倚新妆。

名花倾国两相欢，长得君王带笑看。解释春风无限恨，沉香亭北倚阑干。

《近代曲辞》中所录五言八句歌辞几皆与五言律诗格律全合。如《大风辞》。《乐府杂录·解题》云：

《乐苑》曰："《大风》，羽调曲也。又

北京市电车公司印刷厂出品 九〇·六
(电58) 20×20=400

有《真火凤》。"《唐会要》曰："贞观中，有裴神符者，妙解琵琶。初唯作《胜蛮奴》、《火凤》、《倾杯乐》三曲，声度清美，太宗深爱之。"则《火凤》盖贞观以前曲也。录李百药《火凤辞》二首，其二云：

佳人靓晚妆，清唱动兰房。影入含风扇，声飞照日梁。娇嚬眉际敛，逸韵口中香。自有横陈分，应怜秋夜长。

完全为平起首句起韵之五言律诗。又如《离别难》。

此别难重陈，花深复变人。来时梅覆雪，去日柳含春。物候催行客，归途淑气新。剡川今已远，魂梦暗相亲。

《乐府杂录》曰：

《离别难》，武后朝有一士人陷冤狱，籍其家。妻配入掖庭，善吹觱篥，乃撰此曲以寄情焉。初名《大郎神》，盖取良人第行也。既畏人知，遂三易其名，曰《悲切子》，终号《怨回鹘》云。

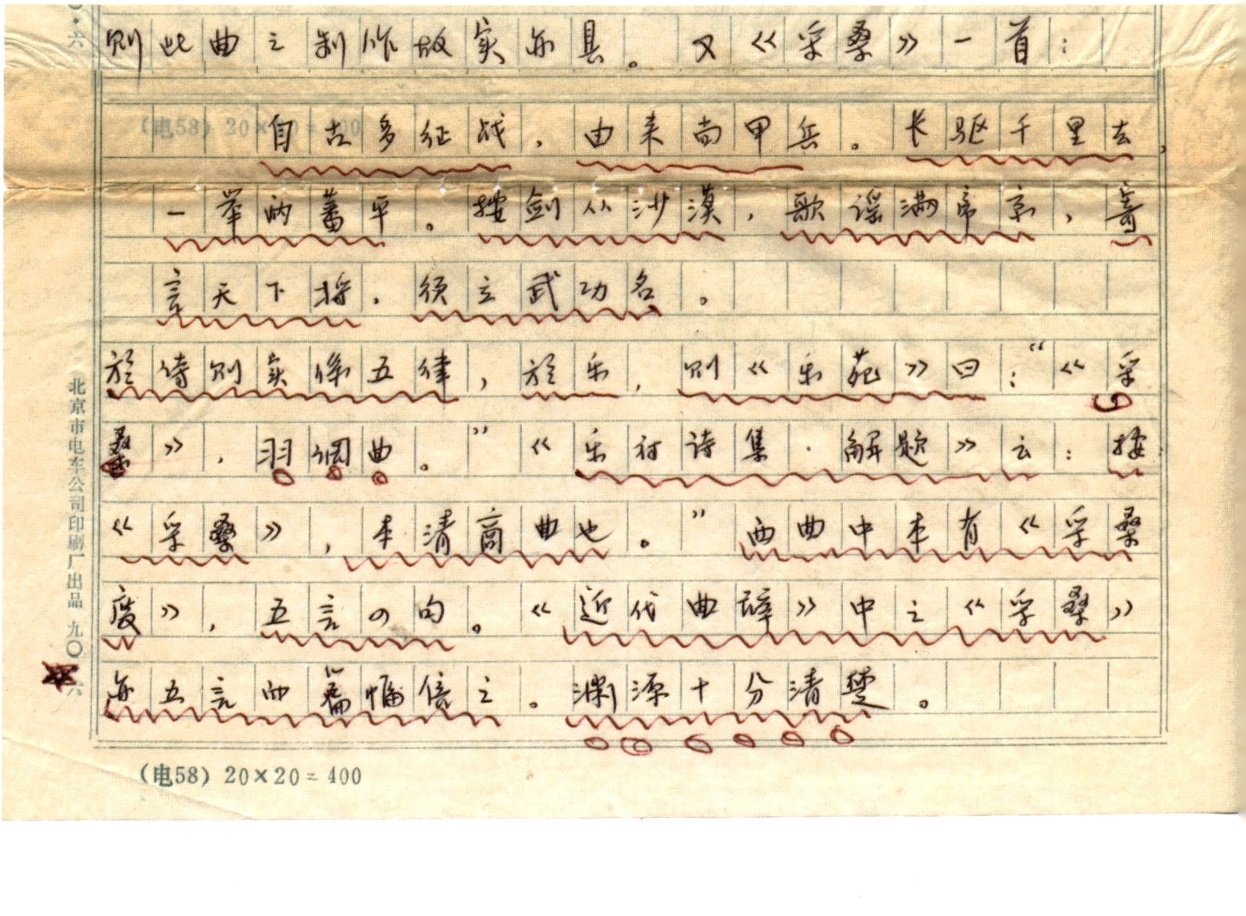

则此曲之制作故实亦具。又《采桑》一首：

自古多征战，由来尚甲兵。长驱千里去，一举两蕃平。按剑从沙漠，歌谣满帝京。寄言天下将，须立武功名。

于诗则实係五律，于乐，则《乐苑》曰："《采桑》，羽调曲。"《乐府诗集·解题》云："按《采桑》，本清商曲也。"西曲中本有《采桑度》，五言四句。《近代曲辞》中之《采桑》每五言而篇幅倍之。渊源十分清楚。

北京市电车公司印刷厂出品 九〇·六
(电58) 20×20=400

第41页共　页

《近代曲辞》中七言八句者仅一首，杜审言《大酺乐》之二也。《乐苑》曰："《大酺乐》，商调曲，张文收造。"其诗曰：

毗陵震泽九州通，士女欢娱万国同。伐鼓撞钟惊海上，新妆袨服照江东。梅花落处疑残雪，柳叶开时任好风。火德云官逢道泰，天长地久属年丰。 七律

用

完全平起首句起韵七言律诗格律。颔联、颈联属对甚工，诗意歌德颂圣，命意平凡，但在诗歌史研究上却不能不予以重视。

《近代曲辞》中隋薛道衡《昔昔盐》确属一首规规矩矩之十韵排律。其诗曰： 排律

垂柳覆金堤，蘼芜叶复齐。水溢芙蓉沼，花飞桃李蹊。采桑秦氏女，织锦窦家妻。关山别荡子，风月守空闺。恒敛千金笑，长垂双玉啼。盘龙随镜隐，彩凤逐帷低。飞魂同夜鹊，倦寝忆晨鸡。暗牖悬蛛网，空梁落燕泥。前年过代北，今岁往辽西。一去无消息，那能惜马蹄。

除首尾两联外，皆对仗工稳，其声节、骈俪与

北京市电车公司印刷厂出品 九〇·六
(电58) 20×20＝400

唐代诸家名作颇足相埒。

《近代曲辞》中，《竹枝》二十二首则又西曲以西之乐曲也。《乐府诗集·近代曲辞·解题》云：

《竹枝》本出巴渝。唐贞元中，刘禹锡在沅、湘，以俚歌鄙陋，乃依骚人《九歌》作《竹枝》新辞九章，教里中儿歌之，由是盛于贞元、元和之间。禹锡曰："《竹枝》巴歈也。巴儿联歌，吹短笛、击鼓以赴节。歌者扬袂睢舞，其音协黄钟羽。末如吴声，含思宛转，有淇濮之艳焉。"

是《竹枝》于贞元以前已流行于巴、渝、沅、湘之间，地域之广远亦不逊吴声、西曲也。惜其"俚歌"以"鄙陋"而不传。从刘禹锡语亦可以见其吹短笛、击鼓赴节，联歌睢舞欢快之状，可以知其含思宛转之情与淇濮之艳美。《乐府诗集》录顾况、刘禹锡、白居易、李涉、后蜀孙光宪《竹枝》二十二首，刘作十一首尤妙绝，如：

山桃红花满上头，蜀江春水拍江流。花

红花衰似郎意，水流无限似侬愁。

瞿塘嘈嘈十二滩，此中道路古来难。长恨人心不如水，等闲平地起波澜。

杨柳青青江水平，闻郎江上唱歌声。东边日出西边雨，道是无情还有情。

山上层层桃李花，云间烟火是人家。银钏金钗来负水，长刀短笠去烧畬。

语言通俗，活泼灵巧，描绘巴渝生活真实、生动。《竹枝》抒情亦有哀伤悽惋，幽怨缠绵者，如[illegible]诗[illegible]云：

帝子苍梧不复归，洞庭叶下荆云飞。巴人夜唱《竹枝》后，肠断晓猿声渐稀。

又如白居易[illegible]云：

瞿塘峡口冷烟低，白帝城头月向西。唱到《竹枝》声咽处，寒猿晴鸟一时啼。

《竹枝》者七言四句，首句起韵，二、四句叶韵，平仄无严格限制，多与七言律绝不同。又有《杨柳枝》亦七言四句，形式与《竹枝》近似，但或有首句不起韵者。其曲之作[illegible]《[illegible]存诗集》[illegible]乃有二绝，云：

(1458) 20×20＝400

北京市电车公司印刷厂出品 八四·四

《杨柳枝》，白居易洛中所制也。《本事诗》曰："白尚书有妓樊素善歌，小蛮善舞。尝为诗曰：'樱桃樊素口，杨柳小蛮腰。'年既高迈，而小蛮方丰艳，乃作《杨柳枝》辞以托意曰：'永丰西角荒园里，尽日无人属阿谁！'……薛能曰："《杨柳枝》者，古题所谓《折杨柳》也。乾符五年，能为许州刺史。饮酣，令部妓少女作杨柳枝健舞，复赋其辞为《杨柳枝》新声云。"倘依薛能所云，则《杨柳枝》本係旧曲《折杨柳》，盖梁鼓角横吹曲也。若此，僖宗时尚流传《折杨柳》乐曲及舞谱可以唱，以乐，以舞也。薛能亦仅制新辞而已。依《本事诗》则此曲并非旧曲，确係白居易所制，且有小蛮丰艳白居易衰朽之故实可证。且白居易《杨柳枝》云：

《六幺》、《水调》家家唱，《白雪》《梅花》处处吹。古歌旧曲君休听，听取新翻《杨柳枝》。

分明自云"新翻"。其初"新翻"之曲辞则！

北京市电车公司印刷厂出品 八四·四

一树春风万万枝，嫩于金色软于丝。永丰西角荒园里，尽日无人属阿谁！

此正对小蛮而发者。《乐府诗集》录白氏《杨柳枝》共十首，而刘禹锡亦有《杨柳枝》九首，其第一首云：

塞北梅花羌笛吹，淮南桂树小山词。请君莫奏前朝曲，听唱新翻《杨柳枝》。

亦称"新翻"。刘与白诗酒酬唱，世称"刘白"。果如《本事诗》所云白氏晚年始制《杨柳枝》，则当在唐文宗太和、开成或武宗会昌年间，实早于苏鹗所云三、四十年也。

《竹枝》多言巴、渝、荆、楚，《杨柳枝》则几乎篇篇必言杨柳以抒情怀焉。

《近代曲辞》实包肇词曲之端。除《竹枝》、《杨柳枝》外，如唐中宗时沈佺期、李景伯之《回波乐》。《乐府诗集·解题》云：

《回波乐》，商调曲。唐中宗时造。盖出于曲水引流泛觞也。《本事诗》曰："中宗之世，尝因内宴，群臣皆歌《回波乐》，撰辞起舞。时沈佺期以罪流岭表，恩还旧官，而未复朱绂。佺期乃歌《回波乐》辞以见意，中宗即以绯鱼赐之，自是多求迁擢。

其词云：

回波尔时佺期，流向岭外生归。身名已蒙齿录，袍笏未复牙绯。

《乐府诗集·解题》又引《唐书》曰：

景龙中，中宗宴侍臣，酒酣，令各为《回波乐》，众皆为谄佞之辞，及自要荣位。次至谏议大夫李景伯，乃歌此辞，后亦为舞曲。

其词云：

回波尔时酒卮，微臣职在箴规。侍宴既过三爵，喧哗窃恐非仪。

此则犹早于李白《清平调》以及尚有些许争议之《菩萨蛮》、《忆秦娥》数十年也。又如刘禹锡之《纥那曲》：

杨柳郁青青，竹枝无限情。同郎一回顾，听唱纥那声。

踏曲兴无穷，调同词不同。愿郎千万寿，长作主人翁。

及《潇湘神》：

北京市电车公司印刷厂出品 八四·四

湘水流，湘水流，九疑云物至今愁。君问二妃何处所，零陵香草露中秋。

斑竹枝，斑竹枝，泪痕点点寄相思。楚客欲听瑶瑟怨，潇湘深夜月明时。

忆江南

白居易、刘禹锡之《忆江南》.

江南好，风景旧曾谙。日出江花红胜火，春来江水绿如蓝，能不忆江南！（白）

春过也，共惜艳阳年。犹有桃花流水上，无辞竹叶醉樽前，惟待见青天。（刘）

《乐府诗集·解题》云：

一曰《望江南》。《乐府杂录》曰：“《望江南》本名《谢秋娘》，李德裕镇浙西，为亡妓谢秋娘所制。后改为《望江南》。

调笑令

又有《宫中调笑》即《全唐诗》所称《调笑令》也。一名《转应曲》，一名《三台令》。《转应曲辞》录韦应物作二首.

胡马，胡马，远放燕支山下。跑沙跑雪独嘶，东望西望路迷。迷路，迷路，边草无穷日暮。

河汉，河汉，晓挂秋城漫漫。愁人起望

相思，江南塞北别离。离别，离别，河汉虽同路绝。

又录王建四首，其第一首云：

团扇，团扇，美人病来遮面。玉容憔悴三年，谁复商量管弦。弦管，弦管，春草昭阳路断。

其第二首尤凄惋感人，云：

罗袖，罗袖，暗舞春风依旧。遥看歌舞玉楼，好日新妆坐愁。愁坐，愁坐，一世虚生虚过。

录戴叔伦题《转应词》一首，云：

边草，边草，边草尽来兵老。山南山北雪晴，千里万里月明。明月，明月，胡笳一声愁绝。

《近代曲辞》中录刘禹锡《浪淘沙》九首。七言四句，首句起韵，四句中须有"浪"、"淘"、"沙"三字或其中二字。如其第六首：

日照澄洲江雾开，淘金女伴满江隈。美人首饰黄金印，尽是沙中浪底来。

又录皇甫松二首，其二云：

北京市电车公司印刷厂出品 八四·四

蛮歌荳蔻北人愁，松雨蒲风野艇秋。浪起鵁鶄眠不得，寒沙细细入江流。

采白居易六首，其六云：

随波逐浪到天涯，迁客生还有几家。却到帝乡重富贵，请君莫忘浪淘沙。

此三首中刘作则备"浪"、"淘"、"沙"三字，皇甫作则具"浪"、"沙"二字，白作则除首句有浪字外，末句直言浪淘沙。

以上所述自《竹枝》起以及刘禹锡《抛毬乐》、崔液《踏歌词》等，后世皆以为早期词作。明乎此，见五代以来词作繁兴之由来、端绪矣。

《近代曲辞》所采之《凉州》有歌第一、第二、第三，排遍第一、第二；《伊州》有歌第一至第五，入破第一至第五；《陆州》有歌第一至第三，排遍第一至第四，盖皆套曲也。每套曲必只限一宫调。如《乐苑》云：

《伊州》，商调曲。西京节度盖嘉运所进也。

《凉州》，宫调曲。开元中，西凉府都

北京市电车公司印刷厂出品 八四·四
(1458) 20×20=400

皆郭知运进。

不论其曲几叠，其辞几首，一套套曲只能用一宫调。如：《水调》，商曲十一叠，前五叠为歌，后六叠为入破，皆商调也。《凉州》，宫调曲，其歌三首，排遍二首并皆宫调。《大和》，羽调曲，其歌五首，自皆羽调，皆不可逾越也。

综观《近代曲辞》，自不能不产生以下几点认识。

一、郭茂倩特别标示大量《近代曲辞》之宫调，或对其曲之制作者、进献者，甚至制作背景加以说明。亦足以说明郭氏正欲证实所录《近代曲辞》皆有乐章，皆已配乐，甚至配舞，承前朝之绪乐府诗、乐、舞并皆繁盛，较越前朝也。

二、由《近代曲辞》中大量五、七言绝句与确实存在之五、七言律诗，甚至排律可见，以为近体诗不可配乐演唱，以至以为因此始有词之兴起等看法，不可不适当修正。近体诗之能否配乐不可一概而论。《乐府诗集》所录者分明已经配乐，甚至配舞。但其诗当有其乐章、乐谱，固不可一谱而適用於同一体格之所有诗歌也。如：《堂堂曲》本陈后主作。由今传曲辞看，实淫靡之人状淫靡之事，假淫靡之音作淫靡之乐也。虽五言四句尽合五言律绝体格，诚不可以《堂堂曲》之乐谱演唱所有五言律绝也。且诗之配乐谈何容易！汉高祖歌《大风》，诗成即配乐，遣里中儿歌之。历代帝王孰非如是，汉武帝之立乐府，唐明皇之设梨园其尤甚者耳。次则王公贵人，富室豪门多蓄倡优，士流遊宦耽乐狎妓，其诗之配乐亦无不便。能羁旅漂泊，落拓流离，失意悲凉，颠踬困顿，抒忿懑之情思，诉忧伤之哀苦，甚或讥弹时政讽刺奸谗，情动於中而形於诗，又何得依诗与情而配乐也？非唯唐代诗歌之盛难以尽被管弦，即六朝、两汉未播金石之诗歌佳制亦不可估量，讵可以遽谓某些格律诗固不可配乐乎？

三、观《近代曲辞》溯六朝以至两汉各种乐曲曲辞足可以知兴於唐，盛於宋之词其渊源实甚久远，岂徒以所谓近体诗不能唱而产生也？词家自号其词作曰乐府，岂无故耶？

问时上

清浅斋遗稿影印集
北京市电车公司印刷厂出品 八四·四
(1458) 20×20=400

第52页共　页

十一、杂歌谣辞

《乐府诗集》既有《杂曲歌辞》，何以又有《杂歌谣辞》？二者究竟有何不同？关键即在一"曲"字。"至其协声律，播金石，而总谓之曲。"此即二者最明白之差别。

《杂歌谣辞》分《歌辞》、《谣辞》两部分。《乐府歌辞·解题》列举秦青、韩娥、王豹、绵驹、虞公等而曰："若斯之类，并徒歌也。"又曰："汉世有相和歌，本出于街陌讴谣。而吴歌杂曲，始亦徒歌，……。"则已明言"协声律，播金石"者，其不宜入相和、清商、舞曲、琴曲，又非郊庙朝廷之所用者乃入《杂曲歌辞》，而未"协声律，播金石"之徒歌乃入杂歌谣辞中之《歌辞》。其虽有韵律而无章曲，亦不可以徒歌者则入《谣辞》。

《杂歌谣辞》三二九首，上起陶唐，下及五代，歌辞内容极其广泛，民间歌谣采录较多。《谣辞》部分尤罕文人拟制。殆多录采于史传子家或经典传注，故其歌谣制作背景亦多能解明出处时即已说明

北京市电车公司印刷厂出品 八四·四

(1458) 20×20=400

一、所录远古歌辞虽不免伪託，但皆引据出处，自乐兼及其写作背景。如：《击壤歌》：

日出而作，日入而息。凿井而饮，耕田而食。帝力於我何有哉！

《解题》引《帝王世纪》曰："帝尧之世，天下太和，百姓无事。有八、九十老人击壤而歌。"

又如：《卿云歌》：

卿云烂兮，糺缦缦兮。日月光华，旦复旦兮。

明明上天，烂然星陈。日月光华，弘于一人。

日月有常，星辰有行。四时顺经，万姓允诚。於予论乐，配天之灵。迁于贤善，莫不咸听。

鼚乎鼓之，轩乎舞之，精华已竭，褰裳去之。

《解题》引《尚书大传》曰：

舜将禅禹，於时俊乂百工相和而歌《卿云》。帝乃倡之曰："卿云烂兮"。八伯咸进，稽首曰："明明上天"。帝乃再歌曰："日

北京市电车公司印刷厂出品 八四·四

月有常"。

又如：《尧时康衢童谣》

立我烝民，莫匪尔极。不识不知，顺帝之则。

《解题》引《列子》曰：

尧治天下五十年，不知天下之治与不治，亿兆之愿戴己与不愿戴己，顾问左右外朝及在野，皆不知也。尧乃微服游于康衢，闻童儿谣。尧喜，问曰：'谁教尔为此言？'童儿曰：'闻之大夫。'大夫曰：'古诗也。'尧还宫，召舜，因禅与天下。舜不辞而受之。

此童谣中"立我烝民，莫匪尔极。"二句係《诗经·周颂·思文》中的，所以颂后稷之德者也，故此童谣当係后人伪托。以上各篇及《吴越春秋》所记之《涂山歌》、《尚书大传》所载之《夏人歌》、《穆天子传》所载之《白云谣》、《穆天子谣》等或称古帝王，或涉神仙，殆据传闻而伪托，固非史事。但《乐府诗集》并采录之，亦足以见郭茂倩对乐府诗概念之一重要侧面矣。

二、《杂歌谣辞》反映社会生活殊多佳制，或讥弹国政，或讽刺时弊，或诅咒豪强，或申诉哀苦。或美廉吏之治道，或颂良工之遗泽……社会生活之诸般色相与人心爱、憎、喜、恶、怒、怨、仇恨、哀伤、娱畏衷情融会体现。虽数语成章，但深沉凝重者有之，尖锐锋利者有之，宽和欣悦者有之，凄苦怨绝者有之，风格多样，殊足珍贵。

其讥弹国政者，如：《后汉桓帝初小麦童谣》：

小麦青青大麦枯，谁当获者妇与姑。丈人何在西击胡。吏买马，君具车，请为诸君鼓咙胡。

《解题》引《后汉书·五行志》曰：

桓帝之初，天下童谣。按元嘉中，凉州诸羌一时俱反，南入蜀、汉，东抄三辅，延及并、冀，大为民害。命将出众，每战常负，中国益发甲卒，麦多委弃，但有妇女获刈之也。"吏买马，君具车者，"言调发重及有秩者也。"请为诸君鼓咙胡"者，不

北京市电车公司印刷厂出品 八四·四
(1458) 20×20=400

敢公言，私咽语也。"

又如：《吴孙皓初童谣》：

宁饮建业水，不食武昌鱼。宁还建业死，不止武昌居。

《解题》引《宋书·五行志》曰：

吴孙皓初童谣。按皓寻迁都武昌，民溯流供给，咸怨毒焉。

边鄙频仍，命将非人，战而屡败，征发无度，乃至农作无望，妇女刈麦，非国政乎？迁都苟安，宁非国之大政乎？"鼓咙胡"，讥弹其非也；"宁还建业死"，怨忿之至也。

·其讽刺时弊者，如：《城中谣》：

城中好高髻，四方高一尺。城中好广眉，四方且半额。城中好大袖，四方全匹帛。

《解题》引《后汉书》曰：

前世长安《城中谣》，言改政移风，必有其本，上之所好，下必甚焉。

又如：《后汉桓灵时谣》：

举秀才，不知书；举孝廉，父别居。

《解题》引《后汉书》曰：

北京市电车公司印刷厂出品 八四·四

(1458) 20×20＝400

桓灵之世，更相滥举，人为之谣。

《宋时谣》：

上车不落为著作，体中何如作秘书。

《解题》引《南史》曰：

宋时用人乖实，有谣云。

皆讽刺时弊者也。《城中谣》尤尖锐悍利。

其诅咒权贵豪门者，如：《颍川歌》：

颍水清，灌氏宁。颍水浊，灌氏族。

《解题》引《汉书》曰：

灌夫不好文学，喜任侠，已然诺。诸所与交通，无非豪杰大猾。家累数千万，食客日数十百人。陂池田园，宗族宾客为权利，横颍川，颍川儿歌之。

又如《后汉献帝初京都童谣》：

千里草，何青青。十日卜，不得生。

《解题》引《后汉书·五行志》曰：

献帝元初，京都童谣。按："千里草"为董，"十日卜"为卓。凡别字之体，皆从上起，左右离合，无有从下发端者也。今二字如此者，天意若曰，卓自下摩上，以臣陵君

北京市电车公司印刷厂出品　八四·四
(1458) 20×20＝400

也。"青青"者，暴盛之貌。"不得生"者，亦旋破亡也。

怨恨至极，遂生诅咒。由此，亦以见权豪残民之凶横、恣肆矣。而权豪之见诛则亦有歌谣，士女奔走道路歌之。如：《并州歌》：

士为将军何可羞，六月重茵被豹裘，不识寒暑断他头。雄儿田兰为报仇，中夜斩首谢并州。

《解题》引《乐府广题》曰：

晋淑熙力能扛鼎，呼吸闻数里，残忍少恩。六月盛暑，重裘累茵，使人扇之，忽不清凉，便斩扇者。并州大姓田兰、薄盛，斩於平原，士女庆贺，奔走道路而歌之。

其凄凉悲苦之歌，如《巴东三峡歌》：

巴东三峡巫峡长，猿鸣三声泪沾裳。

巴东三峡猿鸣悲，猿鸣三声泪沾衣。

舟人徐死冒险之忧，行旅怀乡思亲之苦并假猿啼化泪满襟矣。又如《平城歌》：

平城之下亦诚苦，七日不食，不能彀弩。

言刘邦被围平城，将士无食之苦也。

北京市电车公司印刷厂出品 九〇·六

其美廉吏之治道，颂良工之遗泽者，如：

《廉叔度歌》：

廉叔度，来何暮。不火禁，民安作。平生无襦今五袴。

《解题》引《后汉书》曰：

廉范，字叔度。建初中为蜀郡太守，成都民物丰盛，邑宇逼侧。旧制禁民夜作以防火灾，而更相隐蔽，烧者日属。范乃毁削先令，但严使储水而已。百姓为便，乃歌之云。

歌辞质直，情真意切。颂廉吏之歌不少，而此歌辞之质直真切或可以断定其非虚美之作。而颂良工之遗泽者莫过於《郑白渠歌》。

田於何所？池阳、谷口。郑国在前，白渠起后。举臿如云，决渠为雨。水流灶下，鱼跃入釜。泾水一石，其泥数斗。且溉且粪，长我禾黍。衣食京师，亿万之口。

《解题》引《史记》曰：

韩闻秦之好兴事，欲罢，无令东伐。乃使水工郑国间说秦，令凿泾水自中山西抵瓠口为渠，并北山，东注洛，溉舄卤之地四万余顷，今日郑国渠。

又引《汉书》曰：

太始二年，赵中大夫白公复奏穿渠。引泾水，首起谷口，尾入栎阳，注渭中，袤二百里，溉田四千五百余顷，名曰白渠。人得其饶，於是歌之。

又有《邺民歌》、《汉书》记其事云：

魏襄王时，史起为邺令，引漳水溉邺以富魏之河内，而民作歌云。

其辞曰：

邺有贤令兮为史公，决漳水兮灌邺旁，终古舄卤兮生稻粱。

则又自生产角度以美廉吏者也。

三、《杂歌谣辞》中亦适当采择史传所载汉代帝王、贵胄及流传久远之作。如刘邦为戚夫人所作之《楚歌》、《赵幽王（友）歌》、汉武帝刘彻之《秋风辞》、《李夫人歌》、《瓠子歌》，并载史传。梁鸿之《五噫歌》则亦载《三辅决录》。其辞云：

陟彼北邙兮，噫！顾瞻帝京兮，噫！宫阙崔嵬兮，噫！民之劬劳兮，噫！辽辽未央兮，噫！

四、《杂歌谣辞》所采之《匈奴歌》与《勅勒歌》于研究我国少数民族文学史，其价值之珍贵固不言而喻矣。《匈奴歌》云：

失我焉支山，令我妇女无颜色。失我祁连山，使我六畜不蕃息。

《解题》引《十道志》云：

焉支、祁连二山，皆美水草。匈奴失之，乃作此歌。

又引《汉书》云：

元狩二年春，霍去病将万骑出陇西，讨匈奴，过焉支山千有余里。其夏，又攻祁连山，捕首虏甚多。

祁连山即天山，匈奴呼天为祁连，故曰祁连。焉支山即燕支山也。

《勅勒歌》则传诵于今为名作矣。

五、《杂歌谣辞》中，《乐府诗集·解题》明云"且以谣谶系其末云。"此类谣谶多似稀童谣，以神其辞。如：《唐元和初童谣》：

打麦，麦打。三三三。舞了也。

《解颐》云：

《新唐书·五行志》曰："元和初童谣，既毕，乃转身曰：'舞了也'。按：《旧书·志》云："为十年六月三日，武元衡为盗所害之应。"本传云："'打麦'，谓打麦时也。'麦打'谓暗中突击也。'三三三'，谓六月三日也。既而旋其袖曰'舞了也'，谓元衡之卒也。

此类谣辞迷信色彩甚重，与后世之《推背图》、《烧饼歌》大致类似。

北京市电车公司印刷厂出品 九〇·六

（电58）20×20=400

十二、新乐府辞

《乐府诗集》所收《新乐府辞》413首。《解题》曰：

新乐府者，皆唐世之新歌也。以其辞实乐府，而未尝被于声，故曰新乐府也。

《新辞乐府》共十一卷。《乐府杂题》六卷。元稹《新题乐府》十三首与元结《系乐府》、《补乐歌》及皮日休《补九夏歌》合为一卷。白居易《新乐府》五十篇为二卷。温庭筠《乐府倚曲》、陆龟蒙《乐府杂咏》及皮日休《正乐府》合一卷。如此采录编次，见唐世《新乐府辞》之发展概略矣。

自汉、魏以降，代有新声。于诗，每多佳制。或协声律，播金石；或未协声律，吟诵而已。《乐府诗集》之《近代曲辞》则例多于协声律，播金石者；之《新乐府辞》，则例多于吟诵流传，有待于协声律，播金石者。盛唐乐府诗，开元、天宝名家，已多创作。王维之《老将行》、《洛阳女儿行》、《燕支行》，李白之《笑歌行》、《江夏行》，皆已自创新题，抒发己意，且文字通俗易解，便于传诵。如王维《老将行》言老将少年：

少年十五二十时，步行夺得胡马骑。射杀山中白额虎，肯数邺下黄须儿。

《洛阳女儿行》言洛阳女儿：

洛阳女儿对门居，才可容颜十五余。良人玉勒乘骢马，侍女金盘脍鲤鱼。……戏罢曾无理曲时，妆成祇是熏香坐。城中相识尽繁华，日夜经过赵、李家。

而最后慨叹感怀曰：

谁怜越女颜如玉，贫贱江头自浣纱。

又如李白《笑歌行》：

笑矣乎，笑矣乎！君不见曲如钩，古人知尔封公侯；君不见直如弦，古人知尔死道边。张仪所以只掉三寸舌，苏秦所以不垦二顷田。

笑矣乎，笑矣乎！君不见沧浪老人歌一曲，还道沧浪濯吾足。平生不解谨此身，虚作《离骚》遣人读。

笑矣乎，笑矣乎！赵有豫让楚屈平，卖

北京市电车公司印刷厂出品 九〇·六

（电58）20×20＝400

身买得千年名。……

至於杜甫更缘事而发，抒写情怀，或陈讽谏，或寓讥弹。其《悲陈陶》、《悲青坂》、《哀江头》、《兵车行》等等皆"即事名篇"，於古乐府"无复依傍"。元结作《系乐府十二首》（《乐府诗集》全录），并引元氏《系乐府序》云：

天宝中，结拾前世尝可称叹者为诗十二篇，引其义以名之，总曰《系乐府》。

十二首中称赏古风者，嗟叹今之非；直言古世者，痛陈生民之苦。如其《思太古》先言太古民风之淳朴，而其结尾云：

吾行遍九州，此风皆已无。吁嗟圣贤教，不觉久踟蹰。

《贱士吟》则於称颂古代"和气天下流"之後云：

谄竞实多路，苟邪皆共求。常闻古君子，指以深为羞。正方终莫可，江海有沧洲。

皆叹古非今者也。而《贫妇辞》则云：

谁知苦贫夫，家有愁怨妻。请君听其词，能不为酸嘶。所怜抱中儿，不如山下麑。空

北京市电车公司印刷厂出品 九〇·六
（电58）20×20=400

念庭前地，化为人吏蹊。出门望山泽，回头心复迷。何时见府主，长跪向之啼。

直言当世者也。其《乐府诗集》所未收录之《舂陵行》乃益缘事而发，酸楚凄绝。元结诗虽不及杜甫之沉雄深切，实与杜甫共拓脱略古题，即事抒咏之新境。故唐代新乐府之创制与繁荣，皆归功于白居易、元稹，不可不谓为错觉。尤其杜甫大量新题乐府《乐府诗集》俱难尽录。如脍炙人口之《三吏》、《三别》、《茅屋为秋风所破歌》、《乾元中寓居同谷县作七歌》及《丹青引》、《观公孙大娘舞剑器行》等无论题量、题质皆前无古人，后继元、白皆可望而不可即者也。其影响于元、白亦深远矣。《解题》云：

元微之病后人沿袭古题，唱和重复，谓不如寓意古题，刺美见事，犹有诗人引古以讽之义。近代唯杜甫《悲陈陶》、《哀江头》、《兵车》、《丽人》等歌行，率皆即事名篇，无复倚傍。乃与白乐天、李公垂（绅）辈，谓是为当，遂不复更拟古题。

北京市电车公司印刷厂出品 九〇•六

更足以说明元、白之"不复更拟古题"实继杜甫而锐意为之。杜甫、元结实践于前，元、白踵其后而实践、提倡、恢宏、发展，《乐府诗集》引元稹《乐府古题序》所言最明确矣。然则诸人之功皆不可泯也。元稹《和李校书新题乐府·序》云：

　　李公垂作乐府新题二十篇，稹取其病时之尤急者，列而和之，盖十五而已，今所得才十二篇，又得《八骏图》一篇，总十三篇。

是"新题乐府"之名盛始于李绅、元稹。而白居易于元和四年更作《新乐府》五十篇，并为《新乐府序》，而"新乐府"之名立。郭氏所定之《新乐府辞》亦即此而立名焉。元之十三篇、白之五十篇皆收录于《乐府诗集》。二者于名于实一也。~~二者同为新题，同篇题者十三篇，~~即元之十三篇，白皆有作和之。

漢樂府一

漢樂府

樂府歌謠辭與樂府体詩歌

在我國詩歌史上應當佔極重要

組成部分之一。名畏始定於漢代，

亦自漢而盛。若究其淵源有自，

不可不徵諸先世也。

（一）、汉乐府以前的歌谣

殷商以前歌謠，今之所傳者殊

辭

難相信。可斷其必真者少，可辨其實偽者多，其間或有可以存疑者。舜與皋陶賡歌「元首股肱喜哉，元首起哉，百工熙哉」。「元首明哉，股肱良哉，庶事康哉。」「元首叢脞哉，股肱惰哉，萬事墮哉。」（書、益稷）太康尸位，五子作歌。虞夏之際文采猶不能爾。疑其偽託，豈云非是？

正於舜將禪禹，倡以百工咸歌卿
雲，是時係大傳傳会，其仍之見
詩三百，其自十五國而采集者
爲風，國之地方歌曲也。東西
都燕饗所奏所歌者，都人親
士以將協德者爲小大雅，國之
都中歌曲也。多用於燕享，觀
春秋前期賦詩於聘問燕享

2

之際多賦，二雅可知，左、國所載典禮賦詩，或有定制。頌者，宗廟祭歌也。是詩三百已具楚辭與兩漢樂府詩歌之主要內容。楚辭，屈子唱歎，怨誹不亂之雅刺，詩之繼續也。刺為九歌，乃上接賦頌，下繼郊祀詩歌，發展脈

综昭然

秦政焚天诗书，乐经以亡，胡亥於

汉书·礼乐志：五行舞者，本周舞也，秦始皇二十六年更名曰五行也。

係宗庙乐

摺责人民涂炭，然其苛

威仪攜竖首，郑唐之辞不废也。

故汉书·礼乐志云：高祖时叔孙通

因秦乐人制宗庙乐，是见秦有

汉书·礼乐志：周有房中乐，至秦名曰寿人。

量秦未绝，房中乐也。

乐人，每有宗庙之乐也，而秦政後籍

無度，咸阳二百里内宫殿二百七十余

房中乐：仪礼燕礼郑注谓弦歌周南召南之诗，而不用钟鼓之节也。

房中者，后夫人以事其君子者也。

以悱恻缠绵，美人寓之。既有鼓镗，定不作乐，然不出于杖鼓之所云，云阁之妃嫔媵嫱，公子王孙，辞楼下殿，辇来于秦，朝歌夜弦，为秦宫人。歌台暖响，舞殿冷袖，此秦王之宫中作乐，可得而知矣，其为欢岂有所避讳而不敢言也？抑秦祚

不永，未及傳而絕也。秦民怨深，
不可抑而止也。故
楊泉物理論云：
秦築長城，死者相屬。民歌曰：
生男慎勿舉，生女哺用脯。
不見長城下，尸骸相支拄。
博物志、三秦記、關中記皆載。
始皇葬驪山陵，周迴跨陰盤長界

4

水背陵，障使东西流。并大石于渭北诸，民怨之，作甘泉之歌云：

运石甘泉口，渭水不敢流。千人唱，万人讴，金陵余石大如堆。

ōu

高陵 繁此成作也

其事载秦世谣云：

秦始皇，何强梁，开吾户，据吾床。

饮吾酒，啖吾浆。飧吾饭，以为粮。张吾弓，射东墙。前至沙丘当灭亡。”

述异记曰：始皇二十六年，童谣曰：“阿房阿房，亡始皇。”

晁案：此等人博物述异辞，不可必信。惜因可以理解。

（二）、乐府机构的建立和乐府诗的形成。

楚汉之际最有名之歌诗则高帝大风、霸王垓下。项氏力绝困彭城，作垓下之悲歌；刘氏功成还沛郡，兴大风之吟咏。二人皆起于楚，楚声之发于帝业成败之际，亦所极也。汉祖一海宇而肇祀，制礼作乐，

6

樂府論諸，張昭、程斯。

劉邦一天下，其於樂事，大者張首二焉：一為叔孫通因秦樂人制宗廟樂。迎神奏嘉至，皇帝入廟門奏永至，上就豆奏登歌，徒歌美神明，既饗奏休成，禮成奏永安。

一為高祖夫人唐山夫人作房中祠樂

乐府令

汉书云：凡乐，乐其所生，礼不忘本。高祖乐楚声，故房中乐，楚声也。今传安世房中歌十七章，孝惠二年，使乐府令夏侯宽备其箫管，更名为安世乐。

乐府令之名，始见于此。

安世房中歌十七章中有四八章の言

八句、每有の言十句、六句、七句の句者，三言八句

7

者二、三言十句者一、七言六句者一。

共其三章

我定历数，人告其心，敕心（身）齐（斋）戒，

施教申申。乃立祖庙，敬明尊亲。

大矣孝熙，四极爰辏（臻）。

87.5.20.

其六章

大海荡荡水所归，高贤愉愉民所怀。

大山崔，百卉殖。民何贵？贵有德。

其七章

安其所乐终产，乐终产，世继绪。飞龍秋，游上天。高賢愉，乐民人。

漢武定郊祀之礼，祠太一於甘（陕西淳化县西北甘泉山上有宫。）泉，就乾位也；祭后土於汾陰，泽中方丘也。乃立乐府，采诗夜诵，有赵、代、秦、楚之讴。以李延年为协律都尉，多举司马相如等数十

8

人造为诗赋，略论律吕，以合八音之调，作十九章之歌。郊祀歌所祀者为太一，诚楚风也。楚辞九歌即祀东皇太一者。歌、舞、协调，比较楚辞九歌与汉之郊祀歌，则知汉承楚制者多甚明显，不过其不昧承楚

制而已。其首章练时日，与九
歌首章之东皇太一为迎神曲，其
末章（赤蛟末）礼乐成，灵将归，与九歌
之礼魂为送神曲。惟其中十七章
非若九歌之以神娱太一者已耳。
如天地八云：
天地并况（贶，赐也），惟予有慕。

9

爰熙紫坛，思求厥路。恭承禋祀，
缊豫为纷。黼绣周张，承神至尊。
千童罗舞成八溢，合好效欢虞泰一。
九歌毕奏斐然殊，鸣琴竽瑟会轩朱。
璆磬金鼓，灵其有喜。百官济济，
各敬厥事。盛牲实俎进闻膏，
神奄留，临须摇。长丽前掞光耀明。

人神相通之路

寒暑不忒况皇章，展诗应律鋗yuān玉鸣，
函宫吐角激徵清。发梁扬羽申以商，
造兹新音永久长。声气远条凤鸟鸧，
神夕奄虞盖孔享。

试论楚辞九歌与汉郊祀乐之关系

重点论明白郢中助祀事——

由此我们可以概括出以下几端

一　孝惠二年有夏侯宽为乐府令之官可以见是时已有专职人员但未言机构孝武时始立机构既在礼乐制中特别提起立乐府之事其前世是无此机构

二、武帝立乐府後該機構職能有兩个方面一是收集地方歌曲其中有大量的民歌一是樂府人員為收集到的地方歌曲配乐為宮廷典礼所需及皇帝意旨所示制作詞乐舞并隨时練习承詔依例供奉

三、由郊庙歌辞可以清楚地看到我古代宫廷文学音乐舞蹈等方面楚文化对汉世及汉文化的深刻影响。闻一多以郊庙歌辞及把九歌为舞剧是很有道理的。但更重要者则为影响

(三)、漢乐府诗歌谣辞的门类内容与形式

郭氏分汉乐府为

一、郊庙歌辞 包含郊祀歌与安世房中乐歌

二、鼓吹曲辞

三、横吹曲辞

12

四、相和歌辞

五、舞曲歌辞

六、琴曲歌辞

七、杂曲歌辞

八、杂歌谣辞

按郭氏以法依乐之所用与依乐之主旨及舞(无)法归类者列诸後二者為茲分别叙論如下

一、郊廟歌辭

郊廟歌辭於古文獻則自詩之頌以迄於漢。郭氏郊廟歌辭序云：自黃帝以後至於三代千有餘年，而其禮樂之備可以考而知者唯周而已。周頌昊天有成命郊祀

13

天地之乐歌也清庙祀太庙之乐
歌也我将祀明堂之乐歌也
载芟良耜藉田社稷之乐歌也
然则祭乐之有歌其来尚矣
两汉以后世有制作其所以用於
郊庙朝庭以接人神之歡者其
金石之響歌舞之容亦各因其

功業治亂之所起而本其風俗之
所由武帝時詔司馬相如等造
郊祀歌詩十九章五郊互奏之
又作安世歌詩十七章薦之
宗廟
例如前筆

14

二、鼓吹曲辞

郭氏云

鼓吹一名曰短箫铙歌刘瓛定军礼云鼓吹未知其始也汉班壹雄朔野而有之矣鸣笳以和箫声非八音也

郭氏又引

周礼大司乐曰 王师大捷则令奏
愷乐
周礼大司马曰 师有功则愷乐献
于社 郑康成曰 兵乐曰愷 献功之乐也
春秋僖公二十九年曰 晋文公败楚
於城濮
左傳曰 振旅愷以入
司马法曰 得意则愷乐愷歌以示喜也

15

西京杂记

漢大駕祠甘泉汾陰备千乘萬騎

有黃门前後部鼓吹

东觀汉记曰

建初中班超拜长史假鼓吹麾幢

崔豹古今注曰

漢乐有黃门鼓吹天子所以宴乐

羣臣也短簫鐃歌鼓吹之一章
所以揚有功諸侯
漢有朱鷺等二十二曲列於鼓吹謂
之鐃歌
古今樂錄曰
汉鼓吹鐃歌十八曲字多訛誤
按今傳該十八曲中
第十八曲石留已無法斷句

16

除上之日上陵壁人出遠出期以
外皆難具內容者非天子出行
宴京群臣以賜有功之所實者
是書傲世編簡錯亂以致如是
乎問題實不止字多訛誤也

漢樂府 二

漢鐃歌十八曲

上之回　沈建樂府廣題云、漢曲皆美當
時之事。（回中地在安定，其中有上之回宮也。）

上之回所中，益夏將至。行將

北，以承甘泉宮，寒暑德。（吳兢樂府解題：漢武通回中道後，數出遊幸焉。）游

石關，望諸國。月支臣，匈

奴服。令從百官疾馳馳，千

秋萬歲樂無極。

漢書武帝紀：元封四年冬十月，行幸雍，祠五畤。通回中

道，遂北出蕭關。

1

P361

戰城南 六

戰城南，死郭北，野死不葬烏可食。
為我謂烏，且為客豪，野死諒不葬，
腐肉安能去子逃？水深激激，
蒲葦冥冥。梟騎戰斗死，駑馬排
佪鳴。梁築室，何以南，梁何北，禾黍
不獲君何食？願為忠臣安可得？
思子良臣，良臣誠可思。朝行出攻，
暮不夜歸。

P. 362

有所思 十二

有所思，乃在大海南。何用问遗君？双珠玳瑁簪，用玉绍缭之。闻君有他心，拉杂摧烧之。摧烧之，当风扬其灰。从今以往，勿复相思。相思与君绝。鸡鸣狗吠，兄嫂当知之。秋风肃肃晨风飔，东方须臾高知之。

正韵：玳，莫佩切，音妹。瑇瑁，龟属，身似龟，首觜似鹦鹉，甲有文。

瑇，正韵，度毒切，代，妹音（mèi）

鷄

飔：疾飞貌

皓，白也

2

P.363

上邪 十五

上邪，我欲与君相知，长命无绝衰。

山无陵，江水为竭，

冬雷震震，夏雨雪，天地合，

乃敢与君绝。

按：以上の曲，依十八曲序，其の国颂义

之作，用为黄门鼓吹，推宴乐之所须赐

或皆は肓，其六、其十二、其十五倩酒或可。

奉尋繹是殆為不可能者。是以今傳
漢鐃歌十八曲恐多非其舊矣。

三 横吹曲辞

郭氏曰、横吹曲，其始亦谓之
鼓吹，马上奏之，蓋軍中之
樂也。北狄诸國，皆马上作
乐，故自清漢以来，北狄乐
總歸鼓吹署。其後分为二
部，有箫笳者，为鼓吹，用之
朝会道路，亦以给賜。汉武

4

帝時，南越七郡皆給鼓吹是
也。有鼓角者為橫吹，用之
軍中，馬上所奏者是也。晉
書、樂志曰：橫吹有鼓角，又有
胡角。橫吹有雙角，即胡
樂也。漢博望侯張騫入西
域，傳其法於西京，唯得摩訶
柳外輕雷池上雨
樓前疏雨步迴欄

兜勒一曲。李延年因胡曲更
造新声二十八解。乘舆以为
武乐，後汉以给边将。和帝时
万人将军得用之。魏晋以来，
二十八解不復具存。
郭氏引乐府解题则直称
汉横吹曲二十八解李延年造，
廿八解句魏晋以来不復具存，而世所用者有

5

黄鹄等十曲。其辞亡。乐府诗集
及古乐府仅载公塞一首。皆题为
古辞。
西京杂记云：
戚夫人善歌出塞入塞望归
之曲。后人拟作者甚多。然世无
佚其古辞云：

候骑出甘泉，字讹 奔命入居延。居延属张掖郡

旗作浮云影，阵如明月弦。太初三年路博德击匈奴至此。

三の、

相和歌辞

乐府诗集卷二十六引晋书、乐志」

凡乐章古辞存者，并汉世街陌谣讴」

江南可采莲、乌生八九子、白头吟之属。

又引宋书乐志云」

相和，汉旧曲也。丝竹更相和，执节

者歌。」

7

茂倩云：魏晋之世，相承用之。永嘉之乱，五都沦覆，中朝旧音，散落江左。后魏孝文、宣武用师淮汉，收其所获南音，谓之清商乐。相和诸曲，亦皆在焉。

《乐府诗集》卷四四又云：

清商乐，一曰清乐。清乐者，九

代代遗声，其始即相和三调是也。并汉、魏以来舊曲。其词者古词及魏三祖所作。后魏孝文讨淮汉，宣武定寿春，收其声伎，得江左所傳中原旧曲，及江南吴歌、荆楚西声，总谓之清商乐。

至于殿庭飨宴，则兼奏之。遭梁、陈之乱，存者盖寡。及隋平陈，得之，文帝善其节奏，曰：此华夏正声也。乃微更损益，去其哀怨，考而补之，以新定律吕，更造乐器。因于太常置清商署以管之，谓之清商乐。

乐器有钟、磬、琴、瑟、击琴、琵琶、箜篌、筑、筝、节鼓、笙、笛、箫、篪、埙等十五种，为一部。

相和歌辞分以下各曲

1 相和六引　箜篌　宫、商、角、徵、羽

凡相和其器有笙、笛、节、歌、琴、瑟、琵琶、筝七种

2 相和曲　江南　乌生　薤露　蒿里　平陵东　东门　陌上桑　等皆古辞今存者

3 平调曲　长歌行　长辞

4 清调曲　长安有狭斜行

5 瑟调曲 陇西行 东门行 饮马长城窟行 杨继能引秦氏歌

孤儿行 妇病行 艳歌行 艳歌何尝行

6 楚调曲 白头吟

大曲十五曲

相和六引

箜篌引

樂府詩集云：

一曰公無渡河。崔豹古今注曰：箜篌引者，朝鮮津卒霍里子高妻麗玉所作也。子高晨起刺船，有一白首狂夫，被髮提壺，亂流而渡。

10

其妻隨而止之不及遂墮河而死
於是援箜篌而歌曰公無渡河
公竟渡河墮河而死當奈公何
聲甚悽愴曲終亦投河而死子
高還以語麗玉麗玉傷之乃引
箜篌而寫其聲聞者莫不墮
淚飲泣麗玉以其曲傳鄰女麗

P.364

客名曰箜篌引。

相和曲

江南可采蓮，蓮葉何田田，魚戲蓮葉間。魚戲蓮葉東，西，南，北，

薤露

崔豹古今注曰：薤露、蒿里注表叙也，本出田横门人，横自殺，

11

門人傷之，為作悲歌。言人命奄忽，如薤上之露易晞滅也。每謂人死魂魄歸於蒿里。故漢武帝時，李延年分為二曲，薤露送王公貴人，蒿里送士大夫庶人，使挽柩者歌之，每謂之挽歌。

乐府诗集引杜預云：
送死薤露歌即丧歌，不自田横
始也。
其辞云：
薤上露，何易晞！露晞明
朝更复落，人死一去何时归！
蒿里谁家地，聚敛魂魄无
贤愚。鬼伯一何相催促，人命不得少踟蹰。

12

364

须针写法

平陵东　或谓翟义门人作。

平陵东，松柏桐，不知何人劫义公。

劫义公，在高堂下，交钱百万两走马。

两走马，亦诚难，顾见追吏心中恻。

心中恻，血出漉，归告我家卖黄犊。

翟义也，字文仲，为东郡太守，起兵讨王莽，已见前。

陌上桑　艳歌罗敷行

平调曲　长歌行

青青園中葵，朝露待日晞。陽春布德泽，萬物生光辉。常恐秋节至，焜黄华叶衰。百川东到海，何时复西归？少壮不努力，老大徒伤悲！

清调曲　长安有狭斜行

长安有狭斜，狭斜不容车。适逢

13

何少年，挟毂问君家。君家新市傍，
易知复难忘。大子二千石，中子孝廉
郎，小子无官职，衣冠仕洛阳。
三子俱入室，室中自生光。大妇
织绮纡，中妇织流黄。小妇无所
为，挟瑟上高堂。丈夫且徐徐，
调弦讵未央。

瑟調曲　隴西行、步出夏門行　古辭皆五言、

曹操步出夏門行四言、其艷雜

言、四言五言、曹叡所作雜言為主、

有艷有趨。

西門行雜言、蓋及時行樂有

人生不滿百、常懷千歲憂。晝短而夜長、

何不秉燭遊之句

東門行　窮人挺而走險也。

P.370 14

婦病行　孤兒行

楚調曲　白頭吟

古今樂錄云

王僧虔技錄曰、楚調曲有白頭吟行、

泰山吟行、梁甫吟行、東武琵琶吟行、

怨詩行、其器有笙、笛弄、節、琴、箏、

琵琶、瑟七種

P. 374

白头吟

西京杂记：司马相如将聘茂陵人女为妾，卓文君作白头吟以自绝，相如乃止。

皑如山上雪，皎若云间月。闻君有两意，故来相决绝。今日斗酒会，明日沟水头。躞蹀御沟上，沟水东西流。凄凄复凄凄，嫁娶不须啼。愿得一心人，白头不相离。竹竿何嫋嫋，鱼尾何簁簁。男儿重意气，何用钱刀为。

漢學附 三

（五）舞曲歌辞

郭氏云：自汉以后，舞曲寖盛。故有雅舞，有杂舞。雅舞用之郊庙、朝飨，杂舞用之宴会。

今乐府诗集所载者，多自东汉以降君王郊庙、朝飨、宴会所用者。其辞多颂誉，言功德美。汉、魏多用四言，梁、齐以降之杂舞歌辞为

1

白紵舞歌詩 鳳凰銜書伎辭

華者出之以發揚齊之七言推七

言詩之殊盛不無影響

舞也歌辭皆出文人製作所以

頌之媚上者

云録曲歌辞
乐府诗集引
梁元帝纂要谓琴曲
而曲有畅有操有引有弄
谢希逸琴论云
神人畅尧帝所作
舜作思亲操孝之至也
夏禹作霹雳引

平者情性和畅宽泰之名也

观者之琴曲每有以叹咏经

命题或依声者命题者

平时诗集所录远及三代以迄周

汉多後人伪托其所标题或每不详

所据或以垓下之歌称力拔山操以

大风歌为大风起而引借琴曲者

东汉末蔡文姬胡笳十八拍为今传

琴曲歌辞之名以备
蔡文姬善琴胡骑犯中原
为胡人所掠入番为王后王甚重
之武帝与邕有旧敕大将军赎
以归汉胡人思慕文姬乃卷芦叶
为吹笳奏哀怨之音后董生以
琴写胡笳声为十八拍今之胡
笳弄是也

3

觀其曲譜有笳一會琴一拍兩
拍絃為絃欲絕攢眉向月兮
撫雅琴十有三拍兮弦急調悲聲
內可知琰為此曲原以琴擬而
董生因以胡笳本為十八拍之說又何
所以來董生為何許人亦不詳焉
胡笳十八拍試求詩中悉出

之長篇佳製其所云漢末大亂
人民流離之苦被虜於胡漢
之人之徹骨悲哀情真意切而
辭采悽惋感人至深於我國文
學史上女詩人之成就殊屬空
前
唐劉商嘗擬製焉

（七）樂曲歌辭

宋書樂志云：

漢魏之世，歌咏樂府而詩之流，

乃有八名：曰行，曰引，曰歌，曰謠，曰

吟，曰咏，曰怨，曰歎，皆詩人六義

之餘也。其協聲律，播金石，

而總謂之曲。

乐府诗集卷六一云

杂曲者历代有之，或心志之所存，或
情思之所感，或宴游欢乐之所发，或
忧愁愤怨之所兴，或为别悲伤
之怀，或言征战行役之苦，或缘
于佛老，或出自夷虏，兼收备
载，故总谓之杂曲。

此即并以见杂曲歌辞内容之大

賤而作者每係無名人等，秦女休行、羽林郎、焦仲卿妻，皆樂曲之名作也，於我國文學史上保留長篇敘事詩亦頗有功焉。

（八）杂歌谣辞

韩诗章句云

有章曲曰歌　无章曲曰谣

尔雅释诂

徒歌谓之谣

由是以知谣无乐器伴奏者也

无章曲诵说而不唱

7

乐府诗集所载杂歌谣辞内
容极为广泛丰富隐远古谣辞
率多借托所由以辟谣辞及时
反映社会现实政治动向社会
时尚真实动静此集来
并或直接质朴简短悍劲粗
见平民族之作并有所采录更

為研究我國文學史所不可忽
視者
此类曲辭於史书中保存不少
每可以見其政治社会作用其
作者則大漢天子貴胄大臣
文人仕女庶民奴畜皆有作
此等西漢初至東漢末大量歌

8

楚辭中之數篇為例

劉邦楚歌

鴻鵠高飛 一舉千里 羽翮已就
橫絕四海 橫絕四海 又可奈何
雖有矰繳 尚安所施

戚夫人歌

子為王 母為虜 終日舂薄暮

帝与妃为位相距三千里尚
谁使告女
漢前後戚侍
太后闻之大怒曰乃欲倚子耶
君赵王杀之戚夫人遂有人彘
之祸
此则帝与妃所依及映宫庭
王位之争者也

9

李延年歌

北方有佳人绝世而独立一

顾倾人城再顾倾人国宁不

知倾城与倾国佳人难再得

旨在媚主而辞公于侯伟者也

卫皇后歌

生男无喜生女无怒独不

见卫子夫霸天下

汉书

卫子夫为皇后，卫青贵震

天下。天下歌曲，辞作者不详

而天下歌之，影响可知

颍川歌

颍水清，灌氏宁；颍水浊，灌氏族

此颍川人之诅咒权臣之家门之灌夫

家族者

10

匈奴歌

失我焉支山　令我妇女无颜色
失我祁连山　使我六畜不蕃息

十道志

焉支祁连二山　皆美水草　匈奴失之　乃作此歌

汉武元狩二年春　霍去病将万骑
出陇西讨匈奴过焉支山千有余里　其夏
又攻祁连山　捕首虏甚多

祁連山即天山匈奴呼天曰祁連
故曰祁連山焉支山即燕支山

城中謠

城中好高髻 四方高一尺 城中好廣
眉 四方且半額 城中好大袖 四方
全匹帛

順帝末京都童謠

刺梁冀殺李太尉
李固暴屍道路及封
胡廣袁湯等爲侯者

直如弦 死道邊 曲如鉤 反封侯

11

後漢桓帝初小麥童謠

小麥青青大麥枯 誰當穫者婦與姑 丈人何在西擊胡 吏買馬 君具車 請爲諸君鼓嚨胡

云 桓帝涼州諸羌反 大爲民害 數敗 益發兵乃麥多委棄 甚西調發重及有秩者也 鼓嚨胡不敢公言私咽喉也

靈帝時童謠 諷刺宦官之說 极深刻 讀每集之永

举秀才不知书，举孝廉父别居，寒素清白浊如泥，高第良将怯如鸡。古人歌谣勤备经，今世尚官免沿生。此等歌谣谭诫者瑰宝，足传千古者矣。

漢五言诗

漢五言詩

文心雕龍·明詩言五言之興云：

按召南、行露，始肇半章；孺子滄浪，亦有全曲；暇豫優歌，遠見春秋；邪徑童謠，近在成世。閱時取證，則五言久矣。

召南·行露

誰謂雀無角，何以穿我屋；誰謂女無家，何以速我獄。雖速我獄，室家不足。誰謂鼠無牙，何以穿我墉；誰謂女無家，何以速我訟。雖速我訟，亦不女從。

孺子、喬子、孺子歌

滄浪之水清兮，可以濯我纓；滄浪之水濁兮，可以濯我足。（孟子離婁上篇引此歌）

國語、晉語二：優施飲里克酒，中飲，優施起舞，曰……乃歌曰、

暇（閑）豫之吾吾，不如鳥烏。人皆集於苑，己獨集於枯。

韋昭曰、吾吾，不敢自親之貌也，言里克欲為自樂乎君之道，反不敢自親，吾吾然甚智曾不若鳥烏也。

漢書五行志：成帝時歌謠曰、

邪徑敗良田，讒口亂善人，桂樹華不實，黃爵巢其顛，故為人所羨，今為人所憐。

桂，赤色，汉家象，华不实，无继嗣也。王莽自谓黄象，黄爵巢其颠也。

文心云：

至成帝品录，三百余篇，朝章国采，亦云周备，而辞人遗翰，莫见五言，所以李陵、班婕妤见疑于后代也。

初学记录苏武别李陵诗云：

二凫俱北飞，一凫独南翔。子当留斯馆，我当归故乡。一别如秦胡，会见何讵央。怆恨切中怀，不觉泪沾裳。愿子长努力，言笑莫相忘。

P.407.2

文選录李陵與蘇武詩三首之二

携手上河梁，游子暮何之。徘徊蹊路側，悢悢（或作悵悵）不能辭。行人難久留，各言長相思。安知非日月，弦望自有時。努力崇明德，皓首以為期。

班婕妤怨詩　文選作怨歌行

新裂齊紈素，鮮潔如霜雪。裁為合歡扇，團團似明月。出入君懷袖，動搖微風發。常恐秋節至，涼風奪炎熱。棄捐篋笥中，恩情中道絕。

乐府诗集以此诗入相和歌辞楚调曲。然则彦和叙之，茂倩以古急近而怨诗是否为婕妤班氏之作，亦多疑。又按文心明诗所见，乎未可遽定也。

今观汉世乐府诗，郊庙歌辞实多四、三、杂言，五言殊少不多。鼓吹、横吹亦多杂言，如出塞、婵娟四曲甚古辞。但作于何时殊不易考。五言四句已颇齐整。相和歌辞或有整齐如

3

古今乐录 录陌上桑 歌瑟调

相和曲 陌上桑 羽林（杂·羽林郎·辛延年）

陌上桑者，究竟作在何时，无疑补考。然五言含蕴，缘人生动叙事有致，其艺术水平之有定评。故吾以为汉代五言之冠，实起于乐府诗也。盖和所谓邪径童谣，近代成世，此则时代转手著者，汉古所载，当不妄也。观今之五言歌谣，谓之见于西（东）都之间，固有据焉。

文选卷二九杂诗上首列
古诗十九首此名始见於此也
李善注云
五言并云古诗盖不知作者或
云枚乘疑不能明诗云驱车上东
门又云遊戏宛与洛此则辞兼东
都非尽是乘明矣昭明以失其
姓氏故编在李陵之上

校汉揆 阮嗣宗诗 出上东门 北望首阳岑。李善注云 河南郡图经曰 东有三门 最北头曰上东门。河南郡境界簿云 城东北十里首阳山上有首阳祠一所。

此上东门实为洛阳上东门也。

古诗十九首

驱车上东门，遥望郭北墓。

郭北墓，盖北邙山也。山在洛邑之北，山多墓焉。

古诗十九首：青青陵上柏

驱车策驽马，游戏宛与洛。句

李善注引汉书云：南阳郡有宛县，洛，东都也。

由古诗十九首内容与形式可知其当出于东汉。故枚乘之说加以驳斥也。

古诗十九首以叙离情者居多，然言别必有怨，但却怨而不怒。叙离情不涉政事，大抵温柔敦厚。由此可以想到当时文人情怀。

诗多倡及时行乐，甚至鄙薄贫贱，

395

修求富贵者。今日良宴会最为典型。

今日良宴会，欢乐难具陈。弹筝奋逸响，新声妙入神。令德唱高言，识曲听其真。齐心同所愿，含意俱未申。人生寄一世，奄忽若飙尘。何不策高足，先据要路津。无为守穷贱，轗轲长苦辛。

—6

每有慨友朋高貴而棄故交者，如《明月皎夜光》中云：「昔我同門友，高舉振六翮，不念攜手好，棄我如遺迹。」每或深慨人生無常，或思念佳麗者。於十九首中亦不乏清而堪觀者。如「行行重行行

394

行行重行行，与君生别离。相去万余里，各在天一涯。道路阻且长，会面安可知。胡马依北风，越鸟巢南枝。相去日已远，衣带日已缓。浮云蔽白日，游子不顾反。思君令人老，岁月忽已晚。弃捐勿复道，努力加餐饭。

400

迢迢牵牛星

迢迢牵牛星，皎皎河汉女。纤纤擢素手，札札弄机杼。终日不成章，泣涕零如雨。河汉清且浅，相去复几许。盈盈一水间，脉脉不得语。

蓋之。漢代五言詩歌率起於樂府。故今傳漢樂府詩中模仿也。必蓋五言之由，極而為謠。相和歌辭乃是多五言詩歌。相和曲之江南可采蓮、陌上桑，平調曲之長歌行，清調曲之豫章行、相逢行、長安有狹斜行

8

瑟调曲之饮马长城窟行

郦氏水经注引杨泉物理论中秦时民歌

生男慎勿举，生女哺用脯，不见长

城下，尸骸相支拄。

艳歌行　艳歌何尝行

楚调曲之白头吟

杂曲歌辞　羽林郎　署后汉辛延年

以等之者發争之五言謂為五言詩
何書不可以慣上愛文選題
古詩十九首影响不以五言樂府
為五言詩。備以十九首以以五
言為詩而不可被之弦管而樂府曰
詩以正樂府而尚爲不可矣。
但備謂五言始於古詩十九首

9

例而若以五言始终以系付文

与历史现实相契合也。

一九七八、六、七

文心云云及建安之初，五言腾

踊。文帝陈思，纵辔以骋节，

王徐应刘，望路而争驱。并

憐風月，狎池苑，述恩榮，
敘酣宴，慷慨以任氣，磊
落以使才，造懷指事，不求
纖密之巧，驅辭逐貌，
唯取昭晰之能，此其所同
也。

10

漠漠水田飞白鹭
阴阴夏木啭黄鹂
柳外惊雷忙物夜
楼前疏雨步遥衢

丁卯五月初一夜加

濮陂论文

一九八七、三、

漢代政論文概說

西漢帝國誕生於暴秦之後，秦楚之際戰亂之中，人之苦於暴亂已久，思治，思安，怨矣。漢初，始真正一統河山，舉國上下唯求安定，自高祖迄文、景，廢秦之弊，省刑罰，薄賦斂，輕徭役，除暴政，以期長治久安。於時，君臣吏民

鉴古察今，虽不敢言论大闻天

秦政暴之之覆辙，论史献谋

参今知衰之文兴焉。此识由以

初以来政论之所由盛者，自是

以降，传于历代，至百世而不绝。

（一）汉政论文内容特点

汉代之政论文，就其内容论，

或微言以昭鉴戒，或鉴古而申

治理，或辩难以决国计，或陈奏

而陈方略，不尚空言，唯务实策。

与当时社会现实紧密关联。

此则其实然之特点也。

（二）漢政論文之體制

漢政論文就其體制而言，則史論。時論。論說。奏議。對策等皆是。茲分別論述之。

一、史論

史論之名篇，當首推賈誼之過秦論。文分上。中。下三篇。其旨皆指

4.13日
85

作《秦過》以為殷鑒，誠西漢之鴻文（文），
兩千餘年傳誦而不絕者。
其上篇之結尾云：
然秦以區區之地，千乘之權（《文選》作“致萬乘之權”），招八州
而朝同列，百有餘年矣，然後以
六合為家，殽函為宮，一夫作難而七
廟隳（墮），身死人手，為天下笑者，何也？
仁義不施而攻守之勢異也。

據史記秦始皇本紀

3

其中篇结尾云：

是以牧民之道，务在安之而已。天下虽有逆行之臣，必无响应之助矣。故曰安民可与行义，危民易与为非，此之谓也。贵为天子，富有天下，身不免于杀戮者，正倾非也。此二世之过也。

安民之论的确是正适合，而以初之形势与当时之民心亦甚洽。久

安之要道也。其下一篇更直捷，以
記取教訓為勉，以收來焉。
野諺曰："前事之不忘，後事之師也。"是以
君子為國，觀之上古，驗之當世，參以人事，
察盛衰之理，審權勢之宜，去就有
序，變化應時。故曠日長久而社稷
安矣。

4

推是乃見史論，蓋論往事，昔於諸
之當世，以引古為鑑也。東漢班彪
之王命論、晉陸機之辨亡論、唐
曹冏之六代論
柳宗元之封建論、宋蘇洵之六國
論，皆史論也。而杜牧之阿房宮
賦，蓋亦以賦体，就內容言，亦
史論也。史論之於後世，誠成編

礼之末流，甚于衰世，针对性的文
弦，铺声绨之所见。虽或有以古
非今之嫌，实每借古而以为今
用者也。
贾谊（前二〇〇—前一六八）雒阳人。
年十八以能诵诗属书见知于河南守
吴公。吴公为廷尉，荐谊于文帝，
召为博士。文帝悦之，超迁，一岁

5

为大中大夫，草具仪法，悉更秦制，仪汉之诸侯悉就国。文帝议以之任公卿，绛、灌、东阳侯、张相如、御史大夫冯敬等谗之曰：雒阳之人，年少初学，专欲擅权，纷乱诸事。天子疏之，不用其议，以为长沙王太傅。

余，微見，拜梁怀王太傅。數年，梁怀王墜馬死，誼自傷为傅无状，哭泣歲餘，亦死。年三十三歲。

6

二　時論

時論則直指時政而論其得失。史論不免以古非今，而時論則直指時弊以論救失補過之道，撥亂反正之方者也。推西漢賈山至言，頌論秦弊而陳治道，歟為史論，而略舉推既言之陸賈新語，則兼史論與時論矣。其時乃在高祖初定天下之際。陸賈楚人，有辯才。史記本傳云：陸生時時前說稱詩書。高帝罵之曰：迺公居馬上而得之，安事詩書！陸生曰：居馬上得之，寧寧以馬上治之乎？且湯武逆取而以順守之，文武並用，長久之術也。鄉使秦已並天下，行仁義，法先聖，陛下安得而有之？高帝不懌而有慚色。迺謂陸生曰：試為我著秦所以失天下，吾所以得之者何，及古成敗之

國，陸生乃粗述存亡之徵，凡著十
二篇。每奏一篇，高帝未嘗不稱
善，左右呼萬歲，號其書曰新
語。
新語中比附古事以論時政者
多，故實兼史論亦時論也。
至東漢政事多乖舛，王符之

8

潜夫论、仲长统之昌言讥弹时政，切中要害，乃全为时论美。后汉书称王符字节信，临泾（今甘肃镇原）人，以出身寒贱，风性耿介，不同时进，乃隐居著书三十余篇，以讥弹当时得失，不欲彰显其名，故号曰潜夫论。

其考績篇云：群僚舉士者，或以頑魯應茂才，以桀逆應至孝，以貪饕應廉吏，以狡猾應方正，以諛諂應直言，以輕薄應敦厚。名實不相副，求貢不相稱。富者乘其材力，貴者阻其勢要。

9

以諂多为賢，以剛狠为上。凡仕佐所以多非其人，而官能所以數乱叢也。（二）

完全識律时政，揭发弊端，而撢去之。

仲长统，字公理，山陽高平（山东邹县附近）人。每論説古今

反时俗行事，恒发愤叹息。因
著论名曰昌言，凡三十四篇，十
余万言。惜推今者仅得其本
传所载理乱、损益、法诫三篇。
其理乱篇写当时权贵之骄
奢恣纵，形象极鲜明而深刻。
其文曰：

豪人之家，連棟數百，膏田滿野，奴婢千羣，徒附萬計；船車賈販，周於四方；廢居積貯，滿於都城。琦賂寶貨，巨室不能容；馬牛羊豕，山谷不能受。妖童美妾，填乎綺室；倡謳伎樂，列乎深堂。賓客待見而不敢去，車騎交錯而不敢進。三牲之肉，臭而不可食；清醥之酎，敗而不可飲。睇眄則人從其目之所欲；喜怒則人從其心之所慮。此皆以候之，君長之厚實也。為能適循諸者，則得之焉。為能得之者，人不以為罪焉。原汝而橫流，踵奔而不通矣。求士

11

之贪享乐而厌穷苦，弃放帐帘赴来缚，夫谁肯为之者耶？

三　论难

论难者，问难论辩也。程式固文学文上则，极宽之域，铁论最为杰出。

桓宽，西汉昭、宣时汝南（今河南
串陵询
上蔡县）人。昭帝时御史大夫桑弘
羊建议盐铁官营，贤良文学多反
对，乃开盐铁会议。桓宽后来整
理而成《盐铁论》六十篇。所议乃
当时国之大计，而出之以辩论体
裁。全书皆为对话，文笔简洁生

12

动御史大夫与贤良文学之情貌跃然纸上。

汉书昭帝（武帝少子，年八岁即皇帝位）纪始元六年（时帝十四岁也）二月，诏有司问郡国所举贤良文学民间疾苦。议罢盐铁榷酤。

注引应劭曰：武帝时以国用不足，县官悉自卖盐铁酤酒。昭帝务本抑末，不与天下争利，故罢之。

本议第一云

惟始元六年，有诏书使丞相御

史与所举贤良文学语，问民

间所疾苦。

此概括以言六十篇之内容也。

其第四十一篇曰盐铁取下

节引如左：

13

“大夫曰：不轨之民，困桡公利，而欲擅
山泽。从文学贤良之意，则利归
于下，而县官无可为者。上之所行
则非之，上之所言则讥之。专欲
损上徇下，亏主而适臣，尚安得
上下之义，君臣之礼，而何颂声
能作也？”

賢良曰古者上取有量自養有
度。及周之末塗德惠塞而嗜欲
衆君奢侈而上求多民困於下而怠
於公事是以有履畝之稅碩鼠之
詩作也。衛靈公當隆冬興衆穿池
宛春諫曰天寒百姓凍餒愿
公之罷役也。公曰天寒哉我何不

14

寒哉人之言曰安者不能恤危饱者
不能食饑故饒粱肉者難为言隐
约处佚乐者難为言勤苦夫高
堂邃宇广厦洞房者不知专屋
狭庐上漏下湿者之廇也（音溜，室中也）系马百驷
货财充内储陈纳新者不知有旦无
暮称货者之急昔商鞅之佐秦

也，刑人若刈草芥，用师若弹丸。从军旅者，暴骨长城；戍漕者，輦车相望。生而往，死而还，彼独非人子耶？故君子于以恕，于以度，所好恶与天下共之。若断则民何苦而怨何求而激？

公卿懒慢，寂若无人，于是遂收止。

15

奏曰：賢良文學不明縣官事，猥以鹽鐵爲不便，請且罷郡國榷酤、關内鐵官。奏可。賢良文學既拜，咸取列大夫，辭丞相御史。

霍光　弘羊

此种体裁之叙文識最今之会议纪录，从我國文學史上實爲一时之特例。

の 奏疏

文心．奏启第二十二

自汉以来，奏事或称上疏。儒雅继踵，殊采可观。

夫奏之为笔，固以明允笃诚为本，辨析疏通为首。强志足以成务，博见足以穷理，酌古御今，治繁总要，此其体也。

16

汉代奏疏则贾谊论积贮疏
晁错论贵粟疏言兵事疏
等皆为历史名篇。唐则
陆贽之陆宣公奏议每垂法
於今之宝快也。

五对策

文心雕龍、议对第二十。

文对策者、應詔而陳政也。

汉文中年、始举賢良、鼂错

对策、蔚为举首。

汉书、鼂错傳云：

17

诏有司举贤良文学士，对策者
百余人，唯错为高第，由是迁中
大夫。〇
本传全载其对策文，足后世
科举尤有对策之试，迄光绪
甲辰科焉。〇

〈三〉

综观漢代政論文有以下諸
端要，甚重視。
一、漢政論文承先秦諸子推理
論說文章而於西漢發展形成。
戰國時期百家爭鳴者，多為治者
也。漢之政論文皆以現實為根據，
以史為徵，稽之典，以謀衡之利

18

辭以陳說道其所本乎先秦百家
者更直接言說道更具体陳方
略尤集中於政事甚至摒弃根
非惟言實務更多論當世之所
急積志慮献策謀焉

二、汉之政论文体散文体制颇有所创新。贾错之史论、时论，先秦者不多，如所见如李斯谏逐客书、韩非五蠹等是。但奏疏之流情理兼者，则甚罕见。而若晁错之贤良对策、桓宽盐铁论，实皆汉代新制也。

19

三、西汉之政论文，语言多简炼精警。西汉初之史论尤属长于篇章，谋篇置句，极尽技法。文章纵横捭阖，气势宏肆。其后文笔乃益趋声韵（盖受赋之影响也）。至东汉更逐渐骈化，骈体文之形成不无关系。

の漢代政論文至六朝纖弱
絶終。以甚時文尚浮靡、玄
風甚纖。至唐代韓柳提
倡古文、遠紹先秦兩漢。漢代
政論文風始見恢復。即所
謂"文起八代之衰"者矣。
八七、三、十の一

文論

漢魏六朝文學原理的探讨

我國关于文學原理的探讨，於先秦即已开始。尚书即已有“詩言志，歌永言，声依永，律和声”之说，孔子于詩又曾有宏观概括之論述。

一、卫宏诗序

关于诗歌原理方面进行比较全面的宏观探讨，而且提出比较有系统的论述的，应该认为是东汉卫宏。其论述则为《诗大序》。故研究我国文论，当自诗论始。研究诗论，当自《诗大序》始。惜乎文艺理论界及文学史界多不予以應有之重視。詩大序開篇即給詩以高度概括的界說云：

詩者，志之所之也，在心為志，發言為詩。

此說實自尚書「詩言志」三字而來，概括而言，則志之所之，在心則

2

為志，發乎言乃為詩焉。然則即于此詩之義首要在乎真。深又寫乎其內矣。故進一步以言，則：

情動於中而形於言，言之不足，故嗟歎之，嗟歎之不足，故永歌之，永歌之不足，不知手之舞之足之蹈之也。

言緣於情，則其言摯。言，叹

尚有不足，则其情浅而激，以浪挚之激情而为诗，则其诗动人之情易矣。以真挚之激情为诗而感发他人之情怀，则诗人与读者所者真情乃共鸣矣。同时，此语亦明白指出诗乐舞共同产生之实际情况，此则诸多民族皆然。

3

诗大序之言诗之反映社会生活，实为自先秦以来采诗以观民风以察政教得失之说的进一步总结。云：

情发于声，声成文谓之音。治世之音安以乐，其政和；乱世之音怨以怒，其政乖；亡国之音哀以思，其民困。

诗既以反映现实，则各必具有读诗以察政教，诵诗以正得失，移风易俗之社会功能，故又云：

故正得失，动天地，感鬼神，莫近于诗。先王以是经夫

5

婦，成孝敬，厚人倫，美教化，移風俗。

此等社会功能，非仅古人常欲求之於文学者，即於当今所谓文艺为人民服务，为社会主义服务，具偉碩之效，寧非亦在教化人民，移易風尚也乎。

六义之说，虽非始自诗大序，然经大序能阐发其义理，剖析主文谲谏之刺诗、哀伤人伦之政教乖违之怨诗、美盛德形容之颂诗，直接反映政教之政治，诗歌性情内容而兼别，又以表现方法而别赋与比兴，故

6

诗序识为明诗之定义发生社会功能且即内容而别美，就表现手法而概括者焉。谓其论述全面而有条统，岂曰不然！

二、典论论文

子桓论文对文学之推崇，识旷古，所无后世无能以复加者。云：

盖文章，经国之大业，不朽之盛事。年寿有时而尽，荣乐止乎其身，二者必至之常期，未若文章之无穷。

7

信哉斯言！言诗三百迄今几三千年矣，传诵犹不绝焉。宁非为子桓所谓：

是以古之作者，寄身于翰墨，见意于篇籍，不假良史之辞，不托飞驰之势，而声名自传于后。

子桓论文以气为主，析其本末。

云云：

夫文本同而末异。盖奏议宜雅，书论宜理，铭诔尚实，诗赋欲丽。此四科不同，故能之者偏也。惟通才能备其体。

文以气为主，气之清浊有体。

不可力强而致……虽在父兄不能以移子弟。

于当时（甚至古来）文人之病，也极为头指针的当。其论文之始即谓：

文人相轻，自古而然。……夫人善于自见，而文非一体，鲜

8

能备善。是以各以所长，相轻所短。里语曰：家有敝帚，享之千金。斯不自见之患也。

然子桓文艺有卑识难言全面。若潘张李左成体集也。陆士衡文赋，则渐趋完备，渐具规模矣。

9

三

陸机文賦

陸士衡文賦可謂我國文論中較有系統的創作論，於賦序中即明白宣稱

余每觀才士之作，竊有以得其用心。夫放言遣辭，良多變矣。妍蚩好惡，可以而言。每自屬文，尤見其情。恒患意

何以謂文紀之創作論

不稱物，文不逮意。蓋非知之難，能之難也。故作文賦以述先士之盛藻，因述作文之利害所由，佗日殆可謂曲盡其妙。

所云作文之利害所由即明確

本賦所云創作論也

於賦之始，抑論文學創作之過程，很細於其間，乃更強調情緣物感與馳騁想象。遵四時以嘆逝，瞻萬物而思紛。悲落葉於勁秋，喜柔條於芳春。嘆、思、悲、喜，皆緣物而發焉。

精騖八極，心遊萬仞。
觀古今於須臾，撫四海於一瞬。
籠天地於草調形內，挫萬物
於筆端。
豈非想象之馳騁耶？
蓋士衡論情，又論詞情之
真，甚至作者創作之時，真情

11

溢于形色云云
惟情貌之不差，故每发而在
颜。见浮泉其必笑，方言
哀而已叹。
士衡推文学之体，辨析需
求，精覈确当，孟坚难能。云云
诗缘情而绮靡，赋体物而

瀏亮。碑披文以相質，誄纏
綿而悽愴。銘博約而溫潤，
箴頓挫而清壯。頌優游以彬
蔚，論精微而朗暢。奏平
徹以閑雅，說煒曄而譎誑。

此識文學各體寫作之基本
要求。所用不同，故所求乃異。

12

其於文章修辞，乃至遣字置辞，为文忌避，一些论每多精当。盖士衡不独善读文，且善属文，既善以先士为文之用心，又极富有身实践中之领会，故能更乃不凡乎。

の 文心雕龙

梁书文学传下有文心雕龙作者

刘勰传：

刘勰字彦和东莞莒人……早

孤。笃志好学。家贫不婚娶。

依沙门僧佑居处积十余年

遂博通经论。

13

初，勰撰文心雕龙五十篇，论古今文体，引而次之……既成，未为时流所称。勰自重其文，欲取定于沈约。约时贵盛，无由自达，乃负其书候约出，干之于车前，状若货鬻者。约便命取读，大重之，谓为深得文理、常陈诸几案。

文心雕龙之定名

序志第五十云：

"夫文心者，言为文之用心也。"

"古来文章，以雕缛成体，岂取驺奭之群言雕龙也？"

（刘向别录言驺奭修饰之文若雕龙之文也）

14

文心雕龙共五十篇，自原道、徵聖始。蓋以為道、聖、固文章、為言花之根本也云云。故知道沿聖以垂文，聖因文而明道。道、聖、文三者之關係如是焉。故次之以徵聖。

文心雕龍以原道徵聖始而首明道聖文之關係以為文論之基礎然後即著述宗經之義為文筆之源附論諸子蓋劉勰為文友李安孔師聖賢異世經子異流以世配經為緯故為子緯之篇以述而評焉

以下乃分论文笔之体为篇斯段
则辨骚明诗乐府诠赋颂赞
祝盟铭箴诔碑哀吊九篇
是也。杂文谐隐二篇乃文笔
相杂者。自史传以下论说诏策
檄移封禅章表奏启议对书
记九篇是也。

15

有韻曰文無韻曰筆而梁之
隱判析尤清
自原道徵聖宗經正緯辨騷五篇
總括而論者也文筆分體成
篇而論者附自辨騷以下二十
篇陳為文體論為分體之
創作論也

16

神思以下至于程器二十四篇
固皆创作论也自吾角度分
别以专题而言
神思启其端以求撮其要
体性风骨情采物色皆言
其大端 声律章句丽辞
比兴夸饰事类练字隐其

精细而序者，如史迁之书

史记，以自叙绝焉。

综观文心之创作，篇可分别略

篇之

一、自神思始，盖继文赋之后，述

一步发展想象于文学作品中

之作用焉。如神思一篇第二十六

17

唐孟棨本事詩

劉禹錫左遷朗州司馬十年還

作贈看花諸君子云

紫陌紅塵拂面來無人不道

看花回玄都觀裏桃千樹盡

是劉郎去後栽。

不數日以詩譏出刺連州十四年

後之遊玄都觀云
百畝庭中半是苔桃花淨盡
菜花開種桃道士今何在前
度劉郎今獨來

全唐詩話　宋尤袤

乾符末有客寄僧僧却之題句而
去云　龍飛去東海時日隱西

18

鄉疑文今石在碑石入流

此忽一僧曰大以爲戲曹

乃今寺爲章の字

神思第二十六（文心雕龙篇）

古人云：形在江海之上，心存魏阙之下，神思之谓也。文之思也，其神远矣。故寂然凝虑，思接千载，悄焉动容，视通万里。吟咏之间，吐纳珠玉之声，眉睫之前，卷舒风云之色，其思理之致乎。

19

六、进一步发展了陆机情缘物生的理论，至此自诗经以来形成之缘情论乃在理论上成为一完整之传统

体性第二十七

夫情动而言形，理发而文见，盖沿隐以至显，因内而符外者也。

情采第三十一

昔詩人篇什、為情而造文、辭人賦頌為文而造情……

物色第四十六

春秋代序、陰陽慘舒、物色之動、心亦搖焉。

是以詩人感物、聯類不窮。流連萬象之際、沉吟視聽之區、寫氣圖貌、既隨物以宛轉、屬采附聲、亦與心而徘徊。……

20

明诗第六　慕按以意曰：

人禀七情，应物斯感，感物吟志，

莫非自然。

三、通篇之论，既为精辟。益复

儒家哲学之教，而西臣者也。

时序第四十五　如可言乎？

时运交移，质文代变，古今情理，

诗品　　梁钟嵘

诗品分上、中、下三卷。品评自西汉至梁一百二十余位诗人。大致品依卷分、评骘简要。钟氏品评，后人或有歧见。但钟氏品评亦有准则，则诗品序所云者是。

1

诗品序中摘录钟氏对诗之创作与批评之意，本观点甚明。大段可以，略言为下：

一 诗感乎物而发，发而文，感乎物（缘情发文以情诸）

气之动物，物之感人，故摇荡性情，形诸舞咏。照烛三才，晖丽万有，灵祇待之以致飨，幽微藉之以昭告，动天地，感鬼神，莫近于诗。

於此，钟氏但言感字，诗感於物而作，作而又复感物，是诗之真谛也。则凡摇移性情，诗最感不免有如是之总括也。

二、五言居文词之要

夫四言，文约意广，取效风骚，便可多得。每苦文繁而意少，故世罕习焉。五言居文词之要，是众作之有滋味者也，故云会於流俗。岂不以指事造形，穷情写物，最为详切者耶。

盖斯时五言盛行，七言初始，

故鍾氏特重五言耳。此鍾嶸时代之局限性矣。

三、对赋、比、兴的新解

鍾氏排除诗史酌重当世实赋予赋比兴以新解。如：

故诗有三义焉：一曰兴、二曰比、三曰赋。文已尽而意有余，兴也；

3

因物喻志，比也；直书其事，
寓言写物，赋也。宏斯三义，
酌而用之，幹之以风力，润之以丹
彩，使味之者无极，闻之者动
心，是诗之至也。若专用比兴，
患在意深，意深则词踬。若
但用赋体，患在意浮，意浮则

文敝，嬉戏流移，文无以泊，有艺漫之叹矣。

此论三文之用，颇能启发后来创作实践，以之为写诗之斟酌则可，以之释诗经则未足称也。

4

の、诗语皆由直寻

夫属词比事，乃为通谈。若乃经国文符，应资博古，撰德驳奏，宜穷往烈。至乎吟咏情性，亦何贵于用事？"思君如流水"，既是即目；"高台多悲风"，亦惟所见；"清晨登陇首"，羌无

無故實。明月照積雪，詎出

經史。觀古今勝語。多非補

假。皆由直尋。

此說於乎駢文纖縟用典求綺之

齊梁不亦難能也耶

5

诗式　唐　释皎然

论诗语三十条，集为一卷，曾编次并无体系，若札记焉。

首明势明作用明四声，继之以诗有四不、四深、二要、二废、四离、六迷、六至、七德、五格，他如取境、用事、辨体等论数端，亦并陈焉。

如诗有四离：虽期道情，而离深僻；虽用经史，而离书生；虽尚高逸，而离迂远；虽欲飞动，而离轻浮。

二十四诗品　唐司空图

一卷。专论诗之品格与梁钟嵘诗品不同。二十四以诗之风格分。即：

雄浑、冲淡、纤秾、沉著、

高古、典雅、洗炼、劲健、

绮丽、自然、含蓄、豪放、

精神、缜密、疏野、清奇、

7

委曲、实境、悲慨、形容、

超诣、飘逸、旷达、流动、

右余皆四言十二句甚齐整

如典雅

玉壶买春，赏雨茅屋。坐中佳士，

左右修竹。白云初晴，幽鸟相逐。

眠琴绿阴，上有飞瀑。落花无言，

人淡如菊。书之岁华，其曰可读。

清奇

娟娟群松，下有漪流。晴雪满竹，隔溪渔舟。可人如玉，步屧寻幽。载瞻载止，空碧悠悠。神出古异，淡不可收。如月之曙，如气之秋。

文（一）

关于讲授古代散文的几点建议

中学生对古代散文的学习和语文课古代文学教学中实在应放在首要地位。古代散文教学指学生在古代汉语词汇、语法、语音学习上，是提高学生阅读古文言能力最重要的方面。此因不读言者，无缘领会此艺意也。我以为学生对古代散文的学习和提高学生写作能力上，是万不可忽视的。

首先丰富有生命力的古旧语词汇（词汇、语法惯例是丰富），应未所不于，但读词在不同语言环境中的用法更是以（引导学生仔细推敲）

1

开阔学生眼界，启迪思维，昭示方法，指导
文言上美学上潜移默化加深影响，对提高学
生写作能力，其作用、层次不可忽视。
其次，是古代散文的一篇一章法实足以为学生
学习写作之楷模，楷此，我们为楷借鉴，
是很不够的。我们完全可以楷学习，甚至
可以楷模拟。
中学生写作练习，如能将一篇一篇的上经文　向××、××子
较好的训练，其写作水平之提高，必速。现在
不少中学生写作，大段开头，结尾，中间叙述，

发挥而已。至于如何有意识安排起、承、转、合，正反、顺逆，转折变化，则殊不多。

古代散文在中学生学习课一篇量多，附最为便利。

一、古人写散文讲究一篇之法，我国有极悠久之传统。课本所选，大多为其精华，篇章法更为考究，具体可举千百年经受考验，数百年为选评家重视，皆足资效法。现代散文虽每重视逻辑性，但[illegible]六、七十年间所出散文家在

2

文章之篇章技法可以与千百年来传世之作足以相伴者究竟不多。现当代散文家世界观之进步固远非古人所可比拟（当然为极大路线唱赞歌之散文家世界观思想品德之卑下尚有远不及封建社会之先进人物甚至一般人者），其作品之技法每多不足道，以此等文章几无不公式化者）。但就之篇章技法论，除古代大家之研究者能有几人！

六、古代散文一般篇幅不长，有些文极短悍，而篇章法考究，多变且明白可析，非能手法。致古代散文动辄数千言，其能洋洋洒洒，内容或亦充实丰满，惟即使篇章有法，究竟以篇幅过大，条析结构每难不若古代短文之易析易见，且以篇幅既长，文辞较比较手法之易同，分不清差异，则很难表示多种方法。文辞细致条清变化转折甚至关键处之作用，每难为学生充分理解。

二、古代散文之篇章法是技法问题之一

3

如古代书法（画），其中虽多技法问题，唯其模拟有不能得其神髓者，其神入化者能有几人？空喊高调，似不若从内质临摹仿效其意，不无道理。但今对从此道学书不临帖而任其自写，能创作者几何？故吾谓古代散文，程小篇字法，不但可以学习，甚至确实可以模拟。写今日之生活，抒今人之情感，表达今人之思想，以现代汉语模拟古人小篇之字法，以练习写作技法。

与师欧、柳、颜、赵等书今日之碑匾写字
日之文学又有何不同？且分明此法有教文，
何必为禁止而使为进步乎哉？
是以古谓确古代散文，精篇学法，不仅为学生写
作练习摹拟范文学习之楷模，且可指导学生
模拟手腕方式，以提高其写作水平也。
在汉语接古代散文之前，先经明正述有
法，高就并不见意味，不重视古代散文教学
中古汉语教学之重要性。尤甚初中学
生，接古代汉语之学习尚及乎初始之际，尚

4

可不放置之首要地位。但同时亦应考虑到初中学生语汇固尚未甚丰富，学现当代散文每存在字之言文，词句难解，向题。决不可把修古代散文与修现代散文释词句之差异不应当作极端过大，现代汉语完竟自古代发展而来，我国现当代散文完竟亦以汉语写作（当然，我实之列文散与口语之散文写作，且提倡协助亦可不遗余力），提以汉语提散文，古今贯通差异甚少，亦发展关系，绝不容忽视也。断断乎割断，非但不科学，亦无从置及也。

下面提几点建议：

第一、释字要明确

字之以篇，说释则活而确；离篇为说必滞塞而难通。

文心雕龙·章句云：

夫人之立言，因字而生句，积句而成章，积章而成篇。篇之彪炳，章无疵也；章之明靡，句无玷也；句之清英，字不妄也。振本而末从，知一而万毕矣。

又云：

启行之辞，逆萌中篇之意；绝笔之言，追

5

騰前面之者，故能如文繡矣，內又脈注，綺

落相銜，首尾一節。

為教 愈 雜說四（得本標題為馬說）

世有伯樂，然後有千里馬。（起一句概括全文並概括說才之難）

千里馬常有，而伯樂不常有。（千里馬不可入詳者多矣）

故雖有名馬，祇辱於奴隸人之手，駢（未見用於名將賢臣聖主也）

死於槽櫪之間，不以千里稱也。（既不見用，決何以千里稱之；承二句形似逆轉實是發揮）

（以上內言見馬受人侮而不見用。槽櫪有辯文、張[illegible]馬所死於槽櫪場，白槽櫪之言不見用也）

馬之千里者，一食或盡粟一石。（老而）

食馬者不知其能千里而食也。（動詞飼）

是馬也，雖有千里之能，食不飽，力（既、動詞飼）

不足，才美不外见，且欲与常马等不可得，安求其能千里也？策之不以其道，食（饲）之不能尽其材，（人骑马背上，故用临字也）鸣之而（马鸣，非人吆喝。昌黎文字多变化，此处不可以排比句例之）不能通其意，执策而临之曰："天下无马！"呜呼！其真无马邪？其真不知马邪？

汉按："其真不知马邪"句，初中第四册课文据本作（邪字）"也"，注：据其文选自《昌黎先生集》。余幼读家藏《韩集五百家注》清刻本作"邪"，高阆仙老先生之

6

贾宗文举要亦作"耶"，但未云所据版
本。吾意以斯文从是，或宜为"耶"字，与
其其无乃耶句连读及结句命意乃深，
韵味乃君子乃有令人品味不尽者。以"也"字收
结，则文气不可谓不通，然斯文(之意)阔细雄奇，
气象则逊，声援文流程借浅矣。句中"其"
字宜为表疑问之语气助词而用，于句首者。
倘读为"耶"字作"也"字，似亦可以此句为反诘句。
但上句用"耶"，此句用"也"，皆冠"其"字，则上句
有"其"字(之反诘语气)冠之，此句(无)"其"字冠之，文何须在此

爲"邪"爲"也"乎？"邪"字一般疑問及反詰語氣較重，"也"字較輕，故文此字是關鍵，奈何減輕其氣勢邪？倘以此句爲慨嘆，則上句"其"字爲表疑問之語氣助詞，此句之"其"字乃爲代詞矣。二句句式相同，又何可以作如是解乎？

又"鳴之而不能通其意"句，闓生先生以爲反用楚策汗明語意，極是。按楚策云：

汗明見春申君曰："夫驥之齒至矣，服鹽車而上太行，中坂遷延，負轅不能上。伯樂遭之，下車攀而哭之，解紵衣以冪之。

7

蹶於是俛而噴，仰而鳴，声达於天，若出
金石声者，何也？（绝句删声字宜衍）彼见伯乐之知己也。
阎松君先生云：此文反用其意。伯乐乃通乃之之意
是鸣之谓乃鸣也。深幸教导，俾成鸣咏。
鸣它，却又不能得它的心意，则文亦不偏。
教文
策之不以其道，食之不能尽其材，鸣之而
不能通其意
三题的本错综有法，正是教文之特色。以
现代文之排比的式拟之，不免方枘圆凿。强

驰而不通，策之、食之、鸣之，代马也。鸣之韵之助
词无文。许文：
策之，不以其道，
食之，不能尽其材，
鸣之，而不能通其意。
误幸错综，文非有意排比，或谓文乃有意不
排比。不能尽其材，不能通其意，似是排比，但
鸣之之下加一而字，则不排比矣。二语句文与不以
其道不排比，此文其字分明代驭马之事，
而下二其字皆代马焉。尤其策之、食之、鸣
之文非排比。以策、食二字下之之字皆代马，而鸣

8

之之之字乃為語助，除以排比句，則人及鳴諸名豈不譯乎？

鳴字固非不可以用之於人，如百家爭鳴之鳴（稍不同，其平則鳴，即包括人；）乃指人（但不確）鳴字與菓之食之之菓與食皆人對焉言，則固不可也。論謂此處鳴之以鳴為使動用法，謂使之鳴，而人就不能適焉之意，則非矣。

課本及教參於這里文中食菓其也數字之詞义、詞性、用法，固是。但試思此數字為什麼在其所在之語句文何以離析其词又词性乎？离开各词所在语句所在之篇章，篇又何以辨其词在文章中之作用乎？故於词就其语言环境言，大致可谓於其所在句（小环境）暨章辨其义、性，於其所在章、篇（大环境）暨章辨其作用，於全篇章句章篇通盘之後可以确定其义、性、作用矣。於词於是於句、章、篇無可确定其内容、作用乎語意矣。

9

以第二、古代散文之主旨，往往以關鍵的字

眼自突出，抓緊此等詞句，尋繹全篇

文章脈絡，乃至瞭于面前，猶網舉

而目張然。如鄭志之「敝」字，又

如新五代史伶官傳序（見古文觀止、史彥瑗郭內翰（不謹）書傳）

[illegible] 嗚呼！！盛衰之理，雖曰天命，豈非人事

哉！！

原莊宗之所以得天下，與其所以失之

者，可以知之矣。以盛衰得失，豈非人為哉。

世言晋王之将终也，以三矢赐庄宗，而告之曰：“梁，吾仇也。燕王吾所立，契丹与吾约为兄弟，而皆背晋以归梁。此三者，吾遗恨也。与尔三矢，尔其无忘乃父之志！”庄宗受而藏之于庙。其后用兵，则遣从事以一少牢告庙，请其矢，盛以锦囊，负而前驱，及凯旋而纳之。

朱全忠汴州纵火，围太原。

卢龙节度使刘仁恭及子守光，光自立大燕，过之。

耶律阿保机

以叙事承。全不及盛衰得失之人事，而为转作伏笔，留下文。此段主作用为承，起段而实此承，当可名曰叙事伏笔承也。

10

方其系燕父子以組，函梁君臣之首，入于太廟，還矢先王，而告以成功，其意氣之盛，可謂壯哉！

及仇讎已滅，天下已定，一夫夜呼，亂者四應，倉皇東出，未及見賊，而士卒離散，君臣相顧，不知所歸，至于誓天斷髮，泣下沾襟，何其衰也！

豈得之難而失之易歟？抑本其成敗之迹，而皆自于人歟？

由盛衰得失而借以历史经验，又皆为人事。

书曰：满招损，谦受益。忧劳可以兴国，逸豫可以亡身，自然之理也。

言有一代盛衰之理。

故方其盛也，举天下之豪杰莫能与之争；

再由理而及事，以盛衰故推以至致之。

败政乱国者，首畏从（以谗）、史彦琼、郭门高之人为最。

再自忧劳以逸豫之势，与逸豫以衰之极力，证历史经验。

及其衰也，数十伶人困之，而身死国灭，为天下笑。

转而皆就盛衰得失，皆自权人发挥及议起承转结事，至尽通畅详叙。

夫祸患常积于忽微，而智勇多困于所溺，岂独伶人也哉！作伶官传。

根因据而作结，引出鉴戒。

此篇关键即起之一二句关键字则
盛衰得失岂非人事哉试论其则忧劳
兴国逸豫亡身故当戒祸患积忽微
爱智勇而惧所溺也◎
起二句括出关键句字而以叙事为证◎以
证就盛衰之理而发挥为议最后
为读史者提供鉴戒振衰而续意
不尽矣

茅鹿门乃评云：“此等文章，千古绝调。”

第三、论古代议论散文~~特别在指示作者意向、~~必不可少尤在明其针对性，似同时因此要兼顾通情

古代论说文有时针对性是很强的，如五代史伶官传序里就针对帝王提出忧劳可以兴国，逸豫可以亡身，而且祸患常积于忽微，智勇多困于所溺的历史鉴戒

其实以种情况自中国古典的散文内

12

孔子開創了這一傳統

括 今傳古漢文獻，我國之最早可以認為自尚書始。其實書出自史官，亦可以謂書即史也。最早書多偽作，但商書之盤庚及周書之大部尚有較大之可信性，而諸篇實多記言之作，以有所為而言，故不能無針對性。如盤庚則盤庚自奄遷殷之前針對不願遷徙之思想而言者。泰誓牧誓皆武王伐紂之動員令，誓師之辭，尤逸為周公戒成王不可逸豫者下至春秋家褒贬别善恶孔子成春秋而乱臣贼子惧其针对性可知战国百家争鸣又何可以无针对性耶下逮两汉题奏论策疏表或对人或对事其后此传统绵绵流传形成优良传统矣。

古代诗词文之针对性不仅传统根据时论亦常体现于史论则以古喻今也以古讽今也

13

为苏明允权书之六国

首句即以古
喻今明晰
达之于矣
赂字
极妙

六国破灭，非兵不利，战不善，弊在赂秦。赂秦而力亏，破灭之道也。

或曰：六国互丧，率赂秦耶？曰：

“不赂者以赂者丧。盖失强援，不

能独完，故曰弊在赂秦也。

衬句
也。

秦以攻取之外，小则获邑，大则得城。

较秦之所得，与战胜而得者，其实

百倍；诸侯之所亡，与战败而亡者，

其实百倍。则秦之所大欲，诸侯之所大患，固不在战矣。思厥先祖父，暴霜露，斩荆棘，以有尺寸之地。子孙视之不甚惜，举以予人，如弃草芥。今日割五城，明日割十城，然后得一夕安寝。起视四境，而秦兵又至矣。然则诸侯之地有限，暴秦之欲无厌，奉之弥繁，侵之愈急。故不战而强弱胜负已判矣。至于颠覆，理固宜然。古人云：

14

魏世家亦代為魏王說，秦為是，契丹不為是耶？、

以地事秦，猶抱薪救火，薪不盡，火不滅。此言得之。

齊人未嘗賂秦，終繼五國遷滅，何哉？、與嬴而不助五國也。五國既喪，齊亦不免矣。燕趙之君，始有遠略，能守其土，義不賂秦。是故燕雖小國而後亡，斯用兵之效也。至丹以荊卿為計，始速禍焉。趙嘗五戰于秦，二敗而三勝，後秦擊趙者再，李牧連卻之。洎牧以

陰附

於齊啟

語陰附，無明賂賂者，非謂不可不賂，無不可也。

終調用兵，實獻大計

北小國上作文字，效勸用兵也。

谗诛，邯郸为郡，惜其用武而不终也。且燕赵处秦革灭殆尽之际，可谓智力孤危，战败而亡，诚不得已。向使三国各爱其地，齐人勿附于秦，刺客不行，良将犹在，则胜负之数，存亡之理，当与秦相较，或未易量。

呜呼！以赂秦之地，封天下之谋臣，以事秦之心，礼天下之奇才，并力西向，则吾恐秦人食之不得下咽也。悲夫！

15

有如此之势，而为秦人积威之所劫，日削月割，以趋于亡。为国者，无使为积威之所劫哉！

以此引起本段之结句、

以启下段与后指宋为契丹积威之所劫矣

夫六国与秦皆诸侯，其势弱于秦，而犹有可以不赂而胜之之势。苟以天下之大，下而从六国破亡之故事，是又在六国下矣。

此文作于仁宗庆历间。宋自真宗景德元年澶渊之盟，宋岁输辽（契丹）银十万两，绢二十万匹。

河南濮阳县西

宋时称丘

仁宗庆历二年辽遣萧英刘六符至宋求关南十县地，富弼再使契丹，定盟加岁币银十万两绢十万匹。辽且欲改称献或纳，弼不许，後以晏殊议改称为纳。於西夏於庆历三年亦始岁输币银十万两绢十万匹。明允之论即针对此事而发者。辽与西夏皆以兵胁宋，宋当苟安，以弭赂焉，而辽於仁宗庆历二年竟挟此要求增益岁纳，实货与以地。事辽无厌，宋终以赂而亡。明允

16

文章為此而發，不似針對性強而明確，尤顯見其卓倡

或謂文章結末為此事而發，固是，然不似如此上段為國者無使為秦檜之所誣，以澤寫宋為契丹秦檜所誣而嬉之之陸堪慮矣

嗚呼……悲夫，段字非指細契丹西夏之銀絹，用之於岳之數用乎

今人未嘗嬉秦段有飛而喻人，勿皆陪襯檜耗，強調並藉用岳之數，飛以古之小將不屈累後大鼓勵宋室用岳以今人附秦檜契丹非惟不可，貶且無不可附，更非不用岳不可之理。

秦以攻取之法毁，言秦之大敌，诸侯之大患，固不在战。战实赂辽之齐，宋不战而受赂事，其中今日割五城，明、又自不屑二年与契丹索、地了而赂出其前途之可危。宋终以是亡败，久弊皆可概见。

其实文章开篇即针对宋为赂辽积成弊端而赂之之危险——破更矣。

是全文莫不抓紧此针对性而言，主论于斯。论证亦由乎此，首句为全文之眼（主旨）键。弊在赂秦为（主旨之）关键。◎赂字使用尤称绝妙

文

(二)、

附带提一下，我国古代论说文的这种针对性强的传统，在一定程度上影响着其它文体，特别是诗赋。当然，杨雄谓赋劝百而讽一，但终有所针对而寓讽谏。盖劝百讽一之说，每不可以概律历代赋作，如杜牧之《阿房宫赋》则针对性极强，讽喻之意跃然。杜牧在其《上知己文章启》中说：“宝历（唐敬宗李湛年号）大起宫室，广声色，故作《阿房宫赋》。”

賦中有鋪叙有收結，而鋪叙中皆寫

徹言以賦之開篇云「六王畢，四海一，蜀

山兀，阿房出。覆壓三百餘里，隔離

天日。

直接鋪排而寫徹言、

驪山北構而西折，直走咸陽。二川溶溶，流入

宮牆。五步一樓，十步一閣；廊腰縵

回，簷牙高啄；各抱地勢，鉤心鬥角。

盤盤焉，囷囷焉，矗不知其幾千萬落。

試想需多少勞動力，要多少人背井離鄉，多

少家庭親人分散，備受摧殘。

使負棟之柱，多於南畝之農夫；架梁之

比较排比，益见讽刺之深意。

椽，多于机上之工女；钉头磷磷，多于在庾之粟粒；瓦缝参差，多于周身之帛缕；直栏横槛，多于九土之城郭；管弦呕哑，多于市人之言语。

最后乃直接以古讽今云：

嗟夫！使六国各爱其人，则足以拒秦；使秦复爱六国之人，则递三世可至万世而为君，谁得而族灭也？秦人不暇自哀，而后人哀之；后人哀之而不鉴之，亦使后人而复哀后人也。

2

或谓此赋用传统写赋的写法，则断不能确以

其绝非劝百讽一，而是无处不讽也

第四 修古代散文宜极细微以文学（教师省略）

識多極细微文見精采也 修時乃寅出貝

精采之文為如柳宗元

至小丘西小石潭記

扶汉案：子厚永州八記中始得西山宴游記、

鈷鉧潭記 鈷鉧潭西小丘記 至小丘西小石

潭記の篇皆為極之和の年者 是年九月二

十八日始得西山，得西山後八日又得鈷鉧潭（在西山西）

潭。潭西二十五步因有小丘焉（鱼梁·潭上有）、小丘西行百二

十步則小石潭也、潭西南而望，不可知水源，以

3

其境过清止焉、其它之记则袁家渴记

石渠记　石涧记　小石城山记　元和七年所作也

至小丘西小石潭记

从小丘西行百二十步，隔篁竹闻水声，如鸣珮环，心乐之。伐竹取道，下见小潭，水尤清冽。全石以为底，近岸卷石底以出，为坻，为屿，为嵁，为岩。青树翠蔓，蒙络摇缀，参差披拂。

潭中鱼可百许头，皆若空游无所依。

日光下澈，影布石上，佁然不动，俶尔远

逝，往来翕忽，似与游者相乐。
潭西南而望，斗折蛇行，明灭可见。
其岸势犬牙差互，不可知其源。
坐潭上，四面竹树环合，寂寥无人，
凄神寒骨，悄怆幽邃。以其境过清，
不可久居，乃记之而去。
同游者、吴武陵、龚古、余弟宗玄，隶
而从者，崔氏二小生，曰恕己，曰奉壹。

读此篇宜细玩以下各端

4

一、须细察四篇以找出小石潭位置

并须明其关系由读柳

子厚元和四年在永州（今湖南零陵县）之贬谪五载于九月廿八日在零陵城西始得西山宴游过八日于西山西得钴鉧潭又于钴鉧潭西二十五步得鱼梁，梁上有小丘。从小丘西行百二十步乃得小石潭也。自潭西南而望，乃不见水源。

形容小石潭北用尤字与钴鉧潭相较也

二、须细察甚何以写何物在何处为何写

写从小丘西行百二十步，明小石潭位置也

隔篁竹闻水声，水声经竹林传来，声益清益美，故有鸣珮环之感，是以心乐之。（水声清）

伐竹取道，明無路，写荒僻也，就其荒僻，但心乐水声，故不惜伐竹而取道焉。

水尤清冽，直写水清，再加冽字，清而寒也。以凄神寒骨呼应之。

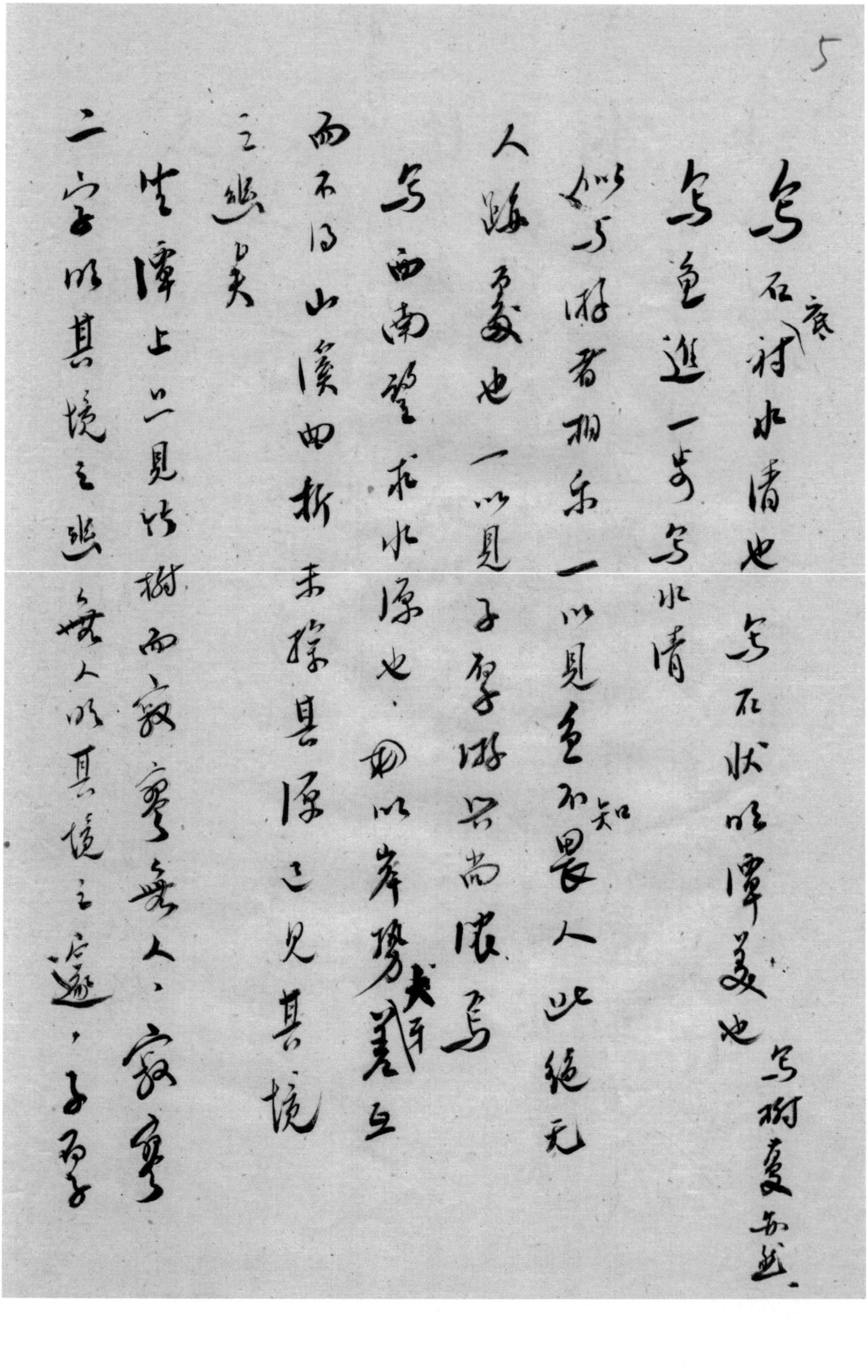

5

写石底衬水清也 写石状明潭美也 写树蔓而幽
写鱼进一步写水清
似与游者相乐一以见鱼不知畏人此绝无
人踪可爱也一以见子厚游兴尚浓焉
写西南望求水源也，而以岸势犬牙差互
而不得山溪曲折未探其源之见其境
之幽矣
坐潭上只见竹树而寂寥无人，寂寥
二字明其境之幽 无人明其境之邃，子厚乎

自识

融而摄胜入景深矣　至是乃觉凄神
寒骨
以其境过清为文章核心　清字关键字
也　水声清　水清　声清　物清　树风　境过清
矣　乃记之而去不稍停矣
三、经细察作者心情之变化
心乐之　闻水声而未见小潭时　乐水声也　以
此乃欲见此水　引起下文
欢鱼、似与游者相乐　游兴尚浓时未感

过清

潭西南而望不可以穷水源之因其境过清而却步

坐潭上无人（四面竹树环合）水清而寂寥之甚

故悄怆有凄神寒骨之感矣、何以然

其境过清、不可久居矣、

文章精采之处由是以之二（不读得好中学生看）

一、景、境十分清幽 使读者如身子亲同

6

联

二、取材配合协调，景观完美

三、清字贯穿全文（内容意境以往）章法严明

四、人在景中，感情发乎自然，无做作之

每有同感

诗

（一）、

从困卦爻辞看中国诗歌源远流长（代前言）

关于古代诗词读后的几点建议

汉语书面文学始原甚早，易、卦文辞已颇具文学素质。

易·困之六三（右图）谓困之大过，盖以坎水困之三爻阴变为阳而成巽风大过也。困为本卦，大过为之卦也。

"困于石，据于蒺藜，入于其宫，不见其妻，凶。"

《系辞下》："子曰：非所困而困焉，名必辱；非所据而据焉，身必危。既辱且危，死期将至，妻其一何得見邪。」

左傳襄公二十五年，崔杼欲娶棠姜，遇困之大過，杼云：「嫠也，何害？先夫當之矣。」遂取之。乃有弑君之事焉。

觀此文辭，石、藜、妻，叶韻，之言錯雜程形，式俾成棠言之繇辭焉。文。

睽上九：

「睽孤，見豕負塗，載鬼一車，先張之弧，後說之弧，匪寇，婚媾。往，遇雨則吉。」

集解引虞翻曰：「豕背有泥，故見豕負塗矣。」

王弼曰：「豕而負塗，穢莫甚焉。」

以則、全（玲）、车、玲、媾叶韵，诚若基本の言之短音也。

以上之文辞言事，皆譬以断者也。其写法傳述，諸經中以彼物比此物之比也。而断者亦多用譬喻，固非譬者所不需，较之直断則固语甚多矣。

又如：

中孚之九二

"鳴鶴在陰，其子和之；我有好爵，吾与尔靡（共也）之。"

此和、靡叶韵，磬（余）の言，固の言之短音也。

2

而又以鸣鹤起兴，则且为兴而比，与诗经之变极近。

予斯以见，在易卦、文辞中已有诗歌形式出现，且比与兴之写法皆已使用。其鉴者编进卦文辞时受口头流传歌谣之影响而致便于记忆背诵而故如是也。

"易之兴也，其当殷之末世、周之盛德邪！当文王与纣之事邪？"

此语宜可为据。卦文辞之作，殆当略先于周颂与二雅也。在汉语古典文学史诗歌形式似应

以為最早出現於周易之文辭
只可謂為從者編選之源口雛，固不可謂為詩也。
汉語方面文學領域中詩歌之首不可不謂始原於
詩經也。

第一、緒援古代詩歌首先須重視通情
自詩經始以後方面文學領域中之詩歌史則應
以抒情詩為其主流。是以古代論詩者乃多因
緣情言志之論焉。故緒援古代詩歌，首先須
重視通情

毛詩序（據禮記、樂記）云
（思想）
詩者，志之所之也，在心為志，發言為詩。情
動於中而形於言。言之不足，故嗟歎之；嗟歎

3

之不足，故咏歌之；咏歌之不足，不知手之舞之、足之蹈之也。"

礼记·乐记云：

"诗，言其志也；歌，咏其声也；舞，动其容也。三者本於心，然後乐器从之。"

○○○○

殆皆言诗、歌、舞者，每皆言"三者本於心"，而诗序乃定先後之序次之。但推原其根本，乃云"在心为志"，乃发情动於中，则志与情，盖诗、歌、舞所由之产生之根本也。

"诗言志"、"诗以道志"之说，起原甚早。春秋时期诸侯国之间、公卿大夫聘享、盟会之间，每赋诗以言志，时多断章取义。因以政治上、外交上之需要，形成风气。其间，曲解诗义则在所不免。在当时，诗三百篇实具有此等特殊的社会功能。故孔子曰：“诵诗三百，授之以政，不达；使于四方，不能专对；虽多，亦奚以为？”孔子修古诗删，务求复政社会现实，鼓励学生从政。故有“迩之事父，远之事君”之说。是还又云：“不学诗，无以言。”斯时也，则春秋困时势也，礼乐形

4

存而实之，强凌弱，众暴寡，而霸争雄；然诗也，在政治上更具有独特之社会功能。孔门说诗，依其时其势，诗之为用以讲于焉。时移世易，后人仍泥于孔子之说，因而言者之论，乃与作家之作理致就时相纠葛。

晋陆機为文赋始明确提出、"诗缘情而绮靡"之说，后又云："遵四时以叹逝，瞻万物而思纷。悲落叶于劲秋，喜柔条于芳春。"

梁刘勰文心雕龙乃更进一步阐发云："情以物迁，辞以情发"（物色）。

"昔诗人之篇什，为情造文。"（情采）
"繁采寡情，味之必厌。"（情采）
或有时并言"情"、"理"者：
"夫情动而言形，理发而文见。"（体性）
"情者文之经，辞者理之纬；经正而后纬成，理定而后辞畅。"（情采）
"情理设位，文采行乎其中。"（熔裁）
此所云理、情当属感性范畴，理则属理性范畴，犹今言思想。明诗篇云：
"人禀七情，应物斯感，感物吟志，莫非自然。"

5

总括《文赋》与《文心》之论，则情以物感而生，辞以情动而发，诗以缘情而美，经辞美而写情乃令人读之而生庆美。

有些诗，能以状物、写景，甚实能蕴涅情，如杜少陵《春夜喜雨》：

好雨知时节，当春乃发生。随风潜入夜，润物细无声。野径云俱黑，江船火独明。晓看红湿处，花重锦官城。

春雨好。随春风而夜间潜入，不求人知。细雨无声，所以好也，浇农田爱之。春雨之美，以红湿花重描其美，极致美。

少陵写人，至不写入，自身忧喜，不着一字，而其于春雨之喜爱，对春雨之领喜，思春雨而情款之瑋，浓淡变春雨之思，一派真情寓深婉诗中。春雨、秋风、野径、流水、江流、船火、红豆、花香……皆物也。深哀欣喜之情，瑋思哀伤之思，其一染江城之美，诸般情感皆应物而生，韩以此真情而发，经纬风华，又余细密，遂成千古绝唱。

故仔细推敲，大量写景状物诗，莫不隐藏深情，只何从寄物抒情，对景吟志，以怀古伤今，思亲叹逝，忧国忧民，念旧伤别，嫉邪愤世之作耶？此国自诗经以来我国诗歌史之主流，抒情诗之伟大传统，不可不三致意焉。

6

故于古代诗歌之讲授，必首重通情。所谓通情者，前以言过，因于教学中即使诗人之情通于教师，通于学生，关键在于教师。教师如能了解或曲体诗人诗作之真情，何可以言发通之于学生，通过教师之教学活动所授诗歌所体现之诗人真情，不因达于学生，其作者之用心矣。

中学语文教材所选者实以抒情诗为重，此盖又映我国诗歌史之实际。

至于《孔雀东南飞》、《木兰辞》，是以诗叙事，但作者之爱、憎、忧、喜尽在钢琴之中。而此等钢琴教师职能领作者刻画人物之用心，而深刻体察诗中人物之情感，以转达于学生，教学效果焉能不佳？

第二、请谈古代诗歌须推求诗人之想象。

我国古代的创作论对想象是极其重视的。《文心雕龙》称之曰“神思”，特立以篇章而专论之。其词曰：

古人云：“形在江海之上，心存魏阙之下。”神思之谓也。

神思者何？设譬而言、

7

以下二句写想象甚之妙

文之思也，其神远矣。故寂然凝虑，思接千载；悄焉动容，视通万里。吟咏之间，吐纳珠玉之声；眉睫之前，卷舒风云之色。其思理之致乎……此盖驭文之首术，谋篇之大端。……登山则情满于山，观海则意溢于海，我才之多少，将与风云而并驱矣……

强调想象之重要

以想象力衡量作人才之高下

刘勰之为千古绝唱，岂寻非盖子想象力极端丰富所致欤？

李太白「梦游天姥吟留别」（作于天宝四载）则形化东鲁、心存吴越，以其丰富之想象力发抒其待诏翰林居宫禁之后，竭全近乎获得自由，得开心颜之喜悦心情。其想"我欲因之梦吴越"之后所至梦境者此想象，奇幻绚丽，异彩纷呈，读者于是会之于其想象之丰美感矣。

二、诗歌长短有无谱法、章法

我国古代歌诗八篇，惟多不长，而教材所选者更以短诗为主。

8

诗易经而章法则必考究。一篇之篇章法则

养成学生读诗文析章法之习惯，长久潜移

默化，写作中自得其益。曹操步出夏

门行·观沧海

东临碣石，而以观沧海。建安十二年征乌桓经碣石而观沧海，去时也

水何澹澹，山岛竦峙。远处以观，水乃澹澹，见碣石之耸峙

树木丛生，百草丰茂。登上碣石乃见草木

秋风萧瑟，洪波涌起。在碣石之上则水非澹澹而洪波涌起矣

日月之行，若出其中；星汉灿烂，若出其里。极目洪波无际乃思日月星汉皆出其中，海之大毕见矣

幸甚至哉，歌以咏志。

由远及近以晚，以近及远以界至大无极以见胸襟、（天海相连）
妙在自然，非画者之气魄，孰能及此
又如杜少陵之江村

清江一曲抱村流，长夏江村事事幽。
自去自来堂上燕，相亲相近水中鸥。
老妻画纸为棋局，稚子敲针作钓钩。
多病所需唯药物，微躯之外复何求。

章法之五、整（如清、提题）、主旨之鲜明、
实在美。又如东天
纤壤湖春竹

9

钱塘所见之地 写湖景
钱塘 湖

孤山寺北贾亭西，水面初平云脚低。
此下六句写所行之景
几处早莺争暖树？谁家新燕啄春泥？写鸟 每以鸟写春、
春
乱花渐欲迷人眼，浅草才能没马蹄。写花草以花鸟写春
行
最爱湖东行不足，绿杨阴里白沙堤。写所行之一 白沙堤侭职 二缘其皆堤 之景。

甚实此诗章法不过钱塘、湖、春、行耳一些矣。
作诗章法实为多变而作家各有所好，如少陵为诗既好开篇点题，详本所选此例太多了。如

车辚辚，马萧萧，行人弓箭各在腰。兵车行

暮投石壕村，有吏夜捉人。　石壕吏

八月秋高风怒号，卷我屋上三重茅。　茅屋为秋风所破歌、

好雨知时节，当春乃发生。

随风潜入夜，润物细无声。　春夜喜雨

剑外忽传收蓟北，初闻涕泪满衣裳。　闻官军收河南河北、

其它则以畔独步寻花六绝句中则之第一

首点题，以南逢李龟年后二句为点题。

9、古代诗歌尤其近体及词之单调更为篇幅

所限，容不得废字，故诗多凝炼，请援此等

作品则不能不对古诗人炼句用字之法

在此等处讲述最能给学生以美感，最能
引起学生学习的自觉性，又能促使学生
在习作时注意推敲的字炼
随风潜入夜 润物细无声。
坎坎伐檀兮
一般类不重视坎坎只作象声词对待、
旧注自毛传孔疏集传每皆但作伐木声而已
余读黄侃经今释是书释为丁丁当当来
把檀树砍。释由坎坎为丁丁当当则更令人感
觉不仅其用叠字处坎坎这个象声词

表述了斧子伐木时的流[illegible]盛，伐木声坎坎不断，说明伐木者劳动的艰辛——

则较余氏之译为丁丁当当乃更近乎情旨。并请为两个译述，倘与小雅、伐木比较，则其深意乃尽得之矣。

诗、小雅、伐木

伐木丁丁（伐木声），鸟鸣嘤嘤（鸟声之和也）。出自幽谷，迁于乔木。嘤其鸣矣，求其友声。相彼（视）鸟矣，犹求友声。矧（况）伊人矣，不求友生？神之听之，终和且平。

10

淮南子曰：举大木者呼邪许，盖举重劝力之歌也。

众人共力之声　以草泲酒去其糟也　美貌　未成羊也　召也

伐木许许，酾酒有藇。既有肥羜，以速（朋友之同姓而尊者也）诸父。宁适不来，微我弗顾。（宁使彼适有故而不来　无、念）於粲（鲜明貌）洒埽，陈馈八簋。（器之贵也）既有肥牡，以速诸舅。（朋友之异姓而尊者也、）宁适不来，微我有咎。（过）

伐木于阪，酾酒有衍。（多也）笾豆有践，（陈列貌）兄弟（朋友之同侪者、）无远。（皆在也）民之失德，干餱以愆。（食之薄者也　过）有酒湑我，（莤酿也）无酒酤我，（买也）坎坎鼓我，（击鼓声）蹲蹲舞我。（舞貌）迨（及）我暇矣，饮此湑矣。

按此诗首章以伐木鸟鸣起兴，二三章皆以伐木起

岁寒燕乐饮酒以笃友谊，宴饮舞蹈于室而
闻伐木于阪之声，故其厥木声丁丁然（伐木呼声许许）且与近处嘤嘤
鸟鸣甚噪于耳际。此固士大夫宴饮闻农奴伐木
于阪之声也。魏风伐檀则农奴自己伐木
斫于檀，其声坎坎，盖自所不声在切近，且檀
木坚硬，坎坎犹言铿铿也。坎坎则声大而促，
故小雅伐木以坎坎状鼓声，谓坎坎鼓我。
则坎坎之声殊与丁丁异也。因此坎坎伐檀
今坎坎二字状伐檀之声，前者伐木人自
己伐木之声也。檀木坚硬，非以大力不可斫破，其

11

声切切焉。劳动结束之大由是实出矣。译之为"丁丁当当"之类，诗音焉。此则诗人状物，最求佳饰，生动自在其中。译作不当，非唯减色，甚且产生谬误。

后字上请不必比较。如无须请适当多但敷冲明手此。别论之出情而确矣

孟浩然　宿建德江

野旷天低树，江清月近人。

杜甫　旅夜书怀

星垂平野阔，月涌大江流。

状旷野江天之景，皆堪称极致。孟句妙在"低"字、"近"字；杜句妙在"垂"字、"涌"字。

天本不低，树以状野之阔，而云"低"；
月本不近人，以状江之清，而云"近"。
着一"低"字、一"近"字，野之阔、江之清乃毕见。
星可垂乎？欲状野之阔，写旷野之极，天地
相接处之星，好若垂于地，平野之阔可知矣。
月可涌乎？欲状大江之流，就清江月影
而言，江无写法，月无写法。
试思纵野阔江清，倘水气蒸腾，雾笼
云锁，何有此景乎？此二联并有言外之意，
则澄空万里，朗月流辉，江水清澈，
微风不言中，俾看者可以意会得之。

晴空万里，视野始能开豁，乃能有天风海涛之感，乃能有平野星垂之日景象也。

静者动之，远者近之，近者远之，文义用动词，故得佳句。盖皆锤炼所致，岂是直写错觉。

少陵

随风潜入夜，润物细无声。

之潜字、细字、以及润物之润字，皆极见功力。

仇曰：曰潜、曰细、写得脉脉绵绵，极造化发生之机，最为密切。信哉。

实际上此联直写春雨，堪称绝妙。

潜而入夜，细而无声，随和风以润物，实非春雨
不可。"潜""细"二字，不仅以春雨之无声，亦以其
神韵无缺。随风潜来，无声间动，细而无伤，
细而无偏，细而润遂（近滴入地），潜来无声，不为张狂，故能成
谓"格"，造化发生之机，最为密切。吾人为学根本
有如此春雨精神，实可贵者哉！
有时诗歌用词之绝妙，全明即在诗歌之
重要位置，每限不可易以它字，且互相
配合为一整体，使人多不察其有密
而以其一二，又不能全以者。以作者之意

亦不能得之於心。故即不能深得於心，又何可以傳示后人同學也？如少陵

「聞官軍收河南河北」仇曰：广德元年春在梓州作

劍外忽傳收薊北，初聞涕淚滿衣裳。
卻看妻子愁何在，漫卷詩書喜欲狂。
白日放歌須縱酒，青春作伴好還鄉。
即從巴峽穿巫峽，便下襄陽向洛陽。

頗形遠日，忽得之字悟喜欲絕。

浦起龍心解云

八句詩具疾如風，然事只一句，余但寫情
傳力全在次句，於情理妙在逼真，於文
勢妙在反張。三四以轉作承，第五乃能縱
姿，第六句上下引脈，七、八略申還鄉意
耳。第一首快詩也。

浦氏顛倒章法，而顧氏乃以忽傳於
字法此詩誠屬特例。八句詩竟用一個副
詞：忽、初、卻、漫、縱、即、便，皆平時
常用者。詩之所以具疾如風者，賴此八字
得手。此八字入情入理，誠一字不可易。設
想：若非忽傳初聞刺激，何有是之強手

13

心情之微动虽亦是矣，还矣之迫切心情虽亦是矣，即无峻二字能达此迫切之情状矣。老杜固未学语法，以其写作实践之深久，自有驭字之法，遣词之精妙乃如是焉。

此特举初中学生亦易教师稍加点悟，说清楚者可理解。学生于副词使用之妙，于此同措横矣。不知现当代诗歌有无此等特例，估计诗文稍能活者用之。此等例甚多，有条件者可多取诸家诗话流览焉。

五、讲授古代诗歌必须注意不同时代、不同民族、不同地域、不同环境之生活。讲文学作品每在讲析作品之前，须略述其作品之时代背景、作家情况及写作时之生活思想概况，倘能从以上各种注意诸多出发，乃不落空。若以之为公式而不能解决上述问题，乃流于空谈，徒具形式，重犯时尚每对学生产生公式化、形式主义等坏影响，不仅无益，反而有害矣。不注意及此，有时、甚至形成很不好的影响。

14

如过去语文课本曾选岳飞满江红词，尤其“壮志饥餐胡虏肉，笑谈渴饮匈奴血”句，对方十数（尤其蒙古族青年）民族同学每起反感。岳飞词千有年传世之作也（蒙古族并非岳飞当时抗击之女真族金国，何以反对尤甚？（蒙古族与匈奴之血缘关系尚待深入考证））。实则有相当长一段时间极左路线之干扰下，民族政策之贯彻执行深受影响，党的民族政策与理论宣教育疏离进行，乃至青年人思想认识模糊，以至混乱。历史上之民族关系与现实之民族关系诚有本质上之不同，而古代民族矛盾纠纷之本质确实与阶级矛盾密不可分，当女真族党

颜部统治家族出兵侵宋时，于金国之地字
无辜女真族人民之无辜行情景字字、侵略者
为实现其野心，而不顾其国人之死活也。岳飞
反复辗转而临家国破灭，人民涂炭之现实，
抗恨侵略者，抗御之，反击之，宁非正义之事，而
我国古代诗人于侵略战争之反对与厌恶，见诸多诗
歌。岳[illegible]诗（侵略者[illegible]等之）岂非明白例证，归罪于侵略
战争。我古代侵略国方面人民诚有不可遏制厌恶者
者、请此类诗及于此道理于当时形势
历史条件人之思想与生活圈者不可不申明者、

15

现代课本满江红岳飞删掉爱国主义诗篇

仍有文天祥过零丁洋、陆游十一月四日风雨大作、

范仲淹渔家傲、辛弃疾词京口北固亭怀古

等等。文尚有插南京后等等，请稍时不可不

十分注意此问题。桂题东南景向题不

太太以不太直接，但亦不可掉以轻心

有时不把生活体晓与学生远是不理解、

如王维鸟鸣涧

人闲桂花落，夜静春山空。

月出惊山鸟，时鸣春涧中。

桂　华北大部地区八月桂花才开，而此时只讲春字、

不同地方气候各异，桂花品种亦多，此桂

盖四季桂也。故春开。

课本不注，实不应该。赵殿成

王右丞集注有注解、

诗

（二）

又如敕勒歌

敕勒川，陰山下。必須先講明是陰山下，然後下面使不好講。天似穹廬，籠蓋四野。穹廬，蒙古包也，圓頂之毡帳。猶貴州的天總難似穹廬，以多山故也。天蒼蒼，野茫茫，黔地多雨，天蒼蒼難得見面，野茫茫圓不可得焉。又迫於風吹草低見牛羊矣。即冀魯豫平原可以天蒼蒼矣，野茫茫矣，但是農田風翻麥浪，風送稻香的事，風吹草低見牛羊每不可得。故此篇非講明西北牧區之景不可以學生

生活中無此景象，思隱亦無此景之印象也。然則此詩原爲北齊民族詩歌而譯成漢文者，與北齊民族詩歌譯成漢語之較早者

乐府诗集卷八六杂歌谣辞四引乐府广题云：

北齊神武攻周玉壁，士卒死者十四五。神武恚憤疾發。周王下令曰：「高歡鼠子，親犯玉壁，劍弩一發，元兇自斃。」神武聞之，勉坐以安士衆，悉引諸貴，使斛律金唱「敕勒」，神武自和之。其歌本鮮卑語，易爲齊言。

故其内长殊不乔。

此则又可以说明自古中华文化本是各民族智慧之结晶，交互翻译传递由来已久。

六、辨别同异，展示诗人命意、抒情角度之不同，方法之多样，启发学生比较思考，提高阅读能力与表达水平。

古代诗歌，或有同即一景而抒情，同临一类生活事件而命笔者，但抒情命意之角度不同，表现方法各异，即其同而析其异，提倡使学生增长见识，提高其阅

2

读写作能力每能取得较高之实效。如古代诗歌中送别之作殊多，中学语文课本所选者亦不少。如王勃送杜少府之任蜀州与李白送友人皆为送人之作，俱是五律，此其同者也。送别之际其情依依，又自然皆所不免，惟二诗于此，处理却不相同，而又俱臻佳妙。

王诗

城阙辅三秦　长安，送行之地

风烟望五津　蜀州，人去之处

与君离别意　是下句始因此字之深意

同是宦游人　勃乃晋绛州龙门，在长安亦宦游也

情事则人近、意在天涯就此隔也。

故人虽远别而情意若比邻焉

天涯若比邻

别异途相思情不渝也

海内存知己

以颈联为中心

儿女共沾巾

故无作小儿女状

无为在歧路

此诗意在宦游而得知己，虽为天涯友

情不渝故虽远离而若比邻焉，又何必依依

挥手多实，与以实写而传千古

李诗

流水长存 流水

青山不改

流（白）水绕东城。

先以青山流水写友情之不易不改、

青山横北郭，

青山流水为象征、

孤蓬万里征。

三之友人去之远、一为别则思无尽矣、

此地一为别，

落日又象征故人之依依

落日故人情。

浮云又象征游子之思绪

浮云游子意，

马则惜别而长鸣、人更何以堪！、

人则不得不去

挥手自兹去，

萧萧班马鸣。

马肆之鸣、

3

此詩每以設碳為中心，並青山流水浮雲落日多用象徵，乃以象徵之深切而垂不朽。如此比較二詩之同（皆寫友誼並稱佳構）異（一實寫，一象徵）畢見矣。又如王維送元二使安西與岑參白雪歌送武判官歸京二詩，是皆送別，送別之友行人所往之地乃正相反，其中異同乃有更耐人尋味者焉。

王詩

渭城朝雨浥輕塵，客舍青青柳色新。
勸君更盡一杯酒，西出陽關無故人。

一片深情自心底流出語淺近而自然情
真摯而深切最後留無限悵惘首兩不
言別而經讀全詩後再反顧首兩乃益
覺別緒之二句始入別字翻用情晨
春雨中之柳色新綠精神而言並柳爲贈
別之物心本寄身仍不露別緒之深勸君
更盡一杯酒仍寫飲燕於飲則餞飲宴
乃餞宴別尤含而不露至西出陽關無故
人一句別緒滿懷酒含愁而意味柳寫別
而失色情晨新而之消域茵美而柳不可
居停使命在身何敢片刻稽留瞻望前

4

前程旅途漫漫，瀚海无際，地广而人稀，纵有万千心事，诸般感喟，唯深藏心底，亦无故人可訴衷情，曲心之孤寂乃不堪傷！然元二之行究竟有程期，使毕则归故。无须况望君海内存知己，落日故人心也。只劝君更進一杯酒，西出陽关無故人足矣。此诗妙在自然真挚，而发前人之所未发。故李东陽《麓堂诗话》云：

作诗不可以意徇辞，而须以辞达意。辞能达意，可歌可咏，则可以傳。王摩诘陽关無故人之吟，識，唐以前所未道。此辭一出，一時傳誦不足，至為三疊歌之。後之詠別者千言萬語殊不能出其意之外，必如是，方可謂之達耳！

王詩 宋郭茂倩樂府詩集收入近代曲辭（卷八十） 作渭城曲，并云

渭城一曰陽关，王維之所作也。本送人使安西詩，後遂被於歌。劉禹錫与歌者詩云：舊人惟有何戡在，更与殷勤唱渭城。白居易對酒詩云：相逢且莫推辭醉，聽唱陽关第四声。陽关第四声即勸君更尽一杯酒，西出陽关無故人也。渭城、陽关之名蓋因辭云。

5

是王维侍本近体侍七绝，被之弦歌而入乐府者也。

岑参《白雪歌送武判官归京》，僅用乐府旧题。但乐府旧题《白雪歌》，乐府诗集入琴曲歌辞（卷五十七），所录有徐孝嗣、梁朱孝廉及唐僧贯休各一首，皆五言一韵，幅不长，郭氏有序云：唐高宗曾嘱制「雪诗」，以为「白雪」歌辞，惜其辞不存。岑参所作，同唐之作手用旧题翻新曲，则不可考矣。

岑参诗有二点须特别指出

其一为题岑参白雪歌送武判官归京雪中送友送
本着白雪歌旧题以写雪中送友情
写别之前先写雪忽如一夜春风来千树万树
梨花开不仅写状大雪成绝丽唱且表现诗人
于戍边生活中之乐观情趣、开元天宝间文
人不得意于京师中者每去边疆求立功
出而学举于封常清幕府者尚得意故
有此情趣也、雪大则寒甚由雪及寒乃
散入珠帘湿罗幕以下四句、帐内如是而
帐外则瀚海阑干百丈冰矣、雪又无晴意

故愁云惨淡万里凝也。帐如此帐中
则是送行饯宴，宴毕送行至辕门，则
纷纷暮雪。再送至轮台东门，乃见雪满
天山路矣。友人远去，极目怅望，惟见雪
上空留马行处也。白雪歌之写雪而又写
雪而不嫌重复，反觉极其自然，又极富边塞生活情调。繁絮真见作者之才思
与功力矣。云白雪歌足当之矣。
其二，送武判官归京，此则归京与使之
有程期者不同，使有程期，按时返还，归则

返於京師何日再來雖云再來自然難言
故其送行者之送彼不同故為餞宴焉
送至旅店送至驛站東門望其去望而
不見之勸君更盡一杯酒西出陽關無故
人 二句乃有別之李白送孟浩然之廣陵
孤帆遠影碧空盡唯見長江天際流 似有
辛酸同上之妙而無其情不朽矣
渭城曲題 白雪曲長 渭城以七絕而終之
管弦待唱至今 白雪用古體而賦新文乃

7

传

诵曰千古，渭城送人出使而西，白雪送人归京而东，故送别情景亦异。前者友朋饯行于客舍，饯而别去，后者则帐中钱宴送出辕门，送出轮台东门，远人远去不得以去者久留，且送行诸人皆未自中原久戍边疆，自起情亲意浓，故能如是也。且全诗除愁云惨淡万里凝一句外，只有依依而无感伤之，此实又反映当时诸人思立功于边疆之心情。在写法上，渭城以写春之朝雨而起，一句而止，白雪以写轮台之秋雪起，以景语作结，渭城写

岑参白雪歌中間城寫柳之青翠寫白雪
寫梨花之盛，以況雪附麗寫離別情，梨花
春來晚，比較以見灼二詩所寫之時、地、人、事、情、
各突出特色，雖皆送別之作，其差別仍有如
是之不同，但並傳千古焉。
詩有狀物極似而功力相敵，佳句並傳千古
而格調之高下有極懸殊者，是教材未選
似無不可，不讀學生可能不學，教師詳察每（以之作為對）
當有用而學生之輔助教材亦未為不可者、
焉。

8

五千字极佳

气元、壮阔
洞庭气势
写尽、

孟浩然　临洞庭湖赠张丞相

八月湖水平，涵虚混太清。（言平，甚大　可怕矣）

气蒸云梦泽，波撼岳阳城。

欲济（一渡）无舟楫，端居耻圣明。

坐观垂钓者，空有（徒）羡鱼情。

杜甫　登岳阳楼

昔闻洞庭水，（闻名久矣）今上岳阳楼。（今始得见）

吴楚东南坼，乾坤日夜浮。

亲朋无一字，老病有孤舟。

戎馬關山北，凭軒涕泗流。

二詩皆寫洞庭而氣蒸二句實是二句并以能寫洞庭之氣勢為絕唱二詩皆上四寫景下四抒情，襄陽面對此景則思難寄而達以洞庭之氣勢喻宦途之多艱矣，至於坐觀之句汲汲於仕進之迫切心情傾瀉無遺矣。此固以見其真，因與摘隱異也以敬謀官者不同，以其真而直，固知其真無謀官仕進之術無直非仕宦之材能不妨于其不自知無術而非才而又為十足之官迷也。

9

孟云：冲天羡鸿鹄，争食羞鸡鹜。最真切地表达了其谋官之希望，以隐待价以取显达。又云：求而无才，其意不成。低而能经隐以年（真待隐者肯），因所宜也。是既已有绝佳之机会，乃竟以不才名主弃而去，是贻千古之笑柄，亦不足怪矣。

《摭言》卷十一云：襄阳诗人孟浩然，开元中颇为王右丞所知。句有"微云淡河汉，疏雨滴梧桐"者，右丞吟咏之，常击节不已。维待诏金銮殿，一旦召之商较风雅，忽遇上幸维所，浩然错愕伏床下，维不敢隐，因之奏闻。上欣然曰：朕素闻其人。因得召见。上曰：卿将得诗来耶？浩然奏曰：臣偶不赍所业。上即命吟，浩然奉诏拜舞，念诗曰：北阙休上书，南山归敝（敝）庐。不才明主弃，多病故人疏。……上闻之怃然曰：朕未曾弃人，自是卿不求进，奈何反有此作！因命放归南山，终身不仕

新、旧书、文艺传无载此故事。清沈德潜选唐诗别裁书之临洞庭湖赠张丞相一首

10

暮归终南山并系桂陵者亦言及此耳、深
以其不足欲济无舟楫端居耻圣明为
憾、深慨其出处寒焉

杜诗亲朋无一字老病有孤舟实有贫
病孤老之叹还思戎马关山北家国多难
之际自己虽有报效之志无报国之无门、
且老朽多病纵报国有门亦力不从心矣
国家危难之间民陷流离之苦何时了局不
可逆料故凭轩涕泗流也

二诗皆咏洞庭，皆临湖而作，皆前の写景，并有佳句寄於抒情之际，则於调高下竟甚殊，乃不可不察欤。

七、训诂与辨伪

我国古代诗歌起西周而至清季，上下近三千年之久，诗人之众，诗作之繁，注疏之繁，识不胜数，然每因年代之久远，语言文变化，间以国土辽阔，名物殊异，故去年代愈远，则训诂愈广，必要无以诗作繁富，伪判有别，故辨伪无止可息乎

11

前言伐檀坎坎之固可以訓伐木之聲，然
其《伐木》之丁丁，每訓伐木之聲者，有别。
又如詩《魏風·碩鼠》，毛釋爲大鼠，集解
從之。然詩非魏風，乃河北之地，今之
晉南也。以鼠晉南多有，而三國吴陸
璣《毛詩草木鳥獸蟲魚疏》亦有此訓
云云。

今河東有大鼠，能人立，交前兩脚於
頸上，跳舞善鳴，食人禾苗，人逐

则走入树空中，亦有五技，或谓之花
鼠。其形大，故序云大鼠也。魏国，
今河北县是也。

此经之硕先明也域，诗在魏风，史称河东、
桂三国时又指其地，以北为县，实为今晋南
之地。今桂其地实见此鼠，贱信陆氏之
不诬也。其鼠形大体肥，色黄（尾如拂帚），与隐鼠
鼸鼠不同之咀夫（尾小）细、色灰者殊异。桂
君母舅曾姻母穴于桂田，向食谷（田中禾）
稼，又善藏收，禾稼未熟则食禾苗（尤善食）麦苗、首

12

之宿者向前後之瞰，乃出穴人立而号，其声嘎嘎然，然綜則即以枝間，以水濃其穴，可獲。今晋南以至于豫东有人飼之（若飼鳥焉），飼此者可於枝掌，置於肩，其舞、其鳴（以其色黄）異書此名之曰黄鼠，非鼪鼠，非鼫鼠，亦非鼸鼠也。陸云穴樹空，亦有五技，固傳聞之訛也。此又釋大鼠，則鼠之大者，尤其城市之生活見慣的鼠，概念不明，若陸氏碩，則碩焉。

先秦詩原非本所選（不多），漢、宋詩或有

方言譯而所造一篇目時及無多，詩人之作
於教者或有循釋不夠確切者，多
出于褒貶所觀滄海
東臨碣石之臨字，但釋則無條理又向教者
乃考之卜辭、金文臨作
臨字形，釋詁臨視也，詩大雅上帝臨女（監觀四方，求民之莫）
無貳爾心，鄭箋臨視也。詩大雅皇矣上帝，臨下有赫，傳臨視也
孔穎達疏以為過卑曰臨
易 三三 臨 大象曰澤上有地，臨。
周早盂鼎作 [illegible] 毛公鼎作 [illegible] 小臣簋作 [illegible]
皆有君臨臣民之文，故有在上臨下自上視下、

13

以著过卑之义临作动词用于古尚未见有登上义于诗则临乃直可释为登操居相信登于此方用临字极自然且诗有之屡次前已言过此二句概说登碣石观沧海也意之于见海之前，下二句乃见海耳下二句乃登碣石，以此句即已登上碣石则水不澹澹身在碣石之上亦不觉山岛耸峙矣故临字宜解为登上也。

先秦诗歌之传于今者，诗经、楚辞而已。两
汉乃有乐府、五言诗，赋亦韵文，其诗歌性质亦云（汉末近）
发展。六朝以降，文渐趋于律，降及唐代，
五七言乐府诗皆臻极盛，而近体尤形成而
飞速发展，盛况空前，迄今无高绝后，为我国
诗歌垂不朽之楷模，留示后人之千年。以后词
曲迭出，戏文复盛，代有佳制，以传于今。故言
古代诗歌，其不能尽明格律（此就非理）时，
向之习相异，辞体安属，但要是其不可于
诗文教学中传授。诗学当以笑于格同意也。

14

迭字的写法实为民歌之所常用，其使用之广泛，每实不仅于古代某一历史时期，每实不仅限于汉族之民歌。苗侗壮歌皆有迭字叠韵，诗歌尤好用之。教育诗一篇绝大部分为五言四句之迭字写法。大部分产生于东周时期之诗经，三百〇五篇，有一半以上使用了迭字写法，尤为地方歌曲词之国风，然多约估70%以上，小雅亦有之。其他鲁颂之词为颂，仅只限乃之贱为宫庭祭祀之子所用者，四言字八句为极繁之迭字。

有些三章为鲁国宫庭燕飨所歌诗之诗，前
二章为相聚奇之迭之章，末章稍不奇整，全诗
每可谓是由迭章是东周之时迭章之近似为
诗歌发源之一种体制，其后受民歌影响为
无题文。只诗经以前及同时流传于口头者多不
传耳。

高中语文第一册教学参考书于《伐檀》、《硕
鼠》二诗之讲及说明中谓"伐檀诗二
这首诗采用三章反复重迭咏唱的形式，下两章的内
容与第一章基本相同，每一章只更加了几个字，更改
这几个字使全诗内容更加充实、揭露更加深刻，情

15

感更加强烈……从而更加增强了诗的思想性和战斗力。

又如：

这两首诗三章结构都是迭，二三两章和第一章相比，都只换了少数的词，这种结构形式称为"叠章"和"复唱"。诗经中的民歌常用这种反复咏叹的形式，来开拓诗的意境，充实诗的内容，加强诗的音乐性和感染力。后来的民歌也惯用这种反复的咏叹的方法。

显然这两段话在以下几方面是不妥的：

一、诗经中把"民歌"使用迭章的写法、

二、民歌使用迭字及反復詠嘆是習見於詩
經以後很難從詩經本樂而得有其來樂而
樂的求得者尚多，所樂而得者則非一代，來
樂的反的而來往者不敢謂皆於詩經之變
以反復詠嘆來充實內容者則有之亦難
三、民歌作者是否能以此反復詠嘆形式，再據
詩的意境，加強情的音樂性與感染力
則尚待考察
四、此種反復以對迭字稱之曰"疊字"、"和"、"復唱"。
迭復曰疊字者或有之，曰復唱者亦或有之
曰疊字和復唱，不知其若何"和"法，又一再云

16

"反复咏叹"，则不必述事而亦可
此种反复咏叹只是加强叙事，实为诗经
时代诗歌之一种用之最广的写法。或
云：此为诗之一体，代替杂言之述事也。
硬凑の言之叙事也。代替之杂言叙事
故也。夫硬凑之の言述事是多以诗经之
时代固の言诗之时代也。诗经中此一体制
之用或以递进（如芣苢）或以递深（如
硬凑）或以递广（如伐檀）此莫甚重要
效用也，岂可以今人为新诗之法律之！！

诗 三

东周称采而得之诗及乐府文人所制燕享朝会宗庙祭祀及诗人抒怀怨刺之作而为诗三百（皆被之管弦）五篇。襄廿九年吴季札聘鲁观周乐之时已成编。汉置乐府采诗夜诵，有赵代秦楚之讴，并多举司马相如等人造为十九章之歌，有采而得者，有乐府文人制作者。乐府郊庙燕飨鼓吹横吹相和舞曲琴曲杂曲歌辞杂歌谣辞及新乐府，以时乐府歌诗已被管弦，此则汉之诗也，亦可以谓三百篇之继也。汉魏及六朝似之

而其间乃多文人仿乐府体制为诗，乃并以
魏及隋国家音乐机关采制歌诗而称乐
府体，自此乐府以降乐府体诗乃以乐曲
名名诗，其影响远及于六朝隋唐之乐府
体诗乃至词曲戏剧（如杂剧、传奇、昆曲、
京、冀、晋、豫、黄、汉、川、粤等诸多剧种

乐府诗集卷六十一杂曲歌辞一序引
宋郭茂倩云：
汉、魏之世，歌咏杂兴，而诗之流乃有八
名：曰行、曰引、曰歌、曰谣、曰吟、曰咏、曰怨、
曰叹，皆诗人六义之馀也。至其协声律、

播金石、而寫謂之曲。或首曰歌，謠曰詞
曰樂、琴曲多曰操，或曰弄，皆是樂曲之名，
見題目既知其為樂府詩矣。其實亦或
樂曲題目無以上諸名者。
亦能以近，隋唐樂府詩歌，述出新曲，文人之作
每頗創新題，其題目亦無，或由拈取詩歌中
實，但仍或加歌行諸字，亦或不加，然其作
制則依然樂府體也。唐代詩人，如李白有與傳曲之踏題子夜歌、蜀道難、將進酒等各篇是也、
則所作樂府詩，用舊題者多，杜甫用新題者
移，三吏、三別、哀王孫、悲陳陶、悲青坂、等篇為

2

秋风所破歌章储存以备乐也

乐府诗原以被管弦叶音律，其形式或有声或韵者，依乐曲而定也。历代诗人所制者未尽有乐谱的来能传新，遂败不以古诗近体之有声诗句多少、短长，每不有声以后出为道难，劳之为秋风所破歌皆如此。

高中语文第三册载杜甫茅屋为秋风所破歌之课文说明最后云：

全诗篇用长短句，打破七言的束缚，作者的思想感情如无拘束地倾泻出来。

加强了感染力。

此正以不明乐府体而强以后起格律绳于古代诗歌，不能辨体之失也。如唐诗别裁、唐宋诗举要，明清以迄近代诸家选诗，或有以乐府诗并入五七古者，或有以横吹曲章入绝句者，选家非不知其为乐府诗也。

唐近体诗原固非据乐谱而作者，如王维送元二使安西本是七绝，以其切送别情景，动万千送别者之情，乃为之配曲流唱，而为阳关三叠（唐乃不止三叠）

3

而倚声今乐府诗每成多可吟诵而不可咏歌。如白居易自称有妓自称我诵得白学士长恨歌，岂同他妓哉，即可证明中唐之新乐府之无实可吟诵者。故有

词曲

词之初起，其体制颇有与绝诗相似者，如渔歌子

西塞山前白鹭飞　桃花流水鳜鱼肥

青箬笠　绿蓑衣　斜风细雨不须归

实不过平收七绝句第三句而成者、

捣练子

深院静，小庭空，
断续寒砧断续风。
无奈夜长人不寐，
数声和月到帘栊。

实平起平收之七绝，似为第一首南唐词者。

此诗可平仄变通处，与七绝大致同。

五代迄宋词人，非李后主、柳三变、周美成、李易安、姜尧章诸家皆精通音律，善作词，精曲律，每能自度曲制词。东坡、介甫虽亦为易安所讥，然每为词坛大家。三变雨霖铃，东坡念奴娇，同

4

歌海内印其風俗

是以詞之音乐性乃甚於诗，上承乐府之

绪，亦以乐曲为整句之长短参差，故词又

称长短句（如秦稼轩长短句），又称乐府（如

东坡乐府），又称歌曲（如白石道人歌曲），而

词在南宋之称曲子、

柳永乃直以乐章名其集矣。

词以单调双调衍为慢词，以至有三阕四

三阕为三十字如周邦彦兰陵王

阕（如吴文英莺啼序四阕二百四十字），歌唱难

度益大，乃有曲之[illegible]曲子兴焉

曲之出頗受民歌影响，中唐刘禹锡等之

有竹枝杨柳枝之作真复变故曲乃歟
通佑自並（朴贤）成余宋末元初曲之初成之代
散曲套曲盖成而套曲又有数子首为
董解元弦索西厢（西厢记诸宫调）则据
北宋赵令畤商调蝶恋花鼓子词而改写者
赵作者以词牌蝶恋花写，而董作乃曾
为曲子而成数十之套曲矣。
戏曲之曲牌者，其文必能唱、

中國古代詩詞欣賞講座
第二講 一九八六、十、廿九
於民院為史學系主辦之
經濟管理干部培訓班
（應歷史系主任聚寰之
任之邀）

提綱

基本 了体作者之用心

6. 引文赋叙

举江村例

为何可以得作者之用心

一曰通情

引诗大序 文赋"遵四时……方春"

文心雕龙 明诗 人禀七情，应物斯感，感物吟志，莫非自然

举月夜 后主浪淘沙

春夜喜雨

二曰述理

引文心、鎔裁

夫情動而言形，理發而文見

熔裁

情理設位、文采行乎其中

情采

情者文之經、辭者理之緯、

經正而後緯成、理定而後辭暢

7

筆觀滄海

三曰晤清

引文心字内

筆宿建德江 野曠

家清 旅夜書懷 星垂

筆臨洞庭湖

登岳陽樓

明清

筆東坡念奴嬌赤壁懷古

彦清

词略

叙词

宋元以降溯词之源始必及於太白之菩萨蛮与忆秦娥旋又颇有人疑其非太白作而太白集所存每多长短句或短章唯此二首既为有长短且以篇幅不大此二调名又不见於唐以前故疑

1

P.1535

其非太白作也。此二詞格調高

氣派大，文詞閎麗，為詞家之

上選也。

菩薩蠻

平林漠漠烟如織，寒山一

帶傷心碧。暝色入高樓，有

人樓上愁。玉階空佇立，宿鳥

歸飛急何處是歸程長
亭更短亭

憶秦娥

簫聲咽秦娥夢斷秦樓月
秦樓月年年柳色灞陵傷別
樂遊原上清秋節咸陽古道音
塵絕音塵絕西風殘照漢家
陵闕

2

乐府

其实词之兴殆有三源

一曰乐府之代兴而极盛。唐人乐

府虽不尽合古谱，即古题每不尽

为古调，而新题每多不配曲，然其

语言实极富音乐性。杜工部醉

歌行、同谷七歌固然，太白蜀道

难、谢朓楼饯别校书叔云尤为长

短错落，咏为唱叹矣。白乐天乃臻佳境。

近体 其二曰近体诗每多歌唱而流播。旗亭之会，渭城之曲，是其明证矣。

民歌 其三曰袁文体曲民歌之影响。刘梦得之纥那曲云：“踏歌兴无穷，调同辞不同。愿郎千万寿，长作主人翁。”是殆民间踏歌有成调而填，随时依其填词者，岂非民歌哉！

3

元微之诗云

更有恼人断肠处，选词能唱望夫歌。

乃更见望夫歌曲有定调，每依声选词而歌者也。

按曹范独云溪友议云：金陵有罗唝楼，乃陈后主所建。啰唝曲劉采春所唱，一名望夫歌。今傳一首，其辭云：

"借向東園柳，枯來得幾年？自無枝葉分，莫怨太陽偏。"

此統那羅嗊，皆五言四句。式歌舍氏歌亦曲之简古者也。枝爷舞孫氏歌（北侗、苗、瑤皆有此）

4

尚多如是。而皇甫松之竹枝，则七言又加衬字和声矣。其辞云：

山头桃花竹枝谷底杏女儿，两花窈窕竹枝遥相映女儿。

又一体则四句云：

门前春水竹枝白蘋花女儿，岸上无人竹枝

小艇斜女儿商女经过竹枝江欲暮女儿
散抛残食竹枝饲神鸦女儿

99 P.1538

晚唐五代，词已成熟，与诗、赋、画境，每蔚为大国矣。自温庭筠、皇甫松、韦端己以下，后蜀赵崇祚辑《花间词》，人率多侧艳之辞，而於婉约侧艳之中，词律成立。

温飞卿《菩萨蛮》

小山重叠金明灭，鬓云欲度

香腮雪。懶起畫蛾眉。弄妝梳洗遲。照花前後鏡。花面交相映。新貼繡羅襦。雙雙金鷓鴣。

或云此蓋代令狐綯為之以媚唐宣宗者。置諸六朝風騷又是說在殘唐矣。歐陽永叔云：「逸豫遂以亡國，然猶文風，亦稱盛。

晚唐五代詞多小令，或單片或雙疊。五代詞人，後世首推南唐二主，而後主可以謂為一代詞宗焉。

中主璟詞述憂家國危亂，一變綺美，然亦甚美。如二

P.2307
册2.

摊破浣溪沙

菡萏香销翠叶残，西风愁起
绿波间。还与韶光共憔悴，不堪
看。细雨梦回鸡塞远，小楼吹彻
玉笙寒。多少泪珠无限恨，倚
栏杆。

深沉苍凉，在五代不可多得。

後主煜之兩後詞，真其志節之所寄托，血淚之所凝就者矣。

如夢令

多少恨，昨夜夢魂中，還似舊時遊上苑，車如流水馬如龍，花月正春風。

此夢殆每依於花月正春風之際也。

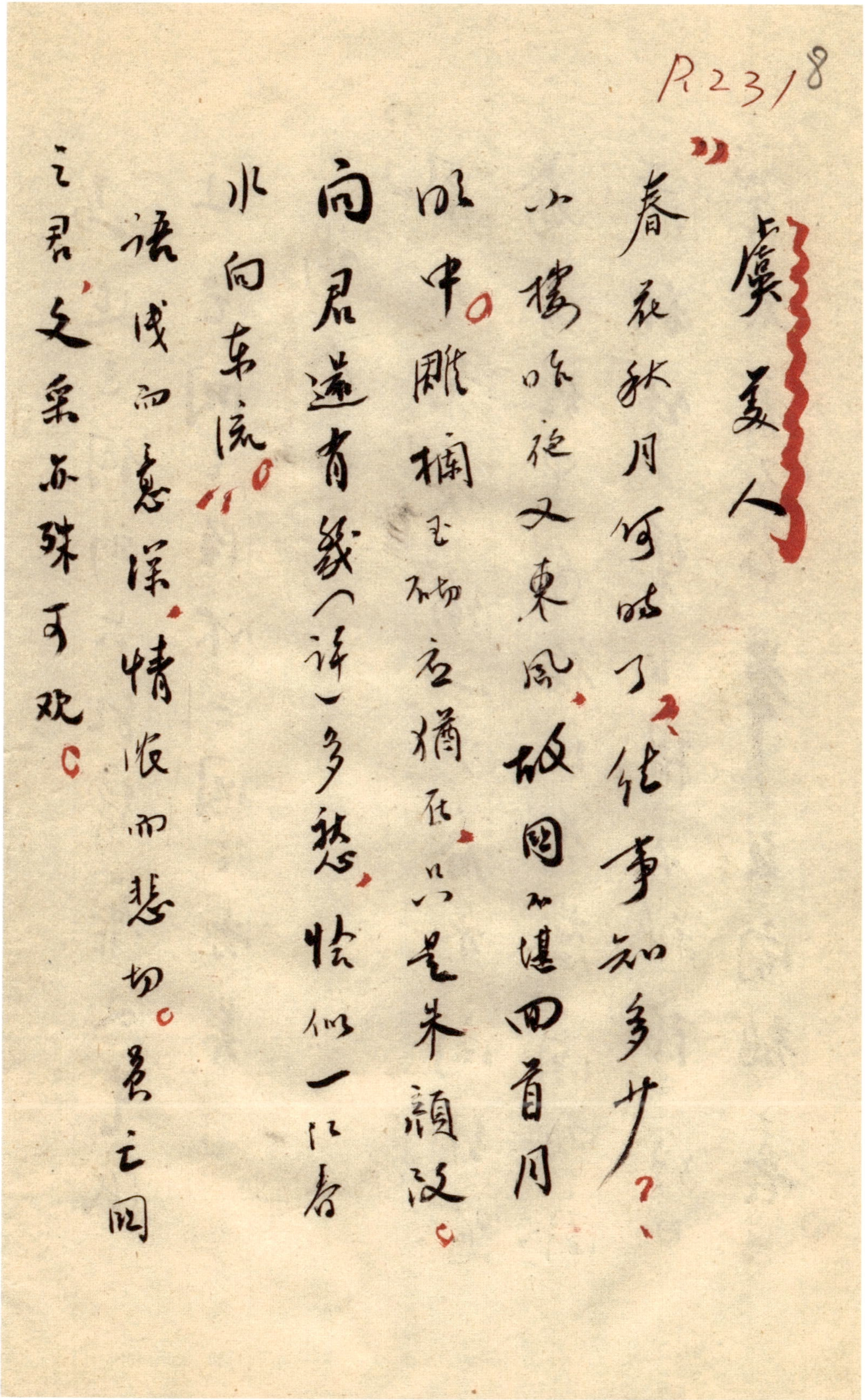

R231 8

虞美人

春花秋月何时了，往事知多少？小楼昨夜又东风，故国不堪回首月明中。雕阑玉砌（不切）应犹在，只是朱颜改。向君还有几（许）多愁？恰似一江春水向东流。

语浅而意深，情浓而悲切。亡之国之君文采亦殊可欢。

冯延巳词则如绮靡文笔纸

上之闲之后味之闲之音矣

谒金门

风乍起，吹皱一池春水。闲引鸳鸯芳径里，手挼红杏蕊。斗鸭阑干独倚，碧玉搔头斜坠。终日望君君不至，举头闻鹊喜。

北宋词人

词至北宋乃繁盛焉。晏、欧、范三公倡于上，柳永、秦和于下，于时文人多喜填词。柳三变、周美成几于专工，司马温公、王介甫每皆雅好，极一时之盛矣。

10

歐陽永叔　阮郎歸

南園春半踏青時，風和聞馬嘶。青梅如豆柳如眉，日長蝴蝶飛。花露重，草煙低，人家簾幕垂。鞦韆慵困解羅衣，畫堂雙燕歸。

范文正論寄傲為千古名詞之倚過

不夏書

p.1542.

柳永

雨霖铃已传千古，而八声甘州识者足
不朽矣。

对潇潇暮雨洒江天，一番洗清秋。渐霜风
凄紧，关河冷落，残照当楼。是处红衰翠
减，苒苒物华休。惟有长江水，无语东流。不忍登
高临远，望故乡渺邈，归思难收。叹年来踪迹，
何事苦淹留。想佳人妆楼颙望，误几回天际识
归舟。争知我，倚阑干处，正恁凝愁。

所对江天

所对之处所

所对时节

11

P.1546. P.1550

东坡

卜算子　黄州定慧院寓居作

水调歌头　丙辰中秋欢饮达旦大醉

作此篇兼怀子由

P.1558

李易安

如梦令　昨夜雨疏风骤，浓睡不消残酒。

试问卷帘人，却道海棠依旧。知否知否，

应是绿肥红瘦。

P.1558

醉花阴　薄雾浓云愁永昼

P.1562

陆放翁

诉衷情

当年万里觅封侯，匹马戍梁州。

关河梦断何处，尘暗旧貂裘。

胡未灭，鬓先秋，泪空流。

此生谁料，心在天山，身老沧洲。

在汉川宣抚使王炎幕下办公了。

12

稼轩永遇乐

千古江山，英雄无觅孙仲谋处。舞榭歌台，风流总被雨打风吹去。斜阳草树，寻常巷陌，人道寄奴曾住。想当年，金戈铁马，气吞万里如虎。

元嘉草草，封狼居胥，赢得仓皇北顾。四十三年，望中犹记，烽火扬州路。可堪回首，佛貍祠下，一片神鸦社鼓。凭谁问，廉颇老矣，尚能饭否。

拓拔焘，北魏太武，小字佛貍

南宋词人尚须推一下姜白石、
吴梦窗，元之萨都刺，清之成
容若、朱彝尊，词乃卑矣。

一九八七、五、十一

纳兰性德（1655—1685）正黄旗人。
菩萨蛮：朔风吹散三更雪，倩魂犹恋桃花月。
梦好莫催醒，由他好处行。无端听画角，
枕畔红冰薄。塞马一声嘶，残星拂大旗。

九宫大成南北词宫谱

1 2 3 5 6

1573 南 五音阶 宫商角徵羽

581 北 七音阶 宫商角变徵徵羽变宫

共 4466 首乐曲 变 和

1 2 3 4 5 6 7

唐五代宋元之词

宋元 诸宫调

宋元明 南戏 北杂剧 唱段

元明 散曲

明清 昆腔

清 承应戏

时代 来源 宫调 文体

体式 正字、衬字、四声、板眼

散、清、戏剧曲

宫调、商调、以何为主以宫之

隋唐琵琶四宫（四弦）、28调

九宫到昆腔、以南北调方来新配合

词调、乐府、乐章、琴曲、诗余、长短句。
曲子词。

A
(一)
1. 有调之曲，据 以此旋律。
古乐、吴声
江陵、西曲。
清商。
子夜、团扇、乌栖曲、莫愁。

2. 燕乐、自周隋以来管弦杂曲数
数百曲　多用西凉乐
鼓舞曲　多用龟兹乐。
崔令钦、教坊曲记 325首曲中
组成舞曲的四乘乐。

3 民乐 里巷之曲。
竹枝 杨柳枝、渔歌子等

B、
新曲、五、七言诗、填补为长短句。
减字、偷声（加添）摊破
（加字、加句）。
三、词、造词牌、转调。
转之调 — 按此调的旋律转成新声
叠韵、重复、连章

(C) 唱调词.

排比、对仗、音节.

为戏曲所吸收而为唱曲. 为大部分

引子. (无伴奏) 短调式 上的3. 下的6.

姜白石. 词曲并存《白石道人歌曲》

词调十七首旁

俗字谱.

173首词, 宋曲风格.

引, 牵手诗余. 按箫填词, 以箫伴奏.

余每自度曲吹洞箫, 商卿辄和而歌之.

"自作新词韵最娇, 小红低唱我吹箫."

歌舞结合. 与戏曲形成有关.

(二)大曲.

汉魏大曲. 迭片.

唐宋大曲. 同宫调若干遍组成

1. 序奏(散序), 器乐, 无唱无舞.

以歌为主, 中序: 歌头. 边歌边舞.

歌舞. 3. 入破. 舞者入场 前滚 实催、歇拍 杀滚.

唐以诗, 七言律绝选唱. 宋以词.

唐代琵琶词、大曲、小牌、
（已似套曲）写以伴奏.

宋金元之间　　　　音乐
三）诸宫调：大型说唱艺术、
摘取故事内容，以同宫调若干曲牌连成套数（一部），再加以不同宫调套数联成曲牌，加入说白，长者可至数万言，宋元常见

a、单个曲牌。
b、同宫调曲牌重复（双叠、多叠），
c、同宫调若干个曲连成套数，有引子有尾声、大型套曲。
由宋之间而宋成组曲.

北宋神宗时，已开始出现有创作，金元继之
有说有唱、伴奏鼓板笛、自击鼓、金元有笛、有弦、如称弹唱词、掐弹词.

主创北方（琵琶等伴奏）、后流入南方、
8词455曲，董西厢、
此词广流传
元 王伯成 天宝遗事诸宫调、（流传者残存曲词60套，诸宫九宫大成中有20个曲牌.）
有马踏杨妃一曲.

(四)、南戏（也称戏文）、宋、元时期流行南方（浙江）

南方俚语、五声无阶，箫笛伴唱。（节奏缓婉转。）

闽南曲曲

宋杂剧、宋词、俚歌、

亦称温州杂剧、永嘉杂剧、

戏文以曲调、主唱、对唱、合唱、帮腔、

存目170种剧本、全的有、《永乐大典戏文三种》有小孙屠、张协状元、宦门子弟错立身。三本戏

荆钗记、白兔记、拜月亭、杀狗记、琵琶记等。

戏曲源流

戲曲源流

中國傳統戲劇一般是有樂器伴奏有唱有白載歌載舞化妝考究角色行當分工明確舞台簡繁由人佈景道具皆特具象徵性者而戲劇文詞多尚雅馴有以詩為戲之編劇傳統故中國戲劇號稱歌舞詩詞歌曲美術音樂小説之

1

文刺绣等诸般艺术综合形
成者推中国全部戏曲史以京
剧为最成熟之戏剧在世界上
亦颇罕其匹
是以探究中国戏剧史涉及面广
亦源头多且年代久远的剧出
清楚编廓亦非易事也

中國漢語戲曲種類以千計大小方言區各有其歌曲大方言區各有其戲劇而其流傳縱橫交錯極流傳中又或因地域而變異分析流別殊非易事少數民族戲劇種類亦多或深受其民族所信奉之宗教影響以藏

2

戲或在其民族歌舞基礎上

北族之

師以戲州

初始形成如個戲碌郎、孃梅或

起於道

吸收漢族戲曲移植人物情節

跳一某以至

甚至一些曲詞樂器如個戲者

頭也

元和畫梁山伯与祝英台故事戲

劇

倘以探究漢語文學篇章

中國戲劇蓋有以下數源

一曰源遠流長之歌舞詩之頌

周之歌舞也九歌戰國時楚之

歌舞也漢以降歷代郊廟者以

歌舞而民間每自創周以來

絕也陳風宛丘所歌者東門之枌歌舞也

王風君子陽陽陶陶執翿招我

由教非詠歌舞乎？大雅既醉則宴會之舞而且醉矣。至於葛天氏之民三人操牛尾而歌八闋，蓋係傳聞，亦非無以稽覈。今見卑民族經濟文化較落後者，簡單歌舞是也，較复雜之歌舞亦流傳於今諸書也。

二曰诗词俚曲

中國原無語劇凡戲曲皆有

曲文而曲文則必皆声調叶諧

民歌诗词皆不可能不影响戲

曲也其實诗本即歌例词曲則

蓋能由屬類言矣

4

三曰史传小说神话传说

此戏曲创作之所借取材

于社会生活者直接取材者

每因不少但较之此等乃嫌其

相差殊甚美观诸名剧神剧

目可缀

四曰角抵杂记

继而娩之则

春秋时之优人如楚庄王优孟

仿扮孙叔敖

汉代角抵戏之东海黄公

西京赋云：东海黄公，赤刀粤祝，

冀厌白虎，卒不能救，挟邪作蛊，

于是不售

「北方后赵石勒时之

参军戏　参军与苍鹘

隋时踏摇娘

踏摇和来　踏摇娘苦和来

唐代变文　唐宋话本影响

宋院本五分角色

一、末泥 戏头 班之首

二、引戏 细绘者 装旦

三、副净 参军 苍鹘

四、副末 苍鹘

五、装孤 随时加配

周密武林旧事载官本杂剧段

數其中有崔護六么、鶯鶯六么等目，六么爲大曲中之牌子。琵琶行有先是霓裳後六么之句。

金院本有喜遷鶯話、刺董卓、罵呂布等名目。

金有董解元西廂記諸宮調，宋有趙令畤商調蝶戀花。

王灼碧鸡漫志称北宋孔三
传首倡诸宫调南宋时张肖
南诸宫调
套曲与散曲　自学古代汉语及
文学史
诸宫调可把不同宫调组织一起
唱完整故事有插白

7

元杂剧

关汉卿　窦娥冤　望江亭　拜月亭

　　　　單刀会　西蜀梦

王实甫　西厢记

李直夫　便宜行事虎头牌　女真事

風雨象生貨郎担

南戏

琵琶记　高明　牡丹　别诚　梧桐雨　汉宫秋　白朴

（马致远）

荆钗记

刘知远（白兔记）　陀满兴福

拜月亭　王镇——王瑞兰

（闺怨佳人）　夫人　蒋世隆　妹　蒋瑞莲

隆

杀狗记　孙华　杨氏

孙荣　柳龙卿　胡子传

5

明清傳奇

由南戏发展形成的海盐弋陽余姚

崑山腔吸收北杂诸曲牌声腔

及由此而流變之各剧种之剧本

汤氏玉茗堂临川四梦

李开先宝剑記

清孔尚任桃花扇

清乾隆分雅部 花部

咸同间京剧逐渐形成

京剧在前

形成汉柳 京柳 南昆 北弋

东柳 西柳

四大系的全国

後从高腔

子弟书 东韵 西韵

京韵 梅花 快书 鼓 小窗

五六年 五百剧目

评弹 丝弦 等

9

一九八七．五．廿五

优伶 插科打诨

后赵石勒 参军周延官馆陶令，令人扮参军而戏弄之，为参军戏。

有二角色——参军、苍鹘。

宋杂角色

1. 戏头、末泥 为之首

2. 引戏 安排演出，兼"装旦"

3. 副净：参军

4. 副末 苍鹘

5. 装孤（以上四角不足则加之）

艳段、正杂剧、一杂扮

宋杂剧
金院本 同时，性质相同。

周密《武林旧事》载官本杂剧段数
崔护六幺
骂王六幺
王子高六幺

六幺为大曲牌子之一。

元杂

关 窦娥冤，西厢记

王、西厢记

李直夫 便宜行事虎头牌、伯道弃子

金牌上……
山寺……
银……

诸宫调 王灼《碧鸡漫志》：北宋孔三传，首创

南宋时，杭州出南诸宫调

鼓、板、笛（或筝、琵琶）伴奏，有唱有说，以唱为主。

白出

金《西厢记诸宫调》董解元

《刘知远诸宫调》

今日本、宋本。

角抵戏 张衡《西京赋》"东海黄公，赤刀粤祝，冀厌白虎，卒不能救，挟邪作蛊，于是不售"

优孟、

参军戏、

踏摇娘、隋末（河）苏某，齁鼻貌丑，不官，自称郎中，而常纵酒殴妻。妻貌美善歌，演出时不断摇动身体，且行且歌。苏某上，殴妻。唱腔有"踏摇和来，踏摇娘苦和来"，有和声（帮腔）。

明传奇

戏文 南戏、宋院本

金院本、元杂剧、窦娥冤、西厢记。

明传奇：是南戏系统各剧种剧本的总称

是明清海盐、余姚、弋阳、昆山等声腔及由其流变的诸腔演出的剧本。

九十

南戏原多唱南曲，传奇加北曲，吸收北杂剧东西。

元末南戏、《琵琶记》、荆、刘、拜、杀，合设为传奇

荆：王十朋 钱玉莲 孙汝权

刘：诸宫调、南戏、传奇（白兔记）

拜：（南戏）

（杂剧一闺怨佳人拜月亭一关）

金兵部尚书王镇女王瑞兰逃难，与母亲失散，遇蒋世隆，结为婚姻，与王镇遇于旅中，三人被拆分（俭棒打瑞兰离去）。蒋妹瑞莲与母逃难中失散，被救世王相，为夫人义女。王瑞兰焚香拜月，瑞莲知其为嫂。王与陀满兴福中文武状元，~~王镇[illegible]~~ 蒋世隆招入赘王尚书家，喜剧结局。

杀：杨德贤妇杀狗劝夫 孙华 孙荣 杨氏 （柳龙卿、胡子传）宗 ……

（杂剧）杨氏女杀狗劝夫

四梦.

牡丹亭（还魂记）. 柳. 杜.

邯郸记. 卢生.

南柯记. 淳于棼.

紫钗记. 霍小玉. 李益.

桃花扇. 孔尚任.

清乾隆分雅 花（乱弹）. 京. 柳. 秦. 弋……

浣囊像.

宝剑记 的 李开先

小说概略

唐宋散文

唐宋散文最要者为反骈俪而重内容，就其质言为一实字，就其文言为一散字，就其意义言则符合时代需要，与颂托古以革新也。故与或有大谈唐宋之古文运动者。

唐宋散文韓柳倡其風，歐蘇振其緒，曾王推波助瀾，世号古文八大家。

唐人传奇

唐代传奇继六朝志怪笔记而来，与散文之发展颇有依傍。庄子、[illegible]晏写奇人之寓言，为先秦寓言之比较典型者。已有人物，有情节，人物有主次，情节有转折。与杂笔记如干宝《搜神》、任昉《述异》者，志

2

性者。宋临川王刘义庆辑世说新语，分别门类，记名人轶事，颇有生动可取者，且为后世稗官野史之素材。另一方面自史记以降，传记笔史书为文人之所必读，其体裁固不免影响后世也。故习人传记颇多传记。

初唐人王度之《古镜记》，为今传传奇之最早者。其写古镜之神异，极志怪之能事，而以记为之，已成中唐乃有沈既济之《任氏传》《枕中记》。《任氏传》实开狐女仙爱之端，《枕中记》又颇出梦幻之奇。后世汤显祖《邯郸记》之所取材，《聊斋·续黄粱》亦

3

顯以其將遇矣。

李公佐南柯太守傳，益幻而奇。

玉茗之南柯記之所取材焉。

蔣防霍小玉傳，哀婉動人，即玉茗之紫釵記也。京劇名霍小玉。

白行簡李娃傳，乃玉堂春故事所本。

繡襦記 鄭元和 李亞仙

元微之鶯鶯傳，爲西廂之所由也。

至晚唐则杜光庭虬髯客传
薛调无双传为佳制焉。

、唐代變文與唐宋話本

以佛教之盛行，唐代寺院講經

說法與盛，變文乃流傳。

變文為講唱方式，有樂器伴奏，有說

有唱，有圖稱變相，底本稱變文。

今傳者皆出燉煌名篇有《妙法蓮

華經講經文》《降魔變文》與有

讲史者，为伍子胥变文，讲民间故事者，为孟姜女变文，一篇唱转变连续讲唱，甚乱响破，及则海世之说唱与章回小说也。

唐人话本，似是开端于民间，流考作者，以叶净能话为最佳，写净能悬狱神降妖狐，及引唐王游月宫等情节。

话本考原，则始于晚唐，至宋而极盛。

宋曰说话，演员称说话人，演出于瓦子，亦称瓦肆、瓦舍，取其来时瓦合，去时瓦解，易聚易散也。然犹胜於前之戏场焉。演时有相，故称

6

疏證曰：有言，有樂器伴奏，有說有唱，若今之評彈、曲藝、大鼓等，或無有全說不唱者，如今之評書。插科打諢無於其中，有入話如散文之押座文，無若後世評書開始之前之口述詩篇、單弦之曲頭、快書之柱頭也。

其主要者类型依内容分大致为小说、讲史两大类。今传张平主要有《清平山堂话本》及《全相平话五种》。其于后世章回小说之形成关系至为密切。

元明清章回小说

罗貫中 一三三〇—一四〇〇

罗本字貫中别号湖海散人山西

太原人所著有

三国志演義、隋唐两朝志傳、

残唐五代史演義、三遂平妖傳

三国志演义

通俗

8

叙事起东汉灵帝中平元年（一八四）迄西晋武帝太康元年（二八〇）。建宁二年

以第一回、宴桃源豪杰三结义，斩黄巾英雄首立功。第百二十回、荐杜预老将献新谋，降孙皓三分归一统。

其间约一百年事。

小说始终以三国分争为主线。三十七回以前可谓为三国鼎立逐渐形成期。自三十八回定三分隆中决策、战长江孙氏报仇以下至结尾，则鼎立纷争最后由西晋司马炎统一而建西晋终。

三国志通俗演义的材料根据

9

唐李商隐之骄儿诗已有"或谑张飞胡，或笑邓艾吃"之句。宋孟元老东京梦华录载北宋汴京说话人已有"说三分"者，犹后世山东快书之说武老二也。宋话本乃有全相三国志平话，金院本已有赤壁鏖兵、刺董卓、骂吕布等。元杂剧亦有

千里独行、博望烧屯、隔江斗智、

关大王单刀会、双赴西蜀梦等。

又据三国志及裴松之注与世说新

语等以及一些民间传说为之。古人

有七真三假之说。

三国志通俗演义人物形象塑造

极为成功集团之斗争中进行。

10

而三国演义集团中乃以蜀
汉为正统，故刘备本人及其部下
皆多可敬可爱之人物，而着力刻
画之人物亦较多。
首先是刘关张，或谓推刘备之
描绘以迎接俗世，修饰之论也。三国演义
则对东吴而以之无可谓偏哉！

其次为诸葛亮孔明，于后世直智慧之化身。读史犹纷，或有超乎神奇者。于封建社会崇敬之至，所难免。谓其智近于妖，亦谓其不至如是焉。前宾侗楼偕依孔明冠而进于祜旅，农历六月初六过史起草而终。孔明氏孙也，瓦尚多贝府

11

年，既深植人民心目中，直垂不
朽矣。惜乎貴中未得此等民間
史料也。
殷以利為己院，既商所必能破除
虛偽者有機于，終以奸詐為剝奪重
者，寧教我負天下人，不教天下人
負我之哲學，識為虛偽形象之

核心

孙权之刻画着笔较少而其部将乃著意刻画周瑜吕蒙陆逊江南地灵人杰才华横溢焉

较三国诸将描绘时是亦精神为文为其之故岂事之（修饰）道勇部

嘉周瑜之谋仁为其主非正统

12

而既損之，諸將中之背主叛逆者，惟降敗降者，無加寵祿。魏之于禁、蜀之魏延、傅士仁，是也。三國極論世變，嚮武臣首先節，既極舞矣上，殘刷曲筆皆能。

近年日本企業家皆學習焉

旋耐庵罗贯中与水浒传

明高儒百川书志题

旋耐庵的本，罗贯中编次忠义水

浒传一百回。明末清初金圣叹节批

本为七十回加楔子。

宋史、徽宗纪：淮南盗宋江等犯淮阳

军，遣将讨捕，又犯京东、江北，入楚

13

海州界，命知州張叔夜招降之。後叔夜傳宋江起河朔，轉略十郡，官兵莫敢攖其鋒。

宋元話本有大宋宣和遺事。陳元之雜劇之有李逵故事。

人物形象：宋江、晁蓋、林沖、武松、李逵、魯達、吳學究。

妇女形象依农民愿以发展需要而描绘，故多非封建正统型。三涂妇、三试妇，看笔墨多。而三涂妇乃指好汉之落草者有英气。三试妇者，梁山好汉也。自然生长，细依梁山势力之于大为钱家写每入情理。

14

水浒传在戏曲影响亦极大焉

西遊記

吳承恩 字汝忠 一五〇〇—一五八一、號射陽山人 淮安山陽人

宋話本有大唐三藏取經詩話十七節 以是話本標題第一節佚第二節出現猴行者 化白衣秀士 保三藏取經 參白虎精 降馗龍 伏深沙神 自

15

稱二万七千年前曾吃（偷）蟠桃被王母

左助劉八百右助劉三千鐵棒配

在花果山紫云洞自号

花果山紫云洞八万四千銅头鐵額

獼猴王。

元代有西遊記平話（已佚）大部

今院本有唐三藏之九本劇有唐三

藏西天取經。

之王昭和楊訥有西遊記雜劇六本

二十四折。從江流兒開端，有鬧天宮，

收行者，收沙僧，收八戒，女兒國，火

焰山等情節。無魏征斬龍太宗

入冥事。

至承恩集大成矣。

16

妙。恩有詩云：「胸中磊塊插邪刀，欲起平之恨無力。」（《射陽先生存稿·二郎搜山圖歌》）任長興丞，未久去，不折腰於權貴也。（四十二歲始補貢生）

钟山逸叟许仲琳之《封神演义》

全相武王伐纣平话为其雏，发挥想

象之杰出者，作其可贵之点，略曰：

一、反抗暴君之主题。

二、极其丰富的想象力。

三、哪吒、二郎神等形象的塑造。

申公豹

四、三教合一的思想。

金瓶梅

金瓶梅一百回，大约做于万历年间，署名兰陵笑笑生，莫知其真名氏。（两种版本：一、明万历四十五年有东吴弄珠客序「金瓶梅词话」本。二、明天启间「原本金瓶梅」出苏州书家，以原本为文字，但本是据而千元）其书以西门庆为主人公，其妻潘金莲、李瓶儿、庞春梅，书名摘借园以名书。

写北宋末万历年间事。

书对晚明时期之思社会现实

暴露此极深广有力

每多渲织描写是其失也

冯梦龙（1574-1646）（江苏长洲人（吴县））加以编成

喻世明言、警世通言、醒世恒言

世称三言。

凌濛初写成初刻、二刻拍案惊奇

是为二拍。

三言二拍明代之拟话本也。

古今小说

金玉奴棒打薄情郎、蒋兴哥重会珍珠衫

卖油郎（秦重）独占花魁（莘瑶琴）、玉堂春落难逢夫、

灌园叟晚逢仙女、杜十娘怒沉百宝箱。

19、康熙间「说岳全传」钱彩编 金丰订正。

对岳飞、牛皋的描写。

隋唐演义 褚人获。

十九岁县试、道试第一。

聊斋

蒲松龄（一六四〇—一七一五）

一、席方平。

二、王子安。秀才入闱有七似焉。初入时白足提篮似丐，唱名时官呵吏骂似囚，

三、情爱人鬼、人狐。

乾隆时，吴敬梓。一事差堪喜 侯门未曳裾。

写知识分子的小说——儒林外史、范进、匡超人、牛浦、马二先生、庄绍光、庄征君。

张侠客屋顶人头会、

娄大二公子。

一七六—一七六三。汉军旗人。

曹雪芹「红楼梦」 江宁织造 乾隆五十六 五十七年程伟元合高鹗续四十回活字版排印二次。

名霑，字梦阮，祖父曹寅「楝亭诗抄」。

高鹗，乾嘉之间人，汉军镶黄旗人，内阁侍读，

字兰墅，别号红楼外史，刑科给事中

一、甄士隐、贾雨村，

、主要人物

一、宝玉 封建礼教的叛逆者，行为偏僻性乖张——叛逆精神

120 甄士隐梦幻识通灵 贾雨村风尘怀闺秀

甄士隐详说太虚情 贾雨村归结红楼梦

江宁织造

曹振彦—玺—寅—颙—頫—霑

妻（康熙奶妈）

王云岁 进保

或以初抄

羣經治要

緒論

1

提纲

(一)、课程释名

(二)、为什么要学

一、概略回顾

二、几点思考

1、经学有生命力乎？

2、群经已死亡乎？

3、可以废乎？

4、治古典文学者尤不可以不习经。

首先翻阅

其次史料

再次思想影响。

(三) 正确态度

一、破书并研究

二、实事求是。

群經治要

緒論

（一）課程釋名

群經即儒家經典十三經（五經也），而其它以經稱者不必為治要者，研治以適其要耳。

於儒家諸經卷帙浩繁，適其要，豈多言哉！況本課程不及六十課時，固不能皆適其要，其間自猶（不免）有所輕重，皆

Z

所繁簡，我述其要旨而備其要義，
以利諸生之所專攻也。
所云述其要者，則以簡馭繁，乃屬至要。
太史公談論六家之要指，而述叙為言，
概括精覈，詎可為全，取以為象，其
庶几乎。

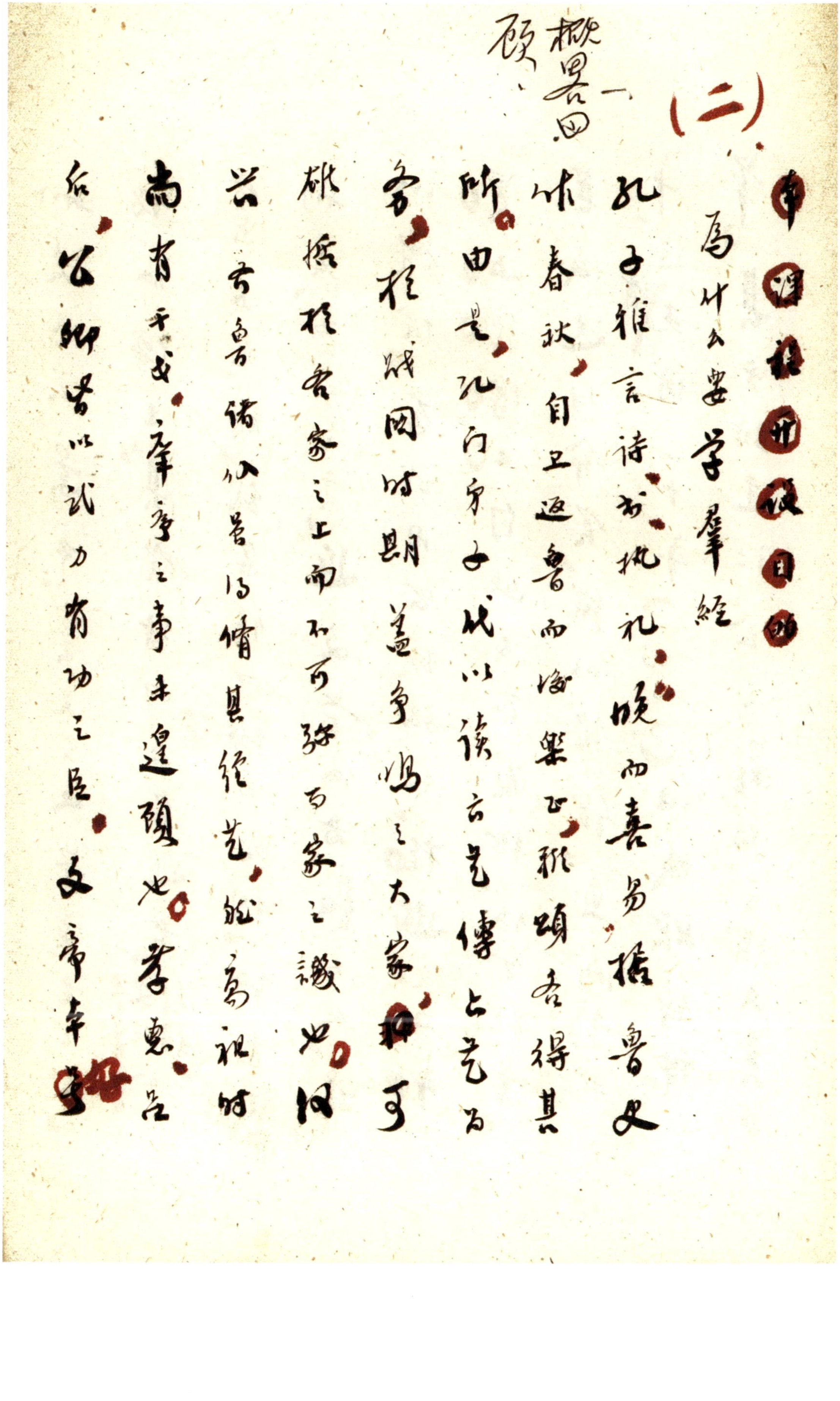
（二）

本课程开设目的

为什么要学群经

孔子雅言诗书执礼，晚而喜易，据鲁史作春秋，自卫返鲁而后乐正，雅颂各得其所，由是孔门弟子，代以读六艺，传六艺为务。于战国时期盖争鸣之大家，孟荀雄据于各家之上，而不可跻百家之识也。汉兴，齐鲁诸儒以习修其经艺，然高祖时尚有干戈，群雄之争未遑顾也。孝惠吕后，公卿皆以武力有功之臣。文帝本好

概略一、四

顾、

3

刑名之言，景帝、窦太后又崇黄老之术，诸以博士具官待问未有进者（史记儒林传）。窦太后崩，武安侯田蚡为丞相，绌黄老、刑名百家之言，延文学儒者数百人，皆以擢拔考试用公孙弘始。於建元之五年置五经博士，自此百家罢绌，儒术独尊。其后选材命官，咸以经试，亘两千余年，迄清光绪三十年（一九〇四）以后始停罢。其于封建社会之影响可谓久矣。

可谓侮矣。两千馀年间人之欲试仕进，则不可不读书；不可不读书在试。於所读者经也，所试者经也。即使不试不仕而隐，其欲为诗文者，其有能力为诗文者，每必自幼习经。两千年中国知识分子无不习经矣。其影响所及，则经济、政治、文化、教育、思想、哲学及生活之各个领域。乃至文艺无为礼教所拘束，故五四运动破，倡民主，倡科学，反封建，反帝，识不可以不反对尊孔读经也。

4

并反对尊孔读经，大学于一概撇弃。在二三十年代以史学、哲学角度、从多以文学角度说诗、书、左氏传者亦有人在，而继续依封建旧章而读经者亦有人在。

全国解放以后，继以土地改革，摧毁封建主义之经济基础，依封建主义旧章而读经者始绝。继以文革期间横扫四旧，不仅不读，且予焚灭，反对经学至矣，极矣，无以复加矣。

二、九点
思考

甚實群經誠中國人民之一大宗历史遺產，既係历史遺產，則不可不受時代及社會各種条件同業之限制，全盤用於今日，似欲以為經邦濟世之原則，自不可能，無疑矣。以历史重要之文獻，全盤否定，徹底滅絕，亦誠為不可能，且無法彌補之損失。正確之道，則惟以馬克思主義之觀點，認真進行研究，辨其精華糟粕棄其糟粕，使其生命力仍得於今後充分發揮作用，以利社會主義思想文化之建設，斯為是已。

1. 然則經為有生命力耶？曰有，且極強。

六經之名始見於莊子天運篇，其始見即出乎反對者之口，即被為攻訐而言之也。其文曰：

孔子謂老子曰：丘治詩、書、禮、樂、易、春秋六經，自以為久矣，孰知其故矣，以奸者七十二君，

論先王之道而明周孔之道，一君無所
鈞用退矣。夫人之雜說也，道之雜晦
邪！老子曰：辛矣，子之不遇治世之
君也。夫六經，先王之陳迹也，豈其
所以迹哉！今子之所言，猶迹也。夫
迹，履之所出，而迹豈履哉！
教非學者所以者之門而毀所以守棟
倚儒之思，孔子所以為子學而制挾
書之律，乃至秦政焚天下詩書，故絶

6

儒經之緒絕。自秦之末世，陳涉起隴畝，魯儒仍奉禮器以往，漢興乃立博士，遠在兩千年前，其生命力已昭然若揭。然逮建元元封，仍以一家言而存於私。會武帝用公孫弘說，賈誼出華大一統之說，遂黜百家而獨尊儒術矣。立五經博士，於中國思想界確立經之統治地位。安石變法不廢儒經。蒙滿得國，安等經術存

乙、

在两年千余千生命力不得周而手能也。然则群经尽无疵乎？非也。太史公谈论六家要指，谓儒者博而寡要，劳而少功，是以其事难尽从。其谓六艺也。夫儒者以六艺为法，六艺经传以千万数，累世不能通其学，当年不能究其礼，故曰博而寡要，劳而少功。

范甯春秋穀梁傳序云：

左氏艷而富，其失也巫；穀梁清而婉，其失也短；公羊辯而裁，其失也俗。若能富而不巫，清而不短，裁而不俗，則深於其道者也。故君子之於春秋，沒身而已矣。

此專就文字言三傳之失與極是焉。況儀禮之繁文縟節，信多戰國秦漢儒家末流之所杜撰，禮以道行，何以行哉。

然则群经无足述于今世耶？曰：非也。时异则事异，墨子非儒论点之最有力者也。於春秋为是者无可於战国为非，於古为是者无不於今为非，此固不辩而自明者，尤其识其于两千年封建社会之群经与社会主义之今世其不侔也显然。

3. 然则群经无可足废乎？曰：不然。即以古籍研治古代文学者而论，群經之可采者尚多。

柳子厚與韋中立論師道書云：

「本之書以求其質，本之詩以求其恆，

本之禮以求其宜，本之春秋以求其斷，

此吾所以取道之原也。」

此則以文章學角度所言者也，而更要

豈不是耶

此古代文學子尤不可不讀經

首先溯中国文学之源，则必于书契
道而上通于经。
虞夏之书，固属重要，但人伪托之迹，昭
然。商书《盘庚》则可以文物证之，甲骨
则可以认为今之文献所有最早之散
文。探究散文，文不可不上溯而及于商
书。即使商书或不可信，而周书《泰誓》
牧誓可见于今古文尚书者，其可信程
度，亦非文大。

9

倚

柱倚，則不似倚經柱易之有倚攲

形式，且用此字而初步冥示學法步

置矣然。

大過九二　枯楊生稊，老夫得其女妻。（貞事之辭）（此葢比也）

（貞悔之辭）无不利。

大過九五　枯楊生華，老婦得其士夫。

无咎无譽。

玉柱倚經自更不倚矣，然此字兼從

辭方法多譯之甚幽祕矣。

赋

赋篇之首刘彦和云：受命于诗人，拓宇于楚辞，赋者铺也，铺采摛文，体物写志也。不但溯源而及于诗，亦或可以推及于易。易曰：中孚六三：得敌，或鼓或罢，或泣或歌。铺采而写其状，似此者正多。铺而状物，实非体物写志之本原。

辞

辞篇之首云：无非欲见于诗，衷于

10

剝、于碩無不足其例如：

剝 上九 碩果不食，君子得輿，小人剝廬。

屬對無甚工整，又如：周書泰誓

泰誓之 商王受狎侮五常，荒怠弗敬，自絕

于天，結怨于民。斮朝涉之脛，剖賢人

之心，作威殺戮，毒痡四海。崇信姦回，

（一作痡 病也）

放黜師保，郊社不修，宗廟不享，作奇技

淫巧，以悅婦人。

用典

旅

文章用典实盛始于六朝。

旅之上九：鸟焚其巢，旅人先笑后号咷。

华手篇，出。如此例者多。

小说

中国文人

小说之兴，与史有关。唐人早用传奇，多以传记名。沈既济枕中记、韩愈毛颖传，被誉为良史之才（见国史补下）。他如李娃传、莺莺传、无双传、南柯太守传，而其中沈既济、陈鸿且皆史官。此等小说被受史部影响，而史书之体又必仿及经传。六经皆史

11

之說，自史料学角度言之，固足就史筆言之，則尚書、春秋，史官所記，左傳及史筆之書，皇矣。

史料

其次，從古代文学殊不可离乎史料而論經，實周王朝最大之史料庫也，舍五經則周史幾成空白，而後世文学創作用經傳典者，皆不可勝數矣，此就文学用典以言，特其至小者耳。

思想

再次，總於封建社會儒家思想表

久居后渐此能，对作家作品之研究，绝大部分不可不讲授。仅其轮廓之扼略有异耳。或谓不治经则不明作家思想，则不明封建社会之社会意识，则不明封建社会作家、作品所受之传统思想影响，岂不影响研究之深度！以上仅就治古代文学者言，其它不遑论矣。

12

（三）、今天治经的正确态度。

一、取专业所需

吾辈治经，係八十年代（二十世纪）之时之人，以古人之经。又係古典文学专业研究生之以经。故吾意必通其义，明其概貌，以利专业研究所需。此则最实际者。若谓此为实用主义，亦无妨也。

古汉语法力求提高自学

然明概貌以及须必须准确，读书准确则时刻为要实事求是。

二、实事求

但实事求是谈何容易！

求是

诸经历二千余年，传、注、疏、解，浩如烟海，莫能大家。郑、孔说经，加之以疏，疏不破注，代代相因。传注经，则疏亦随之，而经巧（甚）为曲说，多般回护，种种流传，终不可得其正。如《毛诗小序》郑风《有女同车》以下，《山有扶苏》、《萚兮》、《狡童》、《褰裳》、《丰》、《菁》，皆云郑人刺忽。按《有女同车》小序云：“有女同车，刺忽也。郑人刺忽之不昏于齐。太子忽尝有功于齐，齐侯请妻之，齐女贤而不取，

乃

、卒以魯大國之助，甚於見逐，故國人刺之。

按事見桓六年傳，齊女謂文姜也。蓋桓公

夫人私於襄公諸兒，齊人作南山，以雄狐刺之。

本不賢，且有詩以刺，且南山小序明言刺襄公也，

淫乎其妹，大夫遇是惡作詩而去之。敝笱小序

刺文姜也，齊人惡魯桓公微弱，不能防閑文姜，

使至淫亂，為二國患焉。

又讀書從敝笱，風王首小序之理，而既雖述

已又首為同耶。至例甚多，不當遽列第矣。

第一例概其余矣。夫以新實為求其言之所有，

行之所不為矣。

三、练古日读

能实事求是，乃能不泥古，无所避免历史重负之文，然可得其用焉。

程瑞白学治经，无唯意以力求掌握古代汉语之变迁而为之，学古汉语先秦通。所贵能学，阅世之诗文自当学易析矣。

八七、九、十八日

羣經治要

發凡序例 第一條 附

今天治經應盡可能是持嚴格的科學科度。

諸經歷二千餘載，傳、注、疏、證，浩如烟海，每專號大家，疏證謬誤，亦所難免，加之疏不破注，代代相因，傳、注謬，則疏、證益謬。甚至以爲曲說，多般回护，謬种流傳，經不可問。甚至如《毛詩·小序》《鄭風·有女同車》以下《山有扶蘇》、《蘀兮》、《狡童》、《褰裳》五首，皆云"鄭人刺忽"，附會史事，實概章旨，亦頗自相矛盾，而鄭箋孔疏詭辯回护，以至曲解經文，傳附會謬說。

鄭風、有女同車、小序云、、

有女同車，刺忽也。鄭人刺忽之不昏于齊。太子忽嘗有功于齊，齊侯請妻之，之齊女賢而不娶，卒以無大國之助，至於見逐，故國人刺之。

山有扶蘇、序云、、

山有扶蘇，刺忽也。所美非美然。

蘀兮、序云、、

蘀兮，刺忽也。以群不賢之故事，權臣擅命也。君弱臣強，不倡而和也。

狡童、序云：

狡童，刺忽也。不能与贤人图事，权臣擅命也。

褰裳、序云：

褰裳，思见正也。狂童恣行，国人思大国之正己也。

忽，谓郑庄公之长子公子忽也。齐女，文姜也。齐襄公之妹，鲁桓公之妻也。序所云，忽与之事，载左传，颇小序之所云，有所避，有所易耳。

左传、桓公六年

北戎伐齐，齐侯使乞师于郑。郑太子忽帅师

2

救齊。六月，大敗戎師，獲其二帥大良、少良，甲首三百，以獻于齊。

……

公（魯桓）之未昏於齊也，齊侯欲以文姜妻鄭太子忽。太子忽辭。人問其故。太子曰：「人各有耦，齊大，非吾耦也。詩云：『自求多福』，在我而已，大國何為？」君子曰：「善自為謀。」及其敗戎師也，齊侯又請妻之，（杜注：欲以他女妻之。）固辭。人問其故，太子曰：「無事於齊，吾猶不敢，今以君命奔齊之急，而受室以歸，是以師昏也。民其謂我何？」遂辭諸鄭伯。

齊僖公是時諸兒為太子，桓十五，僖公卒，諸兒立，是為襄公。

桓三年 經：九月，齊侯送姜氏于讙。公會齊侯于讙，夫人姜氏至自齊。

左傳、桓公十一年

夏、鄭莊公卒。初、祭封人仲足有寵於莊公。
莊公使為卿。為公娶鄧曼、生昭公、故祭
仲立之。宋雍氏女於鄭莊公曰雍姞、生
厲公。雍氏宗、有寵於宋莊公、故誘祭仲
而執之、曰：不立突、將死。亦執厲公而求賂
焉。祭仲與宋人盟、以厲公歸而立之。
秋、九月、丁亥、昭公奔衛。己亥、厲公立。
鄭昭公之敗北戎也、齊人將妻之、昭公辭。
祭仲曰：必取之。君多內寵、子無大援、將

不立，三公子皆君也。弗從。

小序但言公子忽事，祿齊侯請妻之，而左氏云齊欲以文姜妻鄭太子忽，是桓三年以前事也。齊僖公以桓公三年九月送姜氏于讙著。文姜未嫁即與其兄諸兒通，後嫁魯桓，桓十七年與桓公如齊，齊襄乃殺魯桓，其後文姜益恣意與齊襄亂，於詩之齊風則南山、敝笱、載驅、猗嗟皆刺其事也。且小序於此數篇亦皆指明其事，是有所附會纏如，不無疵瑕，但大致得其事迹則皆是矣。

宜也。山、序言桓、郑风有女同车、遵文姜之
文、姜，禄其贤，伊桓于风，诸诗则以十分
明指刺齐襄也，刺文姜也，言有所避而
终不免日伐也。

南山、序云：

南山，刺襄公也。鸟兽之行，淫乎其妹，
大夫遇是恶，作诗而去之。

敝笱、序云：

敝笱，刺文姜也。齐人恶鲁桓公微弱，不
能防闲文姜，使至淫乱，为二国患焉。

4

载驱序云：

载驱，齐人刺襄公也。无礼义，故盛其车服，疾驱于通道大都，与文姜淫，播其恶于万民焉。

齐风中此数诗应为一组，实皆刺齐襄公与文姜者。诗中已明白唱道：

南山崔崔，雄狐绥绥，鲁道有荡，齐子由归。既曰归止，曷又怀止？、

南山

敝笱在梁，其鱼鲂鳏，齐子归止，其从如云。敝笱

汶水汤汤，行人彭彭，鲁道有荡，齐子翱翔。载驱

皆已明言齐子直作文姜，喻齐襄以雄狐，喻鲁桓以敝笱，言文姜与其兄之淫乱，则其从如云、如雨、如水，发夕岂弟，翱翔游敖。

即此已足以见文姜为何如人也，又何以遁

其名而匿其惡，獻媚世非，妄擬其賞

同時據左傳所載，公子忽不思依附

大國，自求多福，君子贊賞曰善

自爲謀，誅此戎再卻衆，不以師皆稱民

其謂我何，紹復之高貴，殃之唯恐不足

奈何緣此以判之，賢人君子謂誰係一

世無失繼仲功之程，苟又盈從宗莊

逐忽，程後忽之被逐誕，若有無可依

國，可令宗莊首所懼，能繞責未皆程

大國，未免偏頗矣。

但问题尚不仅如此。小序所谓刺忽五篇，除列推郑风咏郑国男女之恋爱外，绝无一处足以证明与太子忽有关。且五篇皆男欢女爱之辞，了无怨刺之情。小序所谓刺忽云云者，盖与此五篇所言绝无关系。况疏不破注郑笺，孔疏乃极力回护，甚至曲终直接那段太子忽却婚之事之后

6

氏傳

鄭曰云、又娶者時佳耳後乃有過或者
早嫁不至於此、作者據時而言、故序
述經意。
孔云、按此序言思有功於家家長
請妻之則請妻於有功之後、序女賢而思
不嫁、其父又在其下、明是在後娶者也、
安得以為文娶乎。

集傳於此五篇則屏除小序，概謂淫奔之詩、淫女之辭云。

此雖非淫奔之詩……有女同車

淫女戲其所思者曰……山有扶蘇

此淫女之辭……蘀兮

此淫女見絕而戲其人之辭……狡童

淫女語其所思者曰……褰裳

其道學氣十足，但未強附史事，不為毛詩所範圍。宋儒之疑經

7

於此可見其佳處。頗尚不徹底，無或為道學氣所籠罩，故無未足以詩旨。

於此以見以平庸之科學態度治經之甚勤，終之則疑矣。於此所言一例耳。於群經周徹乎不足道者，唐窺一斑，思而挑撮全豹可也。

八八、九、廿、木

參禮治要

三禮述要

史記太史公自序述太史公談論六家要指云：「夫儒者以六藝為法，六藝經傳以千萬數，累世不能通其學，當年不能通其禮。故曰博而寡要，勞而少功。若夫列君臣父子之禮，序夫婦長幼之別，雖百家不能易也。」論其指要甚識難已！

引

禮器：是故經禮三百，曲禮三千，其致一也。按漢理經禮言其大者，曲禮言其細末。

此語頗能明禮在儒者之學中所佔之重要位置，確能達儒者之指要。

詩、書、執禮，皆夫子之所雅言。而孔子於禮識極深於禮者。

論語為政第二

子曰：殷因於夏禮，所損益可知也；周因於殷禮，所損益可知也；其或繼周者，雖百世可知也。

八佾第三

子曰：周監於二代，郁郁乎文哉！吾從周。

足徵孔子於禮之本文，乃至禮之世代因革及後世禮之遞變，無瞭然於胸襟，其禮之基本規律遞嬗法則早已為夫子掌握矣乎！

我國在民主主義革命時期，魯迅反对礼教，因而作狂人日記，吶喊礼教吃人，在当时反帝反封建斗争，誠能啓蒙發聵。一时之间，反对尊孔讀經之浪潮冲激澎湃蕩。至于儒家所云之礼，究為何物，實尚有千百萬青年亦茫然不知也。每奮起吆喝打到孔家店，打倒孔老二！何以打？以礼教吃人也。試問礼教果吃人乎？吾曰：礼教果会吃人

2

矣。在鲁迅呐喊之时，礼教之吃人尤甚。在民主革命之中，呐喊礼教吃人，尤属必要。否则吾国将万世不得民主矣。民不为之，吾国何以跻于世哉！但当时之礼教，皆孔子所云所行、所情、所倡之礼乎？非也。礼可以屡废乎？未也。

孔子深明礼在乎夏殷因时世移易有所损益。故往为是，知来每然。其万世可知者，言其万世而损益不已也。礼乃必因时势而异易。此即孔子所掌握之礼之发展规律也。孔子以後，二千余年，维护礼教之徒，言必称先师，动必云圣教，实亦拉大旗作虎皮。借孔子以逞其私慾者也。然孔子所言，所行，所倡，所传之礼，亦可以适用于万世耶？孔子固不以为然矣。殷礼于夏礼之因革，分明可知，而夫子何以不从殷夏而从周，岂非圣之时者，宜可以为周礼乃万万世而不易乎？

若今社会生活亦可以无礼乎？曰否。礼（诚亦）实实在在存在于现代社会生活之中。

3

一、國之五禮：吉、凶、賓、軍、嘉。

二、周禮六官。

三、儀禮、禮記所云之冠婚喪祭。

四、禮記之王制——與周禮

樂記——與荀子樂論、與詩大序，形成體系。

學記——古學制之探討。

大學——修齊治平　日新的原則

中庸（首章），生之者眾的原則（生眾、食寡、為疾、用舒）

五、三禮傳授。

84.12.16.

吉、凶、賓、軍、嘉。

周礼、大宗伯

大宗伯之職，掌建邦之天神人鬼地祇之礼。

以佐王建保邦國。

以吉礼事邦國之鬼神祇。

以凶礼哀邦國之憂。

以喪礼哀死亡，以荒礼哀凶札，以弔礼哀禍烖。

以禬（gui）礼哀圍敗，以恤礼哀寇亂。

以賓礼親邦國。

春見曰朝，夏見曰宗，秋見曰覲，冬見曰遇，時

礼記·礼器

凡治人之道，莫急於礼。礼有五經，莫重於祭。（五經礼即吉凶賓軍嘉也。）

4

見曰会，殷見曰同。时聘曰问，殷覜曰視。

眺：聘问相见之礼。"周礼大宗伯"以眺聘"郑注：大夫众来曰眺，寡来曰聘。"

以军礼同邦国。

以嘉礼亲萬民。

以飲食之礼亲宗族兄弟。

以冠昏之礼亲成男女。

以賓射之礼亲故舊朋友。

以饗燕之礼亲四方之賓客。

以脤膰之礼亲兄弟之国。

脤膰 祭社稷宗庙之肉也。祭社之肉曰脤 shèn，祭宗庙之肉曰膰。

以賀庆之礼亲异姓之国。

监察御史 正八品上
河西尉 从九品下
右卫率府胄曹参军 从八品下
右拾遗 从八品上
检校工部员外郎 从六品上
剑南节度使参谋事 从七品下
广文馆博士 天宝九载置，……

周礼六官

天官冢宰

惟王建国，辨方正位，体国经野，设官分职，以为民极。乃立天官冢宰，使帅其属，而掌邦治，以佐王均邦国。

天官治官之属

太宰卿一人，掌建邦之六典，判定邦国之各项基制，度。尤重百官之任免、考核、教育、刑罚、黜陟。

小宰中大夫二人。一方面佐太宰，一方面以治王

周礼天、地、春、夏、秋、冬六官，皆以惟王建国，辨方正位，体国经野，设官分职，以为民极二句始。

宫之政令，凡宫之糾禁，統領王宫之次事務。

地官司徒

乃立地官司徒，使帥其屬，而掌邦教，以佐王安擾（順也）邦國。

大司徒之職，掌建邦之土地之圖，與其人民之數，以佐王安擾邦國。

以天下土地之圖，周知九州之地域、廣輪之數，辨其山林、川澤、丘陵、墳衍、原隰之名物，而辨邦國都鄙之數，制其畿疆，而溝封之。

地官所掌首為國土疆域、土會之法、与（土宜、土均）十二教以及保息（慈幼養老振窮恤貧寬疾安富）及編户礼、乐之教等。

小司徒為大司徒之佐貳，主管民（土地分配利用）政（徭役）及地官篇貢考績等。

春官大宗伯

……乃主春官宗伯，使帥其屬而掌邦礼，以佐王和邦國。

大宗伯（卿）之職，掌建邦之天神、人鬼、地示之礼，以佐王建保邦國。主要掌管吉、凶、賓、軍、嘉五礼。

6

小宗伯（中大夫）二人為大宗伯之佐貳，掌五礼之禁令与其用等。

乐师掌國学之政。大师掌六律六同以和陰陽之声。教六诗，曰風、曰賦、曰比、曰興、曰雅、曰頌。

太卜掌三兆、三易、三夢之法，皆隸属於宗伯也。

夏官司马

乃立夏官，使帥其属而掌邦政，以佐王平邦國。諸子下大夫二人（管國子之軍训）。

大司马（卿）之職，掌建邦國之九法，以九伐之法正邦國。主司之事為軍事与治安。

小司马中大夫二人為大司马之佐貳

秋官司寇

乃立秋官司寇，使率其屬而掌邦禁，以佐王刑邦國。

大司寇（卿）職：掌三典，刑新國用輕典，刑平國用中典，刑亂國用重典

五刑，主管法律者。

小司寇之職：掌外朝之政，以致萬民而詢焉。一曰詢國危，二曰詢國遷，三曰詢立君。為大司寇之佐貳。

7

引

冬官司空（佚）周礼以考工记补之。考工记主要内容为其篇首所云：国有六职，百工与居一焉。或坐而论道，（谓王公）或作而行之，（谓士大夫）或审曲面势以饬五材以辨民器，谓之百工。

礼记·曲礼云：

夫礼者，所以定亲疏，决嫌疑，别同异，明是非也。礼不妄说人，不辞费。礼不逾节，不侵侮，不好狎。修身践言，谓之善行。行修言道，礼之质也。道德仁义，非礼不成；教训正俗，非礼不备；分争辩讼，非礼不决；君臣上下，父子兄弟，非礼不定；宦学事师，非礼不亲；班朝治军，莅官行法，非礼威严不行；祷祠祭祀，供给鬼神，非礼不诚不庄。是以君子恭敬撙节退

引 8

讓以明礼。

鸚鵡能言，不離飛鳥；猩猩能言，不離禽獸。

今人而無礼，雖能言，不亦禽獸之心乎？夫惟

禽獸無礼，故父子聚麀。是故聖人作，爲

礼以教人，使人以有礼，知自别於禽獸。

太上貴德，其次務施報。礼尚往來，往而不來，

非礼也；來而不往，亦非礼也。

人有礼則安，無礼則危，故曰：礼者不可不學也。

礼记 礼運

昔者仲尼與於蜡賓事畢出遊於觀之
上喟然而歎仲尼之歎蓋歎魯也
言偃在側曰君子何歎
孔子曰
大道之行也與三代之英丘未之逮也而有志焉
大道之行也天下為公選賢與能講信修
睦故人不獨親其親子其子使老有所
終壯有所用幼有所長矜寡孤獨廢疾
者皆有所養男有分女有歸貨惡其

9

弃於地也，不必藏於己；力恶其不出於身也，不必為己。是故谋闭而不兴，盗窃乱贼而不作，故外户而不闭。是谓大同。

今大道既隐，天下為家，各亲其亲，各子其子，貨力為己。大人世及以為礼，城郭沟池以為固。礼义以為纪，以正君臣，以笃父子，以睦兄弟，以和夫妇，以设制度，以立田里，以賢勇知，以功為己。故谋用是作而兵由此起。禹、汤、文、武、成王、周公由此其选也。此六君子者，未有不谨于礼者也。以著其义，以考其信，著有过，刑仁讲让，示民有常。如有不由此者，在埶者去，众以为殃，是谓小康。

礼运、王制、学记、乐记、经解、中庸、大学、须分别提出

论语

10

学记 古之教者，家有塾（廿五家为闾），党有庠（五百家为党），术有序（万二千五百家为州），国有学。比年入学，中年考校。一年视离经辨志，三年视敬业乐群，五年视博习亲师，七年视论学取友，谓之小成。九年知类通达，强立而不反，谓之大成。

乐记 凡音者，生人心者也。情动于中，故形于声。声成文，谓之音。是故治世……民国、声音之道与政通矣。……是故审声以知音，审音以知乐，审乐以知政，而治道备矣。

经解 孔子曰：入其国，其教可知也。其为人也，温柔敦厚，诗教也；疏通知远，书教也；广博易良，乐教也；絜静精微，易教也；恭俭庄敬，礼教也；属辞比事，春秋教也。

儀禮

中庸：禮儀三百，威儀三千

史記儒林傳

國語、禮經三百，威儀三千

曾謂儀禮。

諸學者多言禮，而魯高堂生最本。禮固自孔子時而其經不具，及至秦焚書，書散亡益多，於今獨有士禮，高堂生能言之。而魯徐生善為容（禮容也，漢書作頌）。孝文帝時以容為禮官大夫，傳子至孫徐延、徐襄。襄其天姿善為容，不能通禮經；延頗能，未善也。……是後能言禮為容者由徐氏焉。

引

禮經

11

是西汉时以仪礼为礼经。中庸云、礼仪三百、威仪三千。国语云、礼经三百、威仪三千。皆谓礼仪也。

仪礼十七篇言士冠礼、士昏礼、士相见礼、乡饮酒、乡射、以及燕射、醴、觐、丧服、虞、馈诸礼。即太史公所云、当年不能通其礼者也。繁文缛节、毕见经具矣。

乐记

大师教国子以诗

言乐教育。说明周代诗

歌与音乐的高层次结合

且与古之绝非民歌口头文学

诗乐舞结合可比。益悦爱

其影响至深。

乐记所言的
音乐心理学。音乐伦理学
音乐与品德教育。
音乐社会学
社会价值 伦理价值。

王制　汉孝文帝令博士诸生作。

月令，吕氏春秋十二月纪之首

章。乐记　河间献王与毛生等共采周官与

同诸子言乐者，尤多荀卿乐论。

周礼　官职事多，琐碎而繁扰。

非周公作

考验诸经每多不合，马郑强为据

以解诸经，今文家不之信。古文

家强以为据。

汉书·艺文志云：

汉兴，鲁高堂生传士礼十七篇。讫孝宣世，后仓最明。戴德、戴圣、庆普皆其弟子。三家立于学官。

后汉书·儒林传

中兴，郑众传周官经。后马融作周官传，授郑玄。玄作周官注。玄本习小戴礼，后以古经（仪礼）校之，取其义长者，故为郑氏学。玄又注小戴所传礼记四十九篇，通为三礼焉。

引

仪礼与礼记

仪礼与礼记皆言冠、昏、丧、祭、乡射、朝聘之礼仪。其所言多同。而礼记又有王制、学记、乐记、经解、儒行诸篇。欲明二书要义，依次解说可矣。

礼记·昏义

"夫礼，始于冠，本于昏，重于丧祭，尊于朝聘，和于乡射。此礼之大体也。"

因此讲此二书则完全可以合併以言。

冠

士礼之始也。仪礼言冠义甚详。甚

13

繁，指其要者附礼记之冠义也。
男子二十而冠，先十日吉宾定而
後冠。冠而字。士于焉成人矣。可以
于乡饮酒乡射矣。亦可议婚订亲矣。
昏礼最要者为六礼：纳采（经媒介送礼于女方）贽见
问名（问女名及八字）纳吉（定婚）纳徵（送聘礼）
请期（议定结婚日期）亲迎（迎娶）。

丧礼最要者厥为五服。

斩衰　子及未嫁女服之，妻为夫。最粗麻布毛边。丧服之最重者，三年。

齐衰　孙及未嫁之孙女服之，夫为妻。白布缝边，服一年或五月、三月。

大功　为堂兄弟、曾孙、未嫁之堂姐妹、已嫁之姑服之。粗麻布（较齐衰略细，较小功为粗）为之。服九月。

小功　为高祖、细麻布，服五月。

缌麻　为孙、高祖、叔伯父、曾祖、孙兄弟、婿与岳

14

礿、禘、尝、烝、

父母、最细麻布为之、服三月。

祭礼

祭祖先，慎终追远，民德归厚矣。礼称
宗庙之祭，春礿(yue)夏禘(di)秋尝冬烝(夏
殷之制，春祠夏禴秋尝冬烝(周制)
祭社稷：天子诸侯之礼。
郊社、祭天神。
蜡祭、周礼十二月祭百神。

孝經治要

孝经治要

研治孝经要在辨伪

孝经纬钩命诀云："子曰：'吾志在春秋，行在孝经。'"（伪托孔子作。）

唐玄宗引据宋邢昺疏序皆託圣人之言。

然则孝经果孔子之所作乎？非也。李序邢疏之言俱是伪託。

一、孝之论语群弟子所述圣人之言皆未及乎孝经。孔子述而不作，其作为春秋哉

（文心雕龙云：纬"篇条滋蔓，必假孔氏，通儒讨覈，谓起哀平。""经足训矣，纬何豫焉"。尚书序正义云："纬文鄙近，不出圣人，前贤共疑，有所不取，通人考正，伪起哀平。"）

（玄宗孝经序及邢昺疏皆以孝经为孔子作，史记以为曾子作。皆非。）

不過總理魯史而已。

二、孝之學，孟荀皆孔氏之徒，固皆未稱引孝經，於孝經語亦未見有所發揮者。至呂覽審微篇（或作察微篇）云：

孝經曰：高而不危，所以長守貴也；滿而不溢，所以長守富也。富貴不離其身，然後能保其社稷。

（明堂者天子太廟，所以宗祀其祖以配上帝者也）

東漢末蔡邕明堂論云：

魏文侯孝經傳曰：太學者，中學明堂之位也。

易傳太初篇云：天子旦入東學，晝入南學，莫入西學，太學在中央，天子之所自學也。禮記保傅篇有帝入東西南北中學之說。

以是觀之，似戰國時期有名孝經之書在，呂覽所引，在今本爲諸侯章之文，蔡邕所稱魏文侯傳則无傳焉。

秦政焚書，益增諸經傳之疑。

漢書藝文志載，孝經古孔氏一篇（二十二章）、孝經（今文）一篇十八章。古文孝經未著傳人，今文孝經唯言長孫氏、江氏、后氏（倉）、翼氏（奉）及安昌侯張禹數家而未云傳承。且儒林傳所記僅及后倉、翼奉，又皆未言孝經之傳，殊与他經迥异。

綜上以觀，孝經之名始見於呂覽，又見於緯

2

史記仲尼弟子列傳云：「曾參，南武城人，字子輿，少孔子四十六歲。孔子以為能通孝道，故授之業。作孝經。死於魯。」

書著錄於漢志，於戰國時當有此書。書以孔子與曾參對話論孝道之形式，每錄子曰云云，必非孔子自作；且首句即云「仲尼居，曾子侍」，仰稱字，繼稱子，又足以說明非孔子著，必係後人所記無疑。且以篇中紀敘問對皆稱參為曾子，故不但非孔子自作，亦非曾參所作，最早出於曾參之門弟子或再傳弟子所為。而當時孝經面貌是否若今傳本，漢志以降之今傳本無從稽考。

孝经内容亦须辨伪

孝经十八章，以开宗明义始，以表亲终。二至六章分别言天子、诸侯、卿大夫、士、庶人之孝。七章以下三才、孝治、圣治、纪孝行、五刑、广要道、广至德、广扬名、谏诤、感应、事君、表亲者，就开宗明义而阐发孝道。

唐玄宗孝经序云：“圣人知孝之可以教人也，故因严以教敬，因亲以教爱，于是以顺移忠之道昭矣，立身扬名之义彰矣。”

3

以順移忠實爲孝經之核心

一、開宗明義第一章借託孔子而提出"順"和"和"二字，云：

子曰："先王有至德要道，以順天下，民用和睦，上下無怨，汝知之乎？"

又論孝之始終云：

"身體髮膚，受之父母，不敢毀傷，孝之始也。立身行道，揚名於後世，以顯父母，孝之終也。夫孝，始於事親，中於事君，終於立身。"

於此以順移忠之至當昭然具矣。

二、

諸侯、卿大夫士、庶人孝貫而宣揚順從君上，以保社稷宗廟、祿位，以安養父母。於卿大夫章乃明言：

非先王之法服不敢服，非先王之法言不敢道，非先王之德行不敢行，即為卿大夫之孝。

而士章文明白理出：

資於事父以事君而敬同，故以孝事君則忠，以敬事長則順。忠順不失，以事其上，然後能保其祿位，而守其祭祀。

4

至於庶人之孝，則惟

"用天之道，分地之利，謹身節用，以養父母。"

十六字而已。前八字勤勞謀生，後八字

重在"謹身"。言不得作亂，致刑戮。

故玄宗以順移忠之語深得孝經之內

蘊矣。故彼為之注又為之序，其所求者

臣下忠順，百姓力役謹身耳。

非獨唐玄宗注意及此，遠自魏文侯為

孝經傳，迄晉元帝（孝經傳）、晉孝武

帝（總明館孝經講義）、梁武帝（孝經義疏）

孝经

唐玄宗孝经注，唐。清顺治十三年清世祖又为御注一篇，雍正五年世宗宪皇帝又为御纂孝经集注。唐以前注已佚，自玄宗注，唐，雍正集注，帝王注孝经凡三种。此种情况识诸经所无，足说明孝经最利帝王所用。故诸侯、卿大夫、士之孝，皆以忠顺言，不仅中于事君，居在事君也。此则孝经明为孝经，实言忠顺。此则不可不认为孝经内容之重点。

5

孝经为诸经所无者三：

一、（一诸侯）以帝王作注。

二、无传承统绪。

三、篇章之简短齐整。

一九八七—一八八年在中央民族学院为古典文学专业研究生开设之群经治要课最后一讲先孝经而后尔雅。八八年元月十六日也。

一九八八—一八九学年继续所群经治要最后一讲与上年同。

八八年十二月二〇日也。

尔雅治要

爾雅治要

於今大學中文系四年卒業未嘗與爾雅謀面者多矣。不知爾雅為何物者亦頗有人在。至於能使用爾雅為讀書治學之工具者，誠乎渺矣！

於古代漢語之研治中，於古代文學之研治中，爾雅實為不可不讀、不可不知者。

郭璞爾雅序云：

"夫爾雅者，所以通訓詁之指歸，序詩人

之兴咏，总绝代之离辞，辩同实而殊号者也。诚九流之津涉，六艺之钤键（锁钥），学览者之潭奥（奥，深也。室中西南隅，隐奥也。），摛翰者之华苑也。

若乃可以博物不惑，多识于草木鸟兽之名者，莫近于尔雅。

陆德明经典释文云：

所以训释五经，辩章同异，实九经之通路，百氏之指南，多识鸟兽草木之名，博览而不惑者也。尔，近也；雅，正也；言可近而取正也。

斯語已釋爾雅之名，即已明爾雅者之性質、用途，概括具備，准確明白。

一、爾雅爲訓詁之書，所謂所以通訓詁之指歸，實九經之通路，百氏之指南，郭氏陸氏皆明白稱道矣。而訓詁之字誠如郭氏所云摠絕代之離詞，辯同實而殊號者也。絕代者，上溯至於遠古之極，離詞者，殊方之異語也。以時代之不同，詞有古今之異，以居方之不同，詞有方言之別。甚或同而語異，乃因時代地域而殊，訓詁之道，所以辯乎此者也。諸經百氏文籍、詩文之注釋字，皆不可離乎此矣。

郭序言其作注云考方國之語，采謠俗之志，蓋注爾雅之方言也

2

如是以言，则尔雅实具辞书之性质，且要为治经之工具也，亦为阅读诸子以及诗文要册所不可或备者。

二、尔雅为诗文创作之手册，此即郭氏所云"摛翰者之华苑也"。观两汉以降辞赋之铺采摛文，诗文之抒情写志，其辞采之华赡，运用之精覈，自其初学逮其名家，可资于尔雅之助者，实非至多且繁乎！

三、尔雅为百科全书。

郭氏云：若乃可以博物不惑，多识於草木鸟兽之名者，莫近於尔雅。五经所云天地人物、政治、经济、战争、礼仪、伦常、风教、农牧、百工、衣食、居处、器物，无不毕具，几无所不包，非博物何以言之？经、尔雅之所以为治经者不可或离者，岂非以此百科全书之性质也。

の、尔雅为类书。

郭、陆二氏以上诸家未明言。然尔雅分类编次，井然有序，实百代类书之滥觞。

尔雅之作者

尔雅之作者已难确考。大抵唐以前人谓周公作，后人补缀成书。此说以张揖進广雅表为代表云。

昔周公纘述唐虞，宗翼文武，克定四海，勤相成王，六年制礼以导天下，著尔雅一篇以释其义。今俗所传三篇，或言仲尼所增，或言子夏所益，或言叔孙通所补，或言沛郡梁文所考，皆解家所说，先师口传，疑不能明也。

宋以后人则以为其书当在汉世。

歐陽修詩本義云：爾雅非聖人之書，不能無失，考其文理乃是秦漢間之學詩者，纂集說詩博士解詁。

葉夢得石林集則云：今考其書，知毛公以前其文猶略，至鄭康成則加詳矣。按平帝元始四年，王莽始令天下通爾雅者詣公車，固出自毛公後矣。

4

字体与毛传
异义亦不少

广开兮天门
纷吾乘兮玄
云，令飘风兮
先驱，使涷雨
兮洒尘

尔雅释诗与毛传诂训同者不少，但尔
雅并非专为释诗而作，亦非全依据经者。
如释天云（郭氏注：今江东呼夏月暴雨为涷雨）暴雨谓之涷，而楚辞九歌大
司命使涷雨兮洒尘，章句暴雨为涷雨，
是同。而诗经则无涷雨一词，亦不见于易书与
春秋三传也。释天云扶摇谓之猋，则庄子
逍遥游之文也。释地之极言及西王母，此则
穆天子传、山海经之文也。

尔雅之内容

十九篇
二〇九一条

尔雅书计十九篇二〇九一条，其十九篇则：

释诂：释诂也。诂，古也，以今言释古语也。

释言：以通言通义，释异言异义，古今方言殊别。释诂多释古语，释言多释方言。

释训：训，道也。释训以物之事义形貌告道人也。

释亲：分宗族、妻党、婚姻三部分，释亲族称谓。

释宫：释宫室、台榭、楼、阁、庐、牖、门、墙者。

释器：释诸器皿之名者。

釋樂、釋五聲八音及諸般樂器者。

釋天、釋天象之時氣象及祭天等。

釋地、釋九州十藪、八陵、五方、遐方之極。

釋丘、釋諸般之丘隩隈、厓岸。

釋山、釋五嶽、諸神山勢之名。

釋水、釋水依勢而不同及河曲、九河之名。

釋草、釋百草。

釋木、釋諸樹。

釋蟲、釋毛、羽、鱗、介諸蟲者。

释鱼：释鱼、蛙、龟、蛇、贝、蟹之属。

释鸟：释飞鸟也。

释兽：释储兽之名状。

释畜：释马、牛、羊、犬、鸡、豬之畜之名。

6

尔雅分类为释一般有以下几种方式

一、按义归类，多言一释例：

释诂 初、哉、首、基、肇、祖、元、胎、俶、落、权舆，始也。

林、烝、天、帝、皇、王、后、辟、公、侯，君也。

二、一言一释例：

释草 筍，竹萌也。簜，竹也。

释鸟 鶾，天鸡。鷽，山鹊。

三、一言分释例：

释器 木谓之豆，竹谓之籩，瓦谓之登。

釋鳥：雉絶有力，奮；伊洛而南，素質五采皆備成章曰翬；江淮而南，青質，五采皆備成章曰鷂（鷂雉）；南方曰𪇆 chóu，東方曰鶅，北方曰鵗，西方曰鷷。

〇釋的例：

釋水：濟有深涉，深則厲，淺則揭；揭者，揭衣也；以衣涉水曰厲；繇膝以下為揭，繇膝以上為涉，繇帶以上為厲。

以涉、厲、揭与濟水皆有关係，故篇內以釋詞的釋所為，恰切而生動也。

一九八七—八八年度第一學期群經概要最後一講

88.2.16

附录：追忆·缅怀

长太息以掩涕兮
——敬缅王扶汉先生

高峰　瑞雪

王先生在我们这一代学生的心里是一个传奇。1979 年秋季的一个下午，在中央民族学院的一棵龙爪槐下，王先生出现了，行进在小路上的各族学生像得了指令一样，很快聚拢在他的周围，但并没有人领头寒暄或者提问，大家尽量保持静默，专注地看着他，看他从由蓝洗白的中山装的兜里掏出半包红塔山牌香烟，抽出一支点燃，慢悠悠地吸一口，再畅悠悠地吹一口，又伸出右手扶扶浅棕色边框的眼镜腿，这才开口说："我昨儿个讲的，你们听明白了吗？"有真正听了课的抢着回答："懂了，讲得真好，还想听。"王先生即刻环抱起双臂，把送入鼻腔的一口烟舒缓、均匀地释放出来，微微一笑说："贫吧你就，还想听？那可就是你压根儿没懂。"一阵谨敛的笑声，乘着秋风四处扬洒开去了。这是学生跟王先生的默契，更是长辈对晚辈的善意调侃，相互都懂得。

那时，王先生是民族语言系教授古典文学课的老师，我们是汉语言文学系的学生。待扒窗、挤座、偷听的手段用尽之后，就不由得产生了一个梦想：谁能把王先生调到我们系呢？这在当时其实是一种奢望。但最终还是真的实现了，王先生果真调汉语系任教了，只不过这已经是几年以后的事了。有段时间，先生去北大授课十分成功，窗台上、过道里、侧门外全是学生。我们在以先生为荣耀的同时，又深深地有了焦虑，他会调走吗？没有，他一直给各少数民族学生授课，一直住着学院分给他的小房子，一直像山石一样矗立在讲台前，传道授业，尽置仁心。

先生的授课到底是怎样那般地让学生们动心摄魄的呢？至今没有人精准地描绘出来，因为听他讲诗人，他本人便是那诗人；听他讲辞赋，他便是那辞赋的魂儿。老同学王东元多年以后仍然能完整地将先生释讲的杜甫《登高》一诗的意韵及诗理复述出来。几年前的一个春日，我们聚在东元、泽平夫妇亦庄鹿鸣苑的住所里茶叙，当东元出神入化地按先生的程式复述于我们时，顿觉，先生概括的八种悲的大意境盖地而动，扑面而来，那亦不是人间的俗悲，却是神性的终极大美。

记得有一次我们无意中把先生的情况介绍给母亲时，母亲竟然微笑着说："我认识他。"原来，我们的母亲与王先生同出北师大学门。王先生毕业于1947年，母亲毕业于1948年，共中文系科为学。那年，母亲出差来京，我们陪同去探望她的老学兄，因事先有约定，王先生和师母李亚中先就站在家门口迎接了。两位老同学见面时，抱拳互行礼问好，并谦让了一番才落了座。这样的礼仪把我们带入了一种秩序当中，受到感染，顿觉自己的举止、心身亦高雅、静敛起来。母亲端正地倚着椅子一侧的扶手坐着，先生双手握着一杯茶水，两人一问一答，徐缓地交谈起来，但话题久不间断。记得后来是在师母的提议下，王先生操琴，母亲唱了几段京剧，唯有《苏三起解》得到了王先生的夸赞："不错，当了这么多年学官儿，这点儿东西还真没忘。"这一天过得真文化。长辈们在不知不觉中启示、开悟了我们。

母亲的性情温俭、宽和，她总尽最大可能礼尊于人，平日言辞精简。但那天在回程中，母亲的话多了起来，叙说的热情亦渐增温。母亲说："王先生祖上在宫里为官，家势强劲，家资丰厚。五岁多入私塾，初学经书，六岁不大点儿由家役背着进戏园子听戏。大学那会儿，他可是校园里的才子名流。可是，反右以后，他的罪可真受大了。"母亲还说，师大校园的京剧社团人不少，大家依据自己的时间和喜好自由安排演出、搭配角色，她曾和王先生同台唱过一两出折子戏。

1998年，母亲归真了。第二年，我们带着正在读小学二年级的女儿去探望王先生，先生神态清朗，笑声洪亮，谈吐依然从容不迫。他让我们坐在他写字台的对面，并当头就问："你母亲挺好的？"我们速答："挺好的。"他方又端详了女儿亦可一小会儿说："像奶奶，好好培养，将来当个女才子。"女儿听了低了头，但深深地点了点。我们三人并没有约定，但齐心一致地不愿意说出母亲已归真的实情。

几年又过去了，听说王先生住进校医院已久，我们即去探望。敲他住的那间病室的门时，我们手放得很轻，但他的回应却很响。门一推便开了，屋子很小，见先生以床当案，正坐在小马扎上忙着点数一沓一沓的卡片呢。先生说："找个地儿坐，我这就利落了。"其实，根本找不到个能坐的地方。我们就站在先生身后，一声不响地看着他梳理自己的心爱之物。先生以往就说过，他脑子里的东西都记在这些个白卡纸上了。越过先生垂成八字形的肩背，这一回我们清清楚楚地看清了他的宝贝。足足有几百张卡片已经被先生密致有序地插在四个长长的条形木盒中，还有一部分未归置好的，随意散落在雪白的打着皱褶的床单上。这些卡片的双面全是先生隽秀的笔迹，行距分明，以朱笔批、点、补、校的各式字符，鲜活地标注其上，增添了无限生机，让学问看上去好非凡、惊艳。不多时，先生起身笑盈盈地向上推了推眼镜，自己顺势落坐在病床的边沿上，同时也把我们安排坐了下来。这天下午与先生一起共度了三个多小时，先是按惯例听先生询问学事、公干以及日常事，原本商量好，这一次一旦先生问及母亲的事就实说了，可他偏偏就避而不问。我们也就若无其事了。想他早已心知肚明，其后先生对我们即将录制的古辞赋《千古流韵》诵读本的重要篇章又一次予以正音正字的辅教，其实这已经是第三次请教于先生了。许多年后，我们回忆起跟先生在一起的每段时光，都倍感珍贵。特别是听他的训导和课业教授，一次比一次收益大。每至此时，时间就像一匹丝织锦缎一点一点从我们眼前抽走，无法止动。记得那个下午就是这般感受，却也是与先生相处的最后时光。当我们收拾物什起身与先生告辞时，先生也起了身，他摘下眼镜，一边用衣角慢慢地擦拭着镜片一边说：“《风赋》里那句‘楚襄王游于兰台之宫，宋玉景差（插）侍’，它不念‘钗’。别露怯。”这便是先生面对面教授的最后一课。

王先生是一位大先生。作为学生，对他的敬重是虔诚的，是深厚的。我们敬他抱拳轻摇抖擞精神的大风范，敬他矗立案前江流滔滔的课业阐述，敬他虽九死而终未悔的志勇大气，更敬他坐落于灯光下、马扎上的背影。长太息以掩涕兮，我们为大先生曾经历的波折、苦难伤感落泪，亦为大先生是我们最熟识的先生而傲然至此。

追忆王扶汉先生[1]

郑泽平

如果时光能够倒流，我愿回到1979年。时已大学二年级，风华正茂22岁的我。中央民族大学，我的母校，梁思成夫妇设计的古朴典雅的中国少数民族最高学府。楼宇匀列，平实中孕育着非凡，林木葱郁，散发着天然的芳菲和生生不息的气蕴。从祖国边陲走来的各民族优秀儿女，莘莘学子，一迈进校门就一步迈进了春天里。

……

当校园被紫丁香、白丁香那馥郁芬芳的香气弥漫着的春天里的一天，学子们看到了一则通知。某日晚，在民语系的大教室，有一位叫王扶汉的先生办讲座，用杜诗讲杜甫。晚上七点的讲座，五点已然座无虚席，后来的同学只能站在走廊里。换教室，又是满；再换教室，还是满。时间到了，不能再换了。于是鸦雀无声的教室里响起了王扶汉先生抑扬顿挫、汪洋恣肆、纵横捭阖、上天入地、引人入胜的讲课声。先生上课，只带一包烟，无论讲什么，先在黑板上一字不落地默写下来。漂亮的板书，惊人的记忆，潇洒的身姿，一位飘逸严谨的痴醉于教学中的良师呈现在求知若渴的学子面前。于是，先秦文学，诗经，楚辞，乐府，唐诗，宋词，元曲，一步步，先生把学生们带进了中国古代文化和古典文学的大美之境。先生的课也从教室延伸到家里，不请自来的学生总是把这里用欢声笑语充满。——其实，这是一个办公室充当的家，只先生一人居住于此。自打先生被打成“右派”之后就孑然一身了。

1 编者注：本文原为中央民族大学附中百年校庆而作，有删节。

求知的课堂不仅在课堂、在家里，还有校园枝繁叶茂的林荫道上，求教的时间里还伴随着先生和学生们唱戏的声音。先生自小酷爱京剧艺术，拉得京胡，唱得小生，先生扮的周瑜可是非常帅气、非常有味道呢。后来先生大名不胫而走，学校对面的中国人民解放军艺术学院，堂堂的北京大学都请先生去讲课。据听课的人讲，北大自鲁迅、朱自清以来，从未见过如此盛况：讲课的大礼堂不仅座无虚席，连过道里、窗台上都站满了听课的学生。

时光荏苒，已经过去三十年了，那些听过先生课的人对先生精彩的演讲仍然记忆犹新。先生一生教学，他常说最佩服的人是叶圣陶先生，教书育人一辈子，桃李满天下。先生又何尝不是如此呢？

先生退休后，不断到各处去讲学，远到日本，近在家中，学生就不曾断过。先生去贵州讲学后，说好的讲课费最后却分文不取，先生说，没想到改革开放这么久，中国发生了巨变，可边远地方还如此贫穷。当地教师的报酬就是每天三碗小米，先生怎么忍心再收讲课费呢？

即使先生生病住院，到病房里来求教的学生也是络绎不绝。先生在病榻上仍然徜徉在中国古典文学的大美之境，为学生答疑解惑，从未间断。有诗云：“春蚕到死丝方尽，蜡炬成灰泪始干。”以此形容先生这样为人师表的一代尊师，再贴切不过了。先生于学问、于学生一丝不苟，治学极其严谨，然而，先生的生活却是简单到了清贫。后来，先生搬到了家属院的宿舍楼里，一台学生送的电视机看了许多年；一台简陋的冰箱，门都要掉了，用胶布粘着。除了先生的书籍、手稿，可以说家徒四壁。唯有先生一肚子的学问，也随先生仙逝而去了。如今，先生吟诵《诗经》的清音雅韵还在耳畔回响，然斯人已去。

为师者，何为贵？传道、授业、解惑也。先生做到了。先生的学生无可计数，从山西运城的董村小学，到蒙藏学校的中学，再到中央民族大学，学生中有的成了专家，有的成了学者，有的成了官员，有的当了老板，无论从事什么行当，学生们记住了先生，记住了母校。记住了在母校的求知人生中，曾经遇到这样一位让人终生难以忘怀的恩师。要像恩师一样敬业，把学问做到极致，把工作做到极致。

若论物质财富，先生虽有国务院颁发的特殊津贴，但仍贫困潦倒；若论精神财富，先生学富五车，桃李满天下，可谓最富有之人。先生堪称大儒，最简单的物质生活，最顶尖的学术高度，高山仰止，高山仰止！这也是学生最刻骨铭心、没齿难忘的母校之魂。

毕业已经三十年了。先生施教过的蒙藏学校（今中央民族大学附中）迎来了百年校庆。为纪念王扶汉先生，负责校庆的老师约我写一篇纪念文章。学生才疏学浅，不能尽述先生风采之一二，然笔拙意诚，祝母校千秋万代，愿先生精神永存，师魂永在，此乃学子之大幸。

忆恩师王扶汉先生

孙 岩

2018 年 8 月 22 日（星期三），意外接到素未谋面的戴佩丽师姐电话，言及李亚中师母病重入院，委托师兄师姐按照恩师王扶汉先生遗愿办理其骨灰安葬仪式。随即，我与班里在京工作的张翊洲、张国强同学通话联系，告知此事并将他们的联系方式转给了戴师姐。师兄师姐们行动迅速，很快便确定了相关事宜，并于 9 月 1 日（戊戌年七月廿二）晨 6 时 15 分恭请先生遗骨，6 时 35 分启程，8 时 15 分到达龙泉公墓进行安葬。

连日来，随着此事的不断推进，仿如一枚石子投入了平静的心湖，在心底不断掀起阵阵涟漪乃至滔天巨浪，对先生的回忆，点点滴滴汇聚心头，促使不擅言辞的我拿起凝滞的笔抒写心中对恩师的无限敬仰与怀念！

1985 年 9 月，我考入中央民族学院汉语言文学系，万分幸运地遇到了令我终生难忘的恩师王扶汉先生。大二那年，先生给我们讲先秦两汉文学。先生自幼背诵《十三经注疏》，家学渊源，满腹经纶，因此上课时不带教案，只将授课内容提笔板书，一蹴而就。他经常用右手食指点着自己的脑袋说：“全在这里。”授课中时不时点上一根烟，弹烟灰的动作帅极了。他喜喝绿茶，每次上课都带一青花瓷杯泡上一杯，讲得口干了就喝上一口。有一次课间休息给先生的茶杯续水时，先生告诉我冲的是银球茶，团成小圆球状的一粒茶，冲泡后在杯中伸展仿如开着的一朵花。

先生授课十分生动，课堂上神采飞扬，声情并茂，听先生授课是种享受。常有校内外的师生慕名前来旁听。

先生讲到古代兵器、车马、乐器时，会在黑板上直接画出图形给我们看；

讲《诗经·硕鼠》，便描述他被打成右派在山西劳改时见到的一种两只后脚像人一样站立的田鼠；讲《诗经·摽有梅》，会分析老姑娘恨嫁的心情；讲到古代战争的残酷，《左传·宣公十二年》里的“舟中之指可掬也”的句子我至今仍难忘；先生还曾笑着讲过晋代一个人如厕时，吃掉了人家塞鼻孔的红枣的典故；讲《史记·太史公自序》时，言及司马迁身受腐刑，忍辱发奋著书时，再三叮嘱我们读书一定要得作者之用心……先生以其渊博的学识、精湛的授课艺术及其爱憎鲜明的人格魅力，将我们带入中国传统文化的神圣殿堂，令我们沉迷其中不可自拔……

受先生影响，我养成了逛琉璃厂购书的习惯。在那个清贫的年代，我所获的奖学金均用于购买《史记》《汉书》《四书五经》《辞海》《说文解字注》等书籍，购书藏书的习惯延续至今。

因为免试读研的缘故，我比班里同学有幸多在民院学习三年，因此有机会经常到先生家拜访求教，从而对生活中的先生有了更深的了解。转眼间二十余年过去了，当年在先生家得到的温暖快乐却仍萦绕在心间。

先生家的书房不大，简单的书柜与书桌均是学校配置的，先生的书桌置于南向窗边，因为先生常年伏案工作，已磨平了桌面边缘的纹路。每每看到身穿白色短袖汗衫的先生肘部磨出的厚厚老茧，我便会在心中感叹先生治学的勤勉不懈。书房中唯一的装饰，是墙上的一幅友人赠予的墨竹图。这简洁的书房，却是我们这些晚辈们的天堂。在这里，博古通今的先生与我们侃侃而谈；在这里，我们看到过先生年轻时英气逼人的照片，了解到先生对京剧、昆曲有着极深的造诣，年轻时曾粉墨登场，一亮相便赢得满堂喝彩……

先生是个好恶感非常强的人，他喜欢我的质朴无华，待人的真诚老实。先生也是个十分心细的人，有一次在先生家中吃饭，我无意中说了一句老师家的碗很好看，在我毕业时，先生便一个人骑着自行车到前门景德镇专卖店为我买了套餐具，作为结婚礼物送给我。这套餐具早已被我珍藏起来，每每思及此事，便感到无比幸福。

1989年的秋天，先生的心脏病发作住进海淀医院，我们留在北京的几位大学同学去照顾他，我们为他接痰，倒痰盂，男同学陪夜，有病友说："老爷子你真幸福，有这么多儿女！"先生答："这些全是我的学生！"2001年5月初，我回东北探亲后经由北京回深圳，与当时在师大研修的大学挚友杜薇到积水潭医院探望再次入院的先生，告别时，先生步履蹒跚地将我们送出病房外，他那挥别时的高大身影从此在我心底永远定格——那是我最后一次见到先生。2005年8月，当我带着先生爱吃的广式月饼携小儿去北京时，打电话却联系不上先生，回到深圳后，却从导师处听到先生逝世的噩耗，终未与先生见上最后一面，成为此生一件憾事！

我一直珍藏着先生给我的信，先生的字俊逸洒脱，均竖版繁体书写，以农历日期纪年。儿子出生后，我曾给先生去信，先生非常高兴地给我回了一封信，推出我儿子的生辰八字及命理。这封信我与我儿子的胎发、出生时医院挂的牌子以及儿子出生当天的日历纸一直放在一起。先生另一封珍贵的书信，是我爱人出差去北京时，代我去校医院探望先生，并陪先生去吃了他爱吃的淮扬菜之后。先生当夜辗转难寐，后来专为此事给我写了一封信，说他享受到比有儿女的人都享受不到的孝顺，心情十分激动。

这世上，能让学生想念一生的老师不多，王扶汉先生以其独特的人格魅力令后来者高山仰止。有幸受教于先生门下，是我们一生最值得珍视的精神财富！

再过两日，便是先生遗骨安葬之日，届时我将向北长跪，为先生叩首送行。

愿先生英灵永垂不朽！

学生孙岩泣泪写于2018年8月29日

秋夜忆恩师王扶汉先生

秦新华

入秋已有些时日，连续的几天雨，有些缠绵，不由让人心烦意乱。其时，母校传来消息：我们的恩师王扶汉先生曾有遗言，骨灰存放家中，待妻离世前，再安葬墓地，并不立碑、不祭祀。现在，师母肝癌晚期，便请先生的几个学生帮忙安葬，送先生最后一程……

这消息，竟比那秋雨来得更为悱恻，一时间乱了方寸。待稍微安定，脑中便尽是先生的影像，挥之不去。

我之谓先生为恩师，并非因为先生对我有特别的关注与关照。先生对学生一视同仁，并无厚薄，然其学生皆感其恩，只因为先生之大爱，大爱生大恩！人之有悲喜好恶都是天性自然。学生中也自然有聪颖的、迟钝的、活泼的、孤闷的、柔弱的、强悍的，有讨人欢心的，有不招待见的，先生的眼中都看不到这些分别，学生都是他的亲人，甚至比家人子女还亲。先生的一切思想一切活动都围绕着学生，甚至先生退休后还站在讲台上，唯一的原因也是学生。记得在我学业最后阶段听先生的几堂课，先生已是步履蹒跚，气喘吁吁，待艰难地踏上那高出地坪一级台阶的讲台上，还需得坐下来平喘半晌，才能开始讲课。因为已经退休，先生是不必来的。先生说：“我得来，因为我想看见你们。”其实，我们也是最想看见先生的！

先生的课并非在传授知识，他是在讲宇宙、讲人世、讲现实。而今的“国学大师”何其多，不过大多仅仅是始于国学而终于国学，我以为先生才是那真正意义上的大师。先生上课的“教具”，一杯茶，一盒红塔山，数截粉笔而已。

每一节课，自那一缕烟雾开始缭绕上升之时，先生很快就将我们带入中国古代文化和中国古典文学的灿烂殿堂，而又很快将我们带出，直至宇宙至理、人世沧桑、现实变幻。先秦文学、四书五经、楚辞、汉赋、乐府、唐诗、宋词、元曲，先生无一不精。先生之博闻强记，已到惊世骇俗的地步。晦涩难读更难理解的《周易》，先生能背诵如儿歌；十二本纪三十世家七十列传十表八书的《史记》，先生能倒背如流！无与伦比的厚重积累，让先生的课如大江之湍急，奔流写意；如高山之凝重，发人深省。先生讲课滔滔不绝、恣意汪洋、纵横捭阖、景象万千。先生的饱学与精彩的讲课，名噪京师。其时，中国人民解放军艺术学院、北大中文系都请先生去讲课。在北大，听课的学生从四面涌来挤满了大礼堂，站满了礼堂外的通道。听课的人说，北大自鲁迅、朱自清以来，从未有如此盛况。作为先生的学生，不用去挤占通道，独享先生的教诲，是怎样的幸福与荣耀！

但先生却又是中国最无名气的易学大儒、国学大师。除先生的学生外，有多少人曾闻王扶汉之名？先生的学识见解在我们看来，那时期并无几人能与之相提并论。每听先生一堂课，都有如洪钟大吕、醍醐灌顶般的感受和兴奋。先生的家极其简陋，别无长物，唯有授课讲义、研究手稿堆满不大的居室。这些手稿从未发表，有人劝其发表，但都被先生回绝。从这件事来看，先生之淡泊名利，几近偏激的地步。我们司空见惯，一些人整日里勾心斗角、挖空心思争名逐利，却在装饰如宫殿般的家中挂着“宁静致远，淡泊明志”之类的匾幅附庸风雅，不知先生见之，当作何议？相对于如今无脑空文泛滥、劣质出版物如潮的现状，先生的手稿是何其珍贵！搜索先生文集，只见《诗经新论》《文白对照全译战国策》，再无结果。而今先生逝去十余年，不知那些手稿下落如何。按照先生的秉性，一定是要求付之一炬吧。惜乎！悔当初未能向先生求一阅；

痛乎！恨其时未能谏先生以发表。如今有好消息传来，高年级学长及同班同学将主持出版先生手稿影印本。高兴之余，默想着先生当不至于反对而拂了我们的殷殷盼望之情吧。

先生品性高洁、人格伟岸、风骨铮铮，与那些流俗媚世之士格格不入。面对不良风气、社会时弊，先生总是无情挞伐，果敢针砭，未稍有犹豫时刻。先生曾直言：看看我们穿的衣服，如果衣服脏，首先脏的肯定是领子、袖子，领袖常常是最先出问题之处。先生又说：无知者胆儿大！有人理解先生这句话是指治学要严谨，不要无知妄言。而我会先生之意，无知而胆儿小尚不足虑，无知而胆儿大，国家、社会、人民将受其累也！先生谈及这类人物，常有怒发冲冠之情形。但先生绝不是“喷子”，他的“真的勇士”情怀，饱含着对中国历史、中国文化，以及对这片土地、这个国家、这里的人民的无限热爱。若非如此，怎能将毕生的精力与心血投注在中国古典文化的学习与研究中？若非如此，又怎能将每一个人包括他的学生以亲人般地对待？

先生常有出人意表的惊人之论，思之又极合情理。有一件小事发生在我与先生之间。从小学到大学，我有上课打瞌睡的毛病，与休息好坏无关，对于枯燥或不感兴趣的课程，均会忍不住呼呼大睡。估计有人将我的状况告知了先生，有一次先生上课，第一句话就是：“我听说有人上课打瞌睡？”可把我吓得不轻，不知道先生将会给予我怎样的批评，先生话语停顿的片刻之间，我的尴尬和羞愧无以言表。出乎意料的是，先生接着说：“我认为这是正常现象嘛。睡者，困倦也。还可以说，睡者，厌倦也。学生厌倦而睡，是老师的责任。我上课，你们要打瞌睡，尽管打。”听着先生这一番话，我目瞪口呆！后来每每想起这件事，都不胜唏嘘。

先生骨灰暂厝于家时，只觉得先生尚在家中，并未离我们远去；今先生骨灰将要入土归位，才是先生真要离我们而去了吗？不管怎样，先生之音容，先生之教诲，早已深深刻入脑中，无论如何是无法忘却的。先生如海，包容着我们的一切；先生是山，供我们永远地仰望。如今我们皆逾知天命之年，回想一生，有可以对先生者乎？先生有德，我却无业。此生无所建树，唯以不忘先生之教、拥有先生之忆为幸！

缠缠绵绵的秋雨和冷冷清清的秋夜，让人生出丝丝点点的愁绪，化成对先生的深深怀念与思慕。一夜无眠，赋《秋夜不眠》一首，且算是恭送先生一程：

新雨昨夜过桥首，根根丝线入梦口；

一夜辗转到天明，才知伤心会白头！

中央民族学院85文学班秦新华丁酉秋字

先生之风 山高水长

杜 薇

大学毕业从教已三十年，与先生一别，也已三十年。

“倒下也是一座山”，不，三十年来，先生在我心中，答疑解惑，教诲不辍，不曾倒下，从未离去。先生之精神风范高山仰止，永恒屹立。但憾自己始终一无建树，愧对先生，唯有点燃一炷心香，将三十年讲台感言，禀与先生：

教师的最佳境界，应如先生那样，气质高华，风神博雅。以其汪洋恣肆、精深浩瀚的才学，使莘莘学子如坐春风；还需有深邃高洁的襟怀，摒弃事功的心态，在传道、授业、解惑间使聆听者宛若登临。

课堂的最胜境界，应如先生那样，有教无类，韵味深邃。忌露才扬己，因最高的学位是人格；勿苟合取容，因煽情只可哗众一时，移情方能根植于心。

学问的最高境界，应如先生那样，独立自由，精辟通透。教师要成为一个真正的终身读者，尊重知识，走近经典，日有所获，学富五车。要做有良知的学者，培养专业的殉道精神，坚持学术的独立品格。不做当下的风云人物，但需肩负精神使命于众生。

生命的最美境界，应如先生那样，丰富淡泊，浑然无我。摆脱外界虚名浮利的诱惑，恪守内在春华秋实的精神宝藏。对人生唯真是求，深情不诡：深情于祖国，钟情于事业，厚德于学生，感恩于社会。

云山苍苍，江水泱泱，先生之风，山高水长。

先生在上，愿您继续引领我们的生命之路，有长度，更有密度。

一言以诺 一行以诚

郑泽平 王东元

三生有幸，得拜尊师是先生！大学四年，最难忘屏息静气聆听先生之教诲；登堂入室，置心于先生笃铸千古美文品析之大境。

出学门，入职场，成婚为人父母。厚奇一岁余，初见先生时，先生展臂迎着：“来，爷爷给你拴上红绳儿管福安，这十元钱，是心意。”

先生慈祥的面容犹生犹新，从未淡出。

“泽平，东元，我这辈子，没有孩子……”

“先生，我们就是您的孩子。”

乙酉冬日，去积水潭医院，接先生，往八宝山。

戊戌秋日，去先生家，接先生，往龙泉。

先生终得以获大安吉。

今有诸弟子泣涕发愿：集资辑成此卷，以传学脉致远。

书已成。先生却不能评阅为欢，那又何如？他已成山。

先生文存后记

李红雨

初识先生，乃是慕名邀请先生做讲座。自此，与先生结下不解之缘。

之后，几位要好同窗陆续走近先生，一沐清晖，便如星辰拱月，紧紧环绕在先生身旁。

吾等并非先生之课堂学生，却成为先生最亲近弟子中之几位，实乃天作机缘。由于年级高，遂被目为先生身边之“大弟子”辈。

先生自幼濡染诗书，受名师亲炙，治学修身，厚积不辍，虽半生蹇滞，清范铿然。温温然鸿儒之风，识之者无不心仪。

先生授课，酣畅淋漓。经史子集，如数家珍，旁征博引，随手拈来，时或势如江河，气若虹霓。一手隽秀之板书，满堂叹赏。斯意态容止，学识风采，实未见有出其右者。

予聆教于先生，庶几尽在课下。大学毕业后，曾有数年时光，住所距先生家仅咫尺之遥。是以动辄便至先生清斋，听先生长谈半日，其间不免茶饭与俱。先生于经籍典章、诗词歌赋而外，古今掌故、京城旧闻、梨园流脉、京昆诸腔，无不博闻强记，每闻先生侃侃而论，如入知海，意趣丛生。

先生明敏卓识，世事洞明，然气节在胸，好恶分垒，不慕浮云，冷眼淄尘，安贫乐道，悠然自若。恢恢风骨，遗世而独立焉。

先生一生心力，尽付与三尺讲台，身后遗稿篇章，皆为授业讲义。因与数弟子持议护存传世，并由舒昉梳理校订，和龑兄掌其事，众弟子集金付梓印行，犹可使先生之渊识玉怀，温郁于弟子之间，传香他人，裨益后学。

向者民国诸大师之学问情采，吾辈耳熟能详，然囿于代际之别，无缘一睹真容。每每私下忖思，夫为其遗响者，无乃先生乎？彼群师先贤之形影，于今渐行渐远，而星霜荏苒，时移势迁，是以但恐先生之归去，抑或乃彼前辈中最后之归人，吾辈欲再亲闻其弦音，焉可复得乎？

鸣呼！先生之后，不知来者更有谁人？

弟子红雨谨识

庚子七月廿二日

编后记

2018年底，我受托开始整理编辑王扶汉先生手稿。

作为专职编辑，能亲自整理编辑恩师遗稿，并将其付诸出版，是我莫大的荣幸。

不想手稿的整理编辑出版经历了漫长的过程，从开始工作至今，已近两年半，其间还经历了不少波折。现在，扫描、排版等工作已经告竣，出版社也已完成三审，出版在即，终于可以给同学们一个交代了，也终于可以告慰九泉之下的先生了。

在书稿即将付梓之际，对有些问题，在此稍作说明。

首先，关于出书的前情

2018年8月下旬某日，王先生遗孀李亚中师母因自己身罹绝症，恐不久于世，电话请先生弟子帮忙安葬先生遗骨——那时，先生已仙逝13年，但一直没有安葬。

我们如同先生的儿女，让先生入土为安，我们责无旁贷。得此信息，众弟子很快凑集资金7万余元，以为奠仪。

2018年9月1日，郑泽平、王东元、和龑、高峰、杨瑞雪、李红雨、戴佩丽、杨希尧、韩哲、张翊洲、田晓弘、吴那申等十数人，在北京昌平龙泉公墓，为先生举办了简朴的安葬仪式。

安葬先生后，捐款尚有余，参加葬礼者当时决定将此款赠予师母，但师母坚辞不受。后经郑泽平学长提议，决定用此款出版先生遗稿。

2018 年 11 月 14 日，李亚中师母于北京积水潭医院病床上写下授权书：

“兹有李亚中授权郑泽平、王东元、高峰、和龑、李红雨、尹虎彬、凌舒昉、王卉共同负责王扶汉先生手稿的整理、出版事宜。”

因和龑学长是著名出版人，此事由他牵头，负责统筹出版事宜；我则具体负责手稿的整理编辑工作。应和龑学长要求，2018 年 12 月 29 日，我建立了一个微信工作群组，成员有 10 人——包括上述 8 位被授权人及杨瑞雪、戴佩丽两位出版人。此即本书编委会。

其次，关于本书

书名

关于书名，大家曾经热烈讨论过，提出的建议有十多种，后来，我建议将此书命名为《清浅斋遗稿影印集》。

冠以“清浅斋”之名，理由如下：

一，根据先生部分手稿及专著《诗经新论》，先生斋号“浅斋”，晚年改为“清浅斋”；

二，先生曾与某出版社洽谈出版《春秋周易筮法考》《春秋筮例解说》及《易筮卦变占断图表》等三种，先生自题书名为《清浅斋周易说》；

三，在书稿《易筮卦变占断图表》一张卡片上，先生自署“清浅斋闲人”；

四，对已出版之《诗经新论》，先生自撰简历草稿称“即《清浅斋毛诗说》”。

据此，我建议书名应冠以“清浅斋”三字——河汉清且浅，一脉永流传！

用“稿”字，则是手稿真实状况的反映。“稿”字有一个义项，即：“诗文、图画等草底。亦指写成的文章、著作。”先生的手稿，除上述曾拟出版之《清浅斋周易说》三种可视为定稿，其余基本是草稿，有的甚至只是提纲，天头、地脚、行间改动之处很多，有些甚至很凌乱，用“古文”“文集”这种显示“成文定稿”的词语命名，我以为并不妥当，而用“稿”字更符合手稿实际情况。

综合上述情况，定书名为《清浅斋遗稿影印集》。

“编者注”

编辑过程中发现手稿有几处明显笔误，因系影印，无法修改，便以“编者注”的形式标注于问题所在页底端。

最后，几点遗憾

遗憾之一，原本拟定采用线装，但因资金有限，改为精装。若日后此书有发行收益，可再出线装本——只能留待日后了。

遗憾之二，有些手稿不完整，只能割爱。

又，王先生曾自述：“年逾古稀，平时以诗词自娱，辑有《清浅斋诗》及《清浅斋词》各一册。”然此二册诗词手稿不知所踪。

叹手稿零落，惜诗词无踪。唯愿将来某一天，散佚的手稿被找到、被发现，以成全璧。

遗憾之三，尹虎彬学长一直积极参与此事，李亚中师母在授权书中还特别写明："原稿出版后，委托尹虎彬保存在中国社会科学院民族研究所文献库。"然天不假年，2020 年 3 月 13 日，尹学长不幸英年早逝，最终未能看到此书。至为遗憾！

遗憾之四，尽管想以更高质量的《清浅斋遗稿影印集》敬献先生，但因手稿内容浩繁，实在力有未逮；又因系工余编辑，感觉时间并不充裕，故编排上仍难免各种问题及疏漏——敬祈读者不吝指教，以后弥补缺憾。

凌舒昉

2021 年 4 月 12 日

鸣谢

本书能够出版面世，得到以下人士的大力支持，衷心感谢！

首先，感谢为王扶汉先生捐款的同学。

有了那笔捐款，本书的编辑出版才得以提上日程并付诸实施。他们是：

少数民族语言文学系78级哈语班：

戴佩丽　吴宏伟　张卫国

历史系78级：

和　龑

汉语言文学系78级：

李红雨　王东元　杨瑞雪　尹虎彬　郑泽平

汉语言文学系79级：

高　峰　杨希尧

汉语言文学系85级文学班：

鲍小勇　蔡　勤　程　东　杜　薇　方立斯　符长缨　郭　均　海　涛

洪　斌　华　珍　雷可扬　黎　红　凌舒昉　刘小灵　马　炜　马晓燕

秦新华　权　瑛　孙　岩　田晓弘　王　卉　王　伟　吴那申　于仙娥

越　峰　张国强　张翊州

明清文学90级研究生：

刘晓梅

其次，感谢研究出版社领导的鼎力支持，感谢编辑、编审的严谨认真。

经和龑、杨瑞雪、高峰等人多方联系，或许是有感于王先生满腹经纶但遭逢不偶，或许是从我们对先生的情感感受到先生的人格魅力，研究出版社社长赵卜慧女士欣然同意立项正式出版这套显然很小众的图书。出版社的慷慨援手，让我们的愿望得以顺利实现。

我们还要特别感谢本书的执行编辑朱唯唯女士及复审、终审老师，他们非常认真负责，甚至不放过一个标点符号。《传略》和“附录”中的文章，几乎每一个字他们都要仔细推敲，而且确实发现了编者的一些疏漏——为此，朱编辑曾与编者反复沟通。这种认真的态度、严谨的作风，令人肃然起敬。

最后，感谢本书的排版公司经理李明洲先生，特别要感谢排版员单黎黎女士。

本书扫描影印，工作量非常大；而且，有些讲义稿由于受潮漫漶或有污渍，需逐一修图，另有几百页书稿需要裁切，颇费工时……单女士不畏繁难，始终兢兢业业；编者、责编发现问题，她总是不厌其烦地改……

现在，经过各方齐心协力，本书终于要面世了——在此，我们向为本书出版做出贡献的所有人表示诚挚感谢！

本书编委会

2021年4月12日